Das System am Ende der Welt

Das erste Buch einer neuen apokalyptischen LitRPG
Die System-Apokalypse: Australien

von

Tao Wong und KT Hanna

Übersetzt von Fabian Eberle

Impressum

Copyright

Das System am Ende der Welt

Übersetzt von Fabian Eberle

Ein Buch von Starlit Publishing

Veröffentlicht durch Starlit Publishing

PO Box 30035, High Park PO, Toronto, ON

M6P 3K0, Kanada

www.starlitpublishing.com

E-Book ISBN: 9781778550263

Broschiert ISBN: 9783754655498

Gebundene Ausgabe ISBN: 9781778550287

Herstellung und Druck über tolino media GmbH & Co. KG, München.
Printed in Germany

Bücher im System-Apokalypse-Universum

Haupthandlung

Das Leben im Norden

Erlöser der Toten

Der Preis des Überlebens

Städte in Ketten

Die brennende Küste

Die befreite Welt

Die Sterne erwachen

Stern der Rebellen

Die entzweiten Sterne

Der zersplitterte Rat

Die verbotene Zone

Das System-Finale

System Apokalypse: Gnadenlos

Eine Faust voller Credits

System Apokalypse: Australien

Das System am Ende der Welt

Flat Out

Bloody Oath

Anthologien und Kurzgeschichten

The System Apokalypse Short Story Anthologie Volume 1

Valentines in an Apokalypse

A New Script

Daily Jobs, Coffee and an Awfully Big Adventure

Questing for Titles

Adventures in Clothing

Blue Screens of Death

My Grandmother's Tea Club

The Great Black Sea

Schulden und Tänze (Newsletter-exklusiv)

A Game of Koopash (Newsletter-exklusiv)

Lana's story (Newsletter-exklusiv)

A Tense Meeting (Newsletter-exklusiv)

Comic-Serie

Die System-Apokalypse

Inhalt

Für Tao, aus offensichtlichem Grund

Kapitel eins:
Timer

22:45 Uhr – 15 Minuten vor Systemstart

Für gewöhnlich erhellten die Sterne nachts den Toohey Forest, funkelten durchs Glas und erinnerten mich stets daran, weshalb ich meine Arbeit liebte. Heute Abend jedoch spiegelte sich im Fenster nur der grelle Schein des Lichts, als wollte es mich blenden. Ich arbeitete hastig meine Aufgaben ab und bemühte mich, alle Probensätze vorzubereiten, bevor die anderen frühmorgens ins Labor kamen.

„Mum. Bist du dann mal fertig?“ Jacksons gelangweilte Stimme unterbrach meinen Gedankengang, während ich mehrere ökologische Probenkits gleichzeitig zu schaukeln versuchte. Er konnte von Glück reden, dass mir nichts runterfiel.

„Du hättest nicht mitzukommen brauchen. Hab dir doch gesagt, du kannst babysitten.“ Ich gab meiner Stimme einen möglichst sanften Ton, wohl wissend, dass Wisp drüben auf meinem Bürostuhl eingeschlafen war. Jackson verdrehte die Augen, machte sich dann aber wieder daran, an seinem Laptop rumzuspielen. Es stimmte schon, schließlich war er gerade dreizehn geworden und ich fand, er hätte auch ein paar Stunden alleine babysitten können, doch er hatte mich überrascht und darauf bestanden, dass die zwei mitkommen.

Beinahe elf Uhr. Nur noch eine gute Stunden und es würde schon wieder morgen sein. Ich könnte so viel schneller sein, wenn ich sie nicht mitgenommen hätte, aber manchmal waren sie wohl einfach gern in meiner Nähe. Nicht, dass sie mir das je so sagen würden, versteht sich. Das stünde auf der Coolnessskala ganz unten. Ich erstickte mein Glucksen, denn sonst hätte mein frischgebackener Teenager bestimmt angenommen, ich würde ihn auslachen. Für Teenagergehabe hatte ich gerade so gar keinen Kopf.

„Nicht mehr allzu lang. Schau bitte noch kurz nach deiner Schwester, während ich den Fortschritt der letzten paar Experimente prüfe, dann können wir nach Hause. Muss nur sicherstellen, dass die Veredelungen anschlagen."

Jackson gab keine Antwort, rutschte aber mit einem schiefen Grinsen auf seinem Stuhl herum. Er sagte immer, ich würde meine Pflanzen auch wie meine Kinder behandeln.

Als ich mir die Ansammlung von Proben ansah, die ich noch zu prüfen hatte, konnte ich es ihm kaum übelnehmen. Es fiel mir wirklich nicht schwer, mich in meiner Arbeit zu verlieren. Ökosysteme waren für mich einfach etwas Faszinierendes, und wenn ich ihnen zu neuer Blüte verhelfen konnte, nachdem sie beinahe ausgelöscht worden wären, machte mich das ganz hibbelig. Bei den vielen Dürreperioden, die in Australien regelmäßig auftraten, war die Suche nach seltenen Pflanzen und die Wiederbelebung ihrer Habitate für mich die wichtigste Aufgabe, die ich mir vorstellen konnte. Und schon war ich wieder Feuer und Flamme …

Ein kurzer Blick noch über die Ausrüstung, die ich mir zusammengestellt hatte, damit die Exkursion gleich am Morgen starten und wir die nächste Runde Proben einsammeln konnten, die wir benötigten. Fertig, nun konnte ich nach den paar laufenden Veredelungen sehen, die ich gerade filtrierte. Es gelang mir nur mühsam, die schiere Freude zu unterdrücken, die es mir bereitete, mein Klemmbrett zu schnappen und meine Beobachtungen zu notieren. Ich hatte da diese eine faszinierende Pflanzenveredelung am Laufen, für die ich eine sehr spezielle Bodenmischung verwenden musste, ganz zu schweigen von den Testungen zu ihrer ursprünglichen Wasserquelle …

Das Licht flackerte, und ich zog die Brauen zusammen.

Ich wunderte mich. Ganz bestimmt hatte es keine Sturmwarnung gegeben, nicht einmal einen Gewittersturm. Das wäre mir nicht entgangen, denn in so einem Fall wäre ich jetzt sicher nicht hier drin gewesen. Einige Sekunden vergingen. Der gesamte Campus der Universität verfügte über Notstromaggregate, nur für den Fall. Als ich mich umdrehte und gerade etwas zu Jackson sagen wollte, flackerte die Beleuchtung erneut, und obwohl mir nur ein Sekundenbruchteil blieb, um mich an die uns plötzlich umgebende Dunkelheit zu gewöhnen, sah ich ganz deutlich, wie ich von einer Welle biolumineszierenden Lichts in die Brust getroffen wurde.

In meinem gesamten Körper kribbelte es, und der Strom blieb weiterhin aus.

„Mum. Was zur …“ Weiter kam Jackson nicht, und in meinem Gehirn hätte sich ohnehin keine Antwort für ihn gefunden.

Erneut blitzte es vor meinen Augen blau auf, dieses Mal jedoch auf eine schaurige Art und Weise, ganz wie bei dem tödlichen blauen Vorhang, den ich schon als Kind so zu fürchten gelernt hatte.

Seid gegrüßt, Bürgerinnen und Bürger. Da eine friedliche und organisierte Eingliederung in den galaktischen Rat verweigert wurde (in ausführlicher und schmerzlicher Weise, wie wir hinzufügen möchten), wurde Ihre Welt zur Dungeonwelt erklärt. Vielen Dank. Wir hatten uns mit unseren bisherigen zwölf allmählich schon zu langweilen begonnen.

Bitte beachten Sie, dass der Umwandlungsvorgang zur Dungeonwelt für die aktuelle Bewohnerschaft recht schwierig sein kann. Wir empfehlen daher, den Planeten zu verlassen, bis der Prozess in dreihundertdreiundsiebzig Tagen, zwei Stunden, vierzehn Minuten und zwölf Sekunden abgeschlossen sein wird.

Für diejenigen unter Ihnen, die dazu nicht willens oder in der Lage sind, bedenken Sie, dass während dieses Prozesses in periodischen Abständen neue Kerker und umhertreibende Monster spawnen können. Alle neuen Kerker und Zonen werden mit einem empfohlenen Mindestlevel versehen. Rechnen Sie jedoch während der Übergangsphase mit signifikanten Schwankungen bezüglich der Levels und Arten von Monstern in den verschiedenen Kerkern und Zonen.

Als neue Dungeonwelt wurde Ihr Planet als Ort mit freier Zuwanderung ausgewiesen. Unentwickelte Welten im galaktischen Rat werden sich diese neue Einwanderungsregel möglicherweise zunutze machen. Versuchen Sie bitte, die Neuankömmlinge nicht auf die gleiche Art willkommen zu heißen, wie Sie es bei unserem Abgesandten getan haben. Ihr Menschen könntet ein paar Freunde dringend gebrauchen.

Teil des Übergangs wird sein, dass alle denkenden Wesen Zugang zu neuen Klassen und Fähigkeiten erhalten werden, ebenso wie zur klassischen Benutzerschnittstelle, wie sie vom galaktischen Rat im Jahr 119 GC übernommen wurde. Danke für Ihre Mitwirkung und viel Glück! Wir freuen uns bereits auf unser baldiges Aufeinandertreffen.

Zeit bis Systemstart: Neunundfünfzig Minuten und dreiundzwanzig Sekunden.

„Mum?“

Dieses Mal klang Jackson verängstigt, und wenn ich eine Sache über meinen halbstarken Sohn wusste, dann, dass er inzwischen unter keinen Umständen je zugab, sich vor etwas zu fürchten. So viel zu meiner vagen Hoffnung, er könnte mir vielleicht irgendeine Art von Streich gespielt haben. Angesichts seiner Programmierkenntnisse und seines Hangs zum Basteln mit allerhand Elektronikkram vermutete ich mal, dass ein Teil seines Verstands bereits daran arbeitete, eine Erklärung für diese Scheiße hier zu finden.

„Schon okay. Wahrscheinlich will uns nur irgendwer verarschen.“ Diese Lüge hätte ich mir zwar selbst nicht geglaubt, doch er besaß die Güte, nicht darauf herumzureiten. „Sieh bitte für mich nach deiner Schwester.“

Ich gab mir Mühe, meiner Stimme einen festen Klang zu geben, mir möglichst nicht anmerken zu lassen, dass ich gerade völlig panisch war. Jene blaue Welle, woraus immer sie auch bestand, die meine Brust erfasst hatte, hatte einen glühenden, glimmenden Schein auf dem Projekt hinterlassen, das ich gerade noch beobachtet hatte. Auch meine Finger fühlten sich an wie durchtränkt, so als würden sie anschwellen. Das schwache blaue Glimmen war unsere einzige Lichtquelle, denn als ich auf mein Telefon sah, hielt ich nichts als ein schwarzes Stück Glas und Plastik in der Hand. Nichts, was ich versuchte, erweckte es zum Leben. Atmen. Ich musste atmen. Oder auch nicht. Was, wenn die Luft plötzlich giftig war?

Im Grunde aber war alles wie immer. Genau wie an jedem meiner Tage in den vergangenen dreizehn Jahren und zwei Wochen. Meine Kinder brauchten mich. Ich durfte jetzt schlicht nicht in Panik verfallen. Später, wenn ich der Sache auf den Grund gegangen war, konnte ich mich immer noch irgendwo verstecken und in ein Kissen kreischen, aber jetzt in diesem Moment musste ich mich am Riemen reißen und herausfinden, was hier los war und warum die verfluchten Notstromaggregate nicht längst angelaufen waren. Die Proben, die Vorräte, die Forschung … All unsere Arbeit würde den Bach runtergehen, wenn das für ihr Wachstum nötige Milieu nicht erhalten wurde.

Ein Teil von mir ahnte jedoch bereits, dass jenes Schriftfeld nichts Gutes verhieß, dass ich es wohl besser zurückwischen und noch einmal durchlesen sollte, und dass alle unseren bisherigen Sorgen fortan keinerlei Bedeutung mehr hatten.

Nur noch das Licht des Mondes und der Sterne, das dünn durch die großen, doppelt verglasten Fenster fiel, erhellte den Raum – als wollte es sich über meinen Gedanken von vorhin lustig machen. Ich schaute mich um, vorbei an den Arbeitstischen zu Jackson. Er stand über Wisp gebeugt, die unbegreiflicherweise noch immer schlief.

„Ich … Mum, das ist irgendwie schräg." Jackson sprach leise und mit hastigen Worten, doch ich hörte aus seinem Ton auch einen Anflug von Enthusiasmus heraus. „Als hätte jemand ein Videospiel in unsere

Köpfe gebeamt."

Mein erster Impuls war, ihm sagen zu wollen, er solle den Blödsinn lassen und endlich aufhören, dass ich ganz und gar keine Lust auf seine Spielchen hatte, aber da er mit Sicherheit nicht in der Lage war, mir tatsächlich etwas ins Gehirn zu beamen, ich jedoch definitiv gerade eben diese abgefahrene Nachricht gelesen hatte, holte ich stattdessen tief Luft. Ein blaues Textfeld, das ich irgendwie nach links gewischt hatte.

„Was meinst du damit?" Mehr brachte ich nicht hervor, während ich meinen Fluchtreflex niederrang, der umso stärker wurde, als ich hätte schwören können, dass das blaue Licht in den Probebehältern wogte, sich bewegte, zum Leben erwachte.

„Beweg die Hand, wie bei der VR-Brille, die Dad mir zum Geburtstag geschenkt hat."

Jap. Jetzt schwang in seiner Stimme definitiv Begeisterung mit.

Ich tat ihm den Gefallen und rang mit dieser Sache, die man gemeinhin als Panik bezeichnet. Ich hatte ja wohl eine Minute Zeit, um meinem geistig leicht verwirrten Sohn eine Freude zu machen. Wobei, vielleicht litt er ja doch nicht an Wahnvorstellungen. Da, in einem Winkel meines Sichtfelds, befand sich ein goldener Schimmer, der meine Aufmerksamkeit erregen zu wollen schien. Von mir aus. Meine Panik musste wohl warten und in der Ecke schmollen, genau wie ich es ursprünglich vorgesehen hatte.

Gratulation! Dein Spawn erfolgt in Australien, Griffith University, Nathan Campus, Brisbane.

Australien unterliegt einer Ausnahme im Dungeonwelt-Entwicklungsplan 124.7.5.2. Einfach nur, weil du in Down Under gelandet bist, ganz zu schweigen davon, dass ihr den Mut habt, Vegemite zu futtern, bekommst du einen geringfügigen Bonus. Ist das nicht ein Glück? Du wirst ihn gut brauchen können.

Gemäß Dungeonwelt-Entwicklungsplan 124.7.5.2 bekommen Bewohner, die einer Region mit einem empfohlenen Level von 25 oder höher (+25) zugewiesen wurden, einen mittleren Bonus.

Gemäß Dungeonwelt-Entwicklungsplan 124.7.5.2 bekommen Bewohner, die einer Region mit einem empfohlenen Level von 50 oder höher (+50) zugewiesen wurden, einen hohen Bonus.

Gemäß Dungeonwelt-Entwicklungsplan 128.9.6.2 müssen Bewohner, die als elterliche Einheiten eingestuft wurden, allen ihren Sprösslingen Zugang zum System gewähren, bevor sie alle zugewiesenen Boni voll nutzen können.

Deine Sprösslinge, die auf deine Erlaubnis warten, sind:

Jackson Kent – 13 Jahre. Die Freischaltung von Jacksons Interface ermöglicht ihm direkten Zugang zu seinen Boni und Fertigkeiten. Jede Auswahl bedarf deiner vorherigen Zustimmung, um Anwendung zu finden.

Whisper (Wisp) Kent – 8 Jahre. Warnung: Wisp ist erst 8 Jahre alt. Im Rahmen des Schutzes Minderjähriger und der Missbrauchsvorbeugungsmechanismen gemäß Dungeonwelt-Entwicklungsplan 133.4.2 wird dringend davon abgeraten, ihr vollen Zugang zum System zu gewähren.

Wisp erhält dennoch einen geringfügigen, einen mittleren und einen hohen Bonus ausgehändigt. Die Auswahl obliegt dir. Bitte wähle weise.

Achtung: Gemäß Dungeonwelt-Entwicklungsplan 142.4.2.8 gelten bestimmte Fähigkeiten als dem System dienlich. Diese nicht zur Anwendung zu bringen, wäre ein schweres Vergehen. Wische, wenn du bereit bist, eine Klasse zu wählen, von der dein Leben und jenes deiner Sprösslinge abhängen wird.

Leck. Mich. Doch. Am. Arsch!

„Noch nichts auswählen“, drängte Jackson, und das ließ ich mir nicht zweimal sagen.

Vielleicht träumte ich ja einfach. Das alles war viel zu surreal um, na ja, um real zu sein.

„Logisch.“ Meine Stimme klang selbst für mich selbst dumpf, und ich streckte die Hand aus, um Wisp eine Haarsträhne hinters Ohr zu streichen.

Sie steckte immer noch in dem Turnanzug, in dem ich sie von ihrem Training abgeholt hatte. Kleines Dummchen, obwohl ihr kalt war, wollte sie sich einfach keinen Pulli überziehen lassen. Draußen wurde es allmählich Winter …

„Mum. Konzentrier dich. Du musst mir den Zugriff auf meine Fertigkeiten erlauben, sonst kann ich dir nicht helfen.“ Seine Stimme war sanft, geradezu zärtlich, so als wollte er mich schonen.

Was für eine abgefuckte Aktion von mir meinem Sohn gegenüber, und das offenbar mitten in der Apokalypse. „Tschuldigung. Okay, eine Sekunde.“ *Scheiß am Stiel, Kira, was zur Hölle soll das, muss dein Sohn sich deinetwegen etwa wie ein Erwachsener aufführen?*

Ich richtete mich auf, entschlossen, ihn nicht im Stich zu lassen. Ich dachte das Ding an, verlangte, dass es mir zeigt, wie ich ihm die Erlaubnis erteile.

Deine Sprösslinge, die auf deine Erlaubnis warten, sind:

Jackson Kent – 13 Jahre

Whisper (Wisp) Kent – 8 Jahre

Mit einem weiteren Gedanken aktivierte ich seine Fähigkeit, für sich selbst zu wählen. Er wusste erheblich mehr über Eigenschaften und Fertigkeiten in Spielen als ich. Mittlerweile jedenfalls. Es war Jahre her, seit ich ernsthaft gespielt hatte. Die Kinder, das Hochschulstudium, das Doktorat – das alles hatte meine Freizeit mächtig eingeschränkt. Mein Bauch sagte mir, dass ich Jackson jetzt mindestens so sehr brauchte wie er mich.

Elterliche Benachrichtigungen. Möchtest du Benachrichtigungen erhalten, wenn dein Sprössling Änderungen an seiner Klasse, nicht eingeschränkten Fertigkeiten, Levels und Ausrüstungsgegenständen vornehmen möchte?

Noch ein rasches Ja und fertig. Ich beobachtete, wie er die Liste seiner Fähigkeiten durchging, die offensichtlich vor ihm aufschien, und schielte dann auf die Benachrichtigung und den Hinweis zu Wisp. Ich folgte der Empfehlung und schaltete sie vorläufig nicht frei. Sie war acht, und ich ihre Mum. Für den ganzen anderen Mist hatte ich jetzt einfach keine Zeit. Wir mussten schleunigst raus zum Parkplatz und von hier verschwinden, damit ich mir überlegen konnte, wie es weitergehen sollte, bevor das glimmende Zeug in den Terrarien noch hochging und uns alle den Garaus machte.

Jackson sah zu mir auf, und ich erkannte, dass seine Freude über das neue Spiel davon getrübt wurde, dass er keinen Schimmer hatte, was hier eigentlich abging. *Geht mir genauso, Junge. Geht mir genauso.*

Also tat ich, was jede gute Mutter getan hätte: Ich sagte ihm, was er zu tun hatte. „Nimm dir zwei von den Probenbehältern da drüben, und auf dem Weg nach draußen holen wir noch eins von den Zelten und eine Matte aus dem Materialschrank."

Rasch überschlug ich, was wir noch im Jeep hatten. Zum Glück war ich in Amerika aufgewachsen und hatte einen Prepper zum Vater. Ich überlegte, wie ich Wisp tragen sollte, doch gerade als ich sie aufheben wollte, hob sie den Kopf und blinzelte mich im schwachen Mondlicht aus schläfrigen Augen an.

„Mummy … Warum glühen denn die Terrarien so?"

❖

Wisp war ein braves Kind. Aber um kurz nach elf in der Nacht, nach einer vollen Trainingseinheit und einem Nickerchen, dauerte es eine Weile, bis sie mühsam aufwachte. Ich trug sie auf der Hüfte, außerdem hatte ich einen unserer rationierten Rucksäcke auf und trug in meiner freien Hand noch ein Zelt und weitere Vorräte. Die Gänge waren düster, doch immerhin konnten Menschen sich an vieles rasch anpassen, und so erkannten meine Augen Formen und Türrahmen ausreichend gut, als dass wir nicht gegen irgendwelche Wände rannten. Ich quittierte die Entscheidungen, die Jackson bis jetzt getroffen hatte, ohne ihnen allzu viel Aufmerksamkeit zu widmen, und hoffte einfach, es später nicht bereuen zu müssen.

Soweit ich es erkennen konnte, war nirgends auf dem Campus Licht zu sehen, auch wenn unsere Forschungseinheit etwas abseits des Hauptareals und in der Nähe des Waldes lag, sodass wir unsere Ökosysteme in der passenden Umgebung untersuchen konnten. Jetzt aber verursachte mir das Labor Gänsehaut, und das Glimmen in den Behältern sagte eindeutig: *Lauf weg!* Es drängte mich, zu verschwinden, so schnell wie möglich von hier abzuhauen. Meine Uhr funktionierte nicht, unsere Handys funktionierten nicht, und zum ersten Mal überhaupt, hatte mein Sohn nicht mal mit der Wimper gezuckt, als er den Laptop einpackte.

„Könnte es ein EMP gewesen sein?“, frage ich Jackson. So jung er auch war, Technik war seine Gabe, jedenfalls eine bestimmte Sorte Technik. Talentiertes Verständnis für Technologie, eine Besessenheit von allerlei Gerätschaften, nahm alles auseinander, egal, ob er es auch wieder zusammensetzen konnte oder nicht …

Er zögerte. „Es verhält sich ähnlich, aber ich glaube nicht, dass es das war."

Als wir endlich am Ausgang angekommen waren, fühlte es sich an, als sei eine Ewigkeit vergangen, seit wir das ökologische Labor verlassen hatten. Ich schielte in meinen Augenwinkel und bemerkte, dass dort erneut etwas blinkte. Ich begriff, dass es von mir ebenfalls eine Auswahl verlangte. Aber ich brauchte mehr Zeit und mehr Informationen, um mir die Möglichkeiten durchzusehen und keinen Mist zu bauen. Irgendwie konnte ich mir nicht vorstellen, dass diese Apokalypse eine spätere Änderung der Spezialisierung erlauben würde.

Ich weigerte mich, uninformierte Entscheidungen zu treffen, wenn mir die Informationen zur Verfügung standen. Was immer diese scheiß Bildschirme vor meinem Gesicht auch darstellten, es war potenziell sehr angsteinflößend und gefährlich für meine Kinder. Deshalb wäre es schlicht unverantwortlich von mir, Entscheidungen zu überstürzen, die sich auf die Überlebenschancen meiner Familie auswirken konnten.

Überlebenschancen. Wir mussten überleben. Und auch wenn eine rasche Entscheidung mich betreffend kurzfristig sinnvoll sein mochte, hatte ich nicht vor, kurzfristig zu sterben. Die wichtigen Entscheidungen würden warten müssen.

Scheiße.

Ich wünschte nur, Mason wäre nicht schon wieder für die Arbeit unterwegs. Vielleicht, wenn er die Kinder dieses Wochenende gehabt hätte … Mit einem tiefen Durchatmen schüttelte ich die Gedanken an meinen Exmann ab. Jetzt im Moment musste ich analysieren, was hier vor sich ging.

War das tatsächlich der Weltuntergang? Ich versuchte die Eingangstüren aufzustoßen und ächzte. Sie waren strombetrieben. Scheiße.

„Ihr zwei, um die Ecke. Wisp, bleib bei deinem Bruder." Der Ernst der Lage wurde dadurch unterstrichen, dass Wisp sich nicht einmal zu wehren versuchte, als ich sie auf dem Boden abstellte.

Mickrige Glastüren würden mich nicht aufhalten. Ich ging zu einer der Ausstellungsvitrinen. Diesen Monat ging es um Umweltbewusstsein und die Gefahren von Bauvorhaben in der Nähe von Schutzzonen. Zur Deko lagen da auch einige Ziegelsteine. Ich erinnerte mich daran, dass ich das für ziemlichen Schnickschnack gehalten hatte, doch nun war ich so dankbar wie für diese Promotion-Taktik. Ich hievte einen der Ziegel hoch, dachte beim Zielen zurück an meine Zeit als Softballspielerin und schleuderte den Klotz mitten in die Glasscheibe der Türen.

Der Krach hätte Tote aufwecken können, wenn welche in der Nähe gewesen wären. Oh nein, hatte ich es etwa gerade verschrien? Würden gleich überall Zombies auftauchen?

Atmen, Kira. Einfach atmen.

Scheiße.

Ich versteh dich ja, Hirn – sehr verwirrend das alles. Aber ich musste mich zusammenreißen und mit der verdammten Panik aufhören. Als die letzten Scherben zu Boden gescheppert waren, wandte ich mich um und rief die Kids herbei. Jetzt war Wisp wach, und ihr blasses Gesicht zeigte Angst, aber auch Entschlossenheit. Sie klammerte sich an meine Hand wie an eine Rettungsleine.

„Es sind nur noch fünfunddreißig Minuten, Mum. Wir müssen deine

Klasse wählen. Und unsere Boni aussuchen."

Jacksons Drängen war sanft, doch es bedurfte all meiner Kraft, ihn nicht anzuherrschen. Ich wusste, dass er recht hatte, auch wenn das ganze Konzept noch so absurd klang. Seit wann konnte sich die gesamte Welt in ein beschissenes Computerspiel verwandeln?

Seit fünfundzwanzig Minuten, erklärte mir mein äußerst hilfreiches Gehirn.

Wir traten hinaus auf den Pfad vor dem Laborgebäude. Die Verkehrtheit der Luft und des Gebüschs um uns herum traf mich augenblicklich. Ich spürte etwas, so ähnlich wie ich immer wusste, dass ein Waldbrand auf uns zukam, noch bevor der Geruch mich erreichte. Doch dies hier war ganz anders, gefährlicher, alles verändernd, verheerend.

Wir mussten so schnell wie möglich zum Auto, also quer durch den Campus und hinüber zur Park Road.

„Hast du eine Theorie?", fragte ich leise, um Zeit zu gewinnen, und Jackson antwortete mir folgsam.

„Ich weiß nicht. So ein Spiel habe ich noch nie gesehen, und ehrlich gesagt, wenn es sich in unseren Köpfen festsetzen kann, kann es auch nicht einfach nur irgendein Spiel sein. Es muss so sein, die Welt wurde von Aliens übernommen." Sein Gesichtsausdruck zeigte keinerlei Regung.

Er meinte es todernst, und tief drinnen wusste ich bereits, dass er recht behalten würde. Vielleicht. Der Gedanke an Aliens war aberwitzig. Der Gedanke an eine von einem Spielesystem gesteuerte Welt aber auch.

Solche Effekte hatte ich jedenfalls noch nie erlebt.

Ich nickte, da ich mir nicht zutraute, etwas zu sagen und dabei für meine Kinder weiterhin stark und unerschrocken zu wirken. Eine halbe Stunde noch bis zum Systemstart. Vielleicht schafften wir es ja noch rechtzeitig nach Hause, wo wir uns in der Sicherheit unserer eigenen vier Wände kurz hinsetzen und nach einer Lösung suchen konnten.

Wir folgten den Gehwegen entlang um die Gebäude herum, wobei die Brise die Eukalyptusblätter so aufwirbelte, dass ich ihren Geruch deutlich wahrnehmen konnte. Wenn ich die Ohren anstrengte, hätte ich schwören können, den Koalas beim Kauen zuhören zu können, doch das war bestimmt bloß meiner überreizten Vorstellungskraft zuzuschreiben.

Jedes einzelne der Gebäude trug jenen schwachen blauen Schimmer, selbst der Brunnen im Innenhof, wo die Studenten an heißen Sommertage bevorzugt ihre Mahlzeiten einnahmen. Darin lebten Koi-Karpfen, aber ich riss mich nicht besonders darum, einen Blick hineinzuwerfen. Niemand sonst war mehr hier. Nicht einmal Steve oder Jane hatte ich gesehen. Um diese Uhrzeit drehten sie für gewöhnlich ihre Runden.

Ein Schatten huschte vor uns über den Weg. Nagerartig, dabei aber größer als erlaubt. Die Luft wollte sich in meiner Kehle festsetzen, und der Blick, den Jackson mir zuwarf, bestätigte, dass ich keine Halluzinationen hatte.

Es hatte mir immer sehr gefallen, dass der Campus mitten im Busch lag, doch je näher wir dem Parkplatz kamen und je mehr Geschöpfe um uns herum zu wuseln und zu krabbeln begannen, desto mehr wünschte ich, ich hätte damals den Job auf der Uni in der Stadt angenommen.

Kapitel zwei:
Fliegendes Ungeziefer

15 Minuten nach Systemstart

Das Adrenalin sackte ab, als wir um die Ecke bogen und ich den Wagen erblickte, der auf dem Parkplatz abgestellt war. Der Wind peitschte die Baumkronen über uns, und ich begann schon zu hoffen, dass wir es in Sicherheit schaffen würden, um uns etwas zu überlegen. Bestimmt wäre alles gut geworden, hätte sich genau in diesem verdammten Moment nicht eine gewaltig mutierte fliegende Kakerlake entschlossen, sich auf meinen Kopf zu setzen und ihre Mandibeln in meine Augen hängen zu lassen.

Auf keinen Fall wollte ich meinen Kindern Angst einjagen, doch leider verfügte ich auch nicht über die Selbstbeherrschung, nicht wie am Spieß zu kreischen, während ich wie wild den Kopf schüttelte, um das Ding abzuwerfen.

Schon mal eine Kakerlake gesehen? Auf ihren Beinen befinden sich winzige Widerhaken, nur hatte diese hier eben die Größe einer kleinen Katze, saß auf meinem Kopf, und vor Panik hätte ich mich beinahe übergeben. Erneut eilte Jackson zu meiner Rettung, indem er sie mit seinem Rucksack davonschlug. Im Mondschein sah ich seine Augen, weit aufgerissen und voller Furcht, doch er schaffte es trotzdem. Mehr brauchte ich nicht, um mich zusammenzuraufen. Das Vieh fiel zu Boden, und ich stampfte darauf. Meine Stiefel zermatschten seinen Schwanz mit einem Übelkeit erregenden Knacken. Weiße Innereien spritzen hervor und verfehlten mich Gott sei Dank knapp.

Das schrille Quieken, das die Kreatur ausstieß, quälte unsere Ohren, und ich betete inständig zu allen etwaigen Göttern dieses neuen Systems, dass es nicht gleich einen ganzen Schwarm der Biester herbeirief. Ich prügelte wieder und wieder und wieder mit dem Zeltsack auf das Mistvieh ein. Die Metallstangen darin waren das Einzige, was ich hatte, um es so tot wie nur möglich zu schlagen. Kakerlaken muss man in Stücke reißen. Ansonsten überleben sie alles.

Fliegende Kakerlaken sind das Letzte. Ich hasse sie. Niemals wieder wollte ich ein Sterbenswörtchen über diese haustiergroße Kreatur verlieren, doch schon wieder beschlich mich das entsetzliche Gefühl, dass es sich dabei nur um den Anfang einer langen Reihe handelte.

Erfahrung gesammelt +183 EP
Du hast Erfahrung gesammelt. Die Erfahrungspunkte werden gespeichert, bis du deine Klasse gewählt hast und sie angewandt werden können. Bitte erledige das rasch, denn Erfahrung kann verfallen.
Gute Arbeit mit der Kakerlake. Es ist doch unglaublich, wie viel schwerer die zu töten sind, wenn sie sich wehren können. Anmerkung: Dank der hohen Schwierigkeitsstufe von Kerkerkontinent: Australien *erhalten alle Kills in den ersten 24 Stunden Bonuspunkte.*

Keuchend beobachteten wir die letzten Zuckungen des sterbenden Dings und schauten uns furchtsam nach dem nächsten Angreifer um. Wisp klammerte sich an meiner Jacke fest und versteckte sich hinter mir. Die Welle der Angst, die uns alle überschwemmte, ließ mich würgen. Das hier war echt, und ich hatte keine Ahnung, was ich tun sollte.

„Hey, mein genialer Sohn. Was hast du von deinen ganzen Spielen gelernt? Was machen wir jetzt?“, fragte ich, und es gefiel mir nicht, dass ich auf mein Kind angewiesen war. „Was müssen wir in diesem Spiele-Interface auswählen und beachten?“

Wir waren nun beim Wagen, der zum Glück unversperrt war, weil anscheinend überhaupt nichts an Elektronik mehr funktionierte. Und wer hätte das gedacht, mein wenige Jahre alter Wagen verfügte über eine Menge elektronischer Helfer. Eiserne Konzentration war alles, was meine Hände vom Zittern abhielt und den verzweifelten Schrei in meiner Kehle einsperrte. Mein Sohn schaute mich an und nickte, und seine Hände zitterten dabei sehr wohl.

Hier, mitten auf diesem verlassenen Parkplatz, auf dem wir soeben von einem monströsen Insekt angegriffen worden waren, hatte mein kleiner Junge mich gerettet. Ich zog ihn in eine Umarmung und drückte auch Wisp fest an mich.

„Wir schaffen das. Wir müssen nur zusammenhalten, dann kriegen wir das hin.“ Ich musste es laut aussprechen, auch um es mich selbst glauben zu machen.

Ihre Augen verrieten mir, dass sie sich auf mich verließen. Sie waren meine Kinder, und wir hatten im Laufe ihres kurzen Lebens schon eine Menge durchgestanden. Die Scheidung, wenn auch recht einvernehmlich, war für sie trotzdem sehr hart gewesen. Wenn wir das Schlimmste überstanden hatten, würde ich vielleicht einen Weg finden, um zu Mason zu gelangen. Wir teilten uns die Kinder meistens, und die beiden waren gerne bei ihrem Vater, wenn er in der Stadt war. Ich wollte verdammt sein, wenn ich mir jetzt von einer blöden Apokalypse einen Strich durch die Rechnung machen ließe.

„Frag nach deinen Optionen. Rede mit dem Spiel oder denk einfach daran. Es ist alles schon da, du musst es nur benutzen. Aber schau dir deine Wahlmöglichkeiten alle durch. Nimm nicht das Erste, was dir angeboten wird. Gib Befehle und sei eindeutig. Ich glaube, es nimmt alles sehr wörtlich." Er verkrampfte den Kiefer und ließ anmerken, dass er sich beinahe hätte austricksen lassen.

Wir hatten nicht die Zeit, die ich benötigte. Doch das lag zum Teil auch daran, wie ich immer mit allem umging. Ich brauchte Pläne, ich brauchte ein Verfahren, und ich musste meinen spezifischen Listen stets Schritt für Schritt folgen, um zu einem Ergebnis zu kommen. Und Recherchen. Ich brauchte Recherchen, um zu wissen, worauf ich mich einließ – was für mich die bestmögliche Option war. Nur ging das im Moment einfach nicht. Leite das System, hatte er gesagt.

„Vorgeschlagene Klassen anzeigen." Ich sprach leise, und es gehorchte.

Der blaue Bildschirm, mitsamt jener blockhaften Schriftart, die mir in den Augen schmerzte, erschien erneut vor meinem Gesichtsfeld. Ich überflog die neuen Fertigkeiten nur flüchtig, bevor ich die Brauen zusammenzog und den Kopf schüttelte. Das alles hatte nichts mit meiner derzeitigen Tätigkeit zu tun. Und meine Geduld war sehr knapp. Vor allem weil ich kein Interesse hatte, Beobachterin oder Pflanzensaft-Sammlerin zu werden, ganz zu schweigen von einer Option, die verdächtig danach aussah, als wollte das System mich zur Köchin degradieren. Nichts davon würde mir helfen, meine Kinder zu beschützen. Außerdem waren meine Kochkünste ein Graus.

Kalibrierung. Vorbestimmte Informationen werden verarbeitet.

Achtung: Gemäß Dungeonwelt-Entwicklungsplan 142.4.2.8 werden bestimmte Fertigkeiten als dem System dienlich anerkannt. Diese nicht anzuwenden, wäre ein schweres Vergehen. Wische, wenn du bereit bist, eine Klasse zu wählen, von der dein Leben und jenes deiner Sprösslinge abhängen wird.

Liste der anwendbaren Klassen ansehen?

„Ja", blaffte ich, und fühlte mich seltsam dabei, mit mir selbst zu reden. Die Minuten verflossen fühlbar. Ich wusste zwar nicht, was es genau bedeutete, wenn die Phase des Systemstarts abgeschlossen war, aber ich wollte zu diesem Zeitpunkt jedenfalls nicht mehr hier mitten im Busch rumstehen. Angesichts der Kakerlake von eben wollte ich gar nicht wissen, was mit Koalas und Würgekrähen passieren würde.

Die folgenden Optionen stehen dir zur Verfügung:

Grundklasse: Reinigerin des Landes

Aufgrund deines einzigartigen Verständnisses darüber, wie die Kreaturen und Pflanzen um uns herum gedeihen, obliegt dir die Aufgabe, die Umwelt zu säubern. Diese Fähigkeit erlaubt es dir, Manaemissionen zu reinigen und das Mana zu systemzulässiger Reinheit zu destillieren. Aufgrund der hohen Manakontamination, die aufgrund der passiven Fertigkeiten dieser Klasse unvermeidbar ist, wirst du anderen Individuen in deiner Gegenwart jedoch

Schaden zufügen.

Klassenfähigkeiten: +3 pro Level in Intelligenz +1 in Konstitution und Willenskraft.

+4 Attribute pro Level – nicht anwendbar auf Intelligenz und Charisma

+20 % Geistige Widerstandsfähigkeit

+50 % Elementare Widerstandsfähigkeit

+20 % Manaregenerationsrate

Na, das war ja schon mal Quatsch. Meinen Kindern Schaden zufügen? Auf keinen Fall.

Grundklasse: Schädlings- und Krankheitserregereinheit: Mikrobiologin/Pflanzenpathologin/Entomologin/Hydrogeologin/Molekularbiologin – Abgekürzt: Spezialistin für Umweltprozesse

Dein Lebenswerk hat dich auf diesen Pfad geführt. Hurra. Du wirst auch weiterhin dein Studium und dein Verständnis der dich umgebenden Ökosysteme mit ihren listigen Manamutationen erforschen. Irgendwann wird auch diese neue Erde dir in Zeiten von Not helfen. Wenn du bis dahin durchhältst.

Klassenfähigkeiten: +2 pro Level in Intelligenz +1 Konstitution, Wahrnehmung und Willenskraft pro Level.

+3 Gratis-Attribute pro Level

+22 % Geistige Widerstandsfähigkeit

+35 % Elementare Widerstandsfähigkeit dank deiner ökologischen Affinität. Dieser Wert steigt mit zunehmendem Level.

Warnung: Die Natur ist mächtig. Vergiss das nie.

Kryptische Warnungen waren nun mal kryptisch. Ich hob eine Augenbraue und fragte mich dabei, ob das Systemding mich wohl sehen konnte. Sah fast so aus, als hätte es meine genaue Jobbeschreibung aus meiner Personalakte rausgefischt und übernommen. Na gut. Das klang jedenfalls besser und machte nicht den Eindruck, als würde ich wie bei der anderen Option zu einer Unberührbaren werden. Mich an das zu halten, was ich ohnehin schon konnte, schien mir der beste Weg, also traf ich meine Auswahl, nachdem ich einmal schwer geschluckt hatte.

Gratulation!

Du hast deine Klasse gewählt und bist jetzt auf Level 1. Deine gespeicherten Erfahrungspunkte wurden angewandt.

Möchtest du jetzt deine Fertigkeiten wählen?

Sicher.

Du kannst ein (1) der folgenden klassenspezifischen Fertigkeiten auswählen:

Stufe eins

Erdbarrikade (Level 1)

Erdbarrikade ermöglicht dir, die Erde unter deinen Füßen zu befehligen, um damit dich und deine Verbündeten zu verteidigen.

Effekt: Erzeugt einen Schild mit 100 TP in einem Feld von 3 x 2,5 m (formbar)

Preis: 20 Mana

Mana-Wahrnehmung (Level 1)

Indem du deine Affinität gegenüber deiner Umgebung nutzt, kannst du die Erde anzapfen und ihr Warnungen vor Gefahren entlocken. Radius und Genauigkeit der Informationen steigen mit wachsenden Fertigkeiten und steigender Wachsamkeit. Manaregeneration permanent um 5 Mana pro Sekunde reduziert. Dies ist eine passive Fertigkeit.

Effekt: Verleiht der Nutzenden einen zusätzlichen seismischen Sinn, mit dem sie Bewegungen auf oder im Erdwerk erspürt. Maß der Wahrnehmbarkeit abhängig von der Entfernung und der Stärke der Störung.

Reichweite: 200 Meter.

Bluttransfer (Level 1)

Dank deiner Hingabe, die Welt und die Funktionsweise der biologischen Evolution zu verstehen, kannst du das Blut deiner Gegner anzapfen und deren Schaden umlenken, um damit dich selbst zu heilen. Vorteilige Effekte sind nur für dich selbst nutzbar.

Achtung: Am besten nur auf Feinde richten. Nur zur Selbstheilung.

Effekt: Entzieht und transferiert 5 HP pro Sekunde. Ziel muss über Blut verfügen.

Preis: 5 Mana pro Sekunde

Ich lese alles durch, dann lese ich es noch einmal. Falls mein Verständnis der englischen Sprache keinen Schaden genommen hatte, dann war Mana-Wahrnehmung wohl fürs Erste die beste Option. Eine Barrikade und Selbstheilung waren zwar bestimmt auch nützlich, doch ich fand, frühzeitig vor Gefahren gewarnt zu sein, war noch wichtiger, besonders zu Beginn. Die Auswahl zu treffen, ließ eine surreale Welle von Übelkeit über mir zusammenbrechen. Dieser Eindruck fühlte sich jedenfalls nicht wie im Spiel an, auch wenn alles andere so wirkte.

Bitte beachte, du hast 1 geringfügigen Bonus, 1 mittleren Bonus und 1 hohen Bonus zur Verfügung. Möchtest du diese Attribute jetzt zuweisen?

Jackson kniete neben seiner Schwester, um sich an ihre Größe anzupassen. Sie war zwar nicht besonders klein für ihre acht Jahre, aber groß war sie auch nicht. Noch nie hatte ich ein weniger ängstliches Kind erlebt, doch die Finsternis um uns herum und die gewaltige Kakerlake waren wohl auch für sie alles andere als normal.

Ich prüfte rasch, was er gewählt hatte, und legte die Stirn in Falten. Er hatte sich für etwas namens Techzard entschieden.

Du hast eine Vorliebe für alles Technische, und deine seltsame Affinität zu Energiequellen führt dich zu alternativen, manafreundlicheren Methoden. Mach dir bewusst – Mana und Energie gehen Hand in Hand. Lass dich nicht korrumpieren.

+3 Intelligenz, +1 Willenskraft und +1 Konstitution

+3 Attribute pro Level

Ich zuckte die Achseln. Jedenfalls klang es so, als würde es zu ihm passen. Er hatte seine Klassenauswahl getroffen. „Fast fertig." Ich sprach sanft, um den beiden möglichst Mut zu machen. Dann nahm ich mir ein Herz und versuchte in Gedanken eine weitere Anfrage. *Bitte zeige mir etwas, womit ich meine Familie schützen kann.* Der verzweifelte, schrille Ton meiner inneren Stimme gefiel mir nicht. Ich wusste nicht mal selbst, ob ich bettelte oder befahl.

> *Gemäß Dungeonwelt-Entwicklungsplan 18.4.7.6.8(a) (Nachtrag zum Bonussystem für Familieneinheiten) wird dir als Kopf deiner nicht-kolonialen Familieneinheit mit zwei (2) oder mehr Angehörigen in unmittelbarer Nähe ein besonderer Bonus im Ausmaß eines hohen Bonus gewährt. Die Auswahlmöglichkeiten für diesen Bonus sind beschränkt auf jene, die dem Schutz und der Überlebenssicherung deiner Familie als Ganzes dienen.*
>
> *Jeder Versuch, diesen Bonus unsachgemäß oder missbräuchlich und seinem Zweck zuwiderlaufend einzusetzen, führt zu Sanktionen, einschließlich Entzug von Erfahrungspunkten, Einschränkungen von Klassen-Upgrades sowie gegebenenfalls Anpassungen von Ruf und Ansehen.*

Eine Liste breitete sich vor meinen Augen aus, die so lang war, dass sie mir Kopfschmerzen bereitete, und ich musste die Augen zusammenkneifen. Ich bekam allmählich den Eindruck, dass sich dieses System viel eher wie ein Teenager verhielt als mein Sohn. Mehrere der angezeigten Boni, von jenen zumindest, die ich immerhin entziffern konnte, hatten Voraussetzungen, über die ich auf jeden Fall noch nicht verfügte.

„Äh. Danke. Zeig mir die beste Option, die ich mit diesem besonderen Bonus kaufen und verwenden kann, um meine Kinder zu schützen."

Ich hätte schwören können zu fühlen, wie dieses gesamte System zu grübeln begann. Vielleicht war das auch nur meine Art, mit dem Shitstorm umzugehen, in dem wir uns gerade befanden, doch ich blieb standhaft. Das verdammte Ding legte meine Aussage wortwörtlich aus. Aber ich hatte auch nicht vor, dem geschenkten Systemgaul in die Elektroden zu schauen.

Preis: 1 hoher Bonus

Fähigkeit: Quantenverschiebungsschild (QVS)

Mit dem QVS können befreundete Ziele für eine Dauer von maximal zehn Minuten in ein sicheres und für andere unerreichbares Dimensionsloch verschoben werden.

Im aktivierten Zustand können die Ziele mit konventionellen Methoden nicht angegriffen werden. Erfordert nach Verbrauch Zeit zum Wiederaufladen. Ladezeit basierend auf der galaktischen Standard-Manadichte – 1 Stunde und 8 Minuten.

Ich runzelte die Stirn. Klang ziemlich klasse, aber war ich wirklich bereit, meine Achtjährige oder meinen Dreizehnjährigen in ein Dimensionsloch zu stecken? Gab es nicht Mythen, dass dort womöglich der Ursprungsort von Vampiren lag? Apropos, was, wenn Vampire am Ende tatsächlich eine intergalaktische Rasse waren?

Ich meine, nicht dass ich an Vampire geglaubt hätte, aber bis vor ungefähr vierzig Minuten hatte ich auch nicht geglaubt, dass es wirklich

Aliens gibt.

Ich schüttelte den Kopf. So gut mir der Bonus auf den ersten Blick gefiel, irgendwas hielt mich zurück. Also entschied ich mich für die andere, hoffentlich sicherere Variante.

Zauber: Kraftschild

Dieser Schild kann vor einem Familienmitglied aktiviert werden, unabhängig von der Entfernung zueinander. Er kann bis zum Zehnfachen der Trefferpunkte der wirkenden Person absorbieren, wobei zehn Trefferpunkte gegen zehn Schildpunkte eingetauscht werden. Kann ein Mal pro Stunde gewirkt werden. Einmal aktiviert, ist die verbündete Person eingeschlossen und kann sich aus dem Schild nicht lösen, bis die wirkende Person es erlaubt oder stirbt.

Preis: 25 Mana + Trefferpunkte im Tausch für den Schild

Anmerkung: Kraftschild ist beim derzeitigen Fertigkeitslevel auf 200 Trefferpunkte beschränkt.

Vielleicht ein kleines bisschen morbider als unbedingt nötig. Aber wenigstens würde Wisp so in Sicherheit sein, und wenn es hart auf hart käme, könnte ich das Ding auch bei Jackson anwenden. Es gab eine kurze Pause, dann tauchte erneut ein Bildschirm auf. „Statusmonitor“ stand da, und dazu stellte mir das System weitere Fragen.

Du hast 3 unverbrauchte Attributpunkte. Möchtest du diese nun verteilen?

Statusmonitor			
Name	Kira Kent	Klasse	Spezialistin für Umweltprozesse
Volk	Mensch (weiblich)	Level	1
Titel			
Gesundheit	100	Ausdauer	100
Mana	220	Manaregeneration	
Attribute			
Stärke	9	Beweglichkeit	12
Konstitution	10	Wahrnehmung	16
Intelligenz	20	Willenskraft	19
Charisma	12	Glück	12
Klassen-Fertigkeiten			
Mana-Anpassung	1	Führungsfähigkeit	1
Analyse	2		
Kampfzauber			
Kraftschild			

Bitte beachte, du hast 1 geringfügigen Bonus, 1 mittleren Bonus und 1 hohen Bonus zur Verfügung. Möchtest du diese Attribute jetzt zuweisen?

Hier standen wir also nun, mitten auf einem verdammten Parkplatz in finsterer Nacht, wie auf dem Präsentierteller. Wir hatten keine Zeit, uns hinzusetzen und die vermutlich tausenden Boni durchzugehen, aus denen ich wählen konnte. Wie sollte das gehen?

Ich schüttelte den Kopf und befahl dem System, die übrigen Boni und Attributpunkte für später aufzubewahren und schloss das Interface, nachdem ich auf einen Blick auf den Countdown in meinem Augenwinkel geworfen hatte. Siebzehn Minuten. Alles klar.

Dir verbleiben achtundvierzig Stunden und siebzehn Minuten, um deine Boni und die Boni deiner Tochter zu verteilen und Jacksons Boni zu bestätigen, ansonsten gehen sie verloren. Möchtest du eine Erinnerung setzen?

Ich hielt mich zurück, und anstatt entnervt zu fauchen, gab ich schlicht Antwort. „Ja."

Mehr brauchte es nicht, um endlich fürs Erste zu verschwinden. Das Wichtigste zuerst. Die Kinder und mich selbst in Sicherheit bringen. Dafür sorgen, dass zu besagter Sicherheit auch noch weitere Menschen beitragen, um die Chancen auf Schutz zu erhöhen. Dann erst würde ich mir Zeit nehmen und die verfluchten Boni meiner Familie beackern.

Mein Jeep würde nirgendwohin fahren. Aber seit unserem letzten Ausflug vor ein paar Wochen hatten wir noch immer nicht unsere Fahrräder abgeladen, und die hatten immerhin keine elektronischen Bauteile. „Schnappt euch die Räder."

Ich begann damit, das Zelt an meinem Rucksack festzuzurren, bevor ich das Zeug auf dem Rücksitz durchwühlte und die Verbandskästen und die drei kleinen Prepper-Pakete hervorholte, die ich immer bei mir hatte.

Etwas Essen, Kochgeschirr, spezielle Wärmedecken, Wasserfilter und einige Medikamente. Man konnte nie vorsichtig genug sein.

„Da hast du's. Über deinen Opa und seine Prepper-Gewohnheiten haben sie immer gelacht." Ich stupste Jackson an, der zusehends so wirkte, als würde er gleich in Ohnmacht fallen, je mehr ihm die Realität der Ereignisse bewusst wurde.

„Echt?" Er erwachte wieder ein wenig zum Leben. Jackson und mein Dad waren unzertrennlich. „Ich fand's immer irgendwie cool."

„Jap." Ich wedelte mit einem der Notfallpakete durch die Luft, bevor ich alles in den Rucksack stopfte. „Und jetzt sind wir bestens vorbereitet, mitten in der Apokalypse."

Dieses Mal lächelte Jackson sogar, und etwas von der Anspannung schien aus seinen Schultern zu weichen. Ich muss gestehen, mir ging es genauso. Mein guter alter Dad. Sie lebten jetzt in Tasmanien. Verdammt, ich hoffte, sie würden das überleben.

„In Ordnung. Wisp." Ich ging in die Hocke, um in ihre ernsten grünen Augen zu blicken. Ihr dunkelbraunes Haar war zu zwei Zöpfen geflochten und im Nacken zusammengebunden, wie sie es am liebsten hatte. „Wir glauben, dass uns ein EMP getroffen hat. Alles mit Strom ist kaputt. Wir müssen hier weg und auf den Highway. Kannst du alleine mit dem Fahrrad fahren?"

Ein Grinsen machte sich auf ihrem Gesicht breit, und ich unterdrückte ein erleichtertes Aufseufzen. Meine kleine Draufgängerin. Jetzt nach ihrem kurzen Schläfchen, würde sie vermutlich sowohl mir als auch ihrem Bruder um die Ohren fahren.

„Ich bin wach genug, Mum, falls du das meinst." Sie zupfte an ihrem Zopf herum und schürzte die Lippen. „Kann ich alleine Fahrrad fahren … was für eine Frage."

Sie sprang ins Auto, holte ihren Rucksack und zog mehrere Paar Leggings und Herbstjacken unter dem Sitz hervor. Offenbar hatte sie überall ihre ausgeklügelten Verstecke, selbst in meinem Auto. Dann schnappte sie sich noch eins meiner Prepper-Pakete oben aus meinem Rucksack und steckte es bei ihr rein.

Zum Schluss kam ihr Hase obendrauf, ganz behutsam, und dann zog sie den Reißverschluss zu und nahm ihrem Bruder ihr Fahrrad ab. Der vermaledeite Plüschhase war ihr seit dem zweiten Lebensjahr nicht eine Sekunde von der Seite gewichen. Dass er ihr ständiger Begleiter war, ließ sich auch unschwer am Zustand seiner Abgewetztheit erkennen. Mit dem Hasen ab in die Apokalypse – das war meine Wisp. Als ich im Mondlicht den Ausdruck von Entschlossenheit auf ihrem kleinen Gesicht erkannte, bekam ich einen Kloß im Hals.

Der Radweg war nicht weit entfernt. Einer der größten Vorteile an Brisbane war die ständige Verfügbarkeit von Radspuren, die sich innerhalb und außerhalb durch die Stadt schlängelten und eine dringend benötigte nichtmotorisierte Fortbewegungsmöglichkeit boten. Erstes Ziel angepeilt. Sobald die Räder sich zu drehen begannen, leuchteten unsere dynamobetriebenen Lampen auf. So dankbar ich auch war, meine Kinder gut erkennen zu können, kam ich doch nicht umhin mir Sorgen zu machen, das Licht könnte womöglich gewaltig überdimensionierte Motten anlocken.

❖

Zeit bis Systemstart: 8 Minuten 34 Sekunden.

Verdammt. Die Zeit reichte nicht. Wir hatten noch immer ein gutes Stück bis zur Kreuzung, und ich hätte schwören können, dass die Blätter in den Bäumen über uns schon ganz unruhig klangen. Natürlich war das vermutlich schon wieder meine hyperaktive Fantasie, doch in diesem Moment konnte ich nicht anders, als darüber nachzudenken, welche Kreatur wohl gleich von den Ästen fallen und sich auf uns stürzen würde.

In der Nacht. Und wir auf den Fahrrädern.

Wir mussten zur Kreuzung von Klumpp Road und University Road. Ich sah keine andere Aussicht auf Sicherheit für uns, als uns gemeinsam mit anderen Menschen zu verschanzen, und so spät in der Nacht nahm ich zwangsläufig an, das Stadtzentrum von Brisbane müsste dafür der beste Ort sein. Aber bis dorthin waren es eben um die fünfzehn Kilometer. Wir hatten auch schon längere Radausflüge gemacht, allerdings nicht mitten in der Nacht und schon gar nicht mit einem Timer im Nacken.

Und auch nicht mit der Aussicht auf weitere fliegende Kakerlaken in Katzengröße.

Die Insekten, die über den Weg huschten, waren ebenfalls bereits größer als gewöhnlich. Einige wie Opossums, andere eher wie Katzen oder kleine Hunde, doch die Anzahl ihrer Beine verriet uns, dass es sich dabei wohl kaum um freundliche Haustiere handelte. Jackson führte uns an, immer wieder ein Auge hinter sich werfend und darauf achtend, Wisp zwischen uns zu halten.

Ich wollte mich am liebsten kneifen, nur für den Fall, dass ich doch träumte, doch ob der Erinnerung an die haarige Kakerlake auf meinem Gesicht überlegte ich es mir anders. Das hier war kein Traum. Es war verdammt gruselig, und irgendeine logische Erklärung dafür gab es bestimmt auch, aber ein Traum war es definitiv nicht.

„Achtung!“, rief Jackson, bevor er plötzlich einen abrupten Schlenker machte, um etwas auszuweichen. Wisps Reflexe waren gut genug, um ebenfalls noch den Bogen zu kratzen, und ich war vorgewarnt. Doch als ich das Ding passierte, gefiel mir ganz und gar nicht, was ich da für Überreste sah. Obwohl ich nur einen kurzen Blick erhaschte, erinnerten sie mich nicht an irgendein Insekt oder Tier, das hier in der Gegend heimisch gewesen wäre. Damit blieben nur noch möglicherweise eingeschleuste Arten übrig. Vielleicht würden wir ja tatsächlich leibhaftigen Aliens begegnen. Im Ernst jetzt?

Womöglich konnte ich mir das mit der logischen Erklärung doch in die Haare schmieren.

Die Bäume wurden allmählich lichter, und der Pfad führte uns zur ersten größeren Kreuzung. Jack bremste schlagartig ab, und Wisp wäre ihm beinahe hinten drauf gefahren. Mir wurde schnell klar, weshalb er stehengeblieben war, obwohl mein Hirn Schwierigkeiten hatte, die Szene vor uns zu verarbeiten.

Der EMP hatte nicht nur mein Telefon gekillt, sondern auch sämtliche Fahrzeuge, ob sie gerade in Bewegung waren oder nicht. Auch wenn es fast Mitternacht war und man von Glück reden musste, dass es nicht zur Rushhour passiert war.

Eingedrückte Wagen auf der Kreuzung, noch schlimmer zerquetscht von mehreren großen Lastwagen, die wegen der leichten Hangneigung der Klumpp Road zusätzlich an Fahrt aufgenommen hatten. Ich hörte husten und spucken, wimmern, und aus einem der Wagen auf dem großen Haufen war das unverkennbare Geräusch eines weinenden Babys zu vernehmen.

„Bleib bei deiner Schwester." Der Befehlston, mit dem ich zu Jackson sprach, war so scharf, dass er keinerlei Widerrede zuließ. Dabei war er ohnehin ein gutes und schlaues Kind und hatte das Chaos vor unseren Augen mit Sicherheit längst selbst richtig eingeschätzt.

Ich bückte mich und drückte Wisp rasch. „Sei brav und bleib bei deinem Bruder, okay? Bleibt hier. Geht mir nicht nach. Hier ist überall scharfes Metall und Glas, das euch verletzen könnte."

Ich deutete hinauf zu einer der bedenklich schief hängenden Straßenlaternen und sah, wie Wisp den Anblick registrierte. Sie nickte feierlich. Was für eine seltsame Wendung, dass ich es nun als sicherere Option erachte, meine Kinder am Rand einer viel befahrenen Straße alleinzulassen.

Ich ging an zwei bis zur völligen Unkenntlichkeit eingedrückten Wagen vorbei, wobei ich im fahlen Licht des Mondes kaum überhaupt irgendwelche Farben erkennen konnte. Der Wind peitschte meine Haare umher und seine herbstliche Kälte schien mir eine Warnung zurufen zu wollen. Mit dem Erste-Hilfe-Kasten fest in der Hand, ging ich auf ein Auto zu, wo ich einen Arm hervorstehen sah.

Ich war in keinster Weise als Ärztin qualifiziert. Mir fehlte der feste Magen dafür, ganz anders als bei meinem Zwillingsbruder. Er kümmerte sich um Menschen, ich um den Planeten. Gute Rollenverteilung. Doch ich musste mein Unbehagen jetzt unterdrücken, denn ich war immerhin unversehrt und konnte noch etwas unternehmen.

Ich ging neben dem Wagen in die Hocke, wobei mir bewusst wurde, dass das Weinen des Babys verstummt war, ohne zu wissen, aus welchem der um die vierzig Fahrzeuge um mich herum es gekommen war.

„Hey. Ist da jemand?“, fragte ich behutsam, ohne große Hoffnung zu wagen.

Zur Antwort erklang ein Husten, sehr feucht und rau. „Ja. Der verdammte Arm ist weg, Mann. Das Rohr hier geht nicht raus.“

Ich verzog das Gesicht, keine Ahnung, wie ich dem Mann helfen sollte. Angesichts des Rohres, das sich durch Brust und Arm gebohrt hatte, hätte man meinen müssen, er sollte längst tot sein. Nachdem er es aber nicht war, konnte es ja sein, dass irgendwas in diesem System den Tod verhinderte, aber ich wusste nicht, wie ich das nachprüfen sollte.

„Dagegen gibt’s keine Pillen.“ Die Worte waren draußen, und erst da begriff ich, wie unsensibel sie waren, doch der Mann im Auto lachte, was am Ende mehr wie ein Gurgeln klang.

„Okay, Mann. Hilf den anderen, wenn du kannst.“ Er hatte sich wohl mit seinem Schicksal abgefunden, so wie es sich anhörte. Zarte blaue Wolken umschwebten den Mann, so als wollten sie helfen, und ich musste gegen den Drang ankämpfen, die Eisenstange aus seiner Brust zu zerren. Was konnte schon Schlimmeres passieren, als dass er starb?

„Soll ich das Ding rausziehen?“ Ich durfte nicht zögern, die Uhr tickte.

Furcht, legte sich in seinen Blick, doch dann biss er die Zähne zusammen und nickte. „Einen Versuch ist's wert, oder?“

Ohne weitere Umschweife stemmte ich meinen Fuß gegen die Wagentür und zählte. „Eins, zwei …“

Doch bevor ich bei drei angelangt war, riss ich das Rohr heraus. Ein schroffer Schrei entwich der Kehle meines Patienten und kalter Schweiß troff ihm von der Stirn.

Das Ding glitt nicht gerade sanft heraus – zu viele Knochen und Muskeln im Weg – doch meine Kraft reichte aus, um es zu entfernen, obwohl ich dafür gefühlt Stunden brauchte. Jene blauen Wolken lösten sich auf – wenn auch nicht ganz. Es war eher, als würden sie in seinen Körper gesogen und darin verschwinden. Ich weigerte mich dagegen, mir das alles nur eingebildet zu haben.

„Danke“, keuchte er, sein Gesicht aschfahl, während er mit fahrigen Händen nach einem Hemd griff, das auf dem Beifahrersitz lag. „Mike ist mein Name.“

„Kira.“ Ich nickte, schaute mich um und rang meinen Fluchtreflex nieder, während ich nicht darauf zu achten versuchte, wie er den Blutfluss mit seinem Hemd zu stillen versuchte. Ich langte in meinen Koffer und holte etwas Gaze heraus. „Das sollte helfen. Pass auf dich auf.“

Ich konnte nicht länger bleiben.

„Ich komme wieder, wenn es geht.“ Ich hauchte die Worte aus, glaubte oder traute mir jedoch selbst nicht. Aber irgendetwas musste ich ja sagen.

Ich wandte mich ab und begab mich tiefer in den Friedhof an Fahrzeugen, ohne mich noch einmal umzusehen. Er würde überleben oder nicht. Ich hatte getan, was ich konnte.

„Fuck."

Der Kraftausdruck hatte seinen Ursprung zu meiner Rechten, und ich zog die Brauen zusammen und wandte mich in diese Richtung. Ein richtiges Wort war schon mal ein besserer Anhaltspunkt als bloßes Stöhnen und Weinen. Das Geräusch war kam von hinter der Ladefläche eines der gewaltigen Laster, dessen Fahrer eindeutig tot war. Zwei Autos lagen darunter zerquetscht und hatten seine Fahrt offensichtlich gestoppt. Auch dort war nichts mehr zu retten.

Ich konnte vor meinem geistigen Auge sehen, wie sich alles zugetragen haben musste. Versagende Bremsen, tote Servolenkungen und lahmgelegte elektronisch gesteuerte Motoren, deren Sicherheitsvorrichtungen unter der Wirkung des EMP oder der Manawelle durchbrannten. Hydraulische Leitungen, die ohne Computersteuerung unter zu hohem Druck platzten …

Als ich das hintere Ende des Anhängers umrundete, taten sich meine Augen schwer, die lebenden Körper von den übel zugerichteten Resten zerfetzten Metalls zu unterscheiden.

Doch dann sah ich ihn, vornübergebeugt am Boden. Der kupferhaltige Geruch von Blut um mich herum war überwältigend. So viel Tod. Aber ich hatte nicht das Gefühl, dass er von dem Mann dort vor mir ausging.

Er zog an etwas. Ziemlich behutsam, mit einer stillen Verzweiflung, die mir die Kehle zuschnürte. Ich wollte ihn nicht ängstigen, doch ich hoffte, irgendwie helfen zu können.

„Kann ich irgendwas tun?“, fragte ich so sanft wie nur möglich.

Er wandte sich mir zu, und selbst im schwachen Licht erkannte ich, dass sein Gesicht von Blut bedeckt war. „Ich kriege sie nicht raus.“

Er klang verwirrt und litt vermutlich an einer Gehirnerschütterung. Von einer zweiten Person war nichts zu hören. Vorsichtig näherte ich mich. Der Drang zu helfen war stark, doch ich hatte auch noch zwei Kinder, deren Überleben ich sichern musste. Vorsicht musste mein zweiter Vorname werden.

„Lassen Sie mich helfen.“ Ich kniete mich neben ihn und erkannte das Problem.

Hinter dem Sitz gefangen war ein hübscher Golden Retriever. Ihre bernsteinfarbenen Augen schimmerten im Mondlicht, die Angst unübersehbar. Das Blut, mit dem ihr Fell getränkt war, zeigte einen üblen Schnitt an der Flanke an, doch die Blutung schien inzwischen aufgehört zu haben. Allerdings steckte sie eingeklemmt hinter dem Sitz fest.

Ihr Besitzer ließ sich nach hinten aufs Gesäß fallen, den Kopf zwischen den Knien. Ich fürchtete, der Hund könnte vielleicht gebrochene Knochen haben und in dieser seltsamen neuen Welt von seinem Leiden erlöst werden müssen.

Den Sitz zu verschieben, war schwerer als gedacht, doch nicht so schlimm wie befürchtet. Am Ende entkam sie und bevorzugte dabei ihre rechte Vorderpfote, wie um zu testen, ob die andere ihr Gewicht auch tragen konnte. Dann sah sie mich an und setzte sich wie ein braves Mädchen vor mich hin. Sie war viel größer als jeder Golden Retriever, den ich je gesehen hatte, und ich hätte schwören können, dass ihre Wunde aussah, als sei sie verschwunden, aber ich war auch nicht geübt darin, im Mondlicht gut zu sehen.

„Na also. Da ist sie ja“, sagte ich sanft, und ihr Besitzer schaute blinzelnd auf, als der Hund auf ihn zukam.

„Bringen Sie sich in Sicherheit“, sagte ich, bevor ich ging, um weiteren Überlebenden der Karambolage zu helfen.

Zu meiner Linken unter einer Unterführung sah ich, dass sich etwas bewegte, und als ich die Augen zusammenkniff, erkannte ich mehrere Menschen, die sich zu einer kleinen Gruppe versammelte hatten. Sie waren am Leben und konnten den anderen helfen. Erleichterung überkam mich. Ganz ehrlich, jetzt gerade galt meine vordergründige Sorge meinen Kindern. Ich wandte mich um und ging den Weg zurück, den ich gekommen war, wobei ich jedoch jenen gewaltigen Hund und seinen Besitzer vorsorglich umging. Kurz darauf blinkte ein Hinweis vor meinen Augen auf. So kurz nur, dass er mir beinahe entgangen wäre, doch nun begann es mich zu frösteln.

Systemstart vollständig

Kapitel drei:

Freiwild

Eine Stunde nach Systemstart

Das Raunen um mich herum sagte mir, dass alle denselben Hinweis bekommen hatten. Je mehr ich über die Funktionsweise dieses Dings in meinem Kopf erfuhr, desto sicherer war ich mir, dass es sich dabei um ein Spiel handelte. Komm schon, Kira, denk nach. Ich hatte im College jede Menge Spiele gespielt, sogar noch während des Masterstudiums und bis zum PhD. Wer brauchte schon Schlaf, wenn man auch mit nervöser Energie arbeiten konnte? Töten und zerstören ohne irgendwelche realen Konsequenzen war eine der günstigsten Therapieformen überhaupt.

Also? Was brauchte ich? Ich brauchte Zaubersprüche, ich brauchte einen Weg, um meinen Bruder aufzuspüren, und ich musste in der Lage sein, meine Kinder zu beschützen. Fähigkeiten, ganz genau, und ich hatte ja vor gefühlten Stunden schon mal welche ausgewählt.

„Liste der Fähigkeiten anzeigen", murmelte ich zu mir selbst.

Und siehe da, es klappte.

Mana-Wahrnehmung (Level 1)

Indem du deine Affinität gegenüber deiner Umgebung nutzt, kannst du die Erde anzapfen und ihr Warnungen vor Gefahren entlocken. Radius und Genauigkeit der Informationen steigen mit wachsenden Fertigkeiten und steigender Wachsamkeit. Manaregeneration permanent um 5 Mana pro Sekunde reduziert. Dies ist eine passive Fertigkeit.

Effekt: Verleiht der Nutzenden einen zusätzlichen seismischen Sinn, mit dem sie Bewegungen auf oder im Erdwerk erspürt. Maß der Wahrnehmbarkeit abhängig von der Entfernung und der Stärke der Störung.
Reichweite: 200 Meter.

Super. Okay. Und wie sollte das nun gehen? Anzapfen? Wenn das Ding passiv war, lief es dann schon? Oder musste ich das irgendwie aktivieren?

Ich atmete durch und spürte ein ungutes, seltsames Gefühl, eine Warnung, die ich tief in meinem Bauch fühlte, und die nichts mit meinem Verdauungstrakt zu tun hatte. *Mana-Wahrnehmung aktivieren.*

Mit einem Mal brach eine Welle an Schwindel über mich herein, eine derartig heftige Desorientierung, dass es einige wertvolle Sekunden dauerte, bis ich mich wieder im Griff hatte. Ich hatte Jackson schon fast wieder erreicht, doch nun musste ich stehenbleiben, mich auf den Knien abstützend, und runterkommen. Das Gefühl war völlig surreal. Wenn ich die Augen schloss, konnte ich so etwas wie die Projektion einer Karte sehen, dieses Netz aus Leben, aus Pflanzen und schimmernden blauen Linien, die in alle Richtungen schossen und vermutlich dieses „Mana" darstellen mussten. Viel stärker als das gelegentliche Glühen, das ich bisher beobachtet hatte. So sah die Welt nun also aus.

Es war überall um uns herum, durchflutete die Umgebung, durchflutete uns alle, versuchte uns und unsere gesamte Welt zu stehlen. Was ich sehen konnte, war kein riesiges Feld, höchstens so um die zweihundert Quadratmeter, doch ich konnte spüren, dass vom Wald her etwas auf uns zukam. Etwas aus den Bäumen, woran ich bisher noch nicht gedacht hatte.

„Kommt her!“ Ich hob ein wenig die Stimme und lockte die Kinder zu mir, wobei ich der Energiewellen gewahr wurde, die jede Bewegung und jedes ausgesandte Geräusch hier erzeugten. Subtile Verschiebungen, Mana, das meine stimmlichen Emissionen kompensierte. Jackson hatte mein Fahrrad bei sich, doch ich konnte mir nicht vorstellen, dass uns das jetzt viel bringen würde. Nicht, wenn dieser Schwarm fledermausartiger Kreaturen tatsächlich auf dem Weg zu uns war.

Ich rief rasch seine Fähigkeiten auf, da ich ja wusste, dass ich Zugang zu seiner Auswahl hatte, ohne bisher nachgesehen zu haben. Wir mussten diese Boni einsetzen, aber ich brauchte trotzdem mehr Zeit, um sie zu untersuchen. Wir alle brauchten mehr Zeit.

Licht (Level 1)

Effekt: Diese Fähigkeit erzeugt einen Lichtball, der einen Radius von fünf Metern hell erleuchtet. Achtung: Kann blendend wirken, wenn er bei voller Stärke als Überraschungsangriff oder zur Verwirrung oder Ablenkung eines Gegners eingesetzt wird.

Ich runzelte die Stirn. Keine schlechte Fähigkeit, doch was Fledermäuse betraf, wäre etwas Lautes besser gewesen, zumindest sofern diese Mutationen auch weiterhin auf Navigation per Sonar setzten. „Jackson. Lass das Fahrrad hier und komm mit mir. Wisp – Hüfte.“

Meine Tochter verdrehte die Augen, war aber clever genug, nicht an mir zu zweifeln und hochzuspringen, sodass ich sie auf meiner Hüfte tragen konnte. „Hol dein Licht raus, aber nur mit schwachem Strahl. Unter der Unterführung sind Leute, und wir brauchen ihre Hilfe."

Das drängende Gefühl, das mich zu erwürgen drohte, wollte mich zum Wegrennen bringen, doch ich spürte dennoch, dass das nicht die beste Option wäre. Vielleicht hätten wir damit etwas anderes aufgerüttelt, das uns bisher noch nicht bemerkt hatte. Ich durfte nicht an die Körper denken, an die Leichen, die dort in den Autos lagen, zerquetscht unter den Lastwagen. Ich konnte nur hoffen, dass das Baby gerettet worden war, oder wenigstens einen nicht allzu schmerzhaften Tod hatte sterben können. Mich erfasste das eindeutige Gefühl, dass all das noch viel schlimmer werden würde, bevor es sich bessern sollte. Je näher wir der Brücke kamen, desto behutsamer ging ich vor. Nicht nur, weil meine Tochter auf mich angewiesen war, sondern auch deshalb, weil das Gefühl, mich mit meinem Mana-Wahrnehmungs-Gedöns zu bewegen, verstörend und schwer zu ertragen war.

„Was wollen Sie?" Es schwang Furcht mit in der Stimme, die mich leise anrief, versetzt mit einem Anflug von Hoffnung, doch so, als würde die Person dieses Gefühl kaum wagen, weil darunter nichts mehr übrig war außer einer endlosen Trauer.

Ich wünschte bloß, ich hätte diese Ängste besänftigen können, doch ich hatte ja auch überhaupt keine Ahnung, was hier eigentlich abging. „Wir waren in der Uni. Sind gerade da weg. Ich … Haben Sie auch das …"

Das mit den Worten kriegte ich nicht so recht hin. Ich wusste nicht, wie ich diesen Scheiß hier nennen sollte. Spieler-Interface?

„Interface", kam Jackson mir zu Hilfe, und vielleicht konnte er ja jetzt meine Gedanken lesen, aber das würde ich später rauskriegen.

„Ja." Der Mensch, der nun vortrat, war über und über mit Blut bespritzt, was im Licht, das Jackson vor sich hertrug, viel sichtbarer wurde, als mir lieb war.

„Kopf runter", flüsterte ich Wisp zu, obwohl ich mir ziemlich sicher war, dass sie sich bald in einem Blutbad wiederfinden würde, von dem die zerquetschte Kakerlake gerade erst der harmlose Anfang gewesen war.

„Ich bin Dale. Meine Familie –" Er verstummte erstickt, und seine Augen verrieten mir, dass er es einfach nicht fassen konnte. „Mein Sohn und ich haben überlebt, aber er war schwer verletzt. Jetzt scheint es ihm aber wieder gut zu gehen. Hier ist ungefähr ein Dutzend Leute. Die noch leben. Die Hälfte hat es ziemlich schlimm erwischt …"

Seine Stimme verstummte, so als würde er kaum damit rechnen, dass ich ihm ihre ursprünglichen Verletzungen glaubte. Aber ich verstand, die kleinen blauen Linien und Wölkchen, die Atmosphäre um uns herum, die den Boden und unsere Körper tränkte. Das Zeug ermöglichte uns, diese Bildschirme in unseren Köpfen zu sehen, es ermöglichte alles, was diese Apokalypse mit sich brachte.

Ein Gefühl der Dringlichkeit schwappte über mich, so als verlangte die Kraft der Erde persönlich von mir, dass ich endlich die Klappe hielt und etwas unternahm. Mein Magen wollte sich übergeben, und um ein Haar hätte ich Wisp fallenlassen. Sie sprang nun selbst runter und rieb mir den Rücken, genau wie ich es in ihrem kurzen Leben schon viel zu oft bei ihr gemacht hatte.

Fuck.

„Wenn wir überleben, stelle ich mich später allen vor. Habt ihr irgendwelche von den … Mutationen gesehen?“

Dale legte den Kopf schief und ich musste mir die Wut verkneifen, die ich gerade ausspucken wollte. Er konnte nichts dafür. Wir alle konnten nichts dafür. Was wir jetzt zu tun hatten, war überleben, und dann konnten wir uns ansehen, was dieser ganze Mist hier sollte. Wir mussten es bis zum Anbruch des Tages schaffen, selbst wenn der noch um die sechseinhalb Stunden entfernt war.

„Soweit ich das beurteilen kann, kommt gleich ein Schwarm seltsam mutierter Fledermäuse aus dem Wald hinter der Kreuzung geflogen. Wir müssen darauf gefasst sein.“ Als er nur skeptisch schaute, redete ich einfach weiter. Entweder würde er mir glauben und mir helfen, die Dinger zu killen, oder ich würde einfach versuchen müssen, das selbst zu erledigen. Mit meinen ganzen absolut nicht kampftauglichen Fähigkeiten. „Wir haben Klassen gewählt. Mein Sohn und ich.“

„Dad.“ Ein großgewachsener Junge von ungefähr fünfzehn Jahren zog Dale am Arm. Er war dünn und schlaksig auf eine Weise, die mir verriet, dass er gerade erst einen starken Wachstumsschub durchgemacht hatte. „Hab dir ja gesagt, dass du wählen sollst. Wir müssen. Mich musst du auch wählen lassen. Mach schon.“

Die Stimme des Jungen vermittelte Dringlichkeit, denn er wusste etwas, das sein Dad nicht ahnte, oder vielleicht glaubte er auch einfach, dass all seine Lieblingsspiele soeben zum Leben erwacht waren, und freute sich über das Abenteuer. Kinder konnten ja hart im Nehmen sein, aber das hier würde eine schwere Probe werden.

„Das ist wahrscheinlich eine gute Idee. Wir haben vielleicht noch so fünf Minuten. Versuch spezifische Fragen zu stellen. Das Ding scheint viel besser zu funktionieren, wenn man ihm eine genaue Anleitung gibt, damit es nicht raten muss. In deinem Kopf oder mit der Stimme. Geht beides." Mehr Ratschläge hatte ich nicht parat.

Aber das war immerhin mehr, als ich selbst zur Verfügung gehabt hatte. Die Warnsignale versuchten derweil, meine Eingeweide zu zerreißen, so als hätte ich unterwegs irgendwelche ganz besonders verdorbenen Nahrungsmittel zu mir genommen.

Fünf Minuten war eine großzügige Schätzung. Ich musste einen Weg finden, diese Fähigkeit einzusetzen, ohne dabei zu reihern. Die ständigen Bewegungen des … Mana gaben mir ein Gefühl wie bei akuter Seekrankheit. Mulmig und so, als würde ich jeden Moment loskotzen. Übung macht den Meister, was?

Dale sprach nun mit den anderen Leuten unter der Unterführung. Ich verstand ihn ja absolut. Abgesehen von dem einen Wagen, der anscheinend zum Teil durch die Leitplanke über uns gebrochen war, fühlte sich dieser Ort im Moment verhältnismäßig sicher an.

Als ich spürte, wie das Gefühl der Bedrängnis um mich herum wuchs, die Präsenz der Kreaturen spürte, die genau auf uns zuflogen, so als könnten sie unser Blut riechen, alles Blut, als würden sie direkt hierher geleitet … wusste ich nicht, was ich tun sollte.

„Kraftschild vor Wisp aktivieren." Ich sprach leise und hoffte, dass ich nichts weiter würde tun müssen. Wieder erfasste mich kurz ein Schwindel, und ich fühlte mich, als hätte mir jemand in den Magen getreten.

Ich wusste nicht, was ich zu erwarten hatte, doch ich hätte sie vermutlich vorwarnen sollen. Ein kurzer Aufschrei löste sich aus ihrer Kehle, bevor ich vor ihr auf die Knie ging.

„Tschuldigung, Wispy. Das ist mein Schild, mit dem ich dich beschützen kann. Ich möchte, dass du dich im Schatten unter der Unterführung versteckst, und ich möchte, dass du da bleibst, bis ich komme und dich hole. Verstanden?"

Sie blickte mich kurz finster an, aber ich sah, dass sie genau wusste, wie ernst das alles war. Jetzt war nicht der richtige Zeitpunkt für eine Rede im Sinn von „Ich bin älter, als ich aussehe". Sie nickte knapp und ich blickte ihr hinterher, während der Schild um ihre Haut leicht im Mondlicht schimmerte.

Dale verteilte ein paar Baseballschläger und reichte auch mir einen davon. Zumal ich keine offensiven Fähigkeiten hatte, nahm ich ihn dankbar an und hob eine Augenbraue.

Er zuckte selbstironisch mit den Achseln. „Baseballtrainer."

Und doch lag in seiner Stimme etwas so Trauriges, als ich sie stocken hörte. Er war jedoch ein starker Dad, der Dad, den sein Sohn jetzt brauchte. Ich wusste, was er fühlte. Zum Trauern würde er später noch Zeit haben.

Jetzt war unsere Zeit abgelaufen.

❖

Ich hatte ja geglaubt, wir würden es mit Fledermäusen zu tun bekommen.

Darauf war ich gefasst. Allerdings sahen die Dinger eher so aus, als wäre ein Schwarm fliegender Kakerlaken mit einem Schwarm Flughunde verschmolzen, um dann einen nächtlichen Jagdausflug zu starten.

Die kakerlakenförmigen Flügel hatten eine ledrige, fledermausartige Oberfläche, und ihre Antennen wirkten eher wie eine schärfere Modifikation, so als würden aus ihrem Kopf noch zusätzliche Zähne herausragen. Ich war die ganze Zeit über mit der Mana-Wahrnehmung verbunden, wodurch ich das Grollen des Mana tief unter unseren Füßen spüren konnte, wie es zu brodeln und zu kochen begann, um bald auch den gesamten übrigen Planeten zu infizieren.

Dank Jacksons Weitsichtigkeit, hatten wir immerhin seinen kleinen Lichtkegel, sodass wir nicht total im Dunkeln tappten, und er hielt sich damit an Dales Sohn, dessen Namen ich nicht mitgekriegt hatte, der sich allerdings mit einem offensiven Zauber gewappnet zu haben schien. Solche Magierklassen hatte ich früher bei Spielen immer gehasst. Ständig ging das Mana aus. Verdammte Glaskanonen, allesamt.

Ich umklammerte meinen Schläger fester und schlug mit aller Macht nach der ersten Kreatur, die auf mich zugeschossen kam. In der kalten Nachtluft war mein Griff um den Knüppel beinahe schmerzhaft, und der Windzug, der durch die Unterführung hinter mir pfiff, machte die ganze Atmosphäre auch nicht angenehmer.

Das Fledermausmonster war größer, als ich gedacht hatte. Locker die halbe Größe meines Oberkörpers. Nicht dass ich besonders massig gewesen wäre, und in den vergangenen paar Monaten hatte ich wegen meiner vielen Verpflichtungen auch nicht so viel trainieren können wie früher einmal. Die Scheidung war in dieser Hinsicht auch nicht gerade hilfreich gewesen. Immerhin würde sich das jetzt wohl drastisch ändern. Nur nicht das mit der Scheidung, natürlich. Auch wenn ich mir Sorgen um ihn machte, war es für unsere Ehe das Beste, dass sie vorbei war.

Der Schläger traf satt auf der Körpermitte des Viehs auf, doch da war es nicht so weich, wie ich gehofft hatte. Stattdessen krachte der Schläger knirschend auf den harten Panzer, der offenbar bei dieser sonderbaren Metamorphose von der Kakerlake übernommen worden war.

Aus der Wunde platzte außerdem statt Blut der ebenfalls für Kakerlaken typische Schleim heraus, doch um meinen Ekel darüber schreiend kundzutun, hatte ich keine Zeit, denn von rechts kam gleich das nächste von den Dingern auf mich zu. Das verdammte Teil wich außer Sichtweite in Richtung Boden aus, als ich nach ihm schwang und es verfehlte. Von irgendwoher wetzte die neue Mutation auf mich zu.

Im Vorbeifliegen hinterließ sie eine stechende Strieme auf meinem Gesicht und seine Klauen rissen einen Streifen auf, bevor ich zurückzucken konnte. Die schiere Zahl dieser Kreaturen hätte mich verzweifeln lassen müssen, hätte ich überhaupt die Zeit gehabt, unsere Lage richtig zu erfassen. Es kamen immer mehr, flogen ins Licht und verschwanden, hinein in die Unterführung und zu meiner Pickup-Group. Wow. Pickup-Group. Ein Backflash aus meiner Gaming-Zeit.

Bald schon konnte ich außer diesen Dingern nichts mehr sehen.

Cricket- und Baseballschläger erzeugten überall um mich herum ihre dumpfen Aufschlaggeräusche auf den Leibern unserer Angreifer. Schreie prallten an den Betonwänden ab. Und als ich von den ganzen vielen

Eindrücken kurz abgelenkt war, traf mich ein stechender Schmerz ins Bein.

Das Scheißvieh, das meinem Schwung mit dem Schläger erfolgreich ausgewichen und auf den Boden gefallen war, hatte mich gebissen, beziehungsweise … eines seiner Beine um mein eigenes geschlungen. Ein kreischender Schrei löste sich aus meiner Kehle, als ich es verzweifelt wegstieß und mit meinen völlig nutzlosen Turnschuhen darauf herumtrampelte. Springerstiefel, warum zum Teufel trug ich schon lange keine Springerstiefel mehr?

Die Kakerlakengrütze verteilte sich spritzend auf dem Asphalt und das Ding flatterte wirkungslos mit den Flügeln, während ich weiter wütete. Es war der reine Irrsinn. Irgendwann begriff ich, dass ich mich nicht dermaßen auf ein einzelnes Tier konzentrieren durfte, weil viel zu viele andere uns noch immer umschwärmten.

Noch hatte ich Zeit, die von überall her gellenden und dann abrupt abreißenden Schreie zu beachten. Egal wie heftig die Geräusche auf mein Bewusstsein einhämmerten, mir Angst einjagen wollten, ich war im Überlebensmodus. im Meine-Kinder-beschützen-Modus. Ich musste da durch. Also schwang ich und trampelte weiter, überall Innereien und Gedärme verteilend. Ich hatte das Zeug auf meinen Klamotten, in den Haaren, auf der Haut, und ich machte einfach weiter.

Meine Rückhand war nie besonders gut gewesen, doch ich war verzweifelt entschlossen, und verdammt noch mal, ich würde nicht beim ersten Level schon draufgehen. Einer der Gründe, weshalb ich mit dem Gaming aufgehört hatte, war meine Besessenheit, immer besser zu werden, mehr zu lernen und neue Kräfte zu sammeln. Dieses Mal würde mir das gelegen kommen.

Erneut entbrannten an meinem Bein Schmerzen, gefährlich nah an der Wunde von vorhin, und als ich hinabblickte, sah ich, dass eines der Monster an mir hochzukrabbeln versuchte. Seine kleinen krummen Klauen mit ihren winzigen starren Härchen gruben sich in meine Schenkel und sein Scherenkiefer verbiss sich in meiner Hüfte. Ich schrie auf und hämmerte dann mit dem Knauf meines Schlägers wieder und wieder auf seinen Kopf ein, bis es schließlich runterfiel und dabei Haut und Stoff von meinem Bein mitriss. Ich stampfte zweimal auf den Schädel und duckte mich, als ein weiteres Scheißmonster meinen Kopf abzureißen versuchte.

Dann knüppelte ich weiter.

Fliegende Kakerlaken hatte mir schon immer eine seltsame Angst eingejagt, und jetzt, wo sie das Fünfzigfache ihrer ursprünglichen Größe aufwiesen und ledrige Fledermausflügel hatten, fürchtete ich, mir jeden Augenblick in die Hose zu machen.

Während alledem hatte ich einfach keine Zeit, auf irgendjemanden Acht zu geben außer auf mich selbst und meinen Sohn. Trotzdem nagte meine Nachlässigkeit an mir, als hätte man mir soeben den Preis für die schlimmste Mutter der Welt überreicht. Aber ich musste einfach darauf vertrauen, dass Wisp in Sicherheit war. Dass jenes Schild-Ding sie beschützte.

Ganz zu schweigen von den Schuldgefühlen darüber, dass ich nicht gut genug war, nicht genug über all das wusste, um den anderen zu helfen. Das musste wohl die Stimme meines Zwillings in mir sein. Er war immer schon der Menschenfreund von uns beiden.

Ich musste ein Lachen runterschlucken. Ein hysterischer Lachanfall war jetzt sicher nicht hilfreich, aber dennoch fühlte ich den Wahnsinn in mir aufsteigen. Ein manisches Grinsen breitete sich auf meinem Gesicht aus, angetrieben von Adrenalin und einem Mangel an Sauerstoff. Dazu noch das beunruhigende Durcheinander in meiner Magengrube, als in dem stetig sich wandelnden, ständig tosenden Gemenge des Mana in der Erde erneut ein Umbruch stattfand.

Ich warf rasch ein paar Blicke auf die anderen zu allen Seiten, während ich weiterhin Monster wegschlug. Einige der Überlebenden lagen reglos auf dem Boden, während massenweise Kakerlakenfledermäuse über sie herfielen. Jeder Gedanke, jedes Geräusch brannte sich in meine Gedanken ein. Der Geruch von Blut zementierte den Eindruck von Tod um mich herum noch fester ein, die plötzliche Veränderung der Welt, die Art, wie sehr sich der Grat zwischen Leben und Sterben verengt hatte.

Nicht nur die Überlebenden unter dieser Brücke wurden zerrissen. Nicht nur diejenigen, die zu langsam waren, um sich zu wappnen und zu verteidigen.

Nein, draußen in der Ferne, inmitten der Wracks, hörte ich ebenfalls das Reißen von Fleisch, erstickte Schreie und Echos von der Straße, bei denen sich jedes Mal mein Magen krümmte. Mana ergoss sich in die Atmosphäre. Der letzte, besonders heftige Schwall Mana raubte mir die Orientierung, wodurch meine Konzentration komplett verloren ging.

Als ich zu Boden fiel und weiß glühender Schmerz durch meine

Wade fuhr, rollte ich mich auf die Seite, durch die breiigen, ledrigen Überreste unserer Angreifer, ohne zu ahnen, wie angreifbar mich das machte.

Da überschwemmte mich eine kühle Welle voller blauer Energie und linderte die Qualen.

„MUM!“, schrie Jackson, doch ich hatte keine Zeit für Gedanken an ihn. Stattdessen schwang ich den Schläger einhändig nach der Kreatur, die sich nach wie vor an mein Bein klammerte. Eher musste man es wohl ein wildes um mich Dreschen nennen.

Ich klatschte das Ding zu Boden und rammte dann eine weitere Kakerlakenfledermaus gegen ein Auto und nutzte meine größere Masse, um sie zu bändigen, während sie mich zu töten versuchte. Ich hielt sie fest, während ich mich aufzurappeln versuchte, um nicht auf dem Boden sterben zu müssen.

Jackson feuerte einen weiteren Stromstoß auf eine der Kreaturen, die mich angreifen wollten, und ich stieß mich vom Wagen weg und ließ meinen Gegner fallen. In nur einer Stunde hatte das Mana solche Wesen erschaffen. Ich wollte gar nicht wissen, was es nach einem vollen Tag anrichten würde, ganz zu schweigen von einem Jahr.

Ich knüppelte immer weiter, bis in meiner direkten Umgebung keine Ziele mehr übrig waren. Ich wusste nicht, wie viel Zeit seit dem Beginn des Angriffs vergangen war, und wie viele der Viecher ich zu pulverisieren geschafft hatte, doch ich konnte spüren, dass die Wellen des Mana um uns herum sich zu beruhigen begannen.

Ich keuchte und wirbelte herum, auf der Suche nach weiteren Bedrohungen aus der Luft und vom Boden.

Nichts.

Langsam begann mir zu dämmern, dass wir überlebt hatten. Und dass ich furchtbar außer Form war. Und dass wir jetzt schon die Hälfte all jener verloren hatten, die den ursprünglichen Systemstart überstanden hatten, und deren Leichen nun auf dem Boden verteilt lagen, mit abgetrennten Gliedmaßen teilweise so weit weg vom ursprünglichen Körper, dass ich nicht genauer hinsehen wollte. Ich checkte meine Gesundheit und dann Wisp, dem Himmel dankend, dass ihr Schild noch funktionierte.

Trotzdem. Scheiße.

Ich suchte mit dem Blick nach Jackson und stellte fest, dass es auch ihm gut ging. Seine Lichtkugel war verschwunden, doch irgendwann mussten sich meine Augen wohl an die Dunkelheit gewöhnt haben. Wir konnten echt von Glück reden, dass der Mond heute so hell und freundlich war. Jackson wirkte genauso erschöpft, wie ich mich fühlte, doch bei genauerer Betrachtung spürte ich auch, dass meine verwundete Wade schon nicht mehr schmerzte.

Komisch

Herzlichen Glückwunsch!

Du hast mitgeholfen, einen Schwarm neuer Basislevel 4 {Bezeichnung noch nicht bestätigt – Abstammung: Flughund} zu töten. Was für eine Leistung in deinen ersten Stunden. Dein Anteil an dieser Erfahrung beträgt 125 EP mal 87 Mutationen. Das ergibt 10.875 EP.

Herzlichen Glückwunsch!

Du hast erfolgreich mitgeholfen, dass die Überlebenden der Unterführung an der Klumpp Road nicht alle sterben. Vorsicht, Mitleid kann dich das Leben kosten.

Versteckte Quest abgeschlossen.

2.500 EP erhalten.

Das war eine Menge Erfahrung. Besonders für den ersten Tag, die erste Stunde … wie auch immer. Ich schaute mich nach dem Rest der Gruppe um. Von dem Dutzend oder so, das ich vorher grob gezählt hatte, standen noch neun der Erwachsenen. Ich hoffte bloß, dass das nicht bedeutete, die übrigen waren bereits tot. Vielleicht versteckten sich auch noch andere Kinder irgendwo.

Herzlichen Glückwunsch!

Dir wurde Zugang zur Down-Under-spezifischen Quest gewährt: Überleben 1

Ziel: Halte dich selbst und deine Sprösslinge über die ersten 24 Stunden nach Systemstart am Leben.

Belohnung: Spielt nicht wirklich eine Rolle, wenn du stirbst, ist aber richtig cool.

Warnung: Veranschlagte Überlebensrate auf extremem Kerkerkontinent unter 6% der Gesamtbevölkerung.

Ich schluckte, doch damit waren die Benachrichtigungen noch nicht vorbei.

Levelaufstieg!

Du bist nun auf Level 3 als Schädlings- und Krankheitserregereinheit: Mikrobiologin/Pflanzenpathologin/Entomologin/Hydrogeologin/Molekularb iologin – Abgekürzt: Spezialistin für Umweltprozesse

Statuspunkte automatisch verteilt. Du darfst 9 Gratis-Attribute verteilen. 1 Klassenfertigkeitspunkt verfügbar.

Okay. Okay. Ganz schön viel. Erst mal musste ich mich um meine Kinder kümmern, dann konnten wir sehen, wie es weitergehen sollte. Ich wischte die Informationen weg, zuversichtlich, dass ich sie später schon wieder aufrufen würde können, und rannte rüber zu Wisp. Jackson sprach gerade mit Dales Sohn, er war also wohlauf, doch Wisp hatte getan, was ich ihr gesagt hatte, und ich konnte nicht mit Sicherheit wissen, ob alles in Ordnung war.

Aber sie stand noch genau dort, wo ich sie zurückgelassen hatte, unter der Unterführung, in eine Ecke verkrochen, wo sie schwer zu sehen war, und noch immer komplett von dem verdammten Schild überzogen.

„Jeden scheiß Bonus wert", murmelte ich dem System zu und hoffte, dass es mithörte, bevor ich sie in eine dicke Umarmung zog.

Wieder schnappte die Panik nach meinen Fersen, doch sie würde warten müssen, also stieß ich sie weg und prüfte meine Mana-Wahrnehmung auf Wellen, doch zumindest für den Moment schien alles ruhig zu sein.

„Alles in Ordnung?" Dale schien nicht mal lädiert zu sein, als er herüberkam und sich zu mir und Wisp gesellte. Ich nickte und vergewisserte mich zunächst, ob ich auch wirklich sprechen konnte, ohne zu schreien. „Jackson hat sich gut angestellt mit seinem Licht-Ding. Hoffe, dein Bein ist wieder in Ordnung."

„Hast du mich geheilt?" Ich streckte die Hand nach der Stelle aus, wo zuvor die Wunde gewesen war, und verspürte dabei ein seltsames Widerstreben in meinem Kopf, so als sei sie nie dagewesen. Doch die Risse in meiner Kleidung waren nicht verschwunden. Nur die Haut darunter war glatt und unberührt. Das funktionierte also auch wie im Spiel? Das machte doch verdammt noch mal absolut keinen Sinn.

„Ja. Irgendwie schon. Was auch immer alles hier mutieren lässt, scheint uns auch nach und nach wieder zu reparieren. Aber Notfallsanitäter ist, oder besser war, mein echter Job. Baseballtrainer bin ich nur, damit der Sport für meine Kids gratis ist." Ein Lachen blieb ihm im Halse stecken, so als hätte die Erinnerung ihn gerade wieder eingeholt.

Ich fragte mich, was er außer seiner Frau wohl noch alles verloren hatte.

Dann blickte er auf und grinste mich an, auch wenn sein Gesicht unter der Unterführung halb im Schatten lag. „Dein Klassentitel kann echt was."

„Klassentitel?" Ich verstand nicht ganz, was er meinte.

„Anscheinend kannst du andere Leute inspizieren. Darren hat mir die Fähigkeit erklärt." Er deutete hinüber zu seinem Sohn, und damit konnte ich dem Gesicht nun endlich einen Namen zuordnen. Obwohl ich, wenn ich ehrlich war, keine Ahnung hatte, wie lange diese Leute noch eine Rolle für mich spielen würden. „Nennt sich Analyse."

„Danke. Muss mal nach Jackson sehen." Ich nickte Dale zu und deutete Wisp mitzukommen, um selbst nachzusehen, ob Jackson auch wirklich in Ordnung war.

Bevor ich bei ihm ankam, trat mir Mike in den Weg, der Mann, dem ich zuvor das Rohr aus der Brust gezogen hatte. Na bitte, zumindest das schien wohl verheilt zu sein. Ich musste dringend rausfinden, wozu dieses Mana im System tatsächlich fähig war. Schien so, als würden uns ansonsten tödliche Wunden jetzt nicht mehr zwangsläufig umbringen.

„Hey, Mike. Gut, dich zu sehen.“ Das war es wirklich.

Ich wusste, dass die Anzahl Überlebender bereits zu schrumpfen begonnen hatte, und dabei war es nur eine Frage der Zeit, bevor uns weitere Mutanten angreifen würden. Je mehr von uns überlebten, desto höher unsere Chancen, dass wir es auch weiterhin schaffen würden, solange wir zusammen blieben.

„Danke.“ Er wirkte außer Atem, und mich beschlich das Gefühl, dass er mich gesucht hatte. „Wegen vorhin. Ich bin froh, dass du das hier überlebt hast.“

Er deutete auf die toten Körper – nicht ausschließlich von mutierten Wesen –, die um uns herum verteilt auf dem Boden lagen.

„Ich auch. Muss jetzt mal nach meinen Kids sehen.“ Ich wollte eigentlich nicht so abwürgen, aber meine Mutterinstinkte arbeiteten auf Hochtouren.

Ohne ein Wort folgte er mir. Nicht etwa aufdringlich oder so, als müsste er eine Jungfer in Nöten beschützen, sondern eher so im Sinn von: Was zur Hölle läuft hier; ich bleib mal besser in der Nähe der einzigen so halbwegs gefassten Person hier.

Als ich mich weiter zu meinem Sohn hinüberbegab, traf ich auf noch mehr klebrige Kakerlakengedärme, als ich in Erinnerung hatte. Der Junge unterhielt sich angeregt mit Darren. Inmitten von alledem schien er einen Freund gefunden zu haben. Er war der extrovertierte Typ, der Clown mit dem Herzen aus Gold, der vielleicht ein bisschen zu oft verbarg, wie schlau er eigentlich war. Obwohl das für seinen neuen Kumpel wohl kein Problem zu sein schien.

Ich erlaubte mir, tief und erleichtert aufzuseufzen. Dank der Sache von wegen „Erlaubnis benötigt“, war mir zwar klar gewesen, dass ich im Fall des Falles eine Todesbenachrichtigung erhalten hätte, aber an diesen ganzen Mist musste ich mich noch gewöhnen. So viele Leichen um uns herum, bizarr mutierte Kreaturen, Menschen. Ich eilte zurück und befreite Wisp, um dann unsere Räder zu holen, die Gott sei Dank weit genug von dem Gemetzel entfernt gewesen waren, um noch heil zu sein. Irgendwo dazwischen war Mike auf Dale getroffen, und nun unterhielten sich die beiden.

Ich erkannte eine Mutter mit einem Baby auf dem Arm und einem blutüberströmten Kleinkind an ihrer Seite. Scheiße. Was immer dieses System sich da gedacht hatte, es hatte verdammt noch mal eine Menge Antworten zu liefern. Ein Teil von mir wollte hingehen und helfen, aber eben nur ein Teil.

Dieser Angriff hatte mir gezeigt, dass, was da auch mit unserer Welt geschehen sein mochte, sie war nicht mehr dieselbe. Ich war zwar gestern noch ein mitfühlender Mensch gewesen und hätte dieser Frau auf ihrem Weg geholfen, doch jetzt würde das mit einer großen Bürde einhergehen. Energie, die ich dafür sparen musste, meine Kinder zu schützen. Das

Ganze war einfach nur beschissen.

Apropos Energie …

Nachdem ich mich vergewissert hatte, dass meine Mana-Wahrnehmung aktiv war und die Gegend auf mögliche weitere Gefahren absuchte, rief ich schließlich meine Statusmeldung auf, um zu erledigen, was zu erledigen war.

Statusmonitor			
Name	Kira Kent	Klasse	Spezialistin für Umweltprozesse
Volk	Mensch (weiblich)	Level	3
Titel			
Gesundheit	160	Ausdauer	160
Mana	280	Manaregeneration	
Attribute (6 unverteilte Attributpunkte)			
Stärke	11	Beweglichkeit	14
Konstitution	16	Wahrnehmung	19
Intelligenz	26	Willenskraft	22
Charisma	14	Glück	12
Klassenfertigkeiten			
Kraftschild	1	Mana-Wahrnehmung	1
Kampffähigkeiten			

Du hast 6 unverbrauchte Attributpunkte. Möchtest du diese nun verteilen?

Wenn ich tot war, konnte ich nicht viel ausrichten. Ich brauchte also Konstitution. Bei Mana konnte ich nichts hinzufügen, diese Entscheidung war also einfach. Manaregeneration konnte ich allerdings schon beeinflussen, ebenso Willenskraft. Charisma würde mir im Verhandeln mit Leuten helfen. Viel Glück hatte ich nie gehabt und wusste auch nicht so recht, was dieser Wert bewirken sollte, also wollte ich dafür keine Punkte aufs Spiel setzen.

Am Ende gab ich einen für Konstitution aus, einen für Beweglichkeit, zwei für Kraft und einen für Charisma. An den übrigen Werten konnte ich beim nächsten Mal arbeiten. Meinen Fertigkeitenbaum musste ich allerdings ebenfalls noch prüfen, da ich noch einen Punkt für Fertigkeiten übrig hatte, also rief ich ihn auf. Wahlmöglichkeiten unterste Ebene, hm? Ich fragte mich, wann ich wohl den Rest freischalten konnte.

Erdbarrikade		Mana-Wahrnehmung		Bluttransfer
Wasserabschöpfung	Felsrutsch	Felssturz		Manatransfer
Baumgesang		Mutterboden	Fest gewachsen	Einpflanzung
Rankenabwehr		Steinwurf		Blutdispersion
Kokon		Umwelt-Reichweite		Manadispersion

Okay. Also … es wäre natürlich cool, mich selbst heilen zu können, aber anhand der Beschreibung von vorhin war anzunehmen, dass ich das nicht auf andere anwenden konnte, also wäre vorläufig eine bessere Anschaffung etwas, womit ich mich, die Kinder und mögliche andere Gefährten abschirmen konnte.

Erdbarrikade (Level 1)

Erdbarrikade ermöglicht dir, die Erde unter deinen Füßen zu befehligen, um damit dich und deine Verbündeten zu verteidigen.

Effekt: Erzeugt einen Schild mit 100 TP in einem Feld von 3 x 2,5 m (formbar)

Preis: 20 Mana

Viel war es nicht, aber immerhin etwas. Jedenfalls viel mehr, als ich bei meinem Kampf gegen die Kakerhunde gehabt hatte. Genau. Kakerhunde.

Kapitel vier:
Kein Spiel

2 Stunden nach Systemstart

Planänderung. Das Stadtzentrum war noch etliche Kilometer entfernt, und ich war mir ziemlich sicher, dass die Autobahn ein Schlachtfeld sein musste. Ursprünglich hatte ich ja geglaubt, zur Rushhour wäre mehr Schaden entstanden, doch um diese Zeit fuhren die Autos oft langsam und Stoßstange an Stoßstange. Um elf Uhr nachts dagegen fuhr man mit größerem Abstand und mindestens die erlaubte Höchstgeschwindigkeit.

Und das bedeutete, dass die Fahrzeuge mit größerer Geschwindigkeit aufeinandergeprallt waren, und meine Fantasie brauchte keine weitere Bestätigung dessen, was ich ohnehin schon wusste.

Ich wollte mir gar nicht vorstellen, welches Gefühl von Entsetzen diese Menschen verspürt haben mussten, als der EMP alle elektronischen System lahmlegte, denn es schien so, als hätte auch die Hydraulik der Bremsen überall komplett versagt. Die meisten hatten bestimmt nicht einmal mehr die Zeit, die Tür aufzureißen und vor dem Aufprall aus dem Wagen zu springen.

Zumal unsere Reise vermutlich größtenteils zu Fuß weitergehen würde, war der Weg in Richtung Stadtmitte womöglich keine so gute Idee. Meine Eltern hatten als Prepper nie die Strategie mit dem Bunker vertreten, sondern die mit dem abgepackten Essen, dem richtigen Werkzeug und guter Wasseraufbereitung. Klar, als wir aus den Staaten weggezogen waren, wurden sie entspannter, aber ganz hinter sich gelassen hatten sie diese Angewohnheiten nie.

Dad witzelte immer, wenn die Welt mal enden sollte, würde er schon wissen, wo wir uns treffen. Je mehr ich darüber nachdachte, desto mehr Sinn ergab es.

Garden City war ein riesiges Einkaufszentrum in der Nähe unseres Aufenthaltsortes, allerdings in entgegengesetzter Richtung vom Stadtzentrum. Zum Zeitpunkt der Übernahme war es schon geschlossen gewesen, deshalb sollte sich die Zerstörung dort, wenn überhaupt, in Grenzen halten. Der Weg dorthin allerdings führte entweder über die Logan Road oder die Autobahn. Und auf beiden würden sich die Toten stapeln.

Dennoch war das kürzer als bis in die Stadt hinein, und außerdem mussten wir keinen Fluss überqueren. Schwimmen liebte ich zwar, doch ertrinkend wollte ich auf keinen Fall sterben. In dieser Richtung zeigte mir meine Mana-Wahrnehmung nichts als Finsternis, eine düstere Vorahnung. Außerdem bestand immerhin ein kleiner Hoffnungsschimmer, dass sich mein Bruder auch an die ständigen Scherze unseres Dads erinnern konnte. Zwillinge hatten ja anscheinend eine Art Verbindung zueinander. Ich war ziemlich sicher, dass Kyle noch am Leben war, und ich wünschte, ich hätte die gleiche innere Sicherheit auch bezüglich Mason verspürt. Noch hatten sie nicht nach ihrem Vater gefragt, doch irgendwann würde es den Kindern einfallen, und dann hatte ich keine Antwort für sie bereit.

Dale trat verhalten auf mich zu. „Was dagegen, wenn wir uns anschließen?“

In seiner Stimme schwang ein Anteil Unsicherheit mit, von dem ich instinktiv wusste, dass er sich nicht auf mich bezog, sondern auf all das hier um uns herum. Er wahrte mit Mühe und Not die Fassung, und auch das nur für seinen Sohn. Seine Gefühle waren mir nur allzu gut vertraut.

Die Frau und ihre zwei kleinen Kinder, ebenso wie Mike, hielten sich hinter Dale, so als hätten sie ihn als Verhandlungsführer vorgeschickt.

Ich nickte und reckte den Kopf, um den zusammengewürfelten Haufen Überlebender zu begutachten. Die Gegend um uns herum wirkte fast schon zu ruhig, weshalb meine Schultern vor lauter Anstrengung schon schmerzten. Darren wirkte nervös, doch er war immerhin ein halbstarker Junge, und manchmal gehörte das eben dazu. Ein weiteres Paar Augen und ein paar Muskeln, die mit einem Baseballschläger umzugehen wussten, konnte ich gut gebrauchen, und ein Notfallsanitäter und Heiler war auch ganz schön praktisch in Anbetracht der ganzen Viecher, denen wir uns vermutlich noch zu stellen hatten.

Selbst wenn das System selbst uns auch in einigem Tempo heilte, war mir doch klar, dass es in manchen Fällen nicht in der Lage sein würde, Verletzungen von sich aus schnell genug zu kompensieren.

Was Mike anging, so hatte sein Oberkörper sich von selbst zusammengeflickt, und den Schwarm hatte er auch überlebt. Ich seufzte. Wenn die Frau es geschafft hatte, sich selbst und ihre zwei kleinen Kinder zu schützen? Konnte ich mir da ein Urteil erlauben?

Ich nickte ihr zu. „Kira."

Sie stieß den Atem aus, als hätte sie ihn lange angehalten, und hob das Baby auf den anderen Arm. „Jessica."

Ich konnte mir nicht vorstellen, wie sie den Schwarm unbeschadet überstanden hatte. Menschen vorschnell zu beurteilen war eine schlechte Angewohnheit, von der man sich besser fernhielt. Doch ihre langen schwarzen Haare waren vermutlich einmal richtig opulent gewesen, als es noch nicht komplett mit Kakerhundegrütze vollgesudelt war. Offensichtlich konnte sie gewaltig austeilen. Davon konnten wir definitiv nicht gar nicht genug haben.

Die übrigen Überlebenden standen unter der Unterführung rum. Ich konnte sie ja wohl kaum einfach dalassen. Sie wirkten so verloren. Wenn unsere jüngste Begegnung als Anhaltspunkt dienen konnte, würde die Tierwelt des Toohey Forest bald sehr viel breiter gefächert sein. Dieses verdammte Mitgefühl. Ich wäre bestimmt weniger zögerlich gewesen, hätte nicht das System selbst extra noch erwähnt, dass mich das mein Leben kosten konnte.

„Hey", rief ich und hoffte, die Entscheidung nicht später noch zu bereuen.

Ich hatte meinen Beruf aus guten Gründen gewählt. Die Interaktion mit und Organisation von Pflanzen war um ein Vielfaches leichter als die von Menschen, besonders wenn letztere verzweifelt waren.

Die meisten der Erwachsenen wandten ihre Aufmerksamkeit umgehend mir zu, und ihre Sorge verdeckte nur mühsam die Panik direkt unter der Oberfläche. Doch die würde niemandem von uns helfen. Es waren nur noch so wenige übrig. Die Weltbevölkerung stürzte direkt vor meinen Augen ins Bodenlose. Es war unerträglich.

„Es werden noch mehr von diesen Kakerhunden auftauchen." Ich benutzte gleich mal meinen praktischen neuen Arbeitsnamen.

Mit dem teils hysterischen Gekicher daraufhin hätte ich nicht gerechnet. Die Spannung löste sich ein wenig, doch in den tieferen Schichten lauerte noch mehr davon.

„Ja. Und die Kakerhunde sind noch unser kleinstes Problem. Kakerlaken, Riesenkröten, Riesenkrabbenspinnen, Krähen … Ihr braucht euch nur vorzustellen, wie die alle mutieren." Auch mir selbst lief dabei ein Schauer über den Rücken. „Wahrscheinlich am besten, ihr haltet euch an Leute, denen ihr vertraut. Sucht euch einen besseren Ort, den man verbarrikadieren und sicher machen kann."

Dale stand neben mir und nickte, wie um meinen Worten Nachdruck zu verleihen, obwohl sein Gesicht noch immer grün wirkte und so, als würde er sich jeden Augenblick übergeben. Mike und Jessica versteckten sich quasi hinter ihm.

Einige wirkten unsicher, andere wütend darüber, dass ihnen jemand sagte, was sie tun sollten – und dann auch noch eine Frau. Andere betrachteten die umherliegenden Leichen und nickten hastig. Einige begannen zu sprechen, doch ich wandte mich ab, denn ich weiter wollte ich mich nicht einmischen. Behutsam senkte ich den Blick und begab mich zu meinen Kindern, um sie zu ihren Rädern zu führen.

Dale und Darren holten zwei Räder vom Fahrradträger eines geschrotteten Autos. Es war eindeutig einmal sein Auto gewesen. Dann holte er noch einen Fahrradanhänger, wie man ihn für Kinder benutzt, und schnappte sich das andere der großen Räder. Ich sah, wie seine Unterlippe zitterte, doch er weigerte sich strikt, durch die Scheiben hinein auf den Tod im Inneren zu blicken.

Jessica nahm das Fahrrad und den kleinen Anhänger wortlos

entgegen, ja gab nicht einmal ein Geräusch von sich, während stumm eine Träne über ihre Wange lief. Der grimmige Ausdruck von Entschlossenheit auf ihrem Gesicht, als sie den Anhänger anbrachte und ihre beiden Kinder hineinsetzte, vermittelte das Gefühl, dass nichts sich ihr in den Weg stellen konnte.

Ich wusste nicht genau, wo Mike sein Fahrrad aufgetrieben hatte, aber in dem ganzen Schrott befanden sich bestimmt genug Autos mit Fahrradträgern. Brisbanes Radstreifen und Wege waren der Grund für einige meiner liebsten Kindheitserinnerungen. Meine Eltern luden uns zum Beispiel oft in der Nähe eines Radweges ab, sodass wir nur noch aufspringen mussten und die ganze Strecke bis zum Strand in Southbank selbst zurücklegen konnten. Das waren Zeiten.

Vielleicht dachte Mike an etwas Ähnliches, als er sich seinen Drahtesel stibitzte. Immerhin hatten die Toten ja keine Verwendung mehr dafür.

Tief in meinem Stammhirn kitzelte mich das Gefühl, dass etwas im Anmarsch war, irgendwie so als würde ich von Nesseln gestochen. Es war zwar nicht unmittelbar bevorstehend, doch je länger wir warteten, desto näher würde es kommen. Wir mussten wirklich los.

Als ich nach oben zu der zerstörten Leitplanke und dem zur Hälfte abgestürzten Wagen schaute, atmete ich tief durch. In jedem unserer Überlebens-Kits hatte ich eine Taschenlampe und Ersatzbatterien, aber die wollte ich mir für den Weg aufsparen. Ich war nicht einmal sicher, ob sie überhaupt noch funktionieren würden. Im Dunkeln würde es schwierig werden, unseren Weg durch die Straßen voller verunfallter

Autos zu finden.

„Sollten –“, setzte Dale an und schaute hinter sich, wo die anderen noch immer versuchten, sich aus ihrem Schockzustand zu lösen. Einige stritten bereits miteinander, während andere nach wie vor nur stumm umherstarrten. Ich sah sogar jemanden, der in einige der Autos einzubrechen versuchte. „Menschen können unberechenbar sein.“

Ich wusste, was er sagen wollte. Meine Reaktion wäre vermutlich nicht so eindeutig ausgefallen ohne die Kinder. Sie standen an erster Stelle. Ich musste mich zwingen, mich auf sie und ihre Sicherheit zu konzentrieren, und nichts anderes zählte. Genau auf diese Weise überlebte vermutlich auch Jessica.

„Stimmt. Die Autobahn ist vermutlich der bessere Weg. Weniger Leute und wahrscheinlich weniger Panik“, sagte ich und nickte in Richtung der Auffahrt zu unserer Rechten. „Geisterfahren“ war jetzt immerhin kein Thema mehr – es gab keinen Verkehr mehr, auf den man hätte aufpassen müssen.

Dale stieß einen Atemzug aus, ein erleichtertes Seufzen. Er musste hier weg. In unmittelbarer Nähe seiner toten Angehörigen herumzustehen, half ihm sicher nicht. Niemand kam zu uns, und ich hatte lange genug gewartet. Ich hatte ihnen alles an Ratschlägen gegeben, die ich wusste.

Mit einem Blick auf den Rest der Gruppe, die mich in einer Weise aufmerksam beobachtete, die mir schon jetzt nicht wirklich gefiel, deutete ich den Kindern, sie sollten auf ihre Räder steigen. Wir fuhren die Auffahrt hinauf auf die Autobahn und überließen die anderen sich selbst.

❖

Jackson fuhr neben Darren her, immer gut Acht gebend. Das schwache Licht der Dynamos erhellte den Weg ein wenig, aber zum Glück nicht stark genug, als dass Wisp die grausigen Details hätte erkennen können, wenn sie aufblickte und sich umsah. Bei den vielen Glassplittern und Trümmern auf der Straße war es ohnehin nur eine Frage der Zeit, bis wir die Räder würden zurücklassen müssen. Ich hatte nicht genügend Ersatzschläuche für uns alle dabei.

Ich war froh, dass niemand reden zu wollen schien. Ich war sowieso viel zu sehr damit beschäftigt, mich auf unsere Umgebung zu konzentrieren und mögliche herannahende Gefahren aufzuspüren. Die Mana-Wahrnehmung funktionierte schlechter, während ich mich auf dem Fahrrad fortbewegte. Vielleicht deshalb, weil ich nicht direkt in Kontakt mit der Erde unter mir war. Dennoch war sie noch da und aktiv, auch wenn die blauen Fäden, die alles miteinander verknüpften, kaum zu sehen waren.

Herzlichen Glückwunsch!

Durch deine natürliche Affinität zu der dich umgebenden Welt und dank deiner gewählten Klasse, hast du die Fähigkeit Mana-Sinn erlangt. Die blauen, wirbelnden Streifen, die du da siehst, das ist Mana bei der Arbeit. Je mehr du die Fähigkeit einsetzt, desto stärker wird sie und desto mehr wirst du verstehen. Mana-Sinn liegt nun bei 2.

Quest aktiviert!

Was ist Mana?

Dank deiner Klasse und deiner natürlichen Affinität für Mana, die dir zu Mana-Sinn verholfen hat, wird dir die Quest gewährt herauszufinden, was genau Mana eigentlich ist. Viel Glück.

Belohnung: ??? Der Reiz des Wissens?

Ich unterdrückte ein Aufstöhnen, bevor ich die Meldungen wegschob, um mich später darum zu kümmern. Im Moment gab es sonst schon zu vieles, worauf ich achten musste.

In den ganzen Umgebungsgeräuschen konnte man sich leicht verlieren, und ich wäre beinahe auf die Nase gefallen, als ich erst bemerkte, dass alle anderen stehengeblieben waren. Gut gemacht, Reflexe.

Direkt vor uns war ein Sattelzug seitlich ins Schleudern geraten und hatte fast die komplette Fahrbahn blockiert. Nicht einmal die Mittelleitplanken hatten ihn aufzuhalten vermocht. Wisp wurde ganz schlaff, und ich führte sie schnell vom Führerhaus des Lasters weg. Kein hübscher Anblick. Zersprungenes Glas, Blut und Fetzen klebrigen Fleisches. Ich wollte mir überhaupt nicht vorstellen, welche Kräfte hier am Werk gewesen waren.

Für uns bestand der Hoffnungsschimmer darin, dass wir möglicherweise durch die nun geborstene Leitplanke auf die andere Seite der Autobahn wechseln würden können.

Ich stand ganz still und konzentrierte mich auf das eine Sicherheitssystem, das ich hatte. Ich spürte ein ständiges Rumoren, ein

Gefühl, das mir den Magen umdrehte und Übelkeit erregte. Diesen Preis bezahlte ich allerdings gern. Nichts in unmittelbarer Nähe, soweit ich es erkennen konnte, doch um uns herum war alles erschüttert, einstürzend, sich gurgelnd und krachend erneuernd. Der gesamte Bereich, den ich erspüren konnte, fühlte sich an wie Lava, kurz bevor sie explodierend durch die Erdoberfläche schoss.

„Was machen wir jetzt?" Dale wirkte müde, seine Augen erfüllt von der Angst, die ich zu ignorieren versuchte.

Er wünschte sich einfach nur jemandem, der ihm sagte, wie wir das alles hier überstehen würden. Ich konnte es ihm nicht verübeln. Jessica mit ihren zwei kleinen Kindern hatte nichts zu sagen, doch ihr verbissener Kiefer zeigte mir, dass sie weiter wollte.

„Wir gehen zu Fuß weiter. Wir sollten irgendwo rüber auf die Busspur kommen, von da sehen wir weiter." Ich schaute mich auf der Straße um, und da spürte ich unter meinen Füßen einige Wellen größerer Intensität, so als würde sich etwas nähern.

Ich wünschte, es würde mir eine Liste der möglichen Gefahren geben oder so. Wenig hilfreich.

„Einen besseren Plan hab ich nicht", fügte ich hinzu und bemühte mich, meine Anspannung nicht so deutlich hörbar zu machen.

Die andere Seite sah noch schlimmer aus, doch es blieb uns keine andere Möglichkeit übrig, den zertrümmerten Laster zu umrunden. So viele zerstörte Autos überall. Ich fischte eine Taschenlampe hervor und hielt den Atem an, als ich auf den Knopf drückte. Sie leuchtete auf, doch der Strahl war so schwach, dass er kaum einen Unterschied machte. Ich reichte sie Wisp und die packte sie mit einem tapferen Lächeln.

„Besser als mein Plan, zu warten und mich zu kneifen, bis der Alptraum vorbei ist.“ Dales Humor war erzwungen, doch ich wusste ihn dennoch zu schätzen. Schließlich war ich mir recht sicher, dass seine zweite Alternative darin bestand, einfach loszuschreien. Und Junge, wie gut ich es ihm nachfühlen konnte.

„Super.“ Ich schaute zu Wisp, die ihr Bike festzuhalten und gleichzeitig die Taschenlampe zu jonglieren versuchte. Ihre Reifen waren platt wie Flundern. Ich machte eine Grimasse. „Die Räder werden wir hier lassen müssen.“

„Ich fahr sowieso schon seit einer Weile auf den Felgen“, meinte Dale und deutete den Jungs herzukommen.

Mike lachte leise. „Bin schon viel zu lange nicht mehr Rad gefahren. Mein Arsch bringt mich um.“

Jessica lachte, doch ich konnte den angstvollen Unterton darin hören, als sie abstieg und ihr Rad anlehnte, um ihre schlafenden Kinder zu wecken. Mike schnappte sich das Größere. Er war ein stämmiger Kerl, und Jessica hätte niemals beide ihre Kids tragen können. Ich sah zu, wie ihr Blick jeder seiner Bewegungen folgte, abwägend, ob sie ihm ihre kostbare Fracht wirklich anvertrauen konnte. Einen Moment später nickte sie dankend und hob das Kleine auf.

Wir waren nicht annähernd so weit gekommen, wie ich gehofft hatte. Die ständigen Unfallstellen, Glassplitter, zerfetzte Leichen und Blechteile hatten uns eingebremst. Wir hatten aber unterwegs auch einige leere Autos gesehen, das heißt, es gab weitere Überlebende, nur hatte ich im Moment nicht die Energie, um nach ihnen zu suchen. In den Schatten herrschte ständige Bewegung, und meine Sinne erzählten von Monstern in der Dunkelheit. Ich konnte nur hoffen, dass sich die Überlebenden in Sicherheit bringen konnten, oder dass wir in der Lage sein würden zu helfen, sollten wir ihnen über den Weg laufen.

Ich hätte wirklich nicht gedacht, dass wir für ein paar Kilometer dermaßen lange brauchen würden. Doch anstatt uns deswegen noch länger Sorgen zu machen, gingen wir einfach weiter. Die einzige gute Nachricht war, dass dieses System, was auch immer es eigentlich war, unsere Heilkräfte und Ausdauer gepuffert hatte, sodass wir immer noch Kraft hatten, obwohl wir längst erschöpft hätten sein müssen.

Zu Fuß unterwegs zu sein war sehr viel schlimmer als auf dem Rad. Der Geruch der Eukalyptusbäume strömte aus der Höhe herab, eine seltsame Mischung mit dem vielen kupferhaltigen Blut. Es war noch so früh im Herbst, dass es um diese Stunde kalt war, und bei den seltsamen Geräuschen von Weinen, Schreien und Schlachtrufen, die von irgendwoher zu uns drangen, stellte es mir die Nackenhaare auf. Manchmal konnte ich beinahe einzelne Worte ausmachen.

Doch wir hatten unsere eigene Schlacht zu schlagen.

Die Monster versuchten immer wieder, uns aus dem Hinterhalt anzugreifen. Räudige Biester, die darauf aus waren, einen von uns zu erwischen, während keiner von uns aufpasste.

Zum Glück verschafften uns Mana-Wahrnehmung und Mana-Sinn gemeinsam ausreichend Vorwarnungszeit. Beste. Fähigkeit. Ever. Auch wenn mir jedes Mal schlecht wurde, sobald eine neue Welle auftauchte. Ich ließ die Gruppe wissen, sobald ich eine Bedrohung spürte, deutete darauf oder gab die Richtung an.

Wuselnde Spinnen, so groß wie mein Kopf, wetzten um unsere Füße und wurden von Dale zertrampelt oder fielen meinen Baseballkünsten zum Opfer. Ich schwöre, der Sarkasmus ließ mich noch fester zuschlagen. Mike hatte ebenfalls ein paar Fertigkeiten, die ich nicht erwartet hätte. Er beschoss die Kreaturen mit etwas, das aussah wie Metallpfähle. Er ließ sie unter ihnen aus dem Boden wachsen, woraufhin jeder Körper zerplatzte, den er damit traf. Ich brauchte dringend diese Analyse-Fähigkeit.

Ohne Zweifel mussten wir ziemlich chaotisch wirken, während wir allmählich ausprobierten, wie wir vorgehen konnten, ohne einander gegenseitig aufzuspießen. Wir brauchten Zeit, um unsere Fähigkeiten zu verfeinern, doch dazu mussten wir erst mal überleben – chaotisch oder nicht.

Die letzten Angreifer mussten irgendwann wohl einmal Bulldoggenameisen gewesen sein, aber sezieren würde ich ihre Leichen nicht. Das Gute war, dass wir immerhin für jeden Kill weitere Erfahrungspunkte dazu sammelten.

❖

Ich hatte längst den Überblick über die Anzahl an Überraschungsangriffen verloren, oder auch darüber, wie weit wir gekommen waren. Doch als mir ruckartig ein Blitz von Angst in die Wirbelsäule fuhr, zuckte ich zusammen. Da war etwas. Wir mussten auf die Busspur. Dort durften nur Busse fahren, wodurch der öffentliche

Verkehr schneller und effizienter wurde, auch wenn er dafür überteuert war. Je näher wir an Garden City herankamen, desto höher und beschützender wurden die Mauern dieser Verkehrsspur. Die meisten Busse dürften auf ihrer letzten Runde unterwegs gewesen sein, sprich weniger Gemetzel. Sicherer sollte es dort auch sein. Es musste so sein.

„Da kommt etwas Neues", sagte ich und versuchte dabei sachlich zu klingen, während ich Wisp auf die Hüfte hob und Jackson ihren Rucksack zuwarf.

Mike trug nach wie vor eines von Jessicas Kindern, in der freien Hand einen Baseballschläger. Es fiel mir schwer, mich zu orientieren und festzustellen, aus welcher Richtung die Warnung kam. Es war ganz in der Nähe. Hinter oder vor uns – etwas braute sich zusammen, und hätte ich Spinnensinne gehabt, hätte ich gesagt, sie kribbelten.

Dale bemerkte meine Beunruhigung und zog Darren dichter an sich, während wir unseren weiteren Weg durch die Wracks suchten. Viele der Kutschen waren unwiederbringlich hinüber, Fords, Nissans … sogar die guten alten Subaru Outbacks hatte es erwischt.

Vor uns tauchte eine Lücke in der Mauer auf, die uns einen Weg auf die Busspur bot. Die Erleichterung traf mich heftiger, als ich erwartet hatte, und erst als ich über das nächste Auto geklettert war, angetrieben vom Adrenalin und dem Wunsch, unser Ziel zu erreichen, begriff ich, dass die Warnung von dort vorne ausging.

Ich starrte um mich herum, versuchte, die immer noch schummrige Umgebung abzusuchen. Es war nicht wie bei den letzten Malen, und ich wusste nicht genug darüber, wie das alles funktionierte, um zu ergründen, was man mir sagen wollte. Das Gefühl war dieses Mal größer, schlug Wellen in mir und zerrte an meinem Würgereflex. Am Ende unseres Pfades, ganz links, sah ich umherstolpernde Menschen und ein zartes Glimmen, das von der Menge ausging, genau in derselben Farbe wie ganz zu Beginn im Labor, als ich meine Proben hatte überprüfen wollen.

Der kurze blaue Schein und ein krampfartiger Schmerz, mehr blieb mir nicht, als meine Fähigkeit mich warnte, einen Sekundenbruchteil bevor der gewaltige Manaausbruch vor uns stattfand. Es floss über den Asphalt wie hellblaues Magma, erhellte die Nacht auf wunderschöne Weise, während es sich durch die Wagen und die sterblichen Überreste fraß, die der Flüssigkeit ausgesetzt waren, wobei alles übergangslos zu einer Masse verschmolz.

Herzlichen Glückwunsch! Du hast deine Mana-Sinn-Fähigkeit freigeschaltet.

Dank deiner natürlichen Affinität und deinem angeborenen Sinn für Mana, kannst du nun alle Manaströme in deiner direkten Umgebung wahrnehmen. Je mehr Zugang du zu dieser Fähigkeit findest, desto mehr Information bekommst du von ihr und desto höher wird dein Level. Dies ist eine passive Fähigkeit.

Oh, na wunderbar. Hatte es mir das nicht längst gesagt? Genervt winkte ich die Nachricht beiseite. Ich hatte gerade viel größere Probleme.

Dann, ganz langsam, fast wie in Zeitlupe, beginnen Spinnen aus dem Loch zu kriechen, von dem die Welle ausging. Oder zumindest hielt ich sie zunächst für Spinnen. Ihre Beine leuchteten wie Weihnachtslichter, als sie auf den Asphalt neben der Quelle der Mana-Lava trafen. Sie waren lang und dürr wie jene von Riesenkrabbenspinnen, doch ihre Körper wirkten massiver und gepanzert, fast wie die von Skorpionen. Na ja, nur dass sie eben das Volumen mittelgroßer Hunde aufwiesen.

Riesenkrabbenspinnen waren ja so schon schlimm genug, wenn sie mitten in der Nacht an den Wänden meines Hauses auftauchten. Auf schwer gepanzerte Versionen hatte ich so gar keine Lust. So ähnlich ging es anscheinend auch den Überlebenden, die noch immer in oder um ihre Wagen standen oder saßen.

Warum waren diese Idioten überhaupt immer noch hier?

An den Verletzungen konnte es nicht liegen. Die heilte das System ja, schließlich brauchte es ja scheinbar seine Spielzeuge. Zwei Schreie ertönten von direkt neben dem Loch. Die Angst ließ diese Leute erstarren, und kurz verspürte ich Schuldgefühle, weil ich nicht schnell genug gewesen war, obwohl hier niemand den Helden zu spielen versuchte.

Manaladung schoss durch mein Hirn, wie weißes Rauschen auf Drogen, als Jessicas Kräfte aufquollen. Ein Strahl schoss aus ihrer ausgestreckten rechten Hand in Richtung der Überlebenden und hüllte sie vorübergehend in helles, weißes Licht. Dann zog sich der Manakrach in meinem Kopf zurück, ebenso wie das Gewaber auf dem Boden, bis es verschwand, so als sei es nie dagewesen.

Übrig blieben nur die betäubten Überlebenden und ein wütender Mob von gepanzerten, managetriebenen Kreaturen, die auf uns zu jagten.

❖

Ihr Blut war lila. Je mehr wir killten, desto mehr davon leuchtete im Licht von Jacksons Zauberspruch. Anscheinend bewirkte das Mana noch mehr als die Kreaturen weit über ihre ursprüngliche Erscheinung hinaus mutieren zu lassen.

Darin lag ein irgendwie schöner Unterton, der wiederum in krassem Kontrast zu den Viechern stand, die mir gerade das Gesicht abzureißen versuchten.

„Die Dinger sind clever", keuchte Dale, der gerade ein weiteres der Tiere mit einem scharfen, von unten nach oben ausgeführten Schwung seines Schlägers erledigt hatte.

Da musste ich ihm zustimmen, konnte aber nicht die Energie aufbringen, das auch zum Ausdruck zu bringen. Das hier war anders als bei den Kakerhunden. Diese hier kamen nicht als massiver Schwarm an, sondern eher in kleinen Rudeln. Und sie schienen miteinander kommunizieren zu können. Sie hielten sich den Rücken frei, täuschten an, bewegten sich als Einheit, so als hätten sie es irgendwie einstudiert. Die Levelaufstiege, die wir zuvor erkämpft hatten, waren jetzt unsere einzige Rettung. Solange wir die Augen offenhielten und Rücken an Rücken standen, konnten wir einander gut unterstützen. Mit einem der Wagen hinter uns als Schutz, konnten sich die Kids ein wenig vor dem Schlimmsten verstecken. Jessica und Mike standen oben auf dem Auto, während Dale und ich an vorderster Front die Monster plattzumachen versuchten.

Aber je länger es dauerte, desto mehr gewannen die Kreaturen die Überhand. Wir hatten ein paar von ihnen verwunden können, doch sie ließen einfach nicht locker. Ich musste meine Kinder von hier wegschaffen. Doch so sehr ich flüchten wollte und die anderen gegen die Monster kämpfen lassen wollte, die Viecher hätten es ohnehin nicht zugelassen.

Wir mussten unsere Strategie anpassen.

Ich wusste nicht, was uns erwartete, als ich meine Erdbarrikade per Willenskraft heraufbeschwor. In Gedanken zerrte ich durch den Asphalt hindurch an der Erde unter uns, um sie irgendwie zum Helfen zu bewegen. Dieser ganze Versuch, eine von Mana erfüllte Kraft zu bändigen, fühlte sich surreal und äußerst unbeholfen an.

Das laute Krachen und Beben des Bodens hätte mich beinahe stolpern lassen, und mein erster Gedanke galt Wisp, die sich hinter mir verbarg, eingehüllt von unserem Familienschild.

Die Schläger waren keine idealen Waffen, doch dank der Fertigkeiten, die wir schon erlangt hatten, erlaubte uns meine neu geschaffene Barrikade immerhin, den Raum zu begrenzen, den wir abdecken mussten. Der Kreis war geschrumpft, wodurch nun auch Mike und Jessica besser mitmischen konnten. Leider hatte mich das einiges an Mana gekostet.

Doch als ich zwischen dem ganzen Geknüppel mal kurz durchschnaufen und nachsehen konnte, stellte ich fest, dass meine Manaregeneration schneller ablief, als ich erwartet hatte. Ich brauchte mehr Informationen. Ich brauchte Zeit, um besser aufzupassen und unsere Boni richtig auszuwählen.

Doch unsere Umwelt wollte uns kaum die Zeit lassen, uns mal in

Sicherheit zu bringen. Vielleicht hätten wir einfach alle in irgendein Haus rennen sollen – aber mein Bauchgefühl sagte mir einfach, dass Garden City viel besser zu verteidigen sein würde.

Wie dem auch sei, es spielte keine Rolle. Irgendwann würde mir hier doch das Mana ausgehen, wenn ich nicht vorher von einem dieser fiesen Beine aufgespießt wurde.

Einen weiteren Dolchstoß konnte ich mit meinem treuen Schläger abwehren und die Kreatur in den Erdwall schmettern. Sie versank tief im Erdreich, wodurch die Spinnen einen Moment lang gefangen waren. Das reichte mir aus, um mit hoch erhobenem Knüppel vorzupreschen, das Ding zwischen die Beißwerkzeuge zu treffen und in zwei Teile zu spalten, wobei noch mehr von dem lila Blut in der Gegend verteilt wurde.

Irgendetwas schrie auf, schrill und schmerzhaft in meinen Ohren. Diese kurze Ablenkung bewirkte, dass sich eines der verfluchten Beine in meine Flanke bohren konnte, bevor Dale es treffen konnte und damit der Kreatur das Bein ab- und meine Wunde aufriss.

Schmerz durchdrang mich, auch wenn der winzige Heilzauber, zu dem Dale fähig war, mich auf der Stelle traf, und ich warf mich mit aller Macht auf die vermaledeite Spinnenmutation, bis sie nur noch zuckte. Ich sah auf und keuchte.

Es waren noch vier Stück übrig.

Obwohl Dale uns so gut es ging heilte, waren wir alle nur noch etwa bei der Hälfte unserer Gesundheit, und das Mana der Jungs war praktisch aufgebraucht. Darren hatte einen Feuerzauber, soweit ich es sehen konnte, und Jackson einen, der an Elektrizität erinnerte. Sie hatten also wenigstens ein wenig Offensivkraft. Und Mike – der hatte seine komische pfahlartige Attacke, dem die beschissenen Spinnen aber meistens ausweichen konnten.

Irgendwann in dem Aufruhr hatte ich mir auf die Lippe gebissen und schmeckte nun das Blut in meinem Mund. Die Baseballschläger richteten gegen die Panzer dieser Gegner nicht so viel aus, wie sie es gegen die Kakerhunde getan hatten. Diese Dinger waren zäh – und sie schienen bereits gelernt zu haben, wie sie sich anpassen mussten. Der Gedanke ließ mich erschaudern.

Jeder Treffer verursachte einen schweren, dumpfen Aufschlag. Doch jeder noch so mächtige Hieb von uns nagte nur ein kleines bisschen an ihrer Gesundheit, so als würde man Kieselsteine gegen Fensterscheiben werfen.

Ich sank auf ein Knie, während Schwindel mich übermannte, gerade als mein Sohn die letzte der Kreaturen brutzelte. Mit einer seiner Fähigkeiten, die mir vermutlich mit einer blinkenden Benachrichtigung gemeldet worden waren. Ich hatte die Belästigungen beiseite gewischt. Ich musste mir genauer ansehen, welchen Weg er einschlug, doch mir fehlte einfach die Zeit.

Genau wie uns allen.

„Scheiße." Dales Ton war schriller als gewöhnlich, zumindest während der paar läppischen Stunden, seitdem ich den Kerl kannte.

Mal im Ernst. Eine Invasion mitten in der Nacht? Teuflisch guter Plan. Die halbe Stadt musste geschlafen haben. Ich wollte gar nicht darüber nachdenken, wie viele mittlerweile längst tot waren.

„Das ist so was von cool!" Darren grinste, ganz aufgeregt ob der

Aussicht auf weitere Abenteuer, weitere zum Leben erwachte Computerspiele.

Vielleicht war das ja der beste Weg für ihn, mit dem Tod seiner Familienmitglieder umzugehen. Sich auf sein eigenes Überleben zu fokussieren. Sich abzuschotten.

Apropos. Ich hatte Benachrichtigungen zu öffnen. Bestimmt weitere Erfahrungspunkte. Doch gerade jetzt kam eine Gruppe Menschen auf uns zugelaufen. „Gestolpert" wäre wohl das passendere Wort. Ich musste im Auge behalten, dass wohl nicht alle komplett bei Sinnen, nüchtern und gerade mit der Arbeit an einem wissenschaftlichen Projekt beschäftigt waren, als die Manawelle eintraf, als diese ganze Systemapokalypse über uns kam.

Viele Leute waren erschöpft nach einem harten Arbeitstag. Oder kamen gerade von einem Baseballspiel. Oder waren unterwegs in die Nachtschicht. Es war deutlich, dass die Menschen, die da kamen, genau wie alle übrigen, denen wir bisher begegnet waren, schon jetzt vollkommen erschöpft wirkten.

Allein schon daran, wie sie gingen, aufeinander gestützt, die Augen weit aufgerissen und furchtsam, hatten sie auf keinen Fall wirklich begriffen, was das System war, das da in seiner ganzen blauen Pracht vor ihren Augen aufschien. Sie hatten noch keine Klassen ausgewählt und wahrscheinlich keine Ahnung, was sie tun sollten.

Alle im selben Boot also.

Am schlimmsten war, dass die Erschöpfung gar nicht physischer Natur war, sondern mental. Denn seit dem Angriff waren kaum ein paar Minuten vergangen, und ich persönlich war jetzt schon wieder bereit loszuschlagen, zumindest körperlich. Angesichts dessen, wie schnell unsere Wunden zu heilen schienen, musste das System uns wohl bei Gesundheit erhalten wollen, vielleicht damit wir kämpfen konnten? Das brachte mich zu dem Gedanken, ob diese ganze Dungeonwelt-Geschichte wohl irgendwie zur Unterhaltung übertragen wurde.

Meine Schreie würden warten müssen, und Wisp würde ich einfach noch eine Weile in ihrem schützenden Kokon lassen. Ich markierte das große Mädchen, setzte mir ein nettes Lächeln auf und vergaß für einen Augenblick, dass ich komplett voller Kakerlaken-Überreste und hübscher Manamutantenspinnen-Spritzer war. Diese Leute bedurften eines möglichst freundlichen Empfangs, und ich durfte nicht zulassen, dass alle durchdrehten.

Ich war nicht sicher, ob ich es mir nur einbildete, aber mehrere Gesichter schienen sich auf ängstliche – oder doch angeekelte? – Weise umzusehen.

Ohne ihre Anwesenheit, die zumindest einige der Mutaspinnen, wie ich die Dinger nebenbei zu nennen beschloss, abgelenkt hatte, wären wir jetzt tot. So wie manche ihrer Gefährten. Ich war so dankbar, dass mich eine ganze Welle an Emotionen erfasste, und ich musste tief durchatmen, um mich wieder zu fassen.

Da erst wurde es mir klar.

Der große Nachteil des hübschen lila Blutes war, dass es zum Himmel stank.

Kapitel fünf:
Langsam, aber stetig

3 Stunden, 27 Minuten nach Systemstart

Wir kamen Garden City immer näher. Um mich selbst zur Ruhe zu mahnen, tat ich einen tiefen Atemzug von der fauligen Luft um mich herum. Wir hatten eine Gruppe von sechs Überlebenden dabei, mehr war von der zuvor viel größeren Anzahl nicht mehr übrig. Ihre Leichen lagen zum Glück außer Sichtweite in der Dunkelheit, und ihr Dahinscheiden hatte uns immerhin Zeit erkauft. Dale erklärte gerade den Übriggebliebenen, wie sie ihre Klassen auswählen sollten, wie sie ihre Fähigkeiten aktivierte, und was unserer Meinung nach hier los war.

Die meisten seiner Zuhörer schauten mit stumpfen Augen ins Zwielicht, so als dachten sie, das alles könne einfach nicht real sein, während sie gleichzeitig irgendwie ahnten, dass es doch so war. Die verheilenden Wunden auf meinem Körper waren dafür der Beweis, und in wenigen Minuten würde jeglicher Beweis dessen, was gerade geschehen war, verschwunden sein.

Eine der Überlebenden setzte sich hin und begann, mit sich selbst zu reden. Jackson und Darren nahmen Wisp zur Sicherheit zwischen sich, während wir über die vom Mana erzeugte Barrikade stiegen und auf die Busspur sprangen. Das Beste, was der Stadtrat je zustande gebracht hatte. Ein Highway, einzig und allein für Busse, mit Haltestellen dazwischen und Umsteigemöglichkeiten bei jedem der größeren Einkaufszentren in der Gegend von Brisbane. Nicht, dass die Wände unüberwindbar gewesen wären. Es waren einfache Schallschutzmauern aus ineinandergeflochtenen Metallstreben. Nichts, was zum Beispiel einen außer Kontrolle geratenen Sattelzug hätte aufhalten können.

Zumindest mussten wir für die Benutzung der Bahn jetzt keine exorbitant hohen Beförderungsbeiträge mehr bezahlen – immer schön auf die positiven Seiten achten.

„Hey“, sagte ich, als ich mich neben die murmelnde Frau setzte, in der Hoffnung, dass ich sie richtig einschätzte und sie noch nicht völlig den Verstand verloren hatte.

Sie wandte mir den Kopf zu und starrte eine Weile lang, bevor sie tief einatmete und mir eine zitternde Hand hinstreckte. „Evelyn.“

„Kira.“ Ich bot ihr ebenfalls meine Hand und hoffte, dass sie nicht am Ende irgendeine Blutsaugerfähigkeit aktiviert hatte.

Was? Wir befanden uns in einer neuen Welt – der Welt eines Computerspiels.

„Sorry. Das ist alles ein bisschen verrückt. Verstehst du? Ich bin von Beruf Spieleentwicklerin, aber das hier ist Wahnsinn.“ Ihre Augen prägte ein gehetzter Blick, und ich mochte wetten, dass sie die Schreienden hatte sterben sehen, bevor wir die Kreaturen bekämpfen konnten.

„Mein Sohn kommt besser mit dem allen klar als ich. Meine Spiele von früher waren von der Grafik her eher so Zeichentrick.“ Mein Witz klang trocken und gar nicht lustig, aber Evelyn gluckste dennoch ein wenig, auch wenn es ein sehr zittriges Geräusch war.

„Ja. Ich glaub auch nicht, dass die Gamer *echten* Realismus wollten. Virtuell war mehr als gut genug.“ Sie spielte einen Moment lang mit ihren

Fingern und zupfte sich an den Nägeln herum. „Dann verwenden wir also einfach diese Boni, oder was?"

Super. Jetzt war ich also Trainerin. Aber wenn ich selbst nicht Jackson gehabt hätte, der mich zum Wählen drängte, wäre ich wahrscheinlich auch bloß planlos rumgerannt oder hätte aus der Panik heraus irgendwas genommen, was ich später bereut hätte. Wer reagiert schon gleich so in der Art: „Ah ja, ein Spiel in meinem Gehirn. Dann aktiviere ich mal irgendwas!"? Man braucht schon Glück, und zum Beispiel jemanden, der sich auskennt und einem sagt, was zu tun ist.

„Ja. Und vergiss nicht, ihm genaue Anweisungen zu geben, so wie einem gewitzten Flaschengeist. Sei sehr exakt und sag, was du sehen und wissen willst. Es nimmt alles sehr wörtlich. Richte deine Gedanken darauf aus oder sprich es an. Für mich fühlt es sich manchmal besser an, den Scheiß laut auszusprechen."

Evelyn nickte, und in ihren Augen funkelte eine kleine Erkenntnis, so als hätte sie nur einen kurzen Schubser in die richtige Richtung benötigt.

Sie hatte es kapiert. Ich selbst dagegen hatte keine Ahnung, in welche Richtung ich dieses Klassending von mir erweitern sollte. Aber ohne vorher im System nachzusehen, konnte ich sowieso nichts machen.

Herzlichen Glückwunsch!

Du hast geholfen, ein Rudel von Mutaspinnen Level 8 zu töten.

Was für eine Leistung in deinen ersten Stunden. Dein Anteil an dieser Erfahrung beträgt 248 EP mal 21 Mutationen.

Das ergibt 5.208 EP

Na also, jetzt redete ich bereits, als würde ich das schon viel länger machen als nur ein paar Stunden.

Levelaufstieg!

Du bist nun auf Level 5 als Schädlings- und Krankheitserregereinheit: Mikrobiologin/Pflanzenpathologin/Entomologin/Hydrogeologin/Molekularb iologin – Abgekürzt: Spezialistin für Umweltprozesse. Du darfst 6 Gratis-Attribute verteilen. Klassenfertigkeit Level 5 verfügbar.

Klassenfertigkeit Level 5. Das konnte sich doch sehen lassen, was?

Ich überflog, was ich auf der untersten Stufe noch offen hatte und sah, dass es nur noch eine Möglichkeit gab, die ich nicht bereits gewählt hatte.

Bluttransfer (Level 1)

Dank deiner Hingabe, die Welt und die Funktionsweise der biologischen Evolution zu verstehen, kannst du das Blut deiner Gegner anzapfen und deren Schaden umlenken, um damit dich selbst zu heilen. Vorteilige Effekte sind nur für dich selbst nutzbar.

Achtung: Am besten nur auf Feinde richten. Nur zur Selbstheilung.

Effekt: Entzieht und transferiert 5 HP pro Sekunde. Ziel muss über Blut verfügen.

Preis: 5 Mana pro Sekunde

Bitte beachte, du hast noch unverbrauchte Boni zur Verfügung. 1 geringfügigen Bonus, 1 mittleren Bonus und 1 hohen Bonus. Deine Mündel verfügen ebenfalls über Boni. Möchtest du diese Attribute jetzt zuweisen? Erinnerung: Sie verfallen in vierundvierzig Stunden und siebenunddreißig Minuten.

Entgeistert schob ich die Meldung weg. Natürlich stimmte es, dass ich meine Boni wählen musste, aber das Ganze erinnerte mich an Computerupdates, die einen ständig damit nerven, dass sie angewendet werden wollen. Ich und die Sturheit, das funktionierte nun mal prächtig.

Ich weigerte mich, mich drängen zu lassen. Sicherzustellen, dass ich die bestmöglichen zur Auswahl stehenden Boni fand, war für unser Überleben entscheidend. Ich brauchte einfach nur mal eine längere Pause.

Evelyn räusperte sich. „Ich kriege hier Optionen, die mir nicht gefallen."

Sie zog die Brauen zusammen und konzentrierte sich auf einen Bildschirm, den ich nicht sehen konnte.

„Sag ihm ganz genau, was du sehen willst. Stell spezifische Fragen. So was in der Art: Zeig mir Optionen, die meine persönlichen Fähigkeiten berücksichtigen. Ich habe ihm befohlen, mir Möglichkeiten zu zeigen, die mein bereits entwickeltes Skillset nutzen. Mehr oder weniger." Ich hatte zwar im Trüben gefischt, aber immerhin hatte ich meine total schrägen Fähigkeiten bekommen, und vielleicht sollten alle anderen auch nach etwas suchen, wozu sie eine Affinität aufwiesen.

Ein paar Sekunden später, während ich noch immer meinen neu gewonnenen Skill verdaute, erschien ein schwacher blauer Schimmer über

Evelyn, und sie versetzte mir ein halbes Lächeln.

„Du und dein Mann könntet nicht zufällig noch jemanden gebrauchen?“, fragte sie und stellte dabei eine recht unangenehme Annahme auf.

Die Zwölfjährige in mir hätte gerne laut losgekichert, aber ich verwies sie auf ihren Platz. Dafür war jetzt keine Zeit. „Dale ist nicht mein Mann, nur ein Überlebender. Mein Ex ist … hoffentlich noch immer an der Goldküste. Aber ich werde das Gefühl nicht los, je mehr, desto besser. Je mehr wir sind, desto besser können wir uns beschützen und so.“

Dieses Mal zeigte Evelyn ein vollständiges Lächeln, obwohl ihre Augen bei meiner Andeutung zu Mason leicht flackerten.

„Stimmt“, sagte sie, und in ihren Händen erschien ein Bogen. Er strahlte jenes blaue Licht ab, zuerst fast blendend. Ich verzog das Gesicht und bemerkte erst später, dass sie ohne zu zögern direkt darauf starrte.

Offenbar war ich die Einzige, die überall die Spuren magischer Energie sehen konnte – dank diesem Mana-Sinn. Ich weitete mein Bewusstsein kurz auf meine Wahrnehmungsfähigkeit aus, um meine Kinder, Dale und Darren zu orten. Ich brauchte Zeit, um mich hinzusetzen und ganz genau zu ergründen, was diese mir gegebenen Fertigkeiten wirklich konnten. Es gab so vieles, das ich noch nicht verstand, doch bevor wir Garbo nicht erreicht hatten, war ein Zwischenstopp wie eben gerade ein Luxus, den wir uns vermutlich nicht leisten konnten. Ich ignorierte die bohrende Frage in meinem Gehirn, was wir denn tun sollten, falls Garden City doch schon zerstört war.

Meine einzige Hoffnung war, dass die meisten Leute noch schliefen.

Es war jetzt kurz vor drei Uhr morgens, und das Einzige, was ich mit Sicherheit wusste, war, dass das magische blaue Mana-Zeug allmählich alles durchsetzte. Alles verwandelte, jede Zelle mutieren ließ. Es kroch um her, erweckte Kreaturen zum Leben, band sie aneinander, ließ riesige Schollen Asphalt aufplatzen. Meine Finger kribbelten vor Verlangen, das Phänomen zu untersuchen, zu verstehen, wie es funktionierte.

„Bestens. Wer sich uns anschließen möchte, kann das tun.“ Ich nickte Evelyn zu und sie packte ihren magischen Bogen noch fester.

Müßig fragte ich mich, was es für uns wohl bedeuten würde, nun eine Waldläuferin dabeizuhaben, doch ich schalt mich gleich dafür, über Gaming-Stereotype nachgedacht zu haben. Immerhin war es bestimmt zehnmal besser, seltsam mutierte Wesen aus der Distanz zu bekämpfen, als von Spinnenbeinen aufgespießt zu werden, während man mit einem Baseballschläger um sich schlug.

❖

Wir bekamen noch ein paar Nachzügler dazu. Red und Barry waren Brüder. Der eine war groß und drahtig und erinnerte ein wenig an einen Fußballspieler, während Barry eher meine Größe hatte und dabei stämmig war. Ihn hätte man wohl eher in eine Rugbymannschaft gesteckt.

Jules und Gemma waren Studienfreundinnen, die gerade von ihrem Teilzeitjob kamen. Und nun hatte uns das Schicksal zusammengewürfelt, hier auf dieser Busspur mit ihren hohen Wänden und ganz ohne Busse. Ein paar, die nicht aus ihrer Schockstarre erwacht waren, hatten wir zurücklassen müssen. Ich konnte die Leute nicht zum Mitkommen zwingen, auch wenn ich gewollt hätte. Sie würden uns nur noch mehr in Gefahr bringen.

Es war nichts zu hören, außer unseren Schritten und ein paar geflüsterten Gesprächsfetzen, die der Wind mit sich forttrug, bevor ich sie verstehen konnte. Paranoia klopfte bei meinem Verstand an, wollte mich davon überzeugen, dass ich diesen Leuten nicht trauen durfte. Vielleicht stimmte das ja sogar, doch ich hatte die Hoffnung dem Misstrauen immer schon vorgezogen. Man konnte einfach nie wissen, was jemand gerade durchmachte. Gut zu Menschen zu sein, konnte nie schaden – nicht wirklich jedenfalls. Ganz abgesehen davon, dass mehr Körper auch mehr Ablenkung für mögliche angreifende Mutationen boten.

Im Moment hätte ich alle diese Leute den Monstern zum Fraß vorgeworfen, wenn es bedeutete, dass ich damit Wisp und Jackson retten konnte.

Wir befanden uns in einer neuen Welt. Und für meinen Geschmack war es viel zu still.

Selbst im schwachen Mondlicht konnte ich die Silhouette des riesigen Gebäudekomplexes über dem Rand der Schallwände erkennen. Außer uns erzeugte nichts ein Geräusch, mal abgesehen von dem Wind, der durch den Korridor pfiff. Nicht mal das Zirpen der Grillen war zu hören.

Für mich konnte das nur Gefahr bedeuten. Weiter vorne konnte ich einen Bus erkennen, kurz vor dem Ziel. Er bewegte sich kein Stück, wirkte verlassen. Falls dort jemand überlebt hatte, lag der EMP nun schon vier Stunden zurück. Es war ausgeschlossen, dass jemand einfach hier im Bus sitzen geblieben war. Insbesondere, weil der Tunnel nach Garden City ja direkt dahinter lag.

„Mum." Wisps müde Stimme weckte mich aus meinen Gedanken, und ich griff ohne groß nachzudenken nach ihr und hob sie hoch. Meine Schultern protestierten, denn ich trug auch so schon ein ziemliches Gewicht im Rucksack, und ich mochte mir nicht ausmalen, wie viel schlechter ich dran gewesen wäre, hätte mein Beruf nicht so viele lange Märsche im Freien mit sich gebracht.

„Was gibt's, Liebling?", fragte ich, während ich sie ohne das Tempo zu verlangsamen auf meiner Hüfte absetzte.

Sie lehnte sich an meinen Kopf, und ich konnte ihre Erschöpfung förmlich spüren. „Ich hab Angst."

Nachdem ich sie erst ganz fest in den Arm genommen hatte, küsste ich ihr seitlich auf die Stirn. „Ich weiß, Liebling. Ich weiß."

Sie klammerte sich eine Weile lang an mir fest, und dann wurde die Gruppe allmählich langsamer, je mehr wir uns dem Bus näherten. Es handelte sich um ein neues Modell, glänzend, schnittig und so ziemlich von vorn bis hinten voller Elektronik. Der Bus war offenbar in den betonierten Teil der Mauer gekracht. Da wir nicht weit von der Haltestelle Garden City waren, hatte er zum Glück wohl noch nicht seine Höchstgeschwindigkeit erreicht.

„Schließ die Augen", flüsterte ich Wisp zu. Nicht dass es nötig gewesen wäre – sie schlief ohnehin schon fast.

Der Fahrer war über dem Lenkrad zusammengesackt, und soweit

ich sehen konnte, tropfte aus einer üblen Kopfverletzung Blut. Oder zumindest hoffte ich, dass die dunkle Flüssigkeit auf seiner blassen Haut Blut war. Die hypermodernen Busse hatten gewaltige Fenster, und so konnten wir problemlos hineinsehen, ohne reinzugehen. Mehrere Leichen lagen umher, doch die Hintertür war aufgebrochen, also schien immerhin jemand diesem Metallsarg entkommen zu sein.

„Hoffnungslos?“, fragte Dale, der neben mir gehalten hatte.

„Ja.“ Ein unerwarteter Schwall von Trauer traf mich in die Magengrube, und ich taumelte kurz, bevor ich meine Balance wiederfand. Dort drin spürte ich nichts als ein paar stumme Fäden Mana – keiner davon an etwas Lebendiges gebunden.

Dale hob eine Augenbraue. „Alles in Ordnung? Willst du, dass ich Wisp mal ein Weilchen trage?“

Klar wollte ich das, gleichzeitig aber auch doch nicht. Bisher kannte ich den Mann seit kaum fünf Stunden. Ich konnte ihm nicht einfach mein Kind geben. Also lächelte ich einfach und log ihn an. „Nee, ich glaub, dann würde sie aufwachen.“

Er nickte, und seine Augen funkelten verständnisvoll. Evelyn gesellte sich zu uns, den Bogen gezückt, und ich hätte sie wirklich gern beiseite genommen und mich mit ihr darüber unterhalten, wie sie dauernd mit dem Ding rumlief, als sei es quasi eine Verlängerung ihrer Arme.

„Wir sind fast da, oder?“, fragte sie, die Augen nicht auf mich gerichtet, sondern die Gegend absuchend.

Sie war extrem wachsam, was ich zunächst nicht von ihr erwartet hätte, doch das war wohl für uns alle ein Vorteil.

„Ja. Vielleicht noch ein paar hundert Meter, durch den Tunnel, ein paar Treppen rauf und dann sollten wir zum Durchgang auf die obere Etage kommen." Wisp regte sich und meine Schulter schmerzte.

Scheiße. Ich konnte mir keinerlei Verletzungen leisten. Niemand hier konnte das. Hoffentlich konnte Dale so was auch heilen. Oder vielleicht würde sich das von selbst erledigen, so wie scheinbar alle anderen Wehwehchen auch.

Jackson kam herbei, seine kleine Lichtkugel sanft leuchtend. „Hey, Mum. Ist es nicht zu –"

„Denk nicht mal daran, das zu sagen!" Ich stolperte beinahe über meine Worte, um ihn zum Schweigen zu bringen.

Doch der Alarm, der in meiner Wahrnehmungsfähigkeit schrillte, ließ mich wissen, dass er die Falle bereits ausgelöst hatte. Na ja, nicht wirklich. Es wäre sowieso geschehen, seine Worte machten da wohl kaum einen Unterschied.

„Wir kriegen unangenehmen Besuch." Ich seufzte, und kurz darauf ging das Gepolter auch schon los. Jackson wurde noch bleicher und verzog das Gesicht.

„Entschuldigung." Er klang, als hätte er noch nie im Leben etwas mehr bereut als das.

„Sicher nur ein Zufall", sagte Dale mit fester Stimme.

„Was machen wir jetzt?", fragte Red leise. Es war das erste Mal, dass ich ihn überhaupt sprechen hörte.

„Wir kämpfen, überleben und bringen uns in Sicherheit", sagte ich mit so viel Selbstbewusstsein, wie ich konnte.

„Ich bin nur ein Koch. Ein Bäcker, genau genommen. Ich hab

einfach genommen, was das Ding vorgeschlagen hat. Ich hab keine Ahnung, wie ich irgendwas bekämpfen soll." Die Angst ließ Reds Stimme anschwellen, und sein Blick schoss umher, als würde er auszumachen versuchen, wo das Grollen im Untergrund seinen Ursprung nahm.

Ich wollte etwas sagen, doch da legte Dale seine Hände auf Reds Schultern und schaute ihm geradewegs in die Augen. „Ist schon okay. Du schaffst das. Du bist nicht allein."

Red beruhigte sich sichtbar, und ich schickte einen Dank hinaus in diese seltsam verzerrte Welt, dass sie zumindest die Güte gehabt hatte, dass Dales Weg und meiner einander gekreuzt hatten. Meine eigene Panik konnte ich zwar beschwichtigen, doch ein Notfallsanitäter war ganz offensichtlich geübter darin, sich um andere Menschen zu kümmern.

„Sie kommen von da." Ich deutete nach links, wo sich meines Wissens hinter der Absperrung ein Parkplatz befand. Wir waren hier mehr oder weniger unter der Vorstadt, und ich freute mich ganz und gar nicht darauf, was da gleich über die Wand kommen würde.

Jackson und Darren standen etwas seitlich, ihre jungen Gesichter voller Ernst und Entschlossenheit. Anhand der blauen Strahlen, die sie umzuckten, konnte ich sehen, dass sie sich anschickten, ihre gesamten erworbenen Zauberfähigkeiten einzusetzen. Es war fast, als wollten diese Kräfte nichts sehnlicher, als benutzt zu werden. Und wenn sie dafür keine Menschen fanden, infizierten sie eben alles andere auf ihrem Pfad.

Mike und Jessica verfrachteten ihr älteres Kind in den Anhänger und schoben ihn an die Rückwand, soweit außer Gefahr wie nur möglich, während das Kleine in einer Trage auf Jessicas Rücken saß. Die Kinder waren erschöpft, hatten sich bisher allerdings wacker geschlagen. Vielleicht dachten sie ja einfach, sie würden noch träumen. Evelyn war gefasst und bereit zuzuschlagen, und ich beeilte mich, sanft mein kleines Mädchen abzusetzen und sie in ihren Schild einzupacken.

Nicht verfügbar. Schild wurde vor weniger als einer Stunde bereits verwendet.

Fuck. Na gut. Ich konnte sie auch so schützen. Musste ich auch. Während ich die aufkommende Panik in mir zertrampelte, scheuchte ich sie ebenfalls in den Anhänger. Ich zog den Baseballschläger aus seinem Platz im Rucksack und entledigte mich des Ballasts, den ich gleichzeitig vor den Anhänger stellte, um Wisp ein wenig zu verstecken.

Nicht eine Sekunde zu früh.

Die erste der Kreaturen landete am anderen Ende der Busspur, viel zu nahe an den Kindern. Irgendwann war das Teil wohl mal ein Dobermann gewesen. Wunderschöne Hunde. Richtig majestätisch. Jetzt aber troff ihm massenhaft der Schleim von den Lefzen, und in seinen Augen glomm jener Schimmer, den ich mittlerweile so fürchtete. Der Hund war viel größer, als er hätte sein dürfen. Sein Kopf hätte beinahe die Höhe meiner Schultern erreicht, wäre ich blöd genug gewesen, so dicht ranzugehen. Kalt schnürte sich die Erkenntnis um meinen Magen, dass es sicher keine gute Idee war, mit dem Baseballschläger draufloszugehen.

Erdbarrikade. Konnte helfen, wenn auch nur, um die Kinder zu schützen. Ich wünschte, ich hätte mehr tun können.

Ich ahnte außerdem instinktiv, dass alle Hunde, die nachts draußen waren, vermutlich aus ihren Gärten ausgebrochen und nun in Rudeln unterwegs waren. Was denn auch sonst. Welches postapokalyptische Spiel kam schon ohne wild gewordene, umherstreunende Hunde aus?

Er hob das Maul zum Heulen, und als nächstes ertönte ein dumpfes Geräusch, als sich ein dicker Pfeil in seinen Hals bohrte und ihn zu Boden fallen ließ.

Es brauchte ein paar Augenblicke, bis ich begriffen hatte, dass der Späher des Rudels gefallen war. Evelyn stand neben mir, schwer atmend und die Augen weit aufgerissen, als wir alle sie anschauten.

„Was?“, fragte sie wie zu ihrer Verteidigung. „Ich hab einen Bogen. Den trag ich ja schon eine Weile mit mir rum.“

Ich konnte allerdings sehen, dass ihre Tapferkeit ein Stück weit nur gespielt war. Sie zitterte. Konnte ich ihr nicht verübeln. Es war noch mal ein Unterschied, ob man das alles hier als Realität akzeptierte, oder dann auch wirklich aktiv daran teilnahm.

Du kurze Atempause nahm dann leider ein rasches Ende, als gleich etwa zwanzig weitere Hunde zu uns herabsprangen. Einige davon wimmerten, nachdem sie unsanft gelandet waren, zu klein, um den Aufprall auf dem harten Asphalt einfach wegzustecken. Ihr Heulen wurde schmerzverzerrt, als die gebrochenen Knochen aus dem Fleisch hervorstachen. Noch viel entsetzlicher aber war der Anblick der anderen, die sich umdrehten und ihre sterbenden Rudelmitglieder kurzerhand auffraßen.

Das Schlürfen und Knurren, Jaulen und Heulen reichten aus, um die Geräusche unserer Angriffe zu übertönen.

Evelyn schickte zwei Pfeile los und schaltete zwei der größeren Angreifer aus, bevor sie sich auf uns stürzen konnten. Ich wollte auch so einen Bogen. Darren schoss eine Art Bolzen ab, der durch die Luft sauste und zwei der Viecher aufspießte.

Gemma schien über Wurfmesser zu verfügen, die sie akkurat in den Hälsen der Hunde versenkte, während Jules es schaffte, uns alle mit einer schwach glimmenden blauen Barriere zu umgeben, von der ich hoffte, dass sie uns vor schlimmerem Schaden bewahrte. Mike schickte seine Pfähle los, deren Metall die Luft zerriss und Stücke aus den Hunden fetzte. Seine Fähigkeit schien immer weniger Schaden anzurichten, vielleicht auch weil die Monster stärker waren, jedenfalls war längst nicht mehr jeder Treffer auch ein Kill. Jessica hielt sich im Hintergrund, schirmte die Kinder ab und hielt unsere Flanken frei, zumal sie keine Fernwaffen hatte.

Genau wie ich.

Jackson verschaffte uns Licht und warf eine Explosion mitten ins Getümmel, die dem Rudel irgendwie fortwährend mehr Gesundheit abzog. Sie war klein, doch die Kreaturen bewegten sich jetzt langsamer, und es dauerte viel länger, bis sie sich umgedreht hatten und wieder auf uns losgehen konnten.

Das gab Evelyn die Zeit, einen weiteren Pfeil zu platzieren. Sie stand da, eingehüllt in ein goldenes Licht, und zog ihren Abzugsarm mit einer geübten Präzision zurück, den sie bestimmt nicht nur dem Spiel verdankte. Dann schickte sie in rascher Abfolge zwei Pfeile los, woraufhin wir es noch mit sechs Hunden zu tun hatten, die uns nun endgültig gegenüberstanden.

Die meisten der übrigen Mutationen waren längst nicht so riesig wie der Rädelsführer, doch sie waren eindeutig größer als gewöhnlich. Bei genauerem Hinschauen schienen es außerdem doch noch sieben Stück zu sein. Obwohl der eine ganz hinten zu zögern schien, sich in unsere Nähe zu begeben. Seine blassgoldene Schnauze zierte darüber hinaus kein Blut, also hatte er an dem Festmahl von vorhin wohl nicht teilgenommen.

Ich packte den Baseballschläger fester, denn ich hatte keine Zeit, mich mit der Mentalität kannibalischer Hunde auseinanderzusetzen. Das hier waren keine niedlichen, flauschigen Haustiere mehr. Genau wie alle anderen Tiere, denen wir begegnet waren, hatte das Mana sie mutieren lassen, verzerrt und mordlustig gemacht.

Doch auch wenn ich mir das einredete, rebellierte mein Magen bei der Vorstellung, sie mit einem Baseballschläger zu verdreschen. Selbst als ich ausholte, hasste ich mich noch dafür. Mitten im Kampf wollte ich mich übergeben. Und während ich ihre Köpfe platzen ließ, stiegen mir die Tränen in die Augen. Was für ein abgefucktes System war das, das sich an solch treuen und wunderschönen Tieren vergriff und sie in furchterregenden, zähnefletschenden Schrecken der Nacht verwandelte?

Das machte mich wütend, ließ mein Blut kochen, und ließ mich derart in meiner Aufgabe versinken, dass ich gar nicht bemerkte, wie das blassgoldene Fellknäuel verschwunden war. Erst als ich mich umdrehte und zu Wisp schaute, sah ich sie dort sitzen und das Tier streicheln.

Kapitel sechs: Goldene Flauschekugel

4 Stunden, 20 Minuten nach Systemstart

Ich erstarrte, während die anderen weiterhin mit den übrigen Kötern beschäftigt waren. Ich werde wohl nie erfahren, ob es wirklich meine Untätigkeit in jenen Sekunden war, die Jessica ihr Leben kostete. Doch sie schrie auf, als einer der Hunde sie ansprang und sich mit voller Wucht auf sie warf, sodass sie hart zu Boden ging und dabei auf ihrem kleineren Kind landete, das sie noch immer auf dem Rücken trug. Ihr Kopf wurde mit einem widerlichen Krachen gegen den harten Asphalt geschleudert.

Anscheinend sah niemand außer mir zu, doch ich schrie, und es kostete mich alle Mühe, nicht sofort zu ihr hinzurennen und nachzusehen. Sie rührte sich nicht, und das Kind weinte nicht. Schlimmer noch, die verfluchte Kreatur fiel über sie her, zerrte an ihrem Hals, wo zuerst ein schwacher Blutstrom hervorquoll, der dann unter dem blau glühenden Monster erlosch.

Ich hatte keine Zeit, noch länger nachzudenken, bevor mein Schläger auf den Schädel des Hundes traf und mit tödlich dröhnenden, von Verzweiflung und Wut getriebenen Hieben seinem Leben ein Ende bereitete.

Sie hatte die verdammten Kakerhunde überlebt, nur um hier draufzugehen. Ich wollte es nicht wahrhaben, doch es half nichts.

Das Mana hatte das Antlitz des Hundes verzerrt und ließ ihn mehr wie ein wildes Biest als wie ein Haustier wirken. Wahrscheinlich war uns das allen eine Hilfe. Immerhin war es viel leichter, irgendwie außerirdisch aussehende Hunde zu killen als unsere liebsten Haustiere. Wenigstens hatte ich so einen Feind, auf den ich meine gesamte sinnlose Tötungswut konzentrieren konnte.

Das Blau, das sie umgab, war an den Rändern ausgefranst und hatte eine flackernde, unschöne Tönung, die ich nicht so recht zuordnen konnte.

Doch als ich mich erneut nach Wisp umschaute, saß jener zottelige Hund noch immer neben ihr, die Zunge herausgehängt und mit dem Schwanz einen Rhythmus auf den Asphalt klopfend, der so laut war, dass er womöglich eine Delle hinterlassen würde.

„Mummy. Darf ich ihn behalten?“ Wisps Augen waren kaum noch geöffnet, doch sie hatte ihre Nase im weichen, flauschigen Fell des Tieres vergraben.

Ich hielt den Schläger weiterhin erhoben, während ich mich langsam näherte, um die Kreatur nicht aufzuschrecken. Sie verhielt sich nicht wie die anderen, und die fehlenden Blutspuren hatten mir schon vorher unbewusst angedeutet, dass dieser hier weniger tollwütig war als die anderen. Stattdessen saß der Hund da, ließ sich genüsslich kraulen und wurde direkt unter meinen Augen von Sekunde zu Sekunde größer. Er bückte sich und leckte sanft über Wisps Hand, während er mir fortwährend in die Augen schaute und dabei nicht ein einziges Mal blinzelte.

Was zur Hölle?

„Der ist anders“, sagte Evelyn, den Bogen fest in der Hand, aber leicht gesenkt, als sie mit schief gelegtem Kopf den Hund beobachtete. „Ich glaube, er mag deine Tochter."

„Was du nicht sagst", bemerkte ich schnippisch.

Dann atmete ich tief durch. Er hatte weder seine Freunde verspeist noch uns attackiert. Ganz zu schweigen davon, dass er Wisp nichts getan hatte, obwohl ihn nichts davon abgehalten hätte, während ich mit meiner Rache an dem Scheißvieh beschäftigt war, das Jessica auf dem Gewissen hatte.

Was mich dann aber wieder fragen ließ, weshalb er überhaupt mit diesem Rudel unterwegs gewesen war. Vielleicht war er ja schlau und hatte sich gedacht, in einer Gruppe wäre er sicherer. Ohne das Tier aus den Augen zu lassen, schaute ich auf und sah Mike, der über Jessica und ihrem Baby stand, nachdem der ältere Mann den Hund endgültig zu Brei geprügelt hatte. Als er meinen Blick sah, schüttelte er den Kopf, und ich musste mir hastig die Tränen wegwischen. Ich wusste längst, dass sie nicht überlebt hatte, aber irgendwie hatte ich wohl doch noch Hoffnung gehabt.

Der Hund hatte Wisp nach wie vor nichts getan. Was Jessicas zweite Kind betraf – Steven, so glaubte ich wenigstens – der rieb sich die schläfrigen Augen und schien bisher noch nicht verstanden zu haben. Mike war gleich bei ihm, wie eine stützende Wand. Es tat mir im Herzen weh, doch dafür hatte ich keine Zeit.

„Ich weiß nicht, was ich machen soll." Was ich mit dem Hund machen sollte, der sich mit meiner Tochter anfreundete, was ich Jessicas Tod und ihrem nun verwaisten Kind anfangen sollte … Ich wusste einfach nicht, was ich machen sollte.

Der Tunnel lag vor uns, doch dort drin war es sogar noch dunkler. Wie konnte ich sicher sein, dass dieser knuffige Hund nicht plötzlich die Kinder verschlingen würde?

Er bellte leise in seine Kehle hinein, und seine Augen ließen noch immer nicht von mir ab. Schwache blaue Fäden von Mana schwirrten um seine Schnauze, doch seine Augen blieben klar. Man mochte mich für verrückt erklären, doch ich fühlte instinktiv, dass ich ihm trauen konnte.

„Na schön“, sagte ich zu ihm und auch zu mir selbst.

Ich würde ihn einfach im Auge behalten müssen. Vielleicht würde mich das von der Tatsache ablenken, dass wir jetzt schon verlorene Verbündete beklagen mussten, die wir hatten retten wollen. Ein Vorteil war, dass das Tier die Energie meiner Tochter erneuert zu haben schien. Dafür würde ihr letztlich unvermeidlicher Zusammenbruch umso härter ausfallen.

„Hey, Mum“, sprach mich Jackson behutsam von links an. „Unsere Taschen sind voll. Ihr solltet auch zu plündern anfangen.“

Ich blinzelte ihn an. „Was?“

Evelyn zu meiner Rechten lachte, wenn auch angespannt. Mir fiel auf, dass sie es möglichst mied, Jessicas Leiche und die ihres Kindes anzusehen. Konnte ich ihr nicht verübeln.

„Wow. Daran hatte ich nicht mal gedacht. Ich helfe euch beim Plündern“, versprach sie Jackson feierlich.

Er nickte mit einem leichten Verdrehen der Augen in meine Richtung. „Danke.“

„Plündern. Du weißt schon, auch in den doofen alten, comicartigen

Spielen musste man die gekillten Monster plündern, um Materialien, Upgrades und so Zeug zu bekommen." Erst als sie das sagte, ging in meinem Kopf ein Licht auf, und ich musste mich schwer beherrschen, um meinen Zorn niederzuringen.

„Wir müssen also wie in einem Spiel Zeug sammeln. Ploppt das dann auch in einem blauen Fenster auf, oder was?" Ich meine, klang ja alles ganz logisch, aber ich war einfach außer mir vor Wut darüber, dass unser Leben jetzt nach den Regeln eines Computerspiels ablief. Was für eine verschissene Sauerei.

Evelyn zuckte die Achseln, so als hätte sie das alles letztlich einfach akzeptiert und würde sich eben anpassen. Ich derweil stand hier rum und war zornig über etwas, woran ich höchstwahrscheinlich ohnehin nicht das Geringste ändern konnte. Anscheinend würden wir von jetzt an Leichen fleddern müssen.

„Halt einfach deine Hand darüber und denk *plündern*", erklärte Jackson.

Ich probierte es bei einem der kleineren Hunde und wollte gar nicht daran denken, ob jemand das gleiche schon bei Jessica getan hatte.

Zu meiner Überraschung wurden mir gleich mehrere Dinge angeboten, zum Beispiel Klauen und verschiedene Zähne. Ich wollte das Zeug eigentlich nicht haben, aber wenn es sich weiterverkaufen ließ? Die Dinge landeten direkt in meinem fünfmal fünf Meter großen Inventar, und sagen wir mal, auch da hatte ich keinerlei Absicht, mir das genauer anzusehen.

„Danke." Ich drückte meinen Sohn kurz und schaute zu dem lauernden Bustunnel weiter vorne.

Wir würden es schaffen. Es ging nicht anders.

„Durch den Tunnel also?“ Gemma meldete sich zu Wort, jetzt bereits etwas selbstsicherer im Auftreten, nachdem sie ihre Fähigkeiten gewählt und direkt auch im Kampf eingesetzt hatte.

Sie hatte einen Killerschlag, der von einer Art grünem Blitz verstärkt wurde. Vielleicht Gift. Und ihre Messer? Ihre Zielgenauigkeit damit war phänomenal, was wohl mit den Fertigkeiten selbst zu tun haben musste.

Ich nickte, und Dale trat vor, während ich meine Kleine und ihr neues Kuscheltier einsammelte, bevor ich einen Blick auf Mike warf, der mit dem schlafenden Steven im Arm dastand. Das Leid in seinem Blick, die fehlende Anteilnahme der anderen, alles nur Bewältigungsstrategien. Er schaute mich an, und ich nickte, obwohl ich nicht wirklich wusste, warum überhaupt. Er setzte sich in Bewegung und folgte uns.

„Wir passen auf sie auf.“ Jackson ließ mich beinahe vor Schreck zusammenfahren, doch ich riss ich zusammen und dankte ihm schlicht.

Darren und mein Sohn übernahmen es, Wisp und das Tier auf je einer Seite zu flankieren.

Auch ohne Mana-Apokalypse hätte ich mich vor einem streunenden Hund in Acht genommen, doch dieser hier vermittelte mir ein Gefühl von Vertrauen, das ich selbst nicht verstand. Auch mein seismischer Sinn zeigte in seiner Präsenz etwas Ruhiges, Zuversicht Stiftendes. Keine Spur von Arglist.

Und wir mussten uns so schnell wie nur möglich in Sicherheit bringen, also blieb mir ohnehin nichts anderes übrig, als jenem Bauchgefühl zu vertrauen. Schließlich hatte mein Bauch uns in dieser

Nacht schon öfter das Leben gerettet.

Vor uns lauerte der Tunnel in der Finsternis wie eine Art Riesenmonster, das uns mit Haut und Haar verschlingen wollte. Natürlich war er in der funktionierenden Welt nicht finster gewesen, sondern viel mehr eine hell erleuchtete und angenehme Durchfahrt für die Busse, um dem Verkehr auf den Straßen zu entgehen. Jetzt aber wirkte das Ganze ziemlich gespenstisch, und ich konnte mir nicht vorstellen, dass da irgendwer viel Lust drauf hatte. Leider blieb uns nun mal nichts anderes übrig. Ich sah keine Möglichkeit, wie wir die hohen Wände überwinden und auf die nächste Ebene gelangen hätten können. Und umkehren war schlichtweg keine Option.

Immerhin war der Tunnel breit genug, als dass wir alle nebeneinander gehen konnten. So fühlte es sich am sichersten an. Schließlich war das Ding ja auch nur drei- oder vierhundert Meter lang? Kein Problem also.

„Hat irgendwer eine Ahnung, was hier eigentlich los ist?“ Zugegeben, Barry schaffte es ganz gut, die Angst, die uns bestimmt allen in den Knochen saß, aus seiner Stimme zu verbannen.

Sein Gesicht war voll und sein Lächeln breit, anders als sein Bruder, der eher gegenteilig wirkte – ein wenig leicht gebaut und dünn.

„Ich habe eine Theorie.“ Jacksons Stimme hallte in dem Tunnel ein wenig wider und die Begeisterung kam erneut durch. Sein goldfarbenes Licht ließ unsere Schatten an der Wand tanzen und verlieh der Situation eine Wärme, die ich zu gern auch persönlich gespürt hätte. Zumindest auf den paar Metern, die er sichtbar machte.

Ich war ja froh, dass er zumindest keine große Angst zu haben schien, doch die vergangenen paar Generationen hatten ja reichlich Videospiele erlebt, sodass die meisten von uns sich etwas darunter vorstellen konnten. Nur war das hier eben kein Spiel. Wir waren nun schon hunderten verlorener Leben begegnet, die dafür Zeuge standen.

Gemma wechselte den Platz mit Jules und stupste meinen Jungen an. „Ich auch. Lass erst mal deine hören."

Ich sah sein Zögern. Gemma war ein paar Zentimeter größer als er, und ihr sommersprossiges Gesicht und die sonnengebleichten braunen Haare, die im magischen Licht glänzten, ließen sie sanft und attraktiv wirken. Mein gerade erst in die Jugendjahre gekommener Sohn war noch nicht daran gewöhnt, mit Mädchen zu reden.

Doch dann übermannte ihn doch der Eifer. „Irgendein außerirdisches Konglomerat hat mindestens unser Land, wahrscheinlich aber die ganze Welt übernommen, und die Erde verwandelt sich aufgrund der Magie, die sie einsetzen. Wir müssen uns diesem Wandel anpassen." Er lächelte, doch die Nervosität dahinter war kaum zu übersehen.

„Das ist … so ziemlich das gleiche, wie ich auch dachte." Gemma grinste. Vielleicht war sie doch jünger, als ich zunächst gedacht hatte. Womöglich im ersten Semester an der Uni.

„Ich mein, schau dir nur mal den Statusmonitor an", fügte Darren hinzu, als die Jungs an Selbstvertrauen gewannen. „Mana und Trefferpunkte. Kraft, Geschicklichkeit, Glück, Charisma. Alles erprobte Rollenspiel-Charakteristika."

Red stieß ein Seufzen aus und sagte mit nervös zitternder Stimme: „Und ich hab Panik bekommen und mich zu einem verdammten Koch gemacht.“

„Ist doch okay, Kumpel.“ Dave klopfte ihm behutsam auf die Schulter. „Das mit dem Essen müssen wir sowieso irgendwie auf die Reihe kriegen. Ohne Strom wird das ganze gefrorene Zeug, Fleisch und so weiter nicht lange halten. Menschen müssen essen, und es gibt genug zu entdecken in dieser neuen … was auch immer das hier ist.“

Das schien Red einzuleuchten, und für einen Moment löste sich seine Anspannung ein wenig, sodass er Barry gleich viel mehr ähnelte als zuvor.

Der Nachteil an Jacksons Licht und unseren mickrigen Taschenlampen war, dass sie nicht mehr als ein paar Meter vor uns ausleuchteten. Der Bus, der plötzlich aus der Dunkelheit auftauchte, war deshalb eine unerwartete Überraschung. Oder besser gesagt die Busse. Zwei Stück. Es war nichts Ungewöhnliches, dass sie gleichzeitig den Tunnel befuhren. Doch es war schon spät gewesen und die Abfahrtszeiten lagen weiter auseinander, außerdem dürfte überhaupt kurz vor Fahrtschluss gewesen sein.

Unsere Unterhaltung hatte etwas übertönt. Aus einem der Fahrzeuge drang ein schwaches Stöhnen. Überlebende. Wir verstummten augenblicklich, und die Veränderung bei Dale war richtig sichtbar, als er in den Sanitätermodus wechselte. Er stand aufrechter und sein Fokus schärfte sich wahrnehmbar. Seine Ausbildung musste sehr gründlich gewesen sein.

Wir näherten uns den Bussen vorsichtig, dimmten das Licht und traten so leise auf wie nur möglich. Wir konnten unmöglich wissen, was uns erwartete, und meine Wahrnehmungsfähigkeit verriet mir noch nicht genug, außer der Tatsache, dass sich da drin etwas Lebendiges befand. Das lag wahrscheinlich am Metall des Busses, das die direkte Übertragung durch den Boden blockierte. Ich hoffte, das in Zukunft upgraden zu können.

Im Inneren des Busses schimmerte ein schwaches blaues Leuchten. Inzwischen war ich allerdings ziemlich sicher, dass ich von uns allen die Einzige war, die das sehen konnte. Barry pflanzte sich vor der Tür auf, sein munteres Gesicht hinter einer entschlossenen Miene verborgen. Jules und Gemma stellten sich zu ihm.

„Wir stehen Wache", sagte Barry.

Er strahlte eine grimmige Bestimmtheit aus, also nickte ich schlicht und postierte meine Kinder und Darren hinter ihnen, wobei ich den Schutzschild um meine Tochter legte, jetzt, wo ich es endlich wieder einsetzen konnte. Mike blieb etwas zurück und hielt uns den Rücken frei, wofür ich dankbar war, obwohl mir klar war, dass der alte Herr es wohl vor allem wegen Steven tat.

Der Front des hinteren Busses war eingedrückt und keine der Türen war geöffnet. Das Geräusch schien nicht von dort drinnen zu kommen. Um diese Nachtzeit war ein bis auf den Fahrer leerer Bus ja auch nicht außergewöhnlich. Dale und ich begaben uns also in den vorderen Bus, wobei wir auf das schwache Licht von Jacksons Zauber angewiesen waren.

Ich wusste nicht, was uns erwartete, doch die Frau befand sich gleich in einer der vorderen Sitzreihen und war beim Aufprall offensichtlich vorgeschleudert worden. Weil sich vor ihr wegen des Rollstuhlplatzes kein Sitz befunden hatte, war sie mit voller Wucht gegen die Wand gekracht. Mitten in die Gepäckablage. Ihr Bein war gebrochen und stand in einem komischen Winkel ab. Es schien nur sehr langsam und außerdem völlig falsch zu verheilen. Ganz anders als die vom System unterstützte Heilung, die wir bisher kannten. Irgendetwas musste diese verhindern. Quer über ihre Wange verlief außerdem ein übler Schnitt, der allem Anschein nach überhaupt nicht verheilte.

Überall um sie herum zeigten sich Schleimspuren, doch ein Monster war nirgends zu sehen.

Ein kleines Kind kauerte neben ihr in der Ecke, und von dort kaum auch das Wimmern. Ihre Mutter war kaum noch bei Bewusstsein.

„Jackson. Ich brauch hier drin mehr Licht. Red, komm rein und hilf mir. Jules, ich brauche deinen Regenerationsschild." In barschem Ton verteilte Dale seine Befehle. Es kam nicht etwa fies rüber, aber es musste schnell gehen, und das erreichte man am besten, wenn man nicht lange fackelte.

Red trat herein, und seine Nervosität war bei jedem Schritt sichtbar. Jules, das stillere der beiden Mädels, strahlte eine irgendwie sanfte Zuversicht aus. Das komplette Gegenteil von Red. Ich ging in die Hocke, um das weinende kleine Mädchen an mich zu nehmen, sodass Dale Platz zum Arbeiten hatte.

„Hey, Schatz. Kannst du mit mir mitkommen, damit mein Freund deiner Mum helfen kann?"

Ihre Augen weiteten sich vor Angst, stumme Tränen liefen über ihre Wangen und sie schaute mich durch die zerzausten schwarzen Haare hindurch an.

„Hey, Hund!“, rief ich, als mich meine Sinne an die Präsenz des Tieres erinnerten. Kinder liebten doch Hunde. Oder?

Und siehe da, er kam, die einfühlsamen Augen zunächst auf mich gerichtet, dann auf das Kleine. Dann trottete er heran und setzte sich neben die Mutter, wedelte mit dem Schwanz. Die Augen des kleinen Mädchens hellten sich auf, als es ihn sah.

„Hündchen!“, rief sie und sprang praktisch über den Körper ihrer Mutter hinweg, um sich fast verzweifelt in das Fellknäuel des Hundes zu werfen. Sie konnte nicht älter sein als fünf.

Ich schielte zu Dale, doch der war vollends auf die Mum konzentriert. Ihre Atmung schien flach, und ich wusste zwar nicht viel über gebrochene Knochen … doch so langsam und fehlerhaft wie das hier zusammenwuchs, würde er vermutlich alles erst mal neu brechen müssen, bevor er etwas tun konnte. Ihre kränkliche Blässe ließ mich an Gift denken. Ganz zu schweigen von der grünen Schleimspur.

Und darauf hatte ich ja mal gar keinen Bock.

Ich erhob mich aus der Hocke, wobei mir wieder einmal klar wurde, wie sehr meine Schultern schmerzten. Nicht nur war ich mit meinen zwei Rucksäcken völlig überladen, sondern ich war es wohl auch nicht gerade gewöhnt, wie eine Verrückte mit dem Baseballschläger um mich zu schlagen. Wenn ich nicht in Bewegung blieb, würde ich bald nicht mehr dazu in der Lage sein. Das, was unsere Ausdauer wieder auffüllte, schien auch seine Grenzen zu haben – oder vielleicht lagen die Grenzen auch an mir. Oder es dauerte einfach noch ein bisschen. Wer konnte das wissen? Ich jedenfalls nicht.

Je mehr ich ihn mir ansah, desto weniger gefiel mir die klaffende Wunde auf der Wange der Frau, und ich konnte sehen, dass es Dale genauso ging. Es schien fast, als würde das Fleisch bereits zu faulen beginnen. Fan-fucking-tastisch.

Ich führte das kleine Mädchen und den Hund aus dem Bus hinaus, und das Tier spazierte direkt weiter zu Wisp, die auf ein paar Jacken zusammengesunken war. Das namenlose Mädchen lief ihm nach und rollte sich gemeinsam mit der Flauschekugel neben Wisp ein, deren Haut noch immer von meinem Schild umgeben war.

Wenn wir es endlich zum Einkaufszentrum schaffen würden, sollte alles gut werden. Unser Haus lag noch weiter entfernt in Wishart. Sich jetzt dorthin auf den Weg zu machen, war einfach nicht drin. Aber Garden City sollte uns alles bieten, was wir brauchten, wenn es nicht längst geplündert worden war. Angesichts der Uhrzeit hielt ich das allerdings für unwahrscheinlich.

Ich hatte so die Vermutung, dass alle Überlebenden der Umgebung, denen wir noch nicht begegnet waren, sich dort einfinden würden. Aber vielleicht war das auch nur eine verzweifelte Hoffnung, an die ich mich klammerte.

Aus dem Bus hörte ich ein Geräusch, das mich aufschrecken ließ.

„Denkst du, sie machen sich eine Trage?“ Dieses Mal war die Erschöpfung in Barrys Stimme so deutlich, dass sie die Angst nicht mehr verbarg.

Der arme Junge fürchtete sich genauso sehr wie wir alle. Und doch schaffte er es zu lächeln, ein schönes Bild, so als wünschte er sich, wir anderen müssten uns nicht auch noch sorgen.

„Wahrscheinlich. Sie sieht nicht gut aus", murmelte ich und schaute mich im praktisch nicht vorhandenen Licht um. Es waren vielleicht noch zwei Stunden bis Sonnenaufgang. Bevor die meisten Leute aufstanden, um zur Arbeit zu gehen.

Aus Gewohnheit schaute ich auf meine Uhr.

„Hey." Gemma räusperte sich. „Ähm, Miss …" Sie wirkte ziemlich peinlich berührt.

Ich erbarmte mich ihrer und grinste. „Dr. Kent. Kira Kent. Du kannst mich einfach Kira nennen. Und nein, nicht diese Art von Doktor."

Gemma lächelte erleichtert. „Sorry. Hier ist einfach so viel los, und ich war sowieso noch nie gut mit Namen."

„Versteh ich total." Ich meine, ich hätte gar nicht versucht, mir irgendwelche Namen zu merken, wenn ich sie nicht gebraucht hätte, um ihnen notfalls zuschreien zu können, sie sollen meine Kinder beschützen.

„Kira. Denkst du, wir kommen hier raus?" Sie stellte die Frage, als sei ich hier die anerkannte Expertin für das Thema. Eifer leuchtete in ihren braunen Augen, und ich konnte sie mir als die perfekte Studentin vorstellen, stets darauf erpicht, alles richtig zu machen.

Also tat ich, was jeder vernünftige erwachsene Mensch getan hätte. Ich sagte die Wahrheit. „Ich habe keine Ahnung. Ich weiß nur, dass wir sicherer sind, wenn wir zusammenhalten, und dass wir einen Ort finden müssen, wo wir für uns alle eine sichere Zuflucht schaffen können."

❖

Getragen wurde die improvisierte Bahre von Dale und Red. Ich war einigermaßen beeindruckt. Dale hatte zwei der Sitze herausgerissen und zusammengeschustert, indem er sie mittels ein wenig Schnur mit den Haltestangen für die Fahrgäste verknotet hatte.

„Wird sie wieder?“, fragte ich und schaute dann hinüber zu dem kleinen Mädchen, das sich nun ganz fest an Wisps Hand festhielt.

Dale nickte. „Ja. Wahrscheinlich. Zauberei heilt viel besser als Chirurgie. Ihr Bein kommt wahrscheinlich wieder in Ordnung, aber die tiefen Schnitte auf ihrem Gesicht und am Arm wollen einfach nicht zugehen. Sie scheinen sogar schlimmer zu werden. Ich wünschte, ich könnte das Gift mit irgendwas bekämpfen, aber das gibt mein Fertigkeitenbaum wohl noch länger nicht her.“

Ich nickte und drückte das leicht panische Lachen weg, das in meiner Kehle hochsteigen wollte. Das Ende des Tunnels war in Sichtweite, und langsam konnte ich die irrationale Angst loslassen, dass sich plötzlich eine Gruppe mutierter Maulwürfe vor uns aus dem Boden wühlen und mit ihren Beton zerreißenden Klauen unsere Kehlen aufschlitzen würden.

Jap. Ich brauchte Schlaf, und ich brauchte eine verdammte Massage. Doch beides erschien mir im Moment eher unwahrscheinlich.

Das blaue Glühen um uns herum wurde immer dichter, je näher wir dem Ausgang kamen, und als wir endlich wieder auf offener Straße standen und die Sterne sehen konnten, fühlte ich mich, als würde ich durch einen See voller Mana waten.

Es funkelte und stieg auf in die Luft wie blauer Glitzerdunst, der sich unbehaglich an mich heftete. Doch wir hatten es geschafft. Nur noch fünfzig Meter oder so. Meine Beine wollten unter mir nachgeben, doch ich biss die Zähne zusammen und hielt kurz inne.

„Mum?" Jackson griff nach mir und drückte meine Hand, und kurz war ich nicht sicher, wem von uns er damit Mut machen wollte, aber wahrscheinlich uns beiden.

Seine Schwester hing auf seinem Rücken, was sehr unbequem aussah, jedenfalls für meinen Sohn. Aber er schien sich nicht daran zu stören. Fünf Jahre Unterschied, und er hatte sein kleines Schwesterchen immer schon heiß geliebt. Hund trottete zwischen Darren und Jackson dahin, wie um seine beiden Mädchen zu beschützen. Das würde sich ja noch zeigen, doch jetzt war ich nur noch mehr geneigt, dem Tier zu vertrauen, besonders nachdem es sich so gut um das Kind unserer Patientin gekümmert hatte.

Als wir es endlich zur Busstation geschafft hatten, fühlte ich mich, als hätte ich den höchsten Gipfel der Welt erklommen. In der Station sah ich vier verlassene Busse stehen, und wahrscheinlich waren noch viel mehr davon in der Umgebung verteilt. Ich fragte mich, ob das alles hier weltweit stattfand, und wie es wohl anderen Ländern erging. Die Treppen hinauf zur Hauptetage und unserer potenziellen Rettung waren eine schmerzhafte Erinnerung daran, dass ich trotz meiner Wanderungen für die Arbeit dringend Training brauchte.

Die Trage machte uns langsam, aber immerhin gab es hier eine Treppe und nicht nur einen Aufzug. Die Luft um uns herum begann ein wenig wärmer zu werden, als die Nacht sich anschickte, der Sonne Platz zu machen. Unser Winter näherte sich, und obwohl ich die kalte Jahreszeit nicht schätzte, war ich doch froh, mich nicht regelmäßig mit

Temperaturen unter dem Gefrierpunkt herumschlagen zu müssen. Hier in Brissie reichte uns meistens eine Fleecejacke.

Nur noch ein kleines Stück, dann würden wir die Glastüren erreichen, die in die Timezone-Spielhalle und den Hauptteil des Einkaufszentrums führten. Sollte Wisp aufwachen, würden wir niemals ungeschoren an der Bücherei vorbeikommen.

Ich konnte es kaum erwarten, in eines der Möbelgeschäfte zu gehen, mir ein Bett auszusuchen und tagelang zu pennen. Oder vielleicht sollte ich mir diese Option auch aufsparen, bis ich dieses ganze System verstanden hatte und endlich wusste, was wir wählen sollten. Ich wollte mich nicht drängen lassen, weil ich sicher war, dass die Klassen und Fertigkeiten, für die wir uns entschieden, eine wichtige Rolle in unserem verbleibenden Leben spielen würden, wie kurz es auch sein mochte.

Verstärkung brauchten wir, und jemanden, der die Lage für uns auskundschaftete. Oder vielleicht war ja auch schon eine Gruppe hier versammelt.

Womit ich nicht gerechnet hatte, war, dass irgendein Trottel nicht rausgekriegt hatte, wie die Glastüren aufgingen, und sie stattdessen einfach mit einem metallenen Mülleimer eingeworfen hatte.

Scheiße.

Kapitel sieben:

Ob bereit oder nicht!

Ich hielt an, starrte den zertrümmerten Eingang an, und unterdrückte ein Ächzen, während ich gleichzeitig überlegte, was wir machen sollten. Wir würden schon eine Lösung finden. Wahrscheinlich konnten wir eine der Türen von drinnen verwenden und etwas improvisieren.

Der Rest meiner Gefährten sammelte sich um mich, und auch sie schienen unsicher zu sein, was von diesen neuen Umständen zu halten war. Garden City hatte als Idee so großartig geklungen, und war es auch nach wie vor. Schließlich war ohnehin zweifelhaft, wie lange eine Glastür wohl irgendeines dieser Monster hätte abhalten können.

Außerdem war dieser hier nur ein Eingang von vielen zu diesem riesigen, einhundertvierzigtausend Quadratmeter großen Einkaufszentrum. Alles, was wir brauchten, um uns dieser ganzen Systemscheiße zu stellen – hier würden wir es finden.

Mehrere Supermärkte mit gut gefüllten Regalen und Lagerräumen voller unverderblichem, abgepacktem Essen. Zumal die frischen Sachen in ein paar Tagen hinüber sein würden, mussten wir uns wohl bald auf Trockenfutter beschränken.

Läden voller Kleidung und Schuhe, Camping- und Sportausrüstung, Sachen, mit denen wir uns an unsere neue Umgebung ohne die vielen technischen Hilfsmittel von vorher anpassen konnten. Betten, Matratzen, Stühle, Tische, Müllsäcke, Desinfektionsmittel … alles und noch mehr. Garden City war für den Moment unsere größte Hoffnung.

Frischer Optimismus erfüllte mich, doch ich wies ihn in die

Schranken, indem ich eines der Mantras meines Zwillingsbruders benutzte. Eins nach dem anderen.

„Ich hoffe, ihr habt gute Schuhe“, murmelte ich.

Die Sache war die, dass ich noch immer nicht wusste, was uns da drin wirklich erwartete, doch zumal das alles von Anfang an mein brillanter Plan gewesen war, ging ich eben voran, wohl willens, mich als Erste dem zu stellen, was wir vorfinden würden. Meine Kinder positionierte ich dafür aber sicherheitshalber schön hinter mir.

Unter unseren Füßen knirschte das Glas, und doch war ich einfach froh, irgendwo unterzukommen, wo nicht alles völlig zerstört war. Essen und Schuhe, Betten und Kissen, vielleicht gab es hier drin sogar irgendwo eine Dusche. Sofern das Wasser noch lief, was es im Prinzip noch eine Weile lang tun sollte. Ich hätte fast gestöhnt, weil ich erst jetzt zum ersten Mal daran dachte, dass ich auch mal scheißen musste.

Ich hielt die Luft an, als ich die Schwelle überschritt, doch es erfolgte kein Angriff. Kein Laut war zu hören, abgesehen vom Atem.

Der Hund. Ich wandte mich um und sah Dale, wie er die Flauschkugel vor sich hertrug. Das Tier saß auf den Armen des Sanitäters, als seien sie sein Thron und er der König. Vielleicht steckte auch eine Katze in ihm. Ja. Hund war wohl ein passender Name.

Als wir alle das zerborstene Glas überquert hatten, war es wieder still um uns, und wir tasteten uns behutsam vor in die große Eingangshalle. Der Fliesenboden hatte es mir immer schon angetan. Er war so blass, ich hatte keine Ahnung, wie sie es schon so lange schafften, ihn dermaßen sauber zu halten. Ich meine, auch wenn er jeden Abend mit der Maschine poliert wurde, sollte er mittlerweile doch viel abgenutzter sein.

Sinnlose Gedanken, um mich davon abzulenken, dass ich mitten in der Nacht ohne Erlaubnis im Einkaufszentrum war. In meiner Jugend war ich öfter zum spätabendlichen Donnerstagsshoppen hier gewesen. Einer meiner Lieblingsorte zum Essen, Kaffeetrinken oder einfach nur gedankenverlorene Stunden mit Schaufensterbummeln verbringen.

„Ich glaube" – Dale setzte den Hund ab, als wir alle stehenblieben und ihn ansahen – „die Tür wurde nicht eingeworfen. Sie wurde *ausgeworfen.*"

Er deutete in die Richtung, aus der wir gekommen waren, und womöglich hatte er recht.

Ich legte die Stirn in Falten. „Du meinst, die Nachtwächter hatten den Drang zu fliehen?"

Er zuckte die Achseln. „Vielleicht? Es gibt keinen Strom, keines der Telefone funktioniert, alle Monitore sind tot. Ich meine, wärst du gerne hier drin geblieben, wenn alles finster ist?"

„Ja", antwortete ich ohne zu zögern. „Ja, wäre ich. Hier drin kann man überleben. Hier gibt's so vieles, was wir benutzen, rationieren oder anpassen können."

Dale zuckte erneut die Achseln. „Nicht alle haben einen Anker, der ihnen hilft, die Nerven zu bewahren."

Sein Ton war sanft, doch ich wusste, was er meinte. Und er hatte recht.

„Stimmt." Ich schaute zu Evelyn, die sich vorsichtig vorantastete. Sie bewegte sich mit solcher Präzision, den Bogen gekonnt in der Hand führend, und dieser sehr subtile Schimmer untermalte alles, was sie tat.

„Nicht mal die Spielhalle war so spät noch offen. Nichts. Vielleicht waren noch ein paar Leute im Hof. Die meisten der Restaurants waren wahrscheinlich geschlossen, aber in manchen waren vielleicht noch Mitarbeiter." Sie deutete auf den Sushiladen, und ich fragte mich, ob ich jemals wieder irgendwo mein Lieblingsessen bekommen würde.

Ich meine, die Fische würden ja wohl überleben, oder? Aber würden die mutierten Versionen gleich bleiben oder bekamen wir es mit dreiäugigen Fischwesen zu tun?

Niemand bewegte sich, und da begriff ich, dass alle mich ansahen. Es bedurfte einiges an Beherrschung, sie nicht anzuschnauzen und zu fragen, was sie von mir wollten. Ich wusste ja, was sie wollten. Der Grund, weshalb wir hier waren, war der alte Witz meines Vaters aus meinen Kindertagen, an den ich mich geklammert hatte. Wenn die Welt untergeht, treffen wir uns in Garden City. Das war also mein gesamter Plan gewesen, und darüber hinaus hatte ich mir bisher noch nichts überlegt. Nur, dass ich meine Kinder an einen Ort bringen musste, wo ich sie womöglich schützen und mir ausdenken konnte, wie zum Teufel es weitergehen sollte und was dieses verdammte System zu bedeuten hatte.

Diese Leute waren mir gefolgt, weil ich den Anschein erweckte, eine Ahnung zu haben.

Es war beinahe zum Lachen. Doch das hatten sie nicht verdient. Weil ich sie ja doch irgendwie mitgeschleift hatte. Ich hatte nicht etwa gesagt, sie sollten sich zum Teufel scheren. Womöglich hatten wir einander sogar das Leben zu verdanken. Einer solchen Kameradschaft gebührte ein gewisser Respekt.

„Eins nach dem anderen. Suchen wir uns was, womit wir diesen Ausgang verbarrikadieren können. Dann schauen wir, ob vielleicht noch jemand hier drin ist.“ Ich fand nicht, dass ich wie eine Anführerin klang, aber ich klang immerhin wie eine Mum. Und dieser Tonfall war im Gehirn jedes Kindes und jedes ehemaligen Kindes tief verankert.

Red gab Jackson und Darren ein Zeichen und die drei machten sich auf den Weg.

Mike nickte mir zu und versetzte mir ein Zwinkern, dass sich irgendwie fehl am Platze anfühlte. „Keine Sorge, um die Tür kümmern wir uns.“

Dann gingen er und Barry mit den anderen zum Imbissbereich rüber, vermutlich, um sich ein paar Tische und Stühle zu schnappen. Ich dachte nicht länger über das Zwinkern nach. Es gab wichtigere Fragen. Zum Beispiel, wie lange es wohl noch dauern würde, bis der gesamte obere Stock nach verfaultem Essen stinken würde.

Die Kinder brauchten Schlaf, und wir alle hatten unsere eigenen Angelegenheiten zu regeln. Dale legte die verletzte Frau auf einer der Bänke ab und untersuchte sie, wobei seine Miene sich verfinsterte. „Sie braucht Medikamente, die ich nicht habe. Aber ich versteh das nicht. Bis jetzt hat uns das System doch immer laufend im Hintergrund zusammengeflickt. Sie muss irgendwas in ihren Wunden haben, somit das verhindert wird.“

Ich deutete auf die Ecke vor uns, wo sich eine bestens ausgestattete Apotheke befand. „Die Tür da können wir bestimmt aufstemmen und dir die nötigen Sachen besorgen. Medizin und Verbandszeug.“

Er folgte meinem Blick und schüttelte den Kopf. „Lass uns nachsehen, ob wir die Hausmeisterei finden. Da gibt es bestimmt einen Notvorrat. Dürfte fürs Erste einfacher sein. Und auch schneller."

„Ist gleich neben dem Kaffeehaus des Teufels." Ich seufzte. Kaffee. Verdammt, davon könnte ich eine Tasse vertragen. Oder ihn direkt fixen? Voll in die Herzarterie? Vielleicht konnte ich auch das Pulver schnupfen.

„Du meinst Starb–", setzte Dale an, doch ich drückte ihm zwei Finger auf die Lippen.

„Nein. Diese Zauberformel sprechen wir nicht aus, wo wir doch alle wissen, dass ich mir mangels Strom nicht einfach eine schöne heiße Tasse rauslassen kann." Na bitte, ich hatte ihn stockend zum Lachen gebracht. Immer gut, die Spannung abzubauen. „Komm. Kannst du auf die Kinder aufpassen?"

Gemma nickte. Eigentlich sah sie eher aus, als würde sie vor Erschöpfung demnächst selbst umkippen, doch sie war eine sture Beschützerin. Umso besser, denn so wie Jules' Kopf auf der Schulter ihrer Freundin hing, war sie bereits eingedöst.

Evelyn lächelte knapp. „Ich versuch, in die Apotheke reinzukommen. Früher oder später werden wir das Zeug doch brauchen."

Das Infocenter war nur ein paar Läden weiter, gegenüber der Rolltreppe in der Nähe eines Juweliers. Hübscher Granit zierte die Ladentheken. Ich drückte die Klinke und trat ein.

Ein blauer Monitor ließ mich abrupt Halt machen. Ich konnte nicht daran vorbeisehen, und wegwischen konnte ich ihn auch nicht.

Du hast den neu gegründeten Kontrollpunkt der Stadt betreten: Garden City

Derzeitige unmittelbare Belegung: 37

Derzeitige potenzielle erweiterte Belegung: 7.852

Derzeit belegte Fläche: 0 %

Mana-Sättigungs-Level: 487 %

Warnung: Dieses Zentrum steht kurz vor dem Zusammenbruch. Seine Kapazität als sichere Zone ist derzeit begrenzt. Finde den Siedlungskern, um die Kontrolle über Garden City zu übernehmen.

Vor- und Nachteile. Na bitte, so eine Liste lobte ich mir. Doch je mehr ich darüber nachdachte, desto mehr wurde mir klar, dass dieser galaktische Schießmichtot sich keinen feuchten Dreck darum scherte, was wir dachten oder welche Informationen wir uns wünschten. Er hatte sich die Erde unter den Nagel gerissen und würde sie nicht wieder hergeben. Siebenunddreißig Menschen hier drin, das bedeutete, sechsundzwanzig davon kannte ich noch nicht.

An einem Ort von dieser Größe würde es nicht leicht sein, sie ausfindig zu machen. Versteckspiel auf Steroiden. Nicht lustig.

Und wenn ich den Siedlungskern nicht fand, bedeutete das dann, dass Garden City als sichere Zone verschwinden würde? Das hieß, wir müssten die verletzte Frau mit uns schleppen und von hier flüchten, um woanders unser Lager aufzuschlagen?

Aus der Formulierung zu schließen, war ich einigermaßen sicher, dass es keine Städte mehr gab. Uns blieben nur noch kleine Orte wie dieser hier. Wobei Garden City als Einkaufszentrum natürlich riesig war, nicht jedoch für eine Stadt.

„Kira?“ Dale klang verwirrt und wischte mit der Hand vor seinem Gesicht rum. „Ich muss den Sanitätskasten finden.“

„Tschuldigung.“ Ich biss mir auf die Lippe, während ich mich noch zu entscheiden versuchte, und trat etwas beiseite, damit er sich vorbeidrücken konnte. „Ich überleg nur wegen dieser Meldung.“

„Ah. Gut, ich mach das mit dem Sanitätskram.“ Er trat ein und begann die Schränke zu durchwühlen.

Das Ding war nur, dass ich keine Ahnung hatte, wo ich diesen doofen Siedlungskern finden sollte. Sollte das Teil nicht hier irgendwo am Kontrollpunkt sein? Wir brauchten verdammt noch mal eine sichere Zone, einen Ort, an dem die Monster uns nicht angreifen konnten – zumindest war das in den meisten Spielen doch so –, und wenn dieser hier unsere einzige Option war, dann musste ich das verflixte Ding wohl finden.

Ich holte tief Luft, verwarf meine Sorgen und sprach: „Hey, ich muss das Teil suchen gehen.“

Dale hielt inne und schaute mich an, verengte die Augen, so als wüsste er nicht sicher, was ich meinte. „Ist es sicher, allein loszugehen?“

Ich verdrückte mir ein Lachen darüber, ob irgendwas an unserer Lage als sicher eingestuft werden könnte, und nickte stattdessen. „Ich hab da so eine Ahnung, wo es sein könnte.“

Er nickte, bevor er sich wieder daran machte, seine Vorräte aufzufüllen.

❖

Ich musste jetzt also den blöden Siedlungskern finden.

Wo sonst als in der Bücherei sollte sie sein, stimmt's? Dort befand sich das Wissenszentrum dieses Ortes, nahm ich mal an. Auch das Büro eines Notars befand sich dort. Was man nicht alles lernt, wenn man Scheidungspapiere zu unterzeichnen hat. Aber wenn das Ding dort nicht war, stand ich blöd da.

Zum Glück war die Bibliothek gleich ein paar Schritte weiter von dem Eingang, durch den wir gekommen waren. Es war ein schöner Gedanke, dass wir, sollten wir das alles geregelt bekommen, ein wenig Literatur zu erhalten haben würden. Ich ging vorbei am Rest unserer Gruppe, nun allesamt halb schlafend auf dem Boden liegend, vorbei an der Nachrichtenagentur und direkt zur Bibliothek.

Die Glastüren waren verschlossen, natürlich, musste ja sein. Ich hatte absolut keine Lust, sie einzuschlagen, doch meine Fähigkeiten im Schlösserknacken waren beschränkt bis nicht existent und bedurften des Einsatzes mehrerer Haarnadeln, die mir derzeit leider fehlten.

Die Erschöpfung zu ignorieren, die sich dauernd anschleichen wollte, war gar nicht so schwierig. Es machte den Eindruck, dass uns das System nicht ausruhen lassen wollte, also vereinfachte es uns das ständige Weitermachen. Ich lehnte mich mit dem vollen Gewicht gegen die Tür, die unter dem Druck tatsächlich aufschwang. Es gelang mir gerade so, nicht mit dem Gesicht voraus den Boden zu küssen, doch eine Prellung am Knie würde mir wohl bleiben. Oder auch nicht. Ich meine, solange wir nicht vergiftet wurden, heilten wir ja ganz schön schnell. Hoffnungsschimmer überall.

Die Bücherei war also *doch* offen. Natürlich! Hier war bis Mitternacht geöffnet. Was bedeutete, dass möglicherweise Menschen anwesend waren, also bewegte ich mich wohl besser etwas vorsichtiger, nur für den Fall, dass sie mich für eine Bedrohung hielten.

Meine Mana-Wahrnehmung blitzte in Richtung der Büros, vielleicht auch zur Küche für die Belegschaft. Entweder befanden sich dort handfeste Manaklumpen, oder aber es handelte sich um Menschen.

Als ich über die Schwelle trat, blickte ich mich um und bemerkte den Blaustich meiner Umgebung. Sanfte Wogen von Mana waberten umher und durchzogen alles. Es war überall und verschlang die gesamte Welt. Ich musste die Kugel finden.

Nachdem ich tief durchgeatmet hatte, machte ich mich auf nach hinten. Überquerte den braun-blauen Boden, dessen Farbe von der Präsenz der Macht noch intensiviert wurde. Doch bis zur Küche kam ich nicht. Aus einem der Büros drang ein Summen. Das der Bibliotheksleitung. Der blaue Schein, der unter der Tür hervordrang, hätte mich geblendet, hätte ich mir nicht die Augen abgeschirmt.

Ich nahm meinen Mut zusammen, streckte die Hand aus, öffnete die Tür und trat ein.

Da war er, der Siedlungskern, knapp über dem Tisch schwebend, dahinter ein nunmehr nutzloser Computerbildschirm. Sie war so hübsch, so voller Leben und Mana, dass ich danach langte und sie berührte, bevor ich noch länger darüber nachdenken konnte.

Herzlichen Glückwunsch! Du bist nun Herrin der Siedlung

Als erstes intelligentes Wesen, das den Siedlungskern berührt hat, bist du nun die Siedlungsherrin der Gemeinde von Garden City. Der betreffende Ort (Garden City und der dazugehörige Parkplatz) ist eine begrenzte sichere Zone. Die Manaströme sind stabilisiert und willkürliches Spawnen ist ausgeschlossen. Der volle Zugang zur administrativen Kontrolle ist begrenzt oder gesperrt, bis die vorgesehenen Voraussetzungen erfüllt sind.

Die aktuellen Optionen sind:

~~Shop (gesperrt, bis Quest erfüllt)~~

1. *~~Landerwerb (gesperrt, bis Quest erfüllt)~~*
2. *Siedlungsschutz (beschränkt, bis Quest erfüllt)*

Dieser Siedlungskern muss innerhalb von 13 Erdentagen und 17 Stunden vom System erworben werden.

Preis: 100.000 Credits – Bonus verfügbar für vorzeitigen Abschluss

Glückwunsch – als zweite Siedlungsherrin auf diesem systemverlassenen Kontinent hast du dir zusätzliche Erfahrungspunkte verdient.

Bonus: 5000 EP

Herzlichen Glückwunsch! Quest erhalten: Überlebende sammeln

Versammle die Überlebenden in einer Verteidigungsstellung und hilf, die Gesamtüberlebensrate des Kerkerkontinents Australien zu erhöhen. Zum Überleben wirst du zusätzliche Hilfe benötigen, es sei denn, du bist eine verrückte

Einzelgängerin mit Todessehnsucht.

Anforderungen: Versammle 1.000 Überlebende in den Mauern der sicheren Zone.

Zeitlimit: Zehn Erdentage ab Beginn.

Belohnung: 100.000 Credits – Zufälligerweise auch der Preis des Siedlungskerns!

Quest erhalten: Handelsposten aufbauen

Das Handelskartell des Koeffizienten hat die Fertigkeit Handelssperre eingesetzt und den Siedlungskern der Siedlung von Garden City von der Nutzung der Shop-Funktionen ausgeschlossen, bis ein Handelszentrum um den Siedlungskern herum errichtet wird.

Anforderungen: Die sichere Zone Garden City muss vollständig aktiviert sein, einschließlich vollständiger administrativer Kontrolle.

Belohnungen: Voller Zugang zum Shop, 20 % Rabatt über 5 Jahre für alle, die sich an der Quest beteiligen, sowie ein galaktisches Handelszentrum.

Die ganzen Pop-ups versperrten mir die Sicht, während ich nur daran denken konnte, wie mies das alles war. Nicht einmal mehr achttausend Menschen waren in der näheren Gegend übrig? Wenn die Nachrichten des Infozentrums korrekt waren, hatten schon über dreitausend Menschen den Tod gefunden. Ich wusste mit Sicherheit, dass die Gegend um Upper Mt. Gravatt früher mindestens elftausend Einwohner gehabt hatte.

Wie viele Leben waren um diesen Komplex herum bereits erloschen? Bezog sich dieses Update nur auf Upper Mt. Gravatt oder waren auch Browns Plains und MacGregor gemeint? Panik wollte mir in die Knochen kriechen, und mein Atem ging rasend. Mich zur Ruhe zu zwingen, bedurfte mehr Anstrengung, als mir recht war.

Ich musste herausfinden, wo die Grenzen dieser „Siedlung" genau lagen. Dreitausend Tote waren ohnehin schon so viele, wenn die ganzen anderen Vororte auch noch dazuzählten, hätte ich mich übergeben müssen.

Die Erinnerungen an die verlassenen Autos und Blutspritzer, die ich mir nicht so genau hatte ansehen wollen, das ständige Gebrumm der überall stattfindenden Mana-Mutationen, das alles strafte meine optimistischen Gedanken Lügen. Ich weigerte mich hinzuhören, jetzt nicht.

All das konnte mich nur von dem wahren Problem ablenken, das an meinem Herzen zerrte. Wenn schon nach kaum zehn Stunden ein Viertel der Bevölkerung verschwunden war … was bedeutete das dann für den Rest der Stadt?

Die schiere Anzahl Toter war niederschmetternd. Es bedurfte meiner ganzen Willenskraft, das Grauen niederzuhalten, das mich zu überwältigen drohte. So viel Tod, so viele vergeudete Leben. Die Bevölkerung im Großraum Brisbane hatte bei annähernd dreieinhalb Millionen gelegen.

Wie viele waren noch übrig?

Kapitel acht:

Tick-tack

6 Stunden nach Systemstart

Es dauerte viel zu lange, bis ich meine Fassung wiedergefunden hatte. Zumindest fand ich die arme Bibliothekarin, die zu später Stunde noch hier gewesen war. Ich stieß in der Küche auf sie, unkontrolliert schluchzend. Ich war nicht mal sicher, ob sie mich gleich als Menschen erkannte.

Ihre Erleichterung war greifbar. „Ich dachte schon, ich hätte Halluzinationen“, flüsterte sie.

„Nope. Bin keine Fata-Morgana, Bella.“ Ihr Name stand praktischerweise auf einem Schildchen über ihrer Brust. Sie folgte mir ganz brav, wie ein verirrter Hundewelpe. Sie sah jung aus, kaum mit dem Studium fertig, wenn überhaupt.

Als ich endlich zurück war, hatten bereits die frühen Morgenstunden begonnen, kurz nach fünf Uhr. Das mit dem Schlafen würde ich mir wohl abschminken können.

Dale hatte bereits mit der Arbeit an der Mutter begonnen. Sie war nicht bei Bewusstsein, und das Mana um sie herum flackerte lila und schwach. Mit ihrer Lebenskraft war etwas nicht in Ordnung, sie leerte sich zusehends. Und ich hatte keine Ahnung, woher ich das wusste.

Wenigstens schlief ihre Tochter nach wie vor. Vielleicht würden die Pillen und Salben, die wir gefunden hatten, die Wirkung jener Schleimspur ja bekämpfen können.

Ich schaute mich um und sah meinen Sohn und die anderen zurückkehren, nachdem sie die Tür verbarrikadiert hatten. Zumindest nahm ich das an, denn sie schienen mächtig zufrieden mit sich zu sein.

„Hey, Mum." Jackson sprach leise, als er sich zu mir gesellte. „Die Tür ist zu, aber wie wollen wir die Monster draußen halten? Ist nur eine Barrikade."

„Fürs Erste? Das hier ist eine vorübergehende sichere Zone. Irgendwas muss das wohl bedeuten", riet ich. Das System hatte mir erklärt, dass der fortwährende Schutz dieses Zentrums vollkommen davon abhing, ob wir innerhalb der Zeitvorgabe ausreichend Leute hier herführen konnten. „Wir haben eine Quest bekommen, wir sollen diesen Ort ausreichend bevölkern, um eine Stadt daraus zu machen."

Einen Moment lang beäugte er mich argwöhnisch, und sah dabei plötzlich viel älter aus. „Du kommst verdächtig gut mit dem allen klar. Warum bist du noch nicht durchgedreht?"

Ich hob eine Augenbraue, während ich sah, wie die Frau auf der Bank sich nun vor Schmerz zu krümmen begann, ohne zu verstehen, wie die beiden Mädchen bei dem Krach schlafen konnten. „Warum bist *du* noch nicht durchgedreht?"

Jackson lachte doch tatsächlich. „Ich bin dreizehn und ich liebe Videospiele. Ich weiß zwar, dass das hier realer ist, als ich mir wünschen würde, aber Tatsache ist, es funktioniert genau gleich wie einige der Spiele in meiner VR-Anlage … na ja, du weißt schon, halt ohne das ganze Sterbensding."

Er verstummte, bevor sein Blick hinüber zu seiner Schwester auf ihrer improvisierten Matratze am Boden wanderte.

Ich zog Jackson weg vom Anblick Dales, wie er diese fremde Frau zu retten versuchte, wobei ich mir ziemlich sicher war, dass es vergebliche Mühe war. Ihr Mana sah krank aus, vergiftet und ungesund. Ich winkte den Rest unserer kleinen Gruppe herbei. Ich war selbst nicht sehr überzeugt von den Nachrichten, die ich zu überbringen hatte. Mir war klar, dass wir nicht unbesiegbar waren. Hier gab es keinen Gott-Modus. Doch wusste ebenfalls, dass dieses Mana, dieses Blau, das jetzt die gesamte Erde tränkte, dass es bereits eine ganze Reihe von Schnitten und Kratzern geheilt hatte, Wunden, die ich zuvor abbekommen hatte. Als wären sie nie dagewesen. Ich wusste nicht mal wirklich, was das zu bedeuten hatte.

„Garden City gilt jetzt als vorübergehende sichere Zone." Ich dachte, ich fang mal mit der guten Neuigkeit an. Die konnten wir alle gut gebrauchen.

„Aber?" Evelyn verschränkte die Arme. „Dein Gesicht sagt ‚aber'."

Ich unterdrückte meine angespannten Nerven und bemühte mich, nicht meiner inneren Zwölfjährigen zu gehorchen. „Absolut, es gibt ein aber. In diesem Komplex sind bereits siebenunddreißig Menschen. Uns mit eingerechnet. Wir sollten die anderen finden und versuchen zusammenzuarbeiten. Ich hab den Kern der Siedlung gefunden, aber im Moment sind meine Handlungsmöglichkeiten eingeschränkt. Also, unsere sichere Zone kommt mit der Auflage, dass wir das hier in eine Stadt verwandeln."

„Auflage? Und was genau ist das für eine Auflage?" Barrys üblicher Frohmut war noch da, aber ich hörte schon heraus, dass die Panik unter der Oberfläche lauerte.

Ich zuckte die Achseln. Das System hatte seine Gründe, und daran würde sich nichts ändern, nur weil wir Angst hatten. Genau genommen war es wahrscheinlicher, dass sie dadurch nur noch komplizierter werden würden. Seine völlige Missachtung allen menschlichen Lebens war dafür ein guter Anhaltspunkt. „Wir müssen mehr Leute hier versammeln."

„Aber wir sind doch in der Stadt Brisbane …" Darrens Stimme war matt und voller Verwirrung.

Ich wollte gerade etwas sagen, doch Evelyn kam mir zuvor, die Arme verschränkt und ihr Ton ernst. „Je mehr, desto sicherer. Für uns selbst und für die anderen. Da draußen muss es noch mehr von uns geben. Wir müssen sie nur finden."

Barry nickte, die Lippen gedankenverloren geschürzt, seine vorherige Anspannung verloren. Sein Lächeln erhellte den Raum und ließ sogar mich ein wenig entspannter werden. „Ich nehme Jackson mit, und wir kundschaften den Laden hier aus. Stimmt's, Kumpel?"

Jacksons Brust schwoll ein wenig an, offensichtlich stolz, als einer von den Großen zu gelten.

Evelyn trommelte mit dem Fuß und Barry grinste sie an. „Die Waldläuferin kommt wohl auch mit."

Sie verdrehte die Augen.

Ich wusste gar nicht, weshalb ich mir keine Sorgen machte, aber ich fand, mit Barry und Evelyn würde Jackson in Sicherheit sein. „Guter Plan. Wir sammeln alle Leute im Zentrum ein, stellen Wachen an den Eingängen in unserer Nähe auf, und vielleicht machen wir ein kurzes

Nickerchen. Wir sollten ausgeruht sein – je eher, desto besser."

Aus irgendeinem Grund zögerte ich, ihnen mitzuteilen, dass wir das Zentrum mit mindestens tausend Leuten füllen mussten. Das hätte Panik auslösen können, und vielleicht hätten sie aufgegeben. Noch kannte ich sie alle nicht gut genug, um so eine Entscheidung zu treffen.

Ich hätte auch erwähnen können, dass in diesem Stadtteil bereits dreitausend Menschen gestorben waren, falls die vom System aufgelisteten Zahlen korrekt waren. Einen Grund zu lügen hatte es ja nicht. Ich wollte nicht länger im Kopf nachrechnen, was das für die Zahl der Todesopfer landesweit bedeutete, besonders auch nicht angesichts der Tatsache, dass der Großraum von Brisbane um die einhundertneunzig Stadtteile und Vororte hatte. Diese Art von Rechnungen würde mich nur in den Wahnsinn treiben.

„Okay." Evelyn lächelte mit grimmiger Entschlossenheit.

Subtile Schatten von Kraft flossen von ihren Fingern ausgehend den Bogen entlang. Barry und Jackson machten ihre eigenen Fähigkeiten ebenfalls klar, und der gleiche blaue Film überzog auch ihre Körper.

Ich fragte mich, was sie wohl genau machten, welche Fähigkeit sie aktiviert hatten. Musste wohl eine Art Puffer sein, denn der Manastrom war stabil. Vielleicht.

„Alles klar. Dann wollen wir mal." Barry tippte sich an den imaginären Hut, auf dem Gesicht ein gewaltiges Grinsen.

Der Junge strahlte eine solche Freude aus. Vielleicht behandelte er das alles ein wenig zu sehr wie ein Abenteuer. Dennoch zauberte sein Abschiedsgruß ein Lächeln auf mein Gesicht.

„Viel Glück, Kumpel." Ich versetzte ein Zwinkern. Niemand

hinterfragte, warum ich mich nicht mit ihnen auf die Suche begab, und obwohl ich eigentlich wirklich nicht wollte, dass Jackson den Kreis meiner überfürsorglichen Obhut verließ, wusste ich doch auch, dass er keinen Unsinn machen würde. Er war im Level ebenso weit fortgeschritten wie ich, und den anderen hatte er noch ein paar Levels voraus.

Mein Sohn gab mir eine kurze Umarmung, bevor er sich auf den Weg machte, das Gesicht erfüllt von jener typischen teenagerhaft trotzigen Entschlossenheit, die mir ein seltsames Gefühl der Sicherheit vermittelte. So konnte ich meine Aufmerksamkeit Wisp und dem kleinen Mädchen zuwenden, das sich an sie gekuschelt hatte. Und dann weiter zu der Mutter, die vor Schmerzen stöhnte, während Dale sie weiterhin bearbeitete.

Das Mana war überall. Von den Pflanzen im Zentrum, um die ich mich früher oder später würde kümmern müssen, bis zu dem Widerschein, den es im Mondlicht annahm, welches durch die Dachfenster hoch über uns fiel. Alles war in Magie getaucht.

Oder in Mana. Wie auch immer es nennen wollte.

Komisch nur, dass sich das alles viel mehr wie ein Albtraum anfühlte, anstatt bezaubernd zu wirken. Albtraum oder nicht, ich musste mich endlich mal hinsetzen und mir die Boni ansehen, die ich noch immer nicht verbraucht hatte. Nicht nur meinetwegen, sondern auch für meine Kinder. Immerhin hatte ich jetzt so viel über die neue Welt gelernt, dass ich das Gefühl hatte, eine angemessene Entscheidung treffen zu können.

Aber Zeit? Hatte ich jetzt gerade wirklich genug davon, um unsere möglichen Vorteile richtig zu erkunden? Unsere Sicherheit hier war bestenfalls prekär.

Außerdem wollte ich meine Auswahl auch mit Jackson absprechen, und der war bereits unterwegs auf der Suche nach Überlebenden. Wenn diese Boni nur zu bestimmten Anlässen vergeben wurden, dann waren sie offensichtlich wichtig, und wir mussten sie so gut wie nur möglich verstehen.

Verdammte Boni. Dann würde ich sie eben studieren. Geringfügig, mittel und hoch, soweit ich mich erinnerte, und ich öffnete die entsprechenden Fenster, um das nachzuprüfen. Jap, so war es. Nicht wie im Kaffeehaus also. Keine lateinischen oder französischen Namen für die verschiedenen Größen.

Geringfügig … geringfügig. Ich wusste ja, dass es meine Gedanken hören konnte. Zeig mir, welche geringfügigen Boni am besten geeignet sind, um meine aktuelle Klasse zu ergänzen.

Na schön. So sollte es doch gehen. Ich musste das Ding einfach behandeln wie eine Fünfjährige. Solange ich super deutlich war, sollte es keinen Spielraum für Fehlinterpretationen haben.

Es brauchte einen Moment, so ungefähr wie mit den drei Punkten, die einen in DOS immer angeblinkt hatten …

Zutreffende geringfügige Boni – 1 verfügbar

Verbesserte Mana-Wahrnehmung – erhöht deine bereits vorhandene Wahrnehmung des Mana um dich herum und in dir drinnen.

Benötigt zur vollen Kompatibilität die Fähigkeit Mana-Sinn.

Erhöhter Wert von Gegenständen – fügt Gegenständen aus Systembeute einen geringfügigen Prozentsatz (0,005 %) an Wert hinzu.

Analyse (Fähigkeit) – erzeugt die Fähigkeit, in gewissem Umfang Namen, Werte, Klasse und Fähigkeiten anderer Wesen zu erkennen. Steht unter Umständen mit anderen Fähigkeiten und Fertigkeiten im Konflikt.

Anmerkung: Ein mittlerer Bonus kann eingesetzt werden, um den Bonus auf Familienebene anzuwenden.

Andere analysieren zu können, erschien mir hier die richtige Wahl zu sein. Wenn ich ihre Klasse und ihre Fähigkeiten vorab kannte, wusste ich besser einzuschätzen, ob und inwiefern jemand oder etwas eine Gefahr darstellte. Im Zusammenspiel mit meiner Mana-Wahrnehmung ergab das Sinn. Also Analyse.

Geringfügiger Bonus ausgewählt. Ein Häkchen auf der Liste.

Damit also zum mittleren Bonus. Die Anspannung um mich herum war störend. Ich konnte schon in normalen Zeiten nicht gut mit meinem eigenen Schmerz oder dem von anderen umgehen. Ihn auszusperren, half mir, mich zu konzentrieren. Nur noch eine Auswahl, und dann konnte ich mich wieder daran machen, unsere Gesamtsituation zu klären.

„Zeig mir, welche mittleren Boni am besten meine aktuelle Klasse ergänzen und mir dabei die besten Chancen bieten, meine Familie zu beschützen." Ich richtete den Gedanken ans System und drückte alle Daumen, dass es nicht schon die Schnauze voll von mir hatte.

Was, wenn hinter dem System einfach eine Gruppe Wesen stand, die sich von irgendwo da oben über uns Menschen lustig machten, wie wir verzweifelt und planlos in der Gegend herumrannten?

Erneut blinkten die Punkte, dieses Mal aber nur sehr kurz, bevor mein Sichtfeld mit drei separaten Fenstern füllte, die gleichzeitig aufpoppten. Ich hätte schwören können, den Widerwillen seitens des Systems praktisch zu fühlen.

Mittlere Vorteile verfügbar: 1

Esoterisches Glück – Lass die Würfel rollen und sieh, wohin das Glück dich führt. Bei Aktivierung erhöht sich der Glückswert um 100.
Dauer – 20 Minuten. Abklingzeit – 2 Stunden.

Genau, damit bettelte man ja förmlich nach Ärger. Wie das mir oder meiner Familie helfen sollte, war mir ein Rätsel.

Wahrsagen – Klingt besser als Lügendetektor. Permanente passive Fähigkeit. Sämtliche wahrnehmungsbasierten Fähigkeiten werden um 75 % gesteigert. Wahrnehmung erhält einen Boost von 20 Punkten, und ab Level 24 erhältst du die Fähigkeit Motivsinn. Diese stellt eine erhöhte Chance (ca. 50 % der menschlichen Fähigkeit, Täuschungen zu erkennen) zur Verfügung, um festzustellen, ob jemand dich hinters Licht zu führen versucht. Die Chance auf Richtigkeit der Wahrsagerei steigt mit jedem erreichten Level. Ziemlich raffiniert, findest du nicht auch?

Das klang verlockend. Immerhin würde ich bald schon *zwei* Teenager an der Backe haben. Zu wissen, wann sie logen – oder wann andere logen und uns betrügen wollten – das wär schon was. Puh. Danke, dass du mir die Entscheidung so gar nicht einfach machst.

Manabrunnen – Dies ist eine permanente passive Fähigkeit, die dir ermöglicht, dein Mana rascher zu regenerieren. Die Regeneration hängt ab von Level, Attributen, Klasse, Fähigkeiten und Mana-Sättigung. Diese zusätzliche Regeneration findet auch im Kampf Anwendung. Bonus weist limitierte Verfügbarkeit bei der Wahl von Klassen auf, inklusive Spezialistin für Umweltprozesse. Dieser Bonus kann als Nebeneffekt aufweisen, dass du von Monstern eher entdeckt wirst.

Ich meine, das war sicher eine praktische Sache, aber der Nebeneffekt ließ mich zurückscheuen. Und außerdem schien er zielgerichtet nur auf meine hochspezifische Klasse zu wirken.

Esoterisches Glück schien mir wie ein vollkommen sinnlos verschwendeter Bonus. Ich wollte Wahrsagen, wollte es unbedingt … doch wie hoch war die Gefahr, dass mir das Mana ausging? In jedem Spiel, das ich je gespielt hatte, musste ich Manatränke kippen, als wären sie schon über dem Verfallsdatum.

Ach was. Wahrsagen musste es sein. Schließlich würde mir mehr Mana im Moment sowieso nicht helfen, wo ich doch noch gar keine vernünftigen Zauber hatte, um es einzusetzen. Wenn die Fähigkeit nur für meine Klasse verfügbar war, würde ich sie irgendwann später erneut raussuchen und dafür bezahlen, oder im schlimmsten Fall eben schneller kein Mana mehr haben.

Nachdem ich Wahrsagen gewählt hatte, überschwemmte mich sofort ein ganz komisches Gefühl. Eine gewisse Klarheit. Plötzlich erschienen mir all die sichtbaren Manalinien viel schärfer. Wie sie sich verworren um und durch jede der anwesenden Personen schlangen. Wie sie in allem um uns herum vorhanden waren.

Die erhöhte Wahrnehmungsfähigkeit machte mich offensichtlich auch wachsamer. Plötzlich fröstelte mich. So wie das Mana überall einsickerte, beschlich mich das Gefühl, dass diese ganze Sache mit der außerirdischen Dungeonwelt noch viel schlimmer war, als ich ursprünglich befürchtet hatte und die Ahnung des bevorstehenden Verderbens, die in meinem Kopf hämmerte, erzeugte Übelkeit. Nur für eine Sekunde roch die Luft wie an den Tagen nach einem Waldbrand, kratzte mich mit ihrer Giftigkeit in der Kehle, und im selben Moment blitzte meine Haut auf, als hätte man mich schockgefroren.

Und dann verschwanden alle diese Eindrücke, und ich blieb leer und verletzlicher als je zuvor zurück.

❖

Das Tolle am Muttersein? Wenn deine Kinder dich rufen, verfügst du über diese Fähigkeit, absolut alles abzuschalten, was dich womöglich gerade in Panik versetzt – und du hilfst ihnen. Du schiebst einfach alles andere beiseite und bist nur die Mum. Schmerz, Krankheit, Streit, Ärger – so ist es einfach. Und so entging ich einmal mehr dem Zusammenbruch, der sich kurz zuvor schon angekündigt hatte.

Wisp war aufgewacht. Das kleine Mädchen, das wir aufgelesen hatten, klammerte sich noch immer an ihre Hand. Wisp ist liebevoll und lebenslustig, aber sie ist kein Morgenmensch und kann es nicht leiden, aufgeweckt zu werden. Besonders nicht, nachdem sie auf dem kalten Fliesenboden geschlafen hatte, mit nichts als einer dünnen Babydecke gegen die bissige Kühle der Nacht, und dann noch mit jemandem an sich gekrallt, die sie gar nicht wirklich kannte.

„Mum!“ Dieses Mal war sie wach genug, als dass sich ihre Gereiztheit auch ein wenig in ihrer Stimme widerspiegelte.

Ich war nur ein paar Schritte entfernt, und durch die Dachfenster begann sich der Himmel bereits zu lichten. Vielleicht hatte sie auch ein kleines bisschen Angst. Wenigstens hatte sie einen kleinen Powernap machen können.

Ich nahm ihr nichts übel. Selbst spürte ich ebenfalls noch immer die gespannte Feder des Grauens in meinem Hinterkopf, weil wir nur darauf warteten, welche Katastrophe als Nächstes über uns hereinbrechen würde.

Ein Blick zu Dale verriet mir, dass er inzwischen wusste, die Frau, der er zu helfen versucht hatte, würde es nicht schaffen. Er schenkte mir ein halbes Lächeln, doch ich wusste genau, was er damit eigentlich sagen wollte, fast so, als könnte ich seine Gedanken lesen. Punkt an mich für die richtige Bonus-Entscheidung, wie’s aussah.

„Du hast getan, was du konntest.“ Jules beugte sich über ihn und tätschelte ihm die Schulter, nachdem sie letztlich ihren Heilungsschild, oder wie das auch immer hieß, abgeschaltet hatte.

Ich musste mehr darüber in Erfahrung bringen, wozu diese Leute in der Lage waren. Wir würden aufeinander angewiesen sein. Wir kämpften buchstäblich gegen die ganze Welt, soweit ich das beurteilen konnte.

Analyse würde mir Informationen geben, doch ich musste auch in der Lage sein, sie einzuordnen und abzuspeichern. Aber das würde warten müssen, bis ich die Zeit hatte, um mich wirklich mal hinzusetzen und die Fähigkeit richtig auszuprobieren.

Überleben hieß, sich auf andere zu verlassen, denn auf keinen Fall würde ich in dieser … Dungeonwelt, oder wie sie jetzt auch hieß, alleine bestehen und in der Lage sein, meine Kinder zu beschützen. Dazu braucht man ein ganzes Dorf, stimmt's? Dann würde ich mir eben mein eigenes machen müssen. Entschlossenheit formte sich, und mir wurde klar, dass ich mich exakt darum kümmern musste, bevor ich mir Zeit nehmen und den Rest meiner „System-Benefits“ auswählen konnte.

Das Lächeln, das Dale zur Antwort gab, spiegelte sich nicht in seinen Augen. Ich nahm an, er fühlte sich inzwischen wie betäubt. Vielleicht ging es uns allen so.

„Du solltest ein bisschen schlafen, und wenn es nur ein Nickerchen ist. Wir sollten alle mal einen der Matratzenläden überfallen.“ Ich gab mir Mühe, selbstsicher zu klingen, und drückte Wisps Hand. „Harvey Norman's da hinten hat sogar ganze Betten.“

Dale nickte und schaute umher. „Wir könnten irgendwo ein Rollbett oder so was besorgen, damit wir sie verlegen können. Wenn wir ihre Wunde sauber und keimfrei halten, schafft sie es vielleicht doch noch. Solange ich dafür sorgen kann, dass sie die Antibiotika schluckt und bei sich behält. Was das auch war, hat eine Infektion verursacht, die sich nicht normal behandeln lässt – könnte sogar giftig oder nekrotisch sein. Ihre Haut um die Wunde herum wird immer schwärzer.“ Er zuckte die Achseln, von Traurigkeit erfasst. „Ich bin ja auch nur ein verdammter

Sanitäter."

Ich nickte, und vielleicht hätte ich noch irgendeine Plattitüde von mir geben sollen, doch ehrlich gesagt wusste ich selbst nicht, was wir machen sollten. Da hörte ich plötzlich Schritte. Doch als ich aufsah, waren es nicht Evelyn, mein Sohn und Barry, sondern Red. Er hielt den Kopf gesenkt und vermied Augenkontakt, seine Nervosität sogar noch offensichtlicher, jetzt wo sein heiterer Bruder nicht da war, um sie zu mildern.

Wortlos hielt er uns etwas zu essen hin. Ich wusste nicht, was es war, doch es war mir auch egal. „Danke", sagte ich und reichte ein Sandwich an meine Tochter weiter, bevor ich noch eines für mich nahm, als ich plötzlich begriff, wie hungrig ich eigentlich war. Vielleicht kam das ja durch die Verwendung unserer neu entdeckten Fähigkeiten oder so.

Oder vielleicht lag es auch daran, dass wir die halbe Nacht herumgewandert waren, schräge Insekten- und Spinnenmutationen bekämpft und ahnungslos mit Mana rumgemurkst hatten. Ja, ziemlich wahrscheinlich sogar.

Red schaute sich um und bemerkte, dass die Hälfte unserer Gruppe fort war. Seine Augen weiteten sich, und er schluckte ein paarmal schwer, bevor er sprach, so als müsste er dafür allen Mut zusammen nehmen. „Dachte, wir könnten was zu essen gebrauchen. Solange es noch gut ist. Die Kühlschränke halten vielleicht so an die achtundvierzig Stunden, wenn wir sie nicht dauernd öffnen. Aber danach wird das Essen vergammeln."

Alles Übrige ließ er unausgesprochen und stand bloß da, als würde er hier nicht hingehören.

Wisp löste sich schließlich aus dem Griff des kleinen Mädchens und verschränkte ihre Hand mit meiner, bevor sie sich vor den anderen zur Hälfte hinter mir versteckte, obwohl sie bis vor kurzem vor aller Augen geschlafen hatte.

Sie nahm einen gewaltigen Bissen von ihrem Sandwich, und erst jetzt wurde mir klar, dass sie seit ihrem Training gestern Abend nichts mehr gegessen hatte. Wie lange war das her … zehn Stunden? Es kam mir wie eine andere Epoche vor.

„Die anderen sind los und suchen die übrigen Leute, die noch hier drin sind. Sollten noch so um die zwanzig Menschen sein.“ Weiter kam ich nicht, denn ich hörte Schritte und wirbelte herum, wo unser erstes Team gemeinsam mit mehreren Neuankömmlingen um die Ecke bog.

Ein Gefühl der Erleichterung befiel mich. Der Tag brach an. Es war nun deutlich nach fünf Uhr morgens, bald schon sechs. Tausende Menschen um uns herum würden in einer neuen Welt aufwachen, mit dem Tod durch wildgewordene Haustiere vor Augen, oder mutierten Tauben auf dem Dach.

Immerhin hatten wir es bisher geschafft, ein paar von uns in Sicherheit zu bringen. Jetzt mussten wir nur noch genug Leute außerhalb unserer temporären Sicherheitszone retten. Sah fast so aus, als würde es für mich kein Nickerchen mehr geben.

„Hey, Red. Könntest du mir ein paar kalte Energy-Drinks besorgen?“ Ich hatte die Ahnung, dass es ein verdammt langer Tag werden würde. Und wir mussten gleich mit den paar Leuten loslegen, die wir aus dem Inneren des Shoppingcenters zusammengekratzt hatten. Ich brauchte Koffein, dringend.

Reds Gesicht hellte sich auf, als er einen klaren Auftrag zugewiesen bekam, und er machte sich eifrig auf die Socken. Ich konnte ihn verstehen – das alles fühlte sich so surreal an, als müssten wir jeden Augenblick aufwachen. Nur dass wir mittlerweile alle wussten, dass wir aus dieser Realität nicht aufwachen konnten.

❖

„Ich bin ein Tank. Eine Kriegerin, genau genommen. Ich kämpfe an vorderster Front." Mollys Erscheinung wollte ihre Aussage absolut Lügen strafen.

Sie war knapp über 1,50 – großzügig geschätzt – zierlich, mit farblos braunem Haar und großen grauen Augen. Und dabei hielt sie sich mit einer stummen Zuversicht, die ich ihr nur zu gerne abgekupfert hätte.

„Hervorragend." Ich machte mir eine geistige Notiz und betrachtete die Person neben ihr.

„Sange. They/them" Theys kurzes Haar fiel über eines von theys Augen, und auch wenn they gefestigt wirkte, huschten theys Augen immer wieder zu Molly. „Ich bin Klerikerperson."

Ich bemerkte, wie Molly ganz leicht mit dem Kopf nickte, wie um Sange Kraft zu verleihen. Ihre Dynamik gefiel mir – die beiden kannten einander offensichtlich gut genug, um im Einklang miteinander zu arbeiten.

„Tank-Kleriker-Duo. Das ist perfekt. Molly und Sange. Ich nehme mal an, ihr beiden wollt bevorzugt gemeinsam unterwegs sein?“ Schon ein Hauch von mütterlicher Nettigkeit beruhigte die Leute meistens sehr, und diese zwei waren da keine Ausnahme.

Einiges an Spannung fiel von Sanges Schultern ab, und they nickte, bevor they mir endlich in die Augen sah. „Bitte. Das funktioniert am besten.“

Ihr Alter hatte ich ursprünglich wohl falsch eingeschätzt. Ich befand, sie müssten Mitte zwanzig sein, nicht Anfang, wie zuerst gedacht. „Bestens. Ruht euch eine Weile aus, ich denke, wir werden euch hier bald brauchen.“

Tank und Kleriker, besser hätte ich das selbst auch nicht planen können. Sie waren die einzigen, die sich tatsächlich für nützliche Klassen entschieden hatten. Die übrigen schienen noch immer im Schockzustand zu sein. Obwohl sie noch keine der verdammten Insektenmutationen hatten bekämpfen müssen, also wusste ich gar nicht, warum eigentlich. Bisher hatten sie ja nur blaue Bildschirme gesehen, so schlimm konnte das ja nicht sein.

Ihre Namen verschmolzen alle irgendwie. Niemand sah mir in die Augen, und die Antworten waren allesamt einsilbig. Darum würde ich mich später noch kümmern, fürs Erste aber mussten wir hier raus und weitere Leute suchen. Wir mussten unsere Basis schützen – und meine Kinder.

Und das ging, indem wir Menschen einsammelten. Wenn wir eine sichere Front aufgebaut hatten, konnte ich mich immer noch hinsetzen und mir Gedanken über meine und ihre Boni machen.

Kapitel neun:

Fang

7 Stunden nach Systemstart

Es bedurfte einiger Anstrengung, Wisp in der Obhut von Red und den anderen im Einkaufszentrum zurückzulassen. Mein Instinkt sagte mir zunächst, ich sollte sie an meiner Seite behalten, doch wir hatten ja gesehen, was mit Jessicas Jüngstem passiert war, weil sie genau das getan hatte. Dennoch wollte mich die Beklemmung darüber, sie zu verlassen, von innen heraus erwürgen. Elterliche Schuldgefühle eben.

„Und, in welche Richtung sollen wir gehen?“, fragte Evelyn mit leiser Stimme, während sie neben mich trat und vom erhöhten Parkdeck aus hinab auf die Logan Road schaute. Die vorübergehende Grenze, die unsere sichere Zone beschränkte, erschien schwach und lief tatsächlich ausschließlich außen um das Einkaufszentrum herum, die Parkplätze mit eingeschlossen. Zumindest soweit ich das anhand des schwachen blauen Schimmers erkennen konnte. Ich hatte nachgefragt, und niemand sonst konnte es sehen, es hatte also sehr wohl etwas mit meinen Fähigkeiten zu tun.

Meine Augen hatten Schwierigkeiten, sich anzupassen, und ich brauchte eine Weile, bevor ich der Waldläuferin eine ordentliche Antwort zu geben vermochte. Mein Problem lag nicht etwa im morgendlichen Zwielicht begründet, sondern in dem ständigen Wandel des Mana in der gesamten Gegend jenseits der Abgrenzung. Mein Kopf begann zu schmerzen, als ich den Überblick zu wahren versuchte.

Es spielte keine Rolle, wohin ich blickte. In jeder Richtung spielte mein Mana-Sinn verrückt. Er pulsierte in meinen Gedanken umher, im Takt mit meinem Herzen, der Atem dieser Erde. Jenes Mana, das irgendwie bewirkte, dass unser Planet sich in eine Dungeonwelt verwandelte. Ich konnte die Zeit verrinnen spüren, während ich mich erhob und versuchte, eine Entscheidung zu treffen.

Ich atmete tief ein und antwortete schließlich. „Lass uns damit anfangen, dass wir die Wohnblocks entlang der Logan Road durchsuchen, dann sehen wir weiter."

Evelyn nickte und gab Molly und Sange ein Zeichen. Ich war todmüde, doch bisher war an Schlaf nicht zu denken gewesen, und ich wollte nicht allzu lange hier draußen sein ohne meine Kinder. Dale und Red erschienen mir ziemlich vertrauenswürdig für Menschen, die ich noch keine acht Stunden kannte. Nur gut, dass ich den Wahrsage-Bonus hatte.

Die Mana-Wahrnehmung ermöglichte es mir, die Mana-Eruptionen um uns herum herauszufiltern. Ich spürte die Fluktuationen durch mich hindurchströmen, so als sei ich eine Art Konduktor. Es war ein kontinuierliches Knistern in meinen Adern.

Der Asphaltdschungel der Logan Road, die in Richtung der Ebene von Eight Mile abfiel, war übersät mit weiteren Autowracks. Diese Unfälle waren vor sieben Stunden passiert. Alles, was sich jetzt noch in diesen Vehikeln befand, waren Leichen. Schließlich waren alle, mit Ausnahme von Dales Patientin, schnell geheilt worden, sofern der Aufprall sie nicht direkt getötet hatte.

Dennoch, es war auffällig still, als wir über die Abgrenzung traten.

Viel zu still. Ich sah, wie sich der gleiche Gedanke auch auf Evelyns Gesicht widerspiegelte. Ich war froh, dass wir uns für diesen Weg entschieden hatten. Mir die Kreuzung von Logan und Kessels Road anzusehen, wäre mir im Moment einfach zu viel gewesen.

Ich spürte, wie es sich aufbäumte im Erdreich unter meinen Füßen, etwas Mächtiges und Gefährliches. Eine Ansammlung von Mana. Mein Blick suchte den heller werdenden Himmel nach Gefahren ab, doch er war klar und normal, zumindest für den Moment. Die Macht unter mir fühlte sich eher nicht unmittelbar an, sondern so, als würde sie warten und sich sammeln, was mich umso nervöser machte.

„Hey." Evelyn winkte mich zu sich an die Straßenlaterne, von wo aus sie sich anschickte, die Straße zu überqueren, und deutete auf das große, mehrstöckige Wohnhaus schräg gegenüber.

Sie brauchte nichts weiter zu sagen.

Hinter den Fenstern flackerte ein Licht, eher wie das stoßweise Flackern einer Flamme als irgendetwas Magisches. Offensichtlich hatte dort jemand ein Feuer entfacht. Ich hoffte, wegen des Lichts, der Wärme oder zum Kochen, nicht etwa, um das Gebäude niederzubrennen.

Wir vier begannen uns auf das Haus zuzubewegen, als mir plötzlich etwas klar wurde. Hier waren wir nun, zwei auf Level 3 und zwei auf Level 5, taten so, als hätten wir irgendeine Ahnung von irgendwas, und näherten uns einem Wohnkomplex, in dem sich mindestens ein Überlebender, vielleicht auch mehr aufhielten.

Wie sollte ich für unsere Sicherheit sorgen? Würde meine Erdbarrikade überhaupt funktionieren, wenn wir nicht etwa direkt mit dem Boden in Berührung waren? Zählte Beton als Erde? Mein Schild würde nur mir etwas helfen, denn ich war ziemlich sicher, dass ich ihn nicht für jemanden verwenden konnte, der nicht Teil meiner unmittelbaren Familie war.

„Wir müssen die Scouts irgendwie hochleveln." Evelyn hatte beschlossen, meine Gedanken zu lesen, oder vielleicht war sie auch einfach auf derselben praktischen Wellenlänge mit mir.

„Jap." Ich hatte keine Lust auf viel Geplauder, wo sich doch jeden Moment wer-weiß-was auf uns stürzen konnte.

Kein Bellen, keine miauenden Katzen. Nur die aufgehende Sonne, die demnächst den Horizont durchbrechen und die Welt in einen hübschen orangefarbenen Glanz tauchen würde. Die blutrote Schattierung zum Sonnenuntergang würde bis dahin wahrscheinlich den Zustand des Lebens auf der Welt widerspiegeln.

Langsam gingen wir voran. Der Asphalt hier war nirgends aufgeplatzt. Nicht einmal die Bäume, die hoch über uns im Wind wogten, hatten sich zu verwandeln begonnen. Alles wirkte so friedlich. Es hätte ein ganz normaler Tag sein können, und ich nur auf einem frühmorgendlichen Spaziergang vor der Arbeit.

Nur dass um die Stämme der Bäume bereits Manalinien waberten, die jedoch noch nicht die gesamte Pflanze durchdrungen hatten. Ich wollte verstehen, wie dieses ganze System funktionierte. Mana war eine Art lebensspendendes Gut. Lebensverwandelnd, genauer gesagt.

Als wir auf den Gehweg vor dem Wohnkomplex traten, hörte ich einen gewaltigen Knall. Nicht etwa der Knall eines Gewehrs oder einer Pistole, nein, so als sei etwas Schweres gegen etwas anderes gekracht, diese Art Geräusch. Ich hätte mir beinahe in die Hosen gemacht und versuchte nun verzweifelt japsend, frische Luft in meine Lungen zu saugen.

„Was zur Hölle?“, keuchte Molly.

Ich hatte ums Verrecken nicht mehr Ahnung, was das war, als sie, also zuckte ich die Achseln. „Lasst uns einfach weitergehen und nachsehen, ob jemand hier ist, dem wir helfen können.“

Helfen. Retten. Ich wusste nicht recht, wie ich in Worte fassen sollte, was wir zu tun hatten. Sie überzeugen, dass wir in der Gruppe sicherer waren? Dass sie mit uns kommen sollten?

Jap. Mehr brauchten wir nicht zu tun. Ganz easy.

Sicher.

Ein paar Schritte weiter um die Ecke, und wir hatten gefunden, woher der laute Aufprall gekommen war. Links von uns, hing über einer zuvor noch weißen Wand eine frische Leiche, sofern das Blut, das davon herabtropfte, ein gültiger Indikator war.

Molly neben mir übergab sich, und Evelyn wandte sich ab, doch tote Körper hatten mich immer schon fasziniert, auf rein wissenschaftliche Art natürlich, im Sinne von: „Oh wow, die sind richtig guter Dünger für Pflanzen“, also erschrak ich nicht ganz so arg wie alle anderen. Solange sie frisch waren, rochen sie immerhin noch nicht so übel.

Ich schaute langsam hinauf zu den Balkonen über uns, konnte aber nichts erkennen, was darauf hindeutete, dass er gestoßen worden wäre. Das Licht hatte diese Seite noch nicht erfasst, und überall kauerten noch die Schatten.

Angesichts des Sonnenstandes musste es jetzt bald halb sieben sein – wie konnte es sein, dass diese Welt erst seit weniger als acht Stunden Realität war? Etwas, das meine Pflanzenliebe mit sich brachte, war, dass ich ein sehr gutes Gespür für die Tageszeit und den Stand der Sonne hatte.

„Er hat wahrscheinlich versucht zu fliegen“, raunte Sange ganz leise.

Allmählich begannen die Leute aufzuwachen. Und denjenigen, die das Haus bisher noch nicht verlassen hatten, stand ein schlimmes Erwachen bevor.

„Kommt schon.“ Ich trieb die anderen an, mir zu folgen, die Erdbarrikade im Anschlag, um nötigenfalls den Beton unter mir aufzureißen.

Falls ich das konnte. Warum konnte ich nicht einfach die Zeit anhalten und eine Trainingsmission absolvieren, oder so? Weit waren wir nicht gekommen, nachdem Mollys Magen noch einmal rebelliert hatte, als mich der Klang einer unbekannten Stimme erstarren ließ.

„Haben Sie irgendeine Ahnung, was zum Teufel hier los ist?“

Ich wandte mich um und erblickte einen Mann mit weit aufgerissenen Augen. Vielleicht Ende zwanzig. Seine Haare waren zerzaust, und er hatte sich das Hemd falsch zugeknöpft. Während ich noch überlegte, was ich sagen sollte, beschloss ich, es aufzugeben, den Leuten die Nachricht schonend beizubringen. Schließlich hätten sie beim Systemstart mal besser aufwachen sollen, anstatt so verdammt schläfrig zu sein.

„Hast du deine Klasse schon ausgewählt? Mit den Meldungen in deinem Kopf? Wenn nicht, frag nach den besten Klassen für dich. Sei spezifisch. Du musst wählen.“ Ich verschränkte die Arme und fragte mich, ob dieser Mann für uns gefährlich war, und ob er womöglich etwas mit der heruntergeworfenen Leiche zu tun hatte. Heruntergefallen. Wie auch immer. „Es wird alles, was du sagst oder denkst, sehr wörtlich nehmen."

Er blinzelte, die schwarzen Haare vor den Augen. „Nein. Ich … was soll das heißen, Klasse? Ist das ein Virtual-Reality-Test oder so?"

Beim Gedanken an ein Spiel heiterte sich seine Haltung kurz ein wenig auf. Er war aufrichtig, ich sah, dass er uns nichts vorspielte. Er hatte keinen Dunst, was hier vor sich ging.

Fertigkeit erfolgreich eingesetzt!

Einmaliger EP-Gewinn – 500 EP

Du hast richtig erkannt, dass diese Person die Wahrheit sagt. Glückwunsch dazu, dass du deine passiven Fähigkeiten korrekt einsetzt.

Du bist nun auf Level 5 als Schädlings- und Krankheitserregereinheit: Mikrobiologin/Pflanzenpathologin/Entomologin/Hydrogeologin/Molekularbiologin – Abgekürzt: Spezialistin für Umweltprozesse. Du darfst 3 Gratis-Attribute verteilen. Keine neuen Klassenfertigkeiten verfügbar.

Großartig. Darum konnte ich mich später noch kümmern. Aber zumindest funktionierte die Fähigkeit. Konnte ich nicht einfach Pflanzenflüstererin werden?

Ich schüttelte unserem neuen Rekruten gegenüber den Kopf, während Evelyn dazu trat und mit einer abwinkenden Handbewegung zu sprechen begann. „Nicht so simpel wie ein VR-Test. Alien-Invasion von der Sorte, die alles um uns herum mutieren lässt.“

Der Typ stand mit offenem Mund da und blinzelte uns an, und plötzlich fühlte ich mich extrem angreifbar. Im Boden um uns herum vibrierte das Mana. Und zwar nicht nur, weil wir genügend Überlebende für unsere sichere Zone finden mussten, um nicht draufzugehen. Dieses System kümmerte sich einen Dreck um unsere Überlebenschancen. Es wollte nur, dass wir stark genug waren, um gegen diese Dinger zu kämpfen, bis wir nicht mehr zu heilen waren.

„Hör zu. Wähle eine Klasse, damit du dich nützlich machen kannst, und bleib in unserer Nähe. Wir haben Arbeit zu erledigen.“ Ich wandte mich ab und mir wurde allmählich unbehaglich. Das alles würde nicht so einfach werden, wie ich gehofft hatte.

Sein Gesichtsausdruck fing sich wieder, wurde ernst, und er nickte. „Ich bin Ray.“

Ich beobachtete, wie Wellen von Mana ihn durchfluteten und erfolgreich mit dem System verankerten. Er richtete sich ein wenig auf und versetzte mir ein knappes Nicken.

Wenn alle die Neuigkeiten so gefasst aufnehmen würden, hatten wir vielleicht ja doch noch eine Chance.

Kapitel zehn: Brodelnder Boden

7 Stunden, 50 Minuten nach Systemstart

Diese Vibration, dieses unheilvolle Gefühl, hatte es mich nicht verfolgt, seitdem wir das Zentrum verlassen hatten? Ja – und auf solche Dinge würde ich in Zukunft besser Acht geben müssen.

Ray hatte gerade mal seine niedliche Klasse gewählt, als die Gefahr sich bereits verdichtete. Ich spürte sie überall um uns herum – in den Bäumen, unter uns, wie sie uns von oben aus beobachtete. Blaue Wellen begannen sich um uns herum zu vereinigen, an unseren Körpern hochzuschlagen.

Dann begannen sich die Bäume in unserer Nähe zu krümmen, und der Asphalt unter unseren Füßen begann zu kochen. Hitzewellen und dieser Geruch von klebrigem Teer erfüllten die Luft.

Australien hatte ja schon von sich aus genügend furchteinflößende Tiere zu bieten, deshalb war mir der Gedanke nie gekommen, dass der Ort dieses verrückten Spiels tatsächlich auch Dinge spawnen würde, die nicht hier ihren Ursprung hatten, anstatt einfach die bereits vorhandenen Kreaturen zu mutieren. Ich hatte noch vieles zu lernen.

Der blubbernde Asphalt war nicht einfach nur eine seltsame Konzentration von Hitze. Mit einer seltsamen Art von Losgelöstheit beobachtete ich, wie inmitten eines Schwalls leuchtenden Manas ein paar Klauen erschienen, die flutartig alle Kraft an diesem Ort aufzusaugen schienen. Die Klauen krallten sich fest, gefolgt von kräftigen, krustentierartigen Armen, welche dann den übrigen Körper hinter sich herzogen. Unter dem flüssigen, schwarzen Teer schimmerten furchteinflößend gewaltige Muskeln hindurch.

Mehrere dieser teertriefenden Körper erschienen, und ich musste mir ein nervöses Lachen verkneifen, das sich bei ihrem Anblick in meiner Kehle formte. Die Monster der schwarzen Lagune waren nun offenbar zu Monstern der frisch geteerten Straßen geworden.

Es waren nur fünf Stück, doch sie waren massig, und anscheinend zumindest zum Teil von offensichtlich harten Panzerplatten bedeckt. Vielleicht hatten die Viecher ja damit zu tun, dass wir uns hier auf einer Insel befanden, oder so.

Ray ging hinter Evelyn und mir in Deckung. Sange und Molly brachten mutig ihre Waffen in Anschlag, doch das Zittern in Mollys Hand, mit der sie den Schild hielt, war nicht zu übersehen. Jap. Eben kein normales Spiel.

Ich langte hinab und sammelte die Energie für meine Erdbarrikade. Asphalt war einfach schwer zu durchbrechen. Mit monumentaler Anstrengung schaffte ich es, einen erbärmlichen kleinen Wall vor mir und Evelyn zu errichten. Ich wusste nicht, was Rays Fähigkeiten brachten, aber er hatte seine Klasse ja gerade erst gewählt.

Evelyn kniff kurz die Augen zusammen und ließ ihre Pfeile losschnellen. Sie musste einiges an natürlichem Talent mitbringen. Ihre Treffsicherheit war makellos, und sie traf genau in die Fugen zwischen den Panzerplatten, wo die Haut am verletzlichsten war. Was mich anging, so konnte ich, außer ein bisschen mit Erde rumzuspritzen, aus der Entfernung nicht wirklich etwas unternehmen.

„Bleib hier“, sagte ich zu Ray, ohne zu überprüfen, ob er auch zuhörte.

Ich packte meinen Schläger fester. Wenn das auch weiterhin meine Offensivstrategie bleiben sollte, musste ich dringend mehr trainieren. Da Evelyn mir Deckung gab und Molly bisher das Schlimmste abfing, boten sich mir immer wieder kleine Lücken, um mit meinem Knüppel zuzuschlagen.

Therapeutische Wirkung? Durchaus. Wenigstens konnte ich so meine Wut abbauen. Beim ersten Schlag war ich froh, dass ich nie die Ellbogen verkrampfte. Viel hatte ich vom Softball bestimmt nicht fürs Leben gelernt, aber das immerhin. Mein Treffer lag knapp daneben, und der Hieb auf den Panzer wurde derart in meinen Arm zurückgeworfen, dass mein Musikantenknochen zu singen begann.

Ich verzog das Gesicht, froh über den nächsten anfliegenden Pfeil, der die Kreatur von mir ablenkte. Mein nächster Schwung saß, und ich hämmerte den wohl platzierten Pfeil damit noch tiefer in das weiche Gelenk, das er getroffen hatte. Das Vieh quiekte wie eine Hyäne in der Falle. Mana flammte auf. Offenbar half das Zeug allen beim Heilen.

Scheiße.

Gerade als ich mich anschickte, den Pfeil so tief hineinzuhämmern, wie es eben ging, sauste eine gefrorene Lanze an meinem Gesicht vorüber, krachte durch den Brustpanzer der Kreatur und stach hinten wieder heraus.

Die durchbohrte Teerkrabbe zuckte und stürzte zurück in das Loch in der Straße. Ich schaute mich um und sah Ray, der mit aufgerissenen

Augen hinter meiner Erdbarriere stand, die Arme über den Rand gestreckt, als könnte er einfach nicht fassen, was gerade passiert war.

Evelyns Grinsen sprach Bände. Und plötzlich fühlte sich mein Schläger ziemlich lachhaft an. Ganz schön nutzlos, aber mehr hatte ich eben nicht.

❖

Molly funkelte böse ihr geschwollenes Handgelenk an, das allmählich zu heilen begann. Alle fünf der Viecher waren tot, Molly war verletzt, Sange und ich hatten mehrere Schnittwunden abbekommen, und wir hatten feststellen müssen, dass Ray nur zwei dieser tödlichen Eiszapfen verschießen konnte, bevor er sein Mana neu auffüllen musste, was bei ihm eine Ewigkeit zu dauern schien.

Als wir mit unseren Gegnern endlich fertig waren, hatte sich die Lobby des Apartmentblocks mit Leuten gefüllt. Sie hatten ungläubig zugesehen, während wir diesen intergalaktischen Eindringlingen, oder was auch immer sie sein mochten, den Garaus machten. In der EP-Benachrichtigung wurden sie als Crziftuk bezeichnet, was für mich auch nicht verständlicher klang als Klingonisch. Selbst Lateinisch hätte ich noch ein bisschen besser verstanden. Unzählige Augenpaare starrten uns durch die Glastüren hindurch an, als seien sie da drin irgendwie in Sicherheit.

Zu meiner Überraschung ging ausgerechnet Ray mit seinem nagelneuen Level-2-Selbstbewusstsein schnurstracks auf die Tür zu und gestikulierte ausgelassen, sie sollten rauskommen. Oder wenigstens die Türen aufmachen.

Ein junges Mädchen trat vor, vielleicht achtzehn oder neunzehn Jahre alt. Womöglich im ersten Semester an der Uni oder so. Nur war es so, dass ihr Gesicht nicht mehr wirklich menschlich aussah. Ganz einfach zu bestimmen war es nicht, doch ihre katzenartigen Augen und der Schimmer von blassem, silbrigem Pelz, der ihre Haut zu bedecken begann, verlieh der ganzen Erscheinung einen höchst surrealen Anstrich.

„Leena?" Auf der letzten Silbe brach Rays Stimme ein wenig, und sie rannte vor, um ihn fest in den Arm zu nehmen.

Es dauerte einen Moment, bis er sich gefasst hatte, doch dann hob er den Kopf, nahm sich ein Herz und sprach, als hätte seine Stimme nie ein plötzliches Vibrato entwickelt.

„Na schön. Du –" Kurz hielt er inne, bevor er hastig weitersprach. „Wir müssen abhauen. Da draußen läuft irgendwas Abgefucktes."

Er sah zu mir, und ich konnte die ansteigende Spannung spüren, nicht nur in dem Gebäude, sondern überall um uns herum, als sich das Mana überall kleine Minivulkane aufzubauen begann, die jederzeit platzen konnten. Energie, die nur darauf wartete, sich an den erstbesten Abnehmer zu krallen.

„Aber der Haufen da –" Er deutete in unsere Richtung, und es war zu sehen, dass sich sein eigener Schreck mittlerweile ein wenig gelegt hatte – „Die haben mich gerettet. Dürfte kein Fehler sein, wenn wir uns an sie halten." Er schien ein geerdeter Typ zu sein, wahrscheinlich eine ehrliche Haut.

Leena hakte sich bei ihrem Bruder unter und packte seinen Arm ganz fest. Ihre Transformation war noch im Gange. Sie verlief schrittweise, offenbar zum Glück aber langsamer als bei dem guten Dutzend Leute, die jetzt zu uns herauszuströmen begannen.

Soweit ich sehen konnte, hatten noch nicht alle ihre Klassen gewählt. Was ich nicht so recht begreifen konnte. Boni waren eine Sache, aber die Klasse? Die halbe Stunde sollte doch wohl drin sein, um sich anzusehen, was man sein sollte? Trotzdem, je mehr, desto besser.

Das Mana um uns herum brodelte jetzt nicht mehr so stark wie vor dem letzten Angriff. Ich konnte nur hoffen, dass wir diese Leute in Sicherheit bringen konnten und jemand ihnen eine Gruppenvorlesung über die Wahl ihrer Klassen geben würde, bevor wir alle draufgingen.

❖

Auch wenn Ray sich sehr schnell mit seiner Eislanzen-Fähigkeit angefreundet hatte, machte es mich nervös, mit so vielen Menschen unterwegs zu sein. Doch mehr Leute als Verbündete im Kampf bedeuteten auch, dass meine Kids es sicherer haben würden. Ich musste sie nur fürs Erste noch ordentlich in Watte packen.

Während Ray seine Nachbarn aus dem Wohnblock organisierte, streiften wir anderen umher und versuchten, auch die übrigen Bewohner noch herauszulocken. Es kam mir alles irgendwie zu ruhig vor, doch die Gegend war sauber.

Mal abgesehen von dem riesigen Borkenkäfer, der sich auf meine

Nase setzte und mich wie eine Furie zum Kreischen brachte. Borkenkäfer sind für gewöhnlich winzig, weshalb sie sich ja auch überhaupt erst durch Baumrinden fressen können. Klein wie Motten … früher jedenfalls.

Dieser hier aber hatte die Größe einer verdammten Maus, und ich klatschte ihn so heftig weg, dass er mit einem Quetschgeräusch auf dem Asphalt aufschlug, eine Sekunde später gefolgt von meinem Fuß, der ihm den Rest gab.

Scheiße. Scheiße. Scheiße. Mein Atem ging keuchend, während ich das Ding zertrampelte, und ich sah erst auf, als auch Evelyn zu schreien begann.

Hunderte, vielleicht auch tausende der kleinen Scheißer regneten auf uns nieder. Mausgroße Käfer in unseren Haaren, auf unseren Schultern, und ich schwöre, einer fiel sogar in meinen verdammten BH! Wir stampften und schüttelten, klatschten sie uns gegenseitig weg. Ihre kleinen Köpfe taten ganz schön weh, wenn sie auf unsere Haut trafen, und hinterließen dort eindeutige Spuren.

Diese Begegnung machte mich unweigerlich noch alarmierter, und auf unserem restlichen Rundgang durch den Komplex war ich so wachsam wie noch nie zuvor im Leben.

Normale Käfer, von mir aus – systemmutierte Käfer, ganz großes Nein.

Evelyn verzog das Gesicht, als wir unseren Kreis vollendet hatten und wieder zu den anderen stießen „Stell dir nur mal vor, wie groß die in einer Woche gewesen wären, wenn wir sie nicht plattgemacht hätten."

„Nein danke." Molly schauderte sichtlich, die schmalen Schultern straff. „Das mach ich nicht noch einmal."

Ray hatte die Überlebenden bereits aufgereiht und zum Abmarsch bereit gemacht. „Die meisten sind schon in ihre Klassen eingeteilt. Kann losgehen."

Ich deutete in Richtung des Centers und Sange ging voran. Weit war es ja nicht, nur die Straße hinauf, einmal queren und dann auf den Parkplatz – das war's.

Leena huschte zu mir. Es kostete mich Mühe, mir die Frage zu verkneifen, weshalb sie sich selbst zum Katzenmenschen gemacht hatte, und so war ich froh, als sie zuerst das Wort ergriff.

„Meinst du … vielleicht sollten wir vor ein paar der Einfahrten und Eingänge so was wie Schilder aufstellen?" Wie sie so beim Sprechen mit den Händen rang, wirkte sie noch jünger, als ich ursprünglich gedacht hatte.

„Schilder?" Ich wusste nicht so recht, was sie damit meinte.

„So was wie ‚Überlebende willkommen' – in der Art." Ihre Stimme war nun sogar noch verhuschter als zuvor.

Mann, daran hatte ich noch gar nicht gedacht.

„Ich finde, das ist eine klasse Idee", sagte ich. Vielleicht später einmal nicht mehr ganz ideal für unsere Stadt, wer wusste schon, wer oder was da noch kommen mochte … falls überhaupt noch wer kam. Aber für den Moment konnte uns das sicher helfen.

Es war nun beinahe acht Uhr, und die Sonne verhielt sich typisch australisch. Doch Leenas Gesicht strahlte Begeisterung aus. Vielleicht brauchte sie einfach eine Aufgabe.

Ich winkte Mike herbei, der am unteren Eingang zum Center so gut es eben ging Wache stand. Falls irgendwas wirklich da rein wollte, war unsere Abwehr im Moment kaum existent. „Ich hab hier Nachschub für dich. Wir gehen noch mal los und suchen weiter."

„Verstanden, Boss."

Er zwinkerte mich vielsagend an, und ich ächzte innerlich, wohl wissend, was wohl als Nächstes kam.

„Kann ich dich in den kommenden Tagen vielleicht mal zum Kaffee ausführen?", fuhr Mike fort, die Stimme zu einem leichten Raunen verstellt, doch sie brach dabei ein wenig, vermutlich durch Schlafmangel und die Aufregung darüber, mitten im Weltuntergang jemanden anzubaggern.

Wusste ich's doch. Ich musste lachen. Es herrschte Apokalypse, und ich hatte zwei Kinder. Aber immerhin hatte er's versucht.

Ich zwinkerte zurück und schüttelte den Kopf. „Sorry, Schätzchen. Ich find ältere Männer gut. Und starke, unabhängige Frauen."

Mike taumelte theatralisch, so als hätte ich ihm das Herz herausgerissen, und versetzte mir ein munteres Grinsen. „Die Kinder sind gut aufgehoben. Komm wohlbehalten zurück."

Die Realität übernahm erneut das Ruder, und ich nickte, bevor ich mich mit meinem kleinen Team erneut auf den Weg machte. Ich brauchte mehr Leute, mehr Beschützer. Vor der Scheidung wäre ich sicher anders drauf gewesen.

War ja nicht so, als wäre Mason ein Arsch gewesen. Er war nur einfach nicht zum Erwachsenen mit Verantwortung geschaffen. Und das war auch in Ordnung so. Er liebte die Kinder – wie man seine besten

Freunde liebt. Das Geld kam stets pünktlich, und er war da, sooft er konnte … Nur hatten wir jetzt leider die Apokalypse am Arsch, und ich wusste nicht mal, ob er noch am Leben war.

Ich brauchte mehr Leute. Hundert, noch besser tausend, … dann erst würden meine Kinder einen ordentlichen Puffer um sich haben, der zu ihrem Schutz beitragen konnte. Wenn es so weit war, konnte ich mich vielleicht mal entspannen und mir den Rest von diesem Systemscheiß ansehen, um den ich mich noch kümmern musste.

Kapitel elf:

Einer weniger

15 Stunden nach Systemstart

Im oberen Stockwerk war es ruhig, draußen vor dem Kinderspielplatz, wo sich mein liebster Coffeeshop befand. Früher zumindest, wie auch immer. Die meisten der anderen waren im Kaufhaus. Dort gab es Betten, und ich konnte sie von meinem Platz aus durchs Fenster beobachten. Der Tag war einigermaßen erfolgreich.

Dank der siebenunddreißig Einwohner, die wir schon hatten, und der insgesamt vierzig, die wir am Ende hergeschafft hatten, fehlten uns jetzt nur noch neunhundertundeinundzwanzig weitere.

Scheiße.

Die meisten von Rays Nachbarn hatten bezüglich ihrer Fähigkeiten und Klassen noch nichts unternommen, bevor wir sie aufsammelten. Er hatte einige schon draußen angeleitet, während Barry den Rest übernahm, nachdem sie hier angekommen waren.

Er war so gut darin. Fast wie ein Weihnachtsmann, nur ohne Bart und dicken Bauch, und vielleicht so um die dreißig Jahre jünger. Mit Mike ergänzte er sich auch gut. Der gute alte Sankt Nikolaus und sein hilfsbereiter Elf. Ich beobachtete sie eine Weile, wie sie ihre Magie unter den Leuten spielen ließen. Kyle konnte das auch.

Der Gedanke an meinen Zwillingsbruder schmerzte. Verdammt, ich brauchte echt Zeit für mich. Ich als Pflanzenperson hatte zurzeit einfach viel zu viele Menschen um mich herum.

Jackson jedoch war schon immer blind dafür gewesen, wenn seine Mum mal etwas Mum-Zeit brauchte, und so setzte er sich neben mich. „Du weißt, dass es nicht anders geht, Mum."

Eine dringlichere Ermahnung hatte er mir wohl noch nie gegeben.

„Ich weiß. Ich weiß. Es sind einfach so viele Informationen, so viele Möglichkeiten. Was, wenn wir das Falsche auswählen?"

Darauf hatte er keine Antwort.

Wir beide blieben stumm, kameradschaftlich nebeneinander sitzend, als wären wir zu Hause vor dem Fernseher, anstatt uns die blauen Auswahlfenster der Hölle anzusehen. Ich bekam nicht mit, wie viel Zeit verging, während wir beide das System nach weiteren Infos über die verfügbaren Boni befragten und die Optionen durchgingen, die wir zum Teil bei anderen Leuten beobachtet hatten. Irgendwann meldete er sich zu Wort.

„Mum. Im Ernst. Irgendwas, womit wir drei untereinander kommunizieren können, macht einfach am meisten Sinn." Jackson machte die Teenagerschnute. Abgesehen davon hatte er aber recht.

„Na schön. Hab's kapiert. Ist sowieso nur ein geringfügiger Bonus. Sorg aber dafür, dass die anderen dich irgendwie beschützen oder dir sonst helfen können. Okay?" Ich musste mich vergewissern, dass er in Sicherheit war. Es musste sein.

Er grinste triumphierend, und ich verdrehte die Augen. Eine Benachrichtigung erschien vor meinen Augen und erklärte mir, ich hätte Zugang zum familienbasierten Chat Level 1. Wir konnten miteinander kommunizieren, solange wir nicht mehr als fünfhundert Meter voneinander entfernt waren. Viel war das nicht, aber fürs Erste würde es reichen.

Ein wenig von der Last, die mich zu erdrücken drohte, fiel von mir ab, und ich musste gestehen, dass Jackson richtig gelegen hatte. Wäre ich nicht so genervt von dieser Tatsache gewesen, hätte ich das vielleicht sogar laut ausgesprochen.

„Ich will Wisp Immunität gegen Gift verpassen. Diese Frau, die wir gefunden haben, leidet unter irgendeiner Art von nekrotischer Vergiftung, und Dale hat keine Ahnung, wie er das behandeln soll. Sie ist nur wegen dem System überhaupt noch am Leben, und auch dessen Regeneration verliert den Kampf immer mehr.“ Ich legte ihm meine Gedanken dar und hoffte, dass er mit mir einer Meinung war.

Jackson nickte. „Wir sind in Australien. Ich meine, hier wird vieles giftig sein, toxisch, gefährlich … tödlich.“

Okay, Wisps geringfügiger Bonus wäre zugewiesen. Ich legte die Stirn in Falten und überlegte, was ich sonst noch brauchte, als ich die Meldung von Jackson Wahl für den Mittleren erhielt.

Verbesserte Tech-Manipulation

Erlaubt dem Anwender, über die simple Mechanik hinauszusehen und Mana als Energiequelle zu manipulieren.

Ich sah ihn mit erhobener Augenbraue an. „Ernsthaft? Und wie soll dich das beschützen?“

„Lass mich erklären.“ Er machte eine Pause, um sicher zu gehen, dass ich ihn würde ausreden lassen. Ich verschränkte die Arme und wartete. Nachdem er tief Luft geholt hatte, fuhr er fort: „Das geht Hand in Hand mit meinen Kräften als Techzard, sodass ich sie auf eine Weise einsetzen kann, die allen etwas bringt. Und als Schutz hab ich für meinen hohen Bonus schon was Perfektes gefunden.“

„Hm.“ Was sollte ich machen? Ihm ausreden, anderen helfen zu wollen? Verdammt. „Von mir aus. Aber dann sollte dein hoher Bonus besser mal erste Sahne sein.“

Ich wartete, fast schon furchtsam, was er mir wohl als Nächstes zeigen würde.

Dermaler Unterpanzer

Diese extrem widerstandsfähige Schutzschicht unterhalb des Hautgewebes kann mittels handwerklicher Fähigkeiten verbessert und aufgerüstet werden, wodurch ein weniger sperriger, stets präsenter Film an zusätzlichem Schutz entsteht, entsprechend 800 physische Abwehr, 250 Mana-Abwehr. Kann Schaden nehmen. Bereinigt Schäden mittels Umgebungs-Mana innerhalb einer Zeitspanne von zweiunddreißig Minuten.

„Okay. Das klingt doch schon viel besser.“ Ich überlegte kurz. Er hatte jetzt also eine Rüstung, die er nie ablegen musste. Das ließ mich ein wenig aufatmen. Ich akzeptierte seine Wahl und seufzte. „Lass mich das bloß nicht bereuen.“

„Es sieht zwar aus wie ein Spiel, aber ich weiß schon, dass es das nicht ist. Ich will nicht sterben, Mum.“ Jacksons Blick nahm einen verstörten Ausdruck an, und ich zog ihn in meine Arme, ob er es nun wollte oder nicht.

„Damit sind wir schon zwei.“ Ich zerraufte ihm die Haare, und er verdrehte die Augen, doch das Grinsen auf seinem Gesicht war nach wie vor jenes von meinem kleinen Jungen. So würde es auch immer bleiben, auch wenn er mal dreißig war.

„Und, was machen wir mit Wisp?“, fragte er.

Ich überlegte. Ideal wäre etwas, das sie beschützen konnte, ohne dabei ihr eigenes Mana oder Trefferpunkte zu verbrauchen. Der dermale Unterpanzer kam mir fast zu gut vor, um wahr zu sein. „Denkst du, das Hautdings würde bei deiner Schwester auch funktionieren?“

Jackson hob die Achseln. „Vielleicht? Es ist halt nur ein passiver Schutz für sie. Aktive Fähigkeiten können wir ihr ja noch nicht geben, oder? Sie darf das System noch nicht nutzen, richtig?“

„Wächst er mit?“

Jackson hob erneut die Achseln und wir befragten beide das System. Zum Glück schien es, als würde der Bonus mit den Kindern mitwachsen, etwas, das auch Jackson sehr zu erleichtern schien.

Ich nickte und überlegte, den Unterpanzer auch für mich selbst zu besorgen. „Du wirst ihren auch aufrüsten können, oder? Sobald du die nötigen Fähigkeiten hast?“

Er nickte. „Ich meine, technisch gesehen. Ja. Aber sie wird nicht zu allen meinen Vorteilen Zugang haben.“

Auch wahr. Wir konnten uns auf nichts verlassen, egal wie nett das System tat, wenn man die eigenen Bedürfnisse nur klar genug äußerte. „Okay. Ich nehm für sie den gleichen hohen Bonus wie du. Das ergibt Sinn. Etwas, das weder sie noch wir bewusst aktivieren müssen.“

Nachdem Wisps hoher Bonus gewählt war, blieb ihr noch immer ein mittlerer, und ich hatte für mich selbst auch noch den hohen auszuwählen. Für meine Tochter … irgendwas, um zu verhindern, dass sie Schaden nahm.

„Mum!“ Jacksons aufgeregter Ausruf riss mich aus meinen Gedanken. „Sieh dir mal diese Armschutzplatten an.“

Ich rief ihn auf und zog die Brauen zusammen. Ein externer Gegenstand, der einen Schild mit fünfhundert Trefferpunkten herstellte. Wiederaufladbar durch Umgebungs-Mana in dreiundfünfzig Minuten. So würde es schon sehr viel brauchen, um sie zu verletzen, selbst wenn ich nicht rechtzeitig zur Stelle war, um sie abzuschirmen … Diese zwei Dinge konnten ausreichend Schutz bieten, bis ich da war, oder? Wahrscheinlich.

„Guter Fund“, murmelte ich und wählte den letzten Bonus für meine Kleine. Fertig. Es war vollbracht. Ich hatte sie so gut es ging geschützt. Und ich hatte dafür nur was … fast zwanzig Stunden gebraucht? Super Tempo, Mami.

„Danke, Mum.“ Jackson gab mir eine Umarmung und setzte sich dicht neben mich. „Was nimmst du für dich als hohen Bonus?“

„Super, stell mir genau die Fragen, auf die ich keine Antworten habe.“ Ich grinste ihn an, doch es war nur zur Hälfte als Witz gemeint. Ich konnte mich für den einfachen Weg entscheiden und den dermalen Unterpanzer nehmen. Aber bestimmt gab es noch etwas anderes, das nicht nur mir etwas bringen würde?

Es gab so vieles, das ich noch immer nicht verstand, aber es blieben mir nur achtundvierzig Stunden, um die Boni auszusuchen, und davon hatte ich bereits fast einen ganzen Tag vergeudet. Ich war ständig in

Gefahr gewesen, es wäre als nur logisch gewesen, viel eher schon zu wählen. Und doch …

Ich hasste es, gedrängt zu werden. Ich war eben eine sture Eselin.

Mutationen gingen vor sich, und schräge Alienviecher gebaren sich selbst aus dem Asphalt, doch ganz ehrlich, in Anbetracht unserer bunten Tierwelt hätte ich mit Größerem und Schlimmerem gerechnet. Aber vielleicht brauchte es auch einfach mehr als vierundzwanzig Stunden, bis sich alles so richtig mit Mana vollgesogen hatte.

Wo waren die ganzen Kakerlaken samt ihren Mutationen? Ganz zu schweigen von der Menge an Haustieren, die es hier in der Gegend gab. Die Vögel? Hatte den ganzen Tag noch keine Würgekrähen gesehen. Das Gefühl des Mana unter meinen Füßen, das sich im Gestein anreicherte und alles durchtränkte … Es ließ mich fürchten, dass uns noch so einiges erwartete.

Neunundsiebzig Menschen. Wir waren alle in den unteren Levels, praktisch leichte Beute. Morgen mussten wir Wege erkunden, um an Stärke zu gewinnen. Andernfalls würden wir nicht lange durchhalten. Wenn wir nicht stärker wurden, konnten wir unmöglich anderen helfen. Und ich musste zusehen, dass mein hoher Bonus ein Guter war. Diese Chance hatte ich nur einmal. Plötzlich poppte vor meinen Augen eine Benachrichtigung auf, die meiner kleinen Paranoia-Episode ein jähes Ende bereitete.

Herzlichen Glückwunsch!

Du hast einen ganzen Tag überlebt! Ihr Menschen seid wirklich erstaunliche Kreaturen. Gestern sind nur 60 % von euch gestorben. Wir sind schwer beeindruckt. Hier, ein Keks. Und Erfahrungspunkte. Denk daran, dass im Verlauf der kommenden Woche mehr und mehr Monster erscheinen werden.

Gewonnene EP: 5000

Du bist nun auf Level 7 als Schädlings- und Krankheitserregereinheit: Mikrobiologin/Pflanzenpathologin/Entomologin/Hydrogeologin/Molekularb iologin – Abgekürzt: Spezialistin für Umweltprozesse

Statuspunkte automatisch verteilt. Du darfst 6 Gratis-Attribute verteilen. 1 Klassenfertigkeitspunkt verfügbar. 1 neue Klassenfertigkeit verfügbar.

Level 7. So konnte es weitergehen, was? Warum konnte das hier nicht laufen wie in einem echten Multiplayer-Game, sodass meine Attributpunkte automatisch angemessen verteilt wurden? Ich hatte eine neue Fertigkeit bekommen. Wäre doch viel besser, wenn man die ganzen Fähigkeiten schon von Anfang an hätte und sie dann nur noch ausbauen müsste.

Bluttransfer (Level 1)

Effekt: Dank deiner Hingabe, die Welt und die Funktionsweise der biologischen Evolution zu verstehen, kannst du das Blut deiner Gegner anzapfen und deren Schaden umlenken, um damit dich selbst zu heilen. Wirkung auf dich beschränkt.

Achtung: Nur zur Selbstheilung, Schaden und Heilungsrate abhängig von Level und Anwender.

Preis: 25 Mana für die Aktivierung

Ich fuhr mir mit den Fingern durch die Haare und sah durch die Schaufenster des Kaufhauses hinüber zu Wisp, die sich auf einem riesigen Bett eingekuschelt hatte. Sie hatte sich in einen Haufen Decken gewickelt und die kleine Kylie klammerte sich erneut ganz fest an ihre Hand. Was gab uns bloß das Recht, diese Kinder so etwas miterleben zu lassen?

Wer waren die Mitglieder dieses galaktischen Rates, die uns in diesen postapokalyptischen Albtraum hier gestürzt hatten? Wichser.

„Mum?“ Jacksons Ton war voller Sorge. Normalerweise schwieg ich ihn nicht so lange an.

„Schon okay. Nur noch ein Tag, dann verschwindet dieser blöde hohe Bonus von selbst.“ Ich grinste ihn an, doch er erwiderte die Geste nicht.

„Darüber würde ich keine Witze machen. Das ist wichtig. Du willst uns schützen, aber dafür musst du es auch selbst schaffen. Vergiss das nicht.“ Und dann umarmte er mich heftig, so als würde er mich nie wieder loslassen wollen.“ Du darfst auch nicht sterben, Mum. Du bist alles, was wir noch haben.“

„Ich nehme das nicht auf die leichte Schulter. Ich verspreche dir, dass ich weise wählen werde.“ Ich durfte nicht verniedlichen, wie ernst es ihm war. Er machte sich große Sorgen um mich, und wir wussten beide nicht, ob sein Dad noch am Leben war.

Einen Moment lang musterte er mich, bevor er seinen Griff lockerte.

„Okay. Aber du musst es mir sagen, sobald du einen hast, damit ich weiß, was es ist. Dafür haben wir ja jetzt die Chatfunktion.“

„Versprochen“, sagte ich und meinte es auch so. „Und jetzt geh dich mit den anderen Jungs unterhalten, und dann versuch zu schlafen.“

„Na ja, das kann ich dir nicht versprechen. Hey, Mum, kann ich dich was fragen?“ Jetzt klang er irgendwie zögerlich, so als wollte er die Frage eigentlich lieber nicht stellen.

„Klar, Liebling.“ Ich wusste ziemlich genau, was jetzt kam, so wenig ich mich auch selbst gerade damit befassen wollte.

„Denkst du … denkst du, Dad hat es auch geschafft?“ Jackson schluckte die Tränen hinunter, die sich bereits zu formen begannen.

Erneut zog ich ihn in eine feste Umarmung, nicht nur, weil ich keine Antwort für ihn parat hatte, sondern auch, weil er mein kleiner Junge war, und weil er litt. Es machte mich wütend, doch ich konnte nirgendwo hin mit dieser Wut. Indem ich meinen Kopf an seinen drückte und sein Haar streichelte, raunte ich leise: „Ich weiß es nicht, aber ich habe die Ahnung, dass es ihm gut geht. Wir wissen ja alle, wie hartnäckig er sein kann.“

Einiges an Anspannung wich aus Jacksons Schultern, und er drückte mich. „Ja. Sagst du nicht immer, dass ich meine Sturheit euch beiden verdanke?“

„So ist es“, sagte ich und lächelte ihn sanft an.

Als er sich von mir löste, rang er sich ebenfalls ein Lächeln ab. „Ich geh mal mit den anderen Kindern reden, denen ich ähnlich sinnvolle Klassen wie meine aufgeschwatzt hab.“ Er winkte, und ich musste ein paarmal tief durchatmen, um die Fassung zu wahren.

Gestern Nachmittag hatte er sich noch Gedanken darüber gemacht, welche Fächer er für die zehnte Klasse wählen sollte, noch bevor er überhaupt das erste Halbjahr der Neunten erledigt hatte. Ganz normale Sorgen, über die Schule und die Zukunft.

Und jetzt … jetzt machte er sich Sorgen über Leben und Tod. Welche Zauber ihn und seine Schwester am besten zu schützen vermochten, und wie viel stärker er noch werden musste. Was für ein Riesenhaufen Scheiße.

„Hey. Alles in Ordnung bei dir?"

Ich schaute auf und sah Evelyn, wobei mir die Energie fehlte, um über die plötzliche Störung zu erschrecken. „Ja. Bestens. Bin jetzt auf Level 7. Hurraaa."

Evelyn lachte, doch es klang trocken und fühlte sich an, als erzwänge sie es zu meinem Trost. „Hast du den Scheiß mit der Stadt schon kapiert?"

Ich verzog das Gesicht, und alle meine Gedanken vermengten sich. „Nicht wirklich. Wir müssen aber irgendwie tausend Leute finden und sie nach Garden City bringen. Dadurch wird es wohl zumindest dauerhaft zur Stadt und bietet uns besseren Zugang zu Abwehrmitteln und so, glaube ich jedenfalls. Aber davon abgesehen? Ist doch nur ein verdammtes Einkaufszentrum, oder? Wieso soll das jetzt eine Siedlung sein?"

Sie sah mich an und setzte sich unvermittelt neben mich. „Tausend Leute?"

Scheiße. Ich seufzte. „Ja. Tausend Leute, dann gelten wir als Stadt."

Ich fragte mich, ob mein Widerwille gegen diese Klassifizierung herauszuhören war.

Evelyn ließ sich das durch den Kopf gehen. „Müsste man dann nicht annehmen, dass es außer diesem hier noch weitere gibt? Sollte dann für Carindale, Indooroopilly und Chermside das Gleiche gelten? Beim Hyperdome und ein paar anderen Orten würde ich auch drauf wetten. Die brauchen alle eine ausreichende unmittelbare Bevölkerung, damit sie als Städte gelten. Liegen alle am Stadtrand – fast als wären sie als strategische Punkte in Bezug auf die Stadt selbst gedacht."

Ich musterte sie. Nicht bloß ein hübsches Gesicht, sondern Evelyn erwies sich auch als fantastische Verbündete. Vielleicht sogar als Freundin, oder auch mehr … Ich schüttelte den Kopf. Klar, ich hatte Mike gesagt, ich stünde auf ältere Männer wie Mason, und auf starke und unabhängige Frauen, was auf Evelyn definitiv zutraf, doch mal im Ernst. Es war wahrlich nicht der Moment, um über solchen Quatsch nachzudenken.

Jetzt im Moment mussten wir uns überlegen, wie wir die Kids am Leben hielten. Prioritäten für die Apokalypse. Schweig, Gehirn.

Die Bevölkerung von Brisbane war ja schon im Normalzustand weit verstreut. Verteilt auf eine spiralförmige Kaskade an Vororten. Das bedeutete wohl, dass wir einiges an Wegen auf uns nehmen mussten, um auf die Suche nach Leuten zu gehen, damit wir alle den Schutz einer sicheren Zone genießen konnten. Und das bedeutete wiederum nichts anderes, als dass dort nichts spawnen konnte, oder? Ich musste noch so vieles lernen. Vielleicht gab es ja ein Handbuch für Anfänger?

Dann gab es da noch jede Menge Bedienelemente für Gebäude, Shops, Niederlassungen … alles Mögliche. Aber die waren alle grau unterlegt, und ich konnte mir nicht mal die individualisierten Optionen ansehen. Mehr Leute, mehr Fähigkeiten, höhere Level. Das war es, was wir brauchten.

„Du kannst auch mal um Hilfe bitten, weißt du.“ Evelyn sah mich gar nicht an, sondern starrte hinaus, als wäre sie sicher, dass da draußen irgendetwas Monströses lauerte.

Es war noch dunkel draußen. Mein Sohn und seine neu gefundenen Freunde hatten entschieden, dass sie im Level aufsteigen mussten, um die Aufgaben übernehmen zu können, die sie sich vorgenommen hatten. Ganz zu schweigen davon, dass sie die Leute ausbilden mussten, die er überredet hatte, ähnliche Klassen wie seine eigene anzunehmen. Seine Augen funkelten noch immer wie bei dem kleinen Jungen, der so gerne mit seinem Vater und seiner Mutter Rollenspiel-Games hatte spielen wollen. Damals, vor der Scheidung. Mason war ein großes Baby und manchmal höllisch frustrierend, aber er war nach wie vor einer meiner besten Freunde. Im Moment hätte ich viel dafür gegeben, ihn hier zu haben, um sie gemeinsam beschützen zu können.

„Kira?“ Evelyn klang besorgt.

„Was?“ Ich war müde und erschrak, weil ich sicher war, sie angeblafft zu haben. „Sorry. Ich fühl mich ein bisschen überwältigt gerade.“

„Ich hatte vorhin ein Nickerchen. Vertraust du mir genug, um für ein paar Stunden die Augen zuzumachen und alles Übrige mir zu überlassen?“ Sie war ernst, und ihre Augen sagten mir, dass sie meine wahre Antwort schon kannte, aber dennoch nachfragte. „Ein ganzer Tag ist vergangen. Gestern hast du gar nicht geschlafen."

„Na schön. Vielleicht vertrau ich dir sogar noch ein bisschen mehr, wenn ich wieder normal denken kann."

Ich erhob mich, bevor ich noch länger nachdenken konnte, und machte mich auf den Weg ins Kaufhaus, um mich in eines der Betten fallen zu lassen. Die Matratze war weicher und bequemer als ein Bett überhaupt sein konnte. Wisp rührte sich ein klein wenig und rollte sich an mich. Meine Sorgen verschwanden, sobald mein Kopf das Kissen berührte und die Erschöpfung mich überwältigte.

Kapitel zwölf:
Eine neue Realität

31 Stunden nach Systemstart

Am Morgen des zweiten Tages erschien mir alles schon klarer. Egal wie erschöpft ich gewesen war, sechs Uhr früh war eben meine übliche Aufwachzeit. Es war zwar bewölkt draußen, doch klarer war die Welt in dem Sinne, dass dies nun eben die neue Realität war, und dass daran kein Weg vorbeiführen würde. Aus diesem Traum gab es kein Erwachen. Und der einzige Ausweg schien der Tod zu sein.

„Mum." Wisp trommelte bereits ungeduldig mit dem Fuß. Gestern war sie die ganze Zeit über hier im Center gefangen gewesen, und sie war sonst nicht die Art Kind, das auch nur eine Minute lang stillsitzen kann. Ich konnte förmlich spüren, was jetzt kommen würde.

„Mum, ich kann das auch. Ich kann helfen. Ich bin klein und stark, und ich kann mehr Klimmzüge als du und die meisten Leute hier. Das weißt du genauso gut wie ich."

Ihre Arme waren verschränkt, und Ihre schwarzbraunen Haare waren glänzend gebürstet und zu ihrem streng praktischen Turn-Dutt zusammengebunden.

Noch bevor ich etwas sagen konnte, fuhr sie fort: „Ich will Dad suchen gehen."

Ach, gebrochenes Herz, wie viel schlimmer kann es denn noch werden? Indem ich tief seufzte, nahm ich sie in den Arm. „Dad muntert wahrscheinlich gerade alle mit seiner Gitarre und seinem Gesang auf, wo immer er gerade ist."

Sie beäugte mich skeptisch. „Als ich das letzte Mal mit ihm geredet hab, war er unten an der Küste."

Ihre Stimme zuckte ein wenig, und ich nahm sie noch fester in den Arm. Ihre großen Augen sahen zu mir auf, so als könnte ich das alles irgendwie verschwinden lassen.

„Glaubst du, ihm geht's gut, Mum?" Jetzt war ihre Stimme beinahe ein Flüstern, als hätte sie die Frage lieber gar nicht erst gestellt.

„Ja, Liebling, wie ich deinen Dad kenne, geht es ihm prächtig." Und irgendwie glaubte ich sogar, was ich da sagte – weil mir auch gar nichts anderes übrig blieb.

„Na gut. Aber du lässt es mich wissen, sobald wir es sicher wissen." Trotz ihres Alters wusste sie natürlich, dass das gar nicht möglich war. Dafür war er viel zu weit weg. „Und in der Zwischenzeit, behandle mich nicht wie ein kleines Kind. Ich bin zäher, als ich aussehe."

Damit hatte sie nicht unrecht. „Ich verspreche es. Wir setzen uns zusammen hin und gehen durch, was wir für dich ausgewählt haben. Das System schreibt dir keine Klasse oder Attribute zu, weil du zu jung bist. Also hab Geduld, okay?"

„Im Ernst?" Sie schnaubte und verdrehte halb die Augen. „Ich brauch keine Superkräfte von irgendeinem System. Die hab ich schon. Ich kann über jedes Hindernis springen, das du mir in den Weg legst, mit Salto, oder wie ein Ninja drüberklettern. Ich passe in Löcher, wo ihr anderen nicht durchkommt. Ich bin nicht wie Kylie. Schließ mich nicht aus!"

Ah, ja richtig. Sie hatte gestern ja den ganzen Tag die Fünfjährige an der Backe. Kylies Mum kämpfte noch immer gegen das Gift in ihrem Körper an. Ich war mir sicher, dass sie sterben würde, aber im Moment sah ich auch alles ziemlich schwarz. Kylie sah Wisp an mit Sternen in den Augen.

„Okay. Ich verspreche, ich schließe dich nicht aus. Und falls sich eine Situation ergibt, in der wir deine Fähigkeiten brauchen, werde ich es nicht verbieten, nur weil du mein kleines Mädchen bist." Diese Worte waren schwerer auszusprechen, als ich gedacht hätte, doch mein Kopf war klar. Der Schlaf hatte mir gut getan. „Außerdem. Jackson und ich haben uns gestern Abend für ein paar schützende Boni entschieden. Du bist jetzt schon viel sicherer als gestern."

„Kleinfingerschwur, Mum. Den darfst du nicht brechen." Sie nickte, als sei sie achtzehn, nicht acht. „Und Mum, ich bin fast neun, vergiss das nicht!"

Ich sah hinterher, als sie davonmarschierte und sich wieder um Kylie kümmerte. Fast neun. Klar, sieben Monate war mehr oder weniger ‚fast'.

„Sie ist so erwachsen."

Ich wandte mich um und sah Jackson, der hinter mir stand, die Augen vor Aufregung dermaßen leuchtend, es war nicht zu übersehen, dass ihm eine Neuigkeit auf der Zunge brannte.

„Sag schon. Bevor du noch explodierst. Das Gebäude hier brauchen wir noch."

Er lachte und zog etwas hinter seinem Rücken hervor. Die Vorrichtung sah irgendwie aus wie eine Batterie. Aber eher wie eine Autobatterie. Daran angeschlossen war ein einfacher Propeller.

Er biss sich auf die Lippen und drückte auf einen Knopf, woraufhin sich der Propeller zu drehen begann. Dabei glühte die Batterie in der hübschen hellen Farbe des Mana auf, und ich lächelte. Es war eine kleine Errungenschaft, aber ein guter Anfang.

„Sieht so aus, als sei der Techzard eine gute Wahl gewesen.“ Mein Lächeln war aufrichtig, und ich ließ mich nicht davon beirren, dass es noch jede Menge zu organisieren gab.

Ich hatte Glück, denn meine Kinder waren noch am Leben. Viele dieser Leute, wie zum Beispiel Dale, hatten ihre Angehörigen verloren, und das vor kaum sechsunddreißig Stunden. Partner, Kinder, Eltern. Da konnte man leicht in Verzweiflung verfallen, und obwohl meine Situation auch scheiße war, so hatte ich doch um so viel mehr Glück gehabt.

Jetzt musste ich nur dafür sorgen, dass es auch so blieb. Ich musste dafür sorgen, dass alle in Sicherheit waren.

Hallooooo mein Mantra.

„Handwerk ist ziemlich cool, ich bin auch schon im Level aufgestiegen. Nicht so viel wie beim Töten von den ganzen Dingern, aber hey, wenigstens nicht lebensgefährlich. Das dürfte dich freuen, Mum.“ Er grinste mich an, und ich konnte es mir fast nicht verkneifen, ihm eine Kopfnuss zu verpassen.

Frecher kleiner Zwerg.

Dann betrachtete er mich misstrauisch, als hätte er meine Gedanken gelesen. „Ich brauch allerdings noch ein paar Levels. Mir fehlen einige der Fertigkeiten, von weiter oben in meinem Baum. Die meisten von uns arbeiten an den Infusionselementen, aber wir müssen schleunigst stärker werden.“ Eine Sekunde lang legte er die Stirn in Falten, und ich wusste, dass er im Kopf irgendetwas berechnete. „Ich meine … was auch immer das ist, es wird nicht warten, bis wir stark genug sind. Fair Play ist nicht gerade sein Ding."

Damit hatte er auch recht. *Sehr* recht.

„Wie viele Leute haben Techzard gewählt?", fragte ich und gab mir Mühe, so beiläufig wie möglich zu klingen. Schließlich war es Jacksons Projekt.

„Na ja, technisch gesehen nur einer, aber es gibt noch drei sehr ähnliche Klassen, wie es scheint, und von denen haben wir zwei." Er hielt inne und betrachtete mich, und ich wusste, dass da noch was kam. „Es wäre super, wenn wir abwechselnd draußen auf Patrouille gehen könnten, um unsere Technik zu testen und außerdem ein bisschen hochleveln könnten, während die anderen zurückbleiben und auf andere Art aufsteigen."

Er war entschlossen. Ich spürte, wie sich mein Magen verkrampfte. Den mütterlichen Drang, ihn zu schützen und abzuschirmen. Er mochte ein Teenager sein, doch er war nach wie vor mein kleiner Junge. Nicht, dass ich das laut ausgesprochen hätte. Er hätte mich wohl nicht gerade dafür gekillt, aber so eine Aussage hätte ihn bestimmt mächtig sauer gemacht.

Also rang ich das Gefühl nieder. Genau wie bei jedem Mal, wenn er auf ein Gerüst oder einen Baum geklettert war, auch wenn er sich dabei den verdammten Arm brach. Ein Teil der Aufgabe als Eltern – zumindest von guten Eltern – bestand darin zu lernen, wann man loslassen und ihnen ihre eigenen Fehler zugestehen muss.

„In Ordnung. Aber nur, wenn dich die einzelnen Gruppen auch mitnehmen wollen. Und du musst mehr helfen als im Weg stehen, verstanden?“ Ich sprach so streng ich konnte, um ihm möglichst klarzumachen, wie ernst das alles war. „Wenn nicht, werden wir auf die handwerkliche Erfahrung setzen müssen, bis ihr alle auf einem höheren Level seid, klar?“

Jackson lächelte nur. „Du bist die Beste, Mum.“

Und schon rannte er davon zu seiner kleinen Gruppe, die bereits in dem kleinen Spielzeugladen gegenüber saß, und gestikulierte wild mit den Armen vor seinen Freunden herum. Von dort hatten sie vermutlich ihre ganzen Kabel und ihr Material geklaut.

„Er scheint sich ja gut anzupassen.“ Dale saß bereits an meinem üblichen Tisch, als ich endlich auch dort ankam.

„Er ist ein halbstarker Junge. Das hier ist wie ein wahr gewordener Traum für ihn. Videospiele als Lebensinhalt.“ Ich seufzte und ließ den Blick umherschweifen, um auch Wisp ausfindig zu machen.

Sie saß bei Kylie und ein paar von den etwas älteren Mädchen, die gestern Abend mit uns reingekommen waren. Ich machte mir deshalb keine großen Sorgen. Wisp konnte gut für sich einstehen, besonders jetzt mit ihrem Dermalpanzer, aber beschützen wollen durfte ich sie ja wohl trotzdem. Vielleicht hätte ich als Bonus besser einen Tracker für die Kinder wählen sollen, oder so. Hinterher wusste man alles besser.

„Darren scheint sich auch gut zu machen.“ Für ein paar Sekunden schienen Dales Augen etwas zu sehen, das nicht da war, und sein Ausdruck veränderte sich gerade genug, um den Abgrund der Trauer darin erkennen zu lassen.

Er fühlte sich verlassen. So vieles hatte er verloren. Ich konnte nicht anders, als mir zu wünschen, etwas für ihn tun zu können. Aber ich konnte nicht. Nichts würde sie je zurückbringen können … es gab kein Erwachen. Dies war unsere neue Realität.

„Er passt sich an. Er ist jung, und wir haben hier noch ein paar andere Teenager. Und es werden bestimmt noch mehr werden." Ich schwieg und beobachtete Dale stumm, wie er seine Umgebung verdaute, und ich versuchte es mit weiteren aufmunternden Worten. „Das heißt nicht, dass er nicht traurig wäre. Es bedeutet nur, dass er auf seine eigene Art damit umzugehen versucht."

Dale wandte sich mir zu und schaute mich lange einfach nur an, bevor er nickte. „Du hast wahrscheinlich recht. Es wird noch Zeit zum Trauern. Nur eben nicht jetzt."

Natürlich hatte ich recht. Menschen und Pflanzen waren sich da ähnlich. Pflanzen wuchsen auf ihre Art über jedes Hindernis hinaus, und Menschen nutzten Hindernisse ebenfalls, um daran zu wachsen … meistens.

Das sagte ich ihm allerdings nicht so. „Die Zeit wird kommen."

Ich schloss für einen Moment die Augen und fühlte in meinen Kopf hinein. Suchte nach dem einen Ding, das mir immer sagte, dass Kyle da war, auch wenn wir nicht zusammen waren. Seit wir Kinder waren, hatte ich mich nie um ihn gesorgt, es sei denn, jene Stelle warnte mich irgendwie. Ich wusste immer, wenn er Schmerzen hatte oder litt … oder auch einfach nur traurig war.

Na also. Da war es. Kyle lebte. Ich hatte einfach nur keinen blassen

Schimmer, wo verdammt noch mal mein Zwilling sich aufhielt. Doch für diese Gedanken war jetzt nicht der richtige Zeitpunkt. Auf der ganzen Welt waren so viele Leben erloschen, wir mussten uns einfach zusammenreißen und diese Scheiße besiegen, bevor sie uns alle umbrachte.

Ich würde nicht zulassen, dass unsere Spezies ausgelöscht wurde.

❖

Sture Menschen, auch wenn ich selbst dazu gehörte, fand ich ziemlich schwierig. Mein Blick war also finster, als Dale und ich mit einer kleinen Gruppe der Überlebenden zu sprechen versuchten, die wir am Vortag hergebracht hatten.

Sie hatten ihre Klassen nicht schnell genug gewählt, sodass das System ihnen, nachdem es bereits einen vollen Tag aktiv war, einfach welche zugeteilt hatte. Und nun wollten uns die Leute nicht mal sagen, was sie waren. Jetzt wollten wir sie wenigstens überzeugen, dass sie unbedingt ihre Boni setzen mussten, bevor sie die auch noch verloren.

„Warum sollen wir überhaupt auf euch hören, hm?"

Jason war fast zwei Meter groß. Er war massig wie ein Rugbyspieler und stand mit verschränkten Armen da wie eine unüberwindliche Mauer. Ich spürte es allerdings genau, er war weder so mächtig noch so selbstbewusst, wie er sich gab. Dank der guten alten Wahrsagerei konnte ich manche Lügen eben zehn Meter gegen den Wind riechen. Er hatte Angst. Nicht nur um sich selbst, sondern auch um seine Freundin und seine Kumpels.

Und er war jung genug, um sich deshalb wie ein Trottel zu verhalten.

„Es geht nicht ums Hören. Es geht darum, dass ihr euch hinstellt und eure Situation anseht, woraufhin euch klar werden dürfte, wie wir unsere Überlebenschance am besten steigern." Ich ging gemeinsam mit Wisp zu ihm hinüber. Menschen mit kleinen Kindern wirkten weniger bedrohlich. Ja klar, ich benutzte meine Tochter als Werkzeug. Sie wusste auch ganz genau Bescheid und lächelte so zuckersüß, wie sie nur konnte.

Jason funkelte böse, die Kiefer fest zusammengebissen, doch er zögerte, so als hätte er sich gerade gedacht: „Du bist nicht meine Mum" wäre vielleicht *doch* nicht die beste Antwort. Nun schob sich seine Freundin vor ihn. Ihr Gesicht war blass und ihre dunkelbraunen Haare unterstrichen das nur noch mehr.

„Tut mir leid. Er macht sich einfach Sorgen um uns." Ihr Name war Cherry, und sie war niedlich, zierlich, und wie ich gerade erst erkannte … außerdem schwanger.

Oh, das wurde ja alles immer besser und besser. Ich sog Luft ein, hoffte, dass niemand mein Erstaunen bemerkte, und versetzte ihr ein aufmunterndes Lächeln. Pflanzen. Ich wollte mich einfach nur unter einen Baum setzen und durchatmen. Dann wären alle meine Probleme verschwunden.

„So geht es uns allen auch. Wir wollen in Sicherheit sein. Aber das ist alles komplett neu … was auch immer es überhaupt ist, und ich für meinen Teil möchte so viele Menschen wie nur möglich retten. Also, Cherry, bitte? Könnt ihr mir nicht sagen, welche Klassen ihr gewählt habt?“

Es missfiel mir, dass ich betteln musste, doch meine Analyse-Fähigkeit hatte bei ihnen nicht richtig funktioniert, also blieb mir nichts anderes übrig.

Sie zögerte, dann errötete sie, und da wurde mir klar, weshalb Jason so unkooperativ war. „Wir haben nicht gewählt, also haben wir einfach Klassen bekommen, und … wir dachten, vielleicht ist das irgendwie ein Terroranschlag oder irgendeine Form von Sabotage. Vielleicht ein Stromausfall … Ich meine, das kann doch kein Spiel sein, oder?“

Sie verstummte, und ihr Gesicht nahm eine Traurigkeit ein, die sich wie ein Schlag in die Magengrube anfühlte.

„Ja. Ich weiß schon, wie das aussieht.“ Ich seufzte. „Aber das System ist wirklich aufgebaut wie in einem Spiel.“

Jason knurrte. „Wie Rugby League Live ist das hier aber nicht. Ich bin ein schwerer Linieninfanterist. Was immer das sein soll.“

Mir Mühe gebend, keine Grimasse zu schneiden, nickte ich einfach. Bei seinem Körperbau kam das nicht schlecht hin, und ich wandte mich Cherry zu, die sich nun endgültig in ihr Schicksal gefügt zu haben schien. „Und du?“

„Ich bin Schneiderlehrling.“ Sie hob die Achseln, so als fehlte ihr jeder Anhaltspunkt.

Na, immerhin konnte Cherry mit ein bisschen Handwerk leicht im Level aufsteigen, anders als ihr Partner. So war sie jedenfalls eher zu Hause in Sicherheit, sobald wir herausgefunden hatten, welche geplünderten Gegenstände sie sinnvoll einsetzen konnte.

Wow. Ich begann langsam echt zu denken wie eine Gamerin.

Ich bemühte mich um einen möglichst sanften und beruhigenden Ton. „Jackson versteht von uns allen am besten, wie das hier alles läuft. Er wird euch helfen, die richtigen Boni auszuwählen, mit denen ihr euch besser schützen könnt. Ich gebe euch in seine fähigen Hände."

Jason schaute schon wieder störrisch, doch Cherry versetzte ihm einen Blick, und der Rest ihrer Freunde fügte sich ebenso. Immerhin, besser als nichts.

Sechzehn Leute, die keine Klassen gewählt und dafür welche automatisch vom System zugewiesen bekommen hatten. Die meisten von ihnen waren jung, außer zwei Pärchen im mittleren Alter. Die waren ein paar Jahre älter als ich. Selbst war ich noch nicht so weit, mich als Frau im mittleren Alter zu bezeichnen. Ich verstand diese Leute nach wie vor nicht. Man konnte die ganzen blauen Fenster ja gar nicht ignorieren, selbst wenn man sie ständig minimierte.

Ich hoffte mal, dass es sich hier nur um einen Sonderfall handelte, und dass es nicht die Regel war, dass nur achtundsiebzig Prozent der Leute ihre Klassen eigenständig gewählt hatten. Ich konnte nur hoffen, dass wir möglichst viele einsammeln konnten, bevor der Timer für ihre Boni ablief. In unserer derzeitigen Lage waren sie unverzichtbar.

Einige waren auf dem Weg herüber bereits im Level aufgestiegen. Die eine oder andere aufgedunsene Ratte, kriechende, schneckenartige Kakerlaken. Die Erinnerung daran ließ mich schaudern. Ray war großartig und hatte sich bereits daran gemacht, Barry zu unterstützen. Er hatte gerade Level 4 erreicht, war also schon mehr Profi als die meisten anderen. Die beiden passten fantastisch zueinander. Barry mit seiner einladenden, automatisch sympathischen Persönlichkeit und Ray mit seinem Super-Selbstbewusstsein. Gemeinsam bereiteten sie allen einen guten Empfang und ließen sie daran glauben, dass wir vielleicht doch nicht alle sterben mussten.

Wir hatten gestern eine Kriegerin und einen Kleriker eingesammelt, die offensichtlich einiges an Erfahrung mit RPGs hatten und sich beide auf Level 3 befanden. Auch wenn ihre Klassennamen nicht wirklich klassisch klangen, ging es letztlich ungefähr in diese Richtung. Die übrigen waren irgendwelche Zauberer, Messerstecher oder Flüchter, die ich nicht verstand. Jackson schien's zu kapieren.

Wenn wir Evelyn mit einer Gruppe losschickten, und Dale mit einer zweiten, dann standen die Chancen gut, dass wir weitere Überlebende einsammeln würden. Aber ich musste auch dafür sorgen, dass genügend Leute hier zu Hause blieben. Wie kam es bloß, dass ich dieses verlassene Einkaufszentrum schon jetzt als Zuhause bezeichnete?

„Mum?“ Jackson zupfte an meinem Arm, und ich begriff, dass ich wohl in Gedanken versunken war.

„Tschuldigung. Was?“ Ich blinzelte in an, tausend Gedanken kreuz und quer im Kopf, darunter auch die Beobachtung, dass in seinen Augen blaue Linien an Energie tanzten. Ich musste diese Mana-Wahrnehmung in den Griff kriegen, sodass sie mich nicht ständig aus dem Konzept brachte.

„Also … ähm, du kannst doch meine Fähigkeiten sehen, stimmt's?“, fragte er.

„Ja, aber ich hab mir bisher nur deine Klassenfertigkeiten angesehen.“ Ich gestand es besser gleich ein, damit er mir ohne

Umschweife von dem Tech-Ding erzählte, das er mir unzweifelhaft erklären wollte. So gut kannte ich meinen Sohn.

Er verdrehte die Augen auf diese Art, die sagte: „Oh mein Gott, Mum", wie es nur Teenager hinkriegen, und holte tief Luft.

„Nach meinem letzten Levelaufstieg, glaube ich, dass ich helfen kann … die Energie in so eine Art Container zu verfrachten. Ich meine, also, sie treibt ja hier alles an, stimmt's?" Die Energie mutierte die Erde und uns selbst und alles um uns herum. Sie ist also eine Quelle. So eine Art Strom. So hab ich auch das mit der Batterie gemacht."

Er hielt kurz inne, so als versuchte er selbst zu verstehen, was er mir erklären wollte, um es irgendwie in für Mutti verständliche Worte zu fassen.

„Die Fähigkeit heißt wortwörtlich Mana-Ermächtigung. Also. Ich möchte ersuchen, hierzubleiben, anstatt auf Patrouille zu gehen, damit ich ein paar Dinge ausarbeiten kann." Er zögerte, und ich sah, dass er unsicher war, ob er die nächste Frage stellen sollte oder nicht. „Wäre es okay, wenn ich Leute anleite, die ähnliche Klassen haben wie ich? Einige der jüngeren Jungs haben Tech-mäßige Sachen gewählt. Wir sind vielleicht in der Lage, manche Dinge in Gang zu setzen, um uns ein bisschen Stabilität zu verschaffen. Zum Beispiel Kühlschränke, Beleuchtung, Klimaanlage und so. Also, ich weiß nicht, wie lange das dauern würde, aber ganz alleine kann ich es definitiv nicht."

Ich sah ihm beim Sprechen zu, wie er auflebte, wie sein vollkommener und ungezügelte Enthusiasmus hervortrat, wenn er davon erzählte, welche Ideen er hatte und was er alles basteln wollte. Mein kleines Technikgenie. Und wie er sich an diese Welt anpasste, die gar nicht existieren sollte. Eine Albtraumwelt, aus der ich noch immer irgendwie zu erwachen hoffte. Er hatte einen Weg gefunden, etwas zu unternehmen, ganz anders als die meisten.

„Mach das. Ich habe keinen Zweifel, dass es noch andere gibt, die solche Dinge genauso lieben wie du. Am besten umgibst du dich mit Menschen, die etwas gerne tun, anstatt sich mit Händen und Füßen dagegen zu wehren. Wenn du denkst, dass es klappt, dann vertraue ich dir.“ Mir wurde klar, dass ich nicht bloß elterliche Floskeln von mir gab. Ich war aufrichtig stolz auf ihn, und ich hatte Vertrauen in seine Intelligenz, wenn er daran glaubte, dass er das schaffen konnte.

„Danke, Mum.“ Er gab mir eine sehr rasche Umarmung und sauste zurück zu der Gruppe, mit der er sich zuvor beraten hatte.

Mein Junge stellte sich der Herausforderung. Und es war an der Zeit, dass wir alle es ihm gleichtaten.

Kapitel dreizehn: Eine neue Ordnung

36 Stunden nach Systemstart

Ich stieß mich vom Tisch hoch. Ich hatte den Überblick darüber verloren, wie lange wir schon hier saßen und diskutierten. Sollten diese Treffen weiterhin hier stattfinden, würde das nicht mehr lange mein Lieblingsplatz für einen Kaffee bleiben. Außerdem war ich ziemlich sicher, dass die Kids hier bald alles übernehmen würden, zumal der Indoor-Spielplatz gleich nebenan lag.

Außerdem würde ich bald eine Expedition in einen der Supermärkte starten müssen und mehr Dosenfutter besorgen. Ich verbrauchte viel zu viel.

Gemma, Jules und Evelyn waren unterwegs auf der Suche nach Leuten. Ihre Unterstützung hätte ich echt gut gebrauchen können. Eine Reihe unserer Garden-City-Neuzugänge waren unzufrieden mit den Umständen. Sie dachten, das alles sei nur ein ausgeklügeltes Komplott, das die Regierung sich ausgedacht hatte. Sie dachten, es sei nur Theater, und sie sahen nicht ein, weshalb sie hier drin bleiben sollten – hier bei uns in unserer sicheren Zone. Die Wahrscheinlichkeit, dass wir sie bei unserer Rückkehr nicht mehr hier vorfinden würden, war recht hoch.

Und es lag mir auf der Zunge, sie einfach zum Teufel zu jagen und sie selbst klarkommen zu lassen. Aber sie wollte noch nicht mal ihre Boni wählen. Ihre Klassen waren allesamt auf Grundlage ihrer Jobs gewählt worden, und nachdem viele von ihnen hier im Center gearbeitet hatten, standen ihre Überlebenschancen wohl nicht gerade gut.

Sie jetzt einfach so gehen zu lassen, wäre wie Vögel in der Wildnis auszusetzen, bevor sie flügge waren. Auch wenn diese Leute darauf bestanden, nicht bei den Tracking-Methoden mitzumachen, die wir bereits einsetzten. Dummheit war einfach nicht zu heilen, wenn man willentlich ahnungslos bleiben wollte.

Entweder würden sie sich mit der Zeit überzeugen lassen, oder sie wurden eben Teil der Sterbestatistik.

„Jackson." Ich rief seinen Namen und zwang mich in eine bessere Stimmungslage. Der Klang hallte durch das größtenteils leere Einkaufszentrum und klang dabei schauriger als gewünscht. Er kam aus der Werkstatt, die Stirn sorgenvoll in Falten gelegt. Ich durfte mich echt nicht beschweren, seine Teenagermomente traten nach wie vor selten und mit großen Abständen auf. „Willst du immer noch, dass deine Schüler rausgehen und sich ein paar Levels verdienen?"

Ich gab mir Mühe, die Angst in meiner Stimme nicht allzu hörbar zu machen. Hatte er nicht erwähnt, selbst gar nicht unbedingt rausgehen zu wollen? Es gab einen Bereich nahe der Kreuzung von Kessels und Logan Road, der sich als schwer passierbar erwies. Das Mana hatte es mit den Tieren dort nicht gut gemeint, also hatten wir zwei Teams aufgestellt. „Wir können zwei von euch mitnehmen."

Er nickte, und seine Begeisterung war sofort greifbar. Er musste sich einkriegen, sonst würde er mir noch einen Herzinfarkt verpassen. Letztlich nahmen wir ihn und einen Jungen namens Galen mit. Kein Name, für den ich mich entschieden hätte, wobei, ich selbst hatte meine Tochter Whisper genannt, weil es mir nach ihrer Geburt so vorkam, als würde sie mir zuflüstern, ob ich also wirklich in der Position war, die Namensentscheidungen anderer Leute zu beurteilen?

Lieber hätte ich Evelyn und ihre bewährten Bogenfähigkeiten samt ihrem mächtigen Selbstbewusstsein dabeigehabt, von dem ich mir immer eine Scheibe abschnitt. Aber sie war nach wie vor draußen unterwegs mit Gemma und Jules, also blieben mir nur Molly und Sange.

Molly, unser zierlicher und unerbittlicher Tank, die so gar nicht wirkte, als sollte ihre Klasse so heißen, vermittelte mir auch irgendwie ein Gefühl der Sicherheit. Sange mit theys wortkarger Art und der geschickten Heilkunst machte das Duo zu einer guten Begleitung, auf die ich wohl noch öfter zurückgreifen würde.

Wir schleppten auch noch Mark und Tasha mit uns. Sie gehörten zu den Neuzugängen der gestrigen Missionen. Gefunden hatten wir sie mit blutverkrusteten Wunden unterwegs auf der Straße, nachdem sie sich aus ihrem Wagen geschält hatten, der sich zuvor um eine Ampel gewickelt hatte.

Sie waren ein junges Paar und würden bestimmt heftig kämpfen, allein schon um einander zu beschützen. Tashas Klasse schien so etwas wie eine Spellsword-Magierkriegerin zu sein, was vermutlich etwas mit magischen Nahkampffähigkeiten zu tun hatte? Vielleicht?

Marks Klasse ähnelte wohl jener von Gemma, Tarnkappen und Dolche, Attacken mit hohem Schadenswert – oder zumindest dem Potenzial dafür, sobald er mal über Level 4 oder so angekommen war. Die beiden hatten bisher nur durch Glück überlebt.

Darren schloss sich ebenfalls an, auch wenn Dale offensichtlich seine Einwände hatte. Dennoch war ihm klar, dass sein Sohn zum Überleben Erfahrung sammeln musste, und wir blieben ohnehin recht nahe beim Eingang zur Zone.

Ich würde ein Auge auf den Jungen halten. Sein einziges verbliebenes Kind zu verlieren, würde Dale nicht überleben, und ganz ehrlich, im Moment hatten wir außer ihm keinen wirklichen Sanitäter. Das klang vielleicht zynisch, aber wir brauchten ihn. Magie war eine Sache, aber dass er auch wirklich wusste, was er da tat, war unbezahlbar.

„Kommt schon, Leute. Wir haben nicht den ganzen Tag Zeit." Ich hatte das Gefühl, dass die Uhr tickte, unabhängig davon, ob wir uns in einer neuen Realität befanden oder nicht – wir durchlebten mehr oder weniger eine Invasion. Und angesichts der schieren Abwesenheit von Menschen, die von sich aus zu uns kamen, mussten die meisten von ihnen sich versteckt halten oder aber bereits tot sein.

Das System hatte uns keine Beschilderung oder sonst irgendetwas vergönnt, womit wir unsere sichere Zone hätten kennzeichnen können. Es bestanden einfach gewisse Einschränkungen innerhalb ihrer Grenzen. Sichere Zonen schienen Orte zu sein, an denen das Mana nicht wild wachsen konnte, so zumindest sagte es mir mein Mana-Sinn.

Mana war eine seltsame Angelegenheit.

Ich übernahm die Führung, während ich in Gedanken meine eigenen Fähigkeiten durchging und mir insbesondere überlegte, wie genau ich meine Barrikade besser einsetzen konnte, um uns zu schützen. Und auch dieses Blut-Ding. Obwohl das im Moment wohl nur mir etwas half. So etwas hatte ich noch in keinem Spiel bisher gemacht.

Doch diese ganze Sache mit der Mana-Wahrnehmung war wirklich hübsch, besonders wenn wir außerhalb der sicheren Zone Halt machten. Ich konnte das Land unter meinen Füßen spüren, fühlen, wie die Tiere beeinflusst wurden, und den Unterschied in der Luft schmecken. Es vermittelte mir ein Gefühl von Zugehörigkeit, genau wie immer, wenn ich Zeit in der Natur verbrachte, sie untersuchte, sie verstand und sah, wie und warum sie wuchs.

Wem wollte ich etwas vormachen? Diese Klasse war perfekt für mich. Den Wandel in der Erde zu verstehen, was das Mana bedeutete, und wie das alles ineinandergriff? Auch wenn ich diese Klasse nicht hätte, wäre ich ständig darum bemüht gewesen, das alles zu verstehen.

Der Parkplatz war größtenteils verwaist, abgesehen von ein paar nun nutzlos gewordenen Fahrzeugen. Ich sah ein paar der großen Eukalyptusbäume draußen nahe der Straße, und wusste gleich, dass sie nicht mehr zur sicheren Zone gehörten. Ich beschleunigte mein Tempo, verfiel in lockeren Laufschritt und bemerkte plötzlich, dass die Schmerzen in meinem Knie verschwunden waren. Ein Überbleibsel aus meiner Volleyballzeit in der Highschool, und ein konstanter Schmerz, mit dem ich schon viel zu lange zu leben gelernt hatte. Was hatte das System sonst noch bewirkt? Und wie viel mehr konnte es noch?

Als wir uns den Bäumen näherten, begriff ich erst, dass hier viel mehr Kreaturen unterwegs waren, als ich gedacht hatte. Nagetiere in systemgetreuer Größe, einige jener vermaledeiten fliegenden Kakerlakendinger, mit denen wir es bei der ersten Begegnung zu tun hatten. Ein paar riesige Hunde und Katzen, die um die Fülle an zerknautschten Autos auf der Straße herumschlichen. Der Anblick der

Kreuzung war einfach nie erfreulich …

Die Autos waren ineinander gekracht, in Ampeln und Gebäude drüben auf der anderen Straßenseite. Der gestrige Tag war nicht gerade glühend heiß gewesen, aber unsere Herbsttage hier waren nicht gerade das, was man andernorts kühl nennen würde. Nach sechsunddreißig Stunden Tod konnte man die Leichen jedenfalls allmählich riechen.

Ein sachtes Wabern vielleicht, aber wahrnehmbar unter dem Geruch von Benzin, der sich auf der Straße breitmachte. Und begleitet vom Geräusch von dem Fleisch, das jene Nager und ehemaligen Haustiere gerade zerkauten. Eine Dystopie, wie sie im Buche steht. Gott, wie sehr ich mir wünschte, es wäre alles nur Fiktion gewesen.

Sange blieb neben mir stehen und sah sich um, bevor they sprach. „Wir müssen zusammenbleiben."

Weise Worte. Ich nickte, und they erhob theys Stimme. „Wir müssen zusammenbleiben. Teilt euch unter keinen Umständen auf."

Sange fiel es leichter, Befehle zu geben, wenn they mit niemandem Augenkontakt herstellen musste. Ich machte mir im Geiste eine Notiz für später, doch meine Gedanken wurden abrupt unterbrochen, als die fliegenden Angreifer sich auf uns stürzten.

Gottverdammte Würgekrähen.

Schon mal eine gesehen? Krähen mögen doch alles, was glänzt? Und Würgekrähen sind eben wie normale Krähen auf Koks. Würgekrähen stehen auf glänzende Sachen, unter anderem auch auf Augen. Noch mehr stehen sie auf glänzende Sachen, wenn sie gerade ihre Nester bauen, ach was, eigentlich immer.

Würgekrähen.

Die schwarz-weißen Vögel sind mittelgroß und verfügen über Sturzkampffähigkeiten, die jedem Stukapiloten zu Ruhm und Ehre verholfen hätten. Sie sind gefährlich. Ihre Schnäbel können hübsche Haarklammern abreißen, Haargummis, Haarnadeln, Ohrringe, Kopfhaut, Haare, Ohren, Augen … einfach alles.

Und jetzt stelle man sich diese Viecher auf Steroiden namens Mana vor, und schon hat man eine Albtraumkrähe vor sich. So lautete mein Name für sie, und ich würde sie von nun an AK nennen, ganz egal, was das System sagte.

Sobald sie uns gesehen hatten, griffen sie auch schon an. Sie tauchten ab, aufgeteilt in Paare oder allein, während sie uns umkreisten. Darrens Sturmwind half, ihre Zielgenauigkeit zu stören, und einer der Vögel landete auf Mollys Schwert. Der Wind stieß die übrigen zurück, während wir anderen diejenigen bekämpften, die in der Nähe geblieben waren, doch wir trafen kaum.

Dann sammelten sie sich neu und zogen einen Kreis, bevor sie sich auf Ästen oder Dächern niederließen, mit den Flügeln flatterten und kreischten.

Es vergingen einige Sekunden, in den wir einander musterten. Ich musste mich dazu zwingen, regelmäßig zu atmen, nicht zu vergessen, Sauerstoff einzusaugen, ohne dabei zu hyperventilieren. Noch nicht. Und dann, wie auf ein unausgesprochenes Kommando, griffen sie an. Nicht nur die Krähen, sondern das ganze übrige Pack ebenfalls, jene Kreaturen, die sich entschieden hatten, sich größere, dümmere Ziele zu suchen.

Australien ist ja bestens bekannt für seine, sagen wir mal

„farbenfrohe“ Fauna. Das System hätte unseren Kontinent einfach in Ruhe lassen sollen, doch das Mana und unsere ortsansässige Tierwelt vertrugen sich wie ein Waldbrand und ein Wirbelwind. So war es eben.

Krähenschnäbel wie aus gehärtetem Stahl.

Molly stellte sich an unsere Spitze, den Kiefer entschlossen angespannt, als sie ihren Schild hoch über den Kopf hoch und eine Fähigkeit aktivierte, durch die sich der Schutzradius auszudehnen schien. Der Schirm, den sie so schuf, sandte elektrische Funken aus und brutzelte sämtliche Vögel knusprig, die sich auf weniger als einen halben Meter heranwagten. Sie gab den Tank, während wir übrigen uns anschickten, die Keulen und Schwerter zu schwingen, je mehr Viecher uns angriffen.

Jackson und Galen warfen Lichtkugeln in die Luft, um die Flieger zu verscheuchen und gelegentlich einen von ihnen in Brand zu stecken, doch das brachte uns nur eine kurze Atempause, eine Lücke in der Masse, die sich auf uns stürzte.

Aber immerhin, wie bereits erwähnt, liebten Krähen alles Glänzende, sodass sie sich als Nächstes bereitwillig auf die Lichtkugeln stürzten. So waren sie wenigstens abgelenkt.

So konnten wir anderen unsere Treffer anbringen.

Krähen waren allerdings nicht dumm. Sobald sie merkten, dass die Kugeln schmerzhaft waren, zogen sie sich zurück und überließen es den Kakerlaken, sich von den Jungs und Mollys Schild braten zu lassen. Sie warteten, bis die Nager aufgespießt und zerknüppelt waren, bevor sie sich wieder auf uns stürzten.

Ihre Schnäbel schlugen sich in unsere Arme und unsere Gesichter, und wir versuchten uns verzweifelt zu schützen. Ihre Klauen rissen streifenweise Haut von unseren Schultern und Köpfen, als sie vorüberflogen und wieder abhoben. Und wenn mal eine auf dem Boden landete, mit gebrochenem Flügel oder versengten Federn, hopste sie einfach weiter rum und pickte an unseren Füßen.

Bei näherer Betrachtung waren ihre Flügel länger und die Tiere überhaupt insgesamt größer als gewöhnlich. Alles an ihnen, darunter auch ihre Krallen und die Federn waren verstärkt.

Nach dem ersten Ansturm beschwor ich meine Erdbarrikade hinter uns herauf, sodass uns wenigstens nichts überraschend in die Flanken einfallen konnte. Ich verpasste ihr eine Krümmung, zog sie auch vorne herum und sorgte dafür, dass die flugunfähigen, bodengebundenen Angreifer einen für uns besser zu kontrollierenden Weg einschlagen mussten.

Sange war eine fähige Klerikerperson. They hatte sämtliche unserer Wunden im Griff, trotz der heftigen Schäden, die Molly, Mark und Tasha einstecken mussten. Theys Heilzauber tauchte uns alle in Licht und versorgte unsere Verletzungen, badete uns in „heilender Aura", so berichtete es mir jedenfalls meine Analyse. Ich hoffte, they hatte genug Mana, um so weiterzumachen.

Die Neuen waren beide Nahkämpfer. Marks Klasse hieß Säbelrassler, nicht genau das gleiche wie Gemma also, aber ziemlich ähnlich. Die von Tasha lautete tatsächlich Magierkriegerin und entstammte einer Alienrasse, die ich nicht aussprechen konnte. Sie verwendete Zaubersprüche und ein Küchenmesser, das sie für meinen Geschmack viel zu dicht an unsere Angreifer heran zwang. Ich hatte keine

Ahnung, wo Mark ein richtiges, funktionierendes Schwert aufgetrieben hatte.

Ich? Ich zapfte mir mit dem Bluttransfer eine AK an, und auch wenn die Kreatur dadurch mich scheinbar noch mehr ins Visier nahm, half es mir, meinen eigenen Blutverlust zu kompensieren, während die Gesundheit des Vogels immer weiter sank und ich Sange so etwas entlasten konnte, weil they sich mehr auf die Heilung der anderen konzentrieren konnte. Immer mal wieder rief they eine Zahl aus, und sie wurde immer niedriger, weil theys Mana sich rapide entleerte.

Theys noch verbleibenden Heilzauber erfüllten mich nicht gerade mit Hoffnung. Mein bemitleidenswerter Baseballschläger war abgesehen vom Bluttransfer das einzige, womit ich Schaden anrichten konnte.

Andererseits erzeugten die Krähen ein befriedigendes Knackgeräusch, wann immer sie auf einen Baseballschläger aus Metall trafen. Musik in meinen Ohren.

Während ich zusah, wie beim Ausholen das Blut nur so vom Ende meines Schlägers spritzte, musste ich daran denken, dass wir im Center ja immerhin eine umfangreiche Auswahl an Sport-Equipment zur Verfügung hatten. Die Baseballschläger würden uns noch lange nicht ausgehen. *Mal sehen, ob ich den hier kaputt kriege.*

Doch während ich bereits Pläne für die Zukunft schmiedete, zeigten die Krähen erst, wie intelligent sie tatsächlich waren. Eine Reihe kreischender Rufe ertönte um uns herum, und sie teilten sich auf drei Gruppen von ungefähr zehn Tieren auf. Sie kreisten, gewannen Raum und Geschwindigkeit, und während wir noch mit den übrigen Angreifern beschäftigt waren, schlugen sie zu und stürzten sich auf uns. Alle auf einmal.

So abgelenkt ich auch sein mochte, während ich Viecher zu Brei knüppelte, den anderen erging es übel. Molly trat zurück und fing die erste Gruppe mit der Kuppel ihres Schildes ab. Ihr winziger Körper taumelte, wäre beinahe zu Sturz gekommen, bevor ihre gestiefelten Füße wieder Halt auf dem Asphalt fanden und sie mühsam zum Stehen kam. Sie wich trotz wiederholter Angriffe nicht weiter zurück.

Die zweite AK-Kampfgruppe musste einem Sturm von Flammen ausweichen, den Tasha und Jackson im letzten Augenblick heraufbeschworen hatte, doch mein Sohn sank auf die Knie, nachdem sie geflüchtet waren, sein Gesicht aschfahl.

Leider kümmerte sich niemand um die dritte Gruppe. Ich versuchte die Barriere höher zu schichten, doch sie weigerte sich, auch nur einen Zentimeter höher zu wachsen. Das Limit dieser Fähigkeit war wohl erreicht.

Die Zeit verlangsamte sich wie in einem miesen Actionfilm. Ich beobachtete die Welle an Krähen, die auf mich zukam, auf meine Familie, wie eine Wolke schwarz-weißer Pfeile: Schnell, akkurat und mit messerscharfem Verstand in den Augen.

Eine plötzliche Ruhe überkam mich, als ich die Wogen des Mana unter mir wahrnahm, über mir, um mich herum. Ich ließ die bestehende Erdbarrikade los und beschwor im selben Moment eine neue herauf, direkt vor meinen Füßen. Ich verheizte Mana, als ich sie so hoch wie nur möglich aufschießen ließ, um sie mitten in den Schwarm zu stoßen.

Der Asphalt krachte und der Gehsteig platzte überall um uns herum, als die Erde meinem Befehl gehorchte. Ich fühlte die Energie, das Mana, das ich steuerte, das aus mir strömte und im Handumdrehen eine gewaltige Erdsäule formte, die den hinteren Teil der Welle erwischte und mehrere der Vögel zerschmetterte, kurz bevor sie sich auf uns stürzen konnten.

Als die Wand hochschnellte und die AKs herabstürzten, hallte das Krachen von Knochen und Erde in meinem Kopf wider.

Krähenleichen und gebrochene Federn kullerten um uns herum zu Boden, und ich fiel auf die Knie. Das rettete mich vor den verbliebenen AKs, doch eine Klaue krallte sich in meine Haare und riss eine Wunde in meine Kopfhaut. Die anderen schlugen um sich und pickten auf meine Gefährten ein, bevor sie sich davonmachten.

Doch anstatt weiterzukämpfen, beschlossen der letzte Rest des Krähenschwarms, erneut jene unnatürliche Intelligenz einzusetzen. Sie sammelten sich und flogen davon. Nicht dass der Kampf deswegen vorbei gewesen wäre, denn wir mussten uns nach wie vor mit Kakerlaken und Ratten plagen, auch wenn die meisten bereits tot waren.

Mir war es egal. Meine Beine zitterten, und als ich meine Mana-Vorräte prüfte, musste ich feststellen, dass ich so ziemlich alles aufgebraucht hatte, indem ich meine Fähigkeit in eine offensive Rolle gezwungen hatte. Mir war schwindlig und alles drehte sich, doch wir alle schienen noch ganz zu sein, auch wenn wir viele Wunden hatten, die noch heilen mussten.

Benachrichtigungen blinkten, doch ich war noch nicht bereit für die blauen Felder.

Jackson streckte mir eine Hand hin und half mir auf die Füße.

„Mum? Bist du okay?“

Die Sorge in seiner Stimme hätte mir beinahe das Herz gebrochen. Es war meine Rolle, die Erwachsene zu sein. Doch dafür hatte ich im Moment nicht die Energie. Zehn Minuten brauchte ich wohl noch.

„Alles gut. Hab's nur übertrieben.“ Ich blickte auf zu der Säule, doch sie stand nur noch zur Hälfte und war bereits eingesunken, nachdem ich kein weiteres Mana mehr hineinpumpen konnte.

Mithilfe meines Sohnes rappelte ich mich taumelnd auf, nur um zuzusehen, wie auch der Rest der Säule umkippte und in die uns abgewandte Richtung fiel, fast als wollte sie höflich sein. Um uns herum bestanden der Fußweg und die Straße nur noch aus Überresten verkohlter Bruchstücke, und Wurzeln und Erdwerk lagen überall verteilt wie nach einer Explosion.

Mein Magen war in Aufruhr, und die Benachrichtigungen blinkten in meinem Sichtfeld, während ich mir nichts sehnlicher wünschte als Schlaf. Doch stattdessen klatschte ich mir ein Lächeln ins Gesicht, grinste, und meldete mich zu Wort. Ich tat mein Bestes, meinen Leuten die Energie zu geben, die ich nicht mal für mich selbst mehr besaß.

„Wir haben’s geschafft.“

Die Worte sanken in die Stille, die uns umgab wie eine bleierne Blase. Mark klatschte, und schaute dann ein wenig peinlich berührt drein. Doch er brachte damit Darren zum Lachen, was ausreichte, um den Bann zu brechen.

Wir hatten einen Bomberverband aus AKs überstanden. Die Erleichterung überrollte uns alle. Wir jubelten einander an, gaben uns

High-Fives, und hier und da wurde womöglich auch hysterisch gelacht.

Die Sache war nur, ich wusste genau, dass es in der Umgebung unserer angeblich sicheren Zone noch mehr solcher Hotspots gab, und wenn es so viele von uns brauchte, um knappe vierzig mutierte Wildtiere auszuschalten, dann brauchten wir noch eine Menge Übung mit unseren Fähigkeiten.

Auf dem Weg zurück checkte ich meine Benachrichtigungen, während die Gruppe sich über unseren großen Sieg freute.

Herzlichen Glückwunsch!

Du hast geholfen, eine Gruppe wilder Würgekrähen zu besiegen. 1200 EP Bonus

Todeserfahrung x 14 wilde Würgekrähen Level 12 = 238 x 14 = 3.332

Todeserfahrung x 24 verschiedene Mutanten Level 6 = 97 x 24 = 2.328

Bonus EP für die Verwendung von Mana-Sinn und Klassenbewusstsein zur Verwendung der Erdbarrikade als Waffe – 3.000 EP Bonus.

Levelaufstieg!

Du bist nun auf Level 8 als Schädlings- und Krankheitserregereinheit: Mikrobiologin/Pflanzenpathologin/Entomologin/Hydrogeologin/Molekularbiologin – Abgekürzt: Spezialistin für Umweltprozesse

Statuspunkte automatisch verteilt. Du darfst 6 Gratis-Attribute verteilen.

Großartig. Was für eine Belohnung. Ich würde mir drinnen überlegen, was ich damit machen würde, sobald ich diese absurden Kopfschmerzen losgeworden war.

Ich gestikulierte das nächste blaue Feld herbei, auch wenn ich lieber einfach umgefallen wäre, und blinzelte den Text an. Offenbar hatte ich meine Fähigkeit verändert. Jippieeee.

Erdbarrikade (Level 1)

Erdbarrikade ermöglicht dir, die Erde unter deinen Füßen zu befehligen, um damit dich und deine Verbündeten zu verteidigen. Wenn du allerdings ausreichend Energie und Mana investierst, kannst du damit eine offensive Wand mit hoher Dichte erzeugen.

Effekt: Erzeugt einen Schild mit 100 TP in einem Feld von 3 x 2,5 m (formbar)/großer Erdwall, der eingehende Luftangriffe niederschlägt.

Preis: 20 Mana/Alles Mana, das du für die Wirkung benötigst.

Na super, alles klar.

Die Hiebe der AK-Schnäbel auf meinen Armen schmerzten, und ich schaute sie mir genauer an. Sie hätten natürlich auch schneller geheilt werden können, aber mir fiel auf, dass wir alle unsere Gesundheit mit genügend Zeit ohnehin wieder regenerierten, wieso also weiteres Mana darauf verwenden? Schließlich hatte Sange theys gesamtes Mana zu unserer Heilung während des Kampfes verbraucht, und mir stand gerade kein Körper für den Bluttransfer zur Verfügung.

Außerdem würden wir bei diesem Tempo sowieso bald alle tot sein, wenn wir nicht schleunigst genügend Überlebende auftrieben, um die Anforderungen für eine Stadt zu erfüllen.

Fuck. Ich ließ mich zu sehr auf düstere Gedanken ein.

Schluss damit. Ich befahl mir, mich nicht unterkriegen zu lassen. Natürlich war das eine Situation, auf die niemand je hätte gefasst sein können. Es gab keine Vorerfahrung, keine Studien, kein Handbuch. Doch ich biss mir auf die Lippen und atmete einmal tief durch. Krieg dich verdammt noch mal wieder ein, Kira. Auf geht's. Nicht grübeln, einfach immer weiter marschieren.

Ich betrachtete die kleine Gruppe, mit der ich unterwegs war. „Wollen wir einen schnellen Umweg machen und sehen, ob wir in der Gegend noch irgendwelche Leute finden?"

Der Jubel, der daraufhin ertönte, brachte mich zum Lächeln. Er klang zu mindestens neunzig Prozent aufrichtig.

❖

Wir fanden tatsächlich weitere Leute. Weitere Leute ohne Boni. Darunter auch noch weitere, die keine Klassen gewählt und deshalb vom System welche aufgezwungen bekommen hatten. Boni, von mir aus, Klassen … wie hatten sie sich die Wahl nur einfach abnehmen lassen können?

„Hey." Evelyn kam und setzte sich neben mich.

Ich blinzelte und begriff, dass ich wohl eine Stunde oder zwei darüber nachgegrübelt hatte, warum Red zu mir gekommen und mir die potenziellen Haltbarmachungsideen für unser Essen ausgehändigt hatte. Uns blieb vielleicht noch ein Tag, bevor alles in den riesigen Gefrier- und Kühlschränken hier drin komplett aufgetaut war und zu faulen begann. Es sei denn, die Kids fanden tatsächlich einen Weg, das Mana in eine

Energieform umzuwandeln, mit der wir einige der Geräte betreiben konnten.

Ich saß hier draußen vor den Restaurants und beobachtete Barry und Ray, Mike und Jules, die den an die fünfzig Neuankömmlingen halfen, die wir heute gefunden hatten. Ihr Auftreten, die freundlichen Scherze – das beruhigte alle sichtlich.

Garden City war umgeben von weiteren Einkaufsmöglichkeiten, ab morgen würden wir also unseren Radius ausweiten müssen. Ich begann mir allmählich Sorgen zu machen, dass wir unmöglich genügend Leute finden konnten.

Evelyn pikste mich mit einem einzelnen Finger in den Arm. „Ich weiß, dass du mich hören kannst."

„Sorry. Du warst ja nicht zufällig mal Restaurantmanagerin oder Tiefkühl-Expertin?" Ich versuchte einen Witz zu machen, doch es gelang mir nicht. Ich versuchte immer verzweifelter, das eine oder andere von diesem ganzen Mist an andere Leute abzugeben, die mehr davon verstanden als ich.

Aber wem machte ich da etwas vor? Niemand hier verstand irgendetwas. Draußen mutierten sämtliche Pflanzen und Tiere, entwickelten sich weiter, getrieben von einer neuen Quelle des Lebens. Und wir hier drinnen wurden allmählich verrückt, redeten Verschwörungsmythen herbei oder versuchten eine Herrschaft zu etablieren, die uns überhaupt nichts brachte.

Jason war mit jemandem aneinander geraten, der nett zu Cherry gewesen war. Diese beiden jungen Kerle auseinanderzuhalten, hatte in mir den Wunsch ausgelöst, einfach eine Erdbarrikade heraufzubeschwören und die beiden in kleine Zellen aus Dreck zu sperren, damit sie sich abkühlen konnten. Solche bescheuerten Penisvergleiche konnten wir jetzt echt nicht gebrauchen.

Unsere kleinen Expeditionen hatten aus den umliegenden Gebäuden und in den Straßen weitere dreiundfünfzig Leute eingesammelt. Ich wünschte, wir könnten uns mehr Zeit lassen, doch die Uhr tickte. Wie sollten wir uns angemessen aneinander gewöhnen, wenn wir die Menschen so hastig zusammenwürfelten?

Und wie sollten wir Menschen überleben, wenn wir nicht noch schneller machten?

Touché, Gehirn.

Ich holte tief Luft. „Tut mir leid. Das alles ist einfach so … viel. Fast zwei Tage, und ich kann nicht mehr. Wie soll das gehen? Hast du das mit den verdammten Krähen schon gehört?"

Evelyn nickte. „Ja, wir sind auch einem viel kleineren Schwarm von den Feiglingen begegnet."

Ich hob eine Hand, um einzuhaken. „Hast du die Biester gerade als Feiglinge bezeichnet?"

Die Waldläuferin zögerte, bevor sie losprustete. „Schätze schon. Die nervigen Dinger hauen ab, sobald genug von ihnen Schaden nehmen. Ein vorsichtiges Pack. Und sie greifen nur im Schwarm an. Je mehr, desto sicherer, das gilt wohl auch bei denen. Aber wenigstens konnten wir so noch ein paar mehr Leute auftreiben."

Sie hielt einen Moment lang inne, wippte sanft mit den Beinen und schaute dabei zu den Deckenfenstern hinaus.

„Wie kommt es, dass du dich nicht einfach hinsetzt und aufhörst?" Sie stellte die Frage sehr leise, so als wollte sie das alles einfach nicht wahrhaben.

Ich zuckte die Achseln, doch dann dachte ich wirklich darüber nach. Als ich meine Kinder in ihren jeweiligen Gruppen betrachtete, wie sie ihr Ding machten, stand fest, dass ich es für sie tat. Doch das war noch nicht alles. „Weil ich nicht sterben will. Weil ich hart dafür gearbeitet habe, im Leben an den Punkt zu kommen, an dem ich war. Meine Kinder großzuziehen, unabhängig zu sein, eine gute Mum und verdammt noch mal ein guter Mensch zu sein. Und ich gönne einfach keinem dahergelaufenen Alien-Arschloch die Genugtuung, mir kampflos mein Leben wegnehmen zu können."

Evelyn blinzelte ein paarmal und rückte dann den Rücken gerade. „Verdammt richtig so!"

Sie grinste. Und in diesem Moment war mir klar, dass, was auch immer passierte, wenigstens ein paar von uns die Welt nicht einfach so sang- und klanglos abtreten würden.

Kapitel vierzehn:
Leugnen

47 Stunden nach Systemstart

Die Dunkelheit, die im Einkaufszentrum herrschte, konnte zumindest ein Stück weit zurückgedrängt werden, nachdem Jackson, Galen und ihre Freunde es geschafft hatten, ein paar manabetriebene magische Leuchten herzustellen. Ich fand, es half auch mit der Moral, und es ging definitiv nicht spurlos an jenen Leuten vorbei, die nach und nach ins Center kamen. Nach zwei Tagen ohne die elektrischen Annehmlichkeiten, an die wir uns so gewöhnt hatten, war ein Licht, wo zuvor keines gewesen war, ein großer Stimmungsaufheller.

Level 8, was? Ich rief meine Fähigkeiten auf und studierte sie, während Wisp sich an mich kuschelte. Das Lustige am System war, egal wie dunkel es draußen sein mochte, dank der Bildschirmlichter hinter meinen Augenlidern konnte ich einfach in meinem Kopf eine Party veranstalten.

Statusmonitor			
Name	Kira Kent	Klasse	Spezialistin für Umweltprozesse
Volk	Mensch (weiblich)	Level	8 (1479 EP bis zum nächsten Level)

Titel			
Wahrsagerin			
Gesundheit	200	Ausdauer	200
Mana	400	Manaregenera-tion	6ps*
Attribute			
Stärke	15	Beweglichkeit	22
Konstitution	20	Wahrnehmung	46*
Intelligenz	40	Willenskraft	40
Charisma	20	Glück	17
Klassenfertigkeiten			
Mana-Wahrnehmung	2		
		Erdbarrikade	1
Bluttransfer	1		
Kampfzauber			
Kraftschild			
Fähigkeiten			
Mana-Sinn			

Acht Level. Ich war erst auf Level 8. Die übrigen Punkte bereits verteilt. Damit musste ich konsequenter werden. Wenn ich mich nicht darum kümmerte, so stark wie möglich zu werden, und zwar so *bald* als möglich, war ich dann nicht kaum besser als diese Leute, die die Auswahl ihrer Klassen nicht wahrgenommen und dann die Wahlmöglichkeit überhaupt verloren hatten?

Mein Sohn war dank seiner Bastelei auf Level 9. Wie sollte ich ihn beschützen, wenn er schon stärker war als ich selbst?

Wisp regte sich im Schlaf, und ich wollte es ihr am liebsten gleichtun, mich dem Vergessen hingeben. Doch das durfte ich nicht. Ich musste meinen gottverdammten hohen Bonus auswählen. Ich hatte nicht damit gerechnet, dass mir die Zeit so durch die Finger rinnen würde, doch damit hatte ich mich geschnitten. Vielleicht war es ja doch gar nicht so schwer, die Wahl der eigenen Klasse zu vergessen bei all dem Scheiß, der hier überall abging.

Liste alle hohen Boni, die zu meiner Klasse passen, dachte ich ans System, ohne mich dabei zu bewegen, um weder meine Tochter noch ihre kleine Freundin aufzuwecken. Hund hob den Kopf und schaute mich an, wie um zu fragen, ob ich Hilfe brauchte. Er war ein guter Junge, wenn auch mittlerweile ganz schön riesig. Noch so ein Mysterium, das gelöst werden wollte. Warum war er normal im Kopf, nicht aber alle anderen Hunde?

Dir bleibt noch eine Stunde und drei Minuten, um deinen Bonus zu wählen. Wähle weise.

Ach was, System, dachte ich bei mir selbst und machte mich daran, die Liste durchzugehen.

Dermaler Unterpanzer. Ja, eine weise Wahl, also schon mal ein gutes Backup. Quantenverschiebungszeug, das zu benutzen ich nicht riskieren wollte, weil ich total Schiss davor hatte, irgendwo zwischen zwei Dimensionen stecken zu bleiben. Oder in einer Ziegelmauer, od^r so.

Meine Augen wanderten über die lange Liste. Ich hantierte immer wieder damit herum, filterte Sachen aus, ließ mich davon ablenken, dass mein Hirn abdriftete, nur um mich dann wieder zur Konzentration zu zwingen. Am Ende hatte ich lauter Dinge übrig, die Mana brauchten, Mana anzapften oder sich durch Umgebungs-Mana regenerierten.

Verbesserung der Regeneration durch überschüssiges Umgebungs-Mana

Wenn du das Glück hast, in der Nähe eines großen Zustroms von Umgebungs-Mana zu landen, erhältst du vorübergehend 100 Mana mehr in deinem Mana-Pool.

Warnung! Wenn das umgebende Mana unter den als überschüssig geltenden Grenzwert fällt, schwindet dein Mana-Pool.

Warnung: Wenn der Vorrat versiegt und du in die Mana-Erschöpfung gerätst, wird deine Manaregeneration für eine Dauer von 5 Minuten halbiert.

Diese Option gefiel mir richtig gut, abgesehen von der Mana-Erschöpfung, und woher sollte ich wissen, was an welcher Stelle als Überschuss galt? Die Erhöhung meines Mana-Pools brachte eine Menge *Was-wenns?* mit sich, und hörte sich nicht sonderlich zuverlässig an.

Mana-Projektil

Du hast genug Finesse und Verständnis für Mana, um kleine Geschosse zu

formen, die dein Ziel durchbohren und ihm Mana entziehen, dabei aber nur minimalen Schaden verursachen können.
Vorsicht! Starke Magier halten dem Mana-Projektil stand, solange es noch in den Kinderschuhen steckt.
Warnung: Leistungsfähige Magier werden deine Versuche, ihr Mana zu stehlen, nicht gutheißen.

Das klang zwar nach Spaß, hörte sich für mich aber nicht wirklich nach einem Hauptbonus an. Vielleicht war da noch mehr dran, das mir hier vorenthalten wurde, doch wie immer brauchte ich eher etwas, das mir beim Überleben half und dabei vielleicht sogar mit mir mitwachsen konnte.

Mana-Projektil schien mir eher wie eine Fertigkeit, die ich irgendwann in der Zukunft noch würde erlernen oder kaufen können.

Am Ende fand ich doch noch etwas, das mir ziemlich passend vorkam.

Mana-Mantel
Dies ist eine passive Fähigkeit, die deinen Körper mit einer dünnen Schicht aus Umgebungs-Mana überzieht und es dir ermöglicht, umliegende Mana-Wellen und Mutationen mit größerer Genauigkeit zu erspüren. Funktioniert gut in Verbindung mit Mana-Wahrnehmung. Kann bei Bedarf als zweiter Mana-Pool (100) dienen. Die vollständige Aufladung erfordert 2 Stunden Manafluss aus der Umgebung.
Hinweis: Dieser Mantel kann vom Benutzer modifiziert werden und mit einem bestimmten Prozentsatz der Manaregeneration des Anwenders versehen werden.

Der Mantel wird dann entsprechend aufgewertet.

Mana-Mantel würde es wohl werden. Wenn es eines gab, das ich aus den fragwürdigen Abenteuern des Tages gelernt hatte, dann die Tatsache, dass mir das Mana ausgehen konnte und würde, und dass es essenziell war, im Notfall mehr davon zur Verfügung zu haben, auf das ich zurückgreifen konnte.

Ich war müde. Wisp und Hund ließen das warme Bett nur noch einladender wirken. Doch trotz allem war mein Gehirn viel zu aufgeheizt für Schlaf. Krähen auf Koks, Kakerlaken und jede Menge andere Mutationen, Ratten, die sich an Leichen in zertrümmerten Autos labten.

Es war die Szenerie eines postapokalyptischen Spiels, wo ich aus irgendeinem kryogenen Bunker klettern und ein Baby finden musste, das man mir gestohlen hatte, oder so. Die ganzen Spiele wurden der Realität aber leider nicht gerecht – mit ihren Gerüchen, ihrer Traurigkeit.

Ich rollte mich auf die Seite und legte schützend einen Arm um Wisp. Noch ein paar Stunden Schlaf, dann mussten wir uns dem neuen Tag stellen. Unseren Suchkreis vergrößern, weitere Überlebende finden und eine Festung schaffen, auf die wir bauen konnten.

Morgen.

❖

Leider wachten nicht alle unter uns am nächsten Tag überhaupt auf.

Kylies Mum hatte es nicht geschafft. Ich wusste nicht mal ihren Namen. Dale grüßte mich im anbrechenden Tageslicht mit schweren

Tränensäcken unter den Augen. Ich glaube, er hatte gedacht, wenn er sie retten könnte, wenn er wenigstens eine Person vor dem Tod rettete, würde es wieder gutmachen, dass er seiner eigenen Familie nicht hatte helfen können.

„Du hast dein Bestes gegeben." Ich tätschelte ihm die Schulter, unschlüssig, was ich sonst tun sollte, um ihn aufzubauen.

Wären wir nicht dort unterwegs gewesen, sondern hätten eine andere Route genommen, hätten wohl beide nicht überlebt. Doch er brauchte keine Fakten zu hören. Also tätschelte ich einfach weiter seine Schulter und hoffte, ihn so wissen zu lassen, dass wir anderen für ihn da waren.

„Ich weiß. Ich wünschte nur, ich hätte rauskriegen können, warum sie gestorben ist, und was dieser Schleim in ihrer Wunde war. Das System hat aktiv versucht sie zu heilen. Ich hab's gesehen. Aber es war wie zwei Schritte vor und drei zurück." Er runzelte die Stirn, als würde er schon wieder darüber nachgrübeln, was das sein konnte. „Keine funktionierenden Maschinen, Mann, nicht mal irgendwas, womit ich hätte Tests durchführen können. Es muss ein Gift gewesen sein, irgendwas, das ich mit freiem Auge nicht behandeln konnte."

Wieder mal halfen Worte wenig. Pflanzen waren so viel einfacher als Menschen. Meine Tätschelei schien Dale dennoch etwas zu helfen. Die Spannung in seinen Schultern ließ nach.

Jason, der eifersüchtige Rugby-Verteidiger, kam hereingerannt. Die Nacht über hatte er Wache gestanden. Ein paar der „härteren" Kandidaten, die wir gestern aufgelesen hatten, wollten es sich nicht nehmen lassen, Wache zu schieben. Nicht unbedingt eine schlechte Idee.

Ich war froh, dass Mike sich gemeldet hatte, um das Kommando zu übernehmen. Er hatte zwei Gruppen aufgestellt und sie auf mehrere Eingänge verteilt.

„Da kommen Leute. Vielleicht so ungefähr ein Dutzend?"

Mike war außer Atem, und mir wurde klar, dass wir ein Trainingsprogramm starten mussten. Unfitte Menschen konnten nicht vor Raubtieren davonlaufen oder gar gegen sie kämpfen. Oder veränderte sich die Ausdauer etwa auch? Mussten die Leute einfach nur mehr Punkte auf Ausdauer setzen und würden dann magisch besser? Oder ließ sich beides kombinieren, um ideale Resultate zu erzielen?

Ich hätte zu gern ein paar Cheats gewusst. Oder ein Handbuch gelesen. Oder eine helfende Stimme im Himmel gehabt.

Irgendwas.

Dale und ich schauten einander an. Es war noch verdammt früh am Morgen, diese Leute mussten also nachts unterwegs gewesen sein. Vielleicht kamen sie aus der Gruppe angrenzender Häuser und Wohnblocks, bis zu denen wir noch nicht vorgestoßen waren.

„Du bist dir sicher, dass es Menschen sind?", fragte Evelyn, und ich zuckte leicht zusammen, da ich sie nicht heranschleichen gehört hatte.

Jason versetzte ihr einen seltsamen Blick, stur und ein bisschen verwirrt. „Warum sollten es keine … oh."

Er begriff, was sie meinte, und erblasste. Sah nicht so aus, als sei Jason für diese neue Welt gewappnet.

„Garden City ist ein naheliegendes und logisches Ziel für alle, die hier in der Nähe leben. Geschäfte mit unverderblichen Lebensmitteln,

Kleidung, Betten, jede Menge Zeug, das man zum Überleben braucht. Nicht zu vergessen, dass der Laden riesig ist und vor den Elementen geschützt. Wir sollten uns nicht wundern, dass auch andere Leute sich hierher auf den Weg machen.“ Ich trat vor, entschlossen, mich nach draußen zu begeben und unseren Besuch zu begrüßen. „Kommt ihr mit?“

Dale und Evelyn traten an meine Seite, und auch Jason begleitete uns auf dem Weg zurück. Cherrys Abwesenheit überraschte mich, zumal sie seit dem Durcheinander gestern förmlich an der Hüfte zusammengewachsen waren.

Ich fühlte mich, als hätte ich irgendeine Rolle zu spielen, wusste aber meine Zeilen nicht. Ich sollte wohl zusehen, dass ich einen Teil der Verantwortung für diese im Entstehen begriffene Stadt abgeben konnte. Konnte ich diese neu gefundene Last nicht wenigstens teilen?

Andererseits, würde ich jemandem die Macht über das Leben meiner Kinder anvertrauen wollen?

Jason hatte recht. Eine Gruppe näherte sich dem Einkaufszentrum. Sie gingen sehr langsam, und soweit ich sehen konnte, humpelten einige auch. Ich korrigierte seine Schätzung auf sechzehn Personen. Darunter zwei Kinder, die auf dem Rücken ihrer Eltern getragen wurden.

Meine apokalyptischen Mutterinstinkte meldeten sich zu Wort.

Evelyn und ich traten hinaus ins Morgenlicht. Sie hielt ihren Bogen locker in der Hand, um ihn weniger bedrohlich erscheinen zu lassen, doch ich hatte den Eindruck, sie wollte ihnen durchaus zeigen, dass wir über Waffen verfügten, falls sie uns auf die Probe stellen sollten.

Gute Taktik.

Aus demselben Grund war auch mein Schläger zum Greifen nahe, in dem Fall allerdings hinter dem Eingangspfeiler versteckt.

Während wir warteten, sah ich zu den Bäumen hinüber und bemerkte, wie sich Ranken von Mana an deren Stämmen hinaufwanden, welche irgendwie dicker und weniger eukalyptusmäßig wirkten, als sie es noch gestern getan hatten. Schrittweise Verwandlung. Die Lust, nachzuforschen, kitzelte mich im Hinterkopf.

„Bleibt kurz stehen, bitte", rief ich laut und deutlich in den kühlen Morgen hinaus, und wartete, als sie stehen bliebe und gehorchten. „Wonach sucht ihr denn?"

Dieses Mal war mein Ton sanfter. Die Kinder konnten nicht älter sein als Wisp, und der Rest des Haufens wirkte ganz schön kaputt.

„Wir suchen einfach nur andere Leute."

Eine Dame, vielleicht ein paar Jahre jünger als ich, trat vor. Ihr dunkles Haar war voller Staub und Dreck, und ihre Kleidung war an verschiedenen Stellen aufgerissen, wo die Haut darunter inzwischen durch das System geheilt war.

„Unser Wohnblock schien zuerst kein schlechtes Versteck zu sein. Wir haben uns umeinander gekümmert, sozusagen. Wie gute Nachbarn. Alles war gut, bis gestern Nacht."

Der Mann, der sprach, wirkte schreckhaft, und sein Blick huschte umher, wie auf der Suche nach etwas Bedrohlichem. Er war etwas älter, wohl in den Vierzigern, und in seinem verstaubten, hellbraunen Haar waren bereits Ansätze von Grau zu sehen.

„Was ist gestern Nacht passiert?", fragte Evelyn, ihre Stimme voller Wärme, wie um sie zu ermutigen, ihr zu vertrauen.

Die Frau von vorhin meldete sich zu Wort. „Monsterangriff, glaube ich. Ich meine, der Boden riss auf, und es gab Schreie, und etwas sehr tentakelartiges kam durch das Loch und hat ein paar von uns gepackt, bevor wir fliehen konnten. Wir konnten das … Knacken der Knochen hören.“ Sie deutete auf die Humpelnden hinter ihr. „Wir wollten sie retten, haben aber nur wenige erwischt. Abgerissene Beine nachwachsen zu lassen, dauert eine Weile.“

Etwas blieb ihr im Halse stecken, und einen Moment lang dachte ich, sie würde zusammenbrechen und unkontrolliert zu schluchzen oder zu lachen beginnen. Doch die Frau fasste sich wieder und richtete sich auf.

„Außer uns hat es niemand aus dem Haus hinausgeschafft. Danach haben wir uns auf den Weg hierher gemacht, in der Hoffnung, andere Menschen zu finden.“ Sie war entkräftet, und am Ende ließ ihre Stimme von Hoffnung kaum noch etwas erahnen.

„Kommt rein. Für den Moment ist es hier ziemlich sicher.“ Ich winkte sie zu uns herein, wobei meine Augen den Horizont nach Unerfreulichem absuchten, zum Beispiel jenes Tentakelmonster, das sie gerade beschrieben hatte.

Anime, Horrorfilme, alles gut und recht. Aber wir durften’s in echt erleben.

Als ich mich umwandte, um selbst auch hineinzugehen, wehte mir etwas in die Nase, das mich würgen ließ. Die Leichen in den Autos hatten in den letzten achtzehn Stunden definitiv zu verwesen begonnen. Und es würde noch sehr viel schlimmer werden, bevor es aufhörte.

❖

Die Namen flossen alle ineinander, und ich vergaß sie, sobald ich sie gehört hatte. Offenbar hatte ich eine Obergrenze für neue Bekanntschaften in meinem Gehirn, und alle Plätze waren bereits vergeben.

Sechzehn Überlebende aus einem Wohnblock mit zwanzig Einheiten. Familien wurden erwähnt, und die zwei Kinder hatten keine Eltern mehr, doch diejenigen, die sie getragen hatten, kannten sie. Es wurde geschätzt, dass um die dreißig Menschen gestorben waren. So ein winziger Anteil an diesem endlosen, allumfassenden Massaker. Und doch machte es mich traurig, machte mich wütend.

„Dr. Kira?"

Mit Titel wurde ich für gewöhnlich höchstens auf der Arbeit angesprochen, also brauchte ich ein paar Sekunden, bis ich mich angesprochen fühlte.

„Kira. Kira genügt", murmelte ich, als ich mich der erschöpften Frau zuwandte, die sich bei der ersten Begegnung vorgewagt hatte.

Jana, das war wohl ihr Name. Ihre dunklen Haare waren inzwischen vom Dreck befreit und zu einem Pferdeschwanz zusammengebunden. Ihre Haut trug einen tiefbronzenen Ton, und ich vermochte ihren ethnischen Hintergrund nicht recht zuzuordnen, wollte aber auch nicht aufdringlich sein.

„Ich kann mich um die Kinder kümmern. Wenn das hilft. Ich bin …" Jana hielt inne, und ich sah, dass sie gegen eine aufsteigende

Panikattacke ankämpfte. Doch sie rang sie nieder und stampfte sie aus, und voilà, schon war sie wieder bei mir. „Ich unterrichte in der Grundschule. Schon seit meinem Abschluss, es macht mir also nichts aus, fürs Erste nach ihnen zu sehen."

Ich nickte, dankbar, dass noch jemand an die Kinder dachte, denn ich glaubte nicht die Kapazitäten zu haben, mich um mehr als meine eigenen zu kümmern. Kylie würde auch jemanden brauchen. „Du weißt ja, dass diese Kinder zu jung sind, um ihre Klassen und Boni selbst zu wählen, oder? Das System wird einen Vormund verlangen, der das für sie übernimmt, glaube ich. Ich meine, ich weiß nicht mal sicher, ob sie jetzt überhaupt noch Zugang zu den Boni haben. Das werden wir uns ansehen müssen. Ich bin ziemlich sicher, das System schert sich einen Scheiß um solche Dinge."

Jana schien von meiner Wortwahl schockiert, und Letzteres hatte ich auch nicht laut aussprechen wollen, doch ich musste auch selbst immer wieder meine eigene Panik über unsere Lage beiseite drängen. Es gab neben den Kindern noch so viel Weiteres, was wir in den Griff bekommen mussten. Immerhin hatten wir Glück, dass es langsam Winter wurde und wir nicht mitten in den Sommermonaten steckten. Vierzig Grad im Schatten hätten alles nur noch viel schlimmer gemacht.

Ich holte tief Luft und versuchte mich aufs Hier und Jetzt zu konzentrieren. „Danke für dein Angebot. Ich nehme es gerne an. Es ist wichtig, dass sich jemand um die Kinder kümmert."

Jana wirkte erleichtert. Sie zögerte, doch dann purzelten die Worte heraus. „Ich hab meine Klasse gleich und ohne zu überlegen gewählt. Wissenssuchende wird auf lange Frist sicher nicht gerade hilfreich sein, aber vielleicht nützt es wenigstens den Kindern. Das Blinken vor meinen Augen wollte einfach nicht locker lassen. Von wegen, wenn wir nicht wählten, würde etwas Schlimmes passieren."

„Ja. Subtil war es nicht gerade, was?" Ich lachte. Immerhin, Lachen war sehr viel angenehmer, als zu heulen.

„Nein, Ma'am." Sie lachte mit, und verstand mich wohl, auch wenn sich bei mir ob des Ehrentitels, den sie mir verlieh, alles zusammenzog.

„Einfach Kira, geht das?"

Jana nickte, ihr Gesicht nun wieder ernst. „Ich werde diesen netten Kerl Barry bitten, mit mir zusammen eines der Restaurants vorläufig so herzurichten, dass wir einen Ort für die Kids haben, wo sie den Erwachsenen nicht in die Quere kommen. Keine Sorge. Wir kriegen das hin."

Sie ging davon und gesellte sich zu der Gruppe Kinder, die sich bereits um Barry gesammelt hatte.

Ein Dorf, na bitte.

Dadurch atmete ich gleich ein wenig befreiter.

„Mum!" Wisp kam auf mich zugeflogen und landete in meinen Armen, während Hund, Der goldene Minipferdepudel sich neben mich stellte, als würde er uns beide bewachen. Ich wusste nicht wirklich, weshalb er sich uns angeschlossen hatte, aber ich nahm mal an, dass es vor allem an Wisps Liebe für Hunde und auch daran lag, dass ich ihn nicht auf den ersten Blick gleich kaltgemacht hatte. In dieser Situation musste man eben nehmen, was sich einem bot, selbst als Hund.

„Hey … warum die Begrüßung? Ich fehlte ihr ja sonst auch oft.

Noch war sie in dem Alter, wo Mama ihr nicht peinlich war, aber heute war sie doch ein wenig anhänglicher als sonst. Allerdings erlebten wir ja auch gerade eine Apokalypse, also wer weiß.

Sie zuckte die Achseln und begann dann zu zappeln, damit ich sie runterließ. „Neue Leute, hm? Meinst du … meinst du, den anderen in unserer Familie geht's auch gut? Ich meine, du weißt schon, nicht nur Dad?"

Ihre Stimme klang ein wenig spröde, und ich sah, dass sie sich ein tapferes Gesicht aufgesetzt hatte. Sie sorgte sich stets um ihre Liebsten. Um ihren Dad, meinen Bruder, ihre Großeltern. Ich konnte sie nicht anlügen, doch zumal ich auch keine unwiderleglichen Beweise hatte, dass sie nicht tot waren, würde ich ihr die Hoffnung lassen. Verdammte Axt, davon konnten wir schließlich gerade gar nicht genug haben.

„Ich bin sicher, dass sie ihr Bestes geben, genau wie wir." Ich zog sie an mich und drückte sie fest, wobei ich sie kontrollierte und nachsah, ob sie auch ihre Armschutzplatten anhatte.

„Ist schon gut, schon gut. Versprochen. Ich passe auf." Ihr Blick wanderte hinüber zu Kylie, die gerade ein paar anderen Kindern zuhörte, während Jana sie alle zu organisieren begonnen hatte.

Mein Junges wirkte gedankenverloren. Sie hatte den Tod aus nächster Nähe gesehen. Ich umarmte sie noch einmal.

„Ich bin immer hier, Liebes", sagte ich leise und drückte sie erneut zum Abschied, bevor sie sich aus dem Staub machte, Hund gemächlich hinter ihr hertrottend. Da wünschte ich doch, ich könnte mit Tieren reden.

Gerade allerdings musste ich viel eher mit Menschen reden.

Nachdem sich unsere Neuen gewaschen hatten, mussten wir sie unter die Lupe nehmen, uns ansehen, wo genau ihr Platz in dieser neuen Welt war, ihnen das Leugnen ihrer Lage auszutreiben und auf ihre Mithilfe dabei hoffen, diesen Ort hier zu bevölkern. Wir waren nun bei einhundertundsiebenund … nein, einhundertundachtundsiebzig. Fast zwanzig Prozent geschafft. Und ein paar Tage hatten wir ja noch.

Ich schaute mich nach Dale um, fand ihn jedoch nicht. Das Center war groß. *Zu* groß, wenn man auf der Suche nach jemandem war. Ich hätte mir beinahe Hund geschnappt, um ihn nach Dale suchen zu lassen, aber ich dachte mir, dass dem Tier wohl gar nicht so viel an mir lag. Mit mir teilte er nur unsere gemeinsame Überfürsorge für meine Tochter. Es war wichtig, diesen Frieden zu wahren.

„Er ist im Restaurantbereich.“ Red war so plötzlich neben mir aufgetaucht, dass ich japste.

„Mach das nicht“, blaffte ich, und er erwiderte mit einem Grinsen, als freue er sich riesig, mich aus der Fassung gebracht zu haben.

Der Ausdruck war im Nu verschwunden – Red war keiner, der lange an unangenehmen Situationen festhielt. Es war gut zu sehen, dass er seine eigene Rolle fand, jetzt wo er sich einen Plan für die Lebensmittelsituation ausgedacht hatte.

„Wir müssen uns eine bessere Rationierung für Essen und Vorräte überlegen, wenn du mal einen Moment Zeit hast“, rief Red mir noch hinterher, als ich mich bereits auf den Weg zum Restaurantbereich gemacht hatte, um unseren Sani zu finden und mir hoffentlich ein paar gute Neuigkeiten abzuholen.

Der Food-Court im oberen Bereich bot wohl Sitzplätze für an die hundertfünfzig Leute. Im Moment war er so gut wie voll belegt. Und das, obwohl Jana die Kinder gerade in eines der kleineren Restaurants in der Nähe geführt hatte.

Tische und Stühle waren zu Grüppchen zusammengezogen worden, sodass Leute, die einander bereits kannten, sich unterhalten konnten. Barry und Jules bewegten sich durch die Menge, notierten sich Namen und sprachen mit kleineren Ansammlungen. Alle wirkten so müde, nicht dass ich es ihnen hätte verübeln können. Aber Jules konnte echt gut mit Menschen.

Barry ebenso. Sie hatten beide einfach eine offene Art an sich. Barry war ziemlich ausgelassen, sein Wesen entwaffnend und freundlich. Die Leute gingen gern auf ihn zu. Jules war liebenswürdig und offensichtlich fürsorglich. Ihre Klasse passte perfekt zu ihr. Ich atmete mit Erleichterung auf, froh darüber, dass wir hier Leute hatten, die die anderen beruhigen konnten.

Ray stand gemeinsam mit Red beim ehemaligen KFC, nebst ein paar weiterer Männer, die mir vage bekannt waren.

Sie schienen sich über die Lebensmittel zu unterhalten, und ich war mir nicht sicher, ob es gut lief, angesichts der vielen Gestikuliererei.

Dale fand ich drüben in der Nähe der Toiletten, wo er die Diskussion zwischen Ray und Red offenbar betont zu ignorieren suchte.

„Versteckst du dich etwa?“, fragte ich.

Er schüttelte den Kopf. „Nicht wirklich, ich versuch mir nur einen Reim auf das alles zu machen und mir zu überlegen, was ich als Nächstes tun soll.“

Evelyn tippte mir auf die Schulter und stellte sich neben mich, leicht außer Atem. „Sorry, dass ich abgehauen bin. Ich hab nur eine begrenzte Aufnahmefähigkeit für Menschen. Für Aliens wahrscheinlich auch."

Ich konnte es ihr nachfühlen. Vielleicht würde ich ja später mal die neugeborenen und teilweise außerirdischen Pflanzenarten kultivieren und mir einen Garten anlegen, in dem ich mich entspannen konnte.

Ich seufzte und ließ mich auf eine Bank gegenüber von Dales Platz sinken. Er trank eine Dose Limo, die er schlürfte, als sei sie das edelste Warmgetränk der Welt.

„Hat jemand eine Ahnung, wie wir die ungeheuerliche Menge an Leichen loswerden sollen, die da draußen langsam zu faulen beginnen? Es müffelt schon echt übel – und der Wind weht den Geruch jetzt schon zu uns rüber. Dass das alles den ganzen Tag über in Kisten aus Metall vor sich hin gart, tut der Sache auch nicht gerade gut. Und wenn wir nicht aufpassen, killt uns eine Seuche, noch bevor uns die Aliens erwischen."

Dale seufzte und stellte seine Dose ab. „Na, wenn dir mal nicht die verdammte Sonne aus'm Arsch scheint."

Evelyn lachte grunzend. Ihre Knopfnase zuckte wie die eines Kaninchen, und ihre blassblauen Augen funkelten vor Schabernack.

Ich antwortete, bevor sie sich mit einem unschmeichelhaften Kommentar einmischen konnte, der ihr zweifellos bereits auf der Zunge brannte. „Ja, genau so ist es. Die verdammte Sonne in dieser schönen neuen Welt."

Dale seufzte, und ich konnte ihn gut verstehen. Ich wollte das alles ja auch nicht. Ich wollte einfach die Augen schließen, wieder öffnen und aus diesem Albtraum aufwachen, doch zumal ich schon einige Stunden geschlafen hatte, seit das alles lief, war ich mittlerweile sicher, dass Aufwachen einfach nicht drin war. Überleben allerdings möglicherweise schon.

„Die Leichen da draußen liegen jetzt schon gut drei Tage da. Sie werden sich bald aufblähen und zu schäumen beginnen … hübsch wird das nicht.“ Dale schüttelte den Kopf und stieß seinen Stuhl zurück, nahm noch einen letzten Schluck Cola und zerquetschte dann die Dose. „Mit Karambolagen hatte ich schon öfter zu tun, wenn auch nicht so lange nach dem Unfall. Mann, bin ich froh, dass Mike sich gemeldet hat, um die Bewachung zu organisieren.“

„Ja.“ Evelyn überkreuzte die Stiefel auf dem Tisch vor ihr. „Schadet wohl nicht, dass er vorher für die Security im Messezentrum verantwortlich war. Wir werden uns bald alle hinsetzen und sicherstellen müssen, dass wir auch ordentlich zusammenarbeiten. Aber ich finde, wir haben Glück, dass einige unter uns sind, die sich bei diesem Wechsel gut anstellen.“

Dale seufzte erneut. „Apropos, ich geh mal und sehe nach, ob wir weiteres medizinisches Personal oder Sanitäter dazu bekommen haben. Ich glaube, Barry und Jules machen gerade eine Liste mit allen vor-apokalyptischen Jobs und Ausbildungen.“

„Ich glaub, hier drin gibt es auch irgendwo noch einen medizintechnischen Laden“, fügte Evelyn hilfsbereit hinzu, während ihr Hintern jedoch fest auf dem Stuhl verwurzelt blieb und sich nicht von der Stelle rührte.

„Ach. Verbindlichsten Dank für deinen Beitrag.“ Dale verdrehte die

Augen. „Das wäre alles viel einfacher, wenn wir funktionierende Fahrzeuge hätten. Fahrräder zählen leider nicht wirklich, wenn wir vorhaben, einen Haufen Leichen wegzukarren."

Evelyn wurde hellhörig. „Hey, gibt's nicht bestimmt im Fahrradladen diese zeltmäßigen Anhänger für Kinder? In denen sie sitzen können und rumkutschiert werden? Wär doch besser als nichts, oder? Und ansonsten sollte es im Kaufhaus doch auch größere Handwagen und so."

Dale legte die Stirn in Falten und schien sich in Gedanken mit der Logistik zu befassen. „Vielleicht würde das gehen, oder ansonsten diese handbetriebenen Gabelstapler-Dinger aus dem Wareneingang."

„Palettenheber", erklärte Evelyn.

Dales finstere Miene löste sich und ein Lächeln entkam. „Na dann. Operation ‚Wie werden wir die verwesenden Leichen los', auf geht's."

Bei dem Namen verzog ich das Gesicht, so zutreffend er auch war, aber immerhin konnte ich auch etwas beisteuern. „Ich werde mal mit unseren kleinen Technikgenies reden und sehen, wie wir genug Mana fassen können, um ein Fahrzeug oder die Kühlgeräte zu betreiben, sobald sie die nötigen Anschlüsse verstanden haben.

Wenigstens hatten wir einen Plan. So halbwegs.

Kapitel fünfzehn: Technik

60 Stunden nach Systemstart

Ich konnte die verkohlten Kabel schon riechen, bevor ich die Ramschwerkstatt überhaupt betreten hatte, wo die ganzen Technik-Kids derzeit residierten. Natürlich musste es beim Löten ein wenig rauchen, doch dieser Geruch war deutlich stärker, als ich es mir bei dieser Art von Arbeit vorgestellt hätte. Magische Hitze war wohl ein bisschen kräftiger als ein gewöhnlicher Lötkolben.

Als ich hinter dem Spielplatz und vorbei an meinem Coffeeshop um die Ecke bog, sah ich, dass die Techies sich mehrere verstreute Klapptische aufgestellt hatten, um verschiedene Arbeitsplätze zu schaffen. Ihre Arbeit verrichteten sie mit kleinen, manabatteriebetriebenen Lötgeräten und spitzen, glühenden Gerätschaften. Alle sechs der Kids, Mädchen und Jungs, zeigten Grimassen unendlicher Konzentration auf ihren Gesichtern.

Zum Spaß nutzte ich meine Analyse und schaute mir rasch ihre Werte an, und ich war einigermaßen beeindruckt.

Level 9, Level 7 und dreimal Level 5. Der letzte war auf Level 6, allerdings konnte ich seine Klasse nicht aussprechen, worin sie auch immer bestehen mochte.

Die Batterien, die sie gebaut hatten, waren nicht ansehnlich, doch anhand der für mich sichtbaren blauen Linien, die in sie hineinflossen, hatten sie es tatsächlich geschafft, Umgebungs-Mana in ihre Geräte zu ziehen und sie so aufzuladen. Klar, es schien erst mal, als würden sie mehr Energie verbrauchen, als sie sammelten, aber dennoch konnte ich kaum glauben, was sie da nach so kurzer Zeit schon alles hinbekommen hatten.

Da keimte doch gleich ein wenig mütterlicher Stolz in mir auf.

Bei ihnen standen auch zwei Frauen, die Kommentare abgaben und sich die verschiedenen Erzeugnisse ansahen. Sah so aus, als würden sie Ratschläge geben. Ihre Gesichter kamen mir irgendwie bekannt vor, doch ihre Namen wollten mir nicht einfallen.

Jackson sah mich, legte seinen Lötkolben weg, rannte zu mir, nahm mich an der Hand und zog mich hinter sich her.

„Mum. Das ist so cool. Wir haben das gerade erst vor einer halben Stunde oder so endlich kapiert. Chris und Sarah hatten die Idee, wie wir das Umgebungs-Mana anziehen können. So etwas wie ein Blitzableiter, aber eben für Mana. Und jetzt helfen sie uns gerade, die Batteriezellen so umzubauen, dass sie mehr Ladung aufnehmen können. Wir versuchen jetzt, eine größere Energiequelle zu erzeugen. Hoffentlich können wir bald die wichtigeren Dinge antreiben. Vielleicht das Essen retten."

Sein Lächeln brachte in meinen Augen das ganze Stockwerk zum Strahlen. Chris und Sarah, die Namen hatte ich schon gehört, aber all die Leute vermengten sich in meinem Kopf längst zu einem unauflöslichen Knäuel. Irgendwas Technisches wohl? Dafür war ich nicht die Richtige. Deshalb brauchte ich Kyle. Mein Zwilling würde noch was zu hören kriegen, falls ich ihn in dieser postapokalyptischen Wildnis je wieder in die Finger bekam.

Pflanzen, die Umwelt, alles das, da war ich Feuer und Flamme.

Mann, ich war auch wirklich gut darin. Zeug untersuchen, darin war ich super. Sozial unfähig war ich auch nicht, höchstens sozial un*willig*.

Doch so was lassen Eltern hinter sich, sobald ihre Kinder in die Schule kommen. Extrovertiertenmodus aktiviert.

„Hey. Ich bin Kira, Jacksons Mum." Ich streckte meine Hand aus, doch stattdessen zog Sarah mich direkt in eine dicke Umarmung.

Nicht meine Vorliebe bei Menschen, die ich eben erst kennengelernt hatte, aber eine schöne, lange Umarmung hatte wissenschaftlich erwiesenermaßen heilende Kräfte, also wehrte ich mich nicht.

„Wir haben schon so viel von dir gehört", sagte sie, nachdem sie sich gelöst hatte und mich an den ausgestreckten Armen haltend betrachtete. Sie erinnerte mich an eines dieser umwerfenden Pin-up-Models aus den Fünfzigern. Drall, entzückend, mit funkelnden schwarzen Augen und feuerrotem Haar. Sie strahlte förmlich. „Jackson liebt seine Mum wie verrückt!"

Ich hob eine Augenbraue in Richtung meines Sohnes, doch der verweigerte den Augenkontakt, und das einzige Anzeichen, dass er sie sehr wohl gehört hatte, waren seine geröteten Wangen. Schön zu wissen.

„Tja, im Moment ist er wohl ziemlich zufrieden mit mir, deshalb die positiven Gerüchte." Ich grinste sie an. Sie war vermutlich sieben oder acht Jahre jünger als ich und sandte eine richtig greifbare Lebenslust aus.

„Ich bin Chris, die Quasselstrippe hier ist Sarah." Die Frau neben dem Pin-up-Model streckte mir ihre Hand hin, was mir als erste Begrüßung doch lieber war.

Chris war das komplette Gegenteil von Sarah. Ihre kurzen blonden Haare fielen auf der linken Seite an ihrem Kopf hinab, während die rechte

Seite rasiert war.

Ihr Hosenanzug saß perfekt, und selbst nach so kurzer Zeit schon trat ihr beschützendes Verhalten gegenüber Sarah sehr deutlich zum Vorschein. Das konnte ich ihr nicht verübeln. Ihr Partner schien ein Goldschatz zu sein.

Ich nickte und tat, als hätte mir mein Sohn ihre Namen nicht bereits verraten. „Ihr wisst also das eine oder andere über Energiequellen?"

Chris nickte, doch es war Sarah, die mit ihrer übersprudelnden Art erneut das Heft an sich nahm. „Ja! Wir haben uns beim Elektrotechnik-Studium kennengelernt. Für meine Doktorarbeit hab ich mich dann mit nachhaltigen Energiemodellen beschäftigt und Chris mit Nachhaltigkeitsmodellen für Solarpaneele. Oder so."

Sie lachte, als würde sie davon nur die Hälfte verstehen, und ich musste unterstellen, dass sie daran gewöhnt war so zu tun, als sei sie nur halb so schlau, wie sie tatsächlich war.

Das war schon in okay so. Ich wusste aus persönlicher Erfahrung, wie praktisch es sein konnte, Blödheit vorzugaukeln. „Wow. Da haben wir aber mal Glück gehabt."

Und zwar mächtig.

Wenn diese beiden Expertinnen für nachhaltige alternative Energiequellen waren, standen die Chancen nicht schlecht, dass sie etwas zusammenbasteln konnten, was sich mit der vom System geförderten Mana-Magie kombinieren ließ. Die Sonne war schließlich noch da. Sie stand nach wie vor am Himmel und strahlte wie eine doofe Kuh, damit die ganzen Leichen da draußen so bald als möglich anfangen konnten zu platzen.

„Wir würden gerne helfen." Chris sah sich um. „Nachdem die Kids anscheinend extra hierfür spezifische Klassen gewählt haben. Und ehrlich gesagt … Ich wünschte, ich hätte sie kennengelernt, bevor ich selbst gewählt habe. Meine kann zwar auch helfen, aber Techzard und Ähnliches ist einfach schlau angesichts der Umstände."

„Denkst du, wir könnten aus Solarenergie neuen Strom erzeugen? Mit einer anderen Infrastruktur, versteht sich." Wir brauchten möglichst bald wieder Energie.

Australien, und Brisbane ganz besonders, war weniger für seine milden Temperaturen bekannt. Es war Glück, dass sich diese Apokalypse als Startzeitpunkt den frühen April ausgesucht hatte. So hatten wir am Anfang wenigstens noch den Winter als Schonzeit.

Chris zögerte. „Wahrscheinlich, aber dieses Manazeug, die Art, wie sich diese Dungeonwelt hochfährt und selbst aufzubauen scheint? Ich glaube, unsere Technologie braucht eine komplette Neuausrichtung. Geht das? Ja, das geht, aber dazu brauchen wir Leute mit Ahnung. Und außerdem müssen wir verstehen, wie das System in solchen Dingen überhaupt funktioniert."

Sarah lächelte und sprang dazwischen, indem sie Chris' Arm umarmte. „Es wird klappen, aber bis dahin wüsste ich auch noch ein paar Gegenden mit Studentenwohnungen, die wir durchsuchen und nachsehen könnten, ob welche von den Studierenden es geschafft haben? Vielleicht könnten die uns ja helfen."

„Großartig. Ich stelle dir Evelyn vor. Sie teilt die Suchgruppen ein." Jetzt musste ich nur noch Evelyn erklären, wozu ich sie eingeteilt hatte.

Außerdem musste ich mir ein paar Sachen in Bezug auf die Pflanzen innerhalb und außerhalb von Garden City ansehen. Alles veränderte sich, nichts blieb gleich, und je früher ich verstand, wie genau die Molekularstruktur der Pflanzen manipuliert wurde, desto schneller würde ich in der Lage sein, unsere Pflanzen und uns selbst darauf vorzubereiten.

Chris schien entschlossen, einen der Suchtrupps zu begleiten. Ich benutzte Analyse, um ihre Werte und ihre Klasse zu prüfen. Was ich vorfand, überraschte mich ein wenig.

Chris(tina) James

TP: 190

MP:220

Energiemanipulatorin Level 5

Ich hatte keine Ahnung, was man damit machte, aber Level 5 war ein anständiger Start, auch wenn die Viecher da draußen schon im zweistelligen Bereich waren. Solange wir in Gruppen unterwegs waren und für genügend Heilkräfte und Schadenskapazitäten sorgten, war alles in Ordnung.

Die Detailführung der Gruppen konnte ich selbst aber nicht übernehmen. Schließlich ließen meine Fähigkeiten nicht zu, dass ich mich in fünfzehn Teile spaltete und alles gleichzeitig machte. Also musste Evelyn die Speerspitze der Suchtrupps übernehmen. Das würde ihr bestimmt gefallen.

Ich gab Jackson eine Umarmung, die er wahrscheinlich gar nicht mitbekam, und winkte den beiden Neuankömmlingen kurz zum Abschied, bevor ich mich zu Evelyn begab. Sie brauchte mich nicht jeden Tag bei den Rettungsmissionen.

Barry war ein kräftiger Feuermagier, seltsamerweise. Angesichts seiner gut gelaunten Persönlichkeit und seiner Aufgabe, die Leute zu katalogisieren, würde er wohl in der Anlage verbleiben.

Jules und ihre beruhigende Art waren perfekt für die Heilung aller neuen Mitbürger. Gemmas Assassinenfähigkeiten ergaben das perfekte Gegengewicht, sodass die beiden prächtig Hand in Hand gingen.

Molly und Sange waren die ideale Kombination aus Heilkraft und Tank. Da hatten wir also gleich schon eine neue Expeditionsgruppe. Sange hatte bei dem Krähenfiasko von neulich durchaus Führungswillen gezeigt, auch wenn theys Auftreten einsilbig und knapp war.

Dann war da noch Mark der Säbelrassler und Tasha die Magierkriegerin. Evelyn hatte also genügend Reserven, aus denen sie schöpfen konnte.

Kinder. Die Kinder. Ich hatte doch gewusst, dass ich irgendwas vergessen hatte. Nein, Moment. Ich hatte ja Jana, die gern auf die Kleinen aufpasste. Wie konnte ich das schon wieder vergessen haben?

„Du“ – Evelyn sprach mich an und stoppte mich so auf meiner Suche nach ihr – „siehst irgendwie nicht happy aus.“

Ich seufzte. „So offensichtlich, was? Ich glaub auch nicht, dass irgendwer hier gerade *wirklich* happy ist. Ich mach mir einfach Sorgen um den ganzen Mist, den wir organisieren müssen. Es gibt kein Handbuch, keine Anleitung, nirgends steht, was wir eigentlich machen sollen. Das ist frustrierend.“

Sie schaute mich an, oder eher in mich hinein. „Die Hauptsache ist, dass du nicht allein bist. Atme, wir schaffen das. Lade dir nicht mehr auf, als du tragen kannst. Gib auch mal was ab."

„Ah ja. Abgeben." Ich löste den Augenkontakt. „Apropos …"

„Nein. Nein, ich meinte nicht an mich." Evelyn klang leicht panisch, aber das war vielleicht auch nur Show. „Wozu hast du mich verdonnert?"

„Du musst uns Suchtrupps zusammenstellen, die ein bisschen was einstecken können. Wir brauchen hier mehr Überlebende. Wir brauchen Leute, um eine Stadt zu gründen. Die Stadt brauchen wir, damit wir Geld und eine ordentliche Verteidigung bekommen. Wir müssen dafür sorgen, dass die Leute ihre Fähigkeiten ausbauen. Ich weiß, die Kids sind dabei, und unsere ursprüngliche Gruppe auch, aber ich hab das Gefühl, ansonsten völlig den Überblick verloren zu haben. Wir haben alle ein persönliches Inventar. Ist dir schon mal aufgefallen, was das für ein schräger Scheiß ist?"

Die Waldläuferin lachte. „Ja. Ja, ist es. Na schön. Mach ich. Leute und Vorräte einsammeln. Alles plündern, was wir umbringen. Verstanden. Sonst noch was?"

Ich zögerte einen Augenblick. „Geh nicht drauf. Ich kenne dich seit ungefähr zwei Tagen, aber jetzt im Moment fühlt sich das an wie ein ganzes Zeitalter. Versuch am Leben zu bleiben und komm hinterher zu mir, um zu meckern und mir zu erzählen, wie viel lieber du einfach allein bleiben und deinen eigenen Kram erledigen würdest. So ein bisschen Normalität würde mir im Moment echt helfen."

Sie nickte feierlich. „Da hast du recht. Geht mir auch so. Ich weiß, du hast bestimmt selbst eine Menge vor. Aber lass es mich wissen, wenn ich dich mal wieder in meine Patrouillen einplanen kann."

„Mach ich." Wie sie mich so genau durchschauen konnte, wusste ich nicht, aber jedenfalls war sie so ziemlich zur Anführerin gemacht, wenn auch nur widerwillig.

Nicht allein. Richtig. Verstanden.

„Bin dann mal weg. Muss ja schließlich meine Truppen aufstellen und so." Sie zwinkerte mir noch zu, bevor sie ging.

Ich verdrehte die Augen, als sie davon marschierte. Nachdem Chris und Sarah nun an neuen Optionen für die Energieerzeugung arbeiteten, Evelyn unsere Suchmannschaften organisierte und Dale sich überlegte, wie wir die Leichen loswurden, bevor sie platzten und zur Seuchengefahr wurden, konnte ich selbst mich endlich an das machen, was wichtiger war als alles andere.

Zu verstehen, womit wir es hier zu tun hatten. Zu verstehen, warum ich wohl der einzige Mensch war, der diese verdammten blauen Fäden sehen konnte. Zu verstehen, wie wir sie nutzen konnte, um zu überleben.

❖

Für weniger fitte Leute war es keine leichte Aufgabe, im Stadtteil Upper Mt. Gravatt umherzustreifen. Verdammt hügelig, windig, voller Mutanten und offensichtlich auch Kreaturen, die in dieser Welt völlig neu waren. Aber kein Problem, denn aus irgendeinem Grund, den ich nicht ganz verstand, waren wir alle anscheinend einen Ticken stärker geworden.

Fitter. Am Anfang hatte sich das nicht gleich bemerkbar gemacht, doch jetzt spürte ich ganz deutlich, dass meine Ausdauer gewachsen war. Das System wollte, dass wir sein Spiel spielten, also begann es offensichtlich damit, allmählich unser aller Körper zu verjüngen.

Vielleicht war mir doch auch schon vorher etwas aufgefallen, doch nun, da ich draußen auf dem Parkplatz war, um dort das Laubwerk zu untersuchen, war ich mir endgültig sicher. Wenn das so weiterging, würde ich bald tagelang durchmarschieren können. Danke, System.

Momentan war ich aber noch nicht gerade in der Wildnis unterwegs. Bäume und Pflanzen waren an strategisch verteilten Plätzen überall in und um die Anlage gesetzt worden. Vielleicht einfach, um ihrem Namen gerecht zu werden. Garden City, stimmt's? Ohne ein paar Pflanzen konnte man sich ja wohl kaum als Garten bezeichnen.

Die Bäume taten mir leid, eingesperrt in Beton, die Wurzeln nach Erdwerk lechzend, nicht nach unerbittlichem Asphalt und Bitumen. Die Blätter verloren die Pflanzen in diesem Teil von Australien nie. Brisbane war das ganze Jahr über grün. Das bedeutete, die Blätter, die ich vom Boden aufheben konnte, waren immer recht frisch und nie tot wie im Herbst.

Mein Plan war, die Baumreihen abzulaufen und Rindenproben zu nehmen, außerdem Bodenproben und überhaupt alles an Proben, was ich finden konnte. Dann wollte ich weiter in den Innenhof ziehen, wo es weiteres Ziergrün gab. Die Restaurants dort hatten eine Menge Blumentröge, wo ich ganz andere Proben finden würde als hier draußen bei den Eukalyptusbäumen.

Schaurige Stille. In meiner näheren Umgebung war kein einziger Vogel zu hören. Sie befanden sich außerhalb des Bereichs des Centers, vielleicht waren sie auch vor der Krähenschlacht von gestern geflohen.

War das echt gestern gewesen? Ich hatte jetzt schon den Überblick über die Tage verloren, zumal sie so verwirrend und nur von kurzen Nächten unterbrochen waren.

Stille, obwohl die Sonne am Himmel stand und auf mich runterknallte, obwohl der Wind hin und wieder auffrischte und mir die Haare ins Gesicht peitschte. Die Stille fühlte sich an, als würde das System irgendwie abwarten.

Und ich hatte keine Ahnung worauf.

Ich gab den Rest meiner Proben in den einzigen Behälter, den ich bei unserer Flucht aus der Universität mitgenommen hatte. Die Exkursion war für alle Zeiten ins Wasser gefallen. Doch ich musste irgendwas rauskriegen, irgendwie schlauer werden. Es musste einen wissenschaftlich messbaren Grund geben, eine Methode … irgendwas.

Der Innenhof war ebenfalls leer. Niemand saß hier und genoss die frische Luft. Aus den verschiedenen Restaurants roch ich bereits das vergammelnde Essen. Doch die Vegetation roch immerhin nach Leben.

Die Restaurants waren zur Zeit des Systemstarts alle geschlossen, doch einige der Angestellten waren noch hier gewesen, als es losging. Sie waren nun drinnen bei uns. Ich fragte mich, ob das übrige Personal auch überlebt hatte.

Noch ein paar Blätter und ein paar Bodenproben, dann wurde mir die Stille zu viel. Ich war nur eine Stunde draußen gewesen, doch ich wollte wieder rein, unter Dach, wo unsere sichere Zone sich, na ja, sicherer anfühlte.

❖

Nach meinem heiklen Ausflug nach draußen zum Probennehmen von Bäumen und Pflanzen, ging ich rein, um sie in der ehemaligen Klinik im unteren Stockwerk der Anlage zu studieren, wo ich beinahe buchstäblich mit Mike zusammengekracht wäre.

„Scheiße. Sorry." Ich war voll im Pflanzenmodus und hatte nicht wirklich aufgepasst.

Mike lachte. Er hatte so einen gutmütigen, erwachsenen Vibe an sich, doch das Lachen klang so gezwungen, dass es mich aufhorchen ließ. Vielleicht lag es an meiner Wahrsagefähigkeit, oder vielleicht war ich auch weniger selbstvergessen als gedacht.

„Alles in Ordnung?"

Er zögerte und legte die Stirn in Falten. „Ein Wachsystem für etwas in dieser Größe zu organisieren, ohne Kommunikationsmittel, abgesehen von Laufboten? Das ist eine große Aufgabe."

Eine große Aufgabe, die ich ihm mal eben so beiläufig in den Schoß geworfen hatte. „Tschuldigung. Da hab ich dir wohl eine Menge Mist aufgeladen."

Mike hob abwehrend die Hände. „Nein. Das wollte ich damit echt nicht sagen. Ich hatte schon solche Situationen, wo eine Menge in kurzer Zeit erledigt werden musste. Das ist auch gar nicht das Problem" – das Problem im Moment ist die Kommunikation."

„Tretroller? Könntet ihr euch ein paar Roller aus einem Sport- oder Kinderladen schnappen und mit denen schneller durch die Gänge kommen?“ Ich meine, Jackson hatte seinen Roller immer geliebt und sich nie etwas sehnlicher gewünscht als einen mit Elektromotor. Aber auch ohne Strom wäre man so bestimmt schneller als zu Fuß.

Mike blinzelte mich an und begann dann erneut zu lachen, dieses Mal aber bebten seine breiten Schultern mit. Es war ein lautes Lachen, das im Untergeschoss des Centers widerhallte. „Das wäre mir nicht eingefallen, ergibt aber total Sinn. Ich hab einfach nicht kreativ genug gedacht.“ Er zwinkerte mir zu.

„Freut mich, wenn ich helfen kann.“ Ich schaute hinab auf die Sachen in meinen Händen. „Wenn das alles ist, dann muss ich mir jetzt dieses ganze Zeug ansehen.“

Er musterte den Haufen Dreck und Proben, sagte jedoch kein Wort dazu. „Wir schicken dir jemanden, wenn wir dich brauchen. Auf einem Roller.“

Letzteres untermauerte er mit einem Grinsen, bevor er sich abwandte und ging. Wahrscheinlich direkt auf die Suche nach einem brauchbaren Roller.

Wenn sie mich brauchten? Warum um alles in der Welt sollten sie mich brauchen? Allerdings war das alles hier ja irgendwie auch meine Idee gewesen.

Ich gab mich in den kleinen Laborbereich. Fest stand, das Mana drang in unsere Körper ein, korrigierte, was nicht stimmte und reparierte, was verletzt war. Selbst wenn es schon vor Jahren passiert war. In gewisser Weise fühlte ich mich auch jünger, frischer. Verlängerte das

Zeug unsere Lebensspanne?

Ich wünschte, ich wäre nicht nur Spezialistin für Pflanzen. Wo war mein Zwilling bloß, wenn ich ihn für Antworten auf meine verdammten Fragen brauchte? Er kannte sich mit dem menschlichen Körper genauso gut aus, wie ich mit meinen Pflanzen. Ich war sicher, hätten wir zusammengearbeitet, hätten wir rasch verstanden, wie das System genau auf uns und unsere Umgebung einwirkte.

Falls er überlebt hatte.

Ich schüttelte trotzig den Kopf und zwang die Enge in meiner Brust hinaus. Natürlich hatte er das. Zum Sterben war der Mistkerl viel zu stur.

Zweieinhalb Tage in dieser Scheiße, und eines war sicher. Es würde erst noch schwieriger werden, bevor es leichter wurde. Rauszufinden, wie Mana funktionierte, wie es mit allem auf diesem Planeten interagierte, bedeutete, dass wir seine Kraft besser einsetzen konnten.

Und das mussten wir.

Ich machte mich ans Werk und packte alle meine Proben aus. Keines der Ergebnisse ergab irgendeinen Sinn, und ich wusste zwar auch nicht, was ich erwartet hatte, doch jeder neue Test war noch verwirrender als der vorangegangene. Ich wusste nicht mal wirklich, wie lange ich schon arbeitete, doch was ich wusste, war, dass ich am Ende weniger wusste als am Anfang.

Ich lehnte mich zurück, raufte mir mit den dreckverschmierten Händen die Haare und fragte mich müßig, wie lange es wohl dauern würde, bis wir das Wasser wieder zum Laufen brachten, bevor wir hier im wahrsten Sinne des Wortes in der Scheiße steckten.

„Fertig?“ Evelyn hatte mich erneut erschreckt. Sie wurde allmählich gut darin.

Zur Antwort bot ich ein gepresstes Lächeln dar und konzentrierte mich wieder auf den Blumenstiel vor meiner Nase. Selbst die Venen der Blätter verwandelten sich, begannen zu mutieren, wurden weniger irdisch und mehr systemisch.

Ich war so fertig, wie ich eben sein konnte, ohne bessere Ausrüstung und idealerweise eine Abhandlung darüber, wie das System es anstellte, unsere Natur zu transformieren. Ich wollte mich ohrfeigen, weil ich nicht daran gedacht hatte, etwas von meiner Laborausrüstung mitzunehmen. Allerdings hatten die blauen Fenster mich eben ein klein wenig aus der Fassung gebracht, als sie zum ersten Mal auftauchten.

„Ja. Für den Moment definitiv fertig.“ Was für eine frustrierende Verschwendung eines kompletten Nachmittags.

„Gut. Du brauchst was zu futtern. Red sagt, er hat dich den ganzen Tag über nichts essen sehen.“

Ich blinzelte sie an. „Wie spät ist es?“

„Nacht. Es ist Nacht.“

Scheiße. Ich hatte stundenlang meine Kinder vergessen. Als die ersten Zeichen von Panik auftraten, packte ich mich selbst am Kragen. Das System hatte mich als ihren Vormund erfasst. Ich war mir ziemlich sicher, dass ich es erfahren würde, sollte ihnen etwas zustoßen.

„Essen, also gut.“ Ich nickte, stand auf und klopfte mich ab, bevor ich mir mit ein paar Feuchttüchern den Dreck von den Händen wischte.

„Was hast du denn gemacht?“, fragte Evelyn, während wir die Treppen hinauf zum üblichen Versammlungsort liefen.

„Hab nur versucht herauszufinden, was das System mit unserer Welt macht.“

„Irgendwelche Antworten?“

Ich lachte. „Nope. Nur noch mehr Fragen.“

„Perfekt.“

Neben Evelyn ließ es sich leicht herlaufen. Nicht viele Menschen verstanden das mit dem kameradschaftlichen Schweigen.

Bevor wir zur Technikhöhle der Kids kamen, trat Barry heran.

„Da bist du ja!“ Er winkte schon von Weitem, sein Gesicht lächelnd und strahlend.

Ich fragte mich, wie er das dauernd hinkriegte.

„Hey, du.“ Ich begrüßte ihn und konnte gar nicht anders als zurückzugrinsen.

„Wir haben hier eine Menge großartiger Leute.“ Sein Eifer war ansteckend. „Mike hat fürs Erste genügend für die Wachmannschaft. Red hat für den Essensaspekt auch einen ganzen Haufen Helfer. Sogar ein paar Krankenpflegerinnen sind dabei, die Dale helfen können.“

Ah, jetzt kam's. Das große Zögern.

„Was ist denn, Barry?“, fragte ich.

„Na ja, wovon wir leider nicht so viele haben, sind Abenteuerklassen. Ich meine, wir haben gerade mal so um die zweihundertdreißig Leute, und viele von ihnen wurden gerade erst zugewiesen …“ Er hielt inne und schaute mich an. „Was denn?“

„Seit wann sind wir denn so viele?“

Evelyn lachte. „Du warst den ganzen Nachmittag in deinem Verlies.

Wir hatten zwei erfolgreiche Missionen."

Ihre Brust schwoll leicht an, verdientermaßen.

„Wow. Super." Ich war verblüfft, und irgendwie ziemlich aufgeregt. „Na ja, vielleicht kannst du ja jemanden anheuern, der dir bei der Aufnahme unter die Arme greift, Barry. Jemand, der kein wandelnder Flammenwerfer ist?"

Er grinste. „Ausgezeichnet. Ich hatte gehofft, dass du das sagst. Ich würde zu gern ein paar Sachen in die Luft jagen."

Wisp rannte herbei und krachte in mich rein. „Mum!"

„Ich rede gerade." Sie beruhigte sich und setzte eine säuerliche Miene auf, und ich wandte mich zurück an Barry. „Geh dir ein paar Level holen, hilf uns, mehr Leute herzubringen. Am Abend kannst du dann immer noch alles hier überprüfen."

Er nickte, den Blick noch immer voller Frohmut, und ging wieder seiner Wege. Das absolute Gegenteil seines Bruders, doch diese kleine Siedlung konnte man sich ohne Red und Barry schon gar nicht mehr vorstellen. Um seine Aufgabe, die Verpflegung zu rationieren, beneidete ich Red außerdem kein bisschen.

„Was gibt's, Schätzelein?", fragte ich mein Töchterchen, nachdem ich sie auf meine Hüfte gehoben hatte. Hund folgte unserer kleinen Prozession zum Food-Court.

„Ich will auch im Level aufsteigen", schmollte sie.

„Das kannst du noch nicht. Erst musst du noch ein bisschen wachsen." Ich umarmte sie ganz fest und stellte sie ab, als Red auf mich zukam, mir kurz in die Augen starrte und mir einen Teller Essen hinhielt.

Verdammt. Ich war am Verhungern.

„Ich will aber."

„Du kannst einfach nicht. Das System erlaubt nicht, dass *ich* eine Klasse für dich wähle. Also, bleib einfach am Leben und sieh hier drinnen zu, dass du größer wirst, okay?"

Sie sah mich einen guten Augenblick lang an, lange genug für mich, um mein halbes Sandwich zu inhalieren. „Okay, aber Hund behalte ich bei mir."

Ich nickte, weil mein Mund zu voll war. Das hatte gar nie zur Debatte gestanden. Einigermaßen zufrieden gab sie mir eine Umarmung und rannte davon zu Jackson und Darren, die sich gerade eindringlich miteinander unterhielten.

„Morgen bei Sonnenaufgang reiten wir los!"

„Was?" Bei Evelyns Bemerkung hätte ich mich beinahe verschluckt.

Sie lachte. „Morgen gehen wir mit mehreren Gruppen los und starten die Suche nach weiteren Überlebenden. Es dauert zu lange. Wir müssen mehr Leute finden."

„Morgen dann also." Ich verschlang den Rest meines Essens, kippte eine Flasche Wasser hinterher und erhob mich. „Schlafen, Ausrüstung packen, Viecher killen, Überlebende finden, leveln."

Evelyn nickte und ich schenkte ihr ein knappes Grinsen.

Viecher killen. Leveln. Neues lernen. Die neue Welt verstehen. Überleben.

Klang doch gar nicht so übel, oder?

Kapitel sechzehn: Retten

4 Tage, 9 Stunden nach Systemstart

Klebriges schwarzes Blut klatschte mir ins Gesicht.

Zum Glück waren meine Reflexe schnell genug und ich hatte Mund und Augen geschlossen, als der zerknüppelte Körper explodierte. Wenigstens verschluckte ich dadurch nicht versehentliche irgendwelche Innereien. Diese Grützeklumpenviecher waren alles andere als heimisch hier und passten farblich mehr oder weniger zum Beton und Asphalt der Umgebung.

Die gallertartigen Batzen waren wie Wackelpudding und erinnerten sehr an die Anfangsmonster in vielen Spielen, die ich kannte. Nur dass sich hier, in unserem nunmehr echten Leben, unter dem ganzen Glibber messerscharfe Krallen oder Hauer verbargen. Vielleicht waren's auch nur Zehennägel. Jedenfalls taten sie höllisch weh.

Hier in den Vorortstraßen von MacGregor, gleich hinter Garden City, hatten sich diese Batzen häuslich eingerichtet. Wohnblocks und Reihenhäuser, eingezäunte Gärten und so weiter, die kleinen Schweine schienen sich in dieser Umgebung jedenfalls wohlzufühlen.

Zumindest war das unser Eindruck nach den vergangenen vierundzwanzig Stunden unserer Suche nach Überlebenden.

Weitere drei Batzen starben durch unser fantastisch koordiniertes Teamwork. Und mein Sarkasmus verödete in meinem inneren Monolog.

Molly und Sange allerdings waren in besagtem Teamwork tatsächlich großartig. Wir anderen brauchten noch etwas Übung.

Ein lautes Kreischen wollte mir die Trommelfelle zerreißen. Ich presste meinen Kopf zusammen, versuchte es auszusperren und starrte in die Luft, als ein gewaltiger Schatten über uns hinweg zog. Zuerst konnte ich gar nicht begreifen, was ich da sah. Es war riesig und hatte Flügel, vielleicht auch Federn, jedenfalls aber einen enormen Schnabel. Vermutlich gehärtet, wenn man sich den Effekt des Mana auf die Krähen ansah. Aber dieses Ding sah viel mehr aus wie ein Drache aus einer Sage denn ein Vogel.

Auch wenn es schwarz-weiß war, wie eine Würgekrähe. Ja, wunderbar, System. Lass mal eine Krähe mit einem Drachen kreuzen und das gesamte Universum zerstören. Großartiger Plan, zugegeben.

Moment mal. Waren Drachen jetzt real? Feuerdrachen? Schattendrachen? Eisdrachen?

Vielleicht waren Krähendrachen dann ja noch gar nicht so schlimm.

Quatsch. Schlimmer ging's nicht.

„Ist das – " Ray kam näher, während mein Hirn noch immer stotterte. „Ist das ein Krähendrachen?"

Der Unglauben in seiner Stimme war greifbar und spiegelte meine Gedanken so genau wider, dass es schon gruselig war.

„Sieht so aus." Molly deutete mit ihrem Schwert die Straße hinab. Mich interessierte noch immer, woher sie das Teil hatte, verdammt. Ich musste mir merken, sie zu fragen, wenn ich mal Zeit hatte. „Die Glibberdinger haben sich zurückgezogen. Vielleicht sind wir blöd, wenn wir das nicht auch machen."

„Ich glaube, er kann uns nicht sehen?" Jackson klang unsicher.

Er versuchte sich wie ein Erwachsener zu verhalten, aber er war noch immer ein Kind. Mein Kind. Scheiße.

Ich zog ihn an mich und drückte ihn kurz, um keine große Sache daraus zu machen. Teenager konnten aus allem eine große Sache machen. Dieses Mal hatte ich Glück. Ich kassierte doch tatsächlich ein dankbares Lächeln. Punkt an mich, ich war noch immer eine coole Mum.

Der Krachen, wie ich ihn kurzerhand taufte, flog weiter in Richtung seines unbekannten Ziels, ohne uns bemerkt zu haben, oder vielleicht erachtete er uns auch einfach nicht als angemessene Zwischenmahlzeit. Beides war mir recht. Nachdem ich erleichtert aufgeatmet hatte, meldete ich mich zu Wort.

„Lasst uns nachsehen, ob wir hier noch Überlebende finden, solange die verdammten Batzen uns nicht nerven."

Die Gruppe versetzte hastiges Nicken, und bevor es weiterging, wurden noch die Überreste geplündert – Gott, die Finger in diesen Schleim zu stecken, machte echt keinen Spaß.

Dann folgten wir weiter der Straße. Schaurigerweise wirkte es hier, abseits des Schlachtfelds auf der Logan Road, als wäre die Welt völlig unberührt geblieben. Die Straßen von MacGregor schienen verschlafen, ganz wie in den frühen Morgenstunden eines gewöhnlichen Tages. Gut, mittlerweile war es Vormittag, aber trotzdem.

Die Häuser standen alle im Wesentlichen noch, Autos parkten auf der Straße, als seien die Leute gerade erst aus der Arbeit nach Hause gekommen. Kein Unfall weit und breit. Vögel, die ich mir lieber nicht so genau ansah, zwitscherten munter oben in den Bäumen. Wären da nicht die Batzen oder hin und wieder eine infizierte Katze oder ein Hund, die uns angreifen wollten, hätte man sich doch wieder fragen können, ob das alles nicht einfach nur ein Albtraum gewesen war.

Wenigstens wurde uns das immer schnell ausgetrieben, wenn wir alle paar Schritte mal wieder irgendwas killen mussten.

Hier fand keinerlei Kooperation zwischen den mutierten Kreaturen statt. Vielleicht wollten sie sich das Futter nicht teilen. Vielleicht waren auch ihre ursprünglich fügsamen Gemüter dafür verantwortlich.

Oder. Die dritte Möglichkeit.

Die nämlich, dass uns all das in einem falschen Gefühl der Sicherheit wiegen sollte, sodass im richtigen Moment irgendwas Übles unerwartet aus den Büschen springen konnte? Ja. Das klang aktuell doch schon viel realistischer.

Gut getrimmte Hecken, geziegelte Zäune, geschniegelte australische Häuschen. Einige zweistöckig, die untere Etage sehr offen, um für Luftzirkulation zu sorgen, manchmal aber auch mit Holzverkleidungen verschlossen. Unsere Blechdächer, durch die man nie einen Regenguss verpasste.

Das wollte schließlich niemand. Australien war immerhin einer der trockensten Orte auf der Erde.

Jap, es war eine nette kleine Nachbarschaft, abgesehen eben von den Batzen und den mutierten Haustieren. Nicht ein einziger Mensch in Sicht, nur fauchende hunde- oder katzenartige Wesen, die sich auf uns stürzten, begleitet von Gelatinebatzen mit rasierklingenbesetzten Gliedmaßen.

Die Doone Street war weniger einladend, als ich gehofft hatte. Aber andererseits waren die Dinger mir fast lieber als eine weiße Vorort-Fußball-Mami hinterm Steuer einer übergroßen Dieselmaschine auf dem Weg zu ihrer Tanzstunde.

Aber na ja, jedem das Seine.

Rücken an Rücken und in kreisförmiger Formation, Darren mit Dale, Jackson mit mir, tasteten wir uns den Weg zurück, den wir gekommen waren. Molly und Sange vorn, Ray und ich hinten, alle anderen in der Mitte. Das Heiler-Tank-Duo pflügte sich stetig vorwärts, und ich sorgte dafür, dass unser Rücken frei blieb, indem ich hin und wieder eine Erdbarrikade aufwarf, den Manaverbrauch stets wachsam im Auge behaltend.

Die Hunde waren das Letzte, und auch wenn man noch sehen konnte, dass sie mal Haustiere waren, nach vier Tagen in dieser Mana-aktiven Umgebung hatten sie zu etwas gänzlich anderem werden lassen. Etwas Größerem, Böserem, Wilderem. Wir mussten sie töten, und doch graute mir vor dem Anblick ihrer zertrümmerten Körper.

Die Erinnerungen an meinen Hund Lady aus Kindertagen, wie sie zerschmettert auf dem Gehsteig lag, von einem Wagen überfahren, wollten mir die Luft rauben. Ich musste mir immer mal wieder die Tränen wegwischen, wenn die Gefühle mich zu überrumpeln drohten.

Mir fiel auf, dass ich damit auch nicht allein war. Molly war ebenfalls den Tränen nahe, rumpelte aber über ihren Schmerz hinweg, indem sie sämtliche Glibberbatzen in ihrem Weg plattmachte. Therapie.

Ein koordinierter Angriff mehrerer Gegner gleichzeitig, war das Letzte, was ich wollte, aber ich hätte wohl damit rechnen müssen. Ein halbes Dutzend hatte sich geduckt angeschlichen, unter Nutzung von

Hecken und abgestellten Autos als Deckung, bevor sie uns alle zugleich attackierten.

Großartig. Offenbar konnten sie nun dank Mana auch taktisch denken.

Ich sprach eine Erdbarrikade aus und zog sie lang. Ließ sie ihn die Höhe wachsen, doch auch das hielt nur ein paar unserer Angreifer ab. Sie als Offensivwaffe einzusetzen, bedurfte exaktes Timing und war gar nicht einfach. Am Ende bremste die Barrikade nur zwei von ihnen ganz ein, sodass sie den weiten Weg drum herum nehmen mussten. Ich wünschte fast, sie hätten es mit Springen versucht – dann hätte ich das mit der Enthauptung noch mal probieren können.

Jackson und Dale beschworen ihre Projektilzauber herauf, zielten auf die zwei Batzen, die sich von der Seite her auf sie stürzen wollten. Ihr Zielen war präzise und traf die zwei Viecher mitten im Sprung, wodurch sie rückwärts hingestreckt zu Boden klatschten. Sie scharrten mit den Füßen und schüttelten den ersten Schreck ab. Noch nicht tot, nur verwundet.

Molly wurde gleich von dreien auf einmal frontal angegriffen. Sie führte ihren Schild mit Bravour, blockte den ersten ab, wurde jedoch von den anderen beiden an Armen und Beinen angefallen und verletzt. Sange und Dale waren wachsame Heiler und flickten ihre Wunden im Handumdrehen zu, während Ray die sturen Biester mit Eiszapfen eindeckte. Das Vieh, das Mollys Arm hatte, ließ locker, und so konnte sie wieder losschlagen.

Ab da hatte ich leider keine Zeit mehr, mich um die anderen zu kümmern.

Ein Zähnefletschen erklang von links hinter mir, und ich wirbelte gefühlt in Slow-Motion herum. Was immer dieser kleine Mistkerl mal gewesen war, jetzt stürzte er sich jedenfalls geradewegs auf mich. Das Teil hatte ein Fell, sah sonst aber wie ein Batzen aus, und seine Klauen waren ebenfalls messerscharf. Anscheinend war da irgendwie ein Hund mit einem Alienglibber verschmolzen.

Ich hob nur noch die Hand und ahnte schon, dass ich keine Zeit mehr haben würde, den kleinen Scheißkerl abzuwehren. Gleich würde es wehtun. Tat es aber nicht.

Das Ding platzte in einer Explosion aus Fell, Glibber und Innereien, die nicht nur mich völlig einsaute, sondern auch Ray und Jackson erwischte. Der Rest des Viehs erlag der Schwerkraft und klatschte vor meinen Füßen zu Boden, woraufhin dahinterstehend eine junge Frau sichtbar wurde, die Hand in meine Richtung ausgestreckt. Sie konnte nicht älter sein als zwanzig Jahre, und sie bebte, als stünde sie in einem Hurrikan, den ich nicht sah.

Der Geruch verbrannter Was-auch-immer-dieses-Vieh-war stieg mir in die Nüstern, und ich rümpfte die Nase.

Feuer. Das Mädchen konnte Feuer schleudern.

Sie sah mich mit einem erleichterten Seufzen an, und erst da begriff ich, dass sie nicht allein war. Außerhalb unserer Gruppe hatte noch ein weiterer Kampf stattgefunden, der mir völlig entgangen war, so sehr war ich darauf konzentriert gewesen, uns selbst zu schützen. Ich war einfach eine furchtbare Kriegerin – aber schließlich hatte ich auch gerade mal vier Tage Erfahrung darin.

Aus den Häusern überall um uns herum traten nun ganz behutsam Leute hervor, zusätzlich zu jenen, die uns zu Hilfe geeilt waren. Familien, die überlebt hatten, indem sie sich still und heimlich in ihren Häusern versteckt gehalten hatten, zitternd hinter ihren Holz- oder Steinfassaden.

Und nun hatten sie uns geholfen.

Vielleicht bestand für die menschliche Rasse am Ende ja doch noch Hoffnung.

An diesem Abend kamen wir mit gut sechzig Leuten nach Hause. Nichts stellte sich uns auf dem Rückweg in die Quere. Eine solche Macht griff nichts so einfach an. Und wir waren auch nicht die einzige Gruppe. An diesem Tag wurden über hundert Leute gefunden. Dennoch, in Anbetracht dessen, was wir verloren hatten, fühlten wir uns, als würden wir uns an Geistern festklammern.

❖

Fünf Nächte waren vergangen, seit die Welt ihr Ende gefunden und das System uns übernommen hatte. Jene fünf Nächte waren ein verworrenes Chaos aus Kampf, Organisation, Planung, mehr Kampf und mehr Organisation. Jeden Tag erschienen mehr Monster mit immer höheren Leveln, und wir mussten uns weiter und weiter von der sicheren Zone entfernen.

Fünf Nächte, und hätte mich irgendwer gefragt, was während einer davon passiert war, hätte ich keine Antwort gewusst, außer dass ich mehr Kaffee brauchte. Um nicht ständig die Leichen hinter meinen Augen sehen zu müssen. Den Tod überall um uns herum riechen.

Am Morgen unseres sechsten Tages stand ich auf dem Parkdeck und schaute hinaus, als die Sonne gerade den Horizont erhellte, während Evelyn hinter mir die Truppen sammelte. All unsere erfahrensten Leute. Die ganzen zwanzig. Na ja, fast. Ich weigerte mich, fortan irgendwen unter achtzehn Jahren mitzunehmen. Sagen wir einfach, Jackson funkelte mich aus einer umarmungsfeindlichen Distanz böse an. Status als coole Mum? Im Sturzflug.

Es ging nicht anders. Oder?

Mir war es lieber, überfürsorglich und verhasst zu sein, als mein Kind zu überleben.

Red, in seiner leisen, sachkundigen Art, organisierte die Sammler. Eine überraschend hohe Zahl an Menschen hier hatte einen Gemüsegarten hinter dem Haus. Und so sammelten wir das Essen in jedem der passierten Häuser ein, samt allem Ertrag aus den Gärten.

Unsere Sammler hielten sich hinter den Kriegern auf, wie verstohlene kleine Diebe, die für unseren Lebensunterhalt sorgten.

Wieder andere wurden von Mike losgeschickt auf der Suche nach Waffen aller Art, indem sie verlassene Wohnstätten und Geschäfte durchsuchten – natürlich erst, nachdem die Kampfgruppen die jeweiligen Gebiete gesäubert hatten. Falls sie dort dann doch noch Monster antreffen sollten, waren sie zwangsläufig von niedrigem Level und einfach zu töten.

Vom Cricketschläger bis zur Armbrust, was auch immer sie finden konnten, um die Verteidigung unserer Position zu erleichtern. Unsere Sportgeschäfte hatten uns bereits ein gutes Grundarsenal geliefert, aber ewig würde das auch nicht halten. Mike dachte in die Zukunft, wie ich es nicht gekonnt hätte.

Barry, Jules und Ray arbeiteten harmonisch zusammen bei der Aufnahme und Einteilung aller Neuankömmlinge. Der muntere Feuerzauberer war jedem ein willkommener Freund, und Jules war die Liebenswürdigkeit in Person. Ray wiederum hatte genau das richtige Ausmaß an Bescheidenheit, um die übertriebene Selbstsicherheit zu konterkarieren, an der er manchmal litt.

Und dennoch, wir wuchsen zugleich zu schnell und nicht schnell genug.

Ich prüfte den Fortschritt der Quest.

Quest-Fortschritt: Überlebende sammeln

Gesammelte Überlebende: 402/1000

Das war nicht genug. Fünf Tage verstrichen. Bei diesem Tempo würden wir es nicht schaffen.

Scheiße.

Immerhin hatten die Kids einige Level errungen, indem sie ihre Tüfteleien mit den Abenteuern in der Wildnis kombinierten, doch Letzteren hatte ich ja gestern einen Riegel vorgeschoben. Jackson war gar nicht zufrieden mit mir. Er war bei Level 12 und voller Verachtung. Aber wir hatten ohnehin schon achtzehn Menschen verloren.

Mit jenen achtzehn wären wir bei 420. Jeder einzelne zählte. Wir mussten also klug sein und tun, was wir konnten, damit die Kinder in

Sicherheit waren. Die Menschheit als Ganzes hing davon ab, dass unser Nachwuchs überlebte. Vielleicht dachte ich auch ein bisschen zu sehr wie eine Biologin.

„Mum?“ Wisp gab mir eine Umarmung und holte mich so aus meinen Gedanken. „Willst du den Armschutz heute mitnehmen? Ich geh nicht aus der sicheren Zone raus, und du brauchst ihn vielleicht dringender als ich. Vielleicht rettet er dich sogar?“

Verdammt noch mal. Ich wollte nicht heulen. Sie hatte recht. Die Dinger konnten mich retten. Auch wenn sie nicht die stärkste Panzerung der Welt waren, dieses bisschen Schutz konnte den Unterschied zwischen Leben und Tod ausmachen. Aber was, wenn hier irgendwas schiefging? Wir waren keine echte sichere Zone. Der Ort war noch keine Stadt. Die Monster konnten hier zwar nicht spawnen, aber wenn sie entschlossen genug waren, konnten sie sich dennoch einen Weg hinein bahnen. Es gab nichts, das mir garantierte, dass mir die Sicherheit meiner Kinder garantierte, während ich draußen unterwegs war.

Ich hätte es mir nie verzeihen können, wenn ihnen etwas zugestoßen wäre.

„Hey, der gehört dir. Ist dein Bonus, und wir haben ihn besorgt, damit er dich schützt“, sagte ich, doch sie trat zurück und versetzte mir mal wieder ihren ‚Ich bin kein kleines Kind‘-Blick.

„Genau wie der Rückwärtssalto in meiner Bodenturnkür nicht gut für meine Sicherheit war, hm?“ Sie verschränkte die Arme und fixierte mich mit den Augen.

Sie hatte schon recht. Typisch Eltern.

„Hör mal. Bitte nimm ihn. Sonst mache ich mir solche Sorgen, dass ich wahrscheinlich nicht mal spielen kann." Ihr Gesicht war ernst, aber daran, wie es in ihren Augen funkelte, erkannte ich, dass sie ganz sicher würde spielen können.

Ich schätzte mich glücklich, trotz alledem eine Achtjährige zu haben, die noch immer zwischendurch wenigstens ein ganz normales Kind sein konnte.

„Na schön. Ich nehm ihn ja schon." Ich nahm den Armschutz entgegen und ließ ihn seufzend um mein Handgelenk schnappen. „Bitte, zufrieden?"

„Nö. Aber jetzt mach ich mir weniger Sorgen."

Sie lehnte sich vor und verpasste mir eine der dicksten Umarmung, die ich je von ihr bekommen hatte, unter Ausnutzung ihrer gesamten Turnerinnenkraft. Dann sauste sie zurück zu ihrem Bruder. Vielleicht hatten sie die Sache mit dem Armschutz ja gemeinsam ausgeheckt. Wenigstens kümmerten sich meine Kids um mich.

Ein guter Mum-Moment, was?

Gut auch, dass Jana für da war, um nach den kleineren Kindern zu sehen.

„Okay." Evelyn räusperte sich an meiner Seite und holte mich damit aus meinen Gedanken. „Alle da? Wir starten in ungefähr zehn Minuten. Zuerst würde ich gern noch ein paar Dinge durchgehen."

Ich schaute mich in unserem improvisierten Fuhrpark um. Fahrräder und Dreiräder. Die großen Dreiräder. Allesamt von Muskelkraft getrieben. Immerhin konnten wir so gemeinsam eine größere Fläche abdecken, besonders jetzt, wo wir bereits viel weiter raus mussten, um noch Leute zu finden.

Molly und Sange kamen mit uns, genau wie Mark und Tasha. Gemma und Jules, Barry, nicht aber Red. Er blieb hier und teilte sämtliche Rationen und die verfügbaren Lebensmittel ein, damit wir alle zu essen hatten. Mit Chili zu schmeißen war außerdem auch nicht gerade die beste Offensivfähigkeit, außer der Gegner bekam es zufällig in die Augen.

Er hatte es hingekriegt, eine ganze Menge Gasherde zum Laufen zu bringen, und seit dem Vortag war das Essen deutlich besser geworden. Ich beneidete ihn allerdings nicht darum, das ganze Essen in den Tiefkühltruhen loswerden zu müssen. Bald schon würde der Gestank durch die isolierten Türen zu dringen beginnen.

In apokalyptischen Zeiten wäre einem ein schlechterer Geruchssinn ohnehin oft lieber gewesen.

Mein Blick wanderte über meine Mitstreiter, alle bereits in festen, kleinen Gruppen gesammelt, die sich bereits herauskristallisiert hatten. Gemeinsam zu kämpfen, verwundet zu werden und manchmal auch zu sterben, schien einen verbindenden Effekt zu haben.

Die meisten von ihnen kannte ich nun schon. Ray von unserer ersten Mission. Ein paar nur aus spät nachts erzählten Geschichten.

Az, der ein Messie-Haus betreten hatte, nur um dann beinahe von etwas ersäuft worden war, das man nur als Zeitungs-Schleim bezeichnen kann. Sie hatten ihn rausgezogen, aber nicht bevor das Ding ihn sämtlicher Klamotten beraubt hatte. Das Haus hatten sie hinterher niedergebrannt. Lola mit der schrillen Stimme, die zu ihren Angriffs-Boni gehörte und sie extrem effektiv im Kampf gegen Hunde machte.

Es gab auch noch andere, schlimmere Geschichten. Aber

mittlerweile waren wir viel zu viele Leute, als dass ich den Überblick hätte behalten können.

Es musste da draußen noch mehr geben. Das konnte doch nicht alles sein, was von dieser Gegend noch übrig war, oder doch? Wir hatten vielleicht drei Prozent der ursprünglichen Bevölkerung zusammengekratzt, und jetzt suchten wir bereits drüben in MacGregor. Ich wollte einfach nicht glauben, dass es da draußen keine weiteren Überlebenden mehr geben sollte. Wir waren einfach noch nicht weit genug gekommen. Aber das würden wir demnächst ändern.

„… und einige von euch haben dank ihrer Klasse besonders viel Ausdauer. Das ist gut. Aber überlasst die Räder denen, die das nicht haben." Evelyn deutete auf die vierzehn „Fahrzeuge", die wir zusammengeschustert hatten. Die meisten waren eher große Dreiräder als Fahrräder, eben, weil sie drei Räder hatten. Stabiler und in der Lage, etwas Zuladen mitzunehmen, ein Sanitätskasten, Wasser, solches Zeug.

Ich hoffte, Chris und Sahra konnten Jackson und seiner Truppe mit den Batterien und Energiequellen weiterhelfen. Ihre Bastelei nahm an Fahrt auf, aber ich konnte nicht umhin, mir die Ergebnisse lieber gestern als morgen zu wünschen.

Evelyn fuhr fort und teilte alle Verbliebenen in ihre Gruppen ein. „Ich möchte, dass wir alle so dicht wie möglich beieinander bleiben. Je mehr, desto besser, das ist unser Mantra."

Ich überflog die Ansammlung an Leuten. Dale war nicht dabei, was mich erleichterte, denn manchmal hatte ich fast das Gefühl, er wünschte sich fast, aufgeben zu können und draufzugehen. Wenn er hier bei Darren blieb, würde er hoffentlich merken, wie sehr er noch gebraucht wurde.

Und dennoch fehlte mir seine Gegenwart. Er war zwar nur ein paar Zentimeter größer als ich, doch er wirkte irgendwie beruhigend. Außerdem war er so ziemlich der Erste von allen, die ich mit mir mitgeschleift hatte.

Irgendwann würden wir uns alle mit den Folgen dieser Katastrophe befassen müssen, denn keinem von uns ging es gut damit, und schon gar nicht jenen, die gleich am Anfang ihre Liebsten verloren hatten und jetzt einfach immer weitermachen mussten.

Niemand war verschont geblieben.

Wir hatten Sange und Jules und noch ein paar andere Heilerklassen. Zumindest hielt ich sie dafür. Ich checkte noch mal meinen Mana-Mantel und prüfte, ob er sich auch auflud. Irgendwann würde er, wenn meine Annahmen korrekt waren, in der Lage sein, die für mich in Notsituationen verfügbare Menge an Mana exponentiell zu erhöhen.

Eine Gruppe von zwanzig Leuten, die auf Rädern durch die Gegend fuhren, war höchst auffällig. Aber hoffentlich würde das ein paar der kleineren Kreaturen verscheuchen, die uns auflauerten. Batzenangriffe zu verhindern stand hoch auf meiner Prioritätenliste. Diese verdammten Festlandpiranhas.

Entlang der Logan Road war der Weg ohnehin geräumt. Zumindest fürs Erste. Einige der Männer waren gestern mit Dale draußen gewesen, um die Leichen zu entsorgen. Sie hatten in einem Werkzeugladen Schutzanzüge aufgetrieben und den ganzen Tag über geschuftet. Keine Ahnung, wie sie das ausgehalten hatten, ich jedenfalls hätte so was nicht geschafft.

Es war einiges los, worum ich mich nicht kümmern konnte, von der Pflege traumatisierter Kinder bis zur Rationierung der Vorräte. Und doch kamen ständig Leute zu mir und fragten mich um Erlaubnis.

„Du bist viel zu still heute." Evelyn stupste mich an. „Was geht dir durch den Kopf?"

Ich hob eine Braue und gestikulierte mit der freien Hand auf die Welt um uns herum, während ich weiter pedalierte. „Das hier?"

Evelyn lachte. Sie hatte so eine seltsame Art, mit der sie einfach alles auf die leichte Schulter nehmen konnte. Ich wünschte, ich hätte solchen Mumm gehabt. Ich war mehr jemand für Tests, Nachforschungen und exakte Daten. Außer wenn ich auf Unerwartetes stieß, wie es schien.

„Glaubt ihr zwei echt, dass wir noch Leute finden?", fragte Molly zu meiner linken, ihr braunes Haar zu einem praxisorientierten Pferdeschwanz gebunden.

„Das hoffe ich." Evelyn zuckte mit den Achseln. „Wenn nicht, finden wir bestimmt Sachen, die wir gebrauchen können. Handwagen oder vielleicht einen Anhänger zum Beispiel. Alles, womit wir um das da kümmern können."

Sie deutete auf die Fahrzeuge vor uns. Die Logan Road hatte es nicht so übel erwischt, wie ich gedacht hatte. Viel weniger Tote, aber das lag wohl wieder einmal an der späten Nachtzeit. Um sieben Uhr morgens und mitten in der Rushhour hätte es mehr Tote gegeben als um elf Uhr nachts. Hier lagen noch immer Leichen in gelegentlich verstreuten Unfallautos. Nach wie vor wussten wir nicht, was genau mit all unseren technischen Systemen geschehen war, und warum der ursprüngliche

Manazufluss alles kurzgeschlossen hatte.

Weiter vorne lagen die Wagen viel weiter auseinander und lange nicht in allen befanden sich Leichen. Das bedeutete wohl, dass hier zumindest einige den Start überlebt hatten. Hoffentlich jedenfalls.

Was wiederum hieß, dass diese Mission wahrscheinlich nicht mit leeren Händen enden würde. Es war ein windiger Weg hinab ins Zentrum von Mt. Gravatt und dann nach Greenslopes, Stones‘ Corner … und dahinter die Siedlungen der Stadt.

Wir würden ja sehen, wie weit wir kamen. Es war immerhin unsere erste große Gruppenmission. Wir hatten jetzt höhere Level, mehr Vertrauen in unsere Fähigkeiten, und wir mussten einfach dringendst diesen verdammten Siedlungskern sicherstellen. Einige unserer niedrigstufigeren Kämpfer waren zurückgeblieben. Die nähere Umgebung war ja gut gesäubert, sodass sie dort Erfahrung sammeln konnten, indem sie die noch übrigen schwächeren Monster platt machten.

Nur noch sechshundert Leute. Es gefiel mir nicht, wie panisch dieser Gedanke mich gleich wieder machte.

Immer mal wieder hörte ich ein lautes Krächzen aus den Bäumen. Krähen, die uns ablenken wollten. Ich erschauderte jedes Mal, doch nie sah ich den Vogel, der das Geräusch verursacht hatte. Alles um uns herum wirkte verlassen. Keine umherwuselnden Ratten, keine Kakerlaken, die mir ins Gesicht flogen, keine Mutantendinger weit und breit.

„Hier stimmt was nicht, Evelyn“, sagte ich, um ihre Aufmerksamkeit von ihrem Plausch mit Mark und Tasha abzuwenden.

Wir waren nicht schnell unterwegs, vielleicht zwölf Kilometer pro Stunde. Niemand wollte einen Crash bauen und die wenigen

Transportmittel riskieren, die wir hatten.

„Was?“ Sie sah mich an und zog dann die Brauen zusammen, bevor sie nach hinten zum Rest der Gruppe schaute, die nach wie vor in enger Formation unterwegs war.

Noch waren keine Zaubersprüche oder Baseballschläger nötig. Meine Mana-Wahrnehmung hatte ihre Schwierigkeiten, wenn ich nicht in direktem Kontakt zum Boden war, dennoch spürte ich lauernde Wellen von Mana in der Umgebung. Ich sah das Wabern und Fließen der freiliegenden Linien, die nur darauf warteten, irgendetwas zu verwandeln. Der Mantel machte es alles einfacher und klarer zu identifizieren.

Sie schaute mich an, die Miene besorgt. „Ja. Viel zu still.“ Sie sagte es allerdings, als spielte es keine Rolle, als könnte nichts schiefgehen. „Gemma? Kannst du Mark und vielleicht noch einen von euch geschmeidigen Spähern schnappen und dich umsehen? Mal schauen, ob hier irgendwo ein Hinterhalt ist oder sich massenweise mutierte Feinde versteckt halten?“

Bei Evelyn klang es locker und routiniert, aber das war genau das Problem. Ich hörte doch, dass sie irgendwie aufgerüttelt war, ihr Humor zu aufgesetzt. Ihr war wohl *doch* nicht alles egal.

„Kein Thema, Boss.“ Gemma lachte, salutierte halbherzig und bedeutete dem Säbelrassler Mark und noch einem dessen Namen ich mir nicht gemerkt hatte, mitzukommen. Die drei verschwammen mit der Umgebung, bis ich sie kaum noch sehen konnte.

Ein Stoß Mana durchströmte uns alle, was meinen Magen verärgerte und mir ein mulmiges Gefühl verpasste. Außer mir schien sich jedoch niemand daran zu stören. Wie schön war doch meine Affinität für die neue Natur dank meines Mantels und meiner Fähigkeiten. Eine Meldung ploppte rein.

Mana-Mantel

Beachte bitte, dass dein Mantel aufgrund erhöhter Mengen Umgebungs-Mana nun ein außergewöhnlich hohes Level an Mana von 102 Punkten fasst.

Möchtest du ständig benachrichtigt werden oder nur bei wichtigen Meilensteinen? Bitte wählen.

Immer benachrichtigen ODER Wichtige Mana-Meilensteine

Ich entschied mich für Letzteres. Wenn ich bei jedem zweiten Mana-Punkt benachrichtigt wurde, würde ich den Verstand verlieren. Seit ich den Mantel besaß, hatte ich ihn noch nicht benutzen müssen.

Ich konnte aber noch immer nicht genau sagen, was es war, das mich so unruhig machte. Die Kreuzung an der Dawson Road hatten wir bereits hinter uns, und bewegten uns nun weiter in Richtung Mt. Gravatt Plaza.

Dort gab es ein Red-Rooster-Restaurant. Was mich an meine liebsten Fritten auf der ganzen weiten Welt denken ließ, doch die würde ich niemals wieder bekommen, denn KFC war Vergangenheit. Das machte mich mit einem Mal unendlich traurig. Wer noch nie KFC-Fritten mit extra Salz und einem Spritzer Bratenfett probiert hat, weiß nicht, was ihm entgeht. Das gilt natürlich nur für *australische* KFC-Fritten. Ich erinnerte mich noch an den Abklatsch von Pommes-Frites, die ich in den Staaten während meiner Jugendtage vor dem Umzug hatte ertragen müssen. Geht gar nicht.

„Hey. Kira!“ Jules stupste mich an und lächelte, die blonden Haare gezopft wie eine Eisprinzessin. Ihre liebenswerte Art gab mir stets das Gefühl, behütet zu sein. „Du wirkst ein bisschen abwesend.“

„Sorry. Dachte nur gerade dran, dass ich nie wieder KFC-Fritten essen werde.“

Und sie verstand mich, denn ich sah den Ausdruck von Trauer auch auf ihrem Gesicht. Na? Ich war eben doch nicht allein mit meinen seltsamen Obsessionen.

„Musstest wohl unbedingt die Stimmung versauen, was?“ Sie tat als schmollte sie, bevor sie wieder freundlich schaute. „Aber hier gibt's doch nicht mal einen KFC, oder?“

„Nein, aber wir sind fast beim Red Rooster, denn ich auch so liebe, wobei die Fritten aber einfach nicht mithalten können.“ Ich schaute mich um, als wir das Ausstellungsgelände passierten, allmählich wirklich besorgt ob des Mangels an jeglicher Sorte von Monstern hier.

Wir waren hier in Australien, da gab es ohnehin schon genügen der verfluchten Biester. Wie konnte es hier bloß so still sein?

Jeder Mensch mit Angst vor allem, was kreucht und fleucht, mied Australien wie die Pest. Wo also waren sie alle hin, und worauf warteten sie?

Jules lächelte erneut, und ihr Blick wirkte beschwichtigend. „Ist schon okay. Wir finden das Geheimrezept bestimmt noch raus.“

Das brachte mich zum Lachen und ich wünschte, es wäre echt so einfach. Essen konnte jedes Problem lösen, oder? Gutes Essen und Freunde? Was noch?

„Und, spürst du irgendwelche Formen von menschlichem Leben?“, fragte sie, die Anspannung nun doch hörbar.

Je mehr Leute wir fanden, desto weniger allein waren wir.

Was ich allerdings spürte, war nicht mehr dasselbe. Es fühlte sich leer an, aber auf eine Art, die ich gar nicht beschreiben konnte.

„Technisch gesehen schon, glaube ich? Ich spüre aber eher das Mana überall um uns herum, anstatt die Lebensformen selbst. Mana ist jetzt in allem. Es verändert alles, ob lebendig oder nicht. Pflanzen, Menschen, Tiere, sogar die Erde selbst … einfach alles. Und dieses Mana kann ich spüren. Deshalb merke ich es an der Art, wie sich das Mana rührt, wenn etwas auf uns zukommt.“ Jedenfalls glaubte ich, dass es so funktionierte.

„Das ist ja so was von cool.“ Jules Augen funkelten. „Ich kann bloß heilen. Dabei heilt das System ja eigentlich sowieso schon alles …“ Sie hob die Achseln.

„Nein, das stimmt so nicht. Manchmal kommt das System mit den Verletzungen nicht hinterher. Dann sterben wir. Einige von uns wären ohne dich längst tot. Stell dein Licht nicht unter den Scheffel.“ Ich wollte sie nicht einfach aufmuntern, sondern war schlicht realistisch in Hinblick auf die Rolle, die sie übernommen hatte, während es mich weiterhin total aus dem Konzept brachte, dass sich um uns herum kein Mana sammelte.

„Guter Punkt. Dann nehm ich mal diesen Motivationsschub mit und geh wieder.“ Sie lächelte, und das Lächeln spiegelte sich in ihren funkelnden Augen wider.

Ich murmelte geistesabwesend zum Abschied und hielt Ausschau nach unseren getarnten Spähern. Sie waren noch nicht mit ihrem Bericht zurückgekehrt, und es war wohl schon fast eine halbe Stunde vergangen.

Es zerrte wirklich an meinen Nerven. Was sollte ich machen? Bestand überhaupt ein Problem?

Autos. Häuser. Wohnblocks. Nichts. Nichts rührte sich. Nicht mal eine mutierte Maus.

Als wir uns näherten, verlangsamten wir vor der Kreuzung zur Creek Road das Tempo.

„Vielleicht verstecken sich in dem Woolies da unten noch Leute", rief Barry. Das konnte gut sein. Seine übliche gute Laune fühlte sich jetzt ein wenig erzwungen an. Vielleicht fühlte die anderen meine Unruhe ja doch auch.

Der Komplex war eine recht beliebte Einkaufsgegend mit zwei Supermärkten, einem Kaffee, einer Metzgerei, einer Bäckerei ... Ein netter Ort, viel kleiner als Garden City, was manchen Leuten einfach lieber war. Es gab sogar einen Schnapsladen. Es hätte Sinn ergeben, wenn sich die Ortsansässigen hier versteckt hätten, wobei das Gebäude gleichzeitig keine eingebauten Schutzmechanismen aufwies.

Evelyn erhob ihre Stimme, um sich Gehör zu verschaffen, als wir alle vor der Anlage zum Stehen gekommen waren. „Okay. Wir werfen schnell ein Blick in das Center und schauen, ob jemand da ist, und falls nicht, machen wir mit den Wohnhäusern und Blocks in der Gegend hier weiter und sehen nach, ob wir noch Leute finden."

Wir stellten unsere Dreiräder auf dem Parkplatz des Computerladens gegenüber ab. Ein flacher Platz war für die Räder am besten. Danach überquerten wir die einst viel befahrene Straße. War ja nicht so, als mussten wir jetzt besonders auf den Verkehr achten.

„Wo ist Gemma?“, fragte ich Evelyn, wobei ich den Knoten zu verheimlichen suchte, den ich im Bauch verspürte. Keine Manastöße, alles viel zu still. Nichts war, wie es sein sollte.

Ich wollte mir die Nägel abkauen.

Evelyn wahrte ihr entschlossenes Lächeln und flüsterte aus dem Mundwinkel: „Ich weiß es nicht, und das gefällt mir nicht. Allmählich gefällt mir hier gar nichts mehr.“

Obwohl Mt. Gravatt Plaza zwanzigmal in Garden City Platz gehabt hätte, fühlte es sich im Moment so an, als türmte sich der Ort über uns auf. Blaue Wellen traten daraus hervor, an uns vorbei, ohne uns zu berühren, so als würde ihnen etwas den Weg vorgeben. Jules sah es zuerst, und als sie nach Luft schnappte, sahen wir es auch.

Dort stand Gemma, an die weiße Häuserwand gepresst, auf der die Wunden an ihren Händen und ihrem Körper rote Blutspuren hinterließen. Kratzspuren verliefen quer über ihr Gesicht und ihre Haare waren blutverschmiert. Sie taumelte vor und Jules rannte auf sie zu, um ihren Schild über ihre beste Freundin zu breiten.

Gemma rang nach Luft und presste hervor: „Das ist eine Falle … sie sind überall.“

Mehr brachte sie nicht heraus. Sie spuckte Blut, und ich hoffte für Jules, dass Gemma bloß ohnmächtig war. Mark war nicht bei ihr, und ich wollte gar nicht erst nach ihm fragen. Tashas Augen füllten sich mit Tränen, doch sie biss sich auf die Lippen und richtete sich hoch auf.

„Was meint sie mit – “ Weiter kam Ray nicht.

Jetzt fühlte ich es. Die aufsteigende Macht, die uns niederdrückte, die Boshaftigkeit, und die herannahende Welle an Kreaturen, kreisförmig und aus allen Richtungen. Was immer es war, etwas hatte ihr Kommen vor mir verborgen, sowohl meinen Mantel als auch meine Mana-Wahrnehmung geblendet. Wenigstens wusste ich jetzt, wo die ganzen Tiere hin waren.

Kapitel siebzehn:
Unerwartet

Ich strengte mich an, um die Präsenz dieser Kreaturen wenigstens jetzt zu spüren, und dieses Mal, als ich danach suchte, nahm ich eine andere Unterströmung wahr. Wie ein Summen unterhalb des sanften Brausens des sich ausbreitenden Mana. Jetzt, wo ich wusste, worauf ich achten musste, würde ich beim nächsten Mal gleich danach suchen, wenn mir etwas komisch vorkam.

Natürlich nur, falls wir bis dahin überlebten.

Ich hoffte wirklich inständig, dass Gemma noch atmete. Jules verhielt sich jedenfalls so, doch von Mark und der dritten Person, die ich nicht gekannt hatte, gab es nach wie vor keine Spur. Letztlich hatten wir bereits drei Leute eingebüßt. Und zwar drei von denen, die am meisten Schaden austeilen konnten. Und wenn diese Mutationen unsere Tarnmethoden durchschauten, brachten diese nichts und wir konnten uns nirgends mehr verstecken.

„Scheiße." Evelyn hauchte das Wort aus, doch sie schien sich nicht zu fürchten.

Ich sah, wie sie hinter ihren Augen irgendwelche Berechnungen anstellte, während sie die Umgebung absuchte. Ich folgte ihrem Blick, doch meine Mana-Wahrnehmung im Zusammenspiel mit dem Mantel verriet mir mehr, als ich je hätte wissen wollen.

Überall um uns herum lauerten die Wesen, warteten im Schatten seitlich des Gebäudes, starrten aus den Baumkronen auf uns herab. Warteten und beobachteten, als würden sie nur noch auf den richtigen Moment warten. Ich sollte wohl dankbar sein, dass es immerhin nicht

Nacht war.

Mit einem Mal hob ein gewaltiges Getöse und Gekreische an. Krähen und Kookaburras und weiß der Kuckuck was noch alles. Es war überall, kam aus allen Richtungen, über uns, um uns herum. Es kribbelte meine Knochen durch die Haut hindurch und ließ meine Zähne schmerzen. Und dann kam das Knurren hinzu, woraufhin wir in eine kreisförmige Abwehrposition gingen, knapp vor der Westpack Bank und doch zu weit entfernt vom Gebäude, um Deckung zu finden.

Immerhin hatten wir auf einer Flanke eine Wand neben uns. So konnten sie uns nicht von oben und auch noch von allen vier Seiten angreifen. Ein Vorteil, der leider viel zu gering ausfiel.

Wenn ich die Augen zusammenkniff, konnte ich fühlen, wo die meisten der bodengebundenen Kreaturen sich befanden. Die verwilderten Katzen mit ihren schmutzig grauen Fellstreifen waren dank ihrer Mutationen so gewachsen, dass sie eher Luchsen oder in manchen Fällen Pumas glichen. Sie verschmolzen perfekt mit dem grauen Hintergrund aus Asphalt und Beton. In manchen Fällen hätte ich schwören können, dass ihr Schatten wanderte, um sie noch schlechter sichtbar zu machen. Jedenfalls war ihre urbane Tarnung viel zu effektiv.

Ernsthaft, System? Du marschierst in Australien ein und gibst unseren ohnehin schon ehrfurchtgebietenden Tieren die Fähigkeit, sich zu allem Unheil auch noch tarnen zu können? Was für eine miese Art von Ironie, mal echt. Machen wir Australien doch noch ein bisschen tödlicher, was meint ihr? Wer machte denn so was?

Evelyn musterte noch immer unsere Umgebung. Nichts hatte uns bisher attackiert, doch ich spürte die Anspannung, die von allen in der Gruppe ausgesandt wurde. Jules war außer sich, auch wenn sie sich selbst zu beruhigen versuchte. Tasha kam gar nicht gut mit Marks Abwesenheit zurande, trotz der tapferen Miene. Das Mana tanzte ziellos um sie her, so als warte es nur darauf, dass sie sich fasste und es nutzte. Molly, Sange und Ray ging es auch nicht so viel besser.

Zum ersten Mal, seit ich ihn kannte, war Barry ohne Worte und bleich wie ein Gespenst.

„Hey.“ Sange rückte zu Evelyn auf, die Augen von da nach dort huschend. „Wir müssen schleunigst an einen sichereren Ort und uns einen Angriffsplan überlegen.“

„Den Angriffsplan hab ich schon“, brummte Evelyn, gerade laut genug, als dass sie es hören konnten. „Nicht sterben.“

Sange lachte mit einem Anflug von Panik, nickte jedoch zur Antwort und stellte sich neben Jules, die sich schließlich wieder im Griff hatte. Wir wussten alle nur zu gut, dass Evelyn nicht scherzte.

Jemand hinter mir – Josh war wohl sein Name – hielt einen Cricketschläger in der Hand. Solide Dinger. So gut wie unzerstörbar, und er sah auch so aus, als könnte er damit umgehen. „Wir sind bereit.“

Ich wollte gerade einen Kommentar abgeben, doch es war fast, als hätten die Viecher sozusagen höflich auf eine Einladung gewartet, denn jetzt begannen sie sich wie ein einziges Wesen in Bewegung zu setzen. Vollkommen synchron, und sogar die Vogelmutanten stürzten sich alle im exakt gleichen Moment aus den Bäumen herab. Hätte ich einen Moment zum Überlegen gehabt, hätte ich mich gefragt, ob daran nicht irgendwas verdächtig roch, aber ich hatte keine Zeit für irgendwas anderes als mich zu verteidigen.

Ich hatte mittlerweile etwas geübt mit der Erde um mich herum und wie ich sie sowohl zur Verteidigung als auch zum Angriff nutzen konnte. Die Erdbarrikade wurde dichter, wenn sie mit dem Beton der Straße vermischt wurde, und ich schaffte es, sowohl Evelyn als auch unseren beiden Armbrustschützen ein wenig Deckung zum Schießen zu verschaffen. Barry und Tasha führte die Magier an, die uns vor dem Luftangriff schützen sollten. Feuer, Wind, Eis … offenbar hatten wir auch eine Elsa unter uns.

Alles, was ich tun konnte, war uns zu verteidigen und vorherzusagen, was auf uns zukam. Diese Klasse musste doch auch noch mehr können. Oder hatte man mir einfach einen schlechten Witz angedreht? Hier hast du die Fähigkeit zu verstehen, was Mana ist, aber ha-ha, du kannst sowieso nichts damit anfangen.

Ich aktivierte meine Level 11-Manatransfer-Fähigkeit. Sicher, das half nur mir etwas, aber ich wusste, dass ich alles Mana brauchen würde, das ich kriegen konnte.

Manatransfer (Level 1)

Effekt: Dank deiner Hingabe, die Welt um dich herum zu verstehen und sie zu erhalten und zu stärken, kannst du die Mana-Sättigung um dich herum anzapfen, und deine Manaregeneration nachhaltig verbessern. Stärke und Kapazität abhängig vom Anwender.

Preis: 20 Mana – 30 Sekunden Regenerationserhöhung

Ich konnte, zumindest mal für den Moment, wenigstens meinen eigenen Manavorrat aufpolstern.

Es fehlte mir die Zeit, um mit meinen anderen Fähigkeiten herumzuexperimentieren, also warf ich einfach Erdbarrikaden auf, um die Bodentruppen aufzusplitten, zertrümmerte sie mit steinernen Säulen, zwang sie, darüber hinwegzuspringen – und sich dabei manchmal selbst aufzuspießen – oder drum herumzugehen. Ich erzeugte eine ganze Reihe verzweigter Absperrungen, die den nicht fliegenden Monstern den Weg versperrten.

Meine letzte Schöpfung verankerte ich direkt vor dem Team und zog sie halbrund auf, sodass sie uns so gut es ging Schutz vor den Wadenbeißern bot. In diese pumpte ich mehr Mana, doppelt so viel wie bei den anderen Barrieren, und geriet ob des Manaverlustes beinahe ins Wanken, doch die zusätzliche Sicherheit war es wert.

Während dieser ganzen Zeit war der Rest der Truppe ebenfalls schwer beschäftigt.

Barry stieß ungefähr alle zwanzig Sekunden einen Flammenteppich aus. Die Zeit dazwischen diente wohl zum Wiederaufladen. Es reichte kaum, um die AKs von ihren Sturzangriffen auf uns abzuhalten.

Tasha zerfetzte die Viecher mit Feuer- und Eiszaubern, die von ihren Klingen sprangen. Ihre Zauberschwertfähigkeiten schienen unnatürlich übermächtig, doch die Verzweiflung, mit der sie kämpfte, ließ ihre Magie ausbluten. Ein Teil von ihr kümmerte sich nicht darum, ob sie lebte oder starb, und dennoch nagelte sie die Vögel mit einer Präzision an die Baumstämme, die mich verblüffte.

Sie war erst auf Level 8 oder so, wenn ich mich richtig erinnerte.

Ihren Zorn über Marks Verschwinden zu kanalisieren half ihrer Treffgenauigkeit, aber gesund konnte es nicht sein.

Die Namen der übrigen Zauberer kannte ich nicht, aber sie waren auf niedrigeren Levels und konnten nur jene Flugkreaturen ausschalten, die Barry und Tasha entkamen. Dennoch, sie arbeiteten gut zusammen. Die gestrigen Exkursionen, um im Level aufzusteigen, machten sich bezahlt.

Vögel und wildgewordene Haustiere, Nager und Kakerlakenmutationen, die mir einfach keine Ruhe lassen zu wollen schienen. Sämtliche der Kreaturen bewegten sich zielsicher. Als wüssten sie ganz genau, was sie und alle anderen gerade machten. Ein Niveau an Bewusstsein, das man ihnen nicht zutraute.

Da begriff ich. Diese Tiere waren nicht plötzlich einfach so zu Genies geworden. Ich konnte mir nicht vorstellen, dass das System so funktionierte. Sie wurden von irgendetwas gesteuert. Wie die Muster des Mana um sie herum regelmäßig verliefen, hinein und hinaus, sie alle miteinander verbanden.

„Gedankenkontrolle", rief ich und hoffte, dass Evelyn und wahrscheinlich auch Tasha mich würden hören können.

Die Antwort jedoch kam von Sange. „Scheiße. Das macht so viel mehr Sinn als die bescheuerten Theorien, die ich mir schon überlegt hab."

They klang erleichtert und drosch gleich wieder auf den Kopf einer wilden Katze ein, während they simultan einen Heilzauber auf Molly wirkte.

Die Angriffe unserer Gegner waren nur insofern koordiniert, als dass sie alle zugleich ankamen und stur weitermachten, bis es nicht mehr ging.

Meine Erdbarrikaden zu verstärken, kostete mich Manareserven, die ich nicht hergeben wollte, aber musste. Ich sah zu, wie Evelyn auf die ankommenden Vogelgeschosse zielte und sie in rascher Abfolge ausschaltete, das Gesicht vor Konzentration verzerrt.

Sange arbeitete im Einklang mit Molly, während der kleine Tank mit ihrem Schild gehässig alles niederwalzte, was in unsere Nähe kam. Der Zorn entfachte in ihrem Gesicht ein seltsam zerrüttetes Lodern. Das konnten wir im Moment gerade gut gebrauchen.

Die erste der albtraumhaften Krähenmutationen, die es an unserer geballten Feuerkraft vorbeischaffte, schrammte dank Mollys blitzartiger Reaktion nur an meiner Schläfe vorbei. Ich wurde zwar getroffen, aber irgendwie war das Ding durch Zauberhand plötzlich auf ihrem Schwert aufgespießt.

Ich fühlte das Blut, das an meinem Gesicht herabrann und meine Haare verklebte. Es hätte ein tödlicher Treffer sein können und hatte auch so seine Spuren hinterlassen, doch wenigstens hatte ich inzwischen einigermaßen brauchbare Trefferpunkte. Gänsehaut brach überall auf meinem Körper aus, doch ich konnte es mir nicht leisten, mich von der Angst lähmen zu lassen.

Die Manaregeneration war nicht gerade das großzügigste Geschenk des Systems. Schon nach wenigen Minuten des Kampfes mussten unsere Magier bereits ihre Kräfte rationieren. Ohne Mana blieben uns nur die Nahkampfwaffen – besser gesagt unsere improvisierten Backups. Schläger, Hacken, Feueräxte.

In der Gruppe wie wild durch die Luft prügelnd, gefährdeten wir einander auch gegenseitig, doch während der Regenerationsphase blieb uns schlicht nichts anderes übrig. Wir taten, was wir konnten, um die fliegenden Biester loszuwerden, die es über meine Barrikade geschafft hatten, schützten so gut es ging unsere Flanken.

Sobald sie wieder genug Mana gesammelt hatten, wirkten die Zauberer ihre zerstörerischen Sprüche. Auf Manaregeneration warten, mit Schlägern auf die Angreifer aus der Luft einflegeln und warten. Mana verfeuern. Das Ganze von vorn.

Würgekrähen lassen nicht so einfach locker, und zum ersten Mal in meinem Leben bekam ich zu sehen, wie auch Kookaburras mit ihren riesigen Fischfangschnäbeln auf Menschen losgingen. Als ich sie zunächst gesehen hatte, schätzte ich sie erst mal als geringe Gefahr ein.

Man hätte meinen sollen, ich sei inzwischen schlauer geworden. Ehrlich gesagt erinnerten sie aber auch nur noch vage an ihr früheres Aussehen. Jetzt verhielten sie sich allesamt wie von Sinnen, tauchten ab, schlugen blutige Wunden und stoben wieder davon, mechanisch wie ein Uhrwerk.

Jules erblasste, als ein Schnabel sich in ihren Arm versenkte. Nach einer Sekunde, die wie eine Ewigkeit schien, hatte der Eindruck es endlich von ihren Schmerzrezeptoren bis in ihr Bewusstsein geschafft, und sie heulte vor Schmerzen auf. Das Ding krallte sich in ihren Arm, zerfetzte die Lederjacke und das Fleisch darunter, und flatterte dabei wild mit den Flügeln umher. Das grausige Geräusch platzender Haut entriss der geschockten Heilzaubererin weitere Schreie.

Eine Frau, die ich nicht kannte, versetzte ihr eine heftige Ohrfeige, und während Jules davon kurzweilig gelähmt war, riss sie ihr mit einer raschen Bewegung den Vogel aus dem Arm und schmetterte ihn mit gewaltiger Kraft zu Boden. Sie war eine ältere Lady, vielleicht um die fünfzig. Ihre Erscheinung war rau, das silberfarbene Haar fast majestätisch, und die dazu passenden Augen sahen Jules mitfühlend an.

„Sorry, Liebes. Du hast rumgefuchtelt wie ein Kakadu in Flammen. Musste was tun, um dich abzulenken." Sie wirbelte rechtzeitig herum und knüppelte eine AK zu Boden, die sich gerade auf ihren Kopf stürzen wollte. Mit finsterer Miene gellte sie uns an. „Passt auf, Kinder. Nicht glotzen. Töten. Überleben."

Simple Worte, aber sie hatte natürlich recht. Der barsche Befehl ließ uns keine Zeit zur Hoffnungslosigkeit.

Als ich genug Mana beisammen hatte, aktivierte ich eine weitere Geschossbarrikade, wie bei unserer ersten Begegnung mit den AKs. Sie schnellte in die Höhe, als gerade eine Welle der fliegenden Bastarde auf uns zugerast kam, und schaltete gleich ein gutes Dutzend von ihnen aus, weil sie so dicht beieinander flogen.

Blut und Federn prasselten auf uns nieder, gemeinsam mit ein paar kreischenden, nur zum Teil enthaupteten Flugkreaturen, die wir in rascher Abfolge plattmachten. Sie waren mittlerweile so viel größer, als sie hätten sein sollen.

Die hinteren Linien taten das Möglichste, die Luftangriffe abzuwehren, während Tank, Waldläuferin und Magierkriegerin die Bodentruppen bekämpften, doch ich konnte ihnen dabei nicht genügend Schutz bieten, und der Boden hinter meiner Barrikade sah jetzt schon aus, als hätte man uns geteert und gefedert.

Und noch immer gingen die Kreaturen wie ein einziges Wesen vor. Immer wieder kamen sie an, ohne Unterbrechung, unaufhörlich. Sie stürmten und stürmten, stürzten und flogen, kein Ende in Sicht.

„Wir müssen die Quelle finden. Wir müssen rauskriegen, was sie kontrolliert", schrie Evelyn über den Lärm hinweg.

Es bedurfte all meiner Selbstbeherrschung, sie nicht anzukeifen. Am liebsten hätte ich so was gesagt wie: „Nee, Schatz, ich hatte gehofft, wir könnten hier den ganzen Tag Hau-den-Lukas spielen!"

Atmen, verdammt noch mal. Wir mussten uns alle mal beruhigen und atmen.

„Irgendwelche Ideen?", fragte ich, doch als ich mich umschaute, waren von uns siebzehn längst nicht mehr alle auf den Beinen.

Gemma lag bäuchlings auf dem Boden, ohne sich von der Stelle bewegt zu haben, an der sie zuvor zusammengebrochen war. Wie schlimm war es, dass es mich beruhigte, einiges an frischem Blut in ihren Wunden zu sehen? Das konnte bedeuten, dass sie noch am Leben war, dass ihr Herz noch pumpte.

Und das wiederum bedeutete, das System würde sie heilen.

Drei weitere aus unserer Truppe hatten mit akuten Verletzungen zu kämpfen, die unsere Heiler nicht rasch genug flicken konnten, während sie weiterhin mit irgendwelchen Schlägern um sich prügelten. Blutige Striemen auf ihren Gesichtern, Armen, Beinen, durch ihre Hemden hindurch. Fast allen von uns fehlten Fetzenweise Haare, und so wie es aussah, fehlte einem von jenen, die ich nicht kannte, der Großteil eines

Auges. Ich hatte den Angriff gesehen, ein verfickter Regenbogenlori hatte es herausgepickt und war davongeflattert, bevor das Opfer zappelnd und schreiend zu Boden ging.

Wir waren nur noch dreizehn. Und je länger der Kampf dauerte, desto mehr würden wir verlieren.

Was auch immer diese Tiere kontrollierte, erledigte seine Aufgabe erfolgreich.

Jules war immer noch blass, doch sie heilte die anderen mit all ihrer Kraft, und das gewaltige Loch in ihrem Arm war auch schon wieder beinahe zu. Barrys Feuerdecken boten mehr als nur Wärme, obwohl ich mein Fleisch ja eher nicht völlig verkohlt mochte.

Mollys Erschöpfung wurde allmählich sichtbar, doch ihre Sturheit obsiegte, und Sange blieb ununterbrochen an ihrer Seite. Ray und die anderen Zauberer hatten sich eine Rotation erarbeitet, und Evelyns unerschöpfliche Pfeile waren ein Geschenk des Himmels, das wir dringend benötigten.

Wir hielten stand, und ich schaute mich weiterhin um, suchte nach dem Problem, während ich dabei immer wieder mit dem Schläger nach diesen verdammten mutierten Katzen und Hunden ausholte und verfickte-Hölle-ist-das-eine-riesige-Sumpfschlange. Auf die schlug ich doppelt so hart und doppelt so oft ein, um auch wirklich sicherzugehen, dass sie sich nicht mehr rührte. Was zur Hölle hatte dieses giftige Biest bloß hier zu suchen?

Plötzlich schrie Barry vor Qualen auf, und verstummte, noch bevor ich herumwirbeln und nach ihm sehen konnte. Ich versuchte mich nicht zu übergeben, als ich auf seine Brust starrte. Knapp links der Mitte steckte tief darin versenkt ein mutierter Kookaburra fest. Seine Federn raschelten, als er sich zu befreien versuchte, die Füße unfähig, Halt auf der Brust seines Opfers zu finden, während die Klauen das Fleisch beackerten, rutschten und ruderten ohne Unterlass. Barrys Mund öffnete sich zu einem gehauchten O, dann blubberte Blut daraus hervor und er sackte vornüber zu Boden.

Der aufrichtige, gutherzige Freund, der so viel getan hatte, um anderen zu helfen und sie willkommen zu heißen, hatte sich selbst nicht retten können.

Wir alle hatten ihn nicht retten können.

Jules schrie auf und drehte sich zu ihm um, doch schon war die ältere Lady wieder zur Stelle, drückte ihre Hand und befahl ihr, jene zu heilen, die sie noch retten konnte.

Die sie noch retten konnte.

Scheiß drauf.

Zeit für ein Experiment.

„Gebt mir Deckung!“, schrie ich Evelyn und allen Umstehenden zu.

Mit einem letzten Hieb des Schlägers trat ich von dem Erdwall zurück und hoffte, dass sie mir helfen konnten. Die Fragen, die sie mir entgegenschrien, ignorierte ich.

Ich zapfte meinen Mana-Mantel an und begab mich auf die Suche nach einer ungewöhnlich großen Quelle von Manawellen. Hier musste irgendwo ein ganzes Becken an Energie sein. Je größer der Mana-Ausstoß oder dessen Verschmelzung, desto wahrscheinlicher musste es sich dabei um unser Ziel handeln. Ich wühlte mich durch dutzende von

Sinneseindrücken, einige irrig, einige zu tief in der Erde, wieder andere zu kurzlebig. Doch ich stieß weiter vor, suchte weiter.

Ich würde diese mörderische, bewusstseinskontrollierende Kreatur aufstöbern und kaltmachen, und wenn es meine letzte Tat war.

Ich brauchte dafür mehr Konzentration, als mir lieb war. Mehr Fokus und mehr Abwesenheit vom Kampf, als ich mir leisten konnte.

Da! Etwas links abseits, im Inneren des Einkaufszentrums. War das der Grund, weshalb die Tiere einen Kreis darum herum gebildet hatten, der Menschen abhielt? War es gar nicht so sehr eine Falle, sondern eine Verteidigung? So verdammt viele Fragen.

Dennoch, es benutzte diese Kreaturen, und damit hatte es jemanden getötet, der mir wie ein Freund geworden war. Und wahrscheinlich nicht nur ihn, denn Mark und der andere Späher waren noch immer verschwunden.

„Ihr müsst mir weiter Deckung geben, wenn ich losrenne", sagte ich zu Evelyn, als ich aus meiner Trance auftauchte.

Die Erschöpfung stand ihr ins Gesicht geschrieben, und sie sah mich an, als hätte ich zwei Köpfe.

„Kannst du oder kannst du nicht?", fragte ich ungeduldig, denn wir hatten im Moment keine Zeit zu vergeuden.

„Nein. Das ist es nicht." Sie schaute an mir vorbei, als hätte sie einen Geist gesehen.

Als ich mich umdrehen wollte, entflammte ein riesiger Feuerschwall und verkohlte unzählige der Vögel, die uns nach wie vor von allen Seiten angriffen. Barry konnte es nicht sein, denn Barry war tot. Was bedeutete, dass jemand anderer uns gefunden hatte. Ich hoffte inständig, dass er uns freundlich gesinnt war. Als dann jemand zu sprechen begann, der nicht zu unserer Gruppe gehörte, zog es mir beinahe den Boden unter den Füßen weg.

„Bist du das, Kira?"

Kapitel achtzehn: Ach du Scheiße

„Kyle –" Ich wandte mich um und bemerkte die Tränen erst, als sie von meiner Nase tropften – „Kyle …"

Ich hatte gewusst, dass er noch lebte, weil ich es spürte, mir egal, was irgendwer über das Band zwischen Zwillingen zu sagen hat. Wir beiden waren immer schon in der Lage gewesen, einander zu fühlen. Dann sah ich ihn mir lange und ausgiebig an, und begann zu lachen. Nicht nur war er umgeben von einer Gruppe, größer als meine, sie feuerten auch noch Waffen und Zauber und allerhand explodierendes Zeug auf unsere Angreifer.

Kyle – also, noch nie in meinem ganzen Leben hatte ich ihn so verschmutzt gesehen. Mit seinen 1,83 war er gute zehn Zentimeter größer als ich, und seine zotteligen schwarzen Haare waren zu Locken geformt, die meine glatten Wellen niemals hingekriegt hätten. Sein für gewöhnlich mustergültig glattrasiertes Gesicht trug einen dunklen Schatten an Stoppeln. Dadurch sah er ein bisschen Indiana Jones-mäßig aus, doch das würde ich ihm nicht verraten. Die Klamotten an seinem Leib waren zerrissen und löchrig und an jenen Stellen mit Blut durchtränkt, doch es war noch zu erkennen, dass es sich irgendwann mal um einen OP-Anzug gehandelt hatte.

Er war am Leben.

Ich warf meine Arme um ihn, rang die Tränen der Erleichterung nieder und löste mich von ihm, beäugte ihn ernst, vergaß die Schlacht um uns herum vollkommen. „Du bist wegen Dad hier, stimmt's?"

Er lachte, während seine Kameraden die Kookaburras und Krähen massenweise dahinrafften. Feuerkugeln, Schleudern mit tödlichen was-weiß-ich für Geschossen, diese Leute stürzten sich ins Gefecht, als würde es ihnen Spaß machen. Konnte natürlich auch Verzweiflung sein. Doch sein Lächeln gab mir jenes Gefühl von Sicherheit, so als könnten wir nun alles überstehen. Wir waren schon immer ein unschlagbares Duo gewesen.

„Erwischt. Dads Überlebensplan und so. Sei bloß froh, dass du nicht in die Stadt gegangen bist."

Letzteres sagte er in düsterem Ton, was für gewöhnlich nicht zu meinem Bruder passte, sodass ich ahnen konnte, wie schlimm es sein musste. Ich wollte ihn darüber ausfragen, wie es ihm ergangen war, doch wir standen noch immer im Kampf, auch wenn sich das Blatt gewendet hatte. Jetzt gerade hatten wir dringendere Sorgen.

„Irgendetwas oder irgendein Zauber kontrolliert alles hier um uns herum. Jedenfalls alle nichtmenschlichen Wesen. Es muss ganz in der Nähe sein – soweit ich es bestimmen kann, muss es aus der Anlage kommen." Ich verhaspelte mich ziemlich, denn ich musste nach wie vor meine Gefühle in den Griff kriegen, während ich mich die Ergebnisse meiner Mana-Wahrnehmung kundtat.

Freude passte nicht in diese Atmosphäre.

Barry war noch immer tot.

Kyle stieß ein leises Pfeifen aus. „Wir reden später, aber Mannomann, was für eine komische Klasse ist das denn, und was ist das für ein elendslanger Name?"

Ich lachte, doch es klang selbst in meinen eigenen Ohren hohl. „Später. Suchen wir dieses Bossmonster-Ding. Es hat einen meiner Freunde auf dem Gewissen."

Ein Moment des Schweigens folgte auf meine Aussage, als mein Bruder sie verarbeitete, und auch zu mir selbst drang die Wahrheit erst jetzt wirklich durch.

„Es ist also da drin?", fragte er und musterte unsere erschöpfte Gruppe, die den Kampf erleichtert dem Haufen überlassen hatte, der ihn begleitete.

Eine Welle der Übelkeit drohte mich in die Knie zu zwingen. Ich nickte und versuchte den Geschmack von Galle in meiner Kehle zu ignorieren, das plötzliche Gefühl der Ungeheuerlichkeit dessen, was ich gerade hatte tun wollen, und was dabei wahrscheinlich herausgekommen wäre. Wäre Kyle nicht aufgetaucht … Ich wollte gar nicht darüber nachdenken.

Auch wenn ich es genau wusste.

„Natürlich ist es das." Kyle schien meine Reaktion gar nicht wahrzunehmen. Oder vielleicht ignorierte er sie auch. Er fuhr sich mit einer Hand durch das dreckige Haar und schaute zu der großen Gruppe, die er mitgebracht hatte. „Wir sind ziemlich fertig, aber weniger ramponiert als ihr. Wir haben auch einige höhere Levels dabei. 10er, ein paar 11er. Die sollten helfen, das Ding zu erledigen."

Kyle lächelte, und es war genauso, wie es immer gewesen war. Sofort beruhigte ich mich. Umgehend erlaubte es mir, unsere Lage gelassener zu analysieren. Er begann den anderen Befehle zuzurufen, trug ihnen Sparsamkeit mit Mana und Ausdauer auf, und die Leute, die ihm folgten

– nun, sie gehorchten.

Es war so einfach, sich in eine Spirale negativer Gedanken fallen zu lassen. Das musste ich mir abgewöhnen. Musste besser darin werden, meine Leute in die Schlacht zu führen.

Barry war tot. Gemma hatte sich gerade aufgesetzt und einen Schluck Wasser genommen, getrocknetes Blut überall auf ihrem Gesicht. Ein paar ihrer Wunden begannen sich zu schließen. Sie sah nicht gut aus, doch sie lebte. Vermutlich waren seit Beginn des Kampfes vielleicht sieben oder acht Minuten vergangen.

Und doch fühlte es sich an wie ein halbes Leben.

Der Typ, dessen Name ich nicht kannte, hatte uns auch verlassen, am Ende mit beiden Augen herausgerissen. Mutierte Regenbogenloris musste man einfach liebhaben. Der Sarkasmus kam mir gerade recht, um mich von dem Grauen abzulenken.

Von den Scouts, Mark und dem anderen Kerl, fehlte nach wie vor jede Spur.

Ich hielt es für unwahrscheinlich, dass sie noch zurückkehren würden.

Ich fühlte mich mies, weil ich die Namen nicht kannte, doch die anderen wussten sie, und sie würden um sie trauern. Ein tauber Punkt in meiner Brust war Barry gewidmet. Wir hatten ihn in der ersten Nacht gefunden, gemeinsam mit Red. Oh nein. Red würde es nicht ertragen können. Und Mark … Tasha wirkte völlig verloren, jetzt, wo sie nichts mehr ablenkte. Ich fühlte mich schuldig, doch ein Teil von mir war gleichzeitig dankbar, dass unsere Verluste nicht noch höher lagen.

Und dass ich Jackson nicht mitgenommen hatte.

Kyles Gruppe half, uns alle wieder zusammenzuflicken, dann erst schaute ich auf meinen Erfahrungszuwachs und … heilige Scheiße. Unmöglich hatte ich so viel ausgeteilt. Das musste irgendetwas mit dem Flächeneffekt der Mana-Wahrnehmung zu tun haben, oder vielleicht auch mit der Defensivwirkung der Erdbarrikade.

Deine Gruppe hat 323 niedere Tiermutationen getötet. Du erhältst für 323 dieser Kills geteilte Erfahrungspunkte.

Erfahrungspunkt für mutierte Ratten Level 7 – 27

Erfahrungspunkte für mutierte Katzen Level 9 – 73

Erfahrungspunkte für mutierte Ratten Level 4 – 18

Erfahrungspunkte für mutierte (? Schlange) Level 11 – 176

…

Meine Augen wurden ein wenig glasig, und anstatt alles einzeln durchzulesen, sprang ich ans Ende. Ich brauchte keine individuellen Todesbenachrichtigungen – und hatte auch nicht die Zeit dafür.

Deine gesammelte Erfahrung beträgt: 28.073

Levelaufstieg (x3)

Du bist nun auf Level 14 als Schädlings- und Krankheitserregereinheit: Mikrobiologin/Pflanzenpathologin/Entomologin/Hydrogeologin/Molekularb iologin – Abgekürzt: Spezialistin für Umweltprozesse

Du darfst 2 Klassenfertigkeitspunkte und 9 Attributpunkte verteilen. Eine neue

Klassenfertigkeit verfügbar. Möchtest du diese nun wählen?

Ein Levelaufstieg reichte nicht aus, als dass die Toten es wert gewesen wären, oder um die Vermissten zurückzubringen. Der Sieg fühlte sich hohl an. Jetzt musste ich mir überlegen, wie ich diese Klasse am besten zu unser aller Vorteil nutzen konnte.

„Kira?" Kyle stand neben mir, berührte meinen Ellbogen, die Augenbrauen zusammengezogen, wie er es immer tat, wenn ich etwas nicht gut wegsteckte. „Geht es dir gut?"

Wusst ich's doch. „Ja. Mir geht's gut. Hab nur ein paar Leute verloren, von denen ich nicht geglaubt hatte, dass wir sie so früh schon verlieren würden. Das ist alles."

Gut, der letzte Satz klang vielleicht etwas nach ‚Weh mir!'. Aber so war es eben. Dieser Überlebenskampf am frühen Vormittag hatte kaum zehn Minuten gedauert, und doch hatten wir gleich mehrere Leute verloren. Mir ging es absolut scheißtastisch, vielen lieben Dank.

Und Kyle durchschaute mich ganz genau.

Er stand da, sah zu, während seine Leute meinen wieder auf die Beine halfen, schwieg.

Ich sah jene ältere Frau danebenstehen, die Arme verschränkt und alles beobachtend, dabei die Stirn leicht in Falten gelegt. Dass sie Jules wieder zurück ins Hier und Jetzt geohrfeigt hatte, hatte womöglich auch Leben gerettet. Ich musste dringend mit ihr reden.

Verdammter Zwilling.

„Okay, mir geht's nicht gut, aber dir auch nicht und sonst auch niemandem.“ Ich schielte hinauf zur herannahenden Mittagssonne, die herbstliche Hitze mit sich brachte, und seufzte. „Wir müssen da rein und dieses Gedankenkontroll-Ding killen.“

„Da hast du recht. Da hast du recht“, murmelte Kyle.

Ich aktivierte Analyse und sah mir mehrere aus seiner Gruppe an. Sie reichten von Level 3 bis rauf zu Level 15. Der größte Teil war in etwa gleichauf mit Evelyn und mir. Vielleicht war es auch einfach nur dumm von mir gewesen zu denken, wir könnten hier raus kommen und Leute retten, aber ich hatte so das bestimmte Gefühl, dass mein Bruder einige dieser Leute aufgelesen hatte, während er unterwegs war, um mich zu finden.

Viele von ihnen trugen ebenfalls OP Kleidung und dazu schwere Rucksäcke, jetzt wo ich sie mir genauer ansah. Ich fragte mich, was er wohl alles an medizinischer Ausrüstung gerettet haben mochte. Dale würde überglücklich sein.

„Okay“, sagte Kyle. „Los geht's.“

Er klatschte in die Hände und drehte sich um, bevor er anfing Namen zu rufen.

Am Ende hatte er an die zwanzig Leute mit Level 12 oder höher um sich geschart. Acht von unseren verbliebenen sechzehn Gruppenmitgliedern waren 11 oder niedriger, der Rest schloss sich ebenfalls der Kampftruppe an. Achtundzwanzig war kein kleines Überfallkommando. Und darum ging es doch, oder? Ein Überfall in einem viel zu realistischen, sehr tödlichen Spiel.

Es wäre ein Fehler gewesen, alle mitzunehmen. Wir konnten den Rest der Gruppe mit den niedrigen Levels zum Schutz zurücklassen.

Himmel. Ich dachte in Levels.

„Denkst du, das sollte reichen?“ Kyle schien sich fast darauf zu freuen, da reinzustürmen und irgendwas zu killen.

Ich hob die Achseln.

„Ich weiß nicht. Du hast da eine Menge Leute. Willst du das Ding einfach nerven, bis es tot ist? Wir können hier nicht einfach respawnen, weißt du. So funktioniert das nicht.“ Ich versuchte es mit einem halben Witz, musste aber gestehen, dass das Lachen aus meiner Kehle ein wenig hysterisch klang.

Kyle schaute missbilligend. „Das ist kein Nerven. Mit deinen Leuten und ihren Klassen und meinen haben wir Langstreckenwaffen, Nahkämpfer, magische Kräfte, Heiler, Tanks, und soweit ich dich richtig einstufe, eine Versorgungsklasse, die drohende Gefahr wahrnehmen kann?“

Meine Klasse schien ihn ehrlich zu verwirren, und plötzlich fühlte ich mich schuldig, weil ich seine noch nicht mal angesehen hatte.

Ups.

Es war nur, hätte ich das jetzt getan, hätte ich auch darüber reden wollen, und wir wussten ja alle, dass dafür gerade keine Zeit war.

Ich zuckte die Achseln, zog meinen Mana-Mantel enger um mich, sodass nichts mehr frei blieb, und fummelte an meinem geborgten Armschutz herum. „Vielleicht nicht blöd, vorher noch … Lasst uns noch was zu futtern reinstopfen und uns unsere neuen Fähigkeiten und Attribute ansehen. Vielleicht haben wir ja ein paar nette Überraschungen im Arsenal.“

Red hatte Fleisch vor dem Verderben gerettet und dehydriert. Außerdem hatte er sich den Arsch abgerackert, um uns Reis und Avocadobällchen zu machen, die wir mitnehmen konnten. Auch mit seinen neuen Küchenhelfern dauerte das einfach eine Ewigkeit. Und jetzt würden wir uns ihm stellen müssen und ihm sagen, dass sein Bruder tot war.

Scheiße.

„Hey, Kira." Kyle beugte sich vor, und ich wollte nichts sehnlicher als meinem großen, drei Minuten älteren Bruder eine Umarmung zu schenken, mich fallen zu lassen und mir seine doofen Witze anzuhören.

Stattdessen aber schluckte ich meine Tränen runter, drückte ihn nur kurz und lehnte mich mit einem Lächeln zurück. „Es wird schon. Sobald das vorbei ist, können wir deine ganze Truppe mit ins Center nehmen und uns was überlegen."

Er rieb sich die Hände. „Bestens. Da höre ich meine pragmatische kleine Schwester raus." Und dann beugte er sich erneut vor, irgendwie verschwörerisch diesmal. „Ich mache allen, die ich treffe, weis, ich hätte diesen unglaublichen Plan, wie wir uns in Sicherheit bringen können. Hab schon eine Menge Leute überredet mitzukommen …"

Als ich mich verkrampfte, hielt Kyle inne.

Plötzlich begann das Mana wieder Wellen zu schlagen. Blaue Linien traten langsam aus dem Einkaufszentrum hervor, breiteten sich aus und suchten nach etwas, das sie manipulieren konnten. Es war nicht das übliche lustig hüpfende Mana, das da am Werk war.

Dieses Zeug hier war boshaft, voller abgründiger Absichten, und es stellte mir sämtliche Haare auf.

Ich hob die Hand, um meinen Bruder am Weitersprechen zu hindern. „Wir reden später. Ich glaube, unsere Zeit ist um, und wir müssen ein Monster töten. Und ich weiß nicht, wie's dir geht, aber ich hab mir noch nicht mal meine neuen Fähigkeiten angeschaut."

Kapitel neunzehn: Grauenhaft

Im Inneren des Centers war es auffällig kühl. Einer unserer neuen Mitstreiter knackte das Schloss und ersparte es uns so, unsere Anwesenheit mit lautem Getöse und krachenden Glastüren anzukündigen.

Es nagte an mir. Ich mochte es ganz und gar nicht, gerettet zu werden. Zeit, wieder selbst auszuteilen.

In der kalten Luft lag ein seltsamer Geruch. Nicht abgestanden, nicht recycelt, eher so was wie Fäulnis mit einem Hauch von Minze. Keine Ahnung, ob mich das beeindrucken oder mir Angst machen sollte. Wellen von Mana waren überall, im Boden, in der Luft, konstant, so als prüften sie das Wachstum und die Evolution dieses Planeten, den sie infizierten. Ich glaubte immer weniger, dass ich das jemals alles verstehen würde.

Bei der Wahl meiner Fähigkeiten war ich in Bedrängnis gewesen, doch vielleicht lag das auch nur an meinem Gehirn und den Umständen. Wasserabschöpfung schien einiges an Potenzial zu bieten, und war außerdem explizit offensiv.

Direkt hinter der Eingangstür hatte sich die Gruppe aufgesplittet, und einige ließen ihre eigenen Lichter in den Raum strahlen. Blassblaue Fliesen, weiße Wände, und die mit Ketten verhängten Eisenvorhänge, die fast alle der Läden versperrten.

Nichts hier drin bewegte sich außer uns.

Wir gingen vorsichtig durch das kleine Einkaufszentrum. Während wir nach diesem Ding suchten, wunderte ich mich, dass es an keinem jener Orte war, die ich für die strategisch günstigsten Punkte gehalten hätte. Obwohl meine Wahrnehmung mich glauben ließ, wir stünden direkt darüber und könnten es trotzdem nicht –

„Verdammt. Es ist auf dem Parkplatz auf dem Dach." Das hätte ich doch wissen müssen. Eins war klar, heute Nacht würde ich mir keinen Schlaf gönnen. Falls … nein, wenn wir zurückkehrten, musste ich mich hinsetzen und mir ganz genau die feinen Details meiner Fähigkeiten ansehen.

Achtundzwanzig unserer höchsten Level waren hier drin, und nur eine Handvoll stand draußen Wache. Das dumpfe Gefühl in meinem Bauch gefiel mir ganz und gar nicht, dass wir soeben einen schrecklichen Fehler begangen hatten. Die Leute da draußen warteten nur darauf, angegriffen zu werden, sobald unser Gedankenmanipulator genügend Werkzeuge zum Kampf gefunden hatte.

„Wieder raus und um die Auffahrtsrampe rum?", schlug Evelyn vor. „Vielleicht besser, wenn wir so wenig Lärm machen wie möglich. Hier drinnen noch mehr Schlösser zu knacken, ist vielleicht keine so gute Idee."

„Guter Punkt", raunte ein Kerl, der sich anscheinend ein Gewehr um den Rücken gehängt hatte. Sein Name war wohl Morton oder so.

„Gehen wir." Ich winkte alle zusammen, genau wie Kyle, und wir setzten uns in Bewegung.

Leise traten wir wieder hinaus und passierten die wartende Gruppe, denen wir mit auf die Lippen gepressten Fingern bedeuteten, sich still zu verhalten. Wir schlichen an der mit Blut verschmierten Wand vorbei, an der Gemma zusammengebrochen war. Und dann stiegen wir die Rampe hinauf. Was für eine Idiotin ich doch war. Von dort war unsere Späherin schließlich heruntergetaumelt, da hätte ich doch auch gleich auf die Rampe kommen können.

Wenn man das Wort Apokalypse hört, denken die meisten Menschen wahrscheinlich an Zombies. Ob sie nun watscheln, sprinten, auseinanderfallen, einigermaßen intelligent sind … wie auch immer. Oder vielleicht auch an eine Alien-Invasion mit Tentakelmonster, die die Landschaft verwüsten.

Persönlich war ich immer von Mr. Blobby fasziniert gewesen, dem Blobfisch aus der Tiefsee. Die Veränderung der Wassertemperatur, das viel zu schnelle Heben aus der Tiefe, mangelnder Wasserdruck, um die Struktur der Körperzellen zu stützen – all das verschaffte Mr. Blobby sein berühmtes Aussehen, auch wenn er an der Oberfläche nicht annähernd mehr so aussah, wie wenn man ihn am Boden des Ozeans beobachtete, wo er hingehörte.

Womit ich bloß sagen wollte, hier gab es definitiv keine Zombies. Nur Blobs.

Vor mir saß, so groß wie drei Elefanten zusammen, eine dem Blobfisch zum Verwechseln ähnelnde Kreatur, der ich so lieber nie begegnet wäre. Ein totes, aufgedunsenes Gesicht, aus dessen Mundwinkel ein Parasit hing? Sicher – eine großartige Vorlage für ein Plüschtier. Ein gewaltiges Ding, dessen unsägliche Körperflüssigkeiten schmatzende Geräusche von sich gaben, und das vermutlich ein bescheidenes Haus hätte verschlingen können? Nope.

Das Ding war der Albtraum der australischen Apokalypse.

Als wir so rumstanden, allesamt wie versteinert von dem Anblick, fiel etwas aus dem lippenlosen Mund des Wesens. Es glitt einfach heraus, ließ sich dabei ewig Zeit, kullerte und stürze mit einem irgendwie dumpfen, hohlen Aufschlag auf den Asphalt. Weiß, angeknackst, länglich und am Ende mit einem Knubbel, das sah verdächtig nach einem menschlichen Oberschenkelknochen aus.

Wir hatten wohl Mark und den anderen Kerl gefunden. Oder das, was noch von ihnen übrig war.

Jemand gab ein würgendes Geräusch von sich. Vielleicht war ich es auch selbst.

Ein Druck befiel meinen Kopf, presste, wie um einzudringen, mich davon zu überzeugen, es reinzulassen. Vielleicht waren Menschen aber doch zu intelligent, als dass es Kontrolle hätte ausüben können. Auch von den anderen schien niemand nachzugeben, und die Kreatur stieß Wellen aus, die nur Unmut bedeuten konnten.

Großartig. Wir hatten den gigantischen Blobfisch wütend gemacht.

Er röhrte.

Der Windstoß, der aus seinem Maul toste, stieß uns alle zurück, und zum Glück hielt uns die Leitplanke am Rand des Dachs davon ab, runterzustürzen. Der Druck in meinem Kopf fühlte sich an, als würde mein Kopf gleich explodieren.

Gedankenschlag abgewehrt.

Super. Ich hatte wenig Zeit, mich darüber zu freuen. Der Atem des

Dings erschwerte es, sich auf irgendetwas zu konzentrieren.

Ein Gestank voller kupferhaltigem, frischem Blut und der alten Mief von Verwesung hüllte mich ein, drohte meinen Magen vollkommen zu entleeren, meine Eingeweide mit eingeschlossen. Doch ich hatte schon oft genug mit Kompost gearbeitet, um meinen Würgereflex im Griff zu haben. Die meisten der anderen waren da nicht so erfahren.

Neben mir sah ich sowohl Molly als auch Sange, beide mit Entschlossenheit im Blick. Sie hatten sich gut mit Barry und Mark verstanden. Für sie ging es um Rache, genau wie für viele von uns. Zumindest hoffte ich das.

Analyse aktiviert:

Mormaturianischer grobhalsiger Rigoll – Elite, Level 18.

Ich blinzelte, verwirrt und ziemlich besorgt. „Das Ding hat Level 18“, flüsterte ich meinem Bruder zu.

Kyle hob beim Sprechen die Stimme. „Das kriegen wir hin. Tut einfach, was ihr könnt, um ihn zu schwächen, und warne uns vor Adds.“

„Aids?“, fragte sein Flammenwerfer perplex. „Was hat das hier mit Aids zu tun?“

Mitten in einer Apokalypse mit Menschen, von denen viele bestimmt noch nie ein Computerspiel gespielt hatten, wusste natürlich nicht jeder über die Gamersprache Bescheid. Ich sah förmlich, wie Kyle auf fünf zählte, bevor er jemanden anschrie, der es nicht verdient hatte.

„Adds. So wie ‚additional monsters‘, zusätzliche Feinde.“

„Oh.“ Der Flammenwerfer schien sich das Wort durch den Kopf

gehen zu lassen. „Verstehe."

Kyle machte weiter im Text. „Kiras Fähigkeiten sollte uns warnen können, falls wir Adds bekommen. Den Bastard machen wir kalt." Er wirkte so selbstsicher, und auch wenn ich wusste, dass er es nur vortäuschte, half es mir dennoch, meine eigene Furcht in den Griff zu bekommen.

Wie war ich bloß zu so einem zitternden Häufchen Elend geworden, nur weil mein Bruder aufgetaucht war? Nope. Schluss mit der Jungfer in Nöten.

„Okay." Ich nickte, schnitt mir von seinem Mut etwas ab und flößte ihn mir selbst ein.

Eine andere Option gab es nicht. Es war eine einfache Tatsache, dass ich mich zu sterben weigerte, also folgte daraus zwangsläufig, dass diesen Part Mister Rigoll hier übernehmen musste. Wir würden diesen Invasoren schon zeigen, was für ein Fehler es war, sich mit Aussies anzulegen, und wie verrückt es hier zugehen konnte.

Evelyn rief die Attacke aus. „Los!"

Sowohl Molly als auch zwei weitere Tanks aus dem Team meines Bruders stürmten mit erhobenen Schildern los, Angriffe hinauspeitschend. Der Aufprall war eher matschig als scheppernd. Fernangriffe flogen in die Kreatur, doch sie versickerten und schienen nicht viel Wirkung zu haben. Das Ding war weich, und irgendwie absorbierte es jeden Schlag. Doch einen Nachteil hatten riesige Monster ja: Sie boten eine große Angriffsfläche.

Dieser Blobfisch schien zum größten Teil aus Wasser zu bestehen, ähnlich wie bei dem niedlichen Gesicht, das die Welt in eine bekloppte Internetsensation verwandelt hatte. Ich schickte mich an, meine neue Fähigkeit einzusetzen, und achtete darauf, dass niemand meinen Weg kreuzte. Ich wusste nicht wirklich, wie mein neuer Skill funktionierte, aber Menschen bestanden ja auch aus ziemlich viel Wasser …

Wasserabschöpfung aktiviert.

Ich sah zu, wie die Fähigkeit wirkte, und Wasser aus der Kreatur vor uns zu sickern begann. Am Anfang war es noch kaum wahrnehmbar. Zuerst wurde das Vieh noch blasser, und dann verlor es seinen Schimmer. Statt glänzendem Fleisch begannen immer mehr Risse in seiner widerlichen Haut zu erscheinen, und der Fisch stieß ein missbehagliches Grummeln aus.

Der Zauber bedurfte in diesem niedrigen Level einer Menge Mana. Es war nachlässig von mir, nicht mehr dafür unternommen zu haben, dass mein Manazufluss gesteigert würde. Manatransfer, meine Level-11-Fähigkeit, war auf diesem Level so gut wie nutzlos.

Wasserabschöpfung (Level 1)

Effekt: Feuchtigkeit ist alles: Bei Menschen wie bei intergalaktischen Spezies. Diese Fähigkeit erlaubt es dir, Wasser abzuschöpfen, wo immer es enthalten ist. Effektivität abhängig von Anwender und Level des Zaubers.

Preis: 60 Mana pro Abschöpfung. 25 % Wasser pro Anwendung. Anwendungsdauer – 30 Sekunden.

Achtung: Ziel ist nach Anwendung für 15 Sekunden immun gegen den Effekt der Wasserabschöpfung.

Wasserabschöpfung war mein einziger wahrer Offensivzauber, doch er war Mana-intensiv, und ihn öfter hintereinander einzusetzen würde mein Mana in kürzester Zeit entleeren.

Anstatt ihn immer wieder zu wirken, schützte ich deshalb die Heiler, indem ich den Asphaltboden um uns herum anhob. Zumal wir uns hier auf einem Dach befanden, war diese Aufgabe deutlich schwerer als auf festem Untergrund.

Solange die Wasserabschöpfung noch wirkte und sowohl Nahkampf- als auch Fernwaffen auf das Ding eindroschen, verringerten wir seine Gesundheit ziemlich signifikant. Faszinierenderweise erlaubten seine nicht vorhandenen Beine eine größere Beweglichkeit als erwartet, vor allem in einer Umgebung, wo es kein Wasser gab.

Doch es lag eine Menge Schleim am Boden, und der half beim Umherrutschen.

Das Ding schnellte vor und prallte gegen einen Waldläufer, der neben Evelyn stand. Ich hörte das matschige Geräusch des Aufpralls und sah, wie die Gesundheit des Rangers in den Keller sank, bevor er über die Brüstung und hinab auf die Straße stürzte. Mr. Rigoll schien dabei auch noch etwas von seiner Feuchtigkeit aufgesogen zu haben, um seine eigene wieder nachzufüllen.

Sobald die Immunität des Viehs gegen meinen Skill abgeebbt war, verpasste ich ihm eine weitere Ladung. Solange es das Mana es zuließ.

Nach dem zweiten Mal begriff ich, dass ich nur etwa alle dreißig

Sekunden genug Kraft aufbrachte, um die Fähigkeit anzuwenden. Evelyn rief allen Fernkampfklassen zu, beim Kampf ständig in Bewegung zu bleiben. Wenn sie nicht auf festen Positionen blieben, konnte das Ding sich nicht so leicht auf sie stürzen. Dank der paar auf dem Deck verteilten Autos und des teilweise eingestürzten Sonnendachs gab es ausreichend Deckung, wenn wir clever waren.

Der ganze Kampf war einfach nur schräg, eine Schlacht mit einem gewaltigen Blobwesen, das herumsauste und uns zu treffen versuchte, während wir uns hinter Betonbarrikaden, zurückgelassenen Autos oder auch hinter einander versteckten. Und die ganze Zeit über hackten die Nahkämpfer alles an Weichteilen ab, was sie erwischen konnten.

Das Ganze wirkte irgendwie wie ein Tobsuchtsanfall von dem ollen Rigoll, weil er unsere Gehirne nicht kontrollieren konnte.

Die Wasserabschöpfung verlor ihre Wirkung und die Kreatur begann allmählich ihren Glanz zurück. Je besser hydriert der Fisch war, desto weniger Schaden richteten wir an. Wie ein Schwamm, der alles aufsog, was man ihm entgegenwarf, den Aufprall dämmte und Beschädigungen abschwächte.

Alles klar – dann würde ich eben einfach weitermachen.

Dreißig Sekunden an, fünfzehn Sekunden Immunität. Bäm.

Seine Gesundheit sank stetig, aber höllisch langsam. Zumal ich selbst nicht viel Schaden beitragen konnte, sorgte ich wenigstens dafür, dass die Heiler nicht mich auch noch mit ihrem Mana am Leben erhalten mussten. Der Bluttransfer wirkte minimal, aber immerhin. Meinen Schaden gering zu halten, erlaubte es den Heilern, ihr Mana besser einzuteilen.

Das alles war viel zu sehr wie im Spiel für meinen Geschmack. So vieles daran erinnerte mich an die alten Tage, wo wir in der Gruppe auf Streifzug gegangen waren. Zurückgezogen vor unseren Computern in unseren Studenten-WGs sitzend.

Der schleimige Belag des Rigolls schien unseren in Nahkampfreichweite befindlichen Mitstreitern einen gewissen DoT zuzufügen, wenn sie damit in Kontakt kamen. Ein weiterer Grund, ihm so viel Flüssigkeit abzusaugen, wie ich nur konnte.

Mir fiel es leichter als allen anderen, mein Mana wieder aufzufüllen, und doch musste ich es mir gut einteilen. Mein Level war noch nicht hoch genug. Wir hatten nicht die nötige Erfahrung, und unsere Level von elf bis sechzehn lagen so weit unter diesem Ding, dass wir nur mühsam und Stück für Stück vorankamen.

Elite bedeutete in dieser Welt ganz offensichtlich das gleiche wie in den ganzen verdammten Spielen: schwierig.

Er musste doch irgendeine Schwachstelle haben, abgesehen von der Flüssigkeit, die ich ihm entzog. Molly schnellte vor, sodass ihr dicker Schild den Großteil eines weiteren Gedankenschlags abfangen konnte. Zumindest nahm ich an, dass es sich darum gehandelt hatte. Der Windstoß konzentrierte sich auf sie und prallte von ihrem Schild ab, abgeschwächt nun, bevor er sonst wen treffen konnte.

Dieses Mal waren wir vorbereitet gewesen, und dank Mollys rascher Reaktion hatten wir uns nicht wieder bis an die Reling drängen lassen.

Wir durften nicht zulassen, dass er bei einem von uns die mentale Abwehr überwand und die Kontrolle übernahm wie bei jenen anderen Kreaturen.

Der Rigoll quiekte, sein schwabbeliger Körper schlug wild um sich und seine viel zu riesigen Augen öffneten sich, um uns anzufunkeln. Ein Gebrabbel drang aus seinem Mund, so als dächte er, wir könnten ihn verstehen. Und es dauerte eine Weile, bis ich bemerkte, dass wir das tatsächlich konnten.

Schluss mit dieser Anmaßung. Ich bin das Leben; Ich bin das, was ihr atmet!

„Haltet den Atem an!“, rief ich einem Instinkt folgend aus, als ich das Schlüsselwort hörte.

Die schwachen blauen Manawellen sammelten sich bereits und verschwanden in seinem Maul, als er sie einsog, und mir war klar, dass es auf keinen Fall als Mana wieder herauskommen würde. Was da auch gleich auf uns gespuckt werden würde, es konnte nichts Gutes sein.

„Jules. Schild!“, schrie Sange nicht eine Sekunde zu früh.

Die Heilerin war nur einen Wimpernschlag zu spät, und die ersten drei Leute in unserer Angriffslinie wurden von dem Geifer getroffen. Es zischte sich durch ihre improvisierten Rüstungen in ihr Fleisch und brannte es weg bis auf die Knochen, wie als zielte es speziell aufs Knochenmark ab. Haut fiel von ihren Körpern, die Gesichter schmolzen in die Länge wie eine von diesen Scream-Masken, bis sie nicht mehr als menschlich zu erkennen waren.

Wir anderen waren unter Jules heilender Kuppel in Sicherheit, erleichtert geduckt. Wir hatten nicht die Zeit, vor Schreck zu starren, wie es einige von uns aber trotzdem taten. Das schiere Grauen der Szene vor uns war einfach zu viel.

Ganz zu schweigen vom Gestank des geschmolzenen Fleisches und den Schreien, die noch widerhallten, nachdem sie verstummt waren.

Sekunden vergingen, und das Mana um den Rigoll herum war träge. Wie als würde das Umgebungs-Mana seinen Quell nur widerwillig auffüllen. Es verhielt sich wie ein Magnet, der umliegendes Metall anzieht, doch der Magnet war gerade schwach.

„Angriff! Solange er geschwächt ist!", schrie ich und wirkte erneut die Wasserabschöpfung, ohne mich noch um Sparsamkeit zu scheren.

Molly zog die anderen zusammen, entsetzter als die meisten, wenn man sich das leichte Zittern ihrer Hände ansah. Konnte ich ihr nicht übel nehmen. Sie stand vielleicht zwei Handbreit von einer der geschmolzenen menschlichen Pfützen entfernt.

„Angriff! Angriff! Angriff!" Ihr wiederholter Aufschrei riss alle aus ihrer Lähmung. Was für eine gewaltige Stimme für so eine kleine Person.

Unsere gesamte Gruppe begann mit neu entfachter Wut anzugreifen, während ich die Gegend mit Mana-Wahrnehmung nach weiteren Adds absuchte.

Die Wasserabschöpfung schaltete sich wieder ein, und langsam wurde mein eigener Manavorrat zum Problem.

„Setzt alle eure Skills ein. Mana zu sparen bringt uns nur um!"

Ich meine, wozu wollten wir daran festhalten? Um in einem Spiel das meiste aus der Rotation zu holen, setzte man Fähigkeiten mit Cooldown ein, oder man stimmte alles auf den perfekten Moment ab. Jetzt gerade steckte der beschissene Blob viel mehr Schaden ein als gewöhnlich, also war dieser Moment gekommen.

Ganz egal, wie viele Games wir gespielt hatten, egal, wie lange wir gelebt hatten, nichts hätte uns auf diese Apokalypse vorbereiten können.

Manchmal aber, besonders in einer Situation, wo, na ich weiß nicht, das Spiel plötzlich zur Realität wurde … musste man sich selbst wieder an die Dinge erinnern, die man ohnehin schon wusste.

Molly ging voran, ihren Schild schützend vor alle anderen gehalten. Sange blieb etwas weiter hinten in meiner Nähe, achtete darauf, nicht allzu viel Schaden einzustecken und hielt ein Auge auf alle anderen. Jules war alle, der Schild musste sie viel Mana gekostet haben. Und dennoch heilte sie die anderen Heiler und Tanks, so gut es ging, half, wo sie konnte und sparte dabei Mana ein, nur für den Fall.

Ich glaubte wirklich nicht, dass wir eine weitere solche Welle überleben konnten. Wir mussten ihn schnellstmöglich töten. Aber wir hatten einfach noch nicht die Feuerkraft dafür. Keine mega-mächtigen Zauber.

Wo war bloß der übermächtige Auserwählte, den wir brauchten? Oder wenigstens irgendein Wahnsinniger mit Todessehnsucht? Scheiße.

„Diese Angriffe kann er sich nicht einfach aus dem Hintern ziehen. Noch hat er nicht das nötige Mana zusammen. Tötet ihn, bevor er wieder so weit ist!“ Ich stellte sicher, dass alle mich hören konnten.

„Woher weißt du das?“, blaffte ein Neuer.

„Du hast deine Klasse und ich meine.“ Ich biss mir auf die Zunge und sprach sofort weiter, bevor der Kerl sich aufregen konnte. „Seine Manaregeneration ist fast gleich begrenzt wie deine. Glaub mir. Er hat noch nicht die Kraft.“

„Klar. Okay.“ Einer lachte, gefolgt von einem Zweiten.

Es war ein nervöses Lachen, aber alter Schwede, nervös waren wir alle gerade. Wir kämpften wahrhaftig um unser Leben.

Wir hatten gerade eben zusehen müssen, wie drei Menschen zu einer Pfütze verschmolzen waren.

Ich sah, dass Kyle soeben zu meiner Rettung ansetzen wollte. Aber wisst ihr was? Diesen Mist brauchte ich nicht. Ich wusste ja, dass er sich Sorgen machte, und das bedeutete mir viel. Aber ich war Expertin auf meinem Feld, und ich brauchte keinen Babysitter. Mana mochte zwar keine Pflanzenbiologie sein, aber es hatte etwas mit der Erde zu tun, und ich würde mir den Arsch aufreißen, um meinen Expertinnenstatus zurückzuerlangen.

„Entweder glaubt ihr mir und haut euch voll ins Zeug, um ihm zu schaden, oder ihr wartet ab und seht, wer von uns recht hat, dann seid ihr die nächsten, die schmelzen." Ich legte keine Hitze in meine Worte, sondern ließ es so vernünftig klingen wie nur möglich. So als würde ich jeden Tag gegen diese riesigen Blobfisch-Viecher kämpfen.

Und ich? Ich ging voll aufs Ganze. Sog alles Wasser aus ihm raus, zapfte seine Lebenskraft und Manaregeneration an, sosehr ich nur konnte. Ließ meine gute alte Barrikade auf ihn niedergehen. Ich nahm mir sogar einen Brocken oder zwei, um sie ihm entgegenzuschleudern. Es dauerte noch ein paar wertvolle Sekunden, bis meine Kritiker sich endlich auch ins Gemenge warfen, aber wenigstens folgten sie mir dann doch.

„Fast vergessen, wie taff du sein kannst", raunte Kyle mir von seiner Position neben mir zu.

Er kanalisierte etwas, das sich durch sein Mana fraß wie ein Piranha. Verdammt, ich wollte mit ihm über seine Klasse reden.

Aber jetzt gerade zählte nichts außer dem verdammten Rigoll.

Jeder Schlag, den wir ihm versetzten, ließ die Fetzen von ihm fliegen. Seine obere Hälfte sah bereits knusprig verbrannt aus, und weiteres Fleisch wurde weggerissen, als jemand einen schneidenden Wirbelwind aus Klingen auf ihm niedergehen ließ. Pfeile sanken in das gummiartige Gewebe und verschwanden.

Es war noch nicht genug.

Ich wünschte, ich hätte ihm den Nachschub an Umgebungs-Mana abschneiden und seine Manaregeneration so völlig abschneiden können. Wäre ich so um die Level 35 gewesen, hätte ich solchen Scheiß bestimmt draufgehabt, aber wir waren noch nicht mal eine Woche dabei. Wie zur Hölle kam überhaupt eine Level-18-Elite hier mitten in die Vorstadt?

„Macht schneller. Tut, was ihr könnt." Ich benutzte den ‚Mum-Befehlston', den ich immer brauchte, wenn die Kids bei uns dem Hornissennest bei uns im Garten zu nahe kamen.

Wasserabschöpfung kann nicht betätigt werden – zu wenig Mana

Scheiße. Okay, Mantel, mach dein Ding.

Ich aktivierte den Mantel, füllte einen Teil meiner Mana-Leiste wieder auf und zog dabei mit aller Macht, um etwas nachzuhelfen.

Wasserabschöpfung aktiviert.

Perfektes Timing.

Als hätte der letzte Spruch es endlich geschafft, wie wenn die vielen Rinnsale an Wasser, die ihm entzogen und weiter weg entleert wurden, ihm den Rest gegeben hätten, brach der Rigoll schließlich zusammen. Er schien zu welken und in sich zusammenzusacken, während die Klingen und Knüppel noch härter trafen, und die Bogenschützen und Fernwaffen ihr Feuer einstellen mussten, um die Nahkämpfer im Schussfeld nicht zu verletzen.

Seine Gesundheit sank weiter und erreichte die zwanzig-Prozent-Marke. Die Nahkämpfer droschen weiter auf ihn ein, doch ich sah davon ab, weitere Sprüche zu wirken. Um mein Mana zu wahren. Ich wollte noch etwas übrig haben, falls die Wasserabschöpfung doch wieder ausfiel, bevor wir ihn getötet hatten.

Um dabei zu helfen, lief ich näher ran und begann, mit meinem eigenen Schläger ebenfalls zuzuschlagen.

Das Traurige war, es fühlte sich nicht länger an wie eine Schlacht, sondern so, als würden wir einfach auf einen Haufen Brei einhämmern. Vielleicht war auch das ein Abwehrmechanismus. Meine mentale Verteidigung war nicht die Beste. Daran konnte ich mich von der Wahl meiner Klasse noch deutlich erinnern.

Ich zog die Brauen zusammen, als mir auffiel, dass allen anderen der arme kleine Blob offensichtlich auch leidzutun begann. Obwohl immerhin Jules und Molly nicht darauf reingefallen zu sein schienen. Nur mein vages Wissen darüber, wie fleischfressende Pflanzen ihre Opfer anlockten, ließ mich zu dem Schluss kommen … das Ding verarschte uns.

Wichser.

Kapitel zwanzig:
Reality Check

Ich wünschte, ich hätte es früher kapiert. Vielleicht war das eine verzweifelte letzte Strategie, oder eine Selbstschutzmethode, die er anwenden konnte, wenn sein Leben sich dem Ende neigte. Was es auch war, das verdammte Ding wollte unsere Gutmütigkeit ausnutzen. Wissen über Pflanzen, olé!

„Leute." Das Wort klang heiser, eher wie ein Husten. Verdammt. Ich konnte nicht mal sagen, was ich wollte.

Jules schaute zu mir rüber, die Augen gezeichnet von ihren eigenen Anstrengungen. Aber offensichtlich hatte sie ihre Stimmbänder besser im Griff. „Tötet ihn! Lasst euch nicht von ihm täuschen."

Molly stieß ein gewaltiges Brüllen aus. Hätte ich es nicht mit eigenen Ohren gehört, ich hätte es nie glaubt. „Kämpft. Wir sind so nah dran. Ihr habt doch gesehen, was er uns da unten angetan hat! Was er uns hier oben angetan hat!"

Ich schüttelte den Kopf und versuchte es noch mal. „Rache!"

Zumindest war das Wort dieses Mal hörbar. Schon besser. Unsere kleine Tirade vermochte die anderen aus ihrer seltsamen Starre zu reißen. Ich spürte den Zorn des Rigoll, als ihm das letzte Bisschen Mana entglitt. Es war wohl *tatsächlich* sein letzter Ausweg gewesen.

Sein Wasser war ebenfalls fast verbraucht. Zumal ich kaum noch genug Mana hatte, musste ich das Timing genau hinkriegen, um das Vieh im Zaum zu halten.

Pfeile und Feuerbälle flogen nun von hinten heran, denn die Zauberer und Waldläufer hatten ihn umrundet, um wieder losschlagen zu können. Außerdem Eiszapfen und andere Zauber, die ich nicht kannte. Die Kämpfer konnten ihre Schwerter nicht besonders gut zum Einsatz bringen, denn das glibberige Fleisch fing sie ein und hielt sie fest. Stattdessen benutzten wir Schlagwaffen wie Knüppel und Baseballschläger. Jeder Treffer klang wie ein heftiger Hieb in die Magengrube, tief und befriedigend. Ein ununterbrochenes dumpfes Pochen.

Der Rigoll begann sich aufzulösen, wie wenn man Marmelade in die Sonne legt. Zunächst ganz langsam, dann rauschartig.

Ich konnte praktisch fühlen, wie das Mana in seinem Inneren zusammenfloss, einen Fluchtweg suchte, um sein Werk irgendwo fortzusetzen, wo gerade nicht gestorben wurde. Sein Schein war schwach und dumpf, als die Gesundheit unter zehn Prozent sank, und je weiter er schmolz, desto mehr wollte das Mana flüchten.

In diesen Momenten wurde mir etwas klar. Mana – es konnte nicht sterben. Es zog einfach weiter. Und hier war eine Menge Mana, das weiterziehen wollte. Das konnte nichts Gutes sein, oder?

Ich glaube nicht, dass er friedlich sterben wird“, sagte ich zu Kyle, während die Gesundheit der Kreatur weiter und weiter sank.

Er versetzte mir einen Blick, der sagte: ‚Darüber reden wir später‘, und wandte sich jemandem zu, den ich nicht kannte. „Nimm die Nahkämpfer und zieh dich zurück, die Fernwaffen sollen tun, was in ihrer Macht steht.“

Gleichzeitig befahl Evelyn ihren Mitstreitern dasselbe.

Die Gesundheit des Rigolls war im Keller. Drei Prozent und rapide fallend. Ich trat zurück, fürchtete aber, dass es nicht reichen würde. Ich konnte meinen Familienschild wohl nicht für mich selbst nutzen, aber immerhin für meinen Bruder. Nur hatte ich nicht genug Mana dafür zur Verfügung.

Scheiße.

Als die Kreatur bei einem Prozent angekommen war, fühlte es sich an, als bewegte sich alles in Slow-Motion. Blaue Fäden Mana wanden sich, wollten entkommen. Die Fäden pulsierten unterhalb der verblassenden Haut. Mein Kopf pochte im Takt mit ihnen.

Anscheinend gab es so was wie Manamigräne.

Als die Gesundheit des Rigolls endlich bei null ankam, schoss das Mana durch seine transparente Haut – zumindest konnte ich das sehen – und zerplatzte mit demselben ätzenden Zeug, das bereits drei unserer Heiler geschmolzen hatte. Ein Schwall breitete sich aus der Mitte aus und jagte auf uns zu. Jules‘ Schild legte sich um mich, einen Sekundenbruchteil, bevor es mich traf. Ich hatte keine Ahnung, wie sie es geschafft hatte, ihr Mana ausreichend zu regenerieren, doch so war es.

Ich hörte Molly schreien, wagte mich aber nicht zu bewegen, solange die Säure sich noch durch den Asphalt direkt vor meinen Füßen fraß. Das Geräusch brach nicht ab, also war sie immerhin noch am Leben.

Wenn die Säure weitersprudelte, würde sie irgendwann die ganze Decke des Gebäudes zerfressen. Sange war direkt neben Molly, und ich hörte keine weiteren Schreie, konnte mich aber nach wie vor nicht dazu durchringen nachzusehen, weshalb unser Tank so durchdrehte.

Wir hatten gewonnen, endlich. Ich sprang auf und berührte mit einem Finger den entsetzlich kalten und klammen Klumpen Fleisch, der noch übrig war, nahm die Beute ohne nachzudenken entgegen und schickte die blauen Benachrichtigungsfelder zum Teufel. Ich schaute nun kurz zu Molly und sah sie schluchzen, bevor ich den Rest der Gruppe ansah. Zumindest lebte sie.

Und dennoch, wie ein Sieg fühlte es sich nicht an.

❖

Obwohl wir gerade so mit dem Leben davongekommen waren, änderte das nichts daran, dass wir nach wie vor nach Überlebenden in der Gegend suchen mussten. Wenn wir am nächsten Tag erst wiederkamen, war nicht garantiert, dass eben jene Leute noch hier waren. Mutationen und seltsame Kreaturen, die mit der Erde nicht mehr das Geringste zu tun hatten, tauchten mittlerweile überall auf.

Es war ein bemitleidenswerter Haufen, der in Garden City Einzug hielt. Verwahrlost, ja, doch wir hatten über zweihundert Menschenleben bei uns. Unser Zug spannte sich um einen ganzen Häuserblock, und die meisten setzten nur mit Mühe einen Fuß vor den anderen. Die Räder trugen jene Toten, die noch in fester Form geblieben waren. Geschmolzene Schmiere konnte man schließlich schlecht mitnehmen.

Als ich die Überlebenden im Gänsemarsch nach Garden City führte, wünschte ich allen Ernstes, wir hätten es hier einfach mit einer standardmäßigen Zombie-Apokalypse zu tun. Noch nie im Leben hätte ich mich mehr über ein schiefgegangenes Laborexperiment gefreut.

Barry war nicht da, um uns zu begrüßen. Erst als ich durch die Tür schritt und mir auffiel, dass sein gut gelauntes Gesicht nicht gleich alle in Empfang nahm, traf es mich so richtig. Es überraschte mich, wie leer es sich hier drin anfühlte, obwohl ich ihn nur ein paar Tage lang gekannt hatte. Seine joviale Art, sein breit strahlendes Lächeln. Gestohlen von einem beschissenen Kookaburra-Geschoss.

Wenigstens musste ich den Job nicht selber machen oder jemandem aufbrummen. Jules meldete sich freiwillig, um Red die Nachricht zu überbringen. Ich würde sie nicht davon abhalten.

Als sie meinen betäubten Geisteszustand bemerkten, machten sich Dolores – die Frau, die Jules geohrfeigt hatte – und Ray daran, die Neuankömmlinge einzuteilen. Ich mochte Dolores. Nicht nur, weil sie Verantwortung übernahm und die Leute organisierte, sondern weil ich es dadurch nicht selber tun musste, und weil sie gut darin war – gut mit Menschen.

Nestmutter. Schrägster Klassenname aller Zeiten. Was war sie? Eine Vogelmama? Ich dachte mir, ich müsste sie später mal dazu befragen.

Kyle wuselte zwischen den Leuten umher, die er mit sich gebracht hatte, Nervosität im Blick. Er sah nach jedem seiner Begleiter. Viele von ihnen krümmten sich unter der Last der Rucksäcke voller Ausrüstung und Medikamente, die er im Krankenhaus eingesackt hatte. Es passte so gut zu ihm, dass zuallererst an andere dachte, und sich die Zeit genommen hatte, um alles zusammenzusammeln, was in den folgenden Tagen hilfreich sein konnte.

Und ich? Alles ging in einem unwirklichen, traumartigen Zustand an mir vorüber. Ich war im Schock, und das wusste ich auch. Und es war mir egal. Ich spürte mich selbst kaum noch, mehr so, als betrachtete ich alles von außerhalb, und als hätte das alles überhaupt nichts mit mir zu tun.

Vielleicht war ich einfach nur müde, doch ich fühlte mich nicht schläfrig, einfach nur emotional ausgewrungen.

Ich seufzte und ließ mich auf einen Stuhl am Rand des Food-Courts sinken, beobachtete das Treiben um mich, als würde ich überhaupt nicht dazugehören.

Ich sah zu, wie die neuen Leute eintraten, erleichtert aufseufzten, als sie die Benachrichtigung über die sichere Zone lasen, und stellten sich in die Reihe, um mit Ray und Dolores zu sprechen. Molly, deren Gesicht aschfahl war, wurde von Sange gestützt, und Dale rief einige Heiler zusammen, um sie wieder heil zu machen.

Jules kam zurück, nachdem sie mit Red gesprochen hatte, machte sich daran, zu tun, was sie konnte, die blonden Haare zu einem Dutt gebunden, der ihre Züge strenger wirken ließ als gewöhnlich. Vielleicht half ihr das zu vergessen, wie knapp Gemma dem Tod entronnen war.

Red ließ sich nicht blicken. Konnte ich ihm nicht verübeln. Jules' Gesicht war noch immer rot von den Tränen, die sie beim Überbringen der Nachricht vergossen hatte. Jetzt lenkte sie sich ab.

Ich wünschte, das würde uns allen so leicht fallen.

Das Mana schlang sich in und um die gesamte Gruppe. Seine kleinen Fäden der Einflussnahme erfüllten uns, beobachteten uns, heilten Sange, wenn auch viel zu langsam. Gliedmaßen nachwachsen zu lassen, selbst wenn das System bereitwillig nachhalf, war eben nicht so einfach.

Und nicht nur das System half mit. Kyle wirkte einen Zauber, der auch einen Teil beitrug, und der dem Anschein nach sowohl Sender als auch Empfänger eine Menge Energie kostete.

Zumindest war es überhaupt möglich, Gliedmaßen nachwachsen zu lassen.

Schreie hallten in dem Einkaufszentrum wider, prallten von den Fliesen und Fensterscheiben zurück wie in einem tiefen Canyon.

Die Leute in der Schlange zur Einteilung traten bei den Geräuschen nervös von einem Fuß auf den anderen. Soweit ich die Gespräche zwischen den Neuankömmlingen und Jules und Ray überhörte, war höchstens ein Drittel davon in einer Abenteuerklasse, und alle übrigen waren nicht gewillt zu etwas, das sie in irgendeiner Form an Gewalt erinnern würde.

Zum Beispiel verlorene Gliedmaßen.

Ein Teil von mir war überzeugt, dass jene als Erstes sterben würden. Gewalt war die angemessene Reaktion in unserer kleinen neuen Welt.

„Ich wusste, dass du es nach Hause schaffen würdest.“ Wisp hatte sich vor mir aufgebaut, Stolz im Blick. Nicht nur auf mich, sondern auch auf sich selbst, die sie sich von ihrem Armschutz getrennt hatte. Mit ihrer wundervollen kleinen Seele zerrte sie mich aus meiner bescheuerten Abwärtsspirale heraus.

Ich lächelte sie an und reichte ihr den Armschutz, bevor ich sie in eine Umarmung zog. Sie war acht, noch durfte ich das. „Hat mich beschützt. Jetzt muss er wieder dich beschützen.“

Sie nickte feierlich, dann wanderten ihre Augen hinüber zu der enormen Gruppe neuer Leute, die nach wie vor ein- und zugeteilt wurden.

„Ist das wirklich Onkel Kyle?“, fragte sie in sehnsuchtsvollem Ton.

Ihre großen Augen waren geweitet vor Unglauben, denn in Wahrheit sah er auch wirklich nicht wie der Onkel aus, an den sie sich erinnerte. Sein makelloser Stil und sein elegantes Auftreten waren verschwunden. Er war zerzaust, die lockigen schwarzen Haare durcheinander und dreckig, das Gesicht voller Bartstoppeln, wie er es noch nie zugelassen hatte.

„Das ist wirklich Onkel Kyle." Die Erleichterung überrollte mich so plötzlich, dass es mir für einen Moment die Luft nahm. Er war tatsächlich hier, er lebte, und er hatte mich gefunden. Einer erledigt, fehlen nur noch ein paar.

Wisp schaute mich an, dann ihren Onkel, und dann nickte sie. Sie rannte in solchem Tempo zu ihm hin, dass ich schallend lachen musste, was die Enge in meiner Brust zumindest ein bisschen zu lösen vermochte.

„Da hast du aber ein liebes Kind, junge Frau."

Ich erkannte die Stimme, wandte mich um und wurde erneut von einer Welle der Erleichterung erfasst, obwohl ich gar nicht bemerkt hatte, dass sie aus der Reihe am Empfang getreten war. Sie hatte uns gerettet, indem sie dafür gesorgt hatte, dass Jules nicht mitten im Kampf den Verstand verlor.

„Dolores." Ich legte den Kopf schief, bevor ich meine Aufmerksamkeit wieder auf meine Familie richtete, während die Dame sich setzte.

Ich mochte sie *wirklich*. Sie hatte so eine stille, Ehrfurcht gebietende Haltung an sich. Ob das an ihrer Klasse, am Mana oder an ihrer Lebenserfahrung lag, ich wusste es nicht. Aber ich war froh, sie auf unserer Seite zu haben.

Ihr silberfarbenes Haar verlieh ihr eine vornehme Aura, und ihre Kraft war unübersehbar dank der gut gealterten, sehnigen Muskeln unter ihrer sonnengegerbten Haut. Ich bemerkte erst jetzt, dass sie kleiner war als ich, nur ein paar Zentimeter zwar, doch wenn sie sich bewegte, dann geschah es mit solcher Autorität, dass man sie für einen Kopf größer halten mochte.

Eine Weile lang saß sie wortlos neben mir, und ich fühlte mich zwar nicht unbehaglich deswegen, begann mich aber doch zu fragen, was sie mir wohl sagen wollte. Sie hatte darauf bestanden, bei der Erfassung der Leute zu helfen und sie einzuteilen in „Habe eine ungefähre Ahnung“ und „Hab absolut keinen verdammten Plan“. Mittlerweile hatten wir auch ein Register der Fähigkeiten aus der realen Welt, für die wir vielleicht noch Verwendung haben würden.

Reale Welt. Oh, wie real das alles doch war.

Ich löste schließlich den Blick von meiner Tochter, die angeregt meinen Zwillingsbruder zutextete, und wollte sehen, ob ich Gemma in der behelfsmäßigen Sanitätsstation ausfindig machen konnte. Ihr sommersprossiges Gesicht und die sonnengebleichten Haare wirkten blasser, und obwohl ich wusste, dass mir mein Geist einen Streich spielte, erschien mir das auch irgendwie passend. Sie schien wieder ganz geheilt zu sein, doch in ihren Augen spukte es, und ich konnte mir nicht vorstellen, dass sie je wieder dieselbe werden würde.

Ich jedenfalls würde es nicht werden.

„Nun haben wir hier also eine Apokalypse, und ich finde, du hast da eine raffinierte Art von Klasse, die uns anderen fehlt.“ Dolores sprach in leisem Ton, doch ihre Worte waren pointiert. Ihr war aufgefallen, dass ich

Warnungen abgeben konnte, wenn etwas auf uns zukam, und sie hatte auch gesehen, wie ich diesen großen Haufen Scheiße lokalisiert hatte, bevor wir ihn töten konnten. Es war ja auch nicht so, als würde ich meine Mana-Tracking-Fähigkeiten verbergen wollen. Ich glaubte nicht, dass ich so etwas zu verstecken brauchte. „Wenn ich helfen soll, diese Jungspunde da einzusortieren, muss ich mehr darüber wissen, wie das funktioniert und was du kannst."

„Alle wissen davon." Ich hob die Achseln.

Sie lachte und tätschelte meine Hand, als sei sie meine Mum. Technisch gesehen war sie vermutlich alt genug dafür, aber dennoch. „Nicht das, Liebling. Nicht die Fähigkeiten mit dem ellenlangen Namen, den dir das Dingsbums gegeben hat. Nein, das Managespüre, das du da machst. Du kannst sehen, wie sich das Mananetz spinnt."

Ich wandte mich ihr zu, nun mit voller Aufmerksamkeit, denn das klang viel zu exakt nach dem, was ich wahrnahm, um Zufall zu sein. Wie schön es wäre, wenn ich nicht die Einzige wäre. „Wie meinst du das?"

Sie zupfte kurz an ihren Fingern und ließ den Blick über die Menschenmenge um uns herum wandern, bevor sie mit sehr leiser Stimme sagte: „Sieh mal. Nicht alle können das Mana sehen. Meine Großmutter hat mir viel über das Leben um uns herum beigebracht, darüber, wie die Natur sich ausbreitet und wächst, sich weiterentwickelt und verwandelt. Du kannst das sehen. Dadurch wusstest du, was der Glibber vorhatte. Hätte uns glatt mit sich gerissen. Du siehst das Leben auf der Erde. Dieses System hier nennt das eben Mana."

Ich blinzelte sie an. Ich hatte ja schon bemerkt, dass nicht alle die

Linien und Fäden des blauen Mana sehen konnten, die sich überall sponnen und alles erfassten. Aber ich hatte es wohl trotzdem noch nicht ganz verstanden gehabt.

„Na ja, ja. Ich meine, das System hat mir dafür ja auch eine Fähigkeit gegeben. Hast du die auch?"

Sie schüttelte den Kopf, und ihre Antwort erfolgte zögerlich, so als wisse sie nicht genau, wie sie es ausdrücken sollte. „Es besteht ein Unterschied, ob man das Mana spürt oder sieht. Wenn du beides kannst, dann haben wir vielleicht eine echte Chance, diesen Abfuck hier zu überstehen."

Dolores grinste mich an, und ich spürte sofort, dass sie das alles hier mindestens so sehr verabscheute wie wir alle. Doch anstatt sich davon unterkriegen zu lassen oder zu verzweifeln, hatte diese Lady beschlossen, es auf die Hörner zu nehmen. Auf ihre eigene Art in die Schlacht zu ziehen.

Was für eine Spießgesellin. Ja, verdammt! „Gut. Ich meine, sie haben Australien als besonders tödlich eingestuft. Vielleicht sollten wir diesem Systemrat-Gedöns mal zeigen, wie tödlich wir wirklich sind, was?"

Nun lachte Dolores. Es war ein magischer Klang, leicht und frei von jeglicher Zurückhaltung. Vielleicht brauchten wir alle ein wenig mehr Dolores in uns. „So was von, Schätzchen. Zeigen wir allen, wie gefährlich wir Australier so sind."

❖

696 Menschen. Uns fehlten noch 304, um in Sicherheit zu sein. Vier Tage bis Ablauf der Quest. sechsundsiebzig Leute am Tag, das sollten wir doch schaffen, richtig?

Ich saß im Dunkeln in der Nähe des Kaufhauses, wo Kylie und Wisp Hand in Hand im Bett lagen, Kylies kurze Haare verdeckt von Wisps wogenden schwarzen Locken. Im Schlaf wirkte sie viel jünger als acht. Klein, schmächtig und verletzlich. Ihr Körper sah nicht aus wie der einer Turnerin, nicht wie dann, wenn sie wach war und ihre Muskeln angespannt.

Jetzt in diesem Moment sah sie aus wie mein kleines Mädchen, das bei ihrer Freundin in einem Bett übernachtete, welches sie beide beinahe zu verschlucken drohte.

Jetzt gerade schliefen sie wie die kleinen Kinder, die sie zu sein verdienten.

Scheiß auf alles, was sie dabei stören wollte.

Ich schaute hinauf an die Decke, meinen überraschend unschrecklichen Kaffee in beiden Händen haltend. Ich verstand zwar nicht sämtliche Hintergründe dessen, was mit den Überbleibseln der Technik unserer alten Welt so abging. Doch ich wusste, dass unser Technikteam immer weiter wuchs und allmählich recht ordentliche Fortschritte machte. Sie waren noch immer dabei, selbst um diese Uhrzeit. Mitten in der Nacht, als allmählich unser siebter Tag anbrach.

„Du denkst schon wieder zu viel nach." Kyle setzte sich neben mich, ebenfalls eine Tasse Kaffee in der Hand, die er auf meinem Tisch abstellte. Er wartete nicht auf meine Antwort, nachdem er den Kopf auf seine Hände gestützt hatte. „Ich fasse es nicht, dass ich dich gefunden habe.“

Die Erleichterung in seiner Stimme, die aufgestauten Zweifel, die ich so gut nachfühlen konnte, spiegelten sich in jedem seiner neun Worte wider. Ich streckte mich, nahm eine seiner Hände, und er drehte den Kopf ganz leicht, um mich anzulächeln.

„Ich wusste, dass du nicht tot warst, aber ich war nicht sicher … Ich wusste einfach nicht, wie ich es sonst anstellen sollte, dich zu finden, oder Dad und Mum … oder Mason.“ Sie alle befanden sich in ganz anderen Städten oder gar Staaten, und wir konnten schließlich nicht mehr einfach mal schnell in den Zug steigen. Ich weigerte mich, mir einzugestehen, dass sie angesichts der Überlebenschancen höchstwahrscheinlich tot waren.

Mittlerweile fehlte mir mein Handy gewaltig. Ich meine, wir gingen andauernd von Technologie umgeben durchs Leben, und jetzt hatte ich nichts mehr außer diesem eingebauten zerebralen Bildschirm-Ding. Nichts. Nicht mal ein bescheuertes Spiel, das sich um Süßigkeiten dreht.

Kyle zog meine Aufmerksamkeit wieder auf sich, indem er seufzte, und er hielt weiterhin meine Hand, während er hinüber zu Jackson und seinen Freunden schaute, die nach wie vor in ihrer Werkstatt hockten. Sie bastelten noch immer unter ihren viel zu schwachen Lampen, obwohl sie eigentlich längst schlafen sollten. Der sechste Tag war so gut wie vorüber.

„Weißt du“, begann er, „ich hatte Dienst, als es losging. War mitten in einer OP.“

Er löste den Kopf aus seinen Händen und betrachtete sie, als könnte er noch immer das Blut sehen, auch wenn sie säuberlich gereinigt waren. Unmöglich, dass ein Patient überlebt hatte, offen auf dem Tisch, als das alles passierte. Ich machte mich auf seine nächsten Worte gefasst.

„Sämtliche Elektronik fiel aus. Die Notstromaggregate waren tot. Nichts funktionierte. Auch die Notbeleuchtung war aus.“ Er schüttelte den Kopf. „Ich konnte immer nur Dads Stimme hören, wie er sagte, wenn das Ende kommt und wir noch da sind, sollen wir klar denken.“

Er deutete auf die Rucksäcke, die er und die anderen mitgebracht hatten. „Medikamente. Antibiotika. Einer ist voller Kühlpackungen, die hoffentlich die Infusionen bisher frisch gehalten haben. Ich hab mir einfach alles geschnappt und ein paar Leute eingepackt, um mir beim Tragen zu helfen. Und dann sind wir los. Vielleicht hat mir meine Arbeit als Notarzt ja geholfen, mit der Massenpanik und den Toten umzugehen. Die Stadt ist … die Stadt stand in Flammen. Im wahrsten Sinne. Kein Spruch.“

„Wir haben den Rauch von der Autobahn aus gesehen.“

Kyle schwieg, und ich wartete einfach geduldig.

Als er weitersprach, hatte er es plötzlich eilig. „Die Captain Cook Brigde ist futsch. Völlig zerstört. Victoria Bridge auch. Von beiden fehlen große Stücke. Schwarzer Rauch so dicht, dass ich kaum noch die Gebäude erkennen konnte. Wir sind so schnell wie möglich da raus.“

Ich rieb ihm den Rücken, versuchte ihm meine Unterstützung zu geben, ihm zu zeigen, dass ich mit ihm fühlte. Denn das tat ich zu einem großen Teil, doch dann auch wieder nicht. In diesem Umfang hatte ich es selbst nicht erlebt. Doch ich hatte die Straßen gesehen, und die Toten, und die Mutationen. Außerdem spürte ich seine Gefühle, und die waren nicht schön. Ich machte mir Sorgen.

„Ist irgendwie schön hier. Das da, wie es in der Stadt war, so hatte ich es mir hier auch vorgestellt. Zerstört, überall Tote, unbewohnbar. Aber hier draußen ist es fast, als hätte sich gar nicht viel geändert. Bis wir dem Gedankenkontrollmonster begegnet sind.“

„Jetzt bist du ja hier“, sagte ich sanft und froh, dass es so war. Ich war entschlossen, die verdammte Quest abzuschließen und dies zu einem wirklich sicheren Ort zu machen. Die blöde Kugel zu kaufen.

„Ja. War nicht sicher, ob wir es schaffen würden. Wir waren am Anfang nur etwa zwanzig Leute. So viele der Patienten haben es nicht rausgeschafft. Und wir alle voll beladen mit Vorräten und Lebensmitteln … und improvisierten Waffen.“ Er seufzte und lehnte sich zurück, und ich nahm meine Hand weg, weil ich wusste, dass er sie nicht mehr brauchte. „Und auf dem Weg hierher haben wir irgendwie über zweihundert Leute eingesammelt. Ich kann mich nicht mal mehr erinnern, wie das ging. Unfallstellen, die wir passiert haben, Leute, die auf der Straße umherliefen … Viele haben wir unterwegs auch wieder verloren. Haben dann die Autobahn verlassen und sind die Logan Road rauf. Alle auf unserem Weg, die Hilfe brauchten oder allein waren, haben wir mitgenommen. Aber da draußen sind noch so viele, die …“

Er stockte und ich wusste, als jemand, der sein Leben damit verbracht hatte, Menschen zu retten, traf es ihn mitten ins Herz, so viele sterben zu sehen, so viel Tod zu erleben, wie es in den ersten vierundzwanzig Stunden geschehen war.

„Alles wird gut. Wir überlegen uns was. Unsere kleinen Tech-Freaks glauben, sie können Umgebungs-Mana in Formen von Energie umwandeln, sodass wir modifizierte Geräte und sogar Fahrzeuge nutzen können. Sollte nicht mehr lange dauern." Nach einer kurzen Pause erzählte ich ihm von der Quest, an deren Vollendung ich so händeringend arbeitete. „Und sobald wir die übrigen gut dreihundert Leute beisammen haben, kann ich den Siedlungskern kaufen und wir können die Menschen hier wirklich schützen."

Er sah mich ungläubig an. „Was meinst du mit ‚Siedlungskern'?"

Ich hob die Achseln. „Als ich den Infobereich hier im Center betrat, hab ich eine Quest bekommen. Es hieß, ich sollte tausend Leute einsammeln, für die ich eine riesige Summe Coins bekommen würde. Und dann stand da, für dieselbe Menge Coins könnte ich den Siedlungskern kaufen. Das ist wohl mit Absicht so verknüpft. Macht jedenfalls auf verrückte apokalyptische Art und Weise Sinn."

Kyle gluckste, und dabei konnte ich hören, wie müde er war. Er verlieh dem Geräusch wenig bis gar keine Kraft. „Wir müssen also raus und weitere Leute finden, sie hierher bringen und diesen Laden dadurch befestigen?"

Ich überdachte seine Worte kurz. Treffend zusammengefasst. „So in etwa lautet der Plan."

„Großartig. Super, Alte." Dieses Mal ächzte er. „Verdammt, ich muss müde sein. ‚Super, Alte', hab ich schon lange nicht mehr gesagt.

„Ist wahrscheinlich auch nicht die beste Art zu sprechen für einen Chirurgen, wenn du gerade deine Patientin in den OP karrst. Keine Sorge, Alte, alles easy." Ich lachte, selbst auch von Müdigkeit überwältigt, denn es war schon weit nach elf Uhr nachts am sechsten Tag unserer neu geschaffenen Hölle auf Erden.

Trotz der Toten, trotz allem, was wir heute hatten durchmachen müssen, hatte ich meinen Hoffnungsschimmer gefunden. Alles andere mochte am Arsch sein, aber ich hatte den größten Teil meiner Familie bei mir. Jetzt mussten wir nur noch mehr Überlebende anhäufen. Dann würden wir unsere Festung ausbauen und alle und jeden bekämpfen, der oder die sie uns wegnehmen wollte.

Kapitel einundzwanzig: Tag sieben nach Systemstart

Fast eine Woche. Tag sieben war angebrochen, und diese Erkenntnis sank zum Grund meines Magens wie ein Stein. Wir brauchten noch immer so viele Menschen, obwohl nirgends geschrieben stand, woher wir sie zu beziehen sollten. Viele Optionen hatten wir ja nicht angesichts unserer mangelhaften Transportmittel.

Dale und Kyle unterhielte sich gerade unweit des Coffeeshops, als ich mit den Kids auf der Suche nach Frühstück runterkam. Es lag ein ekelhafter Hintergrundgeruch in der Luft. Verrottetes Gemüse und so, mit einer Prise Gammelfleisch zur Verfeinerung. Zumal wir zwischen unserem Schlaf- und unserem Essplatz einen Supermarkt hatten, musste die Quelle des Gestanks wohl dort drinnen liegen.

Just in diesem Moment kam Red auf mich zu. Die Tränensäcke unter seinen Augen verrieten mir, dass er vermutlich noch weniger geschlafen hatte als ich selbst. Sein ohnehin schon schmaler Körper schien mittlerweile völlig ausgezehrt, und seine übliche sanfte Beflissenheit fehlte zur Gänze. Ich wollte mir überhaupt nicht vorstellen, wie er sich fühlen musste.

Es war seltsam, Barry nicht bei uns zu haben. Es war zwar nur eine kurze Zeitspanne gewesen, doch er war dennoch ein zentraler Teil unseres kleinen Teams gewesen. Gut mit Menschen, großartig darin, die Neuen in Empfang zu nehmen und jedem ein gutes Gefühl zu vermitteln. Einfach ein wundervoller Kerl.

Ich konnte mir denken, wie schwer es seinem Bruder ohne ihn ergehen würde. Red war viel introvertierter.

Jackson fiel seinem Onkel um den Hals, während ich mich auf der Hauptetage umsah. Zumal wir Zugang zu den meisten der Läden hatten, begannen sich die Leute dort in Gruppen zu sammeln. Es half, wenn sie jemanden kannten, wo sie unterkommen konnten, doch wo immer es nicht so war, entstand fast so etwas wie eine Kameradschaft der Verzweifelten. Alle schienen jemanden zu suchen, mit dem sie ihre Trauer teilen konnten, und wenn es in Schweigen erfolgte.

„Das Essen verrottet, jetzt wo die Gefriergeräte abgetaut sind. Sind randvoll mit Fleisch, das demnächst verfault. Weiß nicht wirklich, wie ich das regeln soll. Wir haben gestern ziemlich viel anderes Zeug aus den Supermärkten entfernt, aber nicht alles, daher der Geruch. Keine Ahnung, was ich jetzt machen soll“, sagte Red, und mein Bruder legte die Stirn in Falten.

Auf der einen Seite verwesende Leichen, auf der anderen vergammeltes Essen. Und ich inmitten einer Alien-Invasion.

Evelyn tippte mir auf die Schulter und versetzte Kyle einen fragenden Blick, während meine Tochter versuchte, ihn als Klimmzugstange zu missbrauchen.

„Er ist dran gewöhnt.“ Das stimmte auch. Sie kletterten immer auf ihm rum. Obwohl Jackson mittlerweile zu groß dafür war. Aber es schien beiden Spaß zu machen, wenn Wisp ihre Klimmzüge an ihrem Onkel übte.

Evelyn lächelte gepresst, doch dann erschien Mike zu meiner anderen Seite und meldete sich zu Wort, noch bevor sie etwas sagen konnte.

„Also, Boss“, setzte er an und schaute dabei angestrengt auf ein

Klemmbrett, das er irgendwo abgestaubt haben musste. „Bewachung. Das mit den Rollen war eine super Idee, aber wir brauchen trotzdem noch ein besseres Kommunikationsmittel. Kennst du vielleicht wen, der zum Beispiel telepathisch Befehle verteilen kann?“

Ich blinzelte ihn an. „Erstens, nicht Boss. Zweitens, lass uns mal Dolores fragen. Drittens, Jackson, komm mal her und rede mit Mike über Walkie-Talkies, und was du brauchen würdest, um die zum Laufen zu bringen.“

Mike öffnete den Mund und wollte noch etwas sagen, doch Jackson zupfte an seinem Ärmel und lenkte ihn ab.

Woraufhin Evelyn ihre Chance ergriff. „Wir müssen Spähtruppen und Jagdgruppen gründen, und nach … was auch immer das gestern war, müssen wir außerdem sicherstellen, dass unsere Gruppen viel größer sind. Fünf Leute ist einfach zu riskant.“

Evelyn hielt nur selten für längere Zeit Augenkontakt, denn ihr Kopf wandte sich von Seite zu Seite, überwachte alles mit scharfen Augen, stets wachsam. Sie musste eine umsichtige Game-Designerin gewesen sein. Ein Bild von ihr in ihrer Büronische, wo sie konzentriert auf ihre Beute irgendeinen Code runtertippte, brachte mich zum Lächeln.

„Macht Sinn. Bald werden wir uns auch neue Fleischquellen suchen müssen, nachdem gerade alles schlecht wird. Und prüfen, welche Früchte wie mutieren, was noch essbar ist und welche Nährstoffe es hat. Auch kein Spaß. Mutiertes Essen. Das fehlt uns gerade noch. Wenigstens unser Essen hätten sie uns lassen können. Warum mussten die das auch noch versauen?“, flennte ich, wohl wissend, dass ernährungswissenschaftliche

Fragen gerade unsere geringste Sorge waren.

Red lächelte matt. „Ich sammle ein paar der Neuen ein, damit sie mir helfen. Jede Menge potenzieller Kochspezialisten – oder Nahrungsvorbereitung. Ich schick Dolores rüber zu Mike."

Ich sah ihm hinterher, erneut voller Sorge.

Evelyn ging ganz offensichtlich längst ihre eigenen Listen durch, ohne die anderen zu beachten. „Glaubst du, zehn zum Jagen und hochleveln und vielleicht so zwanzig zum Auskundschaften Überlebender würde reichen?" Sie stellte die Frage zögerlich, und ich merkte, dass ihr die Toten von gestern noch immer schwer nachhingen.

Doch die Zahlen störten mich ein wenig. „Fürs Jagen und Leveln dürfte zehn passen, wenn sie hier in der Gegend bleiben. Fünf, wenn es rein um höhere Levels geht und sie nur Babymonster killen. Aber die großen Gruppen würde ich nur nach Überlebenden ausschicken, wenn sie sofort umkehren oder die Route ändern, sobald ihnen etwas komisch vorkommt. Besonders wenn es plötzlich so aussieht, als wären keine Tiere mehr in der Gegend."

Evelyn nickte. „Das stimmt. So was wie gestern wollen wir definitiv nicht so bald noch mal erleben. Ich nehme mal an, wir brauchen Essbares und diese Credit-Dinger, stimmt's? Denkst du, das ist echt so wie in RPGs? Müssen wir etwa Pelze und Häute und Knochen einsammeln, damit wir damit bauen und werkeln können?"

Noch so eine Sache, an die ich bisher nicht gedacht hatte. „Wahrscheinlich? Ich meine, Jackson und seine Tech-Freunde haben einfach mit Experimentieren schon viel Erfahrung gesammelt. Ich auch, indem ich alles plündere, was wir killen. Und auch diese Quest für die hunderttausend Credits, die zufälligerweise auch reichen, um den Siedlungskern zu kaufen? Das ist alles irgendwie Game-mäßig. Also ja, wahrscheinlich ist es exakt so, wie du denkst."

„Findet das sonst noch wer schräg?", fragte Dolores, die plötzlich an unserer Seite erschienen war, nachdem Red sie offenbar geschickt hatte. Sie war nicht allein. Sie hatte um die zehn der Neuzugänge von gestern bei sich.

Die Runde an Blicken, die Dolores für ihre Aussage erntete, ließen deutlich werden, dass es allen so ging wie ihr. Doch so gern wir auch alle das Warum seziert hätten, dafür war jetzt keine Zeit.

Jedes einzelne Gesicht schaute mich an, als erwarteten sie von mir eine Lösung. Stattdessen begann ich einfach Befehle auszuteilen, damit die Leute in Bewegung gerieten.

Red war bereits unterwegs, aber ich war mir sicher, dass er Müllsäcke brauchen würde, also schickte ich ein paar Leute los, um die entsprechenden Läden zu plündern.

Einige schienen erfahrene Abenteurer zu sein. Darunter eine 15 und eine 12. Die brauchten wir. Wir brauchten mehr Leute.

„Dolores, hat irgendwer auf den gestrigen Listen eine Klasse, die mit Langstrecken-Telepathie zu tun hat?"

Ich glaubte nicht, je ein derart laut schallendes Gelächter gehört zu haben wie jenes, das die Nestmutter in jenem Moment raushaute.

„Okay. Ich deute das mal als Nein." Ich hätte ja wissen müssen, dass es uns das System nicht so leicht machen würde. „Kannst du Mike mit den Details für die Wachmannschaften unter die Arme greifen?"

Sie nickte und machte sich auf den Weg. Daraufhin schnappte sich Evelyn die Abenteuerklassen und begab sich auf die Suche nach weiteren.

Schließlich schloss ich dem anscheinend sehr medizinisch geprägten Gespräch zwischen Dale und meinem Bruder an. Dales Anwesenheit war mir zuvor völlig entgangen.

„Wollen wir vielleicht irgendwo hin, wo wir nicht vom Gestank vergammelter Sachen erwürgt werden?", fragte ich spitz.

Das beendete ihr Gespräch, ebenso wie die akrobatischen Übungen meiner Tochter an Kyles Arm, und sie folgte mir brav zu meinem kleinen Kaffeeplätzchen, etwas abseits des Kompostgeruchs, um uns das Koffeingetränk zuzuführen, dessen wir bedurften, um Garden City zu regieren.

Jackson lief gleich weiter in seine Technikzentrale und machte sich an etwas zu schaffen, beobachtet von Chris, die unschlüssig dreinschaute, so als sei sie nicht ganz sicher, was das werden sollte. Er quatschte zwar munter auf sie ein, sie wirkte deswegen aber nicht weniger verwirrt.

Mein Sohn richtete sich auf und stemmte die Hände in die Hüften, offensichtlich von irgendwas genervt, und sofern ich seine Körpersprache korrekt deutete, lag es an der Frau, die vor ihm stand. Mütterlicher Stolz machte sich in mir breit, neben einer gewissen Erleichterung. Er wusste sich durchzusetzen.

Dale räusperte sich, um meine Aufmerksamkeit auf sich zu ziehen, doch ich behielt auch weiterhin ein Auge auf meinen Sohn gerichtet. Er war ein guter Junge, doch er machte mitten in der Apokalypse die Pubertät mit. Ich hatte keine Ahnung, ob er in der Lage war, seine Launen im Griff zu halten.

„Wir denken, medizinisches Personal haben wir für den Moment genug. Kyle hier wird die Leitung übernehmen, nachdem er von allen am qualifiziertesten ist. Er hat zugestimmt, die Pflegekräfte und die paar Allgemeinmediziner und Spezialisten zu organisieren, die er mitgebracht hat“, sagte Dale.

Kyle zog ein Gesicht dazu, nickte aber. Ich wusste ja, wie sehr er Bürokratie liebte.

„Ich kann in der Zwischenzeit ein paar Leute in Feldmedizin ausbilden und daran arbeiten, meine eigenen Fähigkeiten hochzuleveln, mit Medizin und Heilung zu tun haben.“ Er fuhr sich mit einer Hand durch die Haare und schaute hinüber zur Werkstatt, wo Darren nun mit meinem Sohn in eine recht hitzig scheinende technische Debatte geraten war. Sah nicht so aus, als drohte sie handgreiflich zu werden, doch nur für den Fall konnte ich im Handumdrehen zur Stelle sein.

Kyle nickte. „Meine Klasse sorgt mehr oder weniger dafür, dass meine chirurgischen Fähigkeiten nicht für die Katz sind, und ich kann gleichzeitig genauso viel Schaden anrichten wie heilen. Eine komische Klasse. Ich hab sie genommen, weil sie auf den ersten Blick aussah, als wäre man da einfach Arzt. Ist aber mehr so was wie ein gebender und nehmender Chirurg. Falls das Sinn ergibt?“

Ich schüttelte den Kopf. „Nicht wirklich, aber ich wette, du wirst es mir noch fünfunddreißig Mal erklären, bis ich es irgendwann kapiere.“

Kyle funkelte mich an. „Besten Dank auch!“

„Gern geschehen“, gab ich zurück.

Mike gab mir vom Eingang des Supermarktes aus Zeichen. Ich

bückte mich und gab Kyle eine kurze Umarmung. „Alles klar. Dann schauen wir uns mal den Bewachungskram an.“

Vor der Bürokratie gab es wohl kein Entrinnen, nicht mal in der Apokalypse.

Kapitel zweiundzwanzig: Zwanzig mehr

Sieben Tage nach Systemstart: Spät am Nachmittag

Seit Stunden ging das nun. Bewachungspläne, Essensrationen, die Organisation der zahllosen Läden mit Ausrüstung und Klamotten, Lebensmitteln und so weiter … Seit Tagen wussten wir, dass die Sachen nicht ewig halten würden. Aber wir mussten zusehen, dass wir das so lange wie nur möglich hinauszögerten.

Dass alle sich krallten, was sie gerade wollten, ging einfach nicht.

Ich betrachtete meine neueste Fähigkeit, die Brauen zusammengezogen.

Felsrutsch (Level 1)
Effekt: Felsen sind ein mächtiger Teil des Ökosystems um dich herum. Mit der richtigen Menge Zuspruch bist du sogar in der Lage, sie für Angriff oder Verteidigung zu nutzen. Die Wahl liegt bei dir. Stärke und Dauer abhängig von Zauberspruch und Anwender
Preis: 30 Mana

Aber ich hatte wirklich keine Zeit zum Grübeln. Das würde ich mir ein andermal ansehen.

Als wir uns schließlich daran machten zu erforschen, welches Monsterfleisch potenziell essbar war, fühlte sich mein Kopf bereits wie das Innere eines Kürbisses an. Ich stützte den Kopf in meine Hände und hätte es total genossen, einfach nur mal loszuschreien.

Es wurde bereits dunkel, als vom Innenhof her ein Aufruhr zu hören war. Zum ersten Mal seit Stunden lebte ich ein wenig auf. Fantastisch. Eine Ablenkung.

Die Klänge von Streit hallten von den Betonwänden wider, und wir bewegten uns darauf zu. An jedem Eingang hatten wir Wachen postiert. Einige hatten auch Laufboten abgestellt, sodass sie uns dringende Nachrichten sofort per Roller übermitteln konnten.

Dafür klopfte ich mir im Geiste immer wieder auf die Schulter.

Als wir im Hof ankamen, war das Geschrei zu einem richtigen Schlagabtausch ausgeartet. Evelyn stand mit einer ihrer Patrouillen da und führte eine lange Reihe Überlebende herein. Es war bereits schwierig, sie alle genau zu erkennen, doch ihre Gesichter erzählten mir genug, als dass ich bereits wieder wütend auf diese verdammte Dungeonwelt-Scheiße wurde.

Diese Menschen hatten Angst. Tränen kullerten über verdreckte Wangen, und die Furcht in ihren Augen war förmlich greifbar. Mana umspielte sie mit schwachen Fäden und Verbindungen, so als hätten diese Leute noch immer keine ihrer Boni aktiviert. Oder vielleicht brauchte es für ihre Klassen auch einfach kein starkes Mana.

Falls sie ihre Boni nie aktiviert hatten, waren sie inzwischen längst verloren. Nur noch ein paar Stunden, dann war die erste Woche voll. Und das war doch wirklich ein Riesenhaufen Scheiße. Nicht jeder Mensch besaß den kühlen Kopf, um blau blinkenden Schriftfeldern einen Sinn abzuringen. Aber eigentlich sollte achtundvierzig Stunden ja doch … wie auch immer.

Es war ja auch nicht so, als hätte sich dieses System irgendwie darum geschert. Nicht so, als hätte es Mitleid mit Menschen, die den Verstand verloren, weil die Welt aus den Fugen geriet, und ihnen vielleicht noch eine Chance gab.

Nope.

Wer das Zeitfenster verpasst hatte, das konnte ich garantieren, hatte seine Vorteile für immer verspielt.

Das wütende Geschrei dauerte an, und ich musste hinter den Zug der traurig Trottenden blicken, um dessen Quelle ausfindig zu machen. Endlich hatten wir uns vorbeigeschoben und es zu Evelyn und ihrer Truppe geschafft. Der Ausdruck auf ihrem Gesicht sprach Bände. Ihre Lippen geschürzt zu jener grimmigen Entschlossenheit, die ich in den vergangenen Tagen so gut kennengelernt hatte, und die zu sagen schien: „Na komm doch, Arschloch!"

Ihre Leute schienen allesamt noch heil zu sein. Sie standen hinter ihr und bestärkten sie mit hübsch bedrohlicher Haltung.

Niemand unter den Neuankömmlingen schien schwer verletzt zu sein. Doch sie wirkten völlig fertig, und auch wenn es erst seit einer Woche aktiv war, wusste ich doch, dass das System unsere Körper fortlaufend auffrischte. Wenn diese Leute also müde und durch den Wind waren, musste es dafür eine Ursache geben.

Und zwar die Gruppe Leute, die Evelyn und ihrem Team gegenüberstanden, und die so gar nicht freundlich dreinblickten. Sie sahen eher so aus, als bereiteten sie sich schon lange auf eine Apokalypse vor, egal welcher Art.

Sie trugen Cargo-Hosen mit vollen Taschen und hatten sich allerlei Waffen umgehängt. Ein gutes Dutzend von ihnen stand im Innenhof. Alle waren großgewachsen, irgendwo zwischen 1,80 und zwei Meter groß. Drei Frauen, etliche Männer und einige, der Geschlecht nicht zuzuordnen war, zumindest von meiner Position aus.

Seltsam war, dass sie allesamt die gleiche Uniform trugen, zumindest so gleich wie möglich. Schwarze Hosen, Kastanienbraune Oberteile, vermutlich die Überbleibsel Queensland Pride. Ihr Anblick wäre wohl furchteinflößend gewesen, hätte ich es nicht schon mit so vielen AKs zu tun gehabt.

Vier der Typen hielten als Hauptwaffe Schläger in der Hand und hielten sie, als hätten sie ein Leben lang Erfahrung mit Baseball oder Cricket. Es war klar, dass sie auch vor Beginn der Apokalypse schon kräftig gewesen waren, und mein Analyse-Skill zeigte mir, dass sie Klassen gewählt hatten, die ihre alten Stärken ergänzten.

Körperspezialist war eine Klasse, der mehrere unter ihnen angehörten, eine Handvoll auf Level 14. Verdammt, ich wollte zu gern wissen, was ein Körperspezialist so machte, aber ich konnte mir ja vorstellen, dass es etwas mit Nahkampf zu tun hatte. Vielleicht.

Kraftverstärker – Level 13 und 14 – davon hatten sie auch ein paar. Schien so, als handle es sich um eine Auswahl rein kriegerischer Kraftklassen. Ihre Level waren so ähnlich, sie mussten schon länger als Gruppe auf der Jagd sein.

Es dauerte ungefähr dreißig wertvolle Sekunden, bis ich sie eingeschätzt hatte, und während dieser Zeit wuchs die Anspannung um uns herum nur noch weiter. Ich fragte mich bloß, warum sie die hier waren, und warum sie zu glauben scheinen, ein Anrecht auf diese Leute zu haben, die dem Anschein nach vor ihnen davongelaufen waren?

Bevor ich nachfragen konnte, spuckte Evelyn eine Erklärung aus, ohne ihre Augen von der Gruppe zu lösen. „Diese Leute, und das ist nur eine lose Beschreibung, haben beschlossen, ihr Wohnblock sei ihr neues Eigentum, einschließlich sämtlicher Bewohner. Ihre ‚Untertanen' haben sie auf niedrigen Levels gefügig gemacht, sie gezwungen, niedere und abhängige Klassen zu wählen, während sie die von ihnen produzierten Waren als ‚Bezahlung für ihren Schutz' einbehielten."

Auch wenn das unter Normalbedingungen physikalisch unmöglich war, wollte ich wetten, dass mein Blut zu kochen begann.

Ich sah, wie das Mana um sie herumplätscherte, doch es war nicht so viel, wie ich es bei vielen anderen Leuten sah, was bedeutete, dass ihre Affinität zu Magie recht niedrig war. Vermutlich. Ich musste mich unbedingt eingehender mit Dolores über dieses Mana-Gefühl unterhalten.

Dale und ich fanden sich hinter mir ein, darüber hinaus waren auch Molly, Tasha und Chris herbeigeeilt, als sie uns hatten losrennen sehen. Ich wusste nicht, was Chris draufhatte, aber sie wäre wohl kaum mitgekommen, könnte sie ihre Fähigkeiten nicht auch im Kampf einsetzen.

Ich fühlte mich gleich sicherer mit Leuten, auf die ich mich verlassen konnte.

Menschen nutzten Situationen in der Regel aus. Im Wesentlichen waren wir ein egoistischer Haufen. Vermutlich auch der Grund für den

Vorfall mit dem Abgesandten, der das alles ausgelöst hatte.

Diese ganze Apokalypse? Keine Ausnahme.

Der größte der Männer war zwei Meter groß und sich nicht zu schade, seinen Körperbau zur Einschüchterung einzusetzen. Er verschränkte die Arme und richtete sich voll auf, bevor er sich vorbeugte und uns mit einem bösen Funkeln in den Augen anglotzte.

Er sprach mit einer Stimme, die dermaßen tief war, dass sie gar nicht echt sein konnte. Mir wäre beinahe ein Lachen rausgeplatzt. „Diese Typen gehören zu uns. Wir beschützen sie schon seit dem ersten Tag. Gebt sie zurück, dann müssen wir euch nicht wehtun."

Ein Pfeil landete zwischen seinen Füßen und grub sich dort in den Steinboden, kaum hatte er zu Ende gesprochen. Evelyns staubtrockener Gesichtsausdruck, als sie den Bogen sinken ließ, machte mich fertig.

Das alles erinnerte mich viel zu sehr an *Casablanca*. So was von surreal.

„Ich glaube nicht, dass wir es sind, die sich Sorgen machen sollten." Sie sprach die Worte leise, doch sie wirkten, als sie von den blanken Wänden widerhallten.

Auf dem einst so von Leben erfüllten Platz voller Bars und Restaurants fühlte es sich an wie ein Duell in einer Geisterstadt.

Großer Kerl, den ich von nun an bei diesem passenden Namen nennen würde, wurde einen halben Farbton bleicher, bevor Zorn in seinem Gesicht aufblitzte. Es gefiel ihm sicher nicht, dass Evelyn ihm sagte, wo es langging.

Evelyn war kleiner als ich, wenn auch nur ein paar Zentimeter. Dessen ungeachtet verfügte sie über eine eindrucksvolle Präsenz.

Selbstsicher, fast schon majestätisch. Ich übertrieb.

Jedenfalls hatte er sich zu voller Größe aufgerichtet, sie jedoch blieb reichlich unbeeindruckt.

Die Reflexe waren, was mich rettete, und ich wusste nicht mal, wann ich die entwickelt hatte. Aus dem mich umgebenden Mana spürte ich ein Prickeln, und riss vor mir eine Erdbarrikade hoch, als es sich zu einem Schwall entwickelte und in meine Richtung katapultiert wurde. Das Krachen ging durch Mark und Bein, als die blaue Welle gegen meine Verteidigung krachte und mehrere Leute zu Boden warf. Als ich meinen Spruch auslöste, erspähte ich einen langen, schlaksigen Kerl komplett in Schwarz, hingestreckt und sich angestrengt die Nase reibend, in der freien Hand lose einen Dolch haltend.

Unter meiner Geduld kochte ein jede Vernunft übersteigender Zorn auf, doch ich glättete mein Gesicht und hob bloß eine Augenbraue, bevor ich meinen Bluff fortsetzte und die nächsten Worte mit Bedacht wählte. „Wie sie schon sagte. Menschen sind kein Eigentum, und wir werden sie nicht aushändigen."

Der Schlaksige richtete sich auf, und eine kleinere Welle Mana floss aus ihm heraus, so als prüfte er die Lage. Ich war nicht sicher, ob ich ihn beim nächsten Mal auch wieder mit bloßen Reflexen schlagen konnte, jetzt, wo er meine Fähigkeiten kannte. Er fühlte sich gefährlich an.

„Händigt sie auf der Stelle aus. Ansonsten kommen wir wieder und holen sie mit Gewalt." Er sprach gewandt und log auch nicht. Das merkte ich auch ohne meine schicke Wahrsager-Fähigkeit.

Mein Bruder trat zurück und beobachtete, was nicht zu Kyle passte, doch vielleicht gehörte das zu seiner Klasse. Nächster Punkt auf meiner Liste – mit Kyle reden.

Doch nun schaltete sich Chris, die Ingenieurin ein. Sie hatte so eine stille, Ehrfurcht gebietende Aura um sich, und mir war bisher überhaupt nicht klar geworden, dass sie fast so groß war wie ein großer Kerl und den Schlaksigen bei Weitem überragte, weil sie mir nie das Gefühl gab, klein zu sein. „Das wird nichts ändern. Jetzt oder später, wir geben euch keinen einzigen dieser Menschen."

Es war, als wäre die Münze gefallen.

Schlaksig und Groß fielen über uns her, dieses Mal jedoch besser abgestimmt. Sie bewegten sich so flink, dass ich kurz perplex war, und vermuten musste, dass sie ihre Moves ziemlich gut einstudiert hatten. Vielleicht hatten sie bereits dutzende von Leuten abgeschlachtet – vielleicht war ihnen die vom System verliehene Macht zu Kopfe gestiegen.

Vielleicht waren sie auch einfach nur Arschlöcher.

Ich löste die Erdbarrikade aus, warf sie auf und zerschmetterte dabei die hübschen Ziegelformationen, aus denen der Innenhof gestaltet war. Der Boden krachte und brach, der Lärm von den umliegenden Geschäften widerhallend, als die Erde sich von unten zu heben begann. Der Schlaksige taumelte, fing sich jedoch rascher wieder als gehofft.

Ich hätte zwar gerne auch Felsrutsch eingesetzt, fürchtete aber, dass der beengte Raum des Innenhofs dafür nicht ideal sein könnte. Ehe ich mich's versah, steckten wir mit sämtlichen dieser Wichser in einer handfesten Schlägerei. Die Gewalt ließ mich stutzen, die pure animalische Wut dieser Menschen, die vor einer Woche vermutlich zum Großteil noch zivilisiert waren.

Wieder rettete mich der Instinkt, als der Schlaksige vor meinen Augen verschwand und nur das Mana um ihn herum mir anzeigte, dass er sich auf mich stürzte. Ich trat im letzten Moment beiseite. Plötzlich stand er neben mir, doch nicht so dicht, wie er wohl gedacht hatte, denn der Dolch streifte mich gerade so, anstatt mir mitten ins Herz zu stechen.

Es tat dennoch höllisch weh, doch die Klinge drang nicht in meine Haut ein. Jeder Glücksfall zählt.

Nichts an dieser verdammten Apokalypse gefiel mir, doch zumal wir sie nun eben am Hals hatten, war ich verdammt dankbar für meinen Mana-Sinn. Selbst wenn ich noch immer kaum eine Ahnung hatte, wie ich ihn ordentlich zu interpretieren hatte.

Mit einem krachenden Geräusch riss ich meine Erdbarrikade heran und Dreck und Steine krachten von der Seite in meinen Gegner. Mit einer Wand als Angreifer hatte er wohl nicht gerechnet, zumindest ließ das der Ausdruck schierer Verdatterung auf seinem Gesicht annehmen.

Der Schlaksige machte einen Abflug und sauste sich überschlagend durch die Luft. Er vollzog einen Bogen, erlangte jedoch in der Luft seine Balance zurück und landete nur etwas unsanft an einer der gegenüberliegenden Wände, bevor er sich abstieß und erneut verschwand.

Entweder hatte ich mir gerade einen Feind gemacht, oder er wollte jemand anderen angreifen. Dieses Mal konnte ich seinen Manafluss nicht sehen, gab mir jedoch größte Mühe, ihn aufzuspüren. Fürs Erste wandte ich mich um und schaute, wo ich in dem ganzen Tumult sonst noch helfen konnte.

Chris und Sarah kämpften Rücken an Rücken mit irgendwelchen

seltsamen Geräten, die ich nicht kannte. Sarahs rote Haare standen dank der Ladung der Dinger in alle Richtungen ab, und erst da erkannte ich, dass sie sehr wohl über eine Kampfklasse verfügte, von der ich nur keine Ahnung hatte, wie sie funktionierte.

Gemeinsam wurden sie von elektrischen Impulsen aufgeladen, die wie Blitze in einem stürmischen Nachthimmel flackerten. Sie erzeugten eine Kuppel über der gesamten Umgebung, die sämtliche Kämpfenden umspannte. Sie glich dem Schild von Jules, doch ich glaubte nicht, dass es sich dabei um eine Fähigkeit handelte. Die Verjüngung, die uns das Ding verschaffte, schien eher technischer Natur zu sein.

Anhand des Röhrens war zu erkennen, dass unsere Gegner allmählich wütend wurden.

Er schaute verdutzt, als sein Schlag auf Mollys Turmschild traf und sie höchstens einen Schritt weit zurückdrängte. Von seinem zornerfüllten Aufschrei zu schließen, war er an eine größere Wirkung seiner Schläge gewöhnt. Molly grinste hinter ihrem Schild hervor und schwang ihr Schwert, dessen flache Seite ihn ins Knie traf und seine Wut nur noch weiter steigerte.

Auch wenn wir unsere Basis verteidigten, unsere Leute, andere Menschen zu töten, war nicht unsere Priorität. Wir wussten nur zu gut, dass unsere Feinde nicht von der Erde waren.

Zauber flogen durch die Gegend, Mana wetzte umher und krachte auf Energie, wo immer sie freigesetzt wurde. Wenn ich genau hinsah, wirkte es fast wie ein Feuerwerk. Kräfte prallten ab, erzeugten ein Grollen wie von Donner, wenn sie auf die technologische Magie trafen, die unsere beiden Ingenieurinnen ausgeheckt hatten.

Dann tauchte der Schlaksige wieder auf. Meine Erdbarrikade war ja nicht gerade wie ein Hündchen, das mir auf dem Fuß folgen konnte. Ich musste sie im Geiste zielen und aktivieren. Er war schwer zu verfolgen, huschte immer wieder aus meiner Reichweite, und ich musste es wiederholt versuchen, ihn mit meiner Fähigkeit zu treffen. Zwar konnte ich ihn nicht wirklich sehen, erkannte jedoch die Spuren des Mana, das er einsetzte.

Ich durfte nicht allzu gründlich darüber nachdenken, wie knapp sein Dolch mich verfehlt hatte. Doch ich konnte meinen Zorn darüber als Antrieb nutzen.

Mein Mana kam nicht hinterher, weil ich ständig meine Wände neu formte und wieder abriss. So weit war meine Manaregeneration einfach noch nicht. Dazu fehlte noch ein Level oder auch drei. Level 17 musste ich wohl erreichen, dann würde ich die Selbstregenerations-Fähigkeit bekommen. Ich hätte sie gleich nehmen sollen, statt Felsrutsch.

Der Schlag ins Gesicht traf mich aus dem linken Abseits.

Wortwörtlich.

Ich hatte meinen Gegner kurz völlig aus den Augen verloren, so schnell blitzte er auf und verschwand wieder dank seiner komischen Fähigkeit. Sein Schlag plättete mein Gesicht, ohne dass mir der Mana-Sinn viel Vorwarnung gegeben hätte. Der dumpfe Aufprall ließ meinen linken Wangenknochen knacken. Ich flog im hohen Bogen über eine meiner eigenen Barrikaden und schlitterte über den zerrissenen Untergrund.

Wären wir in einem Zeichentrickfilm, hätte jetzt ein Kreis Vögel um meinen Kopf herum gezwitschert. Es fühlte sich tatsächlich an, als sei ich von einem Bann erfasst worden. Vielleicht eine Fähigkeit, vielleicht aber auch einfach nur der Schmerz.

Bevor ich mich wieder richtig orientieren konnte, stürzte sich der Schlaksige auf mich und wir rollten über den Boden. Ein paar alte Selbstverteidigungskurse fielen mir wieder ein, aber ich war keine Kampfkünstlerin. Da lernte man ja auch nie viel drüber, was man tun sollte, wenn man mal am Boden lag. Woran lag das noch mal?

Mir war noch immer etwas schwummrig, und auch wenn ich nicht mehr so benommen war, half es nicht gerade, dass er immer wieder mit seinen Fäusten auf mich einschlug, nachdem er sein Messer offenbar irgendwo im Gemenge verloren hatte. Mir blieb nichts als das Mana um mich herum, mein Wissen um die Erde, und meine aufsteigende Panik. Ich aktivierte meinen neuen Skill.

Felsrutsch aktiviert

Warnung: Kein direkter geologisch intakter Bereich verfügbar. Einstellungen werden kalibriert.

Dummerweise hatte ich noch keine Gelegenheit gehabt, das Ding zu testen, und hatte somit keine Ahnung, wie man es überhaupt einsetzte und was es bedeutete, wenn es sich selbst kalibrierte.

Somit kam es auch für mich überraschend, als die zerstückelte Erde am Boden sich mit Betonstücken und Steinen um mich herum zu verbinden begann, bis auf die Höhe meiner bröckelnden Erdbarrikaden aufstieg und dann auf uns niederregnete. Oder besser gesagt auf den

Rücken des Schlaksigen, der mich niederdrückte.

Er riss überrascht und schmerzverzerrt den Mund auf, als massenweise Brocken in seinen Rücken krachten. Durch eine seiner Hände, die sich auf mich stützten, konnte ich die Vibrationen des Aufpralls bis in mein Brustbein spüren, wenn auch stark abgeschwächt. Anstatt sich abzurollen und seine Position aufzugeben, schien er sich gegen den Angriff stemmen zu wollen.

Oder vielleicht hatte er sich auch nur vor Schreck verkrampf. Woher sollte ich das wissen?

Der letzte Brocken traf ihn schließlich direkt auf den Hinterkopf, und er klappte schlaff über mir zusammen. Der Stein fiel von seiner Rübe und landete neben meinem Gesicht, sodass ich sehen konnte, wie viel Blut, Knochen und Haare er mitgenommen hatte. Ich vermutete, dass er überlebt hatte, aber er war definitiv ausgeknockt.

Indem ich mit einer Hand und meinem angewinkelten Bein drückte, konnte ich mich unter ihm herausschieben. Bewusstlos war er irgendwie sogar noch schwerer als vorher, und in meinem Hinterkopf schrillten die Alarmglocken darüber, dass mich irgendein Fremder soeben noch festgenagelt hatte, in der offensichtlichen Absicht, mich zu töten.

Mit meinen flatternden Nerven konnte ich mich aber später noch befassen.

Als ich endlich frei war, stieß ich mich vom Boden ab und schaute mich um. Ich sah Ray inmitten eines Eislanzenduells mit einem zweiten Magier. Ich hatte gar nicht mitbekommen, wie er sich dem Gewühl anschloss. Sein Gegner schien ihm unterlegen zu sein. Mit dem Level schien das nichts zu tun zu haben, denn Rays Zahl war niedriger, war aber offenbar präziser und seine Klasse war stärker.

Ray war im wahrsten Sinne ein Eiskämpfer, der andere Typ dagegen eher ein Schlechtwettermagier. Ray brauchte meine Hilfe also schon mal nicht, doch ich hätte mir am liebsten die Zeit genommen und ihren Kampf beobachtet. Kalter Wind umtoste die beiden. Es war faszinierend.

Mein Blick wanderte weiter zu Tasha, die ihrerseits dringendst Unterstützung zu brauchen schien, zumal sie bereits aus mehreren Löchern blutete.

Ihre linke Klinge wirbelte, als sie einen spezifischen Zauber aktivierte, während sie sich mit der Rechten nur mühsam ihren Angreifer vom Leib hielt. Das Signum tanzte durch die Luft und glühte für einen kurzen Augenblick hellsilbern. Obwohl sie in die Enge getrieben war und ihre Magierkriegerinnen-Fähigkeiten auf so knappem Raum kaum Platz fanden, tat der Spruch seine Wirkung.

Ins Getümmel

(Gruppen-Buff)

+10 Resistenz gegen körperlichen Schaden.

Dauer: 60 Sekunden

Es war nur ein kleiner Buff, doch er half allen um sie herum. Noch in ihrer Bedrängnis hatte sie neben sich selbst auch ihre ganze Gruppe gebufft. Die Tatsache, dass sie den anderen geholfen hatte, nutzte ihr Gegner natürlich, indem er sie just in dem Moment der Ablenkung zu Boden riss und über sie stieg.

Vielleicht war das ja Instinkt. Vielleicht auch eine Männersache. Sie alle schienen ihre Beute besteigen und zusammenschlagen zu wollen. Aus erhabener Position. Ergab zwar Sinn, war aber eine brutale Methode, die mir nicht so gleich in den Sinn gekommen wäre.

Tasha war ganz am anderen Ende des Hofes, und ich würde sie unmöglich rechtzeitig erreichen können. Doch ich musste es versuchen.

Kaum war ich losgerannt, blitzte etwas Grelles auf und traf sie direkt vor die Brust. Ein Licht explodierte so hell, dass ich die Augen zusammenkniff und mich abwenden musste.

Ich blieb stolpernd stehen und keuchte.

Nicht noch eine. Ich durfte nicht noch eine verlieren.

❖

Als das Licht abflaute, stand Ray über Tasha, die Hand vor sich ausgestreckt und das Gesicht kreidebleich. Als wäre er selbst nicht sicher gewesen, ob sein Versuch gelingen würde. Eisstücke prasselten zu Boden, wo sie einen Schild vor der Magierkriegerin geformt hatten.

Ihr Angreifer lag schlapp da, benommen, gerade wieder zu sich kommend – genau wie alle anderen, die sich in unmittelbarer Nähe befanden. Sie schüttelten die Köpfe, um wieder sehen zu können.

Mein Bruder schnappte sich Tasha, zog die noch lebende Frau auf die Beine – und erst als ich sah, dass sie noch lebte, begann mein Herz wieder zu schlagen. Die beiden gruppierten sich gemeinsam mit dem übrigen Team neu, und wir stellten uns ein weiteres Mal unseren Gegnern, die ebenfalls eine neue Angriffslinie bildeten.

In einem kalten, hastigen Zug sog ich einen Schwall Luft in die Lungen. Sie war tatsächlich noch heil.

Die Verschnaufpause nutzend, zapfte ich den Großen mit meinem Bluttransfer an und begann ihm Leben abzusaugen, um mich selbst zu heilen, damit unsere Heiler sich nicht mit mir befassen mussten. Er würdigte mich kaum eines Blickes.

Als das lief, schaute ich mir die Details des Kampfes an und versuchte zu ergründen, was Ray da gerade gemacht hatte. Und damit war ich wohl nicht allein, denn niemand setzte die Schlacht fort, nicht mal Molly und der Große.

Alle schienen wie im Schock. Wir alle. Eine vorübergehende zwanzigsekündige Flaute in der Schlacht – als wüsste einfach niemand, wie man nach so einem blendenden Eisblitz weitermachen sollte.

Weshalb ich, als der Schlaksige sich von hinten anschlich, den Dolch im Anschlag, sofort den Fluss an Mana durch seinen Körper hindurch spürte und alarmiert wurde.

Dieses verdammte System aber auch. Es hatte ihn viel schneller wieder aufgeweckt, als normal gewesen wäre. Mit diesem Loch im Kopf hätte er bestimmt noch eine Stunde bewusstlos sein müssen.

Ich wirbelte herum und stieß ihn mit den Händen von mir, im selben Augenblick die Wasserabschöpfung aktivierend. Der Effekt erfolgte augenblicklich und war so ekelerregend, dass mir die Galle hochstieg.

Die Haut des Schlaksigen wurde auf der Stelle grau und runzelig wie ein ausgewrungener Schwamm. Ich nahm meine Hände von ihm, doch einmal aktiviert, hörte der Zauber nicht einfach auf. Mein Gegner fiel auf die Knie, keuchte nach Luft, eine Hand auf den Boden gestützt und die andere vor die Brust geklammert, während seine Haut immer bleicher wurde. Ich erwog, den Spruch noch einmal zu wirken, auch wenn ich ihn dadurch getötet hätte.

Dieser Wichser würde mich meinen Kindern nicht wegnehmen, auch *wenn* er ein Mensch war.

Und dann erfolgte ein weiterer Blitz, doch dieses Mal nicht aus Eis, sondern mehr wie ein sanftes, vereinigendes Licht. Meine Haut kribbelte und ich blickte mich nach der Quelle um.

Nestbarriere aktiviert

Innerhalb dieser Barriere stehst du unter dem Schutz der Bau-Mutter. Je mehr ihr Schutz wirkt, desto höher der vorübergehende Buff.

Aktuell: +74 Panzerung

+ 5 Mana- und Gesundheits-Regeneration pro 30 Sekunden im Kampf.

Dauer: 60 Sekunden

Die Nestbarriere und das Schicksal des Schlaksigen schien den Rest ihres Teams zu verwirren, auch wenn niemand von uns sich noch so recht erholt hatte. Noch immer vor Schmerzen japsend, rollte der Schlaksige sich nun auf dem Boden zusammen, und bei seinem Anblick hätte ich mich erneut fast übergeben.

Der Große sah erst mich an, dann Dolores, und dann Ray. Dann fixierten seine Augen seine etwa zehn verbliebenen Mitstreiter, die nicht gerade hilflos auf dem Boden herumrollten. Sie standen alle in

Angriffshaltung, doch selbst er konnte das Zögern nun deutlich spüren.

Evelyn hob eine Braue, als sich unsere Blicke kurz trafen, und ich wusste, dass sie bald das Gespräch über unsere Fähigkeiten und diesen Kampf im Speziellen suchen würde. Ganz zu schweigen davon, dass ich mich dringend mit Dolores über diese ganze Nestmutter-Sache unterhalten musste.

Ich konnte nicht fassen, wie kurz davor ich war, ein menschliches Wesen zu töten. Und wie sehr ich es wollte. Vielleicht machte diese Apokalypse uns alle zu etwas anderem.

„Seht ihr?“ Chris schnippte sich eine Strähne der blonden Haare aus den Augen und verschränkte die Arme. Ich tat, als merkte ich nicht, wie sehr ihre Stimme bebte. „Wir geben euch diese Leute nicht zurück. Und wir lassen niemanden von denen im Stich, die ihr ausgenutzt habt.“

„Kapiert ihr echt nicht, wie abgefuckt es ist, was ihr da gemacht habt?“, fragte Dolores und meldete sich mit all der Glorie ihres 12er-Levels zu Wort. Das Funkeln in ihren Augen allein hätte töten können.

Die Frau hatte eine Präsenz, eine mütterliche Haltung, die einfach Respekt und Achtung gebot. Sie hielt ihnen eine Standpauke. „Wir sind Menschen. Das ist eine beschissene Invasion, gottverdammt. Und das Erste, was ihr macht, ist, eure Mitmenschen zu versklaven und sie auszubeuten? Schande über euch!“

Die Fähigkeit, eine dermaßen heftige Welle an Schuldgefühlen loszutreten, war schon beeindruckend. Unsere Besucher wanden sich unter ihrem Blick, dem keiner von ihnen begegnen wollte. Ihre Füße scharrten, und einer begann sogar die Hände zu ringen. Scheiße, sogar ich selbst fühlte mich schuldig.

Der Große schien zum ersten Mal besorgt, seitdem sie hier eingefallen waren und versucht hatten „ihre Leute“ mitzunehmen.

Der Schlaksige krümmte sich am Boden und rang nach Luft. Mein Magen ruckte erneut, und ich beschloss, doch etwas mehr mit dieser Fähigkeit zu üben, bevor ich sie das nächste Mal bei einem Menschen einsetzte. Ich hatte mich kaum angestrengt, und irgendwie hatte ich ihm so gut wie alles an Flüssigkeit entzogen … und nun lag er als graues Häuflein von einem Mann zu unseren Füßen.

„Das ist nicht mal annähernd akzeptabel. Uns wurde zugesichert, ihr wärt zumindest größtenteils zivilisiert.“ Diese Stimme war neu. Leicht und dünn, hochnäsig und irgendwie nicht wirklich … menschlich. Als hätten ein Mensch und ein arroganter Roboter ein Baby gezeugt.

Mal im Ernst. Was zum Geier ging hier ab? Nicht nur hatten sie uns unser Land genommen, innerhalb des ersten Tages gleich um die vierzig Prozent unserer Bevölkerung gekillt … jetzt waren sie auch noch in unsrer verdammten Stadt?

Ich wandte mich um und spürte, wie mein Gesicht ausdruckslos und böse wurde, während ich eine Augenbraue hob. Die Art Gesicht, die meine Kids als „Mama-Bär“ bezeichneten.

„Und wer verfickt noch mal bist du nun wieder?“

Kapitel dreiundzwanzig: Erstkontakt

7 Tage nach Systemstart – 22:45 Uhr

In dem Moment, als die Worte meinen Mund verlassen hatten, wünschte ich bereits, ich wäre nicht so unbesonnen gewesen. Die Beherrschung zu verlieren war nie gut, besonders nicht, wenn man bedachte, dass ich gerade wahrhaftig meine erste Begegnung mit einem sprechenden Alien hatte.

Das … Wesen vor mir erinnerte vage an einen Menschen. Ein Geschlecht konnte ich nicht erkennen, doch je länger ich es anstarrte, desto weniger scherte ich mich darum. Es war in etwa 1,80 groß und hatte einen Körper, den ich nur als geschmeidig bezeichnen konnte, an dessen Seiten vier kräftige Arme lässig herabhingen, mit vier Fingern am Ende jeder ihrer Hände. Seine sehnige Haut wies eine Transparenz auf, die in dem Hof eine Art hoheitliche Stimmung verbreitete.

Sein Körper wogte wie die Bänder an einem Maibaum im Wind. Träge. Einschläfernd fast.

Die Füße waren breit und flach, doch genau wie der Rest dieses sprachfähigen Aliens makellos feingliedrig. So wie seine Füße auflagen, einer auf den Kopf gestellten Hibiskusblüte im vollen Saft ähnelnd, fragte ich mich, wie sicher sein Stand wohl war.

Unser ungebetener Gast schien von meinem Ausbruch erstaunt. Und in Anbetracht des Entsetzens auf den Gesichtern unserer Angreifer kapierte auch ich endlich, dass dieses … Wesen nicht zu ihnen gehörte, sondern unserer menschlichen Freundschaftsbekundung hier als Drittpartei beiwohnte.

„Ich bin Dequasha von der intergalaktischen Jagdvereinigung für seltene Arten, hier, um euch in Kenntnis zu setzen, dass unsere Jäger in“ – es machte eine Pause, um etwas nachzusehen, als hätte es selbst auch ein Interface, mit dem es sich austauschen konnte – „neun Erdentagen hier sind. Bitte räumt diese …Terra Australis … bis zu diesem Zeitpunkt. Es wäre wohl besser, ihr nehmt eure …*Sachen* mit euch.“

Das beinahe hypnotische Klicken im Unterton seiner Sprechweise erinnerte mich an das Metronom meiner albtraumhaften Geigenstunden als Kind. Das Geräusch lullte mich ein, ließ mich beinahe die Worte überhören, die es sagte.

„Räumen?“, fragte Evelyn leise, aber mit einem Anflug von Wut in der Stimme.

Dequasha blinzelte, wie eine zwinkernde Membran, in etwa so wie Krokodile und manche Vogelarten. Die Membranen blinzelten und blinzelten, und es schien ungeduldig zu werden. „Räumen. Gehen. Verlassen. Dies ist nicht mehr euer Heim.“

Noch während ich fühlte, wie der Zorn meiner menschlichen Kameraden zu wachsen begann, konnte ich nicht umhin, Dequasha zu analysieren.

Dequasha *Mitoi'tiya*

Direkter Nachfahre und Vorstand des Mitoi Clan

Sprössling von Mitoi-Aral

Magier mit Jäger-Rang

Level: ???

Ich blinzelte und hatte keinen Schimmer, was das Gelesene bedeuten sollte.

„Da bin ich anderer Meinung." Ray tat einen kleinen Schritt vor, seine Hände aber immer noch auf den Großen zielend, nur falls jener irgendwelche krummen Dinger abziehen wollte. „Das hier ist Australien, Kollege. Solange eine Möglichkeit für uns besteht, hier zu überleben, werden wir sie ergreifen. Wir treten dir gar nichts ab."

Dequasha wedelte abweisend mit einer Hand, wie um eine Fliege zu verscheuchen, und ein tief grollendes Bellen drang aus seiner Kehle. Vielleicht war es ein höhnisches Lachen, vielleicht aber auch ein Code oder so. „Eure Meinung ist für uns nicht von Bedeutung. Kein einziger Siedlungskern wurde beansprucht. Und ihr werdet auch versagen, wie vorhergesagt, und wir werden eure Landmasse mit ihrer exotischen Fauna und Flora übernehmen."

Es machte eine Pause, sah mich an und mehr oder weniger durch Ray hindurch, bevor es erneut so komisch blinzelte, dass es mir alle Haare zu Berge stehen ließ. Nachdem es dermaßen laut in alle Hände geklatscht hatte, dass wir alle zusammenfuhren, sprach es weiter.

„Genug! Verschwindet. Euch bleiben neun Erdentage."

Und dann war Dequasha verschwunden.

Damit brach unser achter Tag dieser Systemapokalypse an.

❖

Diese Begegnung nahm uns allen den Wind aus den Segeln. Es war offensichtlich, dass wir die Oberhand hatten, und dass im Inneren von Garden City außerdem noch eine Menge Verstärkung wartete. Unsere Gegner, vielleicht ernüchtert durch das Erscheinen eines ätherischen, pflanzenhaften Aliens, der uns mitten in dem ganzen Scharmützel eine Ansprache gehalten hatte, knickten ein und ergaben sich.

Ich hatte meine Kinnladen noch immer nicht wieder geschlossen. Uns blieben neun Tage, um Garden City zu räumen? Nein, nein. Was wir zu tun hatten, war, diese Leute reinzuschaffen und zu registrieren, damit wir die verdammte Quest erledigen und den Kern abgreifen konnten. Kein Siedlungskern beansprucht? Das würden wir ja noch sehen.

Wir waren gerade erst angekommen. Ich würde nicht zulassen, dass sie mir die einzige verfügbare sichere Zone für mich und meine Kinder unterm Arsch wegzogen.

„Unsere Basis räumen. Könnte euch so passen“, murmelte ich, mehr zu mir selbst als zu irgendwem. Doch Evelyn und Ray standen nah genug bei mir, um mich hören zu können.

Der Schlaksige, der vom System bereits wieder ausreichend geheilt war, um sich auf wackligen Beinen aufzurappeln, sprach mit einer Stimme so heiser, als hätte er seit Wochen nichts getrunken. Ups. „Was müssen wir tun, damit das hier eine … Siedlung wird?“

Ich beäugte ihn misstrauisch. Wir hatten gewonnen, und ich war ziemlich sicher, dass wir sie im Griff hatten. Sollte ich ihm die Antwort geben? Konnte ich es mir überhaupt leisten, es nicht zu tun? Ein Haufen dreckiger Gauner oder der Verlust von Garden City, welche Wahl hatte blieb mir denn?

„Wir müssen weitere dreihundert Leute herschaffen. Warte.“ Ich überschlug, wie viele wir soeben vor ihnen gerettet hatten.

Ich wusste es nicht sicher, doch es schienen so um die fünfzig gequälte Seelen zu sein, die da an mir vorüberströmten.

„Brauchen wahrscheinlich noch so um die zweihundertfünfzig Überlebende“, korrigierte ich die Zahl nach unten, um auf jeden Fall auf der sicheren Seite zu sein. Und dann, das schwor ich bei allen möglichen Göttern, würden wir sehen, wie wir befestigen konnten, was uns gehörte. „Sobald wir das haben, kriegen wir Zugriff auf das Siedlungs-Interface. Bisher sind wir nicht genug Überlebende, um diesen Status zu bekommen.“

Siebenhundertfünfzig Leute, und wir galten nicht als Siedlung. Ich mochte diese Wesen nicht, die sich unsere Welt unter den Nagel gerissen hatten. Ich mochte die Umstände nicht, denen sie uns aussetzten, und auch nicht die Regeln, nach denen wir uns richten mussten. Und sie hatten sich geschnitten, wenn sie glaubten, dass ich den Schwanz einziehen und das einfach hinnehmen würde.

Kyle legte seine Hand auf meine Schulter, ganz leicht nur. Die Beherrschung verlor ich nicht oft, doch wenn ich es tat, dann brodelte ich.

„Ähm.“ Der Schlaksige richtete sich nunmehr vollends auf, ohne Zuhilfenahme des Pfostens, an dem er sich hochgezogen hatte. Es schien, als widerstrebte es ihm zu sagen, was er gleich sagen würde, so als wüsste er sehr wohl, wie die Worte aus seinem Mund klingen würden, doch er schluckte deutlich sichtbar und spuckte es am Ende doch aus. „Wir haben zwei Wohnblocks ein Stück von hier unter Bewachung. Ein paar aus unserer Gruppe sind noch dort. In jedem befinden sich so um die hundert Leute, ungefähr. Das sollte helfen."

Atmen. Ich musste atmen, sonst würde ich ihm sämtliche Zähne ausschlagen. Gewalt brachte uns nicht weiter, richtig? Auch wenn sie sich verdammt noch mal wirklich wie die richtige Antwort anfühlte. Evelyn kam mir mit der Antwort zuvor.

„Zweihundert Leute, die ihr … bewacht?"

Der Schlaksige fuhr sich mit der Hand durch die Haare. Er schien sich unbehaglich zu fühlen. Gut. Weiter so. Was für eine Sau. Für wen hielten die sich?

„Hört zu. Wir wussten nicht, was wir tun sollten, wir wussten nicht, was das hier ist. Wir haben Klassen gewählt, uns überlegt, was uns Freunden am besten dient und haben es einfach gemacht. Wir dachten nicht …" Seine Stimme verstummte, und dann flüsterte er noch: „Ich dachte nicht …"

Anscheinend begannen unsere Worte allmählich zu wirken. Bei den anderen wohl auch, wenn ihre geschlagenen Mienen und die gekrümmte Haltung etwas zu sagen hatten. Vielleicht hatten sie das alles ja wirklich für ein Spiel gehalten. Wollten Ressourcen anlegen und sich NPC-Charaktere zunutze machen.

Wenn plötzlich ein Alien vor einem auftaucht, während man sich gerade mit anderen Spielern streitet, ist das wohl ein guter Weg, die

Illusion eines Spiels abzuschütteln. Wenn wir hier starben, tauchten wir nicht plötzlich wie in einem Computer-Game woanders wieder auf. Wer hier tot war, war überall tot.

Tot. Tot. Tot.

Wie um meine morbiden Gedanken zu untermalen, flog weit über uns einer jener krähenartigen Drachen vorüber und kreischte, als würde er meinem inneren Monolog zur Gänze zustimmen und meinem Leiden nur zu gern ein Ende bereiten. Nur sein Schatten huschte im schwachen Mondlicht einen kurzen Moment lang über uns.

Schweigen befiel die Gruppe, als er träge weiterflog, uns nicht einmal bemerkend. Rief vielleicht gerade seine Freunde zusammen. Zwei von denen wollte ich erst recht nicht begegnen.

Der Große sah auf. „Ich bin Gary. Der Assassine da ist Drake. Wir wollten uns nicht aufführen wie –

„Arschlöcher? Trottel? Wichser? Penner?“, lieferte Ray zur Auswahl, die Arme verschränkt, um seinen Instinkten nicht noch freieren Lauf zu lassen.

Eiszauberer oder nicht, er lief wohl gerade heiß. Wir mussten ein Auge auf ihn behalten.

„Genug geredet.“ Evelyn schüttelte den Kopf. „Gary. Drake. Wir folgen euch und holen eure Leute hierher. Der Rest dieser Gruppe bleibt hier unter der Aufsicht unserer Mitglieder.“ Sie warf mir einen Blick zu.

Ich seufzte. „Wir werden uns in kleineren Gruppen fortbewegen müssen. Wie sehr habt ihr diese Leute in ihren Levels zurückgehalten?“

Ich musste wissen, ob sie wenigstens irgendetwas würden beisteuern können, das uns half, oder ob sie nur reiner Ballast sein würden.

Immerhin hatten wir den direkten Umkreis von Garden City gut von Monstern und Mutationen gesäubert. In unserer Nähe kam fast nichts mehr über Level zehn durch.

Ich stieß meinen Zorn in die Tiefe und holte mein logisches Denken herauf, um diese Quest endlich erledigt zu kriegen und unsere Position zu sichern. Meinen Kindern einen möglichst sicheren Ort zu bieten, an dem sie weiterleben konnten.

Drake meldete sich erneut zu Wort, nun mit kräftigerer Stimme. Ich hatte nicht damit gerechnet, dass seine Genesung so lange in Anspruch nehmen würde. Den Wasserabschöpfungs-Zauber musste ich mir wirklich noch mal ansehen. Gab vielleicht noch ein bisschen was Kleingedrucktes, das ich hätte lesen sollen. „Die höchsten sind auf Level 7, vielleicht inzwischen Level 8. Hauptsächlich Handwerksklassen. Der Großteil so um Level 6, denke ich."

Ich rieb mir die Nasenwurzel, froh, dass ich dank des Systems nun keine Brille mehr brauchte. Auch wenn ich es vermisste, sie mir hochschieben und auf Idioten herabschauen zu können. Es hätte noch viel schlimmer sein können. „Okay. Dann organisieren wir das mal."

Ich schickte meinem Sohn eine Nachricht und ließ ihn wissen, dass ich noch mal raus musste.

Ernsthaft? Schon wieder ohne mich?

Genau wie ich erwartet hatte, war er ganz und gar nicht glücklich. Wäre er doch wenigstens ein bisschen älter gewesen. Irgendwann würde ich mich an diese neue Art zu leben anpassen, aber im Moment wollte ich das so lang wie nur möglich hinauszögern.

K: Pass für mich auf deine Schwester auf.

J: Das macht Hund.

K: Ach ja?

J: Siehst später noch, was ich meine.

Großartig, jetzt hatte ich noch eine Sorge mehr. Aber anstatt ihn anzuschnauzen, wie es meine Mom wohl in solchen Momenten getan hätte, atmete ich einfach tief durch, bedankte mich zum ersten Mal beim System dafür, dass es sich hier um einen Chat und nicht um ein Gespräch von Angesicht zu Angesicht handelte, und antwortete: *Okay. Macht weiter mit den Energie-Upgrades. Früher oder später werden wir sie brauchen.*

J: Ach?

K: Später. Chris und Sarah sollten bald wieder bei euch sein. Ich verspreche, sobald ich das Gefühl habe, dich ordentlich schützen zu können, nehme ich dich wieder mit.

J: Das ist doch BALD, hoffe ich?

Ich lachte, als ich im Geiste *Ja* tippte und mich wieder unserem zusammengewürfelten Haufen widmete, um ihn auf eine weitere Rettungsmission einzuschwören.

Kapitel vierundzwanzig: Gottverdammte Quests

Quest-Update – Quest: Überlebende sammeln

Aktuelle Bevölkerung: 988

Verbleibende Quest-Zeit: 66 Stunden

Ich setzte mich auf den Boden, angelehnt an einen der Raumteiler im oberen Stockwerk. Er bestand aus Plexiglas und würde mich schon aushalten. Mein Blick wanderte zur Decke des Centers und den strategisch dort platzierten Oberlichtern.

Es wurde allmählich eng hier drin, zumindest hier auf der oberen Etage, wo sich alle zu versammeln schienen. Dabei war das nicht mal das gesamte Obergeschoss. Garden City war kein winziges Einkaufszentrum. Man denke eher so an zehn riesige Fußballfelder. Wir standen kurz vor der Tausend-Leute-Marke, doch an Platz würde es uns wirklich nicht mangeln.

Ich vermutete, die Leute wollten einfach gern das Gefühl haben, von einem großen Haufen Menschen umgeben zu sein. Vielleicht erschien ihnen das alles dadurch weniger real.

Drake und Gary verwahrten wir dennoch in einem separaten Bereich, gemeinsam mit ihren übrigen „Beschützern". Ich war noch unentschlossen, ob sie tatsächlich reuig waren oder nicht, auch wenn mein Skill darauf zu bestehen schien, dass sie es doch waren. Ich hatte allerdings keine Ahnung, ob sie nicht irgendwas im Ärmel hatten, womit sie meine Fähigkeiten täuschen konnten.

Zwölf Leute. Mehr brauchten wir nicht mehr. Nur noch zwölf weitere.

„Mum.“ Wisp stand über mir, mit Hund an ihrer Seite, dessen Zunge ihm seitlich aus dem Maul hing, während er mich beäugte. Ich befand, er lache mich aus.

„Ja?“, fragte ich und wünschte mir nichts sehnlicher, als einfach die Augen zu schließen und auf dem kalten Fliesenboden einzuschlafen. Sie war früh wach, es war gerade erst fünf Uhr morgens und ich hatte noch kein Auge zugetan.

„Geht's dir gut? Hund und ich machen uns Sorgen.“ Sie klang noch wie mein kleines Mädchen, doch mir wurde plötzlich klar, wie viel sie doch in der letzten Woche durchgemacht hatte. Auf einen Impuls hin stieß ich mich hoch und schloss sie in eine Umarmung.

Sie hatte noch nicht das Alter erreicht, wo ihr das peinlich war, auch wenn es sich immer mehr näherte, und so drückte sie mich zurück. Ganz fest. Vielleicht hatten wir sie beide dringend nötig. Hund schob sich mit seiner Schnauze ebenfalls in die Umarmung, und ich hätte schwören können, dass das Tier seit heute früh noch weiter gewachsen war. Seit gestern früh. Seit wann auch immer. Eine ganze Woche lang dampfte diese Kacke nun schon.

„Mir geht's gut, Liebes. Bin nur erledigt. Du weißt ja, wie das ist.“ Ich schnitt ein Gesicht, um sie zum Lachen zu bringen, doch sie stand einfach da und starrte mich an, die Arme verschränkt. Sie war immer schon achtsam gewesen, und ich hatte ihr nie etwas vormachen können.

„Mum.“ Sie setzte sich und tätschelte den Boden, um mich auch zum Hinsetzen zu bewegen, so als sei ich nicht gerade extra ihretwegen aufgestanden. „Du tust so, als könntest du Menschen nicht ausstehen, und dann rackerst du dich insgeheim ab, damit es ihnen besser geht. Und du verbrauchst deine ganze Energie und hast am Schluss keine mehr übrig für dich selbst."

„Ich weiß, Liebling", sagte ich und drückte sie erneut.

Nicht dass Wisp es zu schätzen gewusst hätte, wenn ich sie unterbrach. „Danach … bist du dann eine Weile lang müde. Grummelig gegenüber mir und Jackson und allen anderen."

Ich verzog das Gesicht aus einem elterlichen Schuldgefühl heraus. Von der Sorte, die man bekommt, wenn man weiß, dass man einen Fehler gemacht hat, auch wenn man den Fehler nur gemacht hat, weil man müde und k.o. war und sie einen tagelang ununterbrochen genervt haben wegen dem Fernseher, wegen Süßigkeiten, Turnstunden, Computerteilen …

„Also, ich meine … hier sind eine Menge Leute. Und ich auch. Ich bin nicht so alt wie Jackson, aber ich werde vor Weihnachten noch neun." Sie zwinkerte mich an. Wie gern sie mich daran erinnerte, dass sie zweimal hintereinander ganz viele Geschenke zu bekommen gedachte. „Ich bin okay. Hier drinnen bei den anderen Kindern und Jana, und Hund, der auf mich aufpasst. Mach dir keine Sorgen um mich. Außerdem." Sie streckte ihren Armschutz hoch. „Kann ich mich auch wehren."

Ich wusste nicht recht, ob sie nur die tapfere spielte oder tatsächlich daran glaubte. Manchmal war meine Kleinste mir ein Rätsel. „Vielleicht machen wir dich einfach zur Erwachsenen. Reden kannst du jedenfalls furchtbar gut."

Sie zuckte mit den Achseln. „Vielleicht? Aber mal im Ernst. Wenn ich einen Tobsuchtsanfall kriege, was ändert das? Ich mach mir die Kleider dreckig und werde heiser, und außerdem will ich echt nicht blöd dastehen vor den anderen Kids."

Ich lachte und begriff dann, dass genau das ihre Absicht gewesen war. Nicht einer von diesen kleinen Lachern, sondern ein Lachen aus vollem Hals, das der Seele wohltut. Sie hatte in ihrem ganzen Leben noch keinen Tobsuchtsanfall gehabt, dazu war sie einfach nicht die richtige Sorte Kind. Manche Kinder brauchten das. Manche nicht. Wisp war immer zu einhundert Prozent sie selbst.

„Danke", sagte ich und schaute ihr tief in die Augen.

Sie grinste mächtig und gab mir dann noch eine Umarmung. „Immer, Mum."

Ich lächelte, als sie mit wehenden Haaren davonlief, den Hund zottelnd im Schlepptau. Sie wurden so schnell groß, und in dieser neuen Welt bestimmt noch schneller, rein schon aus Notwendigkeit.

Viele Eltern gab es hier, die einfach so gar keine Eltern mehr waren. Ein Hinweis darauf, wie brutal es hier zuging. Mehr als einmal sah ich Blicke auf Wisp und die anderen Kinder voller Sehnsucht, Trauer und Verzweiflung, die mir jeden Mut raubten.

Viele ehemalige Eltern betrachteten sie, als würden sie alles tun, einfach alles, um ihre Kinder zurückzuholen, die übrigen Kinder am Leben zu erhalten.

Ich musste zugeben, das Gefühl kannte ich nur zu gut.

Ich seufzte und stieß mich erneut hoch, denn ich brauchte verdammt noch mal ein Nickerchen. Ein paar Stunden würden mir doch wohl vergönnt sein. Die Sonne würde noch eine Weile lang nicht aufgehen. Später dann musste ich jenes letzte Dutzend Leute auftreiben.

❖

Blöderweise vertrugen ich und der Schlaf uns in letzter Zeit offenbar einfach nicht. Keine Ahnung, was ich erwartet hatte.

Viel zu früh schon erwachte ich von einem Krach außerhalb des Kaufhauses, in dem die meisten von uns noch immer die Nächte verbrachten, weil niemand sich die Mühe machen wollte, die Betten und Matratzen woandershin zu bringen.

Es war aber gar kein Aufruhr, sondern nur Ray, der eigentlich leise und behutsam sein wollte, dabei aber unabsichtlich über das Spielzeug stolperte, das einige der jüngeren Kinder hier auf dem Boden verteilt hatten. Ich verzog das Gesicht ob des geräuschvollen Schepperns, während die noch schlafenden Kids aus mir unerfindlichen Gründen einfach weiterpennten.

Oh, könnte ich doch nur ein Kind sein und auf jeglichem Untergrund überall und jederzeit ein Nickerchen halten. Das hätte als Superkraft durchgehen müssen. Es war kurz nach sechs und die Sonne schlief noch immer. Ich hatte kaum eine Stunde geschafft. Ich hievte mich aus der viel zu bequemen Matratze und tapste zum Eingang, wo Ray gerade die Spielsachen einsammelte, die er in alle Richtungen verstreut hatte.

„Was ist denn?“, fragte ich mit verschränkten Armen, als ein plötzlicher kalter Windstoß durchs Center ging und mich frösteln ließ.

Das war komisch. Hier gab es nicht mal Fenster, die man hätte öffnen können. Vielleicht ja Rays Fähigkeiten.

Er sah auf und lächelte. Sein Gesicht strahlte geradezu vor Freude, und gleich ärgerte ich mich schon weniger darüber, dass mich dieser Lärm aus dem viel zu kurzen Schlaf gerissen hatte.

„Kira. Es nähern sich Leute. Eine ordentliche Gruppe, sehen aus, als seien sie völlig fertig mit der Welt." Er grinste noch breiter. „Die sollten ausreichen, um die Quest-Anforderung zu erfüllen!"

Ich war nicht sicher, ob er sich echt dermaßen darüber freuen sollte, wie fertig die Leute aussahen, und hielt meine eigene Freude einen Moment lang im Zaum. Draußen war es noch immer ziemlich finster, und da kamen Leute an. Wir hatten bisher immer wieder feststellen müssen, dass die Dunkelheit die schlimmsten Kreaturen und Mutationen beherbergte. Wie waren diese Leute dann überhaupt hierhergekommen?

„Okay", sagte ich und versuchte rational zu denken. „Können wir sicher sein, dass sie keine, na du weißt schon … Zombies sind?"

Ray blinzelte mich an, als hätte ich ihm einen Dämpfer verpasst, auch wenn ich nur auf seine Vorfreude abgezielt hatte. „Daran hatte ich nicht gedacht. Ich meine, möglich wär's ja, oder?"

Ich nickte, auch wenn ich es für höchst unwahrscheinlich hielt. Ich fand es bloß heikel, dass sie nachts unterwegs waren. „Lass uns einfach mal nachsehen."

Rays Blick wetzte unstet umher, als wir auf Jules trafen, die wiederum Evelyn mitgebracht hatte. Sekunden später gesellte sich auch Dolores zu uns, wie immer in ihrer stillen, großmütterlichen Art, die immer dann abrupt ein Ende fand, wenn sie den Mund öffnete. „Machen die Typen Ärger?“

Ich hob die Achseln, denn ich hatte keinen Dunst. „Werden wir gleich rausfinden.“

In den Innenhof mussten wir dieses Mal nicht. Stattdessen stießen wir einfach die Tür hinaus zum Parkplatz auf, von wo aus wir neulich zu unserem Abenteuer mit dem Blobfisch aus der Hölle aufgebrochen waren.

Und da konnte ich sie auch schon sehen. Zunächst wohl so um die fünfundzwanzig Leute, doch dahinter waren weitere Schatten zu erkennen.

Sie schlurften nicht, und soweit ich sehen konnte, fielen auch nirgends irgendwelche Gliedmaßen ab.

Tatsächlich schienen sie ohne auf irgendetwas zu achten einfach ziellos dahinzuschlurfen. Einige waren Frauen, zumindest zwei von ihnen mit kleinen Kindern auf dem Arm. Dem Anschein nach zogen die Väter Wägen hinter ihnen her.

Jeder einzelne dieser Menschen schien dem Zusammenbruch nahe. Als hätte die Systemwelt auch noch die letzten ihrer Hoffnungen kleingekaut, runtergeschluckt und wieder ausgeschissen.

Im langsam heller werdenden Licht erkannte ich schließlich, dass es sich nicht nur um ein gutes Dutzend Leute handelte, wie Ray ursprünglich vermutet hatte. Der taumelnde Zug an Menschen zog sich noch ein gutes Stück hin. Vielleicht hundert von ihnen, möglicherweise sogar mehr, die ich noch nicht sah.

Es musste sie viel Mühe gekostet haben, zusammenzubleiben, so weit verstreut wie sie waren.

Obwohl ich wusste, dass meine Quest nun mehr als vollständig war, konnte ich irgendwie ahnen, dass da neue Probleme auf uns zukamen.

Kapitel fünfundzwanzig: Quest erfüllt

8 Tage nach Systemstart – 11:00 Uhr.

Stundenlang strömten Menschen an mir vorbei ins Center, und die benötigte Tausendermarke war längst erreicht. Noch während die Leute ankamen, schickte ich Jules und Gemma los und ließ sie weitere potenziell bewohnbare Läden auskundschaften. Hier in der Umgebung des Food-Courts war alles bereits besetzt.

Die Leute hatten begonnen, sich ihr eigenes Zuhause einzurichten, in Ermangelung eines passenderen Wortes, hier und dort besetzten sie gruppenweise einzelne Läden, anstatt einfach nur in einem Möbelhaus oder auf dem Gang zu pennen.

Während ich half, die Leute hereinzuführen, wischte ich im Geiste die erhaltene Benachrichtigung zur abgeschlossenen Quest beiseite.

Mikes Wachmannschaft war überall, erkennbar nur an ihren identischen Baseball-Caps. Simpel, aber wirksam, zumindest bisher. Wir würden schon bald mehr brauchen, als die Lager der Läden zu bieten hatten.

Eine Frau schluchzte in ihre Hände, während Dale die Schürfwunden auf ihrem Rücken begutachtete, und jemand, den ich nicht kannte, kniete vor ihr und versuchte sie zu trösten. In solchen Zeiten hätten wir einen Barden gut gebrauchen können. Irgendwas Beruhigendes und einlullendes hätte diesen Menschen in ihrem überwältigenden Gefühl der Erschöpfung bestimmt geholfen.

Mann, wäre Mason doch bloß bei uns gewesen.

Die Erleichterung auf den Gesichtern aller, die wir aufnahmen und denen wir Schutz boten, war Belohnung genug. Doch das Mana, das ihre Füße umspielte, entsprach nicht dem, was ich mittlerweile von einer Gruppe dieser Größe erwartet hätte.

Sie hatten wohl alle Handwerks- oder Lehrklassen gewählt.

Ich wusste nicht so genau, wonach ich suchte, doch ich wusste, dass irgendwas nicht stimmte. Nicht mit ihnen. Nein, diese Menschen vermittelten unbändige Aufrichtigkeit und ehrliche Erleichterung darüber, einen sicheren Hafen gefunden zu haben. Ich trat etwas zurück und verschränkte die Arme. Nur ein paar Nachzügler fehlten noch. Natürlich gab es noch eine Menge zu tun. Ray und Dolores sausten umher und sammelten von jedem Neuankömmling Informationen ein, damit wir in Zukunft eine echte autarke Gesellschaft gründen konnten.

Dale und Kyle sahen gemeinsam mit den Pflegekräften und unseren Ärzten nach dem Ernährungs- und Gesundheitszustand der Leute und prüften auch stets, ob das System alle Wunden korrekt geheilt hatte.

Red und seine kleine Mannschaft an Köchen und Sammlern war unterwegs und sorgte dafür, dass allen etwas Wasser und ein paar Kalorien zukamen. Scheiße. Wasser. Die Sanitärsituation war noch so ein Punkt, um den wir uns dringend kümmern mussten.

„Ich frage mich, wie weit die gelaufen sind", murmelte ich bei mir selbst.

Jacksons Antwort von direkt neben mir erfolgte so unerwartet, dass ich einen Satz nahm. Vielleicht war ich an seine Gegenwart ja einfach gewöhnt, weshalb mich seine Manasignatur nicht vorgewarnt hatte, oder so.

„Jemand hat erwähnt, sie seien durch die Eight Mile Plains gekommen und hätten dort unterwegs noch einzelne Leute aufgelesen." Am Schluss des Satzes stockte er, und ich sah, dass er viel blasser war als gewöhnlich.

Ich streckte mich nach ihm und drückte leicht seine Schulter, und er ließ es zu, sackte sanft an meine Seite und ließ mich so wissen, wie sehr er die Berührung gebraucht hatte. Mein kleiner Junge war groß geworden, doch in vielerlei Hinsicht war er noch immer ein Kind. Es war ein warmes Gefühl, und ich war froh, dass er zu mir gehörte. Zu wissen, dass er seine Mum noch immer brauchte, wenn es auch an dieser Welt lag, in der wir uns hier wiederfanden.

„Danke", sagte er und richtete sich nach ein paar Worten wieder auf, sodass er beinahe meine Größe erreichte.

Wann war das denn passiert? War er tatsächlich in einer Woche so viel gewachsen? Toll, System.

„Klar. Muss ja mindestens bis du achtzehn bist auf dich aufpassen, sonst hätte ich als Mutter versagt. Und versagen mag ich gar nicht."

Jackson lachte. „Danke, Mum. Im Ernst. Du hast das alles viel besser weggesteckt, als ich gedacht hätte."

Ich sah meinen Sohn aufmerksam an und wunderte mich, dass er dasselbe über mich dachte wie ich über ihn. Wobei sein Gedanke schon Sinn ergab. Er hatte Unmengen an Zeit mit jener Virtual-Reality-Anlage verbracht, die ihm sein Vater geschenkt hatte. Das … sein Vater.

Verdammt.

Mason war vermutlich bereits tot. Er war noch nie ein besonders pragmatischer Mensch gewesen – stets der Träumer. Das war Teil unserer Anziehungskraft aufeinander, und definitiv auch ein Grund dafür, weshalb wir uns entfremdet hatten. Dennoch hoffte ich, dass er lebte, allein schon der Kinder wegen.

Ich unterdrückte ein Seufzen und nickte Jackson zu. „Na geh schon. Bau uns irgendwas, damit wir, weiß nicht, zum Beispiel kommunizieren können, oder so. Spiel mit deinen Apparaten und lass sie glänzen, damit wir diesen Aliens zeigen können, dass sie sich das falsche Land und den falschen Planeten für ihren Scheißdreck ausgesucht haben."

„Mum!", schalt er mich spöttisch. „Nicht fluchen."

Ich lachte, doch es hörte sich leer an. Mana umspielte meine Finger, wie als binde es sich an mich, als hätte ich etwas, das es brauchte. Und dann bemerkte ich Wisp. Sie stand bei der Frau, die ich zuvor hatte weinen sehen, ihre Hand auf Hunds Rücken gelegt. Das Tier beschnupperte die Hände der Frau, und sie schien wieder normal zu atmen. Wisp kraulte seinen Rücken und zeigte dabei ein seltsames Lächeln. Interessant er Anblick.

„Holst du jetzt dieses Siedlungskartending, oder wie das heißt, oder willst du lieber hier rumstehen und deiner Tochter mit ihrem Therapiehund bei ihrer Zauberei zusehen?" Evelyn klang ungeduldig, wenn auch nach wie vor erfrischend direkt.

Sie hatte nicht unrecht. Ich ließ den Hals von links nach rechts knacken. „Ja. Ich glaube, wir sind hier fertig."

Mein einst so stiller Rückzugsort wuselte nur so vor Verkehr, seit wir unsere Präsenz auf das gesamte Center ausweiteten. Mein kleines

Plätzchen im Coffeeshop gab es nicht mehr. Die Leute waren einfach überall. Im Notfall konnten wir wohl bis zu zehntausend Leute aufnehmen, aber das wäre dann schon extrem.

Schien so, als würde ich mein Hauptquartier künftig in die Bibliothek verlegen.

Ich ging voran und Evelyn folgte mir. Unterwegs schlossen sich uns noch Ray, Chris, Kyle und Dolores an. Angesichts der vielen Leute kam mir die Bibliothek beim Eintreten plötzlich ganz klein vor. Sie lag allerdings an einem günstigen Platz, und ich glaubte, von hier aus auch den Kern verteidigen zu können, sollte jemand ihn an sich nehmen wollen.

Was weiß ich, so jemand wie zum Beispiel böse Alienärsche, die wie Pflanzen aussehen.

Dennoch. Dies hier war ein stilles, abgeschiedenes Refugium des Wissens. Passend, nicht? Und uns blieben nur noch acht Tage, um uns gegen die Außerirdischen zu rüsten, die uns von hier vertreiben wollten.

Rechnet mal eher nicht mit unserer Kooperation, Jungs.

Tief durchatmend aktivierte ich die Benachrichtigungen in meinem Kopf.

Quest-Update – Quest: Überlebende sammeln

Aktuelle Bevölkerung: 1,142

Herzlichen Glückwunsch! Quest: Überlebende sammeln erfüllt

Du hast es geschafft, über 1.000 Überlebende in eine zu verteidigende Stellung zu bringen, und dadurch überraschenderweise mitgeholfen, die Überlebensrate auf dem Kerkerkontinent Australien zu steigern. Willkommen in der ersten Phase der neuen Gesellschaft!

Anforderungen: Sammle 1.000 Überlebende innerhalb der Grenzen der vorübergehenden sicheren Zone

Zeitlimit: Für die Erfüllung dieser bedeutenden Aufgabe über 48 Stunden vor Ablauf der Deadline (62, um genau zu sein), erhältst du einen Abschlussbonus mit einer Steigerung von 12 % der Belohnung.

Belohnung: 112.000 Credits

Quest: Siedlungskern erwerben

Preis: 100.000 Credits

Möchtest du diesen Siedungskern erwerben?

Ja oder Nein?

Dieses System war so ein Scheißhaufen. Wären wir nicht zufällig früher fertig geworden, hätten wir jetzt kein Geld mehr übrig. Natürlich wollte ich den verdammten Siedlungskern. Ich wählte JA.

Herzlichen Glückwunsch! Du bist nun die Siedlungsherrin der Siedlung von Garden City – Brisbane, Australien

Du hast dein Dorf erfolgreich zur Stadt aufgewertet.

Aufgrund der einzigartigen Natur und Begebenheiten deiner Stadt und wegen ihrer Lage in Australien besitzt du nun das als Garden City bezeichnete

Siedlungsgebiet. Zusätzliche Gebiete, die der Kontrolle des Siedlungskerns unterliegen, sind derzeit noch ohne Besitzer und gehören daher nicht der sicheren Zone an, bis sie zu mindestens 80 % erworben wurden.

Du erhältst ein fortgeschrittenes militärisches Gebäude, einen Forschungs- und/Produktionsstandort und einen Sonderstandort. Deine befestigte Position ist nun auf der Karte vermerkt, und du kannst Upgrades für die Verteidigung kaufen. Dieser Punkt (Shopping-Center Garden City und dazugehöriger Parkplatz) ist eine sichere Zone. Manaströme sind stabilisiert und willkürliches Spawnen ist in sicheren Zonen ausgeschlossen. Die Gebiete außerhalb sicherer Zonen erleben weiterhin fluktuierende Manaströme und steigende Spawning-Raten. Es besteht nun voller Zugang zur administrativen Kontrolle.

Die derzeitigen Optionen umfassen:

- *Zugang zum Shop*
- *Landerwerb durch Individuen*
- *Siedlungsverteidigung*
- *Betriebsmittel-Upgrades*
- *Steuersätze*

Das nächste verfügbare Level ist Großstadt und bedarf folgender Anforderungen:

1. *Mindestbevölkerung von 20.000.*
2. *100 % der Landfläche erworben*
3. *Mindestniveau an Steuereinnahmen*

Ich blinzelte mehrmals, nachdem ich all diese Informationen

durchgelesen hatte. Alter. Steuern? Dafür wählte ich mal reflexartig die Standardoption. Konnte mich ja später noch darum kümmern.

Aber halt – da blinkten mich ja noch weitere Benachrichtigungen an, als würden sie gleich sterben, wenn ich sie nicht sofort öffnete.

Quest erfüllt: Handelsposten aufgebaut

Das Handelskartell des Koeffizienten hat die Handelssperre aufgehoben, aufgrund derer der Siedlungskern der Siedlung Garden City vom Zugang zu den Shop-Funktionen bis zum Aufbau eines Handelspostens ausgeschlossen war.

Du hast nun:

20 % Rabatt im Shop über 5 Jahre für alle Beitragenden zur Quest.

*Galaktischer Handelsposten**

> ** Beachte, dass dir so bald als möglich ein Vertreter beigestellt wird, der dich beim Aufbau und der Führung deines galaktischen Handelspostens unterstützt.*

Bis dahin findest du den Shop-Transportkern am dafür passendsten Ort innerhalb deiner Siedlung.

„Na gut", sagte ich ob dieser Flut an Informationen. „Wir haben also einen Shop. Wir haben ja alles aufbewahrt, richtig? Ich meine alles, was wir plündern?"

Zumal unser Inventar ja praktischerweise in etwa alle fünf Levels mitwächst, glaubte ich, dass alles noch da sein sollte. Noch eine Benachrichtigung blinkte mich an, doch ich drückte sie weg, um das Gespräch fortzusetzen.

Evelyn nickte und trommelte mit den Fingern unter ihren

verschränkten Armen. „Ja, wir haben mehrere komplett volle Inventare. Das Handwerkszeug allerdings nicht – es gibt Handwerksklassen, die bestimmte Materialien brauchen. Bisher benutzen sie eben, was es gibt. Warum?"

Ich grinste sie an. „Na ja, wir haben jetzt Zugang zum Shop – und irgendwann, oder auch schon sehr bald, zu einem Handwerkskartell. Dort verkaufen die Leute ihr Zeug und bekommen Geld. Credits. Was auch immer. Sobald ich rausgefunden habe, wo es den Eingang abgestellt hat."

„Was hat es denn gesagt?", fragte Dolores, die so nah an meiner Schulter stand, als hoffte sie, so einen Blick erhaschen zu können.

„Am passendsten Ort innerhalb der Siedlung …" Ich schürzte die Lippen.

„Infoschalter", meldete sich Kyle zu Wort. „Würde wetten, dass er am Infoschalter ist. Eine Ahnung, wie das funktioniert?"

Ich wollte gerade den Kopf schütteln, als mein Hirn aufwachte. „Na ja, das Ding heißt Shop-Transportkern. Es sollte also ein Kern sein, der … uns transportiert?"

Er lachte. „Das werd ich mir ansehen. Wenn er schon da ist, stehen dort jetzt bestimmt eine Menge verwirrter Leute rum."

Ich winkte ihm hinterher und konzentrierte mich dann auf die übrigen Informationen. Eins nach dem anderen.

Die Handwerksgeschichten würden einen eigenen Platz bekommen, wenn dieses Handelskartell so funktionierte, wie ich es mir vorstellte. Gut. Dann brauchte ich mir darüber im Moment keine Gedanken zu machen. Die Leute sollten fürs Erste einfach wie gewohnt weitermachen.

Der Shop war also erledigt, mehr oder weniger. Den Rest der Informationen würde ich nach und nach noch checken. Mal sehen, was in der Benachrichtigung steht.

Quest erhalten:

Eine bewohnbare sichere Zone

Teil eins – Sanitäranlagen

Sieht aus, als hättest du lange genug überlebt, um eine sichere Zone einzurichten. Zumal du dich auf einem Kontinent befindest, der als für die Lokalbevölkerung unüberlebbar eingestuft wurde, wirst du deine sichere Zone bewohnbar machen müssen.

Zunächst einmal seid ihr schon eine Menge Leute, die Hygienesituation dürfte also problematisch sein.

Aufgabe: Benutze den Shop und/oder örtliche Ressourcen, um die Optionen in deinem Siedlungsverwaltungs-Interface zu ergänzen und ein funktionierendes Sanitärsystem innerhalb der bestehenden Grenzen einzurichten.

Belohnung: 12.000 Credits für die Schatzkammer der Stadt und Teil zwei dieser Quest.

Zeitlimit: 4 Tage.

„Wasser, wir müssen uns um Leitungswasser kümmern." Ich sprach meine Gedanken laut aus. Dieses ganze Interface war komplex und vielschichtig. Es gab so vieles zu beachten, eine Menge Menüs. Dolores versuchte immer noch über meine Schulter zu schauen, und ich grinste neckisch.

„Aaaalso, Dolores?", fragte ich in meiner possierlichsten Würdestdu-mir-einen-Gefallen-tun-Stimme.

Sie blickte mich skeptisch an, nahm jedoch keinen Schritt zurück, was ich ihr hoch anrechnete.

„Was?“

„Du kannst doch so gut Leute aus ihrer Benommenheit ohrfeigen, würdest du mir helfen, die Stadt zu organisieren?“ Ich grinste sie an. Das alles wäre schon viel weniger überwältigend mit jemandem an der Seite, um die Dinge zu besprechen.

Dolores verengte die Augen, dann jedoch lächelte sie. „Klar doch, Kind. Ich glaube, diese Nestmutter-Klasse wird mir auch helfen, mir Zugang zu verschaffen. Ein paar meiner Fähigkeiten dürften da genau richtig sein.“

„Perfekt!“ Auf den ersten Blick war es einfach so viel. Wachelemente, Verteidigungselemente, Gebäude und Beschaffung. Lebensmittelspeicher, Rationierung, und so weiter, und so weiter. So viel, dass es mich ganz nervös machte. Wir würden mit Red und Mike und Dale reden müssen … und noch mit einigen mehr, um unsere kleine Stadt so zum Laufen zu kriegen, wie wir es brauchten.

Wir würden verschiedene Abteilungen aufbauen und gut zusammenarbeiten, sodass wir uns von niemandem sonst mehr was gefallen lassen mussten.

So viel zum Thema keine Siedlungen beansprucht. Ha! Nehmt das, Aliens.

„Danke, Dolores.“ Ich atmete durch. So viel Scheiß zu berücksichtigen. Nicht dass ich das alles unbedingt machen wollte, aber es musste erledigt werden. Und wenn ich es übernahm, bedeutete das schlicht, dass ich damit das Überleben meiner Kinder sichern konnte, und dieser außerirdischen Invasion trotzte.

Nachdem ich Dolores Zugang gewährt hatte, beobachtete ich, wie die Augen der alten Dame groß wurden, als sie erst so richtig verstand, was es bedeutete, eine Stadt zu haben. Ein Teil von mir gackerte innerlich boshaft. Geschah ihr recht, wenn sie schon so eifrig war.

„Fließendes Wasser. Wir haben eine Quest erhalten, um uns darum zu kümmern. Und ich glaube, danach kommen dann noch weitere." Ich bedeutete ihr, sie sich durchzulesen, und sie nickte, bereits völlig vertieft in die sich ihr bietenden Informationen. „Dein Job", witzelte ich, als gerade Jules hereingerannt kam, keuchend und heftig schnaufend.

Das Mädel brauchte Training, wenn das bisschen ihr schon so sehr zusetzte, oder das System musste sich mehr anstrengen. „Hab endlich mit dem letzten Kerl geredet, nachdem alle drinnen waren. Er hat was gemurmelt von einer riesigen Krähe da draußen. Sie waren seit Tagen nur in kleinen Etappen unterwegs, um alle beisammenzuhalten. Du solltest mit ihm reden."

Ich atmete tief durch und schnallte mir im Geiste den Gürtel enger. Und ich hatte schon geglaubt, ich könnte vielleicht irgendwann ein bisschen Schlaf nachholen. Wie dumm von mir.

Nachdem Kyle es übernommen hatte, den Eingang zum Shop zu besetzen und die Leute hinein oder hinaus zu bugsieren, oder was auch immer er beschlossen hatte zu tun, blieb das Gespräch mit Fremden wohl an mir hängen. Die Apokalypse schien davon jede Menge mit sich zu bringen. Ziemlich unerwartet.

Und noch immer hing dieses Gefühl von Dringlichkeit über meinem Kopf. Wir brauchten mehr Leute, die Verantwortung übernahmen, mehr Leute, die mehr erledigt bekamen. Mehr von allem. Und das würde noch immer nicht reichen.

Alles hatte sich verändert, und das Damoklesschwert, das ich über unseren Köpfen spürte, hatte nichts mit dem ursprünglichen Mana-Kerker-Explosionsdings zu tun. Jetzt nicht mehr. Nein, jetzt ging es einzig und allein um diese verdammten Aliens, die kommen und uns unser Land wegnehmen wollten.

Scheiß auf sie, und scheiß auf die Schiffe, mit denen sie hier aufkreuzen würden.

Kapitel sechsundzwanzig: Der Shop

Der Shop war anders, als ich erwartet hatte. Nachdem ich die olle Kugel berührt hatte, wurde ich zunächst einmal gefragt, ob ich in den Hauptshop des Systems oder in meinen Standard-Handelsshop wolle. Was zur Hölle das auch immer sein mochte. Als ich mich für die erste Option entschied, erhielt ich zur Antwort ein Bündel blauer Fenster.

Und von denen wollte ich jetzt nicht ums Verrecken noch mehr lesen.

Anstatt mich damit herumzuschlagen, entschied ich mich daher lieber für die zweite Option. Und gelangte dadurch hierher. An einem komplett anderen Ort. Nach ein paar Experimenten sprich umdrehen und zurück durch die Tür rennen, durch die ich gekommen war – verstand ich, dass das Ding mich einfach herum teleportierte.

Und hier stand ich nun, ich, meine Kinder, und natürlich Hund. Ich wollte gar nicht wissen, wieso das System beschlossen hatte, dass Hund fortan Teil meiner Familieneinheit sein solle.

Wie auch immer.

In vielerlei Hinsicht erinnerte der Ort an eine Mini-Mall. Supermini. Ein Flur in einem hübsch beruhigenden Blassblau und gedimmtem Licht, das unterstrich, wie friedlich es hier war. Ein seltsamer Duft hing in der Luft, so als hätten Vanille und Zypresse miteinander kopuliert. Unsere Inventare waren gut gefüllt und wir hatten dennoch einiges zurückgelassen.

Am Ende des Gangs erreichten wir ein winzig kleines

Empfangspodium, und dahinter stand ein … Fuchsmensch? Ich inspizierte das Wesen.

Name: Shi'enah

Spezies: Kitsuisha

Level: ???

Shop-Betreiber

Alles klar.

Shi'enah sah zu uns auf und hob eine von theys eleganten Fuchs-Augenbrauen. „Willkommen, Reisende. Ich bin Shi'enah."

Der Fuchs deutete zu beiden Seiten auf die jeweiligen dort befindlichen Schaufenster.

Der Gang war um die fünfzig Meter lang, vielleicht ein wenig kürzer. In bestimmten Abständen befanden sich zu beiden Seiten Türen, jede davon in einer leicht verschiedenen Blauschattierung.

„Sind Sie auf der Suche nach etwas ganz Bestimmtem?", fragte Shi'enah höflich, wobei am Ende der Worte ein sanftes Schnurren folgte. Ich schüttelte den Kopf und Wisp meldete sich zu Wort. „Nein, danke. Wir möchten uns nur ein wenig umsehen und ein paar Sachen verkaufen."

Shi'enah horchte ein wenig auf. „Wenn Sie verkaufen möchten, treten Sie bitte in einen der beiden vordersten Läden, wo sich unsere Verkäufer um sie kümmern werden. Hinterher sehen Sie sich gerne um. Ich mahne sie zur Vorsicht – manchmal kann man sich in all der großen Auswahl verlieren."

Das folgende Lächeln war ein klein wenig durchtrieben, doch ich glaubte nicht, dass der Fuchs uns hinters Licht führen wollte. Wahrscheinlich hatte they recht. Wir hatten ja nicht tageweise Zeit. Wir mussten bestimmt mit unserem Geld haushalten. Und wie war das mit dem Feilschen? Mann. Darüber wusste ich auch nichts. Bestimmt würden sie uns nicht einfach so von sich aus den besten Preis anbieten.

„Lass uns den linken nehmen.“ Wisp ging voran, noch bevor ich etwas sagen konnte, und Hund marschierte hinterher, so als würde er alles zerfleischen, was sie auch nur krumm ansah.

Jackson und ich folgte ihr hinein. Er war von Neugier gepackt und sog seine Umgebung auf, betrachtete alles um sich herum schweigend und speicherte es in Gedanken ab.

Ich war nie sicher gewesen, ob er über ein fotografisches Gedächtnis verfügte, aber er war jedenfalls verdammt nah dran.

„Hi.“ Wisp sprach mit heller Stimme. „Ich würde gern mein Inventar verkaufen, und ich möchte dafür einen guten Preis.“

Sie lächelte so süß, dass das Wesen hinterm Tresen zurücklächelte. Seine Augen waren geschlitzt wie die einer Katze, und seine Augen trugen ein wundersames schuppenartiges Muster. Das Namensschild auf der Ladentheke zeigte uns unmissverständlich an, dass sein Name Chjaveen lautete. Er wirkte recht exotisch, selbst im Vergleich zu dem Fuchs von vorhin. Er beging außerdem den fatalen Fehler, meine Tochter zu einhundert Prozent zu unterschätzen.

Sie hatte so eine Niedlichkeit an sich, mit der sie die Leute dazu brachte, ihr Dinge einfach zu geben. So wie vermutlich der weitgehend überwiegende Teil aller unter Zehnjährigen. Schwierig, auf sie sauer zu sein, schwierig, ihnen nicht die ganze Welt zu kaufen.

Verdammte Kinder.

Wir hatten gut darauf geachtet, keine Gegenstände mitzunehmen, die sich als Handwerksmaterialien eigneten oder die tatsächlich einen praktischen Nutzen hatten. Wie etwa Fleisch und andere Lebensmittel, hochwertige und gut erhaltene Häute, Hörner und dergleichen. Trotzdem hatten wir ein großes Sammelsurium an Kuriositäten dabei, die aber keinen für uns ersichtlichen Zweck erfüllten.

Wisp verschränkte die Arme und lächelte Chjaveen an. „Dann riskieren wir doch mal einen Blick."

Chjaveens Haut nahm eine hellere Farbe an, ein Anblick, der mich überraschte. Ich fragte mich, ob es bei Aliens wohl gleich war wie bei Menschen, doch dann begann das Feilschen so richtig. Wisp hatte noch keine Klasse, aber sie war ein Kind, das wusste, wie es Erwachsene um den kleinen Finger wickeln konnte. Und verdammte Axt, wie gut sie darin war!

Chjaveen schien sich nicht im Geringsten daran zu stören. Er wirkte sogar recht eifrig, wie er sich so über den Tresen beugte und die Gegenstände mit Wisp durchging. Über eine Woche, in der wir nichts hatten verkaufen können, es hatte sich also eine Menge angehäuft. Siebenundfünfzigtausend Credits nach zwei Verkaufsrunden. Nicht extrem, wenn man bedachte, dass wir drei Leute waren, aber schlecht war das nicht. Ich brauchte wohl nicht mehr fürs College zu sparen.

Moment. Hatte der galaktische Rat oder das System so was wie ein College? Oh Gott. Noch eine Sorge mehr.

Ich gab den Kindern jeweils zweitausend Credits und hielt dadurch zusammen mit den zwölftausend Credits, die ich bereits hatte, die mir aber technisch gesehen gar nicht gehörten, bei fünfundsechzigtausend Credits. Und ich hatte keine Ahnung, wie und wofür ich sie ausgeben sollte.

Es gab so viele Optionen, so viele Dinge, dich ich hätte wissen wollen, die wir wissen mussten. Ich war sicher, dass es hier auch Skills gab und Rüstungen und … woah. Luft holen, Kira. Aber ganz ehrlich, ich war in einer galaktischen Mall. Wie hätte ich nicht aus dem Häuschen geraten sollen bei all den Dingen, die es hier zu kaufen gab?

Wir traten zurück hinaus an den Beginn des Ganges, wo Shi'enah uns erneut in Empfang nahm. „Wie ich sehe, haben Sie viel verkauft."

Ich war nicht sicher, ob der Fuchs sich freute, sauer war oder belustigt – und beschloss, dass es keine Rolle spielte. Indem ich direkt zur Sache kam, hörten sich die Worte vielleicht etwas grober an als gewollt.

„Gibt es hier Anleitungen? Ich meine, gibt es einen Leitfaden für Anfänger, der erklärt, was zur Hölle es bedeutet, wenn der Heimatplanet zur Dungeonwelt wird?" Ich zwang mich zur Ruhe, als ich den Ausdruck auf dem Gesicht des Fuchses sah. „Entschuldigen Sie meine Schroffheit. Ich bin ein wenig angespannt. Gibt es so etwas? Bitte?"

Shi'enah entspannte sich und lächelte. „Ja. *Smashers Handbuch für die Apokalypse*. Sie finden es drei Türen weiter zu Ihrer Rechten, neben vielen anderen Informations- und Skill-Schriften."

Ich nickte zum Dank und schob die Kinder den Gang entlang vor mir her, wobei Hund meiner Tochter auf den Fersen blieb, als hätte er sich selbst zu ihrem persönlichen Bodyguard erkoren. Ich sah, was

Jackson gemeint hatte. War mir nur recht, je mehr Schutz Wisp zukam, desto besser fühlte ich mich in unserer Lage.

❖

Das *Handbuch für die Apokalypse* war nur die Spitze des Eisbergs. Als Wisp dem Kauf endlich zustimmte, kostete es gerade noch knapp über fünfzig Credits. Das Buch wies eine Einleitung und etliche Kapitel auf, die wir bereits hinter uns hatten – wie etwa Klassenauswahl und Bonus-Hilfe. Wäre vor ein paar Tagen wohl nett gewesen, aber es war nun mal, wie es war. Die übrigen Kapitel allerdings würden sehr nützlich sein.

Wir verbrachten einige Zeit in dem Laden und blätterten Bücher durch. Jackson entschied sich für eines über die Umwandlung von Mana in Heimatplaneten-Technologie. Als er darin zu lesen begann, wurden seine Augen von Seite zu Seite immer größer. Hätte ich nicht gewusst, was er sich da ansah, hätte es für mich freilich nicht viel Sinn ergeben, denn als ich einen Blick darauf warf, sahen meine Augen nichts als Kauderwelsch und Fachchinesisch. Pflanzen, gebt mir einfach nur Pflanzen.

„Viertausend Creditssss“, zischte die Kreatur hinterm Tresen mit der schlangenhaften S-Aussprache.

Der Naga – denn ja, er war ein Naga – saß bloß da und starrte uns an. Nervigerweise verschwand jedes Buch nach wenigen Minuten aus unseren Händen, und wir konnten nicht weiter darin stöbern, bevor er es uns nicht entweder erlaubt hatte oder wir es kauften.

So gab es bestimmt selten Probleme mit Ladendiebstahl. Obwohl das bescheuerte System Ladendieb sicher auch als eigene Klasse anbot.

Wisp trat zu ihm, ein Schmollen auf dem Gesicht, und ich schaute weg, als sie zu handeln begann. Ich hatte mein Mienenspiel nicht im Griff, wenn sie das machte. Bekamen Kinder hier etwa einen Booster für ihre Charisma-Werte, oder so? Dreieinhalbtausend Credits später hatte Jackson sein Buch unterm Arm. Ich musste unbedingt darauf achtgeben, wie viel wir ausgaben.

Wisp schien zufrieden damit, sich einfach anzusehen, was es so gab. Es gab nichts, was ihre Aufmerksamkeit besonders erregte, abgesehen von der ganzen Shop-Erfahrung an sich.

Vielleicht noch ein paar Rüstungsteile … ich hatte keine Ahnung. Worum wir uns eher kümmern mussten, war … genau.

Ich trat an den Tresen und aktivierte das Kauf-Interface, um nach der intergalaktischen Jagdvereinigung für seltene Arten zu suchen, abgekürzt IJSA. Die verfügbare Anzahl an Büchern entlockte mir eine Grimasse. Ich musste die Auswahl eingrenzen.

Vielleicht irgendwas über die Geschichte der IJSA und die Regeln, nach denen sie handelte? Ich ging die Liste durch und entschied mich letztlich für zwei Bücher. Die fünftausend Credits waren vermutlich gut investiert.

Die Verkäufer brauchten ja nicht zu wissen, wie dringend ich die Bücher brauchte. Den Feind zu kennen, war schon immer die halbe Schlacht gewesen. Und der Shop würde sich ja nicht in Luft auflösen. Sobald ich wusste, was ich wissen musste, würde ich wiederkommen.

Nachdem ich gemeinsam mit Dor einiges für die

Siedlungsorganisation geregelt hatte, würde ich auch die anderen noch als System-Admins einfügen, nachdem ich herausgefunden hatte, wie das ging. Aber vor allem, nachdem ich mir einen verdammten Kaffee gegönnt hatte.

Um nicht unnötig weiters Geld auszugeben, bevor wir vollständig verstanden hatten, was wir wirklich brauchten, verließen wir den Shop. Weder Wisp noch Jackson protestierten. Ich vermutete, sie wollten beide ihr Geld für Größeres aufsparen.

Sobald wir wieder zurückgeschnipst worden waren, zeigte mir die praktische Uhr in meinem Augenwinkel, dass wir doch weniger Zeit drinnen verbracht hatten als befürchtet. Ich sah mich um. Der Shop-Kern zog bereits Neugierige an, und es schien alles glatt zu laufen, nachdem Kyle es sich zur Aufgabe gemacht hatte, die Interessierten aufzuklären und Panik zu verhindern, wenn gelegentlich Leute einfach verschwanden und plötzlich wieder auftauchten.

Es war eine Schande, dass wir keine unserer Reichtümer aus unserer eigenen Welt hatten mitbringen können. So viel zum Thema Rentenvorsorge. Konnte mir ohnehin nicht vorstellen, dass es in dieser Welt so etwas wie einen Ruhestand geben würde.

Jackson drückte mich kurz, sein Buch umklammernd, anstatt es im Inventar abzulegen, und rannte dann zu seiner Gruppe von Bastlern, um, na ja, um zu basteln. Hund stupste meine Hand an und trottete betont hinter Wisp her, die wiederum zu Jana und den übrigen Kindern ihres Alters marschierte.

Ich wandte mich ab und suchte mir einen Platz, um mich

hinzusetzen. Der böse Kaffeekonzern hatte mehrere freie Sitzplätze zu bieten, besser als nichts, befand ich. Schließlich brauchte ich wirklich dringend einen Kaffee.

Ray hatte drei Leute hinterm Tresen abkommandiert. Sie bereiteten verschiedene Lebensmittel zu, wie es schien, und arbeiteten dabei mit gasbetriebenen Kochern, um Wasser zu erhitzen. Es gab sogar Kaffeeweißer in Pulverform für uns. Ganz ehrlich, das war schon mehr Kaffeegenuss, als ich in dieser dystopischen Zukunft erwartet hätte.

Ich schnappte mir einen … was auch immer in den Wraps war, die sie da machten, und dazu einen Kaffee mit einem Löffel ungesüßtem Sahnepulver, bevor ich mich an einem der Tische in der Nähe des Eingangs hinfläzte. Werte. Ich musste meine Werte checken. Bei allem, was so abging, vergaß ich immer wieder, dass ich ja jetzt ein Werteblatt hatte. Würde hoffentlich bald schon zur Selbstverständlichkeit werden.

Bevor ich dazu kam, legte sich jedoch ein Schatten über meinen Tisch. Ich schaute auf und aktivierte automatisch den Analyse-Skill.

Leena

Level: 12

Straßenschlaubergerin

Ah, Rays Schwester. „Hey, Leena. Was gibt's?"

Sie rang mit den Händen, und ein paar Schritte hinter hier lungerten noch ein paar Leute umher, die offensichtlich zur moralischen Unterstützung hier waren. Ihre hellen Haare hatte sie auf einer Seite zusammengebunden, und sie wickelte sich beim Sprechen eine lose

Strähne um den Finger. „Also. Die Schilder haben ja irgendwie funktioniert, oder?"

Ich nickte, und erinnerte mich, dass es ihre Idee gewesen war, mit Schildern Leute auf uns aufmerksam zu machen.

„Wir haben ein paar riesige Banner gemacht und vom Dach aus an den Fassaden des Centers aufgehängt. Du weißt schon, damit die Leute sie schon von Weitem sehen können", fuhr sie fort, und schien allmählich zum Punkt zu kommen.

„Jap." Ich wusste Bescheid. Hatte sie ja gesehen.

„Meinst du, wir könnten, du weißt schon, vielleicht mit den Jagdgruppen rausgehen und so ein paar große Banner irgendwie an Wohnblocks und so aufhängen? Dass die Leute vielleicht sehen, dass sie hierherkommen sollen und so?" Die Zögerlichkeit war noch immer da, aber sie gab nicht auf. Die Idee lag ihr wohl am Herzen.

Ich dachte darüber nach und ließ dabei den Kaffee in meiner Tasse kreisen. „Klar. Ich wüsste nicht, was dagegenspricht. Ich rede mal mit Evelyn und sehe, was sich machen lässt, aber nur unter einer Bedingung."

Sie machte große Augen und wartete.

„Ihr macht, was immer man euch sagt, egal mit welcher Gruppe ihr unterwegs seid. Nur jeweils drei von euch gleichzeitig und nur dann, wenn der Anführer oder die Anführerin der Patrouille sagt, dass die Sache mit den Bannern sicher ist. Verstanden?" Ich befand, das sollte reichen. Evelyn konnte ja immer noch weitere Auflagen anordnen.

„Verstanden. Du wirst es nicht bereuen, Kira!" Leenas Augen leuchteten, als sie nach hinten zu ihrem Bruder sauste, der gerade einer

Gruppe von Leuten Anweisungen erteilte.

Ich gluckste, nippte an meinem gar nicht so scheußlichen Instant-Kaffee und rief endlich meinen verdammten Statusmonitor auf.

Statusmonitor			
Name	Kira Kent	Klasse	Spezialistin für Umweltprozesse
Volk	Mensch (weiblich)	Level	17 (4578 EP bis zum nächsten Level)
Titel			
Wahrsagerin			
Gesundheit	260	Ausdauer	260
Mana	550	Manaregeneration	40/Minute
Attribute			
Kraft	18	Beweglichkeit	25
Konstitution	26	Wahrnehmung	51
Intelligenz	55	Willenskraft	40
Charisma	25	Glück	18
Klassenfertigkeiten			
Mana-Wahrnehmung	2	Erdbarrikade	2
Bluttransfer	1	Felsrutsch	1
Wasserabschöpfung	2	Manatransfer	1
Fähigkeiten			
Führungsfähigkeit	1	Mana-Sinn	2
Kampfzauber			
Kraftschild*			

Boni	
Wahrsagen	Mana-Mantel 2

Meine Fähigkeiten wuchsen fortwährend, doch ich wusste noch immer nicht, wie ich sie alle richtig anwenden sollte. Es wäre doch schön, wenn die Apokalypse mir eine kleine Fee zugeteilt hätte, die auf meiner Schulter saß und mir wie eine Betreuerin das Händchen hielt.

Ich lachte. Als wenn sie es einem so leicht machen würden.

Ich setzte einen weiteren Punkt auf Wasserabschöpfung, da sie sich als nützlich erwiesen hatte. Als einzige im Kampf wirksame Klassenfertigkeit hatte sie solide Chancen, auf die Distanz ordentlich Schaden anzurichten. Was sie mit Menschen anstellte, gefiel mir zwar nicht, aber das war wohl zu verschmerzen.

Manatransfer war nach wie vor mies, aber immerhin konnte ich damit anderen helfen, solange ich das Mana dafür hatte. Und natürlich funktionierte die Mana-Wahrnehmung gut in Zusammenarbeit mit meinem Mana-Sinn, aber auch wenn ich Punkte darauf setzen musste, fühlte ich mich eher nicht versucht, sie zu meinem einzigen Schwerpunkt zu machen. Obwohl sie mit jedem Punkt an Reichweite gewann und dadurch zu einem besseren Frühwarnsystem wurde, reichte das im Augenblick einfach nicht. Es gelang mir auch so, wuselige Menschen zu erkennen, die sich anschleichen wollten. Oder gruppenweise Mutationen, die auf uns zugeflogen kamen.

Ich sorgte also dafür, dass ich die meisten meiner Attribute eher gleichmäßig verteilte. Intelligenz basierend auf dem Mana. Es gefiel mir zwar, bessere körperliche Werte zu haben, so oft wie ich jetzt schon auf irgendwas hatte einknüppeln müssen, aber meine Stellung im Kampf entwickelte sich immer mehr zu einer Nachschubrolle. Das gefiel mir. So war ich. Wie Pflanzen auch lebte ich im Hintergrund – Pflanzen-Girl!

Werte verteilt, alles auf dem neuesten Stand, und schon war ich froh, mir das Zeug im Shop nicht genauer angesehen zu haben. Ich sah mich schon, wie ich den Tunnelblick bekam, lauter Zauberbücher kaufte und am Ende pleite war. Vielleicht war es ja ihre Taktik, uns süchtig nach dem Shop und all seinen Angeboten zu machen. Am Ende unsere Organe zu verkaufen, unsere Gliedmaßen … nope. Nicht mein Ding.

Ich war sicher nicht unser höchstes Level, aber ich befand mich in etwas gleichauf mit dem Durchschnitt der Gruppe.

An meinem kleinen Tisch sitzend und Kaffee schlürfend, holte ich irgendwann mein Notizheft heraus und begann, die bisherigen Abenteuer niederzuschreiben, an die ich mich noch erinnern konnte. Etwas von Hand aufzuschreiben, schien es immer irgendwie in meinem Kopf einzuzementieren. Und das war gut – ich musste diese Dinge parat haben.

Ohne aufsehen zu müssen, wusste ich, dass sich jemand vor meinen Tisch gestellt hatte, und ich brauchte dafür nicht mal meine Mana-Sinne. Der Schatten verriet mir alles. Vielleicht war dieser Coffeeshop nicht der beste Ort für Denkarbeit.

Ich zügelte meinen Gesichtsausdruck, als sich die Person vor mir räusperte, und schaute auf.

„Kira?“, fragte eine ältliche Dame, und ich bedauerte sogleich meine Ungeduld, bevor ich die Analyse aktivierte.

Ethel Dorchester

Level: 11

Fallenweberin

Ooooh, ihre Klasse gefiel mir und weckte umgehend mein Interesse.

„Das bin ich. Was kann ich für dich tun, Ethel?" Sie wunderte sich nicht mal darüber, dass ich ihren Namen bereits wusste.

Stattdessen lächelte sie mich einfach an, was eine vage Erinnerung an meine Großmutter auslöste, wie ich noch sehr viel jünger war. „Gibt es irgendetwas, das ich tun kann, um zu helfen?"

Ich blinzelte sie an. Ich meine, klar, ich hatte die Siedlungskern-Quest erledigt. Ich hatte sie erfüllt und besaß das Ding nun. Verflixt. Ich hatte jetzt das Kommando. Ups. Also lächelte ich. „Es gibt so vieles, womit du helfen könntest, dass es gar nicht mehr witzig ist. Kannst du denn gut mit kleinen Kindern umgehen?"

Ethel lächelte, und im ganzen Laden wurde es heller. „Ich war vor der Rente Grundschullehrerin … zwanzig Jahre ist das her. Aber ich fühle mich jetzt jünger als damals! Also ja. Da würde ich nur zu gern mithelfen."

„Großartig." Ich reckte den Hals und versuchte die Gruppe Kinder ausfindig zu machen. Ich sah sie unten in dem Gebäudeflügel gegenüber der Bushaltestelle. „Jana ist mit den ganzen Kindern da unten. Sag ihr einfach, ich hätte dich geschickt."

Ethel bückte sich und tätschelte meinen Arm, Sanftheit im Blick. „Du machst das großartig, Liebes. Vielen Dank. Für das alles hier."

„Ich mach's ja nicht alleine." Komplimente! Meine Erzfeinde. Ich tat einen Schluck von meinem inzwischen lauwarmen Kaffee. „Aber danke schön."

Sie nickte wissend und begab sich in die angezeigte Richtung, während ich den Rest des Kaffees runterkippte, entschlossen, mich auf die Suche nach Dolores zu machen, bevor mich noch jemand aufhalten konnte. Gleich nachdem ich meine Notizen beendet und diesen gar nicht üblen Wrap aus unbestimmbaren Zutaten aufgegessen hatte.

Ich konnte zwar vieles gleichzeitig erledigen, und dafür stand eine Anzahl vielschichtiger Experimente Zeuge – kannte aber doch auch meine Grenzen, und Lehnstuhl-General war noch nie etwas gewesen, wozu ich mich eignete. Das hier war ja auch keine Partie RISIKO.

Es war jetzt unsere Realität.

Whoa.

Was für ein Konzept. Ich meine, ich wusste ja, dass es real war, aber dennoch, hier mitten in Garden City zu sitzen, wo ich mein Leben lang seit unserem Umzug nach Australien so viel Zeit verbracht hatte … es fühlte sich so surreal an.

All die kleinen blauen Fäden sponnen sich in und um die Leute, durch sie hindurch, über sie drüber. Das Mana war lebendig, genau wie der Rest unseres Planeten auch, wie der verlängerte Arm des Lebens. Es pulsierte und pochte mit einer trommelartigen Resonanz, wann immer ich die Augen schloss. Es glich einem Bass Beat, den nur ich fühlen konnte, und das hielt ich für den anziehendsten Teil von alledem. Ich hatte mich schon nach nur einer Woche so sehr daran gewöhnt, wie sich das Mana anfühlte, wie es aussah, wie es reagierte, dass ich immer merkte, wenn sich etwas änderte.

Und wenn jemand sich mir näherte.

Kyles Hand auf meiner Schulter erschreckte mich nicht, aber mir wurde dadurch erneut klar, dass ich einfach aufstehen und diesen hektischen Platz verlassen musste.

„Ich kann dein Gehirn drüben vom Infoschalter aus Überstunden machen hören", sagte Kyle leise, nachdem er sich zu mir gesetzt hatte.

„Du hast deinen Posten verlassen", sagte ich halb anklagend.

Er zuckte die Achseln. „Schon in Ordnung. Jemand hat für mich übernommen. Arvin oder so. Hab mir den Namen nicht gemerkt. Ist ja nicht schwer, den Leuten den Weg zum Shop zu erklären." Er zwinkerte mich an und lehnte sich in dem Stuhl zurück, den er sich gekrallt hatte.

Ich schaute hinab auf die Notizen in meinem Heft und gab Kyle seine Antwort. „Mein Hirn macht keine Überstunden, es hat nur einfach das Gefühl, noch viel mehr leisten zu können. Könnte mit den ganzen Intelligenzpunkten zu tun haben."

Wir hatten um die hundertzehn Leute von Level 12 bis 19. Das war alles andere als viel. Knapp unter zehn Prozent der Leute, die hier nun lebten.

„Wir haben eine Woche, um uns vorzubereiten. Unsere hohen Level noch höher zu kriegen, noch funktionaler, ein paar unserer Annehmlichkeiten zurückzubekommen – zum Beispiel müssen wir sichergehen, dass uns die Wasserleitungen nicht um die Ohren fliegen. Wir brauchen Geld, um unsere Befestigungsanlagen hochzuziehen, damit wir diesen IJSA-Typen klarmachen können, dass wir ihnen auf keinen Fall einfach so auch nur den kleinsten Anteil an unserem Land überlassen werden.“

Spannung verknotete mir den Bauch. Es war eine große Aufgabe, aber ich wusste, dass wir es schaffen konnten. Und ich ahnte, dass Jackson und Darren und Chris und Sarah eine wichtige Rolle auf unserem Weg dahin spielen würden. Die Mana-Energieumwandlung war von entscheidender Bedeutung für unser künftiges Überleben. Ich wusste bloß nicht recht, woher ich das wusste – außer dass mich das Mana selbst irgendwie zu dieser Denkweise bewog.

Kyle nickte, wobei sein Gesicht den üblichen logischen Zirkus vollführte, den er üblicherweise durchlief, bevor er Entscheidungen traf. „Dann sind also weniger als zehn Prozent von uns Abenteurer?“

Ich nickte, und er seufzte. „Ist nicht so ungewöhnlich, weißt du. Wir brauchen ja immer noch Leute zum Unterrichten, Kochen, um Sachen herzustellen, auf die Kleinen aufzupassen, die Stadt zu leiten, die Stadt zu bewachen. Ist ja immer noch die Welt, nur eben anders.“

Ich tippte auf IJSA-Buch und setzte zu einem weiteren Schluck Kaffee an, bevor ich bemerkte, dass er ja schon leer war. Verdammt. Umwerfend war er ja nicht gewesen, aber immerhin etwas. „Die Tiefen des Stadt-Interface bieten uns eine Menge Optionen, sobald wir sie mal alle verstanden haben. Dann müssen wir nur noch alle unsere Kampfklassen im Level aufsteigen lassen. Und alle suchen, die vielleicht doch in einer Kampfklasse sind, aber noch nichts damit angefangen haben.“

Kyle legte gedankenverloren die Stirn in Falten. Mir war klar, dass er mir irgendetwas verschwieg, weil ich es spürte, es erahnen konnte. Wenn es wichtig genug war, würde er es mir schon noch früh genug sagen.

Dennoch machte es mir Sorgen.

„Ich werde mal mit Evelyn reden und überleg mir ein paar Optionen zum Hochleveln, bei denen wir vielleicht gleichzeitig nach Überlebenden suchen können?“ Es war mehr eine Frage als eine Aussage, was nur bedeuten konnte, dass ihm die Sache in seinem Kopf wohl größere Schwierigkeiten bereitete.

„Jap, und die niedrigeren Levels können im Gebiet direkt außerhalb der sicheren Zone auf Streife gehen und sich noch ein bisschen Erfahrung verschaffen“, fügte ich hinzu, während ich mir Notizen machte. War mir egal, was die Leute sagten – etwas in eine Tastatur zu tippen war einfach nicht dasselbe.

„Wir schaffen das.“

Ich nickte, und er beugte sich vor, um mir einen Kuss auf die Stirn zu geben, wie er es immer schon tat, seit ich denken konnte. Dann machte er sich auf die Suche nach unserer Bogenschützin.

❖

Dor war unten, wo früher die 8 Street Fressbude gewesen war. Allein. Sie saß bloß da, paffte an einer Zigarette, machte Ringe mit dem Rauch und sah zu, wie jeder einzelne in die Dunkelheit verschwand. Ein melancholischer Schleier hing über ihr, und sie bewegte keinen einzigen Muskel, außer zum ein- und ausatmen. Erinnerte mich irgendwie an ein Schwarz-Weiß-Foto aus den Sechzigern, und es wirkte so traurig, dass es mir das Herz brach.

Ich wusste nicht mal wirklich, warum eigentlich.

„Hör auf zu starren. Setz dich her. Rede mit mir.“ Ihr Ton war nicht so gebieterisch wie üblich. Vielleicht war das ja die Persönlichkeit, die sie sich gestattete, wenn sie alleine war.

Wie meine Mum-Power.

Ganz egal wie scheiße der Tag, wie mies die Stimmung nach dem Aufwachen oder nach der Arbeit ist, es gibt da diese absolute Fähigkeit, einfach alles beiseitezuschieben und bloß für die Kinder da zu sein. Es ist nicht mal eine Pflicht, sondern schlicht das, was wir eben machen.

Vielleicht liegt das in den Genen, vielleicht auch nur im Kopf. Aber Mutter zu sein war eine Superkraft, auf die ich stolz war, auch wenn ich mir manchmal einfach wünschte, mal ausschlafen zu können. Das gilt für jeden Tag außer freilich am Muttertag und meinem Geburtstag.

„Worum geht's bei dieser Nestmutter-Klasse?“, fragte ich, indem ich direkt zum Punkt kam und mir ganz fest wünschte, dass die Antwort meiner Hoffnung entsprach.

Sie schaute beeindruckt. „Direkt. Gefällt mir.“ Dann seufzte sie, drückte die Zigarette aus und legte die Fingerspitzen aneinander.

„Seltsame Sache, dieses System. Macht mich immer gesünder, je länger es aktiv ist. Ich schwöre, ich kann spüren, wie meine chronischen Lungenprobleme verschwinden. Man würde ja meinen, die hätten kein Interesse, eine alte Schachtel wie mich so lange dabei zu haben.“ Sie grinste, stand auf und streckte sich. „Nestmutter scheint mir die Fähigkeit zu geben, Menschen in meiner Gruppe oder mit Familienstatus einen erhöhten Schutz zukommen zu lassen, oder auch einfach denjenigen in der näheren Umgebung. Wenn ich mir den Fähigkeitenbaum ansehe, scheinen da auf einer der Linien später auch gewisse Führungsaspekte auf. So was wie Feilschen und die Fähigkeit, Siedlungen aufzubauen.“ Sie hob die Achseln und machte eine ausladende Geste durch das Center. „Scheint mir aber schon ziemlich fertig aufgebaut zu sein.“

Ich lachte, es ging nicht anders. Dolores war ziemlich toll. Sie ließ sich nichts gefallen, schickte jeden zum Teufel, der ihr krumm kam … und dann verstand sie auch noch irgendwie diese ganze Mana-Schweinerei.

„Also, du hast jetzt Zugang zu dem ganzen Stadtmist, und du musst mir helfen, das alles auszubaldowern, zum Beispiel wer für welche Position am besten geeignet ist – wer welche Berechtigungen bekommt und so.“ Ich hielt kurz die Luft an. Ich hätte das zwar auch selbst tun können, doch es gab schließlich noch eine Menge anderer Dinge, um die ich mich kümmern musste. Hätte sie nein gesagt, wäre die Welt auch nicht untergegangen. Nö. Alles schon erlebt.

„Dein Ernst, ja?“, fragte sie halb zögerlich, bereit, jederzeit einen Scherz daraus zu machen, wenn es sein musste.

Ich nickte. „Kein Scheiß.“

Dieses Mal war Dor es, die lachte, und ihre Schultern entspannten sich. „In Ordnung. Du scheinst mir ’ne ehrliche Haut zu sein. Ich helf’ dir. Aber stell deshalb nicht gleich den ganzen Mist bloß bei mir ab, klar? Ich weiß, du hast zwei Kleine, um die du dich kümmern musst. Aber in dieser Welt gibt’s jetzt eine Menge Zeug, das geregelt werden muss, und ich lass dich nicht so leicht abkneifen.“

Das machte mich kurz neugierig, was sie wohl schon alles

durchgemacht hatte. Was war mit ihr und ihrer Familie geschehen, das sie etwas sagen ließ? Hatte man sie früher mal im Stich gelassen? So vieles wussten wir nicht voneinander, und ich verteilte gefühlt einmal pro Stunde blinde Vertrauensvorschüsse. Im Weltuntergang blieb mir eben nichts anderes übrig. Aber das änderte nichts daran, dass sich mein Magen jedes Mal ein bisschen verknotete.

Am Ende nickte ich schlicht. Es spielte keine Rolle, was sie zuvor erlebt hatte. Nun war sie hier. Und wir würden diesen Megascheiß einfach gemeinsam durchstehen müssen.

„Du hast jedenfalls recht. Soweit ich es bisher überblicken kann, brauchen wir sehr viel mehr als nur dich und mich." Dor klang nachdenklich. „Dein Bruder? Der ist doch Arzt, stimmt's?"

„Ja, Chirurg", fügte ich hinzu, und bemerkte dabei, dass die Kühlschränke hier unten auch schon ganz schön rochen. Red hatte noch nicht daran gedacht, sich auch um das übrige Center zu kümmern. Wir würden bald genug schon den Platz hier unten brauchen … Ich machte mir im Geiste eine Notiz, mit ihm zu reden.

Hatten wir genügend Betten? Irgendwo in den Lagerräumen der Läden mussten doch bestimmt noch Matratzen auf Vorrat liegen, oder?

„Kira?", Dors Ton war sanft, und sie war so dicht herangekommen, dass sie behutsam meinen Arm berührte. „Lass mich erst mal einen Blick darauf werfen und mir auch ein paar Sachen überlegen, dann reden wir. Geh und sieh nach deinen Kindern, und zu unser aller Wohl, leg dich wenigstens ein Mal hin und schlaf ordentlich."

Kapitel siebenundzwanzig: Level-up

9 Tage nach Systemstart – 10:00 Uhr

Beinahe zehn Tage nun, seit Beginn der Invasion beziehungsweise der Mana-Sättigung. Und exakt eine Woche, bevor unsere liebenswerten Freunde von der IJSA uns rausschmeißen wollten. Was wir bis dahin brauchten, waren Levels. So viele Levels, wie wir nur irgendwie ergattern konnten.

Damit waren wir schon den verbliebenen Vortag über beschäftigt gewesen, und würden es für absehbare Zeit auch bleiben.

Ich prüfte noch mal alles, was ich dabei hatte, wobei ich einen guten, altbewährten Rucksack aus einem der Läden benutzte, um Essen und Trinken zu transportieren. Das System konvertierte alte Sachen nicht in sein eigenes Lager. Mir gefiel es irgendwie einfach, einen Rucksack zu haben. Zehn Gruppen zu zwölf Personen. Wir liefen nun nicht mehr Gefahr, unter den Bevölkerungsgrenzwert für eine Stadt zu sinken … außer es passierte noch mal eine Apokalypse.

„Wir machen das also wirklich, Mum?" Jacksons Stimme wies einen leichten Tremor auf.

Es war deutlich, dass er Angst hatte. Was auch gut so war, denn ich selber war fast panisch. Mein Kind mit mir in diese Welt zu nehmen, war eigentlich völlig irre.

Ich nickte. „Wir brauchen Levels. Die Handwerksaspekte deiner Klasse helfen zwar, aber je mehr Fähigkeiten du hast, desto besser kannst du dich verteidigen oder mithelfen, Gegenstände mit Energie zu versorgen, die wir brauchen werden. Wir brauchen diese Energiequellen langsam wirklich dringend. Ist schon gut, du kommst mit mir und deinem Onkel."

Kyle hatte darauf bestanden, sich mir anzuschließen. Das war so ein Zwillingsding, oder vielleicht auch bloß unser Ding. Nicht dass wir so etwas je laut ausgesprochen hätten, aber jetzt gerade brauchten wir diese Nähe. Das Bekannte half mir, mich zu konzentrieren. Außerdem wusste ich, sollte mir irgendetwas zustoßen, würde er alles tun, um Jackson in Sicherheit zu bringen.

Sollte mir irgendetwas zustoßen … besser gar nicht darüber nachdenken.

Mana flammte kurz um mich herum auf, und gesellte sich dann zu mir, also wollte es verhindern, dass ich traurig wurde. Denn natürlich hatte das blaue Zeug auch noch Gefühle oder so. Nicht wirklich … aber vielleicht reagierte es doch irgendwie auf mich. Früher oder später würde ich an Orte gehen müssen, wo ein Level-Vorteil sehr hilfreich war. Darauf musste ich mich jetzt konzentrieren. Ich brauchte nichts weiter zu tun, als im Level aufzusteigen und mich um alles andere zu kümmern, ohne dabei einzuschlafen.

Das Koala-Heim von Daisy Hill war einer der Orte, die ganz hoch auf meiner Reiseliste standen, denn ich wollte unbedingt sehen, wie genau das Mana unseren Lebensraum beeinflusste. Aber es würde viel zu lange dauern, dorthin zu kommen. Eine mehrtägige Wanderung vermutlich, es sei denn, wir konnten uns irgendwie Fahrzeuge beschaffen. Im Moment jedenfalls konnte ich meine Kids nicht so lange allein hier zurücklassen.

„Ich wette, wir kriegen heute eine Menge Level." Evelyn stand plötzlich an meiner Seite, ein breites Grinsen im Gesicht.

Von dem ich wusste, dass es bloß Show war. Sie war nicht annähernd so selbstsicher, wie sie wirkte. Das galt vermutlich für uns alle.

Verdammt, ich wünschte trotzdem, sie wäre bei uns dabei gewesen, doch sie hatte eines der höchsten Levels hier, und ich konnte nicht einfach alle von den besten Leuten in meine Gruppe packen. Das ganze Vorhaben bestand ja darin, die Schwächeren so weit hochzukriegen, wie es nur ging. Und zu trainieren, unsere Skills und Fähigkeiten als zusammenhängendes Team einzusetzen, damit wir am Ende mit allem klarkommen konnten, was das System entgegenwarf.

Ein Teil von mir fragte sich allerdings, ob es überhaupt eine Rolle spielte. In dem Buch über die IJSA war die Rede von Fortgeschrittenen- und Meisterklassen, verglichen mit unseren Grundklassen. Ein ganz neues Konzept war das, wie es in *Smashers Handbuch* …

Wie auch immer.

Der Punkt war, ihre Leute hatten höher Level als unsere. Sehr viel höher. Dieses ganze Rumgerenne war womöglich völlig für die Katz, falls sie einen der ganz großen Jungs mitbrachten. Aber was sollten wir denn sonst machen? Den Schwanz einziehen und uns verkriechen?

Nein.

Stattdessen teilten wir alle ein. Evelyn mit ihrer eigenen Gruppe. Gemma, die nun so gut wie neu war, bei Evelyn. Nicht, dass die körperlichen Wunden so lange zur Heilung gebraucht hätten. Nein, ich meinte das psychische Trauma, das sie durch ihr Nahtoderlebnis erlitten hatte. Jules blieb bei Gemma und gesellte sich so ebenfalls zu dieser Gruppe.

Außer um herumzusausen und den Neuankömmlingen beim Eingewöhnen zu helfen, war die Heilerin ihrer Freundin nach jenem gewaltigen Kampf kaum je von der Seite gewichen. Das schien schon wieder so weit zurückzuliegen.

Dale nahm Darren und schloss sich einer anderen Gruppe an, einer, die sonst noch keinen Heiler hatte. Tasha war ebenfalls bei ihm. Sange und Molly führte eine andere Gruppe an, obwohl ich mir nicht sicher war, wie Sange sich schlagen würde. Seit jenem Kampf mit dem Rigoll hatte theys Selbstvertrauen einen Dämpfer erhalten. Theys Augen trugen nun stets diesen unheilvollen Blick. Eine Gliedmaße nachwachsen zu lassen, fügte ich im Geiste der Liste an Dingen hinzu, die ich nie erleben wollte. Wir hatten wohl Glück, dass Kyle diese spezielle Heilklasse hatte, sonst hätte Sange den Arm wohl komplett verloren.

Mehr von unseren Bewohnern sollten sich diesen Zauber oder diese Fähigkeit zulegen – wir durften uns dabei nicht nur auf eine einzige Person verlassen.

Chris und Sarah waren wiederum bei uns in der Gruppe dabei. Mit Level 12 würden sie nicht überleben können, wenn es hart auf hart kam, und auch wenn ihre Angriffsskills schon ganz gut waren, mussten wir auf jeden Fall ihre technologiebasierten Fähigkeiten noch ausbauen.

So viele Namen, so viele Leute … es bereitete mir Kopfschmerzen.

„Wir treten euch in den Arsch“, sagte ich zu Evelyn und versetzte ihr einen herausfordernden Blick.

Sie hieb mir auf den Rücken, die gespielte Tapferkeit voll aufgedreht, damit es auch ja alle sehen konnten. „Willst du wetten?“

„Warum nicht.“ Sie schaute sich um und schenkte ihren Worten nicht so viel Aufmerksamkeit. Doch anstatt ihren Zirkus fortzusetzen, beugte sie sich dicht heran, ihre Hand plötzlich warm auf meine Schulter legend, und flüsterte in mein Ohr.

„Wenn ich gewinne, gehst du mit mir auf ein Date.“

Ihr Atem kitzelte die Haare um mein Ohr und schickte ein unerwartetes Erschaudern durch meinen Körper. Ich wollte soeben den Mund öffnen und entgegnen, dass ich nicht auf Dates ging, denn das hatte ich seit der Scheidung nicht – weil die Kinder und meine Arbeit stets vor allem anderen kamen. Ich war deshalb nicht unglücklich, doch manchmal fühlte ich mich schon einsam.

Sie löste sich, und kurz zeigte sich ein Ausdruck von Unsicherheit auf ihrem Gesicht, so als hätte sie mich falsch eingeschätzt. Hatte sie aber gar nicht, ich hatte bloß nicht mit dieser Frage gerechnet. Nicht unter diesen Umständen, allerdings würden wir die Apokalypse ja auch nicht so bald wieder loswerden.

„Warum nicht.“ Ich grinste sie an und sah zu, wie ihr Blick von Erleichterung erfasst wurde, wenn sie es auch nur ganz kurz zeigte.

„In dem Fall“, sagte sie mit einem schelmischen Funkeln in den Augen, „gewinnst du auf keinen Fall.“

Ich grinste zurück, war mir aber plötzlich nicht mehr so sicher, ob das so eine gute Idee war. Aber dennoch, wenn wir dieser ganzen Scheiße um uns herum mal einen Abend zu unserem eigenen Vergnügen entreißen konnten … was soll’s. Ich würde ihr eine Chance geben.

Sie war schließlich *wirklich* unabhängig und stark.

❖

Ich ging unter in einer Explosion aus Blut und einer zähen Masse aus klebrigen grünen Alien-Überresten. Wer hätte gedacht, dass das Zeug echt eine andere Farbe hat, was? Diese Kreaturen waren zu einhundert Prozent nicht von hier, und sie schienen auch keine Mutation irgendwelcher australischer Tiere darzustellen, die ich kannte.

Notiz an mich selbst: Bluttransfer nicht einsetzen, wenn Kreatur kurz vor dem Platzen. Klar, geheilt hatte es mich, schien aber auch alles wörtlich zu nehmen, und war deshalb ausschließlich in meine Richtung explodiert. Wie konnte man eine verdammte Explosion überhaupt so treffsicher zielen?

Mein Sohn, hilfreich wie immer, kriegte sich vor Lachen gar nicht mehr ein. Ich funkelte ihn an, aber das rasch gerinnende Blut machte es bestimmt nicht leichter. Ein plötzliches dringendes Gefühl nahm der Situation für mich jede Fröhlichkeit.

Ich wirbelte herum, ignorierte mein klebriges Missgeschick und ließ eine Erdbarrikade hochschieben, direkt unter der Gruppe herannahender … Ich hatte keine Ahnung, was diese Dinger überhaupt waren.

Analyse aktiviert.

Eeshiriatmels

Level 16

Ihre knopfförmigen Augen standen an Stielen aus ihren runden Köpfen hervor, welche wiederum an einem Körper befestigt waren, der an ein schlecht gemachtes Geisterkostüm erinnerte. Wenn das Kostüm zuvor in Blut eingelegt und ein paar Tage zum Vergammeln an die Sonne gehängt worden wäre. Sie waren kaum eineinhalb Meter groß, aber ihre Augen konnten sich auf einer Dreihundertsechzig-Grad-Basis bewegen, und das jagte mir eine Scheißangst ein.

Am Beginn des Systemstarts waren diese Kerle noch nicht hier gewesen. Es war also eine Notwendigkeit, die Gebiete noch mal abzusuchen, mit denen wir angefangen hatten. Nur für den Fall. Der Toohey Forest war zwar nicht wirklich weit von unserem sicheren Hafen entfernt, aber dennoch weit genug, als dass ich nur bis hierher hatte kommen und dann wieder umdrehen wollen.

Unterwegs waren wir keinen Überlebenden begegnet, doch wir waren auch erneut auf der Autobahn unterwegs. Wir hatten sogar ein Stück auf der James Toohey Avenue zurückgelegt, doch die Gegend dort war wie eine verwüstete Geisterstadt. Häuser eingestürzt und abgebrannt, und die Pflanzen stellten Dinge an, die ich noch nie zuvor erlebt hatte.

Es juckte mich, mir das anzusehen.

Doch als wir die Häuser hinter uns gelassen hatten, waren wir aus den Bäumen heraus angegriffen worden. Ihnen hinterher in den Wald zu rennen, schien zunächst eine gute Idee zu sein?

Überall im hier im Unterholz waren massenweise dieser Kreaturen versteckt. Da sie leicht phosphoreszierend waren, konnte man sie im

Halbdunkel des Waldes gut erkennen.

Eine weitere von ihnen explodierte unter Jacksons Lichtstrahl. Ohne meinen schlecht platzierten Bluttransferzauber spritzte die Flüssigkeit einfach in einem riesigen kreisrunden Bogen umher und bekleckerte den Großteil unserer Gruppe wie mit Farbe. Es war ein seltsam genugtuender Anblick für mich.

Die Erfahrungspunkte stiegen fortwährend. Nicht etwa in gewaltigen Schritten, aber es war ein langsames Anwachsen, das nie versiegte. Sarah und Chris benötigten Jacksons Unterstützung mehr, als mir recht war, aber so bekamen sie alle miteinander ihre Erfahrungen. Langsam und beständig, ohne dabei entsetzlich und atemberaubend gefährlich zu sein.

Den Toohey Forest konnte man zwar ganz gewiss nicht als sicher bezeichnen, doch wir waren immerhin so sehr gewachsen, dass die verdammten Kakerhunde für uns keine Gefahr mehr darstellten. Als fliegende Mutationen waren sie freilich noch immer hier. Der Boden allerdings war nun verseucht von diesen Eeshiriatmels.

Die Kakerhunde auszuschalten war nicht mehr sehr schwer, dank der Level, die wir inzwischen erreicht hatten. Nagern in aberwitziger Größe begegneten wir ebenfalls überall. Ich hatte nicht mal gewusst, wie viele Arten wilder Nager es in dieser Gegend gab.

Und dann waren da noch die Eeshiriatmels. Level 15 bis 18, und sie arbeiteten aufeinander abgestimmt, wie als Team, vielleicht sogar mit einem Schwarmbewusstsein. Großartig für unser Level, allerdings nicht so lustig zu bekämpfen.

Kyle kämpfte sich herüber zu mir, wo ich ein paar unserer Unter-

15s gesammelt hatte, oder zumindest hatte meine Analyse sie vor dieser stundenlangen Wanderung noch als unter 15 eingestuft.

„Der Manahaushalt könnte zum Problem werden, wenn wir uns längeren Kämpfen aussetzen“, bemerkte er, während er etwas, das so aussah wie eine anodisierte Blutkugel, in hohem Bogen durch die Luft sausen ließ.

Seine Klasse lautete gemäß Analyse auf Regenerationsspezialist. Soweit ich wusste, konnte er natürlich heilen, gleichzeitig aber den Heilungsprozess auch umkehren und dadurch töten. Die meisten seiner Zauber schienen einen Schalter in beide Richtungen zu haben.

Nicht wirklich etwas, was er meiner Meinung nach gewählt hätte, hätte er mehr Zeit zum Überlegen gehabt. Ich konnte bereits erkennen, was es für Auswirkungen auf ihn hatte. Töten lag einfach nicht in der Natur meines Bruders.

„Wenn ich mein Level auf vierzig kriege, kann ich dabei helfen.“ Vierzig schien unfassbar weit weg, wenn man bedacht, dass jedes Level noch mehr Erfahrung forderte und jeder neue Zauber weiteres Mana benötigte. Ich stand kurz vor neunzehn, nachdem wir nun schon ein paar Stunden dabei waren, doch es kam mir vor, als tröpfelte die Erfahrung herein wie Molasse.

Vielleicht gab es im Shop ja Mana-Tränke. Ich schalt mich dafür, nicht nach den simpelsten Dingen gesehen zu haben, die es in jedem Spiel gab, das ich je gespielt hatte.

„Vierzig erreichen wir nie, bevor diese Jäger auf uns losgehen.“ Kyle schnitt eine Grimasse, so als stellte er Überlegungen dar und die

Rechnung ging nicht so auf, wie er es wollte. Das war das Problem mit Mathe, Grauzonen gab es nun mal nicht.

Die nächste Gruppe Eeshiriatmels kam direkt auf mich zu gerannt. Diese hier sahen etwas anders aus, und ihre Augen schienen so etwas wie falsche goldene Wimpern zu tragen. Überhaupt gar nicht abgefahren.

Ihr Level zeigte 20, und in meiner Magengrube meldete sich plötzlich ein dumpfes Gefühl. Die waren nicht wie jene, die wir gerade erledigt hatten. Das Mana, das sie ausstrahlten, fühlte sich stärker an.

„Die hier sind gefährlicher“, rief ich laut und tauchte unter den Bäumen hindurch, um die andere Seite unserer Gruppe zu erreichen. Tote Blätter raschelten unter meinen Füßen, und die Sonne drang nicht so recht durchs Blätterdach, sodass sich um uns herum ein ganz eigenartiges Zwielicht ausbreitete.

Ich kam gerade noch rechtzeitig, schlitterte auf meinen Platz und zog eine Erdbarrikade hoch. Indem ich meinen Mantel anzapfte, konnte ich mein Mana beinahe komplett wieder auffüllen. Mein Bauch sagte mir, dass ich alles an Mana brauchen würde, das ich kriegen konnte.

Diese höheren Level waren deutlich stärker und durchbrachen meinen Wall ohne große Mühe, was mich ahnen ließ, dass die kleineren vielleicht nur dazu gedient hatten, uns in einem falschen Gefühl der Sicherheit zu wiegen, oder womöglich auch als Test. Blöd für sie, dass sie unsere Versuchskaninchen waren.

Etwas flog über meinen Kopf hinweg und landete inmitten der Eeshiriatmels. Es erfolgte ein schwerer, dumpfer Aufprall, als das Ding landete und kurz all ihre Aufmerksamkeit bannte. Chris schrie: „DECKUNG!“

Ich stieß mich zurück, warf einen Arm um Jackson und den zweiten um Kyle und hechtete so schnell und so weit weg von der heranpreschenden Gruppe, wie ich nur konnte. Auch wenn es am Ende mehr zu einem Stolpern geriet. Noch während der Rest unseres Teams sich ebenfalls zu Boden warf, verbrauchte ich einen gewaltigen Teil meines Manas, um eine große Erdbarrikade aufzuwerfen.

Gerade noch rechtzeitig. Chris hatte ihre manabetriebene Ballonbombe zwar mitten unter die Viecher geworfen, doch wir wussten nicht, wie viel Schaden sie anrichten würde. Die Erdbarrikade blieb nur wenige Augenblicke aufrecht, bevor die Körper der Eeshiriatmels hindurchpflügten, als bestünde sie aus Pappe.

Ich sah hinüber zu der Technikerin, die nur die Schultern hob. Diese neuen Versionen unserer Gegner schienen nicht leicht zu erledigen zu sein, doch als der Staub sich legte, klappte meine Kinnlade auf. In den nunmehr zerbröselten Überresten meiner Erdbarrikade lagen nicht weniger als sieben Leichen der höherleveligen Augenstiele.

Sie waren nicht durchgebrochen, sie waren durchgeschleudert worden. Zerfetzt wie fleischige Pilze, glommen sie unter einer Art Zauber. Sie sahen aus wie schlecht gewordene Champignons. Als wäre ihr Inneres von innen heraus zerfressen worden.

Der Wald um uns herum lag nun schaurig still, und ich konnte nur hoffen, dass es sich dabei nicht etwa bloß um die Ruhe vor dem Sturm handelte. Kyle half zweien unserer unteren Levels, die in all der Aufregung von ein paar Trümmern getroffen worden waren. Ich wünschte, ich hätte mich an ihre Namen erinnern können, doch mir brummte schon der Schädel vor lauter Informationen.

Während wir die Leichen plünderten, scannte ich mit der Mana-Wahrnehmung die Gegend nach Störungen in der Umgebung ab und vergewisserte mich, dass nichts mehr auf uns lauerte. Nichts zu sehen. Nicht mal ein Kakerhund oder drei. Ruhe und Stille. Seit unserer Begegnung mit dem gedankenkontrollierenden Mistvieh machten mich Ruhe und Stille Angst und Bange.

Herzlichen Glückwunsch! Du hast den Lebensstein eines Eeshiriatmel gefunden.

Dieser Stein verleiht dem Träger die Macht, eine Waffe mit Lebensaderlass zu versehen. 3/3 Ladungen.

Warnung: Die Waffe muss neu angefertigt werden. Kann nicht auf eine bestehende Waffe angewendet werden.

Ich schaute verwirrt und fragte mich, ob es wohl besser wäre, das zu verkaufen oder zu behalten. Als ich vier von ihnen geplündert hatte, sagte mir mein Bauchgefühl, behalten sei die beste Option. Schließlich sah es nicht so aus, als würde die Welt je wieder zu ihrer alten Pracht kommen. Irgendwann würde ich ja bestimmt an irgendeine Art Waffe kommen, oder?

Mehr interessantes Zeug gab es an diesen Leichen nicht zu holen. Ansonsten nur etwas Fleisch und Haut und ein paar Augäpfel. Bemüht, mich nicht zu übergeben, schloss ich mein Inventar und sah nach dem Rest der Gruppe. 19, ganz kurz vor 20. Das war nicht so übel. Jackson hatte den Meilenstein gerade erreicht. Ich ging zu ihm und gab ihm einen kurzen Mum-Drücker. Er sah dabei dankbar zu mir auf. Glückwunsch an mich selbst und meine Beherrschung davor, ihn in eine Umarmung zu schließen, aus der er nie wieder entkommen und so niemals verletzt werden konnte.

Ich hatte mich im Griff.

Kyle kam herüber, nachdem er sich um die Verletzten gekümmert hatte. „Nichts Lebensbedrohliches. Na ja, das sollte ich umformulieren. Nicht lebensbedrohlich, seit das System nicht mehr will, dass wir allzu leicht sterben und ihm so den Spaß verderben."

Er klang … wütend darüber. Das konnte ich verstehen. Ich meine, was zur Hölle, Universum? Wir hatten doch einfach nur unser Ding gemacht, gelebt und gearbeitet, und dann wurden wir aus dem Nichts heraus überfallen. Ich verstand den Zorn, sehr gut sogar, besonders, zumal ich in dieser ganzen Misere noch zwei Kinder großzuziehen hatte, die von Glück reden konnten, überhaupt noch am Leben zu sein.

Was ich aber nicht verstand, war das Festhalten an diesem Zorn. Warum ihn nicht einfach in Entschlossenheit umwandeln? Den Willen zu sagen: „Fickt euch, so einfach kriegt ihr unseren Planeten nicht." So hatte ich es gemacht, oder zumindest war ich dabei es zu versuchen.

„Kyle, wir kommen da durch." Ich benutzte meinen sanften Ruhiger-Riese-Ton, doch es schien nicht zu klappen.

Etwas blitzte in seinen Augen auf, als er mich ansah, doch ich konnte es nicht genauer betrachten, weil er den Blick von mir löste. „Darum geht's doch gar nicht mehr, K. Siehst du das denn nicht? Dieses Systemding hat unsere Welt und alle unsere Leistungen gestohlen und einfach ausgelöscht. Die scheren sich nicht um unsere Kultur, die Dinge, für die wir gekämpft haben. Für sie zählt nur diese Dungeonwelt, die, und das wird mir immer mehr klar, vor allem der Unterhaltung für irgendwelche fremden Spezies dient."

Er hatte nicht Unrecht. Das wusste ich auch, ich konnte es fühlen. Doch darüber wütend zu sein, änderte daran nichts. Das vermochten nur Taten.

Ich sprach weiterhin so besänftigend, wie ich konnte, und legte den Kopf schief. „Ich sehe es, ich sehe es absolut. Was es mir genommen hat, meinen Kindern, uns allen. Ich habe jetzt schon mehrmals zusehen müssen, wie Menschen, die ich zu mögen begonnen hatte, in Stücke gerissen wurden. Aber das Umgebungs-Mana hat etwas beinahe schon Magisches an sich. Es ist immer da, ständig präsent, stets wartend … und es wartet genauso sehr auf uns wie auf sie. Wartet darauf, dass wir es an uns nehmen, bändigen und beherrschen."

Er fixierte mich mit den Augen, die Überraschung zeigten, so als hätte er nicht damit gerechnet, wie ich darüber dachte. Bis gerade eben war mir das auch selbst gar nicht klar gewesen.

„Du erstaunst mich immer wieder", sagte er und lächelte kurz, bevor er sich umdrehte und daran machte, uns zurück nach Hause zu führen.

Ich seufzte und dachte darüber nach, wie viel Wahrheit darin steckte, was ich da gesagt hatte. Es wurde allmählich dunkel und wir mussten zurück und sehen, ob wir nicht unterwegs noch ein paar Leute mitnehmen konnten. Auch jetzt, wo ich in Gedanken versunken dastand, umspielten die blauen Wellen meine Fingerspitzen wie kleine Fische auf der Suche nach Nahrung. Manchmal erstaunte ich mich auch selbst.

Kapitel achtundzwanzig: Stadtgemeinde

9 Tage nach Systemstart – 22:00 Uhr

Auf dem Weg zurück erreichte ich Level 20. Irgendwie unspektakulär. Eine Handvoll Überlebende hatten wir unterwegs doch noch gefunden, die sich überraschend gut zu schlagen schienen. Spät am Abend kamen wir endlich in Garden City an, etliche Level 15 im Schlepptau.

Ich war nicht gerne nachts draußen, und so kuschelte ich mich jetzt in der von Ray in den Ruinen des alten Coffeeshops eingerichteten Kantine gemeinsam mit meiner Tochter in eine der hinteren Ecken, Hund zu unseren Füßen auf dem Boden.

Von uns waren nun einige bei 20 und höher. Ursprünglich hatte es mich ermutigt, wie das System mir mitteilte, dass ich als Siedlungsherrin Erfahrungspunkte bekommen würde.

Doch gute zwanzig Punkte am Tag waren ein Witz, wenn mein nächstes Level fünfzehntausend bedurfte.

Aber trotzdem. Level 20 brachte eine ganze Ebene neuer Skills und dazu eine Hybrid-Fähigkeit. Ich ertappte mich dabei, seltsam erregt zu sein, als ich mich daran machte, meine neuen Optionen durchzusehen. Nur um dann festzustellen, dass ich bei Level 20 nur eine davon wählen konnte, was sich erst steigern würde, sobald ich bei 21 war.

Hybrid-Fähigkeit Ebene zwei (20)

Erdrutsch

Effekt: Mit der Fähigkeit, Wasser abzuschöpfen und den Boden nach deinen Wünschen zu beeinflussen, kannst du eine Schlammlawine auslösen. Zweimal pro Tag anwendbar. Anwendung, Schweregrad und Auswirkungen hängen vom Anwender und seiner Fertigkeitsstufe ab.

Vorsicht! Vergewissere dich, dass du die Beschaffenheit des Bodens kennst, bevor du diese Fähigkeit einsetzt.

Manakosten: 65

Wirkungsbereich: 3-Meter-Radius um das gewirkte Ziel. Schaden mindestens 2-faches Level des Wirkenden pro Ziel.

Ebene drei (21-29)

Baumgesang

Effekt: Deine Verbundenheit mit der Natur und dem Mana um dich herum verleiht dir eine einzigartige Affinität zur Pflanzenwelt. Beschwörungen können das Beste aus diesen vertrauten Lebensformen herausholen. Wie ein beruhigendes Wiegenlied gesungen, können sich sogar die Pflanzen erheben, wenn du sie richtig ansprichst.

Aber Vorsicht! Mach die Bäume nicht sauer.

Manakosten: 35 Mana pro 5 Sekunden. Kanalisiert.

Mutterboden

Effekt: Die oberste Schicht des Bodens ist immer die empfindlichste. Mit deiner Mana-Fähigkeit kannst du ihr Kraft entlocken, um die Menschen um dich herum einzufangen, zu verzaubern oder zu schützen.

Achtung: Gehe mit Bedacht vor. Mutterboden kann nicht gut zwischen Freund und Feind unterscheiden. Er erkennt nur Blut.

Manakosten: 65 pro gerichteter Aktion

Einpflanzung

Nicht jede Fähigkeit richtet sofort Schaden an. Einige Zauber erfordern zu ihrer Nutzung Geschick und Erfahrung, und Einpflanzung ist einer von ihnen. Pflanzen Sie einen Samen von Macht und Wachstum in einen Gegner ein, welcher Mana und Schaden von Angriffen, die auf den Gegner wirken, absaugt. Wenn der Samen erblüht, wird ein Teil des Schadens und der Gesundheit an die Umgebung zurückgegeben und als Schaden ausgeteilt.
Dauer: 10 Sekunden

Effekt: Pflanze einen Mana-Samen in die Brust deines Gegners ein. Während der Dauer der Einpflanzung absorbiert der Samen einen Teil des dem Gegner zugefügten Schadens. Das absorbierte Mana wird in einer Explosion mit einem Radius von maximal 5 Metern um den Feind zurückgegeben, sobald der Samen vollständig aufgegangen ist. Die Explosion gibt den Beteiligten Lebenspunkte, Mana und Ausdauer zurück.
Sollte das Ziel sterben, bevor die Bombensaat ihren Countdown abgeschlossen hat, sind alle Vorteile verwirkt. Nutze dies mit Bedacht.

Mana, Ausdauer und Lebenspunkte in Höhe von 75 % des absorbierten Schadens werden an alle Ziele im Umkreis von 5 Metern zurückgegeben. 25 % des absorbierten Schadens werden dem ursprünglichen Ziel zusätzlich als Schaden zugefügt.
Achtung! Das Ziel kann pro Minute nicht mehr als einmal mit diesem Zauber

belegt werden.

Oh, wow, Einpflanzung konnte ich kaum erwarten.

Oh, wow, ich konnte es kaum erwarten, bis ich zu Einpflanzung kam. Musste ich alle meine Fertigkeiten erwerben? Ich hatte beim Levelaufstieg auf Stufe 19 einen Fertigkeitspunkt erhalten, sodass ich technisch gesehen Erdrutsch nehmen konnte, und einen weiteren würde ich dann auf Stufe 21 für Einpflanzung bekommen, aber …

Ich legte die Stirn in Falten.

„Hey!“ Evelyn ließ sich neben mir auf die Bank fallen und legte den Kopf auf meine Schulter, sachte, um Wisp nicht zu wecken. Die Bogenschützin war von Kopf bis Fuß mit Blut besudelt, das teilweise schon so vertrocknet war, dass es aufzuplatzen und sich abzuschälen begann. „Ich glaub, ich hab dich nicht geschlagen.“

Der Klang ihrer Stimme war traurig, niedergeschlagen. Insgesamt hatten wir vier Leute verloren bei unserer Suche nach höheren Levels. Vier Menschen. Tot.

Vielleicht wurde ich allmählich taub gegenüber dem vielen Sterben, doch ich spürte nicht mehr dieselbe Leere wie zuvor. Es konnte aber auch daran liegen, dass ich keinen dieser Menschen persönlich gekannt hatte.

„Wie viele?“, fragte ich, während ich gleichzeitig im Kopf meine Optionen bezüglich Erdrutsch durchging. Gab es da nicht auch einen köstlich nichtalkoholisch schmeckenden alkoholischen Cocktail selbigen Namens?

„Zwei.“ Sie hauchte das Wort so leise, dass ich es fast nicht gehört hätte.

Ohne zu denken, streckte ich mich nach ihr aus und strich ihr durchs Haar.

„Nicht deine Schuld. Nichts von alledem ist deine Schuld“, flüsterte ich und lehnte mich gegen die Polsterung der Bank, wobei ich plötzlich den starken Drang unterdrücken musste, laut zu schluchzen. Emotionen, Mann. Scheißdinger, allesamt.

„Nicht deine Schuld. Schuld ist nur der, der diesen Abgesandten auf die übliche foltermäßige Art begrüßt hat.“ Sie gluckste, doch es klang trocken und alles andere als freudig. „Ich hatte mich aber schon so auf meinen Preis gefreut.“

Eine Weile lang schwiegen wir, und ich wusste nicht so recht, wie ich auf ihren Kommentar reagieren sollte. Schließlich war ein Date bei allem, was hier gerade abging, doch eine bescheuerte Idee, wenn auch noch so schmeichelhaft. Bereit dazu? Noch lange nicht. Ich stupste sie mit meinem Knie.

„Lass uns das einfach verschieben. Zu viel los gerade. Konzentrieren wir uns darauf, die verdammte Invasion zu überleben.“ Ich hielt inne, als ein Wandel im Ozean des Mana um uns herum mich erfasste. Übelkeit packte mich, wie wenn ich plötzlich seekrank geworden wäre.

„Kira?“ Die Sorge in Evelyns Stimme erreichte mich eher als mein Name, und ich nickte bloß, während ich mich wieder zu fassen begann und versuchte zu ergründen, was los war.

Die fließende Art des Mana erinnerte ein Stück weit an Wasser, doch es war viel komplizierter als das. Die Wogen glätteten sich, und ich fand mich wieder in mir selbst ein, verlor allmählich den Geschmack von Galle im Hals.

„Alles gut." Es musste doch auch Bücher zur Theorie hinter dem Mana geben, oder? Das brauchte ich. „Ich bin nur nicht ganz sicher, ob die IJSA uns auch wirklich die vollen neun Tage gibt, bevor sie uns aus dem Land schmeißen, oder vom Planeten, oder was immer die gemeint haben."

„Wie kommst du da drauf?", fragte Ray leise, bevor er sich einen Stuhl an die mir gegenüberliegende Tischkante zog.

Er ließ sich fallen, die Erschöpfung ins Gesicht geschrieben. Es wurde allmählich eng hier, aber immerhin waren alles Leute, an die ich mich gewöhnt hatte. Wisp regte sich sanft im Schlaf.

Er breitete die Hände aus, an deren Ende winzige Eiszapfen hingen, die er beobachtete.

Ich zuckte die Achseln. Es war mehr als nur ein Bauchgefühl – es breitete sich in meinem gesamten Körper aus, floss durch meine Knochen und hinein in die Erde, wo es sich verankerte, als wollte es Wurzeln schlagen. „Nur so ein Gefühl."

Er betrachtete mich lange, sein Blick alles abschätzend, was er in der Woche, seit der wir uns kannten, über mich gelernt hatte. Nur eine Woche? Dann nickte er. „Es gibt so viel zu tun. Die verschiedenen Fähigkeiten studieren. Eine Verteidigung aufbauen."

Er warf mir noch einen pointierten Blick zu, bevor er sich abstieß und wieder erhob.

„Dolores sieht sich gerade an, was es dazu braucht." Es kostete mich Mühe, mich nicht brüskiert zu fühlen, aber ich wusste ja, dass er sich bloß

Sorgen machte, und hochnäsig zu sein würde niemandem weiterhelfen.

„Super. Wir zeigen den Bastarden, woraus wir gemacht sind."

„Absolut richtig, Kumpel", murmelte ich, als er bereits davonging. „Absolut richtig."

„Verschoben also?", fragte Evelyn, und ich vermochte nicht zu sagen, ob sie eingeschnappt war oder nicht.

So sehr wie mein Kopf gerade beschäftigt war, fiel es mir schwer, mein Gegenüber zu lesen.

Ich gab mir Mühe, meinem Nicken Nachdruck zu verleihen, und unterstrich es zur Sicherheit noch mit Worten. „Aber so was von verschoben."

Evelyn lachte. „Das ergibt keinen Sinn, aber irgendwie eine Menge Sinn. Ich überlass es dir."

Sie drückte sich auf die Beine und begab sich hinaus zum Food Court, den Bogen an der Seite haltend.

„Sie mag dich, Mum." Wisps Stimme ließ mich einen Satz machen.

Ich hatte nicht damit gerechnet, dass sie aufwachen würde. Mit zusammengekniffenen Augen musterte ich sie, und die blauen Wellen um sie herum verwirrten mich. Die schien es bei den meisten der anderen Kids nicht zu geben, nur bei ihr und noch ein paar anderen. Hatte sie überhaupt geschlafen?"

„Tut sie das, ja?", fragte ich, eine Augenbraue erhoben. Zu meiner Überraschung wuffte der Hund mich an und drückte seinen Kopf auf mein Knie. Ich grinste Wisp an. „Okay. Aber jetzt im Moment gibt es wichtigere Dinge, Liebling. Jetzt im Moment müssen wir uns darum kümmern, dass wir alle noch viele Monde erleben, okay?“

Wisp verschränkte die Arme. Wenn sie in den ernsten Modus wechselte, war mein Kind verdammt gerissen. Sie sah alles, bemerkte Dinge, die mir gar nicht auffallen würden, und vergaß nie etwas. „Ich weiß, es ist nicht leicht, Mum. Tut mir leid, dass ich noch so klein bin.“

Weinen war etwas, das Wisp nicht oft tat, es sei denn, sie war ernsthaft verletzt, völlig übermüdet oder beides in Kombination. Der Anflug eines Beinahe-Weinens in ihrer Stimme lag vermutlich darin, dass sie gern so viel mehr getan hätte, vom System aber daran gehindert wurde.

Ich zog sie an meine Seite und drückte sie ganz fest. Ich erinnerte mich nicht, wie lange wir so verweilten. Ihre Haut war warm, ihre Atmung schwer, so als müsste sie ein tief japsendes Schluchzen zurückhalten, und ihr winziger Körper war vollgepackt mit Muskeln aus vier Jahren waghalsigem Training.

Als sie sich von mir löste, hatte sie einen resoluten Gesichtsausdruck aufgesetzt. Wie als sie den Handstandüberschlag rückwärts nicht hinbekommen hatte, es dann aber einfach Stunden um Stunden versucht hatte, bis es endlich klappte. Verdammt, sie konnte so stur sein. „Wir schaffen das, Mum. Wir sind schlau und wir sind stark. Und Jackson ist auch cool. Du. Ich. Und Jackson.“

Jetzt kapierte ich es endlich auch. Ein bisschen schwer von Begriff war ich schon. Sie wollte nicht, dass irgendetwas unsere wacklige Balance als Familie störte. Das konnte ich ihr nicht verübeln.

Ich grinste sie an und verwuschelte ihr das schwarze Haar. „Genau. Wir sind die Kents. Wir schaffen das. Obwohl du dringend mal duschen solltest.“

Sie runzelte die Nase und Hund tat ein paar Schritte zurück, so als sei er unsicher, ob ich womöglich sie beide gemeint hatte. „Aber Mum, müssen wir uns wirklich immer noch waschen? Die Welt geht unter. Ich werde doch sowieso wieder dreckig."

„Waschen. Jetzt." Es bedurfte all meiner Willenskraft, über ihre Feststellung nicht lachen zu müssen.

Sie funkelte mich an, bevor sie sich gemeinsam mit Hund in Richtung der Waschräume davonmachte, doch das Funkeln war bestenfalls halbherzig. Ein Teil von mir wollte ihr folgen, doch ich würde mich bald um die unterentwickelte Verteidigung unserer Stadt kümmern müssen. Es war Zeit für eine Dusche und etwas Schlaf, und dann würde ich mich mit Dolores zusammensetzen, sobald mein Gehirn wieder funktionierte.

❖

10 Tage nach Systemstart – 06:30 Uhr

„Ich wünschte, die würden alle endlich aufhören, mich Dolores zu nennen. Du bist die Einzige, die mich Dor nennt", grummelte die reife Dame, als wir uns in die Bibliothek gesetzt hatten, um uns die Steuerung und die Feinheiten des Siedlungskerns genauer anzusehen. „Bei Dolores fühle ich mich einfach alt."

Ich schaute sie an, und entgegen meiner Absicht bildete sich um meine Mundwinkel ein Halblächeln. Dor hatte einfach so eine Art an sich, bei der ich mich gleich zehnmal ruhiger fühlte, als ich es nach dem Aufwachen heute früh für möglich gehalten hätte. „Wir haben jetzt also dreizehnhundert Leute, ja?“, fragte ich, um mich abzulenken.

„Mehr oder weniger“, murmelte sie und ging dabei einige Listen durch, die sie wohl verstehen konnte, ich aber nicht.

„Das ist gut. Dann werden dich demnächst ungefähr dreizehnhundert Leute Dor nennen“, neckte ich sie und sie sah mich kurz an, bevor sie loslachte.

„Deine Mutter hat dein Mundwerk bestimmt geliebt.“ Halb grinste sie, halb funkelte sie mich an.

Dieses Mal lachte ich. „Ja. Das tut sie. Tat sie.“

Ich wollte nicht schon wieder darüber nachdenken, ob meine Eltern lebten oder tot waren. Ich meine, statistisch war es ziemlich unwahrscheinlich, aber sie waren seit ich denken konnte Prepper gewesen, und alles an ihnen und ihrer Lebensweise machte sie zu Menschen, die auf solche Ereignisse viel besser vorbereitet waren als die meisten.

Aber sie lebten im Hinterland der Gold Coast, unweit von Mount Tamborine. Irgendwann in der nächsten Zeit würde ich versuchen da runter zu kommen und nachzusehen, ob sie überlebt hatten. Doch im Moment konnte ich mir die Gefühle nicht leisten, die es auslöste, wenn ich an sie dachte.

Zu viele Gefühle, und ich würde aufhören zu funktionieren. Das durfte nicht sein. Konnte ich mir nicht leisten. Meine Konzentration hatte sich auf die Kinder und auf Kyle zu konzentrieren. Vielleicht auch noch ein bisschen auf Evelyn und auch auf Ray, Gemma und Jules. Sange und

Molly – die Leute, die schon von Anfang an bei mir waren.

„Einfach atmen, Kleines“, sagte Dor behutsam. „Ich hab nicht nachgedacht. Den Scheiß werd ich nicht mehr erwähnen, in Ordnung?“

Ich nickte, und mein Fokus richtete sich wieder auf unsere Aufgabe.

Zusammengefasster Stand der Besiedlung

Aktuelle Einwohnerzahl: 1342 (Stadt)

Gesammeltes Vermögen der Siedlung: 102.300 Credits (+1,76k pro Tag)

Gesammeltes Mana der Stadt: 1.205 Mana-Punkte (+22 Mana pro Tag)

Steuern: 10 % Umsatzsteuer auf Shop

Einrichtungen von Bedeutung: Noch im Aufbau begriffen

Zauber von Bedeutung: Grundlegende Sammelfelder (Upgrade-Stufen verfügbar, sobald ausreichende Voraussetzungen erfüllt sind)

Verteidigungswerte: Basis-Siedlungsschild Stufe 1 – Upgrade-Stufen verfügbar: 1

Wenn ich mir die Zahlen so ansah, beschlich mich das Gefühl, dass unsere kleine Stadt bettelarm war. „Hast du schon verstanden, was die Schild-Upgrades sind? Oder vielleicht sollten wir die Zauber upgraden – oder was haben wir sonst noch zur Verfügung?“

Es war verwirrend, aber scheiß drauf. Wir würden das schon hinkriegen.

Dor wirkte ein wenig perplex. „Ich bin keine Planungsexpertin. Nestmutter hab ich nur gewählt, um Leute beschützen zu können, und ich hab noch nicht die Levels, um die etwas nützlicheren Skills einsetzen zu können. Ich muss noch mal mit euch rausgehen."

Dor war jetzt auf Level 16 und bekam als Administratorin der Siedlung noch einiges an Erfahrung dazu. Doch sie war weit entfernt von dem Niveau, auf das wir sie kriegen mussten.

„Haben wir das mit dem Abwasser schon geregelt?", fragte ich, denn diese Angelegenheit mussten wir erledigen, wenn wir den zweiten Teil der Quest erhalten wollten.

Das munterte Dolores wieder auf. „Ja! Das hab ich gerade gefunden, bevor du gekommen bist. Ist gar nicht so teuer zu aktivieren. Die hübsche Quest gibt uns mehr oder weniger zurück, was wir ausgeben müssen. Was nur gut ist. Aber wir mussten vorher noch ein paar Einkäufe im Shop machen. War nicht schwer. Hab nur eine Weile gebraucht, bis ich alles gefunden hatte. Ich sollte das jetzt einfach aktivieren können …"

Herzlichen Glückwunsch! Quest abgeschlossen

Eine bewohnbare sichere Zone

Teil eins: Sanitäranlagen

Du hast die Quest mit drei Tagen Vorsprung abgeschlossen. Zehn Prozent Bonus.

Belohnung: 13.200 Credits für die Schatzkammer der Stadt

Neue Quest zugeteilt:

Eine bewohnbare sichere Zone

Teil zwei: Energie

Auf diesem Kontinent wird es allmählich kälter und immer früher dunkel. Da wäre künstliches Licht auf jeden Fall praktisch. Da du ja unbedingt überleben willst, wie wäre es, wenn du deinen Technomancern, Techzards, Energiemanipulatoren und so weiter was zu tun gibst?

Aufgabe: Entwickelt das benötigte Gefäß, um Mana für eure Stadt zu gewinnen und die verlorenen Annehmlichkeiten wiederherzustellen. Das Ganze muss von den Mitgliedern eurer Stadt entwickelt werden, wobei nicht mehr als 25 % der Geräteteile aus dem Shop stammen dürfen.

Belohnung: 20.000 Credits und die Möglichkeit, die Stadt mit Energie zu versorgen. Zugang zum dritten und letzten Teil dieser Quest.

Zeitlimit: 6 Tage

Anmerkung: Diese Quest kann an Personen der entsprechenden Klassen weitergegeben werden, wenn diese nicht bereits über eine Form von Admin-Zugang verfügen.

„Whoa." Ich atmete lange aus, und Dolores stutzte, als sie die gleiche Benachrichtigung ebenfalls erhielt.

Sie hielt inne. „Na, sieht wohl so aus, als würden wir das als Nächstes machen."

„Ja. Nur gut, dass Jackson, Chris, Sarah und die anderen schon daran arbeiten. Muss ihnen jetzt nur noch … eine Deadline geben." Die teureren Upgrades würden wir uns wohl noch eine Weile lang nicht leisten können.

Kyle war kurz davor, den Raum zu betreten. Ich spürte seine Nähe. Seine Mana-Aura hatte eine seltsame Resonanz an sich, so etwas wie eine Leben-oder-Tod-Markierung. Sie schritt ihm voraus und hing ihm auch nach. Seine Stimmung hatte sich seit Hereinbruch dieser Apokalypse gewandelt, und ich wusste nicht recht, ob der Weltuntergang dafür der einzige Grund war. Ein Teil davon, das war zwar nur eine Mutmaßung von mir, doch ein Teil davon hing mit dieser Klasse zusammen, die er da gewählt hatte – mit den Dingen, die er damit anrichten konnte, und der Last, die das mit sich brachte.

„Schon irgendwelche bahnbrechenden Erkenntnisse zur Administratorrolle?“, fragte ich, als er eintrat.

Sein Gesichtsausdruck zeigte in keinerlei Weise an, dass ich ihn überrascht hätte, nur in seinem Gang erkannte ich ein kaum wahrnehmbares Stocken, das mir verriet, dass ich einen Punkt erzielt hatte.

„Nein, aber ich glaube, eine der Damen, die gestern Abend mit uns mitgekommen ist, könnte uns helfen. Sie hat früher in einem der Planungsbüros der Stadt Brisbane gearbeitet, und als das mit den Klassen angezeigt wurde, bekam sie Panik und folgte einfach der Empfehlung.“ Er setzte sich und sah sich ebenfalls die Planungsinfos an.

„Und warum ist sie dann nicht ihr, Junge?“, fragte Dolores, und musste sich wohl zusammenreißen, um ihn nicht anzuschreien. Sie wirkte so pragmatisch und auf Hausverstand ausgerichtet, dass ihr das seltsam flüchtige Bewusstsein meines Bruders vermutlich schwer nachvollziehbar erschien.

Er blinzelte sie an. „Was? Oh, sorry. So viel los gerade, und trotz der gesteigerten Intelligenz hat sich mein Hirn einfach noch nicht daran gewöhnt, wie vielen Gedankenprozessen es jetzt gleichzeitig folgen kann. Fühlt sich die meiste Zeit über wie ein Traum –“

„Kyle!“, rief ich aus, meine Laune mühsam im Griff haltend, als er schon wieder abzuschweifen drohte. „Warum ist sie nicht hier? Wie heißt sie?“

„Oh. Ihr Name ist Sienna. Sie kümmert sich erst noch um ihre beiden Kinder.“ Er sah mich fragend an, weil ich dafür ja wohl Verständnis haben sollte, und ich unterdrückte den bösen Blick, der ihn von meinem Gesicht aus anspringen wollte. „Sie wird gleich hier sein.“

Ich wollte auf mein Handgelenk schauen, wo bis vor kurzem meine mittlerweile nutzlos gewordene, mit dem Internet verbundene Uhr gehangen hatte. Keine Uhr zu haben nervte. Noch mehr nervte es, dass überhaupt niemand eine Uhr oder ein Mobiltelefon hatte. Wie sollte man da nach jemandem sehen, wenn er zu spät war? Und alle Meetings mussten immer im Vorhinein schon vereinbart werden. Es war, als lebten wir wieder in den Neunzigern.

Jetzt blieb uns nichts mehr außer der Zeit auf dem verdammten Interface in unseren Köpfen, und wir mussten immer von der US-Zeit vorrechnen, weil die verdammte Uhr in US Eastern Standard Time war. Geld – ich sollte mich viel eher auf das viele Geld konzentrieren, das uns das alles kosten würde.

„Alle Steuern und Abgaben wandern direkt auf das Konto der Stadt. Zum Beispiel Steuern auf Verkäufe und auch Käufe aus dem Shop?“ So jedenfalls sah es für mich aus, sonst hätte ich mir nicht erklären können, woher unsere winzige Stadt ihre bisherigen Credits hätte beziehen sollen.

Dor verengte die Augen und vollzog ein paar Wischgesten, bevor sie nickte. „Ja, so ist es. Diese erste Verkaufszahl stammt wahrscheinlich aus den anfänglichen paar Tagen? Normalerweise sind das dann wohl so was wie wöchentliche Einnahmen. Wir hatten das Zeug ja gehortet, bis wir es endlich abladen konnten. Aber später kommen auch Monster mit höheren Levels, also höherwertige Beute, also …“ Sie hob die Achseln. „Aber wir werden eine Menge mehr brauchen, wenn wir die Grenzen über das Center und den Parkplatz hinaus ausdehnen wollen.“

Ich schaute mir ein paar der Optionen durch. Wie zum Beispiel eine Ausdehnung und der Aufbau physischer Mauern. Dann gab es noch Zäune, Stahlzäune, Steinwälle, Metallwände … das eine teurer als das andere, und allein schon ein Ring um das aktuelle Gelände hätte uns all unser Erspartes und mehr gekostet.

Schlafen. Ich wollte nichts als weiterschlafen, dabei war ich eigentlich gar nicht müde. Es war nur so, dass ich im Schlaf nicht hätte denken müssen, und im Moment hingen mir die Zahlen schon zum Halse raus.

„Wollen wir die existierende Verteidigung upgraden und dann erweitern, wenn wir mit der Expansion beginnen können?“, fragte ich und biss mir dabei auf die Lippe.

Kyle schüttelte den Kopf. „Ich glaube nicht. Soweit ich sehe, führt diese Stadtsache dazu, dass es verschiedene Level von Besitz und Eigentümerschaft gibt. Die Leute können offenbar sparen und dann ihren eigenen Grund kaufen, aber wenn niemand etwas kauft und die Stadt es sich ebenfalls nicht leisten kann, sie zu erwerben und auszubauen, dann müssen wir aufpassen, uns nicht zu sehr auszudehnen. Glaube ich?“

Sarah steckte den Kopf herein, ihre roten Haare unverwechselbar.

„Stör ich gerade?“, fragte sie und kam dann sowieso hereingehüpft.

„Nein.“ Das war zwar gelogen, aber ich mochte Sarah. Sie war in

Ordnung. „Was gibt's?“

„Das Wasser läuft! Der Gestank ist weg, und es ist absolut fabelhaft, und ich wollte einfach Danke sagen.“ Sie errötete etwas, obwohl ich wusste, dass sie alles andere als schüchtern war. War wohl nur ein Reflex.

Dolores erhob sich und drückte Sarahs Schultern. „Gut. Und weil du gerade hier bist. Wir haben da einen Job für dich.“

Ich lachte, als Sarahs Gesicht einen erschrockenen Ausdruck annahm, bevor Dolores die Energie-Quest erklären konnte. Als ich mich gerade wieder an Kyle wenden wollte, stutzte ich.

Schritte erklangen und eine Manawelle setzte mich von der ankommenden jungen Frau in Kenntnis. Sienna erschien in der Tür, das Gesicht eingerahmt von dichtem Haar mit prächtigen braunen Locken.

„Sorry, dass ich zu spät komme. Die Kinder wollten einfach keine Ruhe geben.“ Sie lächelte und untermauerte so aufrichtig ihre Entschuldigung. Sie war viel kleiner als ich, beinahe so zierlich wie Molly, vielleicht so um die 1,57. Ich fürchtete, mein Herz würde gleich stehenbleiben.

„Kein Problem“, konnte ich gerade so hervorpressen, und fragte mich, wann ich wohl meine eigene Sprache verlernt hatte.

Kyle sah mich an, vor den Augen ein Schleier, so als hätte ihn auch gerade irgendwas am Kopf getroffen. „Im Prinzip sollte uns deine Klasse helfen, das Stadt-Interface vollständig zu verstehen. Ein paar Sachen haben wir schon geschafft, aber …“

Ich bewunderte meinen Bruder, nicht sicher, wie er es hingekriegt hatte, dass seine Worte tatsächlich eine sinnvolle satzartige Struktur annahmen.

„Hervorragend. Gebt mir ein bisschen Zeit, dann mach ich Nägel mit Köpfen. Wir richten uns rechtzeitig eine Mauer her und zeigen diesen Jägern ordentlich, worauf sie sich gefasst machen müssen." Siennas Stimme war getragen von einem Singsang, der mich in den Schlaf wiegen wollte, und nachdem ich ihr Zugang zu den Verwaltungsfunktionen gegeben hatte, machte sie sich ans Werk. Ihre Augen waren wie dunkler Bernstein, lebhaft und wunderschön.

Doch als sie den Blick von mir löste und mit Dor sprach, hob sich dieser seltsame Druck auf meinem Geist ein Stück. Gerade genug, um zu kapieren, was vor sich ging.

Charisma. Was auch immer ihre Klasse bewirkte, was auch immer sie für uns alle bedeutete, ihr Charismawert musste unglaublich hoch sein. Ich hätte den Boden anbeten wollen, auf dem sie wandelte. Sie war zwar auch wunderschön, doch diese verhexte Aura an ihr, die ich nun erkannte, war verdammt gefährlich.

Großartig. Jetzt mussten wir uns sogar schon voreinander in Acht nehmen.

Ihr habt aber auch echt alles abgefuckt, galaktischer Rat, dachte ich an die Stimmen in meinem Kopf gerichtet. Leider reagierten sie mit Schweigen.

Wir unterhielten uns zunächst über die neu aktivierte Sanitärinfrastruktur und ein paar kleinere Details, bevor wir zur Verteidigung kamen. Ich hätte eine solide Mauer bevorzugt, die man auch betreten konnte, doch Mike, der etwas später dazugestoßen war, und Kyle waren nicht so begeistert. Sie befürworteten eher eine unsichtbare Option.

Den Rest des Tages verschwendeten wir Zeit, die wir für Levelaufstiege hätten nutzen können, damit, die Stadtverteidigung zu diskutieren. Es gestaltete sich schwieriger, als ich je für möglich gehalten hätte.

Aber Garden City brauchte Mauern, es brauchte Abwehrmöglichkeiten, denn wir würden diesen Ort auf keinen Fall kampflos aufgeben.

❖

Es dauerte, bis die Mauern errichtet waren, und in den kommenden Tagen konnten wir nichts tun außer zusehen, wie sie in die Höhe wuchsen. Während wir anderweitig beschäftigt waren.

Unsere Level würden schließlich auch nicht von alleine in die Höhe klettern, und nachdem ich nun schon bei 20 war, dauerte es mittlerweile unendlich viel länger. Mike teilte bereits die Wachmannschaften für die Mauern ein. Ich stand unten und sah hinauf zu einem der drei Türme, seine eindrucksvolle Höhe bewundernd. Noch nie hatte ich Treppen so sehr gehasst wie in diesem Moment. Ein schlichter Vierkantturm mit einfachem Tor und einem Ausguck fünf Stockwerke weiter oben, von dem aus man einen guten Blick über das umgebende Land hatte.

Garden City war riesig, um die einhundertvierzigtausend Quadratmeter. Mehr Tore wären mir lieber gewesen, aber es war schon mal ein Anfang.

Es war nun eine von einer Steinmauer umgebene Stadt, die wir verteidigen konnten, auf der Menschen patrouillieren konnten und für die

Sicherheit unseres kleinen Rückzugsortes sorgten.

Die Mauer waren knapp vier Meter hoch, nicht besonders viel, aber besser als nichts. Die Tore befanden sich an drei verschiedenen Stellen der Umfassung und wurden schwer bewacht. Na ja, so schwer, wie wir eben konnten. Gegen Monster und gelegentliche Menschen. Obwohl wir Überlebende nach wie vor hereinließen, solange sie nicht aussahen, als wollten sie uns angreifen.

Die Atmosphäre im Inneren hatte sich ebenfalls ein wenig verändert. Weniger gedrückt und da und dort versehen mit einem Klecks Hoffnung. Unsere Leute redeten miteinander, und die Kinder spielten, wodurch in den gefliesten Hallen immer wieder Gelächter und Freudenschreie widerhallten.

Wisp schien sogar eine Freundin gefunden zu haben. Ein Mädchen, das in ihrem Alter zu sein schien, dessen Namen ich aber noch nicht aufgeschnappt hatte. Die Mädchen standen bewacht von Hund vor einer Traube Kinder und sprachen zu ihnen. Die kleineren Kinder spielten auf dem Indoor-Spielplatz, den es schon in der Mall gegeben hatte. Der kleine Bereich war unter Einbeziehung des Kaufhauses sogar vergrößert worden. Das Café, das ich früher so gemocht hatte, war nicht mehr.

Hatte sich gelohnt.

Wir hatten etliche Dutzend Kinder hier. Nicht gerade eine ganze Generation, aber immerhin ein Anfang.

Viel mehr, als ich erwartet hatte, um ehrlich zu sein. Diese Welt war nicht gerade überlebensfreundlich, ganz besonders nicht für kleine Menschen.

„Die vertragen sich echt gut."

Plötzlich stand Sienna neben mir. Wusste sie um die Wirkung, die sie auf die Menschen ausübte? Ich hatte Glück, dass meine Wahrnehmung und Willensstärke mich etwas verspätet hatten erkennen lassen, was sie da machte, selbst wenn es unbewusst geschah. Ich war nicht ganz sicher, was sonst noch hätte passieren können.

Stadtplanerinnen waren wohl quasi Politikerinnen und deshalb vermutlich auf ihr Charisma angewiesen, um ihren Willen durchzusetzen. „Ja. Wisp war immer schon unverblümt kontaktfreudig. Sie ist gut darin, ihre Gedanken zu äußern."

Sienna lächelte und ein Schatten huschte über ihr Gesicht. „Solche Menschen braucht Aisha. Sie bleibt mehr für sich, wenn sie jemanden nicht kennt. Aber dann muss ich mir ja jetzt nur noch um meinen Sohn Sorgen machen."

„Sohn?"

„Rolo."

„Wie alt ist er?", fragte ich aus Höflichkeit.

Ihr Charisma, auch wenn ich es erkannte und auch wenn ich davon wusste, war nur schwer abzuwehren. Ohne meine bereits recht hohen Attribute wäre ich erledigt gewesen. Nicht dass sie unaufrichtig gewirkt hätte, nicht wirklich. Aber …

Verdammt.

Ich brauchte mehr geistige Widerstandsfähigkeit.

„Rolo ist zwölf, aber er ist nicht …" Sie hielt inne, und jetzt konnte ich sehen, woher der Schmerz in ihrem Schatten kam. „Er sieht die Welt in bunten Farben, durch seine Schwester, durch mich. Ich weiß nicht, ob dieses neue Zeitalter etwas ist, womit er zurechtkommen kann.“

Ich wusste nicht recht, wie ich die Sache am besten angehen sollte, doch ich konnte die Sorgen förmlich fühlen, die in Wellen von ihr ausströmten.

„Das System, die Fähigkeit, zu quantifizieren und zu erklären, auszuarbeiten … das wird ihm wahrscheinlich gut liegen.“ Ich beobachtete, wie Rolo einen Bereich betrachtete, in dem ich nichts erkennen konnte, so als sei er Zeuge einer magischen Tanzvorführung. Doch der Ausdruck von Erstaunen auf seinem Gesicht sagte mir, dass er vermutlich viel mehr sehen konnte, als er sollte.

„Denkst du, er ist in Sicherheit?“ Sienna zögerte, so als hätte sie sich bisher keine Hoffnung erlaubt.

Ich nickte, mit einem Mal verdammt überzeugt. „Sobald wir diese Stadt und ihre Verteidigung im Griff haben und genug Leute sammeln, um uns zu wehren? Dann glaube ich, dass er selbst eine große Rolle für unsere Sicherheit spielen wird.“

Sie starrte mich einen Moment lang an, bevor sie langsam zu nicken begann. Vielleicht glaubte sie mir gar nicht, doch in diesem Augenblick fühlte sich mein Umgebungs-Mana an, als würde ich gerade von fünf kleinen Hundewelpen abgeschleckt, die alle überglücklich waren, mich wiederzusehen.

Ich vermutete, dass ich auf dem richtigen Weg war. Und wenn nicht, dann wollte ich mich wenigstens heute trotzdem der Illusion hingeben.

Kapitel neunundzwanzig: Dungeonwelt

12 Tage nach Systemstart – 07:00 Uhr

„Es spielt keine Rolle, wie viele Verteidigungsanlagen wir hochziehen. Wenn wir uns alle dahinter verstecken und nicht in der Lage sind, unser volles Potenzial auszunutzen, weil unsere Level um die 20 stagnieren? Dann spielt überhaupt nichts mehr eine Rolle."

Es war nicht das erste Mal, dass ich wünschte, Rays Eisritter-Klasse würde sich auch auf seine hitzköpfige Persönlichkeit auswirken. Er war gereizt, nicht dass ich es ihm hätte verübeln können.

Wir hatten zwei Tage hinter uns, in denen wir uns mit dem System-Menü befasst, kleine Level-Expeditionen losgeschickt und uns eine Ordnung überlegt hatten, die uns stärker machen sollte. Ich bekam das Gefühl, dass Ray der Lagerkoller übermannte.

Sienna arbeitete leise gemeinsam mit Dor in einer Ecke, die Köpfe zusammengesteckt. Mike stand ihnen bei und ging immer wieder neben dem Tisch in die Knie, um mit ihnen zu reden. Bewachung, Gebäude, Steuern, Rationen …

Die Welt war untergegangen, die Bürokratie hatte überlebt.

Das Handbuch, das wir bekommen hatten, war idiotisch rudimentär. So sehr, dass es beim aktuellen Stand unserer Level mehr oder weniger nutzlos war.

Wir hatten nun in etwa ein Dutzend auf zwanzig oder drüber, allerdings niemanden über 22, und es war mittlerweile Tag zwölf. Uns blieben nur noch fünf Tage. Ich glaubte zwar nicht, dass wir plötzlich Level 50 erreichen und zu Superhelden werden würden, doch ich hegte die Hoffnung, dass wir es bis Mitte 20 schaffen konnten.

Aber wie wir unsere Situation in nur fünf Tagen grundlegend ändern sollten, das wusste ich nicht.

„Wir brauchen quasi-ungefährliche Gebiete für Levelaufstiege“, sinnierte Kyle, indem er laut dachte.

Alle Blicke richteten sich auf ihn. Er saß bei 21 und war einer derjenigen, die schon am längsten stagnierten. Über 20 fühlte sich jeder Erfahrungspunkt wie Zähneziehen an.

Er räusperte sich und fuhr fort. „So mein ich's nicht. Mir ist durchaus bewusst, dass es nirgends außer hier drin wirklich sicher ist.“

Chris lachte und gab Sarah einen Drücker. „Es ist halt so, dass wir immer nur die frischen Spawns gekillt haben, und die neuen Mutationen, bevor sie genug Zeit hatten, sich durch Kämpfe untereinander im Level zu steigern. Sobald wir aus dieser weniger gefährlichen Zone, die wir da geschaffen haben, rausgehen, mache ich mir echte Sorgen um uns.“ Chris schaute verlegen, und die Stimmung wurde angespannt.

„Das ist ein verdammt gutes Argument.“ Dales Stimme zeigte nicht die Spur von Fröhlichkeit. „Klar, wir waren ein paar Stunden draußen, aber wir waren mit zwölf bis fünfzehn Gruppen unterwegs. Mittlerweile kämpfen wir gegen Dinger, die so einfach sind, dass wir kaum Erfahrung bekommen.“

„So wie wenn sie für uns grau hinterlegt worden wären, wisst ihr. Wie in Spielen“, steuerte Jackson bei. Er nahm nur halbherzig an dem Gespräch teil. Seine Finger waren eifrig damit beschäftigt, an einem Gerät herumzubasteln, das er entwickelt hatte, um den Fluss des Umgebungs-Mana zu messen.

Die Arbeit an dem Energiegerät nahm leider den Großteil der Zeit von Jackson, Chris und Sarah in Anspruch, ganz zu schweigen die anderen Kids wie zum Beispiel Darren. Aber wir brauchten das Ding eben. Aus vielen Gründen, von denen einer auch war, dass ich endlich mal wieder einen anständigen verdammten Kaffee trinken wollte.

„Dann müssen wir unser Level-Gebiet wieder ausweiten." Evelyn seufzte und verschränkte die Arme. „Weiter rausgehen. Die sichereren Gebiete hier in der Nähe den unteren Levels und kleineren Teams überlassen, bis sie vielleicht so bei 16 sind. Dann machen sie ihren Abschluss und dürfen mit uns erfahreneren Leuten mit, die das Level weiter vorschieben, indem wir unser Territorium vergrößern."

Das ergab zwar Sinn, doch irgendwas daran ließ die Haare in meinem Nacken zu Berge stehen. Sehenden Auges in die Gefahr zu laufen, war früher nie so mein Ding gewesen. „Klingt nach einem guten Plan. Jede der großen Gruppen muss zwei der Kleinen mitnehmen, um den Weg in unsere neuen Gebiete zu ebnen. Levels bis 15, dann 16 bis 18, dann 19 und darüber."

Das Gebiet außerhalb unserer bisherigen Reichweite würde zwangsläufig schwierigere Gegner aufweisen, weil sie dort die ganze Zeit über untereinander hatten kämpfen können. Nur, wie schwierig war zu schwierig?

Einen Sprung von zehn Levels konnten wir nicht riskieren. Je höher diese Kreaturen waren, desto härter konnten sie austeilen, und desto gefährlicher wurden sie. Scheiße, ich hatte schon lange den Eindruck, dass unser Überleben in der australischen Apokalypse von Anfang an nie vorgesehen war.

Mein Bruder war schweigsamer als gewöhnlich. Das war schon so, seitdem er uns am siebten Tag gefunden hatte, fast eine Woche nach Beginn unseres Albtraums. Wir waren gewachsen, wir hatten begonnen, ein kleines Nest der Zivilisation aufzubauen, mitten in unserem Spielplatz aus Teenagerjahren.

Warum fühlte ich mich dann so furchtsam?

Evelyn trat vor, so als wollte sie etwas sagen, hielt dann jedoch inne, hielt die Hand an ihr Ohr und schaute dann in die Runde. „Die Späher sind unterwegs und versuchen rauszukriegen, mit welchen Levels wir so in etwa rechnen müssen, wenn wir den Bereich verlassen, in dem wir die Viecher bisher mehr oder weniger unter Kontrolle gehalten haben."

Ich nickte. „Wie lange wird es dauern, bis wir ein paar Ziele anvisieren können?"

Die Waldläuferin zuckte mit den Achseln. „Ich habe gerade eine Gruppe Späher rausgeschickt –"

Doch sie stoppte mitten im Satz, und ihr Gesicht wurde bleich, wodurch ihr sonst olivfarbener Teint einen Graustich bekam. Sie hielt sich besorgt eine Hand vor den Mund. Panisch hatte ich mich bisher noch nicht gefühlt, jetzt allerdings schon. Was immer sie uns zu sagen hatte, es würde uns ganz sicher nicht gefallen.

Die Bücherei, beziehungsweise das Hauptquartier, wie wir sie nun bezeichneten, war auf seltsame Weise im Gleichgewicht. Irgendwie leise, irgendwie aber auch wieder nicht. Weder Dor noch Sienna schien das alles zu berühren. Sie unterhielten sich weiter, während die Anspannung immer mehr wuchs.

Endlich hob Evelyn den Kopf und sah uns an.

„Die Idee ist gut, und in den meisten Gebieten gibt es viele Orte, wo die Kreaturen, mit denen wir anfangen wollen, so zwischen Level einundzwanzig und neunundzwanzig sein werden." Sie holte tief Luft und presste die Kiefer aufeinander.

Was nun auch kam, es schien ihr besonders schwer zu fallen. Ich widerstand dem Drang, zu ihr zu gehen und ihre Schulter zu tätscheln oder ihre Hand zu drücken, während sie damit rang. Schließlich wusste sie selbst, wie man stark blieb.

„Wie es scheint, beginnt sich keine achthundert Meter von uns ein Kerker zu bilden. Es ist noch nicht zu einhundert Prozent bestätigt – damit sind die Späher in diesem Moment beschäftigt." Sie ließ die Neuigkeit fallen wie einen Sack voller Steine.

Ich ließ meine Finger nun doch über ihre Schulter streichen, um sie wissen zu lassen, dass ich da war, falls sie mich brauchte. Sie sah mich dankbar an, bevor sie meine Hand kurz drückte und dann wegschob.

„Wo?" Ich hatte gar nicht bemerkt, wie Jules den Raum betreten hatte. Vielleicht war sie auch die ganze Zeit über schon hier gewesen.

Evelyn hielt kurz inne und entließ die Worte dann in einem Schwall. „MacGregor High School, gleich hinter der Autobahn."

❖

Die Mac Gregor High School war verdammt nah. Nur einen Steinwurf weit entfernt.

Ray zuckte mit den Achseln, offenbar unbeeindruckt. „Hat's nicht geheißen, wir seien jetzt eine Dungeonwelt? Das war doch eine der vielen Benachrichtigungen gleich am Anfang? Sie hätten sich mit ihren neun oder zwölf oder was-weiß-ich wie vielen gelangweilt. Das wird ja wohl heißen, dass hier bald überall Kerker auftauchen werden."

Ich meine, die Entfernung betrug ja immerhin doch fast einen Kilometer. Wahrscheinlich war es nur logisch, dass ich die Manakonzentration dort nicht gespürt hatte. Wahrscheinlich sollte ich meine Mana-Wahrnehmung doch ausweiten. Ein Kerker benötigte bestimmt massenweise Mana. Zeit. Ich brauchte mehr Zeit für das alles, um es besser zu verstehen.

Es war ja keine Fernsehsendung, in der ich Folgen auslassen und dann später nachschauen konnte. Hier etwas zu verpassen, konnte zu Nebenwirkungen wie Tod, Dahinscheiden und, äh, sterben führen.

„Und? Was ist der Plan? Wir gehen uns den Kerker ansehen, oder was?" Gemmas Mut war größtenteils wiederhergestellt, seit der Rigoll ihr beinahe das Fell über die Ohren gezogen hatte.

Ihre Augen funkelten hell, beinahe zu sehr, und ich fragte mich schon, ob sie womöglich irgendeine Superdroge gefunden hatte, die ihr geholfen hatte, das alles so rasch zu verarbeiten.

„Ich meine, das ergäbe Sinn." Kyle hatte sich zu Wort gemeldet, und erneut überkam mich anhand seines Tons das Gefühl, als beteilige er sich an dem Gespräch nur so halb, trotz der Wichtigkeit des Themas. Erneut lief mir ein Schauer über den Rücken. Ging es ihm wirklich gut? Später.

Nachdem das alles gelaufen war, würden wir noch Zeit genug haben. Er fuhr fort, als versuchte ich nicht gerade, mit den Augen Löcher in ihn zu bohren. „Vielleicht mit was? Einer Gruppe? Zwei?“

Dieses Mal schaute er direkt zwischen Evelyn und mir hin und her, als hätten wir sämtliche Gaming-Antworten parat. Nur weil er sich entschieden hatte, Chirurg zu werden, bedeutete das noch lange nicht, dass ich sämtliche Nächte meiner Studienzeit vor dem Computer am Zocken verbracht hatte.

Nur ein paar davon.

Blöde Zwillings-Schuldgefühle.

Ich räusperte mich. „Zwei. Lieber ist mir, wir nehmen zu viel Feuerkraft mit anstatt zu riskieren, zu wenige zu sein und überrannt zu werden.“

„Solide Strategie.“ Evelyn schaute herüber und zwinkerte mir zu, was mich aus irgendeinem unerklärlichen Grund wie wild erröten ließ. „Molly und Sange … meine einzige Sorge ist, ich hätte gern einen zweiten Tank dabei. Wir haben vier ausgewiesene Heiler, aber wir brauchen mehr Leute, die was einstecken können.“

Chris hob ihre Hand. „Ich hab an ein paar der Optionen in meiner Klasse gearbeitet. Bin noch nicht ganz so weit, aber ich glaube, ich habe genügend Technologien adaptiert, um helfen zu können. Für das Energiegerät hab ich, was ich brauche, dafür müssen nur erst noch ein paar andere Sachen geregelt werden. Aber sobald ich bei 20 bin, kann ich ziemlich effektiv als Tank arbeiten.“

Evelyn hob eine Augenbraue, und mir fiel auf, wie nervös Sarah zu sein schien, so als stimme sie der Aussage ihrer Partnerin ganz und gar nicht zu. Sie zwirbelte aufgebracht eine Strähne ihres grellroten Haares um den Mittelfinger, ließ sie los und fing gleich wieder von vorne an.

Die Bogenschützin senkte letztlich den Blick und nickte mit verschränkten Armen. „Na gut. Wenn du weißt, was du tust, nehm ich dich beim Wort."

Als ich die Gruppen im Kopf durchging, stellte ich fest, dass wir vermutlich doch zu viele waren und dass es mehr Sinn ergab, die Jungs hierzulassen, weil ich ansonsten vor allem darauf konzentriert wäre, Darren und Jackson zu beschützen. Wodurch ich mich selbst und möglicherweise auch eine Menge anderer Leute in Gefahr begab.

„Jackson, Darren", rief ich, doch bevor ich überhaupt etwas sagen konnte, verdrehten sie bloß die Augen und funkelten mich böse an.

„Schön. Wir wissen schon, was du sagen willst. Wir sollen nicht zum Mitternachtssnack werden." Jacksons Missmut war überhaupt nicht zu überhören, und er versuchte ihn auch gar nicht zu verbergen.

Darren stupste ihn sanft an, bevor er sich meldete. „Wir verstehen das. Elterninstinkt und so. Wir wollen's euch nicht schwerer machen, als es eh schon ist."

Das war vermutlich die längste Abfolge an Worten, die ich Darren hatte von sich geben hören, seit wir uns vor fast zwei Wochen zum ersten Mal begegnet waren. Er hatte einen leichten Singsang in der Stimme, den er wahrscheinlich von seiner Mutter geerbt hatte. Seine stille und unauffällige Natur hatte die Tatsache vor mir verborgen, dass er ganz schön groß war, vermutlich jetzt schon über 1,80. Jackson war vermutlich eifersüchtig – mit seinen ganzen 1,52. Er hatte mich noch nicht eingeholt.

Noch nicht.

Ich war froh, dass Darren sein Freund war.

„Danke. Und jetzt zu dem, was wir wirklich brauchen." Ich ging auf die beiden zu und bedeutete auch Chris und Sarah, mir zu folgen. „Wie läuft es mit der Technik? Schaffen wir die Deadline? Ich meine, ich will nicht nerven, aber wir haben nur noch knapp vier Tage Zeit."

Chris sprang ein. „Wir sind mehr oder weniger so weit, warten eigentlich nur noch, bis Jackson und Darren im Level aufsteigen und Zugriff auf ein paar Fähigkeiten bekommen, die sie haben. Außerdem brauchen Sarahs Feinheitslevel für ihre komplexen Arbeiten –"

Sarah schnitt ihrer Partnerin das Wort ab, unfähig, ihren Enthusiasmus im Zaum zu halten. „Ja! Die Pläne hab ich schon, aber wir müssen fast alles selbst bauen, ansonsten kriegen wir keine Punkte für die Quest. Gestern Nacht hab ich mir anstatt zu schlafen noch einige Verbesserungen einfallen lassen."

Dann verstummte sie und ein verlegener Ausdruck huschte über ihr Gesicht, als ihr klar wurde, wie ausgelassen sie gerade über ihren Energie-Technik-Kram geschwärmt hatte.

„Sorry. Ist nur so, dass wir gerade ganz kurz vor mehreren großen Durchbrüchen stehen. Oder jedenfalls glaube ich, dass es Durchbrüche werden. Die Sache ist die, wir müssen diese ganzen Schritte abhaken, damit wir die Gegenstände ersetzen oder nachbauen können, die ich im Shop aufgetrieben habe und die Sachen ins Rollen zu bringen!" Dann sah sie zu Chris auf und verstummte erneut, die Wangen beinahe so rot wie ihre Haare.

Ich sah zwischen den beiden hin und her. „Also, dann glaubt ihr also im Grunde, dass ihr es bis zur Deadline schafft?“

Chris nickte mit Nachdruck und wandte sich dann an Sarah. „Bleib du hier. Arbeite mit den Kids und pass auf, dass sie nichts kaputtmachen. Wir sind so kurz davor, uns wieder eine Energiequelle zu schaffen.“

Jackson und Darrens Enttäuschung war weggewischt und von Eifer ersetzt worden. Basteln mit Sarah schien plötzlich viel besser zu sein als ein Kerker und der drohende Tod. Plötzlich fehlte mir meine beste Freundin Aria. Sie hatte meine Pflanzenobsession besser verstanden als jeder andere Mensch, doch sie war letztes Jahr weggezogen. Den ganzen Weg bis Perth. Ich konnte nur hoffen, dass sie überlebt hatte.

„Dann wäre das also geklärt.“ Evelyn schaute sich um und ich sah, wie sie in ihrem Kopf kurz überschlug, wen wir schon dabei hatten und welche Angriffs- und Verteidigungsoptionen zur Verfügung standen.

Meine Klasse war ein Rätsel: Eine Unterstützungsklasse mit der seltsamen Fähigkeit, angreifende Meuten, Kreaturen oder Invasionen vorherzusehen, mit Erdwällen um sich zu schmeißen et cetera. Super nützlich.

Am Ende einigten wir uns auf Kyle, mich, Chris, Dale, Molly, Sange, Evelyn, Ray, Tasha, Jules und Gemma. Evelyn schien aber nicht zufrieden. „Das sind keine zwei vollen Gruppen.“

„Wir haben doch noch Zeit, oder?“, fragte Tasha, deren Selbstbewusstsein seit Marks Verschwinden nie ganz zurückgekehrt war. So wirklich hatten wir seine Leiche nicht gefunden. Vielleicht redete sie sich noch immer ein, er könnte noch leben.

Evelyn schüttelte den Kopf. „Jetzt oder nie. Dor und Sienna werden die niedrigeren Levels, die bisher nur in der Sandkiste gespielt haben, anleiten, sich ein bisschen weiter rauszuwagen. Den Rest unserer nichtkämpfenden Klassen organisieren wir weiter und teilen sie ein. Aber was den Kerker angeht, müssen wir bald handeln, wenn nicht sofort."

„Oh." Tasha schien zögerlich, ihr Blick voller Beklemmung.

Dor meldete sich zu Wort. „Wir haben jetzt ungefähr dreißig Prozent Kampfklassen, siebzig Prozent andere. Fast vierhundert Kämpfer ist eine ziemliche Zahl, aber nur ein kleiner Teil von euch ist nahe der 20er-Marke. Geht euch also mal ansehen, was dieser Kerker zu bieten hat. Es ist ein Baby-Kerker. Noch im Entstehen, richtig? Oder gerade erst fertig. Mana-Verrücktheiten gibt's da sicher, aber dafür habt ihr ja Kira. Ihr macht das schon."

Sie lächelte mich an, als hätte sie gerade die beste Ansprache der Welt gehalten, als würde alles in Ordnung kommen, solange ich dabei war.

Aber kein Druck oder so.

Kapitel dreißig:
MacGregor-Dungeon

12 Tage nach Systemstart – 10:00 Uhr

Die MacGregor High School sah noch genau so aus, wie ich sie aus meinen Tagen der interschulischen Sportwettkämpfe in Erinnerung hatte. Mehr oder weniger jedenfalls. Schülerinnen in grünen Shorts und grünen Polohemden mit rotem Saum, wie sie unsere Gegnerinnen getragen hatten, gab es keine mehr. Alles war verlassen. Von Menschen zumindest.

Angesichts der entstellten und mutierten koboldartigen Kreaturen, die auf dem Parkplatz umherzottelten, konnte ich es den Leuten nicht übelnehmen.

Ich wusste gar nicht, was genau mich an Kobolde denken ließ. Diese Teile hatten keine grüne, von Warzen übersäte Haut, stattdessen war sie kränklich grau. Fast wie zombifizierte Versionen oder so. Ihnen fehlte auch das niedliche vorstehende Kinn und die großen braunen Augen, dank derer man sie am liebsten aufgehoben und geknuddelt hätte. Sie entsprachen also keinem der Kobolde, denen ich je in einer Sage begegnet war.

Nein, diese hier hatten raue, entstellte und ergraute Haut. Sie wirkte dick, und ihre beinahe leblosen grauen Augen waren tief in ihr Gesicht versunken, sodass sie aus gewissem Winkel überhaupt keine Augen zu haben schienen. Es war gut zu wissen, dass nicht alle der Kreaturen, denen wir begegneten, ihr Leben auf der Erde begonnen hatten, denn diese Kerle hier hätten echt übel mutiert sein müssen, um am Ende so auszusehen.

Sie zu analysieren, gab mir wenig bis gar keine Erkenntnisse. Nur noch mehr Verwirrung.

Orbtralon-Wächter Level 19

Elite

Sie waren also tatsächlich keine Kobolde. Diese Typen waren also härter als die normalen Monster. Verstanden. Kreaturen wie diesen Wächter hatte ich zuvor noch nie gesehen. Der Rigoll war ein Elite-Boss gewesen. Aber diese hier waren Elite-Wächter. Es war einschüchternd, einem Elite-Mob gegenüberzustehen, aber wir waren ja doch zwölf Leute, einschließlich des Neuen, den Evelyn sich geschnappt hatte. Keine Ahnung, wie sein Name lautete, aber immerhin trug er kein rotes Shirt. Auf diese Weise sollte niemand mit dem Glück scherzen.

Zwei der Wächter standen jeweils zu einer Seite des Schuleingangs. Flammen zuckten aus steinernen Urnen, die vor der Apokalypse ganz bestimmt noch nicht dort gestanden hatten, und ich war mir sicher, dass das, was da drinnen auf uns wartete, zuvor auch noch nicht da gewesen war.

Evelyn gab uns mit Handzeichen zu verstehen, wir sollten ihren Befehlen folgen, und das war mir nur recht. Kämpfen? War nicht so mein Ding.

Kyle hingegen – mein lieber, ernster, lernbegieriger, lebensrettender Kyle – er schien das alles auf eine Weise zu genießen, die ich mir nie hätte träumen lassen. Die Apokalypse veränderte einfach alles und vermutlich auch jeden.

Der erste Orbtralon-Wächter bekam einen Eiszapfen ins rechte Auge. Einen Moment lang wankte er von links nach rechts, bevor er umkippte und dadurch seine Freunde alarmierte. Aus dem Augenwinkel konnte ich Ray blinzeln sehen, so als hätte er selbst nicht mit so einem heftigen Treffer gerechnet. Es war derselbe Skill, wie er ihn gleich zu Anfang eingesetzt hatte, nachdem er seine Klasse gewählt hatte, und ich wusste, dass er einen Haufen Mana verbrauchte.

Drei der Orbtralons schrien markerschütternd und rannten auf uns zu. Chris schlug mit etwas, das wie ein Stück Metall aussah, auf den Boden. Sobald es auftraf, faltete es sich auf beide Seiten auseinander und formte einen Schild, wie eine größerer Version der Polizei-Schutzschilde, die man aus dem Fernsehen kannte. Magie sprühte daraus hervor und legte sich um uns, wodurch wir hinausschießen konnten, jeder Schaden durch ankommende Zauber jedoch automatisch reduziert wurde.

„Nice", sagte ich zu Chris und machte mich daran, einen Weg zu finden, Schaden auszuteilen, ohne allzu viel Mana zu verbrauchen.

Bluttransfer hier, Mana-Absaugung da. All das half, unsere Gegner zu schwächen. Letzteres funktionierte natürlich nur bei Mana-basierten magischen Kämpfern.

Das Mana um mich herum fühlte sich turbulent an, so als sei es irritiert durch unsere Störung. Schließlich versuchte es hier gerade einen Kerker aufzubauen.

Das Mana war echt, es war überall, und ich wurde nie das Gefühl los, dass es mir irgendetwas Reales mitzuteilen hatte.

Herzlichen Glückwunsch! Dir wurde eine Quest zuteil.

Was genau zum Teufel ist denn nun eigentlich Mana?

Ziele: Finde heraus, was Mana genau ist. Es existiert schon länger, als irgendwer zurückdenken kann. Immer da, antreibend, abwartend, beobachtend, urteilend, entscheidend. Mana ist, war und wird immer sein, doch irgendetwas in dir erregt seine Neugier, ganz zu schweigen von deiner eigenen.

Finde heraus, was Mana ist und entdecke den Schlüssel zum Universum

Belohnung: Wissen ist Macht, wusstest du das nicht?

Was für eine schräge Scheißbenachrichtigung. Indem ich mich unter meinen Freunden umsah, konnte ich nicht umhin zu vermuten, dass einer von ihnen vielleicht rausgekriegt hatte, wie man sich in die Köpfe anderer Leute hackt und mir einen Streich gespielt.

Aber sie waren alle schwer beschäftigt, und mir war klar, dass in einer so ernsten Lage niemand zu derartigen Scherzen aufgelegt war. Ich war außerdem ziemlich sicher, dass außer mir niemand eine Benachrichtigung erhalten hatte.

Ein Blitzen von Mana funkelte in meinem Augenwinkel, als wollte es mir zuwinken, mir sagen, ich sollte die Quest annehmen. Nicht, dass ich überhaupt hätte nein sagen können. Schließlich hatte es sie mir einfach gegeben. Systemquest vielleicht?

Und dann hatte ich keine weitere Zeit mehr, über komische Quests nachzugrübeln.

❖

Ich stützte mich auf die Überreste meines zweiten Baseballschlägers. Die gute alte Eisenkeule. Wobei ich nicht so sehr außer Atem war, wie ich es hätte sein sollen. Das System hatte nämlich eine Menge an meiner Konstitution und Ausdauer verändert, einschließlich des nun vollständigen Entfalls meiner Knieschmerzen nach dem jahrelangen Volleyballtraining.

Die Meute in der MacGregor High School war ein Graus. Und sie wollte gar kein Ende nehmen.

Zum Glück hatten wir mehr Leute dabei als absolut nötig. Je mehr, desto besser, das war ein unumstößlicher Fakt.

„Kira! Links!“

Ich wusste gar nicht mehr, welche Stimme zu wem gehörte. Doch ich reagierte, schwang den Schläger nach links und hörte einen befriedigend dumpfen Aufprall, als ich traf, was auch immer sich da gerade auf mich stürzen wollte. Der Schläger war längst nicht mehr die beste Wahl. Ich brauchte dringend etwas Besseres. Vielleicht hatte der Shop ja was. Vielleicht würde die IJSA uns ja auch Geschenke mitbringen. Wer konnte das wissen?

Anscheinend schob ich überhaupt alles bis nach der Sache mit der IJSA auf. Das Gespräch mit meinem Teenie, nachzusehen, ob es meinem anderen Kind mit ihrem seltsamen Hundebegleiter auch echt gut ging, mit Evelyn über diese ganze Dating-Geschichte reden, die sie sich da ausgedacht hatte, weitere Informationen über das System auftreiben …

Die verdammte Liste hörte gar nicht mehr auf. Aber eine Waffe, mit der man nicht bloß im Nahkampf jemandem den Schädel einschlagen konnte? Das stand ganz weit oben.

Die Gedanken jagten einander in meinem Kopf, während ich Erdbarrikaden hochzog, Wasser abschöpfte, wo immer es ging, und wartete, bis Erdrutsch eine Option war. Fast schon mechanisch. Wir befanden uns in einem solchen Tanz sich wiederholender Bewegungen, dass ich über Zeug nachdachte, das in einem Kampf vermutlich nichts zu suchen hatte.

Kakerlaken, halb so groß wie mein gesamter Körper, krabbelten ebenfalls in den Reihen der Orbtralons umher, die Panzerung dank ihrer absurden Größe mächtig dick. Selbst ihre Augen waren deutlich zu sehen und wirkten nun seltsam intelligent. Mir schauderte jedes Mal, wenn ich eine davon zerknüppeln musste, bis der Glibber herauszuquellen begann.

Ihre Schalen waren echt hart zu knacken.

Noch mehr Orbtralon-Wächter warfen sich ins Getümmel, und sie kreischten uns an, wenn wir ihre Haustiere zermalmten. Nach mehr als zwölf Tagen hätten mich koboldartige Wesen mit Kakerlaken als Kuscheltiere kaum mehr verstören sollen, taten sie aber dennoch. Daran würde sich wohl auch so bald nichts ändern.

Wir schlugen uns bisher wacker, aber ein Vorbeikommen gab es nicht an dieser Koboldstadt. Wir mussten uns stattdessen einfach hineinstürzen. Die Gänge im Inneren erinnerten nicht mehr an eine Schule, sondern bestanden nun aus Felsstrukturen, allesamt sauber miteinander verbunden, und die Klassenzimmer waren bloß noch

Höhlen. Kreaturen versteckten sich dort drinnen, bereit zum Angriff, doch wir waren gefasst und arbeiteten uns immer weiter vor. Nie wagten wir uns mit weniger als vier Leuten auf einmal in eine Höhle.

Heiler. Tanks. Verstärkung.

Alle für einen und einer für alle, so machten wir unkenntlichen Brei aus den Dingern. Vielleicht lebten wir dabei auch ein bisschen unsere Angst und unseren Frust aus. Albträume dauerten normalerweise ja nicht lange, doch jetzt … steckten wir für den Rest unseres Lebens in einem fest, es sei denn, wir übernahmen selbst die Kontrolle.

Und holten uns unsere Würde zurück.

Ich schlug einem weiteren Orbtralonier von links auf den Schädel ein. Dieses Mal aber sah ich, dass er kein Wächter, sondern ein Offizier war. Anstatt unter dem Treffer einzuknicken, wie die anderen, oder auch nur lange genug benommen zu sein, damit ich ein zweites Mal hätte ausholen können, grinste der Kerl mich nur an und schwang mit der Faust nach mir, weil ich mich doch tatsächlich so von meinen Gedanken hatte ablenken lassen, dass ich viel zu dicht dran war.

Ich riss gerade noch rechtzeitig den Schläger hoch und wurde nur zurückgestoßen und am Arm getroffen, während gleichzeitig irgendwas in meiner Hand verdreht wurde. Der Offizier setzte mir nach, die Augen funkelnd vor Boshaftigkeit und Tücke.

„Hilfe! Offizier erwischt“, schrie ich.

Ich nahm an, dass er härter sein würde als die Wächter, und verdammt noch mal, wie recht ich hatte. Nun schwang er einen gewaltigen dornenbesetzten Kriegshammer. Trotz der Größe des Dings führte er ihn gewandt. Es spielte keine Rolle, dass seine Haut rissig und rau war, grau und voller Warzen. Der Offizier war ein Meister seiner Waffengattung.

Mein Baseballschläger und meine kümmerlichen Fähigkeiten waren nutzlos, was ich auf die harte Tour lernen musste, als der Hammer mit voller Wucht gegen meine Wade krachte. Er hatte das Ding hoch über den Kopf geschwungen und dann rasch komplett herumgerissen, als ich die Arme zur Deckung hob. Der Hammer bewegte sich schneller, als ich es je für möglich gehalten hätte.

Ich hörte die Knochen splittern, als sie unter dem Druck barsten. Der gleißende Schmerz raubte mir beinahe die Sicht, und ich schrie mit einer Stimme auf, die gar nicht zu mir selbst zu gehören schien.

Ich schlug heftig der Länge nach hin, doch den Schmerz des Aufpralls spürte ich gar nicht mehr. Ein weiterer Hieb mit der Rückhand erwischte mich im Sturz, streifte jedoch nur meine Hüfte. Ich zitterte vor Schmerzen. Dann ließ er von mir ab, weil er ein, zwei Blasts von meinen Freunden abwehren musste. Doch kurz darauf stand er wieder über mir, den Hammer hoch erhoben.

Bilder meiner Kinder blitzten vor meinem geistigen Auge auf. Der Gedanke daran, dass sie in dieser Hölle ohne Eltern zurückbleiben würden, fachte meinen Zorn an. Ich trat mit meinem unversehrten Bein wild um mich, wobei die bereits wieder zusammenwachsenden Knochen im zweiten verrutschten. Doch wild um sich treten funktionierte. Ich erwischte den Offizier.

Das überraschte ihn und brachte ihn für einen kurzen Augenblick aus dem Gleichgewicht. Es reichte, um den Hammer neben meinem

Kopf einschlagen zu lassen, anstatt direkt darauf. Stein zersprang und Splitter prasselten auf mich nieder. Einer schnitt mir in die Wange, ein zweiter blieb in meinem Hals stecken.

Schnittwunden und gebrochene Knochen waren nichts in einer Spielewelt, die uns schneller heilten, als wir „Oh mein Gott!“ schreien konnten. Und diese Kreatur war ebenfalls nichts. Auf keinen Fall würde sie sich zwischen mich und meine Kinder stellen.

„Fick dich!“, brüllte ich, als sich meine Hand um seine Wade klammerte und ich die Wasserabschöpfung aktivierte, in die ich all meine Wut und all meinen Zorn legte. Gleichzeitig löste ich auch noch Bluttransfer aus und sah fasziniert zu, wie sämtliche Flüssigkeit aus dem Körper des Offiziers verschwand und meinen Gesundheitsbalken füllte. Die Augen traten ihm heftig aus dem Schädel hervor, während er vor meinen Augen entleert wurde. Am Ende platzten sie in einer Dusche aus Augenflüssigkeit und Blut.

Als meine Wade schon nicht mehr wehtat und alle Knochen wieder an ihren Platz zurückgeknackt waren, sackte er neben mir zu Boden, und der Kriegshammer glitt aus seinen leblosen Händen und fiel scheppernd knapp neben mir auf den Stein.

Erst da begriff ich, dass ich die ganze Zeit über weiter gebrüllt hatte.

Kapitel einunddreißig: Beutebeschränkungen

12 Tage nach Systemstart – 14:00 Uhr

Kriegshammer der Orbtralon-Häuptlinge

Glückwunsch! Du hast einen Kriegshammer der Orbtralon-Häuptlinge gewonnen. Um diesen Gegenstand zu erhalten, muss ein Orbtralon-Häuptling, auch bekannt als Offizier, verschiedene harte Herausforderungen meistern, etwa seine sieben Ausbildungsoffiziere im Nahkampf zu besiegen.

Kampfwert-Modifikationen:

+10 % Kraft

+5 % Konstitution

+10 % Mentale Widerstandsfähigkeit

Waffenanforderungen:

Kraft: 26

Intelligenz: 60

Wahrnehmung: 50

Warnung: Du erfüllst nicht die Anforderung, um diese Waffe zu führen.

Warnung: Da du die Anforderungen nicht erfüllst, ist es dir nicht möglich, das volle Potenzial dieser Waffe einzusehen.

„Verdammt.“ Ich knurrte, als ich den Hammer in meinem Inventar ablegte. Ich meine, wie viele Leute hatten bitte diese ganzen Attribute in solcher Stärke? Die Anforderungen schienen mir viel zu weit hergeholt, und umso mehr wollte ich genau diesen Hammer verwenden.

Die Paranoia ließ mich zögern, ob ich wirklich Punkte in Kraft investieren sollte, um ihn führen zu können, weil, na ja, weil er mir fast den Schädel zertrümmert hätte. Vielleicht war das ein Omen. Stärke war das Einzige, was verhinderte, dass ich ihn benutzen konnte. Die übrigen Kriterien erfüllte ich schon.

Ich konnte nicht umhin, mich zu fragen, ob das eine Falle war? Wenn es zu gut aussah, um wahr zu sein, dann war es das für gewöhnlich auch.

Doch andererseits, konnten wir – konnte ich – einen solchen Vorteil ausschlagen? Falle hin oder her? Nach einer Sekunde schüttelte ich den Kopf, verschob die Entscheidung und schloss mein Inventar.

Später.

Level 21. Wir hatten einiges an guter Beute eingesackt und etliche waren im Level aufgestiegen. Ich wollte unbedingt diese Waffe haben. Ich wollte in der Lage sein, mich selbst und meine Kinder zu verteidigen. Es hatte mich ziemlich getroffen, wie kurz davor ich gewesen war, im letzten Kampf getötet zu werden. Geplättet.

Das durfte ich nicht zulassen. Meine Kinder konnte es sich nicht leisten, ihre Mutter zu verlieren.

Und verdammt noch mal, ich wollte auch nicht sterben.

Ich hatte gemeinsam mit nur vierzig Prozent der Menschen dieser Erde den ersten beschissenen Tag überlebt. Ich würde mich nicht geschlagen geben. Als Australierin lebte ich ohnehin schon an einem der gefährlichsten Orte des Planeten. Ohne Kampf würde ich nicht untergehen.

„K?“ Kyle stand vor mir, Sorge im Gesicht. Er war völlig besudelt mit Orbtralon-Blut, überzogen von einem grauen Film.

„Alles gut. Nur. Das war knapp.“ Ich wusste, dass er verstand, was ich meinte.

Er kniete sich vor mich, als ich die sauberere Luft der Stadt einsog und dabei einen kleinen hysterischen Anfall niederrang.

„K. Den Kindern geht’s gut, und du bist am Leben. Und wenn du an den Skills noch weiter arbeitest, mit denen du dich da drin verteidigt und den Mob plattgemacht hast? Dann wird sich daran auch nichts ändern.“ Er lehnte sich vor und gab meiner Stirn einen sanften Kuss. „Außerdem bin ich immer da und geb dir Rückendeckung.“

„Obwohl da etwas ist, das du mir verschweigst, stimmt’s?“ Die Worte verließen meinen Mund, bevor ich sie einfangen konnte, doch ich wusste, draußen war besser als drinnen.

Dennoch legte sich ein Schatten über sein Gesicht, als er erkennbar mit der Antwort rang. „Später. Es ist … später.“

Dann sah ich ihm hinterher, als er sich abwandte und nach dem Rest der Gruppe sah, mich zurücklassend.

Ich schalt mich dafür, ihm womöglich die Konzentration geraubt zu haben, die er zum Leben retten brauchte. Zumal ich seit Level siebzehn keine meiner übrigen Attributpunkte verteilt hatte, lagen jetzt zwölf davon bei mir rum. Ich hätte also absolut meine Stärke hochfahren und den verdammten Hammer benutzen können.

Ich konnte die Attribute außerdem aber auch dafür nutzen, den Tod nicht mehr so nahe an mich ranzulassen wie eben gerade.

Der Gedanke blieb hängen, während wir alle uns wieder bereitmachten, um zurück in den Kerker zu kehren und weiter vorzurücken. Im Shop konnte man bestimmt alles kaufen. Ich hatte mir noch nicht die Zeit genommen, wirklich genau zu untersuchen, was wir mit dem Shop tatsächlich alles anstellen konnten. Aber verdammt noch mal, ich musste stärker werden.

Die Kaverne war leer, abgesehen von unserer Gruppe und den geplünderten Orbtralon-Leichen.

Evelyn stupste mich in die Rippen und erschreckte mich, zumal ich sinnlos rumgesessen war und mich in Selbstvorwürfen gesuhlt hatte.

„Siehst mürrisch aus.“ Sie hielt inne, und als ich aufsah, nickte sie. „Ja. *Mürrisch* ist das richtige Wort für dein Gesicht.“

„Ich mach dein Gesicht auch gleich mürrisch“, brummte ich gereizt.

Evelyn platzte lachend heraus,

Evelyn brach in Gelächter aus, das von den Steinmauern um uns herum widerhallte. Klar, das machte bestimmt auch noch den letzten Bewohner dieses Ortes auf uns aufmerksam, doch es war ein schöner Klang.

„Mein Gesicht mürrisch machen. Klaaaaar machst du das. Erklärst du mir auch, wie du das anstellen willst?“, fragte sie mit einem Flüstern so voller Heißblütigkeit, dass ich doch tatsächlich schon wieder errötete.

„Klappe. Wir haben Monster zu killen.“ Ich stieß mich hoch, ohne ihr erneut in die Augen zu sehen.

Es war ein komisches Gefühl, diese kokette Reaktion inmitten eines adrenalingetränkten Ausflugs in ein Monsternest. Vielleicht hatte das auch mit der Angst und den Ahnungen zu tun, die mich zu erwürgen drohten. Und dennoch, war Evelyn schon beinahe von Beginn an bei mir. Das war wohl Teil unseres Dings. Es hatte etwas Beruhigendes an sich, jemanden bei sich zu haben, mit der gemeinsam man die erste Woche überstanden hatte und die noch immer nicht gestorben war.

Ein lautes Kreischen schrillte durch die Hallen, und als ich hinsah, erblickte ich eine fledermausähnliche, humanoide Gestalt, die sich von einer ehemaligen Treppe herab in unsere Richtung stürzte. Gefolgt von vielen weiteren.

Viele australische Schulen waren Außenschulen, auch wenn sich seit meiner Schulzeit einiges geändert hatte. Es waren separate Gebäude mit Außenveranden und zwei bis drei Treppen in unterschiedlichen Abständen entlang des Gebäudes. Das war schon irgendwie cool.

Die MacGregor war in einen riesigen Dungeon verwandelt worden bzw. wurde gerade in einen solchen verwandelt, was erforderte, dass das Gestein durch und über die Gebäude wuchs, die einst hauptsächlich aus Holz und Ziegeln bestanden hatten, auch wenn die Hallen oft mit Metall verkleidet waren. Hier und da waren die Gesteinsschichten noch nicht ganz verfestigt, und man konnte einen Flecken Himmel erahnen.

Der Kampf von eben mit dem Offizier hatte wohl in der Höhle des ersten Gebäudes stattgefunden, weshalb dahinter noch etliche Eingänge folgten. Und die nächste Höhle schien wohl das Zuhause dieser Fledermausaffen zu sein.

Die zehn letzten Sekunden hätte ich mal besser damit verbracht, mich auf den anfliegenden Schwarm Affenfledermausdinger gefasst zu machen. Einer stand ganz hinten, oben auf dem Podest, wo einst die Treppe geendet hatte. Ich prüfte ihn.

Wingridemu-Vatertier

Level 18 Elite

Rudelführer

Oh toll. Genau, was wir jetzt brauchten. Evelyn zog sich mit Kyle und Ray nach hinten zurück, denn ihre Waffen oder Zauber hatten allesamt eine Fernwirkung.

Ich schüttelte den Kopf, als ich mich auf die Viecher konzentriere, die uns zu umkreisen begannen. Der Streithammer in meinem Inventar fühlte sich schwer an, und er schien mich locken zu wollen, indem er sagte: *Hey, ich mach dir Hackfleisch aus den Kerlen. Nimm mich, du willst es doch auch.*

Nope. Fürs Erste musste ich mich auf meinen altbewährten, halb kaputten Baseballschläger verlassen. Ihn und sämtliche Mana-Fähigkeiten in meinem Repertoire.

Die Fledermausviecher erhoben sich in die Luft, und auch wenn sie nicht sehr lange fliegen konnten, reichte es doch aus, um die Schwerkraft so lange auszuhebeln, dass sie einen Sturzangriff starten konnten. Sie tauchten herab und hätten sich auf mich geworfen, wären sie nicht vorher voll gegen den Schild geprallt, den Chris erneut über uns geworfen hatte.

Ich fühlte, wie der Schirm um uns vibrierte und zu reißen begann. Er würde nicht ewig halten, und damit wäre die Schadensminderung ebenfalls hin. Kyle ließ auf uns alle einen Regenerations-Buff wirken, außer auf Ray und Evelyn, die für gewöhnlich nicht direkt in der Schusslinie standen. Ich konnte des Leben aus seinem Zauber durch mich pulsieren spüren.

Das Teamwork von Sange und Molly war atemberaubend tödlich. Mollys Turmschild konnte jetzt verschiedene Formen annehmen, Speere in alle Richtungen vorstehen lassen, sich zu einem kleinen Panzer verwandeln, in dem sie Schutz suchen konnte, wenn sie von zu vielen angegriffen wurde, und um den sie bei Bedarf rotierende Klingen sausen lassen konnte.

Sange war zwar von dem Rigoll hart getroffen worden, doch jetzt trumpfte they auf. Theys Bewegungen waren jetzt irgendwie extremer, so als müssten they etwas beweisen. Und Mollys Gesundheit erhielt nicht einen Kratzer.

Und dann bekam ich selbst auch einen Wingridemu ab. Der Bums, den der Kontakt meines Schlägers mit dem Torso eines der Rudelmitglieder auslöste, pflanzte sich bis in meine Arme aus und bereitete mir Übelkeit. Die Kreatur flog nach hinten, die Flügel angelegt, als ich ihm die Luft aus den Lungen knüppelte. Einer von Evelyns Pfeilen traf sie daraufhin direkt ins Auge, doch das Vieh war noch immer nicht tot. Tapfer mit den Flügeln um sich schlagend, kreischte es auf eine Weise, dass mir die Ohren bluteten.

Der Einzige, der sich nicht ins Getümmel gestürzt hatte, war der verdammte Rudelführer, denn der konzentrierte sich voll und ganz auf Molly. Das machte mich mal wieder froh, kein Tank zu sein. Die Schläge, die sie bei jedem Treffer des Dings einstecken musste? Nicht mein Ding.

Tasha nahm ihre Wirbelwind-Haltung ein. Keine Ahnung, ob die Fähigkeit wirklich so hieß, aber so sah sie jedenfalls aus, und seitdem sie ihre sämtlichen Punkte in Geschicklichkeit und Kraft geschüttet hatte, zusätzlich zu ihren Levelaufstiegen, war sie um ein Vielfaches stärker geworden. Ihre Klingen wirbelten in verschlungenen Bahnen um sie herum, denen ich kaum noch mit den Augen folgen konnte, deren Effekte aber deutlich zu sehen waren. Sie tanzte durch das Rudel und glitt allmählich auf mich zu.

Nachdem sie Mark verloren hatte, war ihr Fokus geschwächt gewesen, doch jetzt kehrte er mit dem Zehnfachen zurück. Entschlossenheit, gepaart mit schierer Willenskraft. Ihre Schwerter glitten durch Flügel, Haut und Knochen, als wären sie Butter, und um ihren Wirbel herum ging auf uns alle ein Sprühregen an Blut nieder.

Als die Viecher alle verstümmelt und flugunfähig waren, konnten wir anderen wieder unsere Arbeit aufnehmen. Es war viel einfacher, ein Monster aufs Korn zu nehmen, wenn es nicht dauernd außer Reichweite fliegen konnte.

Es hatte gar nicht so ausgesehen, als hätte Tasha sich anstrengen müssen. Während mein Schläger einem Wingridemu den Schädel einschlug, fragte ich mich, ob ein Teil von ihr nicht gleichzeitig insgeheim hoffte, in all dem Gemetzel vielleicht zufällig doch von einem von ihnen erwischt zu werden.

Evelyns Pfeile fanden ihre Ziele mit einer Präzision, bei der es mir unter der Haut kribbelte. Ich war heilfroh, dass sie auf unserer Seite war. Auf ihrem Bogen schimmerten nun Runen, die mir zuvor nicht aufgefallen waren. Vielleicht ein Upgrade, den sie strahlten jedes Mal, wenn ihre Treffsicherheit wieder zuschlug.

Wir pflügten uns durch das Rudel. Rays Eislanzen. Kyles umgekehrte Heilung. Jules' Schild. Chris' Schutzwand. Die perfekte Einheit von Molly und Sange. Gemmas austeilende Fähigkeiten und Tashas wirbelnde Klingen.

Wir alle nur ein Haufen aus überlebenden Menschen.

Als alle von den leichteren Wingridemus tot waren, machten wir uns daran, Sange und Molly zu unterstützen, die dem Rudelanführer bisher gemeinsam mit Gemmas messerstechender Hilfe schon gut zugesetzt hatten. Er war kein richtiger Boss und schon so gut wie tot, also machten wir kurzen Prozess.

Als das Ding auf dem Boden lag, schnappte ich nach Luft und bemerkte, dass meine Erfahrungspunkte sich kaum rührten. Ich wusste ja, dass die benötigte Erfahrung für die weiteren Level ab 20 gestiegen war, aber verdammt noch mal. Ich hatte törichterweise angenommen, die Mobs würden exponentiell wertvoller werden. Ich war zwar vorhin gerade so auf 21 gekommen, aber 22 lag noch in weiter Ferne.

Wir plünderten die Leichen, doch nichts Besonders ploppte auf. Nicht, dass ich große Erwartungen gehabt hätte. Schließlich wären diese Dinger in der Sprache unserer alten Spiele nichts weiter als Gruppen-Trashmobs gewesen. Dennoch hatte ich das Gefühl, irgendwas zu übersehen.

Ich fühlte mich erschöpft. Erst als mein Bruder auf mich zukam und sich niederkniete, wo ich mich zum Durchschnaufen auf den Boden hatte sinken lassen, fiel mir auf, dass ich noch immer dort saß. „Und, was hast du dir mit deinem neuen Fertigkeitspunkt geholt?“

Ich blinzelte ihn an. Neuer Fertigkeit … oh Shit.

Ich spürte förmlich, wie ich auf die Frage hin errötete, und Kyle gluckste. „Hast es vergessen, was?“

„Klappe. Ich bin zu alt für das hier!“, gab ich zurück.

Er lachte erneut, und ich wollte ihm gleichzeitig eine scheuern und ihn umarmen. Aber wir waren schließlich nicht mehr in der vorapokalyptischen Erd-Highschool. Im Wesentlichen kämpften wir alle um unser Leben. Also grummelte ich stattdessen etwas und aktivierte dann meine blauen Bildschirme, Quell unablässigen Verdrusses, um die neuen Informationen durchzugehen. Obwohl wir den Innenhof hier mehr oder weniger gesäubert hatten, war mir klar, dass ich nicht ewig Zeit hatte.

Die Monster wussten, dass wir hier waren. Früher oder später würden sie uns holen kommen.

Ich rief den Fähigkeitenbaum auf und sah mir die neue Ebene an Skills an, die ich endlich kaufen konnte. Welcher Idiot gab Fähigkeitsabschnitte auf Level 20 frei, vergab aber erst bei 21 wieder Fertigkeitspunkte? Was für ein verbuggtes System machte denn so was?

Ich schüttelte den Kopf und schaute mir die verfügbaren Fähigkeiten an.

Baumgesang, Muttererde und Einpflanzung.

Ich las noch ein zweites Mal. Einpflanzung war bei richtiger Anwendung ganz schön cool. Vielleicht? Es sei denn, ich verstand da irgendwas falsch.

Einpflanzung

Nicht jede Fähigkeit richtet sofort Schaden an. Einige Zauber erfordern zu ihrer Nutzung Geschick und Erfahrung, und Einpflanzung ist einer von ihnen. Pflanzen Sie einen Samen von Macht und Wachstum in einen Gegner ein, welcher Mana und Schaden von Angriffen, die auf den Gegner wirken, absaugt. Wenn der Samen erblüht, wird ein Teil des Schadens und der Gesundheit an die Umgebung zurückgegeben und als Schaden ausgeteilt.

Dauer: 10 Sekunden

Effekt: Pflanze einen Mana-Samen in die Brust deines Gegners ein. Während der Dauer der Einpflanzung absorbiert der Samen einen Teil des dem Gegner zugefügten Schadens. Das absorbierte Mana wird in einer Explosion mit einem Radius von maximal 5 Metern um den Feind zurückgegeben, sobald der Samen vollständig aufgegangen ist. Die Explosion gibt den Beteiligten Lebenspunkte, Mana und Ausdauer zurück.

Sollte das Ziel sterben, bevor die Bombensaat ihren Countdown abgeschlossen hat, sind alle Vorteile verwirkt. Nutze dies mit Bedacht.

Mana, Ausdauer und Lebenspunkte in Höhe von 75 % des absorbierten Schadens werden an alle Ziele im Umkreis von 5 Metern zurückgegeben. 25 % des absorbierten Schadens werden dem ursprünglichen Ziel zusätzlich als Schaden zugefügt.

Achtung! Das Ziel kann pro Minute nicht mehr als einmal mit diesem Zauber belegt werden.

Ja. Eindeutig ja. Als ich die Auswahl abgeschlossen hatte, fühlte ich ein kurzes Frösteln, als hätte sich gerade etwas aktiviert. War ja wohl auch so.

Indem ich mich mit meinem nunmehr beinahe unbrauchbaren Baseballschläger auf die Beine drückte, dankte ich mir selbst dafür, im Inventar noch einen Ersatz mitgenommen zu haben, auch wenn er sicher nicht die beste Waffe war. Sobald wir hier fertig waren, musste ich mir Zeit nehmen und mir ganz genau überlegen, was die beste Vorgehensweise war in Hinblick auf mich und diesen Hammer.

So ein hübscher Hammer.

„Hey." Ray joggte herüber zu mir, nachdem Gemma sich zum Spähen aufgemacht hatte. Ich wunderte mich, dass sie überhaupt wieder spähen gehen *wollte*, nach der Scheiße, die beim letzten Mal passiert war, aber letztlich blieb ihr ja auch nicht viel anderes übrig.

„Selber hey. Was kann ich für dich tun?" Ich verzog innerlich das Gesicht, als ich das Echo meiner Mutter in meinen eigenen Worten hörte.

Da fragte ich mich, wie viel von ihr im Laufe der Jahre sonst noch auf mich abgefärbt hatte. Nicht, dass das etwas Schlechtes gewesen wäre. Sie war ein großartiger Mensch. Liebevoll, unterstützend, fürsorglich, abenteuerlustig und streng, wenn es sein musste. Die meiste Zeit jedenfalls.

Und bei so viel Schwelgen in Erinnerung, überhörte ich doch tatsächlich, was er gesagt hatte. Ich schüttelte den Kopf und unterbrach ihn.

„Sorry. Gehirnfurz. Was hast du noch mal gesagt?“

Er lachte, warum wusste ich nicht. „Dieser Dungeon scheint viel größer zu sein, als wir erst dachten. Wie tief rein, meinst du, sollten wir gehen, bevor wir umkehren?“

Ich blinzelte ihn an. Warum fragten sie das mich? Vielleicht weil ich im Center meine Kids hatte und sie wissen wollten, ob es mir recht war, dass wir so lange wegblieben. War es zwar nicht, aber für den Moment wusste ich ja, dass sie in Sicherheit waren.

„Na ja, bis wir so ungefähr verstanden haben, wie das hier funktioniert, nicht? Wir haben keine Ahnung, ob die Dinger respawnen können. Wir wissen nicht genau, was der Grund oder die Funktion des Kerkers überhaupt ist. Und bisher wurde noch niemand ernsthaft verletzt. Das System kümmert sich ohnehin um das meiste selbst.“

„Dann machen wir also weiter, bis wir rausgefunden haben, wie die Dungeons in dieser Dungeonwelt funktionieren?“ Rays Augen funkelten, aber nicht vor Fröhlichkeit.

Ich konnte praktisch sehen, wie sein Gehirn Überlegungen in Erwartung dessen anstellte, was wir noch vorfinden würden. Er war wissbegierig, wollte dieses Rätsel unbedingt lösen.

Und zu meinem völligen eigenen Erstaunen, stellte ich fest, dass ich mich selbst auch darauf freute. „Ja. So machen wir’s.“

Kapitel zweiunddreißig: Im Auge des Betrachters

12 Tage nach Systemstart – 16:00 Uhr.

Für mich das Schlimmste am MacGregor-Kerker waren die ständigen Hinweise darauf, dass hier bis vor kurzem noch eine Schule gestanden hatte. Tische ragten aus den nun versteinerten Wänden und Böden hervor, deren magerer Inhalt herausquellend wie der Lebenssaft unserer verlorenen Jugend.

Hmm. Das fühlte sich melancholischer an … als ich mich fühlte. „Hey, Leute, wartet kurz. Irgendwas stimmt hier nicht."

Denn genau wie neulich mit Sienna, verhielt ich mich nicht wie ich selbst. Etwas war komisch.

Ich hatte genug Wahrnehmungsfähigkeit, um das zu bemerken, aber nicht genug Verständnis dieser neuen Welt, um den Grund dafür zu sehen.

Jules sprach zum ersten Mal, seit wir den Dungeon betreten hatten. Ihr blondes Haar war noch immer mit Blut von der Orbtralon-Schlacht beschmutzt, aber dadurch sah sie irgendwie aus wie eine Kriegerprinzessin. All ihr Fokus lag für gewöhnlich auf Heilung, auf unserem Schutz und darauf, dass wir nicht am Ende tot dalagen. Lobenswert. „Ja, ich bin total aufgebracht, aber ich weiß nicht warum."

„Schön und gut." Evelyn sprach schroff. „Und was machen wir jetzt?"

Ich konnte Dale praktisch denken hören, er würde sich gar nicht verletzlich fühlen – so ein Haufen Mist – als sein Gesichtsausdruck sich wandelte. „Scheiße. Ich glaube, du hast recht. Es bringt Erinnerungen an die Kindheit zurück und daran, wie hilflos Kinder sind. Es sind die Schultische, die Überbleibsel und Erinnerungen dieses Ortes."

Er wurde bleich, und mir war klar, dass er an Darren dachte.

„Und wie finden wir diesen Manipulator?" Sange sprach leise, während theys Augen umherhuschten. Theys stille Selbstsicherheit war zurückgekehrt. „Jetzt weiß er natürlich, dass wir nicht darauf reinfallen."

„Besondere Vorsicht klingt doch nach einem guten Plan." Gemmas Stimme bebte, während sie sich umsah, ein sanftes blaues Leuchten ausstrahlend, das sie umgab wie eine Hülle. „Das fühlt sich so gleich an. Fast wie bei dem Gedankenkontrollglibber, nur nicht ganz. Ein bisschen anders schon, nicht so aggressiv. Eher so, als wollte es uns dazu bringen, aus eigenen Stücken einzuwilligen. In seine Falle zu gehen."

Ihre Worte verstummten, und ich konnte nur daran denken, wie exakt richtig ihre Worte sich anhörten. Vernünftig sogar, trotz der unübersehbaren Furcht in ihrem Blick.

Nebel begann um unsere Füße zu wabern, hob die verstreuten Bücher und Stifte, Blöcke, Lineale, Textmarker und Kreidestücke auf. Sie tanzten durch die Luft, schneller und schneller, bis sie schließlich Form annahmen …

Und zwar einen Blob aus Lernmaterialien.

Ich sah das Ding mit offener Kinnlade an. Alle außer Gemma wirkten mehr verwirrt als interessiert zu sein. Sie dagegen schien das Ding in Angst und Schrecken zu versetzen.

Die Kreatur bestand aus Büchern, unterstützt hier und da von ein paar Stiften und Blöcken. Dann riss sie ihr Maul auf und brüllte uns an.

Es klang wie der T-Rex in jener Szene, wo sie im Auto vor ihm zu flüchten versuchen. Laut und allumfassend wurden wir so sehr im Getöse gefangen, dass sich mein Gehirn plötzlich wie Matsch anfühlte.

Das Arschloch hatte uns betäubt.

In meinem Augenwinkel tauchte ein Timer auf. Nicht mal auf die Analyse hatte ich Zugriff. Ein kleiner Kreis zählte meine Betäubungszeit herunter. Fünf Sekunden. Im normalen Leben waren fünf Sekunden nichts.

Am Beginn einer Schlacht jedoch eine Ewigkeit.

Mana schwappte um meine Beine, so als wollte es mich erreichen und mir helfen. Aber ich hatte keine Fähigkeiten, die sich im betäubten Zustand hätten einsetzen lassen, und die blaue Welle um mich herum glitzerte irritiert, als der kleine Zähler auf vier sprang.

Die Kreatur rumpelte vorwärts, langsam auf ihr Ziel zu. Gemma konnte sich nicht rühren. Ihr Gesicht war vor Entsetzen verzerrt, und ich sah, wie die Erinnerungen vor ihren Augen vorbeiflimmerten. Obwohl ich nicht wusste, was sie gesehen hatte, ahnte ich, dass es grauenvoll sein musste.

Drei Sekunden, und ich konnte nichts tun, als ein scheinbar gewaltiger Kiefer – dieser nicht aus den Dingen in diesem Raum bestehend – sich öffnete und um ihren gesamten Oberkörper legte.

Nein.

Wir durften sie nicht verlieren. Ich weigerte mich, das passieren zu lassen. Ich versuchte das Mana mit Willenskraft zum Helfen zu zwingen, meinen Körper in Bewegung zu setzen, doch nichts gehorchte. Ich konnte nichts tun als zusehen.

Zwei Sekunden verblieben, und das Maul war beinahe geschlossen. Ich konnte es bereits vor mir sehen, das Blut und die verbliebenen Körperteile, wie sie im Raum verteilt wurden, über uns. Zorn kochte in mir hoch. Dazu würde es nicht kommen.

Am Rand meines Sichtfelds nahm ich eine Bewegung wahr und befürchtete das Schlimmste, da wir nun vermutlich von allen Seiten angegriffen würden. Doch es war nicht der Feind. Es war Chris. Ihre Klasse oder ihre genauen Fähigkeiten hatte ich bis jetzt nicht wirklich begriffen. Doch was es auch war, es hatte ihr ermöglicht, früher aus dem Schock auszubrechen und loszuspurten, auf Gemma zu.

Alles in Zeitlupe und während der Timer an der Zwei-Sekunden-Marke vorbeischrammte, konnte ich zusehen, wie Chris Gemma wegkatapultierte, sich Bild für Bild fortbewegend, und wie sie unsere Späherin im wahrsten Sinne dem Tode aus dem Maul entriss, bevor sie ganz langsam gegen die Wand dahinter prallte. Blut explodierte und spritzte überall im Raum umher, doch es stammte nur von einem Teil ihrer Gliedmaßen, die die Kreatur beim Zubeißen noch erwischt hatte.

Eine Sekunde noch, mehr blieb nicht, doch in dieser kurzen Zeit spritzte noch weiteres Blut hervor und Gemmas Augen schlossen sich, das Gesicht aschfahl, während das Biest sich schon wieder in Stellung brachte und das Maul für einen weiteren Schrei aufriss.

Die Schockstarre löste sich.

„Schneidet seine Stimmbänder durch!“, schrie ich, während

mindestens drei Heilzauber auf einmal auf Gemmas Körper prallten, um den Blutverlust zu stillen, bis das System sie geheilt hatte. In dieser neuen Welt war der Tod nur tödlich, wenn man den Kopf verlor (wörtlich und im übertragenen Sinn). Und ich wollte verdammt sein, wenn ich sie mir jetzt noch nehmen ließe.

Ich sah zu, wie Kyle seinen Gliedmaßen nachwachsenden Zauber wirkte. Nur zur Sicherheit. Damit konnte man nicht früh genug beginnen.

Ray schoss Eiszapfen auf die Kreatur und zielte dabei auf ihre Kehle, während Evelyn Pfeil um Pfeil am selben Punkt versenkte.

Das seltsam lebendige Wesen knurrte verärgert, als die kleinen Objekte es immer wieder störten und nicht zuließen, dass es seine beste Fähigkeit einsetzte. Wir schnitten ihm zwar nicht den Hals ab, schafften es aber, dass es seinen Schrei nicht direkt wieder einsetzen konnte.

Anstatt es damit immer weiter zu versuchen, begann das Teil nun um sich zu schlagen.

Molly ächzte unter jedem Treffer, den sie einsteckte, während ihr gewaltiger Schild allmählich mehr Beulen einfing als ein alter Honda Civic. Ich nutzte die Gelegenheit und knallte ihm eine Einpflanzung vor den Latz. Dieses Ding würde in den nächsten zehn Sekunden ganz sicher nicht einknicken.

Es riss die Augen weit auf, als der Mana-Samen sein Zentrum traf und versank. Beim Eintreten schien er keinen wirklichen Schaden anzurichten – was er ja auch nicht sollte – aber es fühlte sich wohl unangenehm an, denn das Wesen schrie erneut. Dieses Mal jedoch zeigte sich kein Schockeffekt.

Ich wollte mir Gemma gar nicht ansehen, denn ich war sowieso schon wütend genug, und kanalisierte alles darin, diesen Alien mit all meiner Kraft windelweich zu prügeln. Scheiß auf alles. Keine Toten mehr unter meinen Augen.

Ich ließ mir keine Zeit für weitere Überlegungen und begann meinen Schläger zu schwingen. Zu nah dran durfte ich nicht kommen, aber das Ding war groß genug, als dass es immer irgendwas zu treffen gab. Stifte, Tische und Stühle barsten und flogen mit jedem Hieb in die Dunkelheit der Höhle davon. Meine Hände schmerzten, mein Atem ging stoßweise, aber ich hörte nicht auf zu knüppeln und zu zählen.

Acht Sekunden bis zur Detonation, und ich rief: „Brennt ihm alles über, was ihr habt, fügt dem Bastard so viel Schaden zu wie möglich!

Und das taten sie.

Pfeile regneten, Evelyns Gesicht eine grimmige Maske. Ray powerte seine riesige Eislanze hoch und versenkte zwei davon, Kyle tat, was immer Kyle eben tat, während ich dem Monster Wasser abschöpfte. Mein Zauber hatte wenig bis gar keine Wirkung. Dieses Wesen war nicht wie die anderen zuvor, deren Physiologie einigermaßen ähnlich funktionierte wie bei Menschen. Oder bei den meisten Lebewesen.

Nein, diese albtraumhafte Schöpfung schien nur von Angst und Verwirrung zu leben. Na ja, ich war jedenfalls nicht verwirrt genug, um ihm nicht weiterhin die Scheiße aus dem Leib zu prügeln, und ich weigerte mich, weiterhin in Angst zu leben. Aber von Wasser wurde das Ding nun mal nicht zusammengehalten, und eine Glücksbombe hatte ich leider nicht dabei.

Tasha attackierte in einem Strudel von Angriffen, denen ich visuell kaum folgen konnte, und Buchseiten, zerbrochene Tischplatten und abgetrennte Stifte übersäten den Boden um sie herum.

Ich analysierte kurz, weil ich dem Ding einen Namen geben wollte. Wir brauchten Informationen über diesen Dungeon, damit andere Leute wussten, was sie hier erwartete. Falls es funktionierte wie in Spielen.

Kratika-Albtraum

Level 22 Elite

Dein schlimmster Albtraum lebt.

Na wunderbar. Wörtlicher wär's nicht mehr gegangen.

Zehn Sekunden waren um und mein Mana-Samen schlüpfte. Damit hatte ich zwar nicht gerechnet, aber in diesen zehn Sekunden seit der Einpflanzung war der Lebenswert der Kreatur um ganze dreißig Prozent gesunken. Sie war bestenfalls ein niederes Bossmonster. Doch diese dreißig Prozent bedeuteten, dass mit der Explosion noch mal drei Prozent seiner Punkte verschwanden.

Das Teil schrie vor Schmerzen auf, während das Mana der Heiler und Zauberer wieder aufgefüllt wurde, die Trefferpunkte des Tanks zurückkehrten und Evelyn und Tasha ihre Ausdauer regenerierten.

Sauber! Ein teurer, aber verdammt guter Spruch.

Ich hätte ihn zwar ein zweites Mal wirken können, doch die Kreatur war nun für eine Minute immun, also wäre das im Moment vergeudetes Mana gewesen. Stattdessen ließ ich Erdbarrikaden in sie krachen und Felsbrocken aus der Wand auf seinen Kopf fallen.

Schließlich, unter gemeinsamer Anstrengung von Tasha, Ray und

Evelyn, riss der von Büchern umsäumte Hals des Viehs endlich auf und ergoss etwas über den Boden, das aussah wie Pappmaché. Das Blut des Schulmonsters. Wie poetisch.

Danach war es leichter anzugreifen. Keine Kehle hieß kein Schrei, und kein Schrei hieß keine Gefahr durch Schockstarre.

Manatransfer war zwar noch nicht sehr mächtig, aber es half dennoch sehr, mein eigenes Manalevel im Gleichgewicht zu halten. Wenn man bedachte, wie ich mit meinen Skills um mich warf, konnte ich von Glück reden, dass ich meinen Mantel hatte und dass Mana mein Freund war. Und das war es. Es funkelte um mich und meine Begleiter herum, schien aber aus mir nicht erklärlichen Gründen böse auf die Kreatur zu sein, die vornehmlich aus Mana bestand.

Vielleicht hatte es etwas dagegen, wie sie diese neue Welt behandelte, die es geschaffen hatte. Vielleicht hatte es aber auch etwas mit der bereits in der Wildnis auftretenden Dysbalance zu tun. In Australien hatte das ja passieren müssen. Hier gab es so viele Variationen in der Tier- und Pflanzenwelt, dass die Mana-Mutationen früher oder später zwangsläufig durchdrehen mussten.

Ich schwöre, es schlug vorwurfsvolle Wellen.

Als der Albtraum nach fünf Minuten Kampf endlich zu Boden ging, fühlte es sich an, als hätte es Tage gedauert. Mein gesamter Körper ächzte, mein Mana-Balken und der Mantel waren leer, und ich wollte nur noch zu Gemma rennen und sie in den Arm nehmen. Doch das hatte Jules bereits bestens im Griff. Konnte ich ihr schließlich auch nicht übelnehmen.

Ich plünderte das Ding, zu benommen, um überhaupt genau hinzusehen. Durchgehen würden wir das Zeug später noch können. Im Moment mussten wir zusehen, dass wir Gemma zurück in unsere kleine Stadt schafften.

„Schluss jetzt", murmelte ich und dachte nicht, dass mich jemand hören konnte. Ich war erschöpfter, als ich gedacht hatte.

Kyle legte einen Arm um mich und zog mich dicht an sich. Sein Blick war ruhelos, doch so hatte ich ihn schon öfter erlebt – beim Bier auf der Couch, nachdem er einen Patienten verloren hatte. Das fiel ihm jedes Mal schwer, und jedes Mal machte er sich Vorwürfe, weil er nicht mehr hatte tun können.

„Ja, machen wir Schluss." Er sprach laut und deutlich, als wäre er im OP.

Und beinahe rechnete ich mit dem Zusatz: „Todeszeitpunkt – 15:21 Uhr." Oder so was in der Richtung. Tat er aber nicht. Er hielt sich einfach nur an mir fest. Wir brauchten wohl beide eine Stütze.

❖

Es war eine düstere Prozession, die an diesem Abend nach Garden City zurückkehrte – mit Beute und Geschichten darüber, dass man besser schon auf Level 20 sein sollte und mit zwei vollen Gruppen unterwegs sein muss, wenn man hoffen will, in jenem Kerker nicht verfrüht das Zeitliche zu segnen. In meinen Augen jedoch war das nicht alles schlecht. Der Dungeon war mit Absolutheit nicht der sicherste Ort für unsere

Leute, um Level zu gewinnen, doch sobald die Gruppen über 20 waren und zwölf Personen beisammen waren, gab es dort gute Chancen auf ordentlich Reservebeute.

Anstatt direkt reinzugehen, machte ich noch einen Spaziergang vorbei an den Supermarktregalen. Vieles wurde allmählich kahl, nachdem Gemüse, Milchprodukte und Fleisch ausgeräumt waren. Doch noch war nicht alles weg.

Seitdem unsere Bevölkerung über fünfhundert lag, hatte Ray es sich zur Aufgabe gemacht, die verbliebenen Bestände zu rationieren. Das war auch gut so – denn die Lager waren ebenfalls noch gefüllt. Inzwischen leitete er mehrere Gruppen an Leuten, die unter anderem dafür sorgten, dass niemand Dinge für sich hortete.

Wisp klammerte sich an meine Hüfte, als wir durch den Laden schlenderten und uns unsere Lieblingschips, ein paar abgepackte Cupcakes und meine bevorzugten Minze-Schokoriegel raussuchten. Letztere waren ein Traum, mit so einer klebrig-sahnigen Masse in der Mitte. Gab es nirgends sonst auf der Welt. Und jetzt im Moment hatte ich sie dringend nötig.

Ein bisschen richtiges Essen holte ich mir auch. Evelyn, Kyle, Dale, Darren, und die Kids würden uns gemeinsam einen der kleinen Läden als Zuhause nehmen. Während wir draußen waren und versucht hatten, uns nicht umbringen zu lassen, war man hier damit beschäftigt gewesen, die nicht essenziellen Läden umzugestalten, all jene, in denen es weder Kleidung noch Essen, Sport- oder Outdoorausrüstung gab, und sie in kleine Wohnräume zu verwandeln. Dafür boten sich die Campingsachen gut an, denn wir hatten eine Menge kleiner Gaskocher, Feldbetten, Schlafsäcke, Luftmatratzen und Decken.

Inzwischen waren wir hier ziemlich dauerhaft eingerichtet.

Gemma brauchte noch immer Heilung.

Sie war nicht einmal aufgewacht, und Dale hatte sie den ganzen Weg zurück getragen. Sie hatte so klein gewirkt, so jung mit ihren geschlossenen Augen, die Haare aus ihrem engen Zopf im Nacken flüchtend, und ihre halben Gliedmaßen fehlend. Die Heilzauber hatten ihre Blutung gestoppt, und Kyles Spruch fing allmählich an zu wirken, genau wie zuvor bei Sange. Wir hatten beschlossen, dass es wohl am besten war, wenn sie während dieses Vorgangs so wenig wie möglich mitbekam.

Sange hatte uns versichert, dass dies die humanste Vorgehensweise war. Und ich pflichtete they unbedingt bei. Ich erinnerte mich an theys Schreie, dabei hatte they nur einen halben Arm eingebüßt.

„Fuck, bin ich müde“, sagte ich, als Wisp und ich den ehemaligen Body Shop Store betraten. Der nun wohl unser Zuhause war.

Die Theke war entfernt worden und wir verfügten über ausreichend kleine Betten. Nachdem alles andere an die Wände geschoben worden war, hatten wir hier überraschend viel Platz. Im Hinterzimmer gab es auch noch Schlafmöglichkeiten. Fließendes Kaltwasser, seitdem Dolores das Sanitärupgrade der Quest erledigt hatte. Zumindest musste ich mir jetzt keine Sorgen mehr über einen möglichen Fäkalienstau mehr machen. Und wir hatten uns einen zweiflammigen Gaskocher mit dazugehöriger Flasche besorgt.

„Mum“, tadelte mich Wisp ein wenig verspätet. „Mundwerk.“

Ich lachte, und das Lachen hörte gar nicht mehr auf. Es fiel aus mir heraus wie ein Wasserfall, begleitet von Tränen, die ich noch nicht vergossen hatte. Mein kleines Mädchen umarmte ganz fest meine Hüfte, und ich spürte, wie auch ihr Körper bebte. Hund schnuffelte seine Nase zwischen uns, und da fühlte ich eine seltsame Ruhe über mich kommen. Doch im Moment wollte ich das nicht hinterfragen. Im Moment wollte ich nur mit meinem Mädchen da stehen und mich darüber freuen, dass die beiden Menschen, die ich am meisten auf der Welt liebte, hier bei mir waren.

Ich hatte Glück, und das wusste ich auch.

Dale klopfte Darren auf den Rücken, und ich sah Tränen in seinen Augen. Blaue Wellen umtanzten ihn, doch ich wusste nicht warum.

Nichts konnte ein derartiges Loch füllen, nicht einmal Zeit.

„Mum!“

Als ich hinabsah, zog Wisp mit jenem bockigen Blick im Gesicht an mir. Derjenige, der mir verriet, dass ich irgendwas Wichtiges verpasst hatte. „Tschuldigung. Bin im Kopf ganz weit weg.“

Sie zog die Brauen zusammen und wiederholte sich. „Ich hab gesagt, Hund hört, was ich sage. Es ist, als würde er mich verstehen.“

Ihre Aussage ließ mich aufhorchen, und ich betrachtete Hund etwas genauer. Mana tanzte um ihn, in ihn hinein und wieder heraus, wie durch einen Leitkörper oder so, und wurde seltsam energetisiert dadurch. Eine Benachrichtigung pingte, doch ich ignorierte sie und analysierte den Hund stattdessen im Detail.

Spezies: Hund

Bezeichnung: Hund

Begleitermodus aktiviert

Schutzkapazität 85 %

Was in Gottes Namen? Ein Gedanke drängte sich mir auf, einer, den ich nicht haben wollte. Ich meine, schließlich hatte ich doch die Kontrolle über ihre Klasse und ihre Fähigkeiten, bis sie alt genug war, um selbst zu wählen, oder?

Als ich auch Wisp analysierte, musste ich den Drang unterdrücken, lauthals zu fluchen.

Spezies: Menschenkind

Bezeichnung: Wisp

Affinität: Tiergefährtin – Flüstererin

Warnung: Dies ist keine Klasse. Es handelt sich um eine Verbindung, die bei bestimmten gleichgesinnten Wesen entsteht.

Also gut. Immerhin hatte sie nicht plötzlich doch eine richtige Klasse bekommen. Aber was zur Hölle bedeutete Affinität in diesem Zusammenhang, und musste ich jetzt noch mal fünftausend Credits für ein Buch ausgeben, das mir fünf Punkte sagte, auf die ich auch selbst hätte kommen können?

„Hund ist jetzt also dein Beschützer?“, fragte ich und ging ein wenig auf die Knie, sodass ich auf Augenhöhe mit ihr und dem Tier sprechen konnte.

Sie nickte und ihre Augen strahlten. „Endlich hab ich einen Hund, und niemand kann ihn mir verbieten.“

Ihre Stimme klang selbstzufrieden. Seit Jahren wollte sie einen Welpen.

Dieser Punkt ging wohl ans System. Es hatte meinem Kind einen Hund gegeben. Immerhin einen, der sie beschützen würde. Damit konnte ich leben.

Wenn es nach mir ging, würden wir nicht nur überleben. Wir würden aufleben.

Kapitel dreiunddreißig: Countdown

12 Tage nach Systemstart – 19:00 Uhr.

Ich war gerade in meinem improvisierten Labor zu Werke, als mein Bruder reinkam. Die Art, wie die Vegetation um das Center herum sich verwandelte und mutierte, war einfach faszinierend. Ich überwachte die Pflanzenmutationen, nur mit kleinen Proben zwar, aber dennoch, auch wenn das Mana hier in der Gegend unter Kontrolle war, die Faszination blieb.

„Was machst du gerade?", fragte Kyle und stütze sich mit verschränkten Armen auf den Tresen.

Ah, er war zum Reden gekommen. „Ich versuche rauszufinden, was dieses Manazeug ist."

Er blinzelte mich an, als hätte er darüber noch nie so tiefgreifend nachgedacht.

„Kannst du es etwa sehen?", fragte er, sein Ton dabei einigermaßen ungläubig.

„Du etwa nicht?", gab ich zurück, ohne groß zu überlegen.

„Nein, eigentlich nicht. Ich hatte keine Zeit hinzusehen." In seinen Augen blitzte ein seltener Ausdruck von Genervtheit auf.

Indem ich meinen Stift weglegte, richtete ich mich auf und sah ihn an. Er war ein paar Zentimeter größer als ich, wir hatten aber ansonsten einen recht ähnlichen Bau. Wir teilten die gleiche Nase, das Kinn und die Augenbrauen. Meine waren jeweils nur einen Ticken feiner. Jetzt aber schaute er finster, und das bedeutete, dass etwas nicht stimmte.

„Spuck's aus. Was ist los?" Ich gab mir Mühe, nicht allzu viel Besorgnis in meine Stimme zu legen, sondern sogar eher gelangweilt zu wirken.

Er seufzte und rieb sich den Nacken. Letztlich beschloss er, mich direkt anzuschauen. Und in seinen Augen lag ein Schrecken, wie ich ihn seit Jahren nicht gesehen hatte. Nicht mehr, seit damals als Kind seine Katze gestorben war und er sich dafür die Schuld gab.

„Das." Er streckte seine Hände vor und ich sah sie mir an.

Lange, feingliedrige Finger, perfekt für einen Pianisten oder Chirurgen. Er war in beidem exzellent. Sie waren dieselben gut abgestimmten Werkzeuge wie immer, und ich verstand nicht, was er mir sagen wollte.

„Manchmal weiß ich nicht, was du meinst, du wirst es also mit Worten versuchen müssen." Ich sprach leise, um ihn möglichst zu trösten, denn er fühlte sich ganz offensichtlich elend.

„Ich hab meine Klasse gewählt, weil sie perfekt schien. Heilen und helfen. Alles, wofür ich immer gelebt habe, was ich immer machen wollte. Aber …"

Der Kampf in seinem Kopf war nicht zu übersehen. Seine Schultern waren gekrümmt, und beim letzten Wort brach seine Stimme. Ich rückte näher, bot ihm meine Gegenwart als Stütze, vergaß meine eigene Arbeit, um meinem Zwilling zu helfen.

„Kira. Ich heile nicht nur. Sondern das Gegenteil. Meine Hände, diese Macht, dieses Mana, von dem du sprichst – Ich kann auch Leben entziehen. Es entziehen, um mich selbst und andere zu heilen, oder einfach nur um zu zerstören – etwas in nichts zu verwandeln, Leben auszulöschen.“ Er versuchte zu lächeln, doch es wirkte schwach und erzwungen. „Es richtet Chaos in meinem Kopf an, wenn ich mich an das alles zu gewöhnen versuche.“

„Das alles?“

„Töten und heilen. Das ist mein Fluch.“

„Oh.“

„Ich kann heilen, während ich absichtlich Schaden zufüge. Und Schaden zufügen kann ich ohne mit der Wimper zu zucken, wenn ich nicht aufpasse. Das hier ist nicht wie ein richtiges Spiel. Ich kann nicht zurückgehen und respeccen oder meine Klasse neu wählen. Ich werde so bleiben. So bin ich. Und die Klassenfertigkeiten, die ich in Zukunft noch werde annehmen müssen …“ Er verstummte, sein Gesicht nun aschfahl. „Ich weiß nicht, ob ich das schaffe.“

Ohne seine Klassendetails zu kennen, konnte ich nicht groß helfen, doch ich konnte ihm eine Schwester sein. Für ihn da sein.

„Du schaffst das, weil du musst. Und du kannst danach noch immer wählen, wann und ob du diese Fähigkeiten einsetzt. Du musst dir keine Sorgen machen. Ich glaube an dich. Wir alle. Deine Fähigkeiten sind nicht schlecht oder boshaft, wenn sie nicht in den Händen von jemandem liegen, der sie auf diese Weise einsetzen will.“

Er lächelte, nun schon mit etwas normalerer Farbe im Gesicht. „Hatte fast vergessen, wie pragmatisch du sein kannst. Sinnvoll nachdenken, während ich mich selbst in eine Ecke stresse.“

Ich umarmte ihn. Lang und heftig, so als würde ich ihn nie wieder loslassen. Umarmungen helfen schon ab zwanzig Sekunden, und diese hier dauerte bestimmt eine Minute, was uns beide etwas stärkte.

„Ich will einfach nicht, dass diese Welt mich verändert, dass diese Klasse mich verändert. Ich will nicht, dass sie einer finsteren Seite von mir ans Licht hilft.“ Er dachte viel zu viel nach. Das war schon immer so bei ihm, Scheiße, bei uns beiden eigentlich. Eine wildgewordene Fantasie war eben etwas, womit wir groß geworden waren.

Ich konnte ihm nun leider nicht versprechen, dass seine Fähigkeiten und Kräfte ihn nicht doch verändern würden, aber eines konnte ich ihm garantieren. „Wenn du mir versprichst, dass du immer auf mich hören wirst, dann verspreche ich dir, dass ich es dich sofort wissen lasse, wenn mir an deinem Verhalten irgendetwas komisch vorkommen sollte.“

Kyle überlegte eine Sekunde lang und ich konnte erkennen, dass er das Angebot erwog. „Deal. Ich werde auf dich hören. Daran darfst du mich auch gerne immer erinnern, falls ich mal was anderes behaupte.“

„Darauf kannst du Gift nehmen“, scherzte ich.

Die Anspannung, die ihn umgeben hatte wie eine Regenwolke, lichtete sich ein wenig, und er gab mir noch einen letzten Drücker.

„Wir schaffen das, kleine Schwester.“

„Aber so was von.“

❖

Das Rumpeln begann ein paar Stunden später, und es schüttelte unsere Betten, Matten und Matratzen so heftig durch, dass viele auf den Boden kullerten. Garden City war nicht durchgehend mit Teppichen ausgelegt, also endeten viele dieser Missgeschicke mit Beulen und Kopfweh.

Ich? Nachdem ich einiges über Geologie wusste und mich derzeit damit befasste, was genau Mana war und auf welche Arten es unseren Kontinent durchdrang, war ich alarmiert, um es gelinde auszudrücken. Australien war nicht bekannt für Erdbeben jeglicher Art. Hier gab es nirgends Störungszonen. Was hier vor sich ging, hatte damit nichts zu tun, löste aber natürlich dennoch Panik aus.

Nein, ich wusste instinktiv, wer oder was es auch war, irgendwo wurde ein Tunnel in die Erde getrieben. Nicht direkt unter uns – dafür war es nicht heftig genug – aber auch nicht weit weg.

Ich sprang von meinem Stuhl auf, an dem ich offenbar während meines Mana- und Pflanzenstudiums eingenickt war, und rannte in die Bibliothek, um die Siedlungspläne aufzurufen. Dolores und Sienna waren vor mir da, sie hatten aber auch einen kürzeren Weg gehabt.

„Wie können wir nachsehen, wo das herkommt?“, fragte ich.

Dor runzelte die Stirn, während sie irgendwas durchklickte, und das Stirnrunzeln wurde zum finsteren Blick, als sie sich erhob. „Es ist unter uns. Wir haben unsere Abschirmung ausgeweitet, um die Möglichkeit eines Tunnels unter unseren Toren zu verhindern. Du weißt schon, ‚wenn wir vorne nicht reinkommen, dann eben unten rum‘? Konnten wir nicht zulassen.“

„Das ist also innerhalb unserer Stadt nicht möglich.“ Sienna machte Handbewegungen und rief Dinge auf, die ich nicht sehen konnte.“ Es ist außerhalb des Centers, aber ganz nah. Wir hatten ja noch nicht expandieren können. Irgendwo unter der Logan Road, will vielleicht zu uns durch, schafft es aber nicht." Sienna hielt inne, Verwirrung im Blick. „Das ergibt keinen Sinn. Es kommt von überall um uns herum."

Großartig. Wie sollten wir einen riesigen Maulwurf davon abhalten, sich zu uns durchzugraben? Eine Idee traf mich. „Wartet, glaubt ihr vielleicht, es könnte die IJSA sein, dass sie uns durch einen Tunnel überfallen wollen?"

Dor schüttelte den Kopf. „Die haben's eher nicht nötig, uns von hinten zu überfallen. Ich meine, diese Apokalypse ist ja sowieso schon wie eine Invasion."

„Und sie sind keine Menschen und geben keinen feuchten Furz auf uns und würden uns wahrscheinlich bei der ersten Begegnung die Rübe wegpusten, wenn sie dadurch leichter ihre exotischen Kills bekommen", murmelte ich und dachte an alles, was ich über sie bereits gelesen hatte.

Die anderen beiden sagten nichts mehr, denn sie waren damit beschäftigt, sich nach Verstärkungsmöglichkeiten für unsere Sicherheitssysteme umzusehen und gewisse Bereiche aufzurüsten. Ich fühlte förmlich, wie der winzige Vorrat an Kohle auf dem Konto der Stadt zerrann.

Aber dafür hatten wir sie ja, oder? Bei der Stadtplanung ging es vor allem darum, die Siedlung sicher und bewohnbar zu halten. Abwehrsysteme waren zwar eine Neuerung im Vergleich zu unserem ehemaligen Technologiezeitalter, aber jetzt brauchten wir sie eben.

Dales Stimme war heiser, als er mich ansprach. „Kira, du musst mitkommen."

Ich erstarrte, als ich die Panik in seinem Ton hörte. Es musste etwas mit Darren sein. Hoffentlich hatte das Rütteln keines der verfluchten Manageräte der Kids zerstört.

„Ist schon gut“, sagte ich mit meiner besten Troststimme, um ihn zu beruhigen, bevor er durchdrehte. Wir sind in Sicherheit, das Center hält stand. Wir verstärken nur noch ein paar Sachen, bevor wir rausgehen und nachsehen, was zur Hölle da so viel Krach macht.

Er stammelte, stolperte über die Worte und brachte nicht heraus, was er sagen wollte.

„Scheiße. Dale. Atme. Was ist los?“

Er atmete tief und hörbar ein, und dann sah ich weitere Leute hinter ihm angerannt kommen.

„Die Kinder. Sie sind rausgegangen.“

„Was hast du gesagt?“ Mein Herz versuchte mir in den Hals zu springen und mich zu erwürgen, doch ich zwang mich selbst zum Atmen. Er konnte unmöglich meinen, was er da gesagt hatte.

„Jackson, Darren und Wisp. Und noch ein paar. Sie sind nach draußen gegangen.“ Jetzt schluchzte er praktisch, und hatte wohl das Bild von seiner Frau und seinem zweiten Kind vor Augen, tot im Wagen. Hatte vor Augen, wie entsetzlich das alles enden konnte.

Ich konnte es ihm nicht verübeln, aber ich durfte mich jetzt nicht überwältigen lassen.

Ein Teil von mir war rasend wütend darüber, dass die Kinder so dumm hatten sein können. Doch da musste mehr dahinterstecken, und wenn ich meiner Vernunft nur noch eine Minute das Ruder überließ, würde ich bestimmt auch draufkommen, was es war.

„Warum? Weißt du, warum sie gegangen sind? Haben sie irgendwas gesagt?“ Meine Worte klangen beinahe maßvoll.

„Es war Wisp. Sie hat gesagt, sie müsste rausgehen und nachsehen, ob alles in Ordnung ist, dass Hund wüsste, was da draußen los ist, und dass wir helfen müssten.“

Er holte noch einmal Luft, während ich mein widerwilliges Gehirn dazu zwang, seinen Worten einen Sinn abzuringen, während ich mich gleichzeitig in Bewegung Richtung Tor setzte.

„Jackson ist sofort mitgegangen, und Darren auch. Dann noch ein paar Kids. Und Ray ist hinter ihnen her. Ich versteh das nicht.“ Dann verstummte er, und ich spürte, wie er sich zu beruhigen begann. „Kira. Wir dürfen sie nicht verlieren.“

Sollte er Darren verlieren, wäre Dale ebenfalls dahin. Sein Sohn war für ihn der einzige Grund zu überleben. Ich verstand das. Ich verstand das so absolut, dass ich mit einem Fuß bereits zum Tor draußen war. Mitten in der verdammten Nacht.

„Wir kriegen das hin“, sagte ich und packte ihn mit einer Hand am Arm, um ihn mit mir zum Turm zu zerren.

Ich glaubte meinen eigenen Worten nicht so ohne Weiteres, aber ich würde schon dafür sorgen, dass sich das bald änderte. Ich wusste nur, dass meine Kinder sich in unmittelbare Gefahr begeben hatten, und dass ich sie nicht würde sterben lassen. Wenn Hund Wisp hinausgeführt hatte, hatte ich entweder etwas an ihrer Verbindung nicht richtig verstanden, oder es gab einen verdammt guten Grund dafür, warum sie jetzt hier draußen war.

Kapitel vierunddreißig: Mutationen

13 Tage nach Systemstart – 00:00 Uhr.

Der Mond schien heller, als ich es je für möglich gehalten hätte, aber vielleicht lag das auch nur daran, dass die Lichter der Stadt nicht mehr existierten. Konnte beides sein. Wie dem auch sei, der Parkplatz war in ein sanftes Licht getaucht, in dem die winzigen Gestalten deutlich sichtbar wurden, die an der Mauer standen und hinabschauten.

Wenigstens waren sie noch nicht runtergesprungen und einfach losspaziert.

Na immerhin, was?

Im Näherkommen sah ich, wie Wisp den anderen voran die Treppe hinab und zu dem Bogentor ging, das hinaus auf die Straße führte. Niemals würde ich sie rechtzeitig erreichen, bevor sie die Grenze unserer Stadt überschritt.

Also tat ich, was jede Mutter getan hätte, und schleuderte auf maximale Entfernung eine Erdbarrikade hoch, gerade bevor sie das Tor öffnen konnte, und versperrte ihr so den Weg. Um mir genug Zeit zu verschaffen, zu ihr zu gelangen. Als ich sie an den Schultern herumwirbelte, um ihr ins Gesicht zu sehen, wusste ich noch gar nicht, dass ich bereits weinte. Die Angst war mir in die Adern gekrochen und förmlich explodiert.

„Was zur Hölle machst du da? Willst du dich umbringen?“ Und dann zu Hund, der bloß dastand und mich mit schweigend mit seinen großen braunen Augen verurteilte: „Und du? Warum um alles in der Welt bringst du mein Kind in solche Gefahr? Gebt mir wenigstens verdammt noch mal Bescheid! Erklärt es mir, lasst mich mitgehen."

Meine Energie verließ mich so schnell, wie der Zorn mich übermannt hatte, und ich fühlte mich entsetzlich, weil ich mein Kind angeschrien hatte. Doch die Sorge, die Angst, sie packte mich mit eiserner Hand, weil meine Kinder – mein einziger Grund, weshalb ich noch lebte und weiterhin bis aufs Blut kämpfte – in Gefahr waren.

Jackson erreichte uns rechtzeitig für das Ende meiner Tirade, doch ich hielt eine Hand hoch, um ihn am Sprechen zu hindern. Ich wollte, dass Wisp es mir selbst erklärte, wollte verstehen, warum sie so etwas tat, wo sie doch sonst so vernünftig war.

„Mum, wir haben keine Zeit. Da draußen ist ein Baby, das wir retten müssen. Seine Mutter ist verletzt."

Das Flehen in ihrer Stimme, die Verzweiflung in jedem ihrer Worte, gab mir den Rest.

Ich löste meinen Griff um die Barrikade und ließ sie einstürzen. „Gut. Aber ich komme mit dir mit. Wir alle kommen mit." Ich deutete hinter mich auf die herbeieilende Gruppe. Dale und Evelyn, Ray und Tasha, auch Jules war hier, fürs Erste ohne Gemma.

Sange und Molly kamen ebenfalls über den Parkplatz gerannt. Meine Furcht verließ mich. Die Kraft kehrte zurück. Alles im Griff.

Keine Ahnung, was ich erwartet hatte, aber den Anblick der vollkommen zerstörten Logan Road jedenfalls nicht. Normalerweise bestand sie aus sechs Spuren, einem Mittelstreifen und einer kompletten

Parkspur. Das alles war verschwunden, ersetzt von einer einzigen Explosion aus Asphalt. Autos lagen wild in der Gegend verstreut, einige sogar wackelig übereinandergeworfen.

Gewaltige geflügelte Kreaturen umgaben die Explosion und feuerten so etwas wie Stachel hinab auf ihr Ziel. Es war nicht hell genug, um viel zu erkennen, aber sie sahen aus wie Krähen, gekreuzt mit einer Art humanoidem Dämon. Fast wie Harpyienadler aus unserer Natur, aber eben aufrecht gehend. Es waren vielleicht drei Dutzend von ihnen, im Kreis fliegend und immer wieder hinabstechend, um ihren Gegner auch mit Klauen und Schnäbeln anzugreifen.

Das Wesen im Krater der Explosion ließ mich abrupt stoppen, als ich es schließlich sah. In etwa so groß wie ein Autobus und braun, mit stoppeligem Fell und winzigen Stummelbeinen, schrie sie wutentbrannt auf ob des Schwalls an Mutationen, die sich in ihr Erdloch stürzten. Der Schrei war spitz und wie ein Quieken, und mir schmerzten derart die Zähne, als sollte die Frequenz von Menschen gar nicht mehr hörbar sein.

Vielleicht stimmte das auch und es lag bloß an meiner hohen Wahrnehmungsfähigkeit.

Als ihre Angreifer immer näher kamen, machte sie kehrt und wuselte zurück in ihren Bau, bevor sie ihnen den Hintern entgegenstreckte, um sie in ihr Nest zu locken. Idiotisch aggressiv, wie die meisten Monster in dieser neuen Welt eben waren, wetzten sie ihr direkt hinterher, wobei sie einander teilweise gegenseitig aus der Luft stießen, um näher ranzukommen.

Der Eingang zum Tunnel war von ihr nun größtenteils versperrt, und sobald die Dinger drinnen verkeilt waren und beißend und kratzend auf sie losgingen, senkte sie den Körper etwas ab, sodass sie auf ihrem Rücken noch tiefer reinkriechen konnten. Und dann ein simpler, heftiger Stoß mit dem Körper nach oben gegen den verfestigten Boden, und sie zerquetschte ihre Angreifer bis zur Unkenntlichkeit.

Natürlich erwischte sie nicht sehr viele auf einmal, sodass die Krähenharpyien schreiend zurück in die Lüfte fuhren. Der Rest kreischte und wollte erneut angreifen, nur um das gleiche Schicksal zu erleiden.

Es war dieser spezielle Angriff, der Hinternstoß, der mir verriet, was sie war.

Diese arme Mami war ein verdammter Wombat.

Ein gewaltig mutierter, riesengroßer Wombat, aber dennoch ein Wombat. Und obwohl sie den Bau mit aller Macht verteidigte, wurden ihr von der angreifenden Meute immer mehr Wunden zugefügt, so verzweifelt sie ihre Jungen im Nest auch schützen wollte.

„Scheiße." Ich beruhigte mich ein wenig und war nun nicht mehr böse auf Hund und meine Tochter. Weil sie nur unschuldige Lebewesen hatten schützen wollen, und es schien, als sei die Wombatmutter intelligent genug gewesen, sich auf der Suche nach Hilfe an Menschen zu wenden.

Zumindest um ihre Babys zu retten.

Der Manastrom um diese Kreaturen pulsierte mit jeder ihrer Anstrengungen, eindeutig instabil. Es fuhr in sie, trieb sie an, veränderte sie alle, und die Mutter röhrte vor Schmerz, wann immer die Harpyien sie angriffen.

Ich hatte nichts zu verlieren. Meine Kinder jetzt wegzuschleifen wäre herzlos gewesen, und ich hatte ihnen stets beigebracht, Güte zu zeigen.

Zeit also, meine Sorgen runterzuschlucken und mit gutem Beispiel voranzugehen, richtig? Eine Mutter zu sein. Beste und gleichzeitig schlimmste Entscheidung ever.

Als die nächste Harpyien-Attacke begann, sprang ich aus meiner abgehockten Position auf, sprintete los, hechtete mich in Richtung der Mutter und aktivierte eine gigantische Erdbarrikade mitten in die Schneise dieser bescheuerten Flugmonster. Sie krachten volle Kanne mitten in die Wand, die ich hochgezogen hatte. Als ich das dumpfe Aufprallen hörte, fühlte ich eine süffisante Selbstzufriedenheit in mir.

Nachdem der erwartete Angriff ausblieb, drehte sich die Wombat Mutter, oder Wombutantin, wie die Inspektionsbenachrichtigung verlauten ließ, im Tunnel um und sah mich an. Keine Ahnung, warum ich nicht vor Angst in Deckung ging. Die Wombutantin war ein ganzes Stockwerk hoch. Gebaut wie ein Nilpferd und groß wie ein Bus, nur ohne die Hauer.

Und aus der Nähe betrachtet wirkte sie noch mal größer.

Doch statt Angst verspürte ich nur Bestürzung über ihre Verletzungen, ja Zorn. Ich wahrte eine starke Fassade und tätschelte ihr die Nase, die sie mir darbot. Die Harpyien hatten mit ihren Klauen beide ihre Flanken aufgerissen, auch wenn sie einige von ihnen an den Wänden ihres Baus zerschmettert hatte. Ihre Erleichterung schwappte auf mich über, als sie endlich Rettung für ihre Jungen gefunden hatte, die ich nun von weiter hinten hören konnte.

Noch immer war etwa ein Dutzend ihrer Angreifer in der Luft. Ray warf seine altbewährten Eislanzen nach ihnen, Evelyn ließ sie im Pfeilhagel untergehen, und ich wusste, dass die anderen auch mithalfen. Diese Wombutanten-Mama war erschöpft, doch sie hatte gekämpft bis zum Schluss, trotz allem, was ihr und ihren Babys zugestoßen war. Sie hatte sie verteidigt und beschützt bis zum bitteren Ende.

Plötzlich stand Wisp neben mir und streckte sich ebenfalls nach ihrer Nase. Mana strömte zwischen den beiden hin und her, manifestierte eine Botschaft, die nur sie beide verstanden. Dankbarkeit und Ruhe nach dem Sturm der Gewalt.

Über uns setzten Ray und Evelyn ihren Angriff fort, während Molly und Sange all jene fertigmachten, die sich dicht genug ran wagten. Inmitten all dessen durchströmte mich dieses Gefühl von Verlust und Stille, Akzeptanz und Trost. Dale erschien an meiner Seite und legte sanft eine Hand auf die Flanke des Tiers, zwang Lebenskraft in sie hinein, und ihre Augen leuchteten vor Erstaunen auf, bevor sie sich schlossen und sie in Schlaf fiel.

Überall um uns herum stürzten die Harpyien vom Himmel, als Ray und Chris, Kyle und Dale, Evelyn, Darren und Jackson allesamt ihren Teil dazu beitrugen, die Überreste der knapp vierzig fliegenden Biester kaltzumachen. Jules' und Chris' Schilde beschützten uns, und doch wurde mir schmerzlich bewusst, dass, wären die Harpyien organisiert gewesen und nicht bloß ein kreischender Haufen, wir wahrscheinlich alle hier draufgegangen wären.

Stattdessen erledigten wir sie ohne große Mühe. Auch ich beteiligte mich noch, wann immer eine von den schlaueren Harpyien die Barriere umrundete und von der Seite anzugreifen versuchte. Wasserabschöpfung schien ihre Balance im Flug völlig zu stören, was natürlich nicht gut ankam, wenn man sich gerade im Sturzangriff befand.

Mit Fußtritten und Baseballschläger ließ sich das Problem danach dann einfach lösen.

Mama Wombutantin war vom Kampf und der benötigten Energie zur Heilung ihrer Wunden völlig erledigt. Auf dem Boden liegend, beschützt von den Menschen, die sie gefunden hatten, schlief sie. Tief unten schrien ihre Babys weiterhin nach ihr.

Es überraschte mich kein bisschen, dass mein kleines Töchterchen gemeinsam mit ihrem Bruder in das Loch abtauchte, um die Lieben zu holen.

Na und, dann warf ich ihr eben ein Kraftschild über, bevor sie runterstieg? Brauchte ja sonst niemand zu wissen.

❖

Ich lag falsch. Schließlich war ich Pflanzenexpertin, keine Tierexpertin. Anscheinend hatten Wombats immer nur ein Kleines auf einmal. Das ganze Gejaule kam von einem einzigen Wombatjungen. Und Himmel noch mal, machte sich das Junge bemerkbar!

Es war ja auch fast so groß wie Wisps ganzer Körper, und seine Augen waren noch geschlossen. Das arme Ding klammerte sich verzweifelt an meine Tochter, und sein Geheul schien weder sie noch Hund in irgendeiner Form zu stören. Nope, das Lächeln auf ihrem

Gesicht erweckte vielmehr eine meiner größten Ängste.

Mana tanzte um sie her, durch sie hindurch, durch das Junge, als wollte es sie in einem unlöslich komplexen Muster miteinander verstricken. Zunächst mal hatte sie bereits einen Hund, und ich wusste nicht, wie jenes Tier es aufnehmen würde, wenn ein zweites ihre Aufmerksamkeit für sich in Anspruch nähme. Aber noch viel wichtiger war, wie die gewaltige Wombat-Mama es fand, dass ihr Kind sich so gut mit meinem vertrug.

Ich hatte keine Lust, von einem haarigen Hintern plattgemacht zu werden.

Nachdem er sich den ganzen Dreck aus dem tiefen Tunnel von den Kleidern geklopft hatte, stieß mir Jackson mit dem Ellbogen in die Rippen. „Dir ist schon klar, dass sie den nicht mehr hergibt, oder?"

Ich seufzte, unwillig, irgendwas in diese Richtung einzugestehen. „Sie hat gar keine Wahl. Ich glaube kaum, dass wir diese winzigen Klauen von ihr lösen könnten, selbst wenn wir wollten."

Als ich mich umsah, wurde mir klar, dass wir ziemlich viel Publikum angelockt hatten. Evelyn stand vor dem Kopf der Mutter, streichelte ihr über die Nase und flüsterte dem Tier beruhigende Worte zu. Im Mondlicht wirkte das Gesicht der Bogenschützin so friedlich. Sie schien prächtig in den Wahnsinn dieser Welt zu passen und blühte richtig auf.

Vielleicht waren es meine Gedanken – oder ich hatte ein Geräusch gemacht – doch sie sah zu mir herüber und grinste. Indem ich zurücklächelte, ließ ich mich von der Wärme durchströmen. Klar. Ich stand mitten in der Nacht hier draußen, wo gerade die gesamte Logan

Road von einem elefantengroßen Wombat aufgerissen worden war.

Wie auch immer. Zeit, meine neue Normalität anzunehmen.

Wisp stand nun vor mir, die Kleider zerrissen und voller Schlamm, aber das breiteste Grinsen im Gesicht. Ihre Augen strahlten im Mondlicht, als sie den Baby-Wombat von der Größe eines ordentlichen Hundes an die Brust gedrückt hielt. Mir gefiel nicht, wie groß das Ding noch werden würde, aber in diesem Moment hatte ich einfach nicht das Herz, es ihr wegzunehmen.

„Mum. Ich glaube, sie mag mich."

In all dieser Finsternis fand sie noch immer ihre Wunder. Und indem sie das tat, gab sie auch mir etwas davon ab. So wie es Kinder schon immer getan hatten, auch vor der Apokalypse. Damit war sein Schicksal so ziemlich besiegelt – und meines ebenfalls.

Wisp war wirklich hin und weg, und das Kleine quäkte an ihrem Hals, als wollte es nie wieder dort weg. Ich fragte mich, wie alt es wohl war, so verzweifelt, wie die Mutter es beschützt hatte, und ein Frösteln überkam mich.

Ich wusste ganz genau, wie dieses schlaue Beuteltier sich gefühlt hatte, beschützend, verwirrt und entschlossen, als sie jenen Tunnel grub, um ihren Angreifern zu entkommen. Ich verstand sie absolut.

Als hätte sie meine Gedanken gehört, öffnete die Wombat-Mama langsam ein Auge und fixierte mich mit dem Blick. Es lag keinerlei Bedrohlichkeit darin, eher Verständnis. Dankbarkeit zeigte sich in ihrem Gesicht, als sie ihr Baby sah, das sich an meines kuschelte, wohl wissend, dass es in Sicherheit war. Ihr war genug Intelligenz geblieben, oder vielleicht hatte sie sogar welche hinzugewonnen, um zu verstehen, dass wir ihr geholfen hatten. Und dass wir auch ihrem Kind helfen würden.

In diesem Augenblick wusste ich, dass wir eine Verbündete gewonnen hatten, und meine Tochter ein neues Haustier. Vielleicht würde es sie vor Schwierigkeiten bewahren, wenn sie ein Auge auf ihren Begleitern behielt.

Ja, als ob. *Nichts* konnte sie vor Schwierigkeiten bewahren.

Kapitel fünfunddreißig: Umgebungsströme

13 Tage nach Systemstart – 07:00 Uhr

Ich wusste nicht, wie es den anderen ergangen war, aber ich hatte jedenfalls nicht so leicht wieder einschlafen können. Nach der ganzen Aufregung war ich noch bis 03:00 Uhr wachgelegen. Dennoch war ich mit den ersten Sonnenstrahlen wieder auf. Wie immer.

Bis ich dann aber wirklich wach war, saß ich etwa vierzig Minuten lang vor einem miesen Abklatsch von einem Kaffee und starrte ins Leere.

Evelyn und die anderen hatten es geschafft, die Wombat-Mama auf den Parkplatz des Centers zu manövrieren, damit sie sich innerhalb unserer Schutzzone erholen konnte. Und meine Tochter …

Sie hatte das Baby wohl nicht eine Sekunde abgelegt, seit sie es aufgehoben hatte. Dem Kleinen schien es nichts auszumachen, und es sah auch nicht aus, als würde es in näherer Zukunft abhauen. Es war schon wirklich entzückend. Kleine Stupsnase, flauschige Schnurrhaare, die Ansätze einer gepanzerten Hinternplatte des Todes. Es hätte schlimmer sein können, und die Mutter schien sich nicht daran zu stören, dass Wisp sie zum Kuscheln mit reingenommen hatte.

Alles in allem war es ein angenehmer dreizehnter Morgen. Auch wenn viele von uns den Großteil der Nacht über wach gewesen waren. Mir war schon klar, dass wir so bald keine Ruhe bekommen würden – für den Moment war das nichts weiter als ein Mythos.

In den vergangenen vierundzwanzig Stunden war so viel passiert.

Von unserer Kerkermission bis zu meinen Proben über die Sache mit meinem Bruder bis hin zu der Tatsache, dass ich mich dringend im Shop umsehen musste. Ich ächzte bei dem Gedanken und holte zunächst mal mein Notizbuch hervor, um meine Beobachtungen über den Dungeon festzuhalten.

Die Manasättigung dort machte den Dungeon mit seinen frisch spawnenden Monstern nicht nur zu einem großartigen Ort zum Sammeln von Erfahrung, sondern auch zum Sterben. Schlimmer noch war, dass das Gefühl meines Mana-Sinns anzudeuten schien, dass er von Moment zu Moment stärker wurde.

Doch mit einiger Umsicht konnten wir Gruppen über Level 20 in Zukunft dorthin entsenden. Das bot auch gute Gelegenheiten für Beute.

Uns blieben noch etwa drei Tage bis zur angekündigten Ankunft unserer freundlichen Nachbarn von der IJSA.

Ich sah auf, als eine plötzliche, unerwartete Spannung in meine Richtung schwappte. Doch es war anders. Es war eher eine unterschwellige Erregung, die nur von meinem Sohn und Darren stammen konnte, welche gerade im Laufschritt durch das Center zu meinem Coffeeshop in der Nähe des Infoschalters gerannt kamen.

Sie hielten atemlos vor dem kleinen Tisch, den ich für mich in Beschlag genommen hatte, die Gesichter so glühend, dass ich nicht sicher war, ob sie überhaupt schon zu schlafen versucht hatten. Noch eine durchgemachte Nacht.

„Jackson?“ Ich war sicher, dass mein Ton ihm einiges verriet, und er hatte immerhin den Anstand, zu erröten.

„Mum. Ich verspreche dir, das haut dich um. Hier.“ Er reichte mir etwas, das aussah wie eines dieser superteuren Langstreckenfunkgeräte. Das Gerät strahlte in subtilem Blau, so als umklammerte es eine Kugel Mana.

Ich sah ihn an, und er vollführte wie von Sinnen wilde Gesten. Darren meldete sich schließlich zu Wort, obwohl ich den Jungen noch immer kaum je hatte sprechen hören. „Er will, dass du es einschaltest. Wir haben die Kommunikation mit der Mauer hinbekommen. Simpel, aber ziemlich effektiv, solange niemand Gedankenübertragung oder den Strom neu erfindet.“

Ich blinzelte und verstand endlich, warum er sich so gut mit meinem Sohn verstand. Gut. Wenigstens hatten die beiden einander in dieser verrückten Wildnis gefunden, um gemeinsam sarkastisch zu sein, an Sachen rumzubasteln und dabei auch noch verdammt hilfreich zu sein.

Dann betrachtete ich das Walkie-Talkie in meinen Händen. Wer hätte gedacht, dass dieses Ding so einen gewaltigen Fortschritt darstellte? Jedenfalls hatten wir es unserer Wachmannschaft soeben ermöglicht, in Echtzeit miteinander zu kommunizieren.

Das – das war ein Durchbruch. Wir waren erst seit ungefähr zwölf Stunden aus dem Dungeon zurück, und inzwischen war noch das Wombat-Fiasko passiert, und in der Zwischenzeit hatten sie so eine Leistung vollbracht?

„Danke, Jungs.“ Ich meinte es aus tiefstem Herzen, doch Jacksons Antwort war fast ein wenig kleinlaut.

„Na ja, wir haben’s ja nicht allein gemacht. Sarah hat im Shop Mana-Speicherkugeln gefunden und nach deinem Trip gestern welche gekauft.“

Er platzte förmlich vor Aufregung.

Sarah gesellte sich nun zu uns, ihre roten Haare ausnahmsweise zu einem Dutt geknotet, und legte die Hände in die Hüften, dabei auf eine Art lächelnd, als hätte sie ebenfalls seit Tagen nicht geschlafen. „Ich hab sie gefunden. Das Schwierige aber war, sie mit unseren verschiedenen Fähigkeiten zum Funktionieren zu bringen. Bevor Chris gestern Abend zurückkam und im Shop handeln war, konnte ich nur ein paar davon kaufen."

„Wie viele haben wir denn?", fragte ich.

„Fünfzehn. Genug für alle Patrouillen und die Tormannschaften. Also neun Stück da draußen. Die restlichen sechs bleiben hier drin. Eines ist in der Bibliothek bei Dor und Sienna, eines bei Red wegen der Rationen, eines bei Jules und Ray, die sich um die Flüchtlingsaufnahme kümmern. Mike hat auch noch eines und dann bleibt noch eins für dich." Sarah deutete auf das Gerät vor mir.

Für mich, was? Okay, nicht schlecht. „Danke. Jetzt musst du nicht mehr den ganzen Weg hierher rennen, um mit mir zu reden."

Sarah lachte. „Ich wette, du bekommst trotzdem noch genügend Besuch. Und mach dir keine Sorgen. Wir stellen bald noch mehr her. Es sind die Frequenzen, die uns zu schaffen machen. Das ist der schwierigste Teil."

Evelyn war herbeigeschlendert und musterte nun, was Sarah mir da anvertraut hatte. Ich sah an dem Halblächeln in ihrem Gesicht, dass sie angemessen beeindruckt war. „Hübsche Arbeit. Kaum ein Unterschied zum Original. Was musstet ihr alles modifizieren?"

„Also …“ Jackson setzte zu einem langen und äußerst detaillierten Vortrag darüber an, was sie ganz genau hatten machen müssen, um all das zu ermöglichen.

Ich lachte kurz, wurde dann aber rasch wieder ernst, als währenddessen erst Sarah und dann Chris neben mir Platz nahmen.

„Was gibt's?“, fragte ich. Ihre Mienen verrieten mir, dass sie Neuigkeiten zu verkünden hatten.

„Wenigstens gibt's keine Zombies.“ Chris blieb neben mir sitzen, während Sarah sich wieder zu Evelyn und Jackson begab, um an deren Gespräch teilzunehmen.

„Noch nicht“, fügte ich hinzu, woraufhin ich einen Schluck von meinem alten Kaffee mit Sockengeschmack nahm. „Bleiben wir mal schön pragmatisch, was meinst du?“

„Pragmatisch, in Ordnung. Bisher noch keine Zombies.“ Sie machte eine kurze Pause und nippte an ihrem eigenen schicken Instant-Kaffee. Nachdem sie ihn eine Weile in der Tasse hatte kreisen lassen, schnüffelte sie daran und verzog das Gesicht. „Wir brauchen wirklich bald was Besseres.“

„Vielleicht find ich ja was im Shop. Oder vielleicht gibt es ja einen Kaffeeröster, wenn sie uns endlich mal ihren Handelskartellvertreter schicken.

„Das wär ein Glück.“

Ich lachte und sie tat es mir gleich. Ja, ich konnte mir auch nicht gut vorstellen, dass Aliens was mit Bohnensaft am Hut hatten.

Es war beiläufiges Geplauder, wie die Ruhe vor dem Sturm. Ich spürte, wie sich das Mana in der näheren Umgebung zu sammeln begann.

Wenn ich die Augen schloss, konnte ich im Geiste eine Karte davon zeichnen. Irgendwas braute sich zusammen, kam auf uns zu. Vielleicht war es auch gar nicht das Mana selbst, sondern das Mana ließ es mich nur spüren? So viele verdammte Fragen.

Vielleicht spürte Chris es ja auch, denn nun lenkte sie die Unterhaltung in eine ernstere Richtung.

„Dein Sohn. Jackson. Er ist verdammt clever. Und ich meine nicht nur, weil ihn das System clever gemacht hat. Er hat ein Level an intuitiver Intelligenz, von dem wir froh sein können, dass es diesen Aderlass der Menschheit überlebt hat."

In ihrer Stimme lag etwas Bitteres, und ich verstand, wie sehr Sarah Chris' Persönlichkeit ausglich, wann immer sie zusammen waren. Die weicheren Kanten fehlten nun völlig, und hier war ihr wahres Ich, der Mensch, der Dinge unverschnörkelt analysierte und sich auf die schlimmste Scheiße gefasst machte.

Ich nickte und wartete darauf, dass sie fortfuhr, wohl wissend, dass da noch etwas kommen musste.

„Würde es dir etwas ausmachen, wenn ich ihm ein paar technische Aspekte beibringe, die wir auf diese Welt anwenden können?"

Es war eine seltsame Frage angesichts all dessen, was wir bereits erlebt hatten, besonders nach der Erfindung der Walkie-Talkies, doch ich wusste ihre Sorge zu schätzen. „Natürlich, wenn das etwas ist, das er auch möchte, sehe ich keinen Grund, mich dem in den Weg zu stellen. Woran genau hattest du denn gedacht?"

Erleichterung machte sich in ihrem Gesicht breit, dicht gefolgt von

Begeisterung. Wie viel Freude eine so kleine Sache unter diesen Umständen doch auslösen konnte. Ich lächelte und hoffte, dabei aufmunternd zu wirken.

„Also, ich weiß, warum sie uns diese Quest gegeben haben."

Ich wartete.

„Der Energiegenerator aus dem Shop ist unglaublich teuer, zumindest von unserem jetzigen Standpunkt aus betrachtet. Es gibt allerdings Teile, die wir kaufen können, um den Bau eines Kollektors für Umgebungs-Mana zu beginnen. Daran arbeiten wir. Alle versuchen wir, das Ding Stück für Stück zusammenzusetzen."

Chris hielt einen Moment lang inne, wie um ihre Gedanken zu sammeln. „Meine Klasse ist korrekt, und wenn Sarah ihre Berechnungen richtig angestellt hat, was sie natürlich hat, dann glaube ich, dass die Techzard-Klassen uns helfen können, das Umgebungs-Mana zu triggern, das wir für das Füllen der … na ja, Batterien ist wohl das richtige Wort, brauchen. Sie sind nur viel größer."

Meine Augen verengten sich. Irgendwas war da, das sie mir verschwieg.

Vielen Dank, Wahrsagefähigkeit.

„Okay, jetzt weiß ich also alle die guten Sachen, was ist der Haken?"

Chris zögerte und fuhr sich mit einer Hand durch die kurzen Haare. „Wir werden aus der sicheren Zone rausmüssen."

Sie sagte die Wahrheit. Aber dennoch fehlte noch etwas. Ich bedachte ihre Worte, wälzte sie im Kopf und fixierte sie dabei mit meinem Blick, bis sie einknickte.

„Verdammt, du bist ganz schön gut", sagte sie. „Okay, also ich möchte dir vergewissern, dass ich dich nicht für dumm verkaufen oder dir was vormachen will, aber du musst mich kurz anhören, bevor du dein Veto einlegst, weil ich glaube, dass wir das brauchen, damit am Ende alles funktioniert. Und ehrlich gesagt sehe ich keine andere Möglichkeit, die Quest vor Ablauf der Zeit zu vollenden."

„Ich höre."

„Ich weiß ja, dass wir die nähere Umgebung auf der Suche nach Überlebenden ziemlich gründlich gesäubert haben."

Sie hatte recht, das hatten wir. Inzwischen waren die Monster im Umkreis von ungefähr zwei Kilometern in der Regel Level 15 oder niedriger.

Abgesehen natürlich vom Dungeon.

Scheiß Dungeon.

„Das Mana hier ist nicht ideal. Es bewegt sich zu langsam und hat sich größtenteils gesetzt, zumindest gewissermaßen. Damit können wir in der verbleibenden Zeit niemals unsere Generatoren füllen, zumal wir mit dem Bau noch nicht mal ganz fertig sind. Wie dem auch sei. Der nächstgelegene Ort, wo ich dieses Experiment versuchen kann, ist die Umgebung des Dungeons." Chris hob kurz den Kopf und sah mir mit entschlossenem Blick in die Augen.

Ich wusste, dass sie meinen Jungen niemals mit Absicht in Gefahr bringen würde, aber es gefiel mir auch nicht, ihn mit einer Gruppe von Menschen, die ich kaum zwei Wochen kannte, an einen Ort marschieren zu lassen, der uns beim letzten Mal beinahe alle Kopf und Kragen gekostet hatte.

Ich wog kurz meine Optionen ab, doch eigentlich war die Antwort rasch gefunden.

„Also, allein lasse ich euch ganz sicher nicht losziehen. Ich komme mit.“ Nicht dass ich Wonder Woman gewesen wäre oder so, aber sollte etwas passieren, war ich viel lieber bei ihnen, auch wenn ich nichts tun konnte, als mich hinterher zu fragen, was gewesen wäre, wenn.

Chris‘ Aufatmen konnte ich nur als Erleichterung deuten.

„Ausgezeichnet. Ich würde gerne so bald wie möglich los. Vielleicht heute noch, wenn das geht. Wir brauchen Darren, Dale, Jackson, Sarah und Miller und Sean.“ Ob meines fragenden Blickes fuhr Chris fort. „Die anderen zwei Jungs mit ähnlichen Klassen, die solche Energien sammeln und anwenden können.“

Chris schien ein wenig beunruhigt darüber, dass ich mich nicht an ihre Namen erinnern konnte. Ehrlich gesagt hatte ich mir die Namen von Jacksons Freunden noch nie merken können. Gesichter, sicher. Namen? Leider nein. Man gebe mir einen Platycerium, auch bekannt als Geweihfarn. Solche Namen konnte ich im Schlaf runterrattern.

„Du bist mir ein Rätsel, Kira“, sagte Chris, nun mit nachdenklicher Stimme. „Ich glaube, in einem anderen Leben wären wir bestimmt gute Freundinnen gewesen, wären wir uns je begegnet. Ist schön zu wissen, dass es hier Leute gibt, mit denen ich nicht nur aus Notwendigkeit auskommen kann.“

Die Bemerkung überraschte mich, gab mir aber auf der anderen Seite auch eine Art warmes Gefühl. Darüber, dass wir hier inmitten dieses gewaltigen Abfucks von einer Apokalypse noch immer auf Leute trafen, denen wir uns verbunden fühlten. Das gab mir Hoffnung, und wenn sie noch so klein war. Vorausgesetzt natürlich, dass wir uns überhaupt halten konnten. Angesichts des derzeitigen Sinkflugs der menschlichen Bevölkerungszahlen war ich nicht sicher, ob wir überhaupt auf irgendeine Zukunft hoffen durften.

„Ditto“, sagte ich, bevor sie sich erhob und ging.

Eine Weile lang saß ich einfach nur da und sah ihr hinterher, wie sie sich zu Sarah gesellte. Chris drückte ihrer Partnerin einen Kuss auf die Stirn und sie legten ihre Arme umeinander. Trust in schweren Zeiten.

Ich vermisste Mason, aber nur ein kleines bisschen und nur sehr kurz. Apokalypse und so, aber der Humor meines Ex fehlte mir wirklich manchmal.

❖

Der Ausrüstungsgurt, den ich mir um die Hüfte geschnallt hatte, war schwerer als erwartet. Das Gewicht der ganzen Welt und so. Sienna und Dor hatten mir eine Menge Informationen erklärt, auf die sie beim Aufstocken der Verteidigungsanlagen für die Stadt gestoßen waren, und mir schwirrte der Kopf. Doch der Schlafmangel schien meine kognitiven Funktionen nicht annähernd so stark zu beeinträchtigen wie vor dem Weltuntergang.

Trotzdem hasste ich diese Art von Papierkram, auch wenn ich wirklich Kenntnis von diesen Dingen haben musste. Zumindest für den Moment.

Und eigentlich war ich unwillig, etwas abzugeben. Ein Mangel an

Kontrolle über den Ort, an dem meine Kinder lebten … Sagen wir mal, so etwas kann einer Mutter schon Albträume verschaffen.

Heute Nacht um elf Uhr begann der vierzehnte Tag. Noch waren die zwei Wochen nicht ganz voll, und doch konnte ich mich an unser Leben davor kaum noch erinnern.

Unsere Gruppe sammelte sich draußen, und Wisp umarmte mich ganz fest, oder zumindest so fest es ging. Sie hielt noch immer ununterbrochen den Baby-Wombat auf dem Arm, der im Moment gerade leise blökte und schniefte. Ich wollte gar nicht darüber nachdenken, wie groß das Ding noch werden würde. Ein Blick auf die Mama gab mir ja einen guten Anhaltspunkt, aber … na ja. Das alles ging ja gerade erst los, was?

Hund stand an ihrer Seite wie immer, ein stoischer Beschützer. Er reichte ihr inzwischen beinahe bis zu den Schultern.

Ich tätschelte seinen Kopf. Guter Hund.

„Pass auf dich auf, Mum", sagte Wisp.

Es zog mich allmählich runter, sie so oft im Center zurückzulassen, doch was ich zu tun hatte, war wichtig. Für ihr Überleben, unser Überleben … vielleicht für uns alle.

Wir brauchten ein Luftfiltersystem, verdammt, wir brauchten eine Klimaanlage und vor allem Kühlschränke. Diese Dinge würden uns helfen, zu leben und zu gedeihen.

ich bückte mich und fasste sie und ihr gewaltiges Kuscheltier in eine Umarmung. Das sanfte Blöke verstummte für einen kurzen Moment, und ich lächelte. „Passt ihr auch auf euch auf. Du auch, Hund."

Hund wuffte, und jetzt bereute ich, ihm keinen besseren Namen gegeben zu haben. Ihm schien es allerdings nichts auszumachen, also was sollte ich mich daran stören?

Diesen Moment suchte Evelyn sich aus, um mir einen Klaps auf den Hinterkopf zu verpassen und Wisps Haare zu zerraufen. „Kümmerst du dich für mich um die Mama? Sie wird noch ein bisschen Hilfe brauchen, um wieder auf die Beine zu kommen. Ich hab schon mal ein paar Leute abgestellt, um ihr was zu Fressen zu besorgen."

Wisp nickte, und ihr kleines Kinn reckte sich ob der Tatsache, dass sie eine Erwachsenenaufgabe überantwortet bekommen hatte.

Ohne weitere Umschweife wandte sich Evelyn als Nächstes an mich. „Danke, dass du mich eingeladen hast. Da fühle ich mich gleich geliebt."

Sie wackelte mit den Augenbrauen, und während ich errötete, legte ich gleichzeitig innerlich irgendwie die Stirn in Falten. Vielleicht lag es an den Psychologiekursen, die ich im College genommen hatte. Vielleicht auch meine Wahrsagerfähigkeit. Irgendwas an ihrer Art und ihren Worten machte mich ein wenig besorgt. Nicht um mich, sondern um ihr eigenes Wohlergehen.

Vielleicht war sie ja doch nicht so gut an diese Welt angepasst, wie ich gedacht hatte. Vielleicht sollte ich darauf ein Auge haben.

„Na klar. Kann mich doch nicht ohne meine Waldläuferin in unmittelbare Gefahr begeben, oder?"

„Natürlich nicht."

Die Anspannung verschwand, doch ich schärfte mir ein, wachsam zu bleiben. Evelyn war eine fantastische Bogenschützin, oder wie auch immer ihre Klasse genau hieß, doch diese Welt war für uns alle eine

Herausforderung, und sie war hervorragend darin, den Schein zu wahren.

Jackson und Darren standen bei ihren zwei Freunden, die Chris erwähnt hatte. Miller? Und Simon, Sean … irgend so was in der Art.

Einer der Jungs musste wohl so um die siebzehn sein. Groß und schlaksig, aber definitiv schon im Begriff, sich allmählich in einen Mann zu verwandeln, mit breiter werdenden Schultern und etwas mehr Selbstbewusstsein in seiner Haltung. Seine Stimme war tief und drang weiter als die anderen. Er hörte sich respektvoll und kein bisschen rechthaberisch an. Ich hatte gleich große Achtung vor dem Jungen, denn wenn meine Erinnerung mich nicht trog, war ich ziemlich sicher, dass er es ganz ohne irgendwelche elterliche Unterstützung bis hierher zu uns geschafft hatte.

Jackson stand bei ihm, nah genug, doch nicht gegenüber, lauschte jedem Wort, das er sagte, stimmte vielem zu, diskutierte aber offensichtlich auch mit ihm, wenn es nicht so war. Seine Schultern nahmen nie jene gekrümmte Abwehrhaltung ein, wie sie es taten, wenn sein Vater mit ihm über Sport reden wollte. Jackson war einfach kein Sportkind. Das überließ er ganz und gar Wisp.

Ich schaute mir den Jungen genauer an.

Miller Danson

Level 19

Technomancer

Miller also.

In meinem Materialgürtel befanden sich Wasserflaschen und ein wenig Trockenfleisch. Nicht wie richtiges amerikanisches Beef Jerky, aber auch nicht schlecht. Dazu noch ein paar Erste-Hilfe-Utensilien. Nicht dass wir die je gebraucht hätten, so wie das System funktionierte. Alles, was einen nicht auf der Stelle tötete, heilte es mit der Zeit. Aber allein die Tatsache, dass ich Desinfektionsmittel hatte, dass mir möglichst viele Handlungsmöglichkeiten blieben, gab mir das Gefühl, besser vorbereitet zu sein.

Chris und Sarah standen etwas abseits bei Dale, finster blickend, während sie Rucksäcke mit ihren Geräten befüllten, die wie aus Glas gemacht wirkten. Neugierig geworden, ging ich mit Evelyn im Schlepptau hinüber zu ihnen. „Was ist das denn?"

Noch während ich fragte, wurde mir klar, dass die Dinger da vor mir sehr viel mehr waren als nur verschieden zusammengefügte Stücke Glas. Wie sie das auch angestellt haben mochten, es schien eine Art Vakuumbehälter für Umgebungs-Mana zu sein, das einen Vorrat von dem Zeug einsammeln und halten konnte.

Vielleicht.

Sarah seufzte. „Ein Prototyp. Wir haben drei verschiedene. Die Idee ist, wir füllen sie mit dem potentesten Mana, das wir finden können, sobald wir sie aufgebaut und aktiviert haben. Und das potenteste Mana gibt es wohl zwangsläufig direkt neben einem frischen Dungeon. Glaube ich. Falls das Mana sich um so was überhaupt schert."

Ich nickte aufmunternd. Ich verstand sie. Wir stolperten alle irgendwie im Dunkeln umher, und obwohl der Shop solches Zeug auch verkaufte, war es wichtiger, Dinge zu kaufen, die uns am Leben hielten und unsere persönlichen Klassen und Fähigkeiten aufwerteten. Wahrscheinlich.

„Sobald wir sie befüllt haben, können wir die Ströme von außen steuern, indem wir eine Fähigkeit namens Umgebungs-Mana-Anziehung verwenden, die ein paar von uns haben. Und dadurch sollte es, na ja, sich mehr oder weniger von selbst wieder aufladen. So lautet jedenfalls der Plan."

Sie zuckte bescheiden mit den Achseln, und ich sah, dass sie mehr *wollte, dass* es klappte, als dass sie sich dessen sicher war. Blöderweise wussten wir bei diesen ganzen Skills und Fähigkeiten nie genau, wie sie funktionierten, bis wir es ausprobiert hatten.

„Dann … ist das also eine Mana-Batterie?", fragte ich, nachdem ich das Ganze so gut ich konnte analysiert hatte.

Mir begegneten mehr als nur ein paar skeptische Blicke, doch Sarah meldete sich zu Wort, bevor jemand sich aufregen konnte. „Ungefähr. Ja und nein. So was wie eine Mana-Batterie und ein Mana-Kollektor."

Hey, ich war ein Pflanzenmensch. Technik für Doofies war genau das Richtige für mich.

Sange und Molly traten hinzu und hinderten mich daran, noch etwas zu sagen.

„Sorry. Haben ein bisschen gebraucht, um unser Zeug zusammenzukramen." Molly lächelte mich an, während Sange in stoischer Haltung hinter ihr stand. Jules gesellte sich nun ebenfalls dazu, ihre blonden Haare im Nacken zum Zopf geflochten.

Chris war verwirrt, als sie all die Leute sah. „Ich dachte nicht –"

„Eben nicht. Wir werden uns sicher nicht einfach einem im

Entstehen befindlichen Dungeon nähern können, ohne auf Probleme zu stoßen. Tank und Heiler sind das Mindeste, was wir tun können", sagte Evelyn. „Besonders, weil ihr ja mit der Bedienung der Manadinger beschäftigt sein werdet."

Chris errötete ein wenig und nickte. „Das hatte ich nicht bedacht. Haben alle ihre Ausrüstung? Fertig zum Abmarsch?"

Jules legte sanft eine Hand auf die von Chris und ließ ihr besänftigendes Lächeln wirken. „Ist schon okay. Ich glaube, manchmal müssen wir einfach … einfach zusammenhalten."

Deshalb war sie so gut darin, Überlebende in Empfang zu nehmen. Sie war einer der liebenswürdigsten Menschen, denen ich je begegnet war.

Als wir schließlich durchs Tor traten, beschlich mich jedoch das schreckliche Gefühl, wir hätten irgendwas vergessen. Obwohl wir fast einen Kilometer entfernt waren, konnte ich die Wogen des Manas bereits am Horizont des warmen Nachmittags erkennen. Blautöne aller Schattierungen schossen hoch in den Himmel, Funken sprühten, Wellen wogten.

Dem Mana machte es anscheinend Spaß, Kerker entstehen zu lassen.

Das Innere des Dings wuchs noch immer, wandelte und formte sich. Die MacGregor High School gab es nicht mehr. Wir hatten nur an der Oberfläche gekratzt, und angesichts der wilden Mana-Ausstöße im Umkreis war ich mir nicht mehr so sicher, ob wir damit zurechtkommen konnten, was es so ausspucken würde, während wir das Experiment durchführten.

Doch andererseits waren Dungeons in den meisten Games ja isoliert. Solange wir nicht hineingingen, sollten wir in Sicherheit sein. Falls die Welt der Spielelogik folgte. Was sie tat.

Die halbe Zeit über.

Und die andere Hälfte, na ja, dafür hatten wir ja das Team dabei.

Auf Level 21 bestand mein Inventar nun aus einem Raster von neun mal neun Feldern. Einundachtzig Plätze. Und noch immer lastete jener Hammer auf mir. Vor dem Start holte ich mir noch einmal seine Werte her, legte die Stirn in Falten und wägte die mir ersichtlichen Vor- und Nachteile ab, und noch immer war ich mir sicher, dass mir irgendetwas entging.

Kriegshammer der Orbtralon-Häuptlinge

Glückwunsch! Du hast einen Kriegshammer der Orbtralon-Häuptlinge gewonnen. Um diesen Gegenstand zu erhalten, muss ein Orbtralon-Häuptling, auch bekannt als Offizier, verschiedene harte Herausforderungen meistern, etwa seine sieben Ausbildungsoffiziere im Nahkampf zu besiegen.

Kampfwert-Modifikationen:

+10 % Kraft

+5 % Konstitution

+10 % Mentale Widerstandsfähigkeit

Waffenanforderungen:

Kraft: 26

Intelligenz: 60

Wahrnehmung: 50

Warnung: Du erfüllst nicht die Anforderung, um diese Waffe zu führen.

Warnung: Da du die Anforderungen nicht erfüllst, ist es dir nicht möglich, das volle Potenzial dieser Waffe einzusehen.

Die anderen kümmerten sich noch um kleinere Details und wir warteten vor dem Tor, also nutzte ich den Moment, um meinen Status aufzurufen. Ich wusste, dass mir an Stärke nicht mehr viel fehlte. Ich sollte eigentlich nur noch acht meiner zwölf verfügbaren Punkte dafür benötigen.

Statusmonitor			
Name	Kira Kent	Klasse	Spezialistin für Umweltprozesse
Volk	Mensch (weiblich)	Level	21 (9472 EP bis zum nächsten Level)
Titel			
Wahrsagerin			
Gesundheit	300	Ausdauer	300
Mana	650	Manaregeneration	44/Minute
Attribute			
Kraft	26	Beweglichkeit	27
Konstitution	30	Wahrnehmung	55
Intelligenz	65	Willenskraft	44

Charisma	25	Glück	18
Klassenfertigkeiten			
Mana-Wahrnehmung	2	Erdbarrikade	2
Bluttransfer	1	Erdrutsch	1
Wasserabschöp-fung	2	Manatransfer	1
Felsrutsch	1	Einpflanzung	1
Fähigkeiten			
Führungsfähigkeit	1	Mana-Sinn	4
Schlagwaffen	4		
Kampfzauber			
Kraftschild*			
Boni			
Wahrsagen		Mana-Mantel 2	
Analyse			

Na gut, schätze, ich war so weit. Die paar übrigen Punkte in Beweglichkeit und Intelligenz. Wenn ich dieses gewaltige Ding schwingen wollte, brauchte ich dazu viel mehr Fitness. Punkte zurückzuhalten war gut für die Planung, aber zu viele in Reserve zu lassen, würde mich nur den Kragen kosten. Und jetzt hatte ich ja einen guten Grund, sie anzuwenden.

Meine Konstitution sprang um sage und schreibe einen ganzen Punkt hoch, dank des Boosts durch die Waffe. Anscheinend wurde bei halben Punkten nicht aufgerundet. Meine Kraft lag nun bei 28. Es war meine mentale Widerstandsfähigkeit, die mich erleichtert aufseufzen ließ. Sie lag bei vierunddreißig Prozent, und ich stellte umgehend fest, wie viel weniger Krach nun in meinem Kopf umherschwirrte.

Was meine Fähigkeiten anging, überlegte ich mir ernsthaft, ob ich nicht das ganze Ding verbergen sollte. Die meisten der kleineren Skill-ups waren ohnehin schon ausgeblendet, wie etwa vom Gehen oder Kochen (Kaffee) – und Ähnliches, und nur die wichtigen Sachen wurden angezeigt. Zum Beispiel Mana-Sinn und Führungsfähigkeiten.

Dämliches UI-Management. Ich schwöre, als Nächstes würde das System noch anfangen, Pelze für meinen Statusmonitor zu verkaufen.

Verdammt. Hoffentlich hatte ich ihm nicht gerade eine Idee eingeflüstert.

Ich schaute erneut auf den Hammer in meiner Hand und warf bei dieser Gelegenheit meinen weitgehend zerstörten Baseballschläger weg. Ein Japsen ging durch die Runde, als ich scheinbar aus dem Nichts die mächtige, umständlich verzierte stählerne Waffe erscheinen ließ. Ein dumpfes, ätherisches Glimmen umgab sie.

Mana.

Plötzlich kam mir eine Vermutung, worin die versteckten Features wohl bestanden, und ich hätte schon viel früher darauf kommen sollen. Als ich die Waffe inspizierte, wurde ich von einer zusätzlichen Funktion begrüßt, die ich bisher nicht hatte einsehen können. Der Name hatte sich ebenfalls geändert. Kaum merklich, aber doch.

Kriegshammer der Ahnen der Orbtralon-Häuptlinge

Waffenfunktion

Achtung: Die Waffe muss aktiv bestückt sein, damit diese Funktion zur Verfügung steht.

Mana-Schmiede

Dieser Hammer wurde in den Mana-Feuern der Orbtralon-Ahnen geschmiedet, und zwar schon lange vor der Entstehung eures mickrigen Planeten. Dass er in die Hände eines niederen Orbtralon-Häuptlings gelangte, ist ein Beweis dafür, wie tief sie als Spezies gesunken sind.

Dieser Kriegshammer segnet seinen Träger mit der Fähigkeit, den Manafluss, den er sehen kann, direkt in physische Elemente zu formen, die dieser Kriegshammer dann im Kampf einsetzt, wenn er richtig geführt wird.

Warnung: Hüte dich vor den Verlockungen des Manas. Es kann dir große Macht verleihen, aber es verlangt einen hohen Preis dafür. Die meisten Mana-Schmiede verlieren ihren Verstand.

Yeah. Das klang fantastisch. Ich fragte mich, ob mein Mana-Sinn hier gut oder schlecht war. Jetzt musste ich nur noch aufpassen, dass das Mana mich nicht verrückt machte.

Na, dann los.

Kapitel sechsunddreißig: Energiequelle

13 Tage nach Systemstart – 18:00 Uhr

Der Bereich um den Kerker herum schien viel düsterer, als ich es von unserem letzten Besuch in Erinnerung hatte, doch das Mana war dichter, ja richtig beißend. Es drang mir in die Nüstern wie der Gestank von Abwasser, und ich musste etwas würgen, als wir uns näherten.

Chris sprach leise, fast ehrfürchtig, so als sei sie nicht sicher, ob sie überhaupt sprechen sollte. Konnte ich ihr nicht übelnehmen.

„Wir müssen die Geräte ausgebreitet aufstellen, damit sie die verschiedenen Ströme des Mana absorbieren können." Chris schlich weiter vor, und ich musste mir stets in Erinnerung rufen, dass ihre Klasse, obwohl sie auch im Kampf eingesetzt werden konnte, nicht wirklich für den Kampf *gedacht* war.

Der Sportplatz machte mich nervös. Noch waren wir technisch gesehen nicht im Bereich der Gebäude der Highschool, die von der Dungeon-Transformation erfasst waren, aber dennoch waren wir bereits auf dem Gelände der Schule. Mana schwebte überall, drang in den Boden und waberte darüber weg, wie sanfter Nebel oder zu niedrig hängende Wolken.

Es bewegte sich nicht etwa hektisch, wie ich es auch schon gesehen hatte, sondern wartete einfach nur. Vielleicht absorbierte es die ganze Energie um uns herum, oder es half der Vegetation, doch in diesem kurzen Moment, in dem ich das beruhigte Mana beobachtete, vergaß ich beinahe die todbringenden Veränderungen, die es unserem Planeten aufzwang.

Und dennoch wollte ich nichts weiter als ganz genau verstehen, was es eigentlich war.

Herzlichen Glückwunsch!

Du hast noch immer eine Quest. Wir haben schon verstanden. Du bist neugierig, was Mana ist und warum du es spüren kannst. Hier, zur Erinnerung:

Was ist Mana?

Level der Quest: Unnötig

Belohnung: Wissen

Warnung: Neugier ist der Katze Tod. Wirst du irgendwann zufrieden sein?

Ich blinzelte die Benachrichtigung beiseite. Jetzt war das System einfach nur ein Arsch. Vielleicht schenkte es mir jetzt mehr Beachtung, weil ich Einpflanzung benutzte und mir den Hammer besorgt hatte. Vielleicht starben wir für seinen Geschmack nicht schnell genug, oder so.

Das Mana-Energieaufbewahrungs-Batteriesystem-Dings funktionierte nicht so, wie ich es erwartet hätte, aber als sie es einmal aufgebaut hatten, erkannte ich, wie seine ausgebreiteten Flügel dem Mana erlaubten, in seinen Speicher zu fließen, anstatt in den im Aufbau befindlichen Kerker.

Jackson, Darren, Miller und Sean halfen Sarah und Chris dabei, sie alle gleichzeitig behutsam auszulegen. Chris hielt den Kolben, während Sarah und die Kids um jedes der Geräte die Flügel anbrachten.

Als schließlich alles an seinem Platz war, leuchtete jeder dieser Flügel auf, nachdem sie irgendeinen Zauber gewirkt hatten. Danach begannen ganz langsam, aber stetig auch die Geräte selbst immer mehr zu glühen. Zumindest taten sie es für mich. Für die anderen hatte Sarah eine kleine Anzeige montiert, die ihnen den Ladestand anzeigte.

Ich wusste zwar nicht, wie sie so ein Ding hatte bauen können, ohne wie ich das Mana sehen zu können, nahm aber einfach mal an, es musste mit irgendeinem der Skills zu tun haben, die sie im Laufe der Level durch ihre Klasse gewonnen hatte.

Oder sie hatte es aus dem Shop. Diese Möglichkeit gab es ja auch noch immer.

Als ich mich erneut umsah, kam ich zu dem Schluss, dass mir weder die Stille gefiel noch unsere Position. Sportplätze hatte ich noch nie gemocht, weil ich mich in der Schule oft genug beim Runden-Laufen hatte ablenken lassen, um Pflanzen zu beobachten, nur um dann eine Standpauke zu bekommen.

Außerdem machte die Natur um uns herum gerade wieder diese Sache. Die Abwesenheit von Geräuschen oder Lebewesen ließ meine Alarmglocken schrillen, während ich zusah, wie sich die Mana-Speicher füllten. Ja, ein viel passenderer Name für die Geräte.

Ich schloss die Augen und versuchte zu ergründen, was genau da draußen war, das diese Stille verursachte. Was lauerte da auf uns? Doch mit meinen Sinnen konnte ich keinen Druck erspüren.

Überall um uns herum strömte Energie, schwer zu lokalisieren, wo wir uns doch so dicht neben einem sich formenden Dungeon befanden. Sie wogte wie der Ozean während der Ruhe vor dem Sturm, so als bereite sie sich auf einen brutalen Monsun vor.

Plötzlich riss ich die Augen auf, als hätte mir jemand unerwartet mit der Faust ins Gesicht geschlagen, nur eine Sekunde, bevor der Boden unter unseren Füßen sachte zu zittern begann. Es war wie das Poltern eines vorbeifahrenden Zuges ein paar Blocks entfernt, doch das war es natürlich nicht.

„Was zur –" Jackson sah zu mir auf, die Augen vor Schreck plötzlich weit aufgerissen.

Als ich gerade einen Schritt auf ihn zugehen wollte, wurde mir klar, dass ich ihn nicht mehr rechtzeitig erreichen würde, bevor es losging.

„Runter!", schrie ich, als eine Welle an Mana so rasend über uns fegte, dass es mich aus der Bahn warf.

Eine gewaltige, wulstige, oktopusartige Kreatur schoss aus dem Boden, knapp rechts der Stelle, wo einer der Speicher sich gerade fröhlich mit Mana füllte. Wie ein Katapult schleuderte es die Heilerin, die dort gestanden hatte, hoch in die Luft, zwölf Stockwerke oder so.

Seine Tentakel peitschten umher und rissen einige von uns von den Füßen. Molly flog so weit weg, dass sie einen Sprint einlegen musste, um es rechtzeitig zurückzuschaffen.

Alles, was ich tun konnte, war halb am Boden kniend zuzusehen, wie Jules wieder herabgestürzt kam, die blonden Haare aus dem Zopf gerissen, und mit einem widerwärtigen, endgültigen dumpfen Aufschlag auf die Erde krachte.

❖

Mein Schrei war nicht der einzige. Jacksons war wohl der Lauteste von allen. Im Augenwinkel sah ich ihn, bleich vor Entsetzen. Seinen Anteil an diesem Zauber hätte doch sicher auch jemand anderes übernehmen können.

Zeit für Reue gab es nicht, auch nicht, um die Tote zu betrauern. Es war nur Zeit, sie zu rächen.

„Macht die Mitte frei", brüllte ich, und meine Stimme klang überhaupt nicht mehr nach mir selbst.

Offenbar machte sich die Trauer nichts aus meinen Plänen oder der verfügbaren Zeit. Sie schlug mir einfach trotzdem ins Gesicht. Als ich meinen Kriegshammer packte, verzog ich ob seines Gewichts das Gesicht.

„Freimachen und hinter Molly in Stellung gehen." Mehr blieb uns nicht übrig, und wir mussten die verdammten Speicher schützen, ansonsten wäre Jules' Opfer umsonst.

Chris und Sarah, Jackson und Darren, Dale, Evelyn … alle. Wir arbeiteten wie ein Uhrwerk, wie automatisch und gesteuert nur von der Notwendigkeit, nichts weiter.

Molly schrie laut und nutzte damit eine neue Fähigkeit, um das Monster auf sich zu locken, so laut, dass ich bloß froh war, nicht direkt hinter ihr zu stehen. Als ich die Kreatur analysierte, wurde mir ihre Spezies angezeigt.

Mollecupai

Level 25 Elite

TP: 4.200

MP: 2.100

Das war ja mal hilfreich. Not.

Das war zwar ein bisschen ironisch, aber der Name klang fast ein bisschen wie der unseres Tanks. Und Molly hatte das Ding mit ihrem Schrei fürs Erste abgelenkt.

Das Vieh war aber einfach gewaltig, und wir hatten nicht die Mittel, um damit fertig zu werden. Wir hatten keine volle Kampftruppe dabei. Was für eine beschissen dumme Entscheidung.

Doch Jackson und Darren sprangen ein. Sie schleuderten dem Monster Blitze entgegen, Feuer und Licht, alles, was ihm schaden konnte. Ich hatte schon fast vergessen, dass sie auch über Kampffähigkeiten verfügten, so lange war es her, seit wir sie gebraucht hatten.

Molly blieb vorne und bannte die Aufmerksamkeit des Monsters mit ihrem Schwert, wobei sie regelmäßig ankommenden Attacken nur knapp entging und öfter um ein Haar enthauptet wurde. Wann immer sie doch getroffen wurde, taumelte sie rückwärts, und ihr armer Schild – trotz der im Shop vorgenommenen Reparaturen – sah aus, als wäre er in eine Müllpresse geraten. Sie war dennoch wild entschlossen, auch wenn ich sah, dass ihr mitten im Kampf Tränen über die Wangen liefen.

Chris unterstützte Molly, indem sie ihre Schildkugel aktivierte und so die Treffer abschwächte, die wir von den Tentakeln einstecken mussten.

Dale übernahm die Heilungsaufgaben, die bisher Jules' Job gewesen waren. Ich sah die Trauer in seinem Gesicht, wie bleich er war, und die Todesangst in seinem Blick. Doch er hörte nicht auf zu heilen, und mehr konnte ich nicht von ihm verlangen.

Ich ahnte, was er fühlte.

Ich blieb dicht bei Jackson und tat, was ich konnte, indem ich Wasserabschöpfung auf das Ding wirken ließ. Auch Einpflanzung funktionierte in dieser Situation gut, doch die Kreatur nahm die Explosionen nicht gut auf, die sie jedes Mal ein paar Prozent kosteten. Sie wurde nur noch wütender und drosch noch heftiger auf Molly und Chris ein, wann immer sie ihr zu nahe kamen. Selbst Evelyn musste sich gelegentlich ducken oder aus der Bahn springen, um den fliegenden Tentakeln auszuweichen.

Kein Spiel, absolut nicht, wo Molly den ganzen Zorn des Monsters allein auf sich hätte lenken können. Ihr galt die größte Aufmerksamkeit, doch wir mussten dennoch alle höllisch aufpassen. Chris schien keine weiteren Waffen zu haben, außer dass sie Schäden minderte, doch das mochte schließlich kein Mob.

Die Einpflanzung richtete großen Schaden an und baute außerdem Molly immer wieder auf, sodass sie weiterkämpfen konnte, doch sie war gleichzeitig so Mana-intensiv, dass es mir schwerfiel, sie jede Minute anzuwenden und gleichzeitig Reserven für Notfälle zu wahren.

Jackson und Dale waren standhaft und clever genug, um sich immer wieder zurückzuziehen, sodass sie nie Gefahr liefen, getroffen zu werden. Ich wollte gerade vorpreschen und mit meinem riesigen Hammer zuschlagen, als ich einen plötzlichen Wandel des Manastroms im Inneren des Monsters wahrnahm.

„Es greift an!“, schrie ich.

Ihnen blieb nur ein Sekundenbruchteil zum Reagieren, doch glücklicherweise reichte das aus.

Molly und Sange zogen sich zurück und konnten dabei einem Tentakelwischer ausweichen, der sie von den Füßen zu fegen versuchte. Ein weiterer Tentakel reckte sich, um das Gleiche auf Kopfhöhe rundum zu erreichen, vor allem auf die weiter entfernten Schützen und Zauberer gerichtet. Ein dunkles Licht erblühte dabei um die peitschenden Tentakel herum, eine schwache Flamme, die kurz in der Luft verblieb, auch nachdem die Gliedmaßen vorbeigerauscht waren, bevor sie verschwand.

Wir schafften es alle, uns zu ducken oder weit genug zurückzuweichen, um nicht in Gefahr zu geraten. Aber ohne die kleine Vorwarnung hätte dieser Angriff für uns alle übel ausgehen können. Die Flammen waren allerdings nicht das einzige Problem, denn mir wurde jetzt gerade erst klar, dass diese verdammten Tentakel mit kleinen, rasiermesserscharfen Klingen besetzt waren.

Selbst als der Boden vibrierte, Nahkampfwaffen krachten und einschlugen und Zaubersprüche abgefeuert wurden, konnte ich aus dem Augenwinkel noch immer Jules' Körper sehen, der bei jedem Stoß schlaff vom Boden aufsprang und aus dem weiterhin Blut quoll.

Ich verstand nicht, warum ihre verbesserte Konstitution sie nicht gerettet hatte. Hatte sie nicht genug Punkte darauf verwendet? War sie bewusstlos, als sie in die Luft flog, und konnte deshalb den Schild nicht aktivieren, der uns zuvor schon so oft gerettet hatte?

Hatte der Mollecupai beim ersten Angriff irgendeinen besonderen Skill eingesetzt?

In Anbetracht seines Manas sehr wahrscheinlich.

Ich hatte sie nur kurze Zeit gekannt. Zwei Wochen, die mir vorkamen wie ein ganzes Leben. Und nun gab es sie nicht mehr.

Der Schrei erreichte mich überraschend.

„Kira!“

Ich schaute auf, gerade rechtzeitig, um meinen Bruder zu sehen, der mit seinen Händen auf den Tentakel zeigte, der mich im nächsten Moment voll ins Gesicht treffen würde. In Zeitlupe beobachtete ich, wie der abgetrennte Körperteil grünblaues Blut auf mir versprühte. Dann lief die Zeit wieder normal weiter und das Gesicht meines Bruders wurde aschfahl, als er erst mich anstarrte und dann seine Hände.

„Danke!“, rief ich, wohl wissend, dass ich ihn von dem Zerstörungswerk ablenken musste, das er gerade angerichtet hatte.

Wir mussten uns dringend noch mal hinsetzen und ausführlich reden.

Wir brauchten eine Therapie. Wir *alle* brauchten eine Therapie.

Später.

Wenn wir das überlebt hatten.

Mein Hammer surrte, zuckte in meinen Armen und vibrierte durch meinen ganzen Körper hindurch. Ich sah ihn an und bemerkte, dass sein Kopf glühte und die Verzierungen manablau schimmerten.

Na schön. Bisschen verrückt, aber was soll's. Hatte in letzter Zeit keine Magic Mushrooms gefuttert, also bildete ich es mir vermutlich nicht ein.

Der Boden bebte und Erde regnete auf uns alle nieder, während die verbliebenen Tentakel weiterhin unabhängig voneinander um sich peitschten. Bei jeder Manawoge summte die Waffe in meinen Händen. Flehte mich förmlich an, sie einzusetzen.

Energie floss vom Griff in mich hinein, und noch bevor ich weiter darüber nachdenken konnte, rannte ich blindlings auf das Monster zu. Ich hörte, wie sich dabei ein Urschrei aus meiner Kehle löste.

Dumme Kira. Dumm.

Als ich mit der Waffe ausholte, spürte ich, wie sich meine Schultern unter ihrer Wucht anspannten. Das tiefe, dumpfe Krachen, als sie aus dem Körper des Wesens einen Brocken Fleisch riss, war ekelerregend. Der Hammer riss ein Loch, als gleite er durch Butter.

Der Mollecupai stimmte ein ohrenbetäubendes Gekreisch an wie ein Kleinkind bei einem Tobsuchtsanfall, doch da war ich viel Schlimmeres gewöhnt. Ich schnitt eine Grimasse und riss meinen Hammer erneut hoch, wobei er allerhand feine Fäden Mana anzog, und ließ ihn noch einmal niedergehen. Es gelang mir dabei, dem Vieh einen weiteren Tentakel abzutrennen.

Ich war wie eine von Raserei durchdrungene Version meiner selbst, die mich eisern packte, das Ruder an sich riss und verlangte, dass ich das Mana um uns herum einsetzte, um eine neue Welt zu schmieden. Und alle zu vernichten, die sich mir in den Weg stellten.

Ein Teil von mir verstand, dass dieses ganze Gefühl vor allem aus der Waffe stammte, die ich führte. Konnte Mana mich verrückt machen? Aber hallo.

Aber im Moment nahm ich die Kraft gerne an, die mir der Hammer verlieh, um meinen tentakeligen Feind zu feiner Matschepampe zu klopfen. Danach würde mir schon noch genug Zeit bleiben, um meine Taten zu analysieren. Jetzt aber zählte nur eins, das Ding zu zerschmettern, wie es Jules zerschmettert hatte.

Das Monster war noch immer gefährlich genug, um meinem Team zu schaden. Sange versengte gewaltige Partien seiner Tentakel und zielte immer wieder auf die Augen, um es abzulenken, während they ständig ihrem Tank neue Energie zuführte. Molly zu meiner anderen Seite gab mir Deckung. Hielt die monströsen Tentakel auf Abstand, indem sie Skill um Skill ins Rennen warf und Mana und Ausdauer verbrannte wie verrückt, um mein Leben zu schützen.

Chris hatte ihren Schild, der kleine schwebende Pfeile verschoss, wenn sie ihn rotieren ließ, die sich bohrend und zischend in den Leib der Kreatur gruben. Sie arbeitete allein und im Team mit meinem Bruder, um uns mehr Platz zu schaffen, mehr Radius.

Und dann natürlich Dale. Denn der Mollecupai hatte freilich noch immer seine kleinen Tricks. Etwas schoss auf mich zu, krachte in meine Beine, meinen Bauch. Mein Blut tränkte den Boden, doch Sekunden später war ich schon wieder auf den Beinen, als Dale mich mit einem Heilzauber durchflutete.

Schmerzen, ja, aber Schmerzen konnte ich ertragen.

Ein paar Augenblicke später verblasste sogar mein Bewusstsein um mein Team, meine Freunde. Alles, was in meiner Wahrnehmung übrig blieb, waren die peitschenden Tentakel, das durch mich strömende Mana, das Blut und die Eingeweide, mit denen ich von Kopf bis Fuß besudelt war, und das wilde Pochen meines eigenen Herzens.

Nichts.

Nicht dieser verfickte Mollecupai, nicht unsere Machtlosigkeit, nicht die IJSA und auch nicht das verdammte System selbst würde mir noch mehr von denen wegnehmen, die mir am Herzen lagen. Und ich würde meine Kinder dazu erziehen, es mir gleichzutun. Das System konnte sich auf Generationen von Kents gefasst machen, die ihm den Garaus machen wollten.

Genau. Mein neues Motto.

Fuck the System.

Kapitel siebenunddreißig: Dreht den Strom auf

13 Tage nach Systemstart – 21:00 Uhr

Ich hatte keine Ahnung, wie lange ich auf das Ding eingehämmert hatte, aber als ich wieder zu mir kam, war es längst tot. Inmitten einer Pfütze breiigen Fleisches stehend, blinzelte ich, schaute hinab auf meinen Hammer, der dank seiner offensichtlichen Selbstreinigungsfähigkeit funkelte und glänzte wie neu, und stopfte ihn in mein Inventar. Was ich jetzt auf keinen Fall brauchte, war noch mehr von dieser überwältigenden Zerstörungswut.

Die anderen waren bereits eifrig dabei, die nun vollen Mana-Speicher einzusammeln, sie sicher zu verkabeln und zu verstauen, um sie nach Hause zu schaffen. Sie arbeiteten leise, doch hin und wieder hörte ich Flüstern und sah flüchtige Blicke in meine Richtung. Sie unterbrachen ihre Arbeit jedoch keinen Moment lang. Das durften sie auch nicht, wenn wir sicherstellen wollten, dass Jules‘ Tod nicht umsonst gewesen war.

Eine Benachrichtigung blitzte vor meinem Gesicht auf, und ich nahm mir nur eine Sekunde Zeit, bevor ich sie wegdachte.

Mana-Mantel

Bitte beachte, dass die Manakapazität deines Mantels aufgrund der überwältigenden Sättigung des umgebenden Manas, in der du gerade rumgehangen hast, auf 175 gestiegen ist. Diese Benachrichtigung wurde durch einen wichtigen Mana-Meilenstein ausgelöst.

Wichtig für'n Arsch. Wichtig war die Leiche, die dort drüben lag, am Rande des Sportplatzes, ihr Gesicht von Spritzern des Monsterbreis verschmutzt. Als ich zu ihr ging, sah ich schon von Weitem, wie übel zugerichtet ihr Körper war. Jeder einzelne Knochen musste beim Sturz aus dieser Höhe gebrochen sein.

Ihre blonden Haare waren von ihrem verkrusteten Blut und jenem des Mollecupai getränkt, was ihr viel von ihrer Unschuld raubte.

Jules, sie war eine von den Guten gewesen. Kyle stellte sich neben mich, schweigend, und lieh mir die Kraft, die ich jetzt so dringend benötigte. Worte lechzten in meinem Gehirn nach Aufmerksamkeit, Dinge, die ich sagen wollte, zum Ausdruck bringen musste. Doch nichts würde sie je zurückbringen, und selbst wenn wir einen Totenbeschwörer unter uns gehabt hätten, wäre uns wohl allen klar gewesen, wie das enden würde.

Bisher hatten wir Zombies auch tunlichst gemieden.

„Das ist nicht deine Schuld." Kyle sprach sanft und gab mir so viel Trost, wie er nur konnte, mit jenen leeren Worten. Wir wussten beide, dass ich mir sowieso Vorwürfe machen würde.

Er bückte sich und hob sie hoch, damit wir sie zurück ins Center bringen konnten, bevor noch so ein Scheißmonster beschloss, aus dem Boden zu schießen. Ich fühlte, wie mir die Tränen in der Kehle steckenblieben. Scheiß auf Heulen. Ich musste sie beiseiteschieben und stattdessen die Energie nutzen, um …

Offenbar gehorchten mir nicht mal meine Tränen.

Ich zwang mich zum Atmen, zum Denken.

Einen Hoffnungsschimmer, das brauchte ich jetzt. Das Positive sehen, die guten Seiten, trotz aller Verzweiflung.

Es war eine Apokalypse – der Tod war da vorprogrammiert. Unsere kleinen Techniker hatten es geschafft, uns drei Energiequellen zu basteln. Wir würden wieder ordentlich Licht haben, nicht mehr nur die kleinen Funzeln, von denen einem die Augen schmerzten.

Wir würden es vielleicht sogar schaffen, ein paar der Kühlschränke in Betrieb zu nehmen und uns einige unserer Annehmlichkeiten zurückzuholen. Zumindest nach ein paar weiteren Basteleien. Kleine Schritte in Richtung einer neuen Zivilisation. Wurden nicht ein jedes Imperium auf den Opfern einiger weniger aufgebaut?

Irgendwie beschlich mich aber das Gefühl, dass sich die Geopferten weniger darüber freuten als jene, die überlebten und davon profitierten.

Scheiß drauf.

Ich prüfte im Geiste meine Liste.

Siedlungskern erhalten: Check

Offizielle sichere Zone begründet: Check

Verwaltung eingesetzt und organisiert: Check

Verteidigung und Sicherheitspatrouillen eingerichtet und nach Maßgabe der finanziellen Möglichkeiten verstärkt: Check

Alternative Energiequellen für die Versorgung unserer menschlichen Technikscheiße: Definitiv im Gange

In weiteren drei Tagen, da war ich mir sicher, würden wir um unser neues Zuhause kämpfen müssen, das wir uns aufgebaut hatten, nachdem uns unser Altes geraubt worden war. Ich wollte dieser intergalaktischen

Regierung einfach zeigen, wie zäh wir Menschen sein konnten, so ähnlich wie die Kakerlaken, denen ich allmählich immer mehr Respekt zu zollen begann.

Wir würden bereit sein. Dafür würde ich sorgen.

Die Prozession zurück durch die Straßen zum Center war ein weiteres Mal eine düstere. Die Dämmerung brach herein und der Winter näherte sich. Wir schleppten uns – ein passenderes Wort dafür gab es einfach nicht – in Richtung unseres Ziels, als Jackson plötzlich mit seinen Händen nach meinen griff.

„Alles okay bei dir?“, fragte ich, und bemerkte erst jetzt, dass ich ihm noch nicht mal eine Umarmung oder irgendwelchen Trost geboten hatte, seit Jules vom Himmel gefallen war. Ich war einfach neben meinem Zwilling her gelatscht, während er ihre Leiche trug.

Jacksons große Augen musterten mich einige Augenblicke lang, bevor er sich an mich drückte und mir eine feste Umarmung gab. „Du bist vorhin ein bisschen durchgedreht, Mum.“

Er hatte recht. Da musste ich in Zukunft aufpassen. Das war nicht ich, und ich durfte nicht zulassen, dass meine Fähigkeiten, Waffen, oder überhaupt diese verdammt aufdringliche Dungeonwelterei auf unserem Planeten mein Ich veränderte, das mir eigentlich gar nicht schlecht gefiel. „Ja. Du hast meine Erlaubnis, mich beim nächsten Mal zu zwicken und da rauszuholen.“

Jackson hielt inne. „Okay. Aber nur, wenn es gerechtfertigt ist. Ich mochte Jules. Sie war nett zu uns Jüngeren. Ich glaube, du bist genau im richtigen Moment durchgedreht.“

Ich umarmte ihn von der Seite, ob es ihm gefiel oder nicht, und dass er mir nicht auswich, deutete ich als gutes Zeichen. Ungefähr einen Block weit gingen wir schweigend nebeneinander her, bis er erneut sprach.

„Also, hör mal, mir macht es nichts aus, eine Weile lang nicht mehr auf die großen Patrouillen mitzugehen." Er sagte das, als täte er mir damit einen Gefallen, aber ich spürte tief drinnen, dass ihm das vorhin höllisch Angst gemacht hatte. Und das war okay. Er war schließlich erst dreizehn, verdammt noch mal.

Ich drückte ihn erneut und lächelte. „Okay. Stattdessen kannst du weiter an diesen Energiequellen arbeiten. Was meinst du?"

„Deal."

Sein Grinsen brachte meine Welt zum Strahlen.

Er und seine Schwester waren alles für mich, und trotz allem, was in den vergangenen Wochen passiert war, hatten sie überlebt.

Verdammte Axt. Das hier war *unsere* Welt. Was auch kommen mochte, ob uns die IJSA vertreiben wollte oder noch mehr irrwitzig mächtige Monster auftauchten, von mir aus auch brennende Koalabären oder weiß der Geier was, wir würden damit klarkommen.

Wir hatten jetzt Strom, gewannen jeden Tag an Levels dazu und bauten unsere Streitmacht aus. Und obendrein waren wir eine Gemeinschaft geworden.

Alles andere würden wir schon hinkriegen, denn so waren wir Aussies eben.

Fuck the System und scheiß auf jeden, der sich einbildet, mir mein Zuhause oder meine Familie wegnehmen zu können.

Epilog

Gemma weinte nicht. Sie blinzelte kaum, als ich ihr die Nachricht von Jules‘ Tod überbrachte. Stattdessen schluckte sie ihre Antwort runter, nickte knapp, wandte sich um und ging davon. Ihre Schultern waren steif, und alles an ihr sagte mir, dass sie einfach nur allein sein wollte.

Das verstand ich. Wisp nicht. Oder eigentlich Hund, um genau zu sein, der dem Mädchen nachtappte, mein Kind im Schlepptau.

Chris und Sarah waren gemeinsam mit Jackson und seinem Team damit beschäftigt, die drei Manabatterien zu installieren, die uns unseren Strom zurückgeben sollten. Das erwies sich als viel komplizierter, als ich gedacht hätte, und ich hoffte immer inständiger, dass sie es vor der Deadline der Quest hinbekamen. Uns blieben noch fast zwei Tage. Sollte reichen.

„Wie geht's dir so?“ Dolores setzte sich zu mir in mein kleines Coffee Shop-Eck. Ich kam mittlerweile regelmäßig ins gute alte Raybucks – japp, das passte als Name jetzt viel besser – und setzte mich stets an denselben Tisch vorne am Eingang.

Ich nahm mir einen Moment Zeit, um einfach mal zu analysieren, wie ich mich fühlte.

„Es geht mir ziemlich beschissen.“ Es war die Wahrheit, und es fühlte sich gut an, es laut auszusprechen. Doch es gab noch so viel mehr zu sagen. „Versteh mich nicht falsch. Wir haben erreicht, wofür wir losgezogen sind, und wir sind endlich auf dem richtigen Weg, diesen Ort zu einer echten Basis zu machen, die wir ausbauen können. Fürs Erste sind wir in Sicherheit. Die Kids sind in Sicherheit. Es wäre nur nett gewesen, wenn wir wenigstens ein Mal niemanden dafür hätten opfern müssen. Das ist alles."

Dor schaute mich durchdringend an, so als wollte sie meine Gedanken lesen. „Das ist alles? Bist du da nicht ein bisschen sehr pragmatisch?"

Ich schüttelte den Kopf. „Inwiefern? Wie sollen wir denn sonst sein? Wir machen weiter. Wir ergehen uns nicht in dem, was passiert ist, weil es sich nicht ändern lässt. Wir halten die Überlebenden auch weiterhin am Leben." Ich spürte die Traurigkeit, die mich an der Kehle packte, doch es steckte auch eine Kraft darin. Jules war tot – es war trauriger Fakt, aber immerhin Fakt.

„Okay. Ich kann mich damit anfreunden. Und was machen wir als Nächstes?"

Das genügte mir an Akzeptanz. Als ich gerade die Liste der Dinge aufzählen wollte, die wir zu tun hatten, knackte es in meinem Funkgerät.

„Kira?"

Kyles Stimme knisterte, aber ich erkannte ihn trotzdem. Er war zum Tor gegangen, um mit Mike die Patrouillen zu besprechen. „Wir haben ein Problem … ein großes Problem."

Scheiße.

Ich wusste mit plötzlicher und unfehlbarer Klarheit, worum es dabei gehen musste. Zwillingsintuition oder was auch immer. „Fuck."

Dolores sah mich an, sofort hellwach. „Was?"

„Draußen." Ich ließ mein Notizbuch zurück, schnappte mir das Funkgerät und sprintete raus.

Sobald ich aus dem Center trat, ließen Windstöße mein Haar sofort in alle Richtungen gleichzeitig fliegen. Der Südostwind war schon immer schneidend gewesen, aber so heftige Richtungswechsel waren nicht normal.

Dolores folgte mir, und hinter uns sah ich auch Evelyn ankommen. Ich blinzelte in den Himmel, doch der war nun finster, und ich sah nicht so gut wie, ich es gewohnt war. Da war eindeutig irgendwas. Flach und irgendwie undurchsichtig wolkenfarben hing es dort in der Luft. Sah nicht aus wie irgendeines der außerirdischen Raumschiffe, die man so aus dem Fernsehen kannte.

Evelyn holte uns ein, als wir hinaus zu Mike und Kyle rannten. „Ist das ein verdammtes Raumschiff?"

Ein Gefühl der Dringlichkeit nagte an meinen Waden wie ein Herdenhund. Ich rannte zwei Stufen auf einmal nehmend die Treppe hinauf. Meinen Knien machte das ja jetzt nichts mehr aus. Das System hatte mit den alten Wehwehchen ein für alle Mal aufgeräumt.

„Jap. Ein verdammtes Raumschiff. Und ich glaube, nicht nur eines." Das Gewicht der Aussage zwang mich fast in die Knie. Wenn es das war, was ich dachte, und da war ich mir beinahe sicher, dann spielte es absolut keine Rolle, wie sehr wir uns vorbereitet hatten, und was wir alles unternommen hatten.

Endlich kamen wir oben an, Dolores ein gutes Stück hinter uns. Nachdem ich erneut in den Himmel geblickt hatte, sah ich meinen Bruder an, dessen Gesicht kreidebleich war. Jetzt konnte ich drei weitere Schiffe sehen, insgesamt also vier an der Zahl.

Nein, nein, nein. Ein anderes Wort fiel mir nicht ein, und es war alles andere als hilfreich. Das konnte doch gar nicht sein, oder? So etwas passierte sonst nur mit unerwünschten Familienmitgliedern, die sich ständig selbst einladen und dann zum Barbecue auftauchen, ohne selbst was mitzubringen.

Oder wie diese verdammten Leute, denen man explizit gesagt hatte, sie sollten sich verpissen, und die dann doch einfach kamen.

Kyles Stimme zitterte. „Sie sind hier, Kira."

„Viel zu verdammt früh."

Dolores holte uns ein, leicht außer Atem. „Aber es ist die IJSA, oder?"

Ich konnte nichts tun außer nicken.

Mike trommelte nervös mit dem Fuß, und seine Schultern zuckten ein wenig. Er war nervös. „Die sollten doch erst in drei Tagen kommen."

Evelyn verschränkte die Arme. „Na ja, offenbar können sie bei der IJSA den Kalender nicht lesen, oder sie sind einfach unhöfliche Wichser."

„Jedenfalls sind wir nicht bereit." Zum ersten Mal, seit ich sie kannte, klang Evelyns Stimme nun ganz klein. „Noch nicht."

Ich klammerte mich am Geländer fest, beugte mich vor und schaute hinab, um nachzusehen, ob schon irgendwer oder irgendetwas ausgestiegen war. „Ja, leck mich doch am Arsch."

Im Moment fiel mir nichts Konstruktiveres ein.

Verdammt. Manchmal hasste ich es, recht zu haben.

Anmerkung der Autorinnen

Hallo zusammen! K.T. Hanna hier.

Ich möchte mich bei Euch allen bedanken, dass Ihr *Die System-Apokalypse: Australien – Das System am Ende der Welt* gelesen habt.
Brisbane ist die Stadt, in der ich geboren und (zum größten Teil) auch aufgewachsen bin, und es hat mir großen Spaß gemacht, sie in diese Serie mit einzubauen. Mutierte Koalas, Emus und Schnabeltiere kommen noch. Wenn Euch dieses hier gefallen hat, dann werdet ihr mit den nächsten Büchern aus der Reihe Eure helle Freude haben. In Taos Universum zu schreiben, war eine fantastische Erfahrung, und ich kann's kaum erwarten, Euch zu zeigen, wie großartig Kira sein kann.

Wenn ihr Spaß an dem Buch hattet, möchte ich Euch bitten, mir eine Rezension zu hinterlassen. **Rezensionen** sind die Existenzgrundlage jeder Autorin. Ohne sie verschwinden Bücher in der Versenkung. Dank ihnen jedoch fördern die meisten Algorithmen gut bewertete Büchern auf die eine oder andere Art.

Wollt Ihr mehr über meine Bücher erfahren?

- Meldet Euch in meiner Somnia Online an und erhaltet eine Kurzgeschichte gratis!
- Falls Ihr mich persönlich kontaktieren möchtet, meine E-Mail-Adresse lautet: kthannaauthor@gmail.com

  Ich bemühe mich, alle Eure Anfragen zu beantworten.
- Wenn Ihr gerne einen Vorgeschmack auf meine kommenden Bücher oder Kunstprojekte möchtet, könnt Ihr das über mein

https://www.patreon.com/KTHanna

- Ihr findet mich regelmäßig in meiner
  www.facebook.com/groups/worldsofkthanna
- Lesegruppe, aber auch auf Twitter und Instagram.
  www.twitter.com/KTHanna
  www.instagram.com/kt_hanna

-KT

❖

Australien ist ein Kontinent, über den ich schon immer schreiben wollte, aber da ich das Land weder besucht noch viel darüber recherchiert hatte, wusste ich stets zu wenig darüber. Es war also ein glücklicher Zufall, dass KT gerade ihre Arbeit an Somnia Online beendet hatte, als wir ins Gespräch kamen. Da ich wusste, wie gut mir ihre Texte gefielen, fragte ich sie, ob sie bereit wäre, mit mir gemeinsam eine in Australien angesiedelte Version der Systemapokalypse zu schreiben, und sie sagte zu meiner großen Freude zu.

Als ich mit ihr über ihre Wünsche sprach, freute ich mich noch mehr auf die Serie, denn eine Figur wie Kira hatten wir noch nie. Eine Mutter, eine Australierin, eine Person mit einem starken Bezug zur Erde und zu ihren Kindern. Das sprach mich an, sowohl als Leser als auch als Autor, und ich muss sagen, wenn ich mir die Notizen zu Buch 2 so durchlese, kann ich es kaum erwarten, Euch allen zu zeigen, was noch kommen wird.

-Tao

Über die AutorInnen

KT Hanna

KT Hanna hegt so viel Liebe zu Worten, dass ein einziges davon ganze Welten entfachen kann.

Geboren in Australien, lernte sie ihren zukünftigen Ehemann in einem Computerspiel kennen, zog in die USA und erlitt einen Kulturschock. Der Vorteil? Weniger Geschöpfe, die spezifisch dafür geschaffen scheinen, uns töten zu wollen.

KT erschafft Science-Fiction, Fantasy und LitRPG am laufenden Band, dazu spaßeshalber auch mal einen Klecks Horror! Sie spielt Computer-Games und kutschiert ihre Tochter herum, wenn sie sich nicht gerade um ihre Katzen, ihre Hunde oder ihren Mann kümmert.

Nein, Schlaf braucht sie nicht. Angetrieben wird sie ausschließlich von Koffein, Chipotle und Sarkasmus.

Um mehr über die übrigen Werke der Autorin zu erfahren, besucht die Website: www.kthanna.com/

Tao Wong

Tao Wong ist begeisterter Leser von Fantasy und Sci-Fi, und verbringt seine Zeit schreibend und arbeitend im Norden von Kanada. Er hat im Leben schon viel zu viel Zeit mit Kampfkünsten aller Art verbracht und sich dabei viel zu viele Knochen gebrochen, sodass er sich heutzutage lieber auf das Erschaffen von Fantasy-Welten konzentriert.

Updates über die Serie und alle anderen Bücher von Tao Wong (sowie besondere One-Shot-Stories) findet ihr auf der Website des Autors: http://www.mylifemytao.com

Oder auf seiner Facebook-Seite: www.facebook.com/taowongauthor

Tragt Euch in Taos Mailing-Liste ein, um **exklusiven Zugang zu Kurzgeschichten aus den Reihen Eintausend Li und System-Apokalypse zu erhalten.**

www.mylifemytao.com/foreign-language-editions/german

Danksagungen von KT Hanna

Ich habe so vielen Menschen zu danken. Auch jene, die mir nicht direkt bei der Schreibarbeit unter die Arme greifen, geben mir Kraft und helfen mir, meine besten Geschichten zu erschaffen.

Die Lieben meines Lebens, Trevor und meine kleine Bria. Es ist seine Schuld, dass ich das Genre überhaupt entdeckt habe, und ihre, dass ich das Schreiben niemals aufgebe.

Ohne die folgenden Freunde wäre ich nie so weit gekommen:

Jami Nord und Owen Littman

Amanda W.

Quinton Shyn

Dawn Chapman

Bonnie Price

Andrea Parseneau

Cait Greer

M Evan Matyas

Dave Willmarth

Charles Dean

Daniel Schinhofen

Jay Boyce

Michael Chatfield

Luke Chmilenko

Tao Wong

Und natürlich meine Familie:

Mumskin und Papilie, Tracey, Bev und Robbie.

Der gesamte Rainbow Room.

Kristen, Everlosst, Hydrael, Kai

Und jeder und jede einzelne meiner Patrons, ganz zu schweigen von meiner FB-Gruppe. Ihr alle helft mir, einigermaßen bei Verstand zu bleiben.

Über den Verlag

Starlit Publishing ist vollständig im Besitz und unter der Leitung von Tao Wong. Es handelt sich um einen Science-Fiction- und Fantasy-Verlag mit Fokus auf die Genres LitRPG und Cultivation. Das Hauptaugenmerk liegt auf der Förderung neuer, aufstrebender Autoren und Autorinnen dieser Genres, die mit ihren Texten die bestehenden Stereotypen hinterfragen und gleichzeitig für rasantes Lesevergnügen sorgen.

Weitere Informationen zu den Neuerscheinungen und neuen, spannenden Autoren und Autorinnen von Starlit Publishing findest Du auf unserer Website, oder indem Du Dich in unsere Newsletter-Liste einträgst!

www.starlitpublishing.com

Weitere tolle Informationen über LitRPG-Serien findest du in den Facebook-Gruppen:

- Deutschsprachige LitRPG

  www.facebook.com/groups/deutsche.litrpg

- Progression Fantasy-, Kultivations- und LitRPG-Romane auf Deutsch

  www.facebook.com/groups/891113055086052

System-Apokalypse: Gnadenlos

Die Stadt am Ende der Welt (Buch 1)

Kautionseintreiber. Veteran. Überlebenskünstler.

Dennoch wird es für Hal Mason kein Kinderspiel sein, die System-Apokalypse zu überleben.

Während er einen Kautionsflüchtling dingfest macht, unterbrechen ihn durchsichtige, blaue Fenster. Sie kündigen es an: Das System – eine Welle strukturierter mystischer Energie, die Galaxien umspannt, alle Elektronik zerstört und der Menschheit Fähigkeiten aus Videospielen verleiht.

Während in Pittsburgh die Gesellschaft zusammenbricht und die mutierte Tierwelt durch die Stadt wütet, sind die Überlebenden bereit, jede Opfergabe darzubieten, um sich den nächsten Level zu verdienen. Im Angesicht der fallenden Toten und der zerbrechenden Zivilisation fragt sich Hal, welchen Preis seine Menschlichkeit hat. Sind die Credits das Blut wert, welches seine Hände immer mehr befleckt?

Oder macht er weiter – gnadenlos?

Eine Faust voller Credits ist das erste Buch in einer neuen Serie im System-Apokalypse-Universum. Geschrieben von Craig Hamilton als Debüt in Tao Wongs postapokalyptischem LitRPG Bestseller-Universum, ist System-Apokalypse – Gnadenlos ein weiterer Einblick in die Menschheit und ihre Entscheidungen, wenn es hart auf hart kommt und Monster aus den Schatten kriechen.

Die System-Apokalypse

Das Leben im Norden (Buch 1)

Was geschieht, wenn die Apokalypse kommt, nicht in Form eines Atomkriegs oder eines Kometen, sondern als Level und Monster? Was wäre, wenn du gerade im Yukon einen Campingurlaub machst, als die Welt endet?

John wollte lediglich im Kluane National Park am Wochenende ausspannen. Wandern, zelten, ausruhen. Stattdessen endet die Welt in einer Reihe blauer Textfelder. Tiere verändern sich, Monster erscheinen, und er erhält Charakterwerte und irre Fertigkeiten. Jetzt muss er die Apokalypse überleben und in die Zivilisation zurückkehren, ohne dabei durchzudrehen.

Das System ist da – und damit auch Aliens, Monster und eine Realität, die sowohl an alte Legenden als auch an Videospiele erinnert. John muss neue Freunde finden, mit seiner Ex zurechtkommen und geifernde Monster besiegen, die überall auftauchen.

Das Leben im Norden ist Buch 1 der System-Apokalypse, einer apokalyptischen LitRPG-Reihe, welche die Gegenwart, Science Fiction und Fantasy-Elemente vereint und auch eine Spielmechanik besitzt.

Die Serie enthält Spielelemente wie Levelaufstieg, Erfahrungspunkte, verzauberte Materialien, einen sarkastischen Geist, einen Mech, einen verführerischen Dunkelelf, Monster, Minotauren, eine temperamentvolle Rothaarige und eine semi-realistische Darstellung von Gewalt und deren Auswirkungen. Enthält keine Harems.

Lest mehr über das Leben im Norden

www.books2read.com/das-leben-im-norden

Glossar

Fähigkeitenbaum Spezialistin für Umweltprozesse

Grundklasse: Schädlings- und Krankheitserregereinheit: Mikrobiologin/Pflanzenpathologin/Entomologin/Hydrogeo login/Molekularbiologin – Abgekürzt: Spezialistin für Umweltprozesse

Erdbarrikade		Mana-Wahrnehmung		Bluttransfer
Wasserabschöpfung	Felsrutsch	Felssturz		Manatransfer
Baumgesang		Mutterboden	Fest gewachsen	Einpflanzung
Rankenabwehr		Steinwurf		Blutdispersion
Kokon		Umwelt-Reichweite		Manadispersion

Fertigkeiten Spezialistin für Umweltprozesse

Mana-Wahrnehmung (Level 2)

Indem du deine Affinität gegenüber deiner Umgebung nutzt, kannst du die Erde anzapfen und ihr Warnungen vor Gefahren entlocken. Radius und Genauigkeit der Informationen steigen mit wachsenden Fertigkeiten und steigender Wachsamkeit. Manaregeneration permanent um 5 Mana pro Sekunde reduziert. Dies ist eine passive Fertigkeit.

Effekt: Verleiht der Nutzenden einen zusätzlichen seismischen Sinn, mit dem sie Bewegungen auf oder im Erdwerk erspürt. Maß der Wahrnehmbarkeit abhängig von der Entfernung und der Stärke der Störung.

Reichweite: 200 Meter.

Erdbarrikade (Level 2)

Erdbarrikade ermöglicht dir, die Erde unter deinen Füßen zu befehligen, um damit dich und deine Verbündeten zu verteidigen.

Effekt: Erzeugt einen Schild mit 100 TP in einem Feld von 3 x 2,5 m (formbar)

Preis: 20 Mana

Bluttransfer (Level 1)

Dank deiner Hingabe, die Welt und die Funktionsweise der biologischen Evolution zu verstehen, kannst du das Blut deiner Gegner anzapfen und deren Schaden umlenken, um damit dich selbst zu heilen. Vorteilige Effekte sind nur für dich selbst nutzbar.

Achtung: Am besten nur auf Feinde richten. Nur zur Selbstheilung.

Effekt: Entzieht und transferiert 5 HP pro Sekunde. Ziel muss über Blut verfügen.

Preis: 5 Mana pro Sekunde

Erdrutsch

Effekt: Mit der Fähigkeit, Wasser abzuschöpfen und den Boden nach deinen Wünschen zu beeinflussen, kannst du eine

Schlammlawine auslösen. Zweimal pro Tag anwendbar. Anwendung, Schweregrad und Auswirkungen hängen vom Anwender und seiner Fertigkeitsstufe ab.

Vorsicht! Vergewissere dich, dass du die Beschaffenheit des Bodens kennst, bevor du diese Fähigkeit einsetzt.

Manakosten: 65

Wirkungsbereich: 3-Meter-Radius um das gewirkte Ziel. Schaden mindestens 2-faches Level des Wirkenden pro Ziel.

Wasserabschöpfung (Level 1)

Effekt: Feuchtigkeit ist alles: Bei Menschen wie bei intergalaktischen Spezies. Diese Fähigkeit erlaubt es dir, Wasser abzuschöpfen, wo immer es enthalten ist. Effektivität abhängig von Anwender und Level des Zaubers.

Preis: 60 Mana pro Abschöpfung. 25 % Wasser pro Anwendung. Anwendungsdauer – 30 Sekunden.

Achtung: Ziel ist nach Anwendung für 15 Sekunden immun gegen den Effekt der Wasserabschöpfung.

Manatransfer (Level 1)

Effekt: Dank deiner Hingabe, die Welt um dich herum zu verstehen und sie zu erhalten und zu stärken, kannst du die Mana-Sättigung um dich herum anzapfen, und deine Manaregeneration nachhaltig verbessern. Stärke und Kapazität abhängig vom Anwender.

Preis: 20 Mana – 30 Sekunden Regenerationserhöhung

Felsrutsch (Level 1)

Effekt: Felsen sind ein mächtiger Teil des Ökosystems um dich herum. Mit der richtigen Menge Zuspruch bist du sogar in der Lage, sie für Angriff oder Verteidigung zu nutzen. Die Wahl liegt bei dir. Stärke und Dauer abhängig von Zauberspruch und Anwender

Preis: 30 Mana

Einpflanzung

Nicht jede Fähigkeit richtet sofort Schaden an. Einige Zauber erfordern zu ihrer Nutzung Geschick und Erfahrung, und Einpflanzung ist einer von ihnen. Pflanzen Sie einen Samen von Macht und Wachstum in einen Gegner ein, welcher Mana und Schaden von Angriffen, die auf den Gegner wirken, absaugt. Wenn der Samen erblüht, wird ein Teil des Schadens und der Gesundheit an die Umgebung zurückgegeben und als Schaden ausgeteilt.

Dauer: 10 Sekunden

Effekt: Pflanze einen Mana-Samen in die Brust deines Gegners ein. Während der Dauer der Einpflanzung absorbiert der Samen einen Teil des dem Gegner zugefügten Schadens. Das absorbierte Mana wird in einer Explosion mit einem Radius von maximal 5 Metern um den Feind zurückgegeben, sobald der Samen vollständig aufgegangen ist. Die Explosion gibt den Beteiligten Lebenspunkte, Mana und Ausdauer zurück.

Sollte das Ziel sterben, bevor die Bombensaat ihren Countdown abgeschlossen hat, sind alle Vorteile verwirkt. Nutze dies mit Bedacht.

Mana, Ausdauer und Lebenspunkte in Höhe von 75 % des absorbierten Schadens werden an alle Ziele im Umkreis von 5 Metern zurückgegeben. 25 % des absorbierten Schadens werden dem ursprünglichen Ziel zusätzlich als Schaden zugefügt.

Achtung! Das Ziel kann pro Minute nicht mehr als einmal mit diesem Zauber belegt werden.

Baumgesang

Effekt: Deine Verbundenheit mit der Natur und dem Mana um dich herum verleiht dir eine einzigartige Affinität zur Pflanzenwelt. Beschwörungen können das Beste aus diesen vertrauten Lebensformen herausholen. Wie ein beruhigendes Wiegenlied gesungen, können sich sogar die Pflanzen erheben, wenn du sie richtig ansprichst.

Aber Vorsicht! Mach die Bäume nicht sauer.

Manakosten: 35 Mana pro 5 Sekunden. Kanalisiert.

Mutterboden

Effekt: Die oberste Schicht des Bodens ist immer die empfindlichste. Mit deiner Mana-Fähigkeit kannst du ihr Kraft entlocken, um die Menschen um dich herum einzufangen, zu verzaubern oder zu schützen.

Achtung: Gehe mit Bedacht vor. Mutterboden kann nicht gut zwischen Freund und Feind unterscheiden. Er erkennt nur Blut.

Manakosten: 65 pro gerichteter Aktion

Sonstige Klassenfähigkeiten

Führungsfähigkeiten (Level 3)

Mana-Sinn (Level 4)

Aufgrund deiner natürlichen Affinität zu und deines angeborenen Sinns für Mana kannst du alle Manaströme in deiner unmittelbaren Umgebung sehen. Je öfter du auf diese Fähigkeit zugreifst, desto mehr Informationen erhältst du, und desto höher wird dein Level. Dies ist eine passive Fertigkeit.

Schlagwaffen (Level 4)

Zauber

Kraftschild

Dieser Schild kann vor einem Familienmitglied aktiviert werden, unabhängig von der Entfernung zueinander. Er kann bis zum Zehnfachen der Trefferpunkte der wirkenden Person absorbieren, wobei zehn Trefferpunkte gegen zehn Schildpunkte eingetauscht werden. Kann ein Mal pro Stunde gewirkt werden.

Einmal aktiviert, ist die verbündete Person eingeschlossen und kann sich aus dem Schild nicht lösen, bis die wirkende Person es erlaubt oder stirbt.

Preis: 25 Mana + Trefferpunkte im Tausch für den Schild

Anmerkung: Kraftschild ist beim derzeitigen Fertigkeitslevel auf 200 Trefferpunkte beschränkt.

Ausrüstung

Kriegshammer der Orbtralon-Häuptlinge

Um diesen Gegenstand zu erhalten, muss ein Orbtralon-Häuptling, auch bekannt als Offizier, verschiedene harte Herausforderungen meistern, etwa seine sieben Ausbildungsoffiziere im Nahkampf zu besiegen.

Kampfwert-Modifikationen:

+10 % Kraft

+5 % Konstitution

+10 % Mentale Widerstandsfähigkeit

Waffenanforderungen:

Kraft: 26

Intelligenz: 60

Wahrnehmung: 50

Warnung: Du erfüllst nicht die Anforderung, um diese Waffe zu führen.
Warnung: Da du die Anforderungen nicht erfüllst, ist es dir nicht möglich, das volle Potenzial dieser Waffe einzusehen.

Kriegshammer der Ahnen der Orbtralon-Häuptlinge

Waffenfunktion
Achtung: Die Waffe muss aktiv bestückt sein, damit diese Funktion zur Verfügung steht.

Mana-Schmiede

Dieser Hammer wurde in den Mana-Feuern der Orbtralon-Ahnen geschmiedet, und zwar schon lange vor der Entstehung eures mickrigen Planeten. Dass er in die Hände eines niederen Orbtralon-Häuptlings gelangte, ist ein Beweis dafür, wie tief sie als Spezies gesunken sind.
Dieser Kriegshammer segnet seinen Träger mit der Fähigkeit, den Manafluss, den er sehen kann, direkt in physische Elemente zu formen, die dieser Kriegshammer dann im Kampf einsetzt, wenn er richtig geführt wird.
Warnung: Hüte dich vor den Verlockungen des Manas. Es kann dir große Macht verleihen, aber es verlangt einen hohen Preis dafür. Die meisten Mana-Schmiede verlieren ihren Verstand.

Boni

Wahrsagen

Permanente passive Fähigkeit. Sämtliche wahrnehmungsbasierten Fähigkeiten werden um 75 % gesteigert. Wahrnehmung erhält einen Boost von 20 Punkten, und ab Level 24 erhältst du die Fähigkeit Motivsinn. Diese stellt eine erhöhte Chance (ca. 50 % der menschlichen Fähigkeit, Täuschungen zu erkennen) zur Verfügung, um festzustellen, ob jemand dich hinters Licht zu führen versucht. Die Chance auf Richtigkeit der Wahrsagerei steigt mit jedem erreichten Level.

Analyse (Fähigkeit)

Analyse (Fähigkeit) – erzeugt die Fähigkeit, in gewissem Umfang Namen, Werte, Klasse und Fähigkeiten anderer Wesen zu erkennen. Steht unter Umständen mit anderen Fähigkeiten und Fertigkeiten im Konflikt.

Anmerkung: Ein mittlerer Bonus kann eingesetzt werden, um den Bonus auf Familienebene anzuwenden.

Mana-Mantel (Level 2)

Dies ist eine passive Fähigkeit, die deinen Körper mit einer dünnen Schicht aus Umgebungs-Mana überzieht und es dir ermöglicht, umliegende Mana-Wellen und Mutationen mit größerer Genauigkeit zu erspüren. Funktioniert gut in Verbindung mit Mana-

Wahrnehmung. Kann bei Bedarf als zweiter Mana-Pool (100) dienen. Die vollständige Aufladung erfordert 2 Stunden Manafluss aus der Umgebung.

Hinweis: Dieser Mantel kann vom Benutzer modifiziert werden und mit einem bestimmten Prozentsatz der Manaregeneration des Anwenders versehen werden. Der Mantel wird dann entsprechend aufgewertet.

Vorschau auf KT Hannas andere Reihe: Somnia Online (abgeschlossen)

Initialisierung (Somnia Online Buch 1)

Kapitel eins: Das Geschenk

Storm Corp
Tochterunternehmen von Storm Technologies – Abteilung theoretische Neurowissenschaften
Countdown: Fünf Jahre bis zur Implementierung von Somnia Online

Doktor Michael Jeffries war mal wieder von seiner eigenen Genialität beeindruckt. Er strich mit den Händen über seinen geliebten Prototypen. Es war eine Art Headset, und mit seinen harten Kanten und den improvisierten Anpassungen war es natürlich noch nicht ganz so elegant, wie er es sich vorstellte, aber es war ja auch noch das früheste Stadium. Ein dünnes Graphitband hielt die Arme an ihrem Platz, welche ihre Finger in das Haar des Trägers gruben, um sich an der Kopfhaut zu verankern und eine tiefere Immersion als je zuvor zu ermöglichen. Es stach zwar im Moment noch etwas mehr, als ihm lieb war, aber er hatte sich vorerst darauf konzentriert, was es konnte, und nicht darauf, wie es aussah.

Wenn alles glattlief, würde Storm Corp ihn mit Auszeichnungen überschütten. Militärische Forschungsgelder und die damit einhergehenden Benefits zu ergattern war schließlich der Inbegriff von Erfolg.

Er lehnte sich zurück und schaute zum Fenster hinaus, während er seinen Prototypen weiterhin im Arm hielt, als könnte er jeden Moment zerbrechen. Er war der Schlüssel zu allem, worauf er ein Leben lang hingearbeitet hatte. Eine Person zu erkennen, nicht nur als Person, sondern als unendlich komplexes Gebilde aus Neuronen und Synapsen, die unablässig in alle Richtungen feuern und so das Individuum erst entstehen lassen.

Eine Person besser zu kennen, als sie sich selbst kennt? Es war der Höhepunkt jahrzehntelanger Hingabe. Dr. Jeffries lächelte und erhob sich, legte das Headset mit einer Verehrung, die nur ihm zuteilwurde, auf sein Podest.

Jetzt mussten sie nur noch die Subventionen bewilligt kommen, dann konnte die Testphase beginnen. Die KI, die er bereits benutzt hatte, würde für die Umsetzung der ersten Phasen perfekt funktionieren, doch danach mussten sie den Test ausweiten.

Dafür würden sie sehr viel mehr Power brauchen, aber das konnte vorerst noch warten.

Es gab noch so viel zu tun. Er wandte den Blick auf seine Bürotür und Anspannung zerrte an seinen überbeanspruchten Nerven.

„Immer noch kein Wort …“, murmelte er. „Wie kann das sein?“

Jeffries stand auf, ging zum Fenster und betrachtete den Parkplatz darunter. Eine Aussicht gab es nicht von seinem kleinen Büro im hinteren Teil des Gebäudes aus, aber immerhin hatte er ein Fenster, durch das er weitere Gebäude sehen konnte, an denen der Zahn der Zeit beharrlich nagte.

Das Klopfen hatte kaum seine Ohren erreicht, als die Tür zum Raum auch mit einem Poltern aufflog.

„Michael!“ Seine Assistentin Jessa rief seinen Namen und wedelte mit einem Stück Papier in der Luft herum. „Wir haben die Zusage! Du hast es geschafft!“

Michael tat vorsichtig einen Schritt vor, dann beschleunigte er, schnappte sie an den Händen und ließ sie herumwirbeln, bevor er selbst auch einen kleinen Freudentanz aufführte.

„Danke, Jessa. Dann legen wir mal los!“

„Alles klar!“ Sie sauste wie der Wind hinaus und Michael sah ihr hinterher, wobei er sich fragte, was sein Headset wohl über Jessa sagen würde. Sie war nicht so recht der Typ für eine Assistentin …

Er ging hinüber, wo sein Prototyp an seinem Platz lag, strich erneut über die grobe Oberfläche aus Carbonfaser und starrte aufs Neue zum Fenster hinaus. Es war Zeit, aufzusteigen in der Welt.

Zeit, alle und jeden besser zu kennen als sie selbst.

❖

Sommerresidenz

Das Zuhause von Laria, David, und Wren

Zwei Monate bis zum Start von Somnia Online

Als sie im Kopf die Prozentzahlen durchging, legte Wren die Stirn in Falten, während sie über die Treppe ins untere Stockwerk ging. Wenn ihre Berechnungen stimmten, erfüllte sie wohl alle Voraussetzungen, um im

Herbst ihr Diplom in Neurotechnik angehen zu können. Obwohl Sonogenetik sie noch immer reizte, bot Neurotechnik mehr Zukunftschancen. Als sie die Küche betrat, schluckte sie ein missvergnügtes Murren runter. Nach den Prüfungen konnte sie dann ja wieder mit Harlow in ihre virtuellen Welten abtauchen und dort ein paar therapeutische Gewalttaten verüben.

Ihre Eltern standen am Küchentisch, beide mit lachhaft vergnügten Gesichtern, und sie blinzelte ihre Notizen weg, bevor sie ihr erweitertes Sehen per Gedankenkontrolle ganz abschaltete. Multitasking war so viel einfacher, seit sie das Internet ständig und jederzeit direkt in ihren Augen hatte.

„Mom, Dad … seid ihr gar nicht bei der Arbeit?" Wenn die beiden sich hatten rausschmeißen lassen, würde sie es sich niemals leisten können, aufs College zu gehen, egal wie viele Stipendien sie angehäuft hatte. Mittlerweile deckten auch die nicht mehr die vollen Gebühren ab, die ganze Anhäufung von Hilfsgeldern würde also trotzdem nur reichen, wenn ihre Eltern mithalfen.

Ihre Mutter lachte. Laria Sommers verpasste nie eine Gelegenheit, heiter und fröhlich zu sein, etwas, das Wren nicht von ihr geerbt hatte.

„Schatz! Wir haben ein Geschenk für dich." Das Grinsen ihrer Mutter war so breit, sie hätte der Grinsekatze ihren Part streitig machen können. „Mach's auf, mach's auf!"

Erst da fiel Wrens Blick auf die hübsch verpackte Schachtel, die auf dem Tisch stand. Sie war recht groß, ein in silbernes Glanzpapier gewickelter Würfel, etwa dreißig Zentimeter hoch. Ihre Eltern waren für gewöhnlich nicht gerade die Aufmerksamsten. Sie waren zwar liebenswürdig, arbeiteten aber eine Menge, und auch wenn sie es zur Regel gemacht hatten, fünf Tage die Woche als Familie zu Abend zu essen, blieben sie oft ziemlich vage. Weil sie sich allerdings selbst in einem MMORPG lieben gelernt hatten, förderten sie ihre Faszination für virtuelle Welten. Ganz abgesehen davon, dass sie beide in der Gaming-Branche arbeiteten. Das war ihre einzige Ausflucht aus ihrer ansonsten ziemlich faden Existenz.

Indem sie sich dem Paket behutsam näherte, hob Wren ihren Eltern fragend eine Augenbraue entgegen. „Was ist der Anlass?

„Du!“ Sogar ihr Vater schien ganz aus dem Häuschen zu sein. Seine stoische IT-Professoren-Persönlichkeit war wohl auf Urlaub. Oder sie hatten getrunken. Vielleicht hatten sie die Nacht über durchgemacht. Wäre nicht das erste Mal.

„Schau uns doch nicht so an.“ Tadelte er, und seine Augen waren erfüllt von jener Wärme, die nur er ausstrahlen konnte. Es sprach zu Wren, brachte sie trotz größter Anstrengungen zum Lächeln. „Du hast so hart gearbeitet, hast von fünf Colleges Zusagen bekommen, dazu noch ein praktisch volles Stipendium, und du hast dich geweigert, an der Abschlussreise deiner Klasse teilzunehmen. Du hast dir was verdient.“

Wren brachte es nicht über sich zu erwähnen, dass ihre Einladung zu dem Abschlusstrip wohl kaum ganz ehrlich gemeint gewesen war – sie hatte wenig bis gar nichts mit ihren Mitschülern gemein – aber warum sollte sie ihm die Laune verderben? Er gab sich offensichtlich große Mühe, und zumal sie beide zu glauben schienen, das Geschenk würde sie umhauen, gewann ihre Neugier schließlich doch die Oberhand.

Mit angedeutetem kindlichem Übermut riss sie das Papier von der Schachtel und drehte sie in den Händen umher, wobei sie kaum zu blinzeln wagte, auf die Gefahr hin, es könnte sonst verschwinden.

Storm Entertainment präsentiert:

SOMNIA ONLINE

„Erlebe die Klasse, die zu spielen du geboren wurdest!"

Empfohlenes Headset für optimale virtuelle Immersion.

„Echt jetzt?" Sie blickte auf zu ihnen, und konnte fühlen, wie ihr Gesicht sich zu einem Grinsen spaltete, noch breiter als das ihrer Mutter. „Ist das wirklich euer Ernst?"

„Ja! Ich hab endlich eines in die Finger gekriegt. Du bekommst es früher als die meisten. Es ist nicht genau das gleiche wie das, das man im Laden wird kaufen können." Ihre Mutter glühte förmlich vor Aufregung. Sie arbeitete seit Jahren an der Entwicklung von Somnia Online mit. Es war der größte Titel, für den sie je verantwortlich gewesen war, aber es war auch ein Geheimprojekt, sodass sogar Wren nur sehr wenig darüber wusste. Dieses Headset war ganz schön was wert. Dass ihre Mutter zwei Monate vor Veröffentlichung eines bekommen hatte, auch wenn sie die Chefentwicklerin des Spiels war – das war sicher nur mit Zustimmung des Designteams möglich gewesen.

„Kann ich …" Sie zögerte, plötzlich unsicher. Es war eine Sache, immer so zu tun, als wüsste sie ganz genau über alles Bescheid, aber eine andere, auch tatsächlich selbstsicher zu sein. „Darf ich es aus der Packung nehmen?"

„Natürlich." Ihre Mutter huschte herüber und stand Schulter an Schulter mit Wren. Ihr Haar war so gut wie identisch, glatte schwarze Wellen, die ihnen bis zur Mitte des Rückens hinabreichten, bei beiden zu einem schlichten Pferdeschwanz gebunden. Gemeinsam öffneten sie die Verpackung, und Wren langte mit behutsamen Fingern hinein, um das Headset herauszuholen. Es war ein Prachtstück.

Die Verbindungsarme verliehen ihm einen fragilen Anschein, doch sie wusste aus den online einsehbaren Spezifikationen, dass es aus hochstabilen Carbonfasern hergestellt war. Der schlanke silberfarbene Entwurf passte sich dem Kopf sauber an, in etwa wie ein Stirnband. Schmale Verzweigungen standen vom Hauptteil ab und legten sich über ihre Stirn, von wo aus sie in ihr Haar wanderten wie ein komplizierter Kopfschmuck. Es war schön anzusehen, wenn auch ein wenig filigran.

„Aber du kannst noch nicht damit spielen, bis deine Abschlussprüfungen erledigt sind. Dein Anzug kommt erst in ein paar Wochen." Ihre Mutter küsste sie auf die Wange und ging dann rasch ihre Handtasche holen.

„Warte …" Wren war geschockt. „Den Anzug habt ihr mir auch besorgt?"

„Natürlich! Das ist dann aber leider nur die Standardausführung." Ihre Mutter lächelte noch einmal strahlend. „Ich muss los, sonst komm ich zu spät zu meinem Meeting. Hab dich lieb! Die Abschlussprüfung packst du mit links."

Wren blinzelte nur, als ihre Mutter, der Wirbelwind hinter sich die Tür zuschlug. Es war noch früh, und das federleichte Headset in ihren

Händen hatte etwas geradezu Surreales an sich, ganz anders als die klobige Glasvorrichtung, die sie oben in ihrem Zimmer hatte. „Danke, Dad“, flüsterte sie, wohl wissend, dass er vermutlich auch ein paar Beziehungen hatte spielen lassen.

Nichts war umsonst. Sogar öffentliche Schulen kosteten Geld, und so viele Kinder schienen sich nicht im Geringsten darum zu scheren. Das war einer der Knackpunkte, weshalb sie bei ihren Kameraden nicht gerade beliebt war. Irgendwie hatten ihre Eltern ihr einen Sinn für Verantwortung mitgegeben. Auch wenn die Welt seit sechzig Jahren allmählich vor die Hunde ging, waren ihre Eltern noch immer irrsinnig optimistisch.

Ihr Vater schloss sie in eine warme Umarmung und erinnerte sie so an die Tage, als ihre Mutter noch nicht so beschäftigt gewesen war und sie sich oft alle drei im Wohnzimmer eingebunkert und doofe Spiele gezockt hatten. „Mach es bei der Abschlussprüfung einfach genauso, wie du es immer machst. Vielleicht können wir dich als zusätzlichen Anreiz auch früher scannen lassen! Ich rede mal mit deiner Mutter.“

Wren lächelte, plötzlich fast zu Tränen gerührt. *Wart's nur ab, wenn Harlow davon erfährt!*

„Kleines, ich muss einen Kurs geben.“ Die Stimme ihres Vaters hatte mit einem Mal einen ernsten Ton angenommen. „Denk dran, du musst mir dann sagen, ob es sich lohnt, dass dein alter Vater sein Glück bei diesem Spiel auch mal probiert.“

Sein Grinsen entwaffnete Wren und sie lächelte. „Keine Sorge, Dad, ich spiel gerne dein Versuchskaninchen.“

❖

"Das gibt's nicht!"

Harlows Stimme polterte so laut durch den Hörer, dass Wren gleich die Lautstärke leiser stellen musste.

„Gibt's wohl. Du hast es doch auch vorbestellt, worauf bist du so neidisch?“ Es fiel ihr schwer, den Trotz aus ihrer Stimme zu verbannen, was nicht gerecht war, denn Harlow hatte für ihres das meiste selbst bezahlt. Harlow war das, was man eine Macherin nennen konnte. Sie überlegte sich was, und dann machte sie es verdammt noch mal auch. Ob in der Schule, einem Teilzeitjob mit einem bestimmten Ziel dahinter, oder auch ihre Ranger- oder Jägerklassen, die sie in allen möglichen Massively-Multiplayer-Roleplaying-Games spielte und dabei allen in den Hintern trat.

„Aber meines ist noch nicht da. Und es wird auch noch eine Ewigkeit dauern!“

Das Winseln in ihrer Stimme brachte Wren zum Glucksen. Sie wohnten ja nicht weit voneinander entfernt, aber schnell in ihre Games zu hüpfen war einfach einfacher … na ja, nicht bis nach den Abschlussprüfungen. Nur gut, dass sie in ihrem letzten Abenteuer schon allen verfügbaren Content erledigt hatten.

„Du kriegst deins, wenn ich meinen Anzug kriege.“ Wren machte eine Pause und drehte in Erwartung des Aufschreis, der gleich kommen würde, vorsorglich gleich wieder den Ton runter,

„Du bekommst einen verdammten Anzug!?“

Na bitte.

„Ja. Mom und Dad sagen, weil ich mir den Arsch abgelernt hab. Schätze, es macht sich endlich mal bezahlt, die Geächtete meiner Klasse zu sein.“ Die Bitterkeit konnte sie nicht aus ihrer Stimme verbannen. Es war ja nicht so, als würde sie per se gehänselt, nur immer mal wieder verächtlich behandelt und in ausgewählten Situationen lächerlich gemacht. Da half es, dass sie jeden Abend in ihre Online-Welten flüchten konnte. Sie fuhr fort, bevor Harlow etwas Mitfühlendes sagen konnte. „Aber ja, nur noch zwei Monate, dann ist Schluss!“

„Für immer! Na ja, jedenfalls bis im Herbst das College anfängt. Kannst du glauben, dass wir bald mit voller Immersion spielen können, Wren? Kannst du das?“ Harlows Freude war ansteckend, und Wren ertappte sich dabei, dass sie auf ihrem Medizinballstuhl auf und ab hüpfte, während sie Internetseiten überflog, dank ihrer Kontaktmonitore während des Gesprächs multitaskend.

„Dad versucht Mom zu überzeugen, das Headset als Anreiz vorher schon auszuprobieren, aber wenn ich meinen Anzug erst mal hab, wollen wir uns dann treffen und den vollen Scan gemeinsam machen?“ Wren fand, zu zweit würde es sicher ungleich mehr Spaß machen. Sie hatte schließlich nicht umsonst ein Doppelbett. Sie zog die Brauen zusammen, als ein Artikel über die Erfahrungen mit der vollen Immersion und Somnia Online aufpoppte, und speicherte ihn für später.

„Darauf kannst du wetten. Deal! Ich muss jetzt los. Mein Bruder kommt grad nach Hause.“

„Ciao.“ Wren lachte, als sie das Gespräch trennte. Sie rief die gefundenen Artikel auf und überflog sie erneut. Immer die gleichen

Warnungen darüber, dass Anzüge und Sessel den Körper nicht unter Garantie vor dem Verfall bewahren konnten, wenn man eine ungesunde Menge Zeit in virtuellen Welten verbrachte. Bei dem Headset bestand außerdem der Verdacht, es könnte irreguläre neurale Aktivitäten hervorrufen. Verschiedene Gruppen waren darüber in Aufruhr geraten, … aber Computerspiele waren ja immer schon ein recht ergiebiges Ziel.

Wren lächelte. Immerhin, auch wenn sie oft abgelenkt war und ihn schon so manches Mal vergessen hatte, versuchte sie wenigstens nicht, Wren vom Gamen abzuhalten. Sie ging ein paar weitere Seiten durch, bevor sie auf einen Werbefilm von Somnia Online stieß.

Sie startete das Video und schon tauchte das altbekannte Logo von Storm Entertainment groß in der Mitte auf. Der Sprecher setzte an:

Stell dir eine Welt vor, in der du alles sein kannst, was du schon immer sein wolltest. Wo du das Essen schmecken, die Luft riechen und den Schmerz fühlen kannst, der uns am Leben hält! Freunde dich mit einem Drachen an oder bekämpfe ihn. Bau den Ruf deiner Gilde auf und errichte einen Stützpunkt. Zieh in den Krieg mit anderen Gilden oder fremden Spezies. Finde die zwölf Schlüssel und lüfte das Geheimnis, das sie bergen.

Jede Entscheidung, die du triffst, wird die Welt verändern. Gib dich deinen tiefsten Sehnsüchten hin.

Reiße dir deine Masken weg, deine Ängste, und alles, was dich zurückhält … Entdecke die Klasse, für die du geboren wurdest.

Nebel wirbelte um schneebedeckte Berge, durch dunkle Verliese mit wild aussehenden Bestien, deren Augen für ein Spiel viel zu viel Intelligenz in sich trugen. Geschäftige Städte zogen vorbei, NSCs änderten ihren Gesichtsausdruck je nach Gesprächsrichtung, seltene Spawns prügelten armen Anfängern die Scheiße aus dem Leib.

Die Musik donnerte, Schwerter klirrten, Magier warfen Feuerbälle und Schurken mordeten. Lebhaftes Filmmaterial mit einer rauen Dosis Realität. Am Ende das Siegel von Somnia Online. *Jetzt vorbestellen!*

Wren lächelte. Sie konnte es kaum erwarten, das Spiel zu spielen, das zu werden, wozu sie geboren wurde.

Vorschau auf Tao Wongs anderen Reihe:

Die System-Apokalypse

Das Leben im Norden (Buch 1)

Kapitel 1

Guten Morgen, Bürger. Da eine friedliche und organisierte Aufnahme in den Galaxis-Rat (nach umfangreichen und schwierigen Untersuchungen, wie wir betonen müssen) abgelehnt wurde, ist deine Welt nun ein Dungeon. Danke. Die vorherigen 12 Welten wurden ohnehin allmählich langweilig.

Allerdings kann die Entwicklung einer Dungeonwelt für die jetzigen Bewohner mit Schwierigkeiten verbunden sein. Wir empfehlen, den Planeten bis zum Ende der Umwandlung in 373 Tagen, 2 Stunden, 14 Minuten und 12 Sekunden zu verlassen.

Alle, die den Planeten nicht verlassen können oder wollen, sollten sich bewusst sein, dass im Verlauf des Integrationsprozesses in unregelmäßigen Abständen neue Dungeons und wandernde Monster spawnen. Sämtliche neuen Dungeons und Zonen werden empfohlene Minimal-Levels erhalten. Allerdings ist während der Übergangsphase mit beträchtlichen Abweichungen von Levels und Monsterarten in den jeweiligen Dungeons und Zonen zu rechnen.

Da er eine neue Dungeonwelt darstellt, wurde dein Planet zur Einwanderung freigegeben. Nicht entwickelte Welten des Galaxis-Rats dürfen diese neuen Einwanderungsrichtlinien nutzen. Begrüßt die neuen Besucher aber bitte nicht so, wie ihr unseren Botschafter empfangen habt, denn ihr Menschen könntet wirklich ein paar Freunde gebrauchen.

Während der Übergangsphase haben alle vernunftbegabten Wesen Zugriff auf neue Klassen und Fähigkeiten sowie das vom Galaxis-Rat im Jahr 119 gewählte traditionelle Interface.
Vielen Dank für die Zusammenarbeit und viel Glück! Wir sehen unserem baldigen Treffen freudig entgegen.

Zeit bis zum Systemstart: 59 Minuten 23 Sekunden

Ich stöhne und strecke meine Hand gerade weit genug aus, um nach dem blauen Feld vor meinem Gesicht zu schlagen, während ich mühsam die Augen öffne. Seltsamer Traum. So viel hatte ich eigentlich gar nicht getrunken, nur ein paar Gläser Whiskey vor dem Schlafengehen. Fast sofort nach dem Verschwinden des Felds erscheint ein weiteres und verschleiert das kleine Zweimannzelt, in dem ich schlafe.

Herzlichen Glückwunsch! Du befindest dich nun in der Zone Kluane National Park (Level 110+).
Du hast 7.500 EP erhalten (verzögert).

Laut Dungeonwelt-Entwicklungsplan 124.3.2.1 erhalten Einwohner einer Region mit einem Level, der ihren eigenen um 25 oder mehr Stufen übersteigt, einen geringfügigen Bonus.

Laut Dungeonwelt-Entwicklungsplan 124.3.2.2 erhalten Einwohner einer Region mit einem Level, der ihren eigenen um 50 oder mehr Stufen übersteigt, einen mittleren Bonus.

Laut Dungeonwelt-Entwicklungsplan 124.3.2.3 erhalten Einwohner einer Region mit einem Level, der ihren eigenen um 75 oder mehr Stufen übersteigt, einen hohen Bonus.

Laut Dungeonwelt-Entwicklungsplan 124.3.2.4 erhalten Einwohner einer Region mit einem Level, der ihren eigenen um 100 oder mehr Stufen übersteigt, einen extrem hohen Bonus.

Was zum Teufel? Ich richte mich mit einer ruckartigen Bewegung auf und falle sofort darauf wieder hin, da ich mich im Schlafsack verheddert habe. Ich krieche ins Freie, bringe meinen einszweiundsiebzig großen Körper in eine sitzende Position und wische mir die schwarzen Haare aus den Augen, während ich die provozierende blaue Nachricht anstarre. Na gut, ich bin also wach und das hier ist kein Traum.

Aber so etwas kann eigentlich nicht passieren. Ich meine, es spielt sich jetzt gerade ab, trotzdem ist es unmöglich. Es muss einfach ein Traum sein, weil solche Dinge im echten Leben nicht vorkommen. Wenn ich allerdings die ziemlich realistischen Schmerzen am ganzen Körper in Betracht ziehe, die von meiner gestrigen Wanderung stammen, dann ist es kein Traum. Trotzdem kann nichts davon wahr sein.

Als ich versuche, den eigentlichen Bildschirm zu berühren, geschieht nichts, bis ich meine Hand bewege. Nun scheint der Schirm daran zu, kleben' und bewegt sich mit mir mit. Er sieht aus wie ein Fenster auf einem Touchscreen, was absolut keinen Sinn ergibt. Schließlich ist das die echte Welt und ich habe hier kein Tablet. Aber da ich mich nun darauf konzentriere, spüre ich, dass der Bildschirm mir die Andeutung eines haptischen Gefühls vermittelt. Etwa so, als ob man eine zu straff gespannte Plastikfolie berührt, aber mit einem Kribbeln statischer Elektrizität. Ich starre meine Hand und das Fenster an und wische sie dann zur Seite. Das Fenster schrumpft in sich zusammen. Auch das ergibt keinen Sinn.

Erst gestern habe ich mit meiner Ausrüstung den King´s Throne Peak bestiegen, um oberhalb des Sees zu zelten. Im Yukon ist der Gipfel Anfang April noch schneebedeckt, aber darauf war ich vorbereitet. Allerdings gestalteten sich die letzten paar Kilometer anstrengender als erwartet. Wenigstens lenkte mich der Aufenthalt in der Natur davon ab, wie miserabel es mir seit meinem Umzug nach Whitehorse gegangen ist. Ich war arbeitslos und konnte kaum das Geld für die nächste Monatsmiete zusammenkratzen. Als dann auch noch die Beziehung zu meiner Freundin in die Brüche ging, beschloss ich am Dienstag, ein Ausflug mit meiner alten Klapperkiste wäre genau das Richtige. Obwohl ich mich hundeelend fühlte, war ich nicht so kurz vor dem Überschnappen, dass ich von einem Tag auf den anderen halluzinieren würde.

Ich schließe die Augen und zähle bis drei, bevor ich sie wieder öffne. Das blaue Feld ist immer noch da, und seine Realität scheint mich zu verspotten. Ich spüre, wie meine Atmung sich beschleunigt und meine Gedanken in tausend verschiedene Richtungen davonrasen, während ich versuche, diese Ereignisse zu verstehen.

Stopp.

Ich schließe die Augen erneut und mein vergangenes Training und alte Gewohnheiten erwachen wieder. Ich unterdrücke die Panik, die mein Bewusstsein zu überwältigen droht. Bringe meine wirbelnden Gedanken unter Kontrolle und spalte meine Gefühle von mir ab. Das ist weder der Zeitpunkt noch der Ort für Gefühlskram. Ich schiebe alles in eine Schachtel und schließe den Deckel, unterdrücke meine Emotionen, bis sich eine beruhigende, vertraute Betäubung in mir ausbreitet.

Ein Therapeut sagte mir einst, dass meine emotionale Distanzierung einen erlernten Abwehrmechanismus darstellt, der mir während meiner Jugend nützlich war. Jetzt aber, da ich als Erwachsener eine größere Kontrolle über meine Umgebung habe, brauche ich ihn nicht mehr. Meine Freundin, meine Ex-Freundin, nannte mich ein gefühlloses Arschloch. Man hat mir bessere Methoden beigebracht, mit Problemen umzugehen. Im Ernstfall greife ich aber immer noch auf die zurück, die funktionieren. Wenn es eine Umgebung gäbe, die sich meiner Kontrolle entzieht, würden schwebende blaue Felder in der realen Welt sicher dazugehören.

Nachdem ich mich etwas beruhigt habe, öffne ich die Augen und lese mir den Text durch. Erste Regel – was ist, das ist. Schluss mit Argumenten oder Geschrei oder der Beschäftigung mit dem Warum. Der Frage, ob ich verrückt geworden bin. Was ist, das ist. Also. Ich habe Boni. Und es existiert ein System, das den jeweiligen Bonus verteilt und Level zuweist. Dungeons und Monster wird es ebenfalls geben. Anscheinend befinde ich mich in einem gottverdammten MMO ohne ein beschissenes Handbuch, was bedeutet, dass zumindest ein Teil meiner verschwendeten Jugend sich als nützlich erweisen wird. Ich frage mich, was mein Vater dazu sagen würde. Sobald ich an ihn denke, muss ich meine allzu vertraute Wut unterdrücken und fasse den Entschluss, mich stattdessen auf meine jetzigen Probleme zu konzentrieren.

Zuerst muss ich an Informationen kommen. Oder eine Dokumentation, was noch besser wäre. Momentan folge ich meinem Instinkt und tue das, was sich richtig anfühlt anstelle von dem, was ich für richtig halte. Schließlich hat sich der vernunftbegabte Teil meines Bewusstseins soeben die Finger in die Ohren gesteckt und singt "na-na-na-na-na".

"Status?", frage ich, und ein neuer Bildschirm erscheint.

Statusmonitor			
Name	John Lee	Klasse	Keine
Volk	Mensch (M)	Level	0
Titel			
Keine			
Gesundheit	100	Ausdauer	100
Mana	100		

Status			
Verstauter Knöchel (-5% Tempo) Sehnenentzündung (-10% manuelle Beweglichkeit)			
Attribute			
Stärke	11	Beweglichkeit	10
Konstitution	11	Wahrnehmung	14
Intelligenz	16	Willenskraft	18
Charisma	8	Glück	7
Fertigkeiten			
Keine			
Klassen-Fertigkeiten			
Keine			
Zaubersprüche			
Keine			

Nicht zugewiesene Attribute:

1 geringfügiger, 1 mittlerer, 1 hoher, 1 extrem hoher Bonus

Möchtest du diese Attribute zuweisen? (J/N)

Das zweite Fenster erscheint fast augenblicklich über dem ersten. Ich wünsche mir mehr Zeit, um meinen Status zu analysieren, aber die Informationen scheinen größtenteils für sich zu sprechen. Es wäre besser, die

Angelegenheit hinter mich zu bringen. Schließlich habe ich nicht viel Zeit. Nachdem ich diesen Gedanken gefasst habe, wird das J angeklickt und eine ellenlange Bonusliste erscheint.

Dafür habe ich **garantiert** keine Zeit. Ich kann mir nicht leisten, während der Charaktererstellung steckenzubleiben. Halte ich mich nach dem Systemstart in einer Zone auf, die meinen Level um ein Vielfaches übersteigt, werde ich zum leckeren Appetithappen für Monster. Ich kann nicht einmal damit beginnen, die lange Bonusliste durchzugehen, auch aus dem Grund, weil manche Namen keinen Sinn ergeben. Was zum Teufel soll etwa eine adaptive Färbung darstellen? Das System scheint also durch Gedanken gesteuert zu werden. Es reagiert darauf, was in meinem Kopf vorgeht. Also gelingt es mir vielleicht, die Liste nach Bonustyp zu sortieren, mich auf kleine Boni für eine Art Fremdenführer oder Begleiter zu konzentrieren?

Kurz nach diesem Gedanken blinkt das System auf und nur das Wort "Begleiter" wird noch angezeigt. Ich nicke mir kaum merklich zu. Weitere Details erscheinen und bieten mir zwei Optionen.

KI *Geist*

Ich wähle KI, aber nun blinkt eine neue Meldung auf.

KI-Option nicht verfügbar. *Minimalanforderungen: Mark-IV-Prozessor (nicht vorhanden)*

Ich grunze. Ja, im Ernst. Natürlich habe ich keinen Computer bei mir. Oder ... in mir? Keine Cyberpunkwelt für mich. Zumindest noch nicht, obwohl es cool wäre, einen Computer als Gehirn und metallische Arme zu haben, die nicht schmerzen, wenn man zu lange am Computer hockt. Aber dafür ist es jetzt gerade der falsche Zeitpunkt, also wähle ich "Geist" und bestätige die Auswahl.

System-Begleitergeist erhalten

Herzlichen Glückwunsch! Vierter in der Welt. Du bist die vierte Person, die einen Begleitergeist erhalten hat, und dein Begleiter ist nun (Verbunden). Verbundene Begleiter wachsen und entwickeln sich mit dir.

Nach dem Löschen dieser Meldung entdecke ich rechts von mir ein Licht, das nun aufzuleuchten beginnt. Ich drehe mich um und frage mich, wer oder was mein neuer Begleiter sein wird.

***

"Fliehen, verstecken oder kämpfen. Die Entscheidung ist leicht, Junge."

Na ja, sexbesessen bin ich ja nicht gerade. Ich brauche keine süße, schöne Fee als System-Begleitergeist. Klar, irgendwie hatte ich darauf gehofft. Ich bin nun einmal ein ganzer Kerl, der gerne mal ein hübsches Ding anstarrt. Aber praktisch gesehen wäre mir ein geschlechtsloser Automat, der meine Fragen effizient und ohne freche Bemerkungen beantwortet, auch ganz recht gewesen. Stattdessen bekomme ich ... ihn.

Ich starre meinen neuen Begleiter an und muss innerlich seufzen. Er ist keine dreißig Zentimeter groß und so breitschultrig wie ein Footballspieler, ausgestattet mit einem vollen, braunen Kräuselbart. Braune Haare, braune Augen und olivfarbene Haut in einem knappen, orangefarbenen Overall, der sich über all den falschen Stellen zu eng spannt, komplettieren die Erscheinung. Mein neuer Begleiter namens Ali ist gerade erst 10 Minuten hier und dabei, mir eine Einführung zu liefern, las ich meine Wahl bereits teilweise bereue.

Nur teilweise, denn trotz seiner unablässigen Nörgeleien ist er eigentlich ganz nützlich.

"Fliehen", entscheide ich schließlich, breche den Schokoriegel entzwei und beiße hinein. Ein Kampf wäre sinnlos, denn laut Ali kann ich im Shop nichts benutzen, das einem Level-110-Monster etwas anhaben würde. Und obwohl es keine Garantie dafür gibt, dass eines dieser Monster sofort hier auftauchen wird, wären sogar die schwächeren Monster, von denen es sich ernährt, viel zu stark für mich.

Ein Versteckspiel würde alles nur hinauszögern. Also muss ich so schnell wie möglich raus aus diesem Park, was eigentlich nicht allzu schwierig sein dürfte. Ich habe einen halben Tag und eine ziemlich anstrengende Wanderung gebraucht, um vom Parkplatz so hoch auf den Berg zu gelangen. Der Parkplatz befindet sich gerade noch innerhalb der neuen Zone. Wenn ich flott vorankomme, dürfte ich in einigen Stunden dort unten ankommen. Wenn ich die Dinge richtig verstehe, bedeutet das, dass nicht allzu viele Monster unterwegs sind. Draußen angekommen kann ich Whitehorse erreichen. Anscheinend gibt es dort eine sichere

Zone. Dort hätte ich die Möglichkeit, eine Pause einzulegen und herauszufinden, was zum Geier eigentlich los ist.

"Wird aber auch höchste Zeit", schimpft Ali. Er bewegt die Hände und vor mir erscheinen einige neue Fenster. Kurz nach seiner Ankunft verlangte Ali vollen Zugriff auf mein System, was es ihm erlaubt, die Informationen zu beeinflussen, die ich sehe und empfange. Auf diese Weise werden wir schneller vorankommen, da er mir die Informationen einfach zusendet, so dass ich sie nur durchlese, während er detaillierte Suchanfragen stellt. Die neuen blauen Felder - ihm zufolge Systemmeldungen - sind die Optionen, die er als mittleren und hohen Bonus ausgewählt hat.

Wunderkind: Täuschung

Du bist ein geborener Spion. Jeder Geheimdienst würde dich sofort einstellen.

Wirkung: Alle Täuschungsfertigkeiten werden um 100% schneller erworben: +50% Level für sämtliche Täuschungsfertigkeiten.

"Warum das?" Ich verziehe das Gesicht und tippe die Täuschungsseite an. Ich bin nicht gerade ein Spionagetyp und im sozialen Umgang eher direkt. Ich hatte nie das Verlangen, den Leuten allzu viele Lügen aufzutischen und kann mir nicht vorstellen, herumzuschleichen und in Gebäude einzubrechen.

"Skills, die mit Verstohlenheit verbunden sind. Es gewährt allen davon einen direkten Bonus, wodurch du sie schneller erwerben wirst. Mit einem kleinen Bonus könnten wir die grundlegende Verstohlenheit direkt beeinflussen, aber auf diesem Level müssen wir in die Hauptkategorie gehen."

Ali fährt fort: "Wenn du es schaffst, zu überleben, dürfte es sich auch in Zukunft noch als nützlich erweisen."

Quanten-Status-Manipulator (QSM)

QSM ermöglicht es dem Benutzer, eine Phasenverschiebung durchzuführen und sich neben der aktuellen Dimension zu platzieren.

Wirkung: Solange der QSM aktiv ist, ist der Benutzer unsichtbar und kann weder durch normale noch durch magische Methoden entdeckt werden. Er kann feste Objekte durchdringen, aber dadurch wird die Ladung schneller verbraucht. Unter normalen Umständen reicht sie für 5 Minuten.

"Wie kann ich den QSM aufladen?"

"Er verwendet einen Typ-III-Kristallmanipulator. Der Kristall nutzt räumliche und linienspezifische ..." Ali starrt mir einen Moment lang ins Gesicht und macht dann eine Handbewegung. "Er lädt sich automatisch wieder auf. Unter normalen Bedingungen erreicht er nach einem Tag die volle Ladung."

"Gibt es dabei keine Levelanforderungen?"

"Absolut keine."

Ich habe Ali gewählt, weil er sich mit dem System besser auskennt als ich. Also akzeptiere ich entweder seine Erläuterungen oder mache alles selber. Anders gesagt bleibt mir kaum eine Wahl. Aber wie bereits erwähnt ist die Nützlichkeit dieses Täuschungsbonus für mich begrenzt. Andererseits wäre jeder Bonus toll, mit dem ich außer Sicht bleibe und es wäre großartig, sofort nach meiner Entdeckung mit dem QSM zu fliehen. Somit ist nur noch mein extrem hoher Bonus übrig.

Fortgeschrittene Klasse: Erethra-Ehrengarde

Die Erethra-Ehrengarde stellt die Elite er Streitkräfte von Erethra dar.

Klassenfähigkeiten: +2 pro Level in Stärke. +4 pro Level: in Konstitution und Beweglichkeit. +3 pro Level: in Intelligenz und Willenskraft. Zusätzlich 3 Gratis-Attribute pro Level.

+90% Geistiger Widerstand. +40% Elementarwiderstand

Darf die persönliche Waffe bestimmen. Persönliche Waffe ist seelengebunden und ermöglicht Upgrades.

Mitglieder der Ehrengarde können bis zu 4 Hardware-Links besitzen, bevor die Essenz-Strafpunkte einsetzen.

Warnung! Minimale Attribut-Anforderungen für die Klasse Erethra-Ehrengarde nicht erfüllt. Klassen-Fertigkeiten gesperrt, bis die minimalen Anforderungen erfüllt werden.

Fortgeschrittene Klasse: Drachenritter

Die schon vor der Geburt für ihre Rolle bestimmten Drachenritter sind die Elitekrieger des Königreichs Xylargh.

Klassenfähigkeiten: +3 pro Level in Stärke und Beweglichkeit. +4 pro Level in Konstitution. +3 pro Level in Intelligenz und Willenskraft. +1 in Charisma. Zusätzlich 2 Gratis-Attribute pro Level.

+80% Geistiger Widerstand. +50% Elementarwiderstand

Erhalte eine extrem hohe und eine geringfügige Elementar-Affinität.

Warnung! Minimale Attribut-Anforderungen für die Klasse Drachenritter nicht erfüllt. Klassen-Fertigkeiten gesperrt, bis die minimalen Anforderungen erfüllt werden.

"Ist das alles?"

"Nein. Der hier wäre auch noch eine Option."

Klasse: Halbgott

Du sexy aussehender Mensch wirst ein Halbgott. Intelligent, stark, attraktiv. Was will man denn mehr?

Klassenfähigkeiten: +100 auf alle Attribute

Alle höheren Affinitäten erhalten

Merkmal: Super-Sexy

"Diese Option gibt es überhaupt nicht."

"Nein, damit hast du recht", sagt Ali grinsend, wedelt mit der Hand und der letzte Bildschirm verschwindet. "Du wolltest eine Klasse, die dir das Überleben erleichtert? Das bedeutet mentalen Widerstand. Ansonsten machst du dir in deine hübsche kleine Pac-Man-Unterhose, sobald du ein Level-50-Monster siehst. Möchtest du etwas für die Endphase des Spiels? Die Ehrengardisten sind knallharte Kämpfer. Sie kombinieren Magie und Technologie, was sie zu einer der vielseitigsten Gruppen macht. Und ihre Meister-Klassenfortschritte sind echt unheimlich. Die Drachenritter bekämpfen Drachen. Im Einzelkampf, und gelegentlich gewinnen sie sogar. Oh, und keine dieser Optionen, und ich zitiere, macht mich zu einem Monster.'"

"Wenn das die fortgeschrittenen Klassen sind, welche Klassen gibt es sonst noch?" Ich schubse Ali an und zögere. Diese Entscheidung erscheint mir wichtig.

"Einfach, Erweitert, Meister, Heroisch, Legendär", listet Ali auf und zuckt mit den Schultern. "Ich könnte dir eine Meisterklasse mit deinem Bonus besorgen, aber dann wärst du für immer aus deinen Klassen-Fertigkeiten ausgesperrt. Für den Levelaufstieg würdest du auch ewig lange brauchen, da die minimalen Erfahrungspunkte pro Level höher sind. Stattdessen habe ich dir eine seltene fortgeschrittene Klasse besorgt - dadurch erhältst du einen besseren Grundwertzuwachs pro Level und musst nicht ewig warten, bis du auf deine Klassen-Fertigkeiten zugreifen kannst. Eine einfache Klasse, selbst eine seltenere einfache Klasse, wäre eine Verschwendung des extrem hohen Bonus. Was soll es also sein?"

Auch wenn es cool wäre, einem Drachen so richtig in die Fresse zu hauen, kenne ich meinen Weg, sobald dieser aufgerufen wurde. In Gedanken wähle ich die Garde, und Licht erfüllt mich. Anfangs muss ich deswegen nur die Augen zusammenkneifen. Dann aber verstärkt sich der Effekt, gräbt sich in meinen Körper und Geist und packt meine Zellen mit glühend heißen elektrischen Klauen. Der Schmerz ist schlimmer als alles, was ich je erlebt habe, und ich habe mir in der Vergangenheit Knochen und Rippen gebrochen und mir sogar einen Stromschlag eingefangen. Ich bin mir bewusst, dass ich laut schreie. Aber der Schmerz lässt nicht nach, rollt über mich hinweg und zerrt an meinem Verstand, meiner Beherrschung. Glücklicherweise empfängt mich die Dunkelheit, bevor ich den Verstand verliere.

Lest mehr über das Leben im Norden

www.books2read.com/das-leben-im-norden